COLLECTION
FOLIO/ESSAIS

L'amour de la haine

PUBLIÉ SOUS LA DIRECTION
DE J.-B. PONTALIS

Gallimard

Dans la même collection

Dimanche dernier, je suis allé dans un village dont c'était la fête patronale... Sur la grand-place, décorée de feuillages, d'arcs fleuris, de mâts pavoisés, étaient réunis tous les genres d'amusements en usage dans ces sortes de réjouissances populaires... Et, sous l'œil paternel des autorités, une foule de braves gens se divertissaient... Les chevaux de bois, les montagnes russes, les balançoires n'attiraient que fort peu de monde. En vain les orgues nasillaient leurs airs les plus gais et leurs plus séduisantes ritournelles. D'autres plaisirs requéraient cette foule en fête. Les uns tiraient à la carabine, au pistolet, ou à la bonne vieille arbalète, sur des cibles figurant des visages humains ; les autres, à coups de balles, assommaient des marionnettes, rangées piteusement sur des barres de bois ; ceux-là frappaient à coups de maillet sur un ressort qui faisait mouvoir, patriotiquement, un marin français, lequel allait transpercer de sa baïonnette, au bout d'une planche, un pauvre Hova ou un dérisoire Dahoméen... Partout, sous les tentes et dans les petites boutiques illuminées, des simulacres de mort, des parodies de massacres, des représentations d'hécatombes... Et ces braves gens étaient heureux !

Chacun comprit que le philosophe était lancé... Nous nous installâmes de notre mieux, pour subir l'avalanche de ses théories et de ses anecdotes. Il poursuivit :

— Je remarquai même que ces divertissements pacifiques ont, depuis quelques années, pris une extension considérable. La joie de tuer est devenue plus grande et s'est davantage vulgarisée à mesure que les mœurs s'adoucissent — car les mœurs s'adoucissent, n'en doutez pas !... Autrefois, alors que nous étions encore des sauvages, les tirs dominicaux étaient d'une pauvreté monotone qui faisaient peine à voir. On n'y tirait que des pipes et des coquilles d'œufs, dansant en haut des jets d'eau. Dans les établissements les plus heureux, il y avait bien des oiseaux, mais ils étaient de plâtre... Quel plaisir, je vous le demande ?... Aujourd'hui le progrès étant venu, il est loisible à tout honnête homme de se procurer, pour deux sous, l'émotion délicate et civilisatrice de l'assassinat... Encore y gagne-t-on, par-dessus le marché, des assiettes coloriées et des lapins... Aux pipes, aux coquilles d'œufs, aux oiseaux de plâtre qui se cassaient stupidement, sans nous suggérer rien de sanglant, l'imagination foraine a substitué des figures d'hommes, de femmes, d'enfants, soigneusement articulés et costumés, comme il convient... Puis on a fait gesticuler et marcher ces figures... Au moyen d'un mécanisme ingénieux, elles se promènent, heureuses, ou fuient épouvantées. On les voit apparaître, seules ou par groupes, dans des paysages en décor, escalader des murs, entrer dans des donjons, dégringoler par des fenêtres, surgir par des trappes... Elles fonctionnent ainsi que des êtres réels, ont des mouvements du bras, de la jambe, de la tête. Il y en a qui semblent pleurer... il y en a qui sont comme des pauvres... il y en a qui sont comme des malades... il y en a de vêtues d'or comme des princesses de légende. Vraiment l'on peut s'imaginer qu'elles ont une intelligence, une volonté, une âme... qu'elles sont vivantes !... Quelques-unes prennent même des attitudes pathétiques, suppliantes... On croit les entendre, dire :

«Grâce!... ne me tue pas!...» Aussi, la sensation est exquise de penser que l'on va tuer des choses qui bougent, qui avancent, qui souffrent, qui implorent!... En dirigeant contre elles la carabine ou le pistolet, il vous vient, à la bouche, comme un goût de sang chaud... Quelle joie quand la balle décapite ces semblants d'hommes!... quels trépignements lorsque la flèche crève les poitrines de carton et couche, par terre, les petits corps inanimés, dans des positions de cadavres!... Chacun s'excite, s'acharne, s'encourage... On n'entend que des mots de destruction et de mort: «Crève-le donc!... vise-le à l'œil..., vise-le au cœur... Il a son affaire!» Autant ils restent, ces braves gens, indifférents devant les cartons et les pipes, autant ils s'exaltent, si le but est représenté par une figure humaine. Les maladroits s'encolèrent, non contre leur maladresse, mais contre la marionnette qu'ils ont manquée... Ils la traitent de lâche, la couvrent d'injures ignobles, lorsqu'elle disparaît, intacte, derrière la porte du donjon... Ils la défient: «Viens-y donc, misérable!» Et ils recommencent à tirer dessus, jusqu'à ce qu'ils l'aient tuée... Examinez-les, ces braves gens... En ce moment-là, ce sont bien des assassins, des êtres mus par le seul désir de tuer. La brute homicide qui, tout à l'heure, sommeillait en eux, s'est réveillée devant cette illusion qu'ils allaient détruire quelque chose qui vivait. Car le petit bonhomme de carton, de son ou de bois, qui passe et repasse dans le décor, n'est plus, pour eux, un joujou, un morceau de matière inerte... À le voir passer et repasser, inconsciemment ils lui prêtent une chaleur de circulation, une sensibilité de nerfs, une pensée, toutes choses qu'il est si âprement doux d'anéantir, si férocement délicieux de voir s'égoutter par des plaies qu'on a faites... Ils vont même jusqu'à le gratifier, le petit bonhomme, d'opinions politiques ou religieuses contraires aux leurs, jusqu'à l'accuser d'être Juif, Anglais ou Allemand, afin d'ajouter une haine particulière à cette haine générale de la vie, et doubler ainsi d'une vengeance personnelle, intimement savourée, l'instinctif plaisir de tuer.

OCTAVE MIRBEAU
Le Jardin des supplices (1899)

ARGUMENT

Pourquoi engager la réflexion sur l'amour de la haine *plutôt que, plus simplement, sur la haine? L'aspect paradoxal de l'expression accentue plusieurs traits qui peuvent dessiner, au-delà d'une disposition affective, une figure de la haine.*

D'une part, en effet, nous sommes trop enclins à penser la haine dans son opposition à l'amour, voire à fonder ce couple d'opposés sur le dualisme des pulsions de vie et de la pulsion de mort. La notion d'ambivalence est alors hâtivement appelée à la rescousse: amour et haine seraient toujours mêlés dans des proportions variables. L'amour cacherait la haine, la haine un amour fou. En cette conception, qui tient plus du mélange des contraires que du procès dialectique, l'ambivalence perd de sa vigueur conceptuelle, et s'estompe le visage de la haine, comme d'ailleurs celui de l'amour.

D'autre part, parler d'amour de la haine provoque la pensée à se saisir de la question de la haine là où elle se pose le plus vivement, là où haïr paraît être une exigence impérieuse, une condition vitale. Certains individus, certaines collectivités, à tel moment de leur histoire, semblent bien n'être animés que par un besoin de haïr. On dirait qu'ils n'aiment plus qu'une chose: leur *haine.*

Enfin, invoquer un amour de la haine nous retient d'assimiler hâtivement haïr et détruire, haine et meurtre. La haine n'exige-t-elle pas la présence et la permanence de son objet? L'amant jaloux cesse d'être amant sans la présence d'un rival. Le raciste trouve son identité dans le mépris de l'autre.

*

Les développements freudiens, dès «Pulsions et destins des pulsions», *marquent d'emblée une dissymétrie dans le couple amour-haine. Réservés à la relation du moi total à ses objets, aimer et haïr sont placés dans une opposition qui ne résulte pas d'un clivage originaire, mais qui se constitue sous l'influence de l'opposition plaisir-déplaisir, à partir de trajets autonomes. Aimer se tient dans le registre de la relation de plaisir du moi à ses objets sexuels ou sublimés. Haïr trouve son origine dans le déplaisir qu'apporte au moi toute frustration, qu'elle soit sexuelle ou autoconservatrice. La haine aurait même selon Freud son prototype dans l'autoconservation, «avant» de s'appliquer au registre de la sexualité.*

I. — L'amour de la haine: cette expression peut d'abord être entendue, cliniquement, comme valeur positive et nécessaire accordée par le sujet à sa haine de l'objet. Freud en désigne déjà un mode: celui où, du fait d'une régression de type sadique-anal, la haine garantit la continuité d'une relation d'amour. On pourrait sans doute distinguer ici, d'une part, l'amour que le sujet porte à sa propre haine, comme garantissant une continuité, même paradoxale, de la vie érotique: ceci engage dans une étude de certains fonctionnements psychotiques où la haine est constitutive des limites et de la distinction moi - non-moi ; et, d'autre part, sur un registre plus névrotique, la haine comme support et vecteur d'un maintien de la relation érotique du sujet à ses objets.

La névrose obsessionnelle est sans doute ici l'entité psychopathologique majeure, en particulier dans sa position de « verrou » à la régression psychotique, autant que de seuil à la permanence d'une relation objectale, tel que l'établit en particulier Karl Abraham.

La régression dans l'organisation libidinale permet de comprendre des formes encore plus archaïques de cet amour qu'est la haine : dans les modes cannibaliques, par exemple, de la relation d'objet.

Différent est l'amour que porte le sujet à la haine qui le vise. On pourrait là évoquer, soit les opérations défensives archaïques que désignent à la paranoïa les objets d'une haine nécessaire, soit la perversion masochiste (morale ou érotique). Et, au-delà, la disposition « méchante » que Robert Stoller voit en toute perversion.

Ces variations psychopathologiques ne font que marquer que tout peut être pris comme objet de haine, et sans doute d'abord soi-même. Un pas de plus amène à poser un problème métapsychologique plus fondamental : et si c'était l'objet en tant que tel qui était au ressort de la haine, si la constitution même de l'objet n'était possible que par un mouvement primaire de haine ?

II. — On trouverait chez Freud de quoi justifier cette idée. Dans « Pulsions et destins des pulsions », et plus vigoureusement encore dans l'article sur « La négation », le jeu le plus primitif de la polarité amour-haine (je veux manger/cracher cela, introduire en moi/expulser hors de moi) est déterminant d'un jugement d'attribution, préalable au jugement d'existence, et par *conséquent de la constitution corrélative du sujet et de l'objet.*

Cette fonction constituante de la haine reste cependant incluse dans la polarité où elle se donne comme «non-amour». Le désordre causé à la théorie par l'introduction de la pulsion de mort permet de saisir une fonction non plus relative, mais absolue et donc quasi-ontologique de la haine. On pourrait la préciser à partir d'une élaboration des contradictions entre une conception kleinienne et une conception freudienne de la pulsion de mort ; et, chez Freud lui-même, entre l'aspect purement économique — principe de Nirvana, retour au zéro de tension —, et l'aspect objectal — destruction, meurtre de tout objet.

La haine qui vise ici l'objet de façon originaire serait alors à ramener, non plus à des «qualités» de l'objet qui occasionnent le déplaisir, mais au fait plus fondamental qu'il y a déplaisir du seul fait qu'il y a menace d'objet : *c'est-à-dire menace d'une discontinuité, d'une délimitation, par rapport à l'aspiration fondamentale à une continuité substantielle (ce qu'on peut désigner par «le maternel»). Ici pourrait se comprendre l'amour de la haine comme effet d'une haine de l'amour (d'objet).*

*

Ces quelques notations cliniques et métapsychologiques doivent conduire à une réflexion sur une psychopathologie du quotidien et du collectif, dont on peut ici esquisser certains domaines.

1) Le couple *est rarement évoqué comme objet de l'investigation analytique ou simplement masqué par sa reprise dans le transfert. Pourtant la haine n'y apparaît-elle pas parfois comme le lien le plus solide, le garant d'une durée que l'amour ne saurait assurer aussi efficacement et aussi fondamentalement ?*

2) Tout le champ de la compétitivité *et de* la concurrence *forcenée, modes essentiels de la dynamique objective comme de l'imaginaire des sociétés dites développées, serait à explorer. Dans certains modes de l'idéologie éducative, dans la lutte économique, dans le sport même, la haine apparaît à visage découvert. Le mot d'ordre (qu'on peut effectivement entendre dans les vestiaires comme dans les bureaux) n'est plus « gagnez » mais « tuez-les ». On y ajoutera, dans le registre du sport, l'évidence d'une haine du corps propre, qui doit être maltraité pour servir au triomphe.*

3) La xénophobie, le racisme, l'antisémitisme *— questions qu'on souhaiterait voir abordées sans trop de précaution et de culpabilité... — prennent appui sur la fonction discriminante, individualisante de la haine, pour engendrer le monstrueux. La nécessité de la différence et le rôle que joue la haine dans toute constitution d'identité ne peuvent être déniés. Ils ne peuvent pas pour autant justifier le cancer raciste. Peut-on élaborer et dépasser cette contradiction ? Est-ce que seul un règlement coercitif du rapport entre les hommes peut venir s'opposer à la régression toujours active du jugement d'existence au jugement d'attribution ?*

4) Le crime et surtout le meurtre et la torture *ne sauraient être absents de l'investigation. Il y a des meurtres qui sont la seule façon de « dire » l'amour. Des tortures qui sont le fait de bourreaux haïssant parce que rien ne leur a permis d'aimer autrement. On devrait ici faire une place particulière aux enfants maltraités, en se souvenant de ce constat : que les parents-bourreaux ont été presque toujours eux-mêmes des enfants martyrs ; et que leur sadisme s'exerce sur un enfant particulier, marquant par là non une disposition du sujet mais la prégnance d'un scénario inconscient.*

5) La guerre, *enfin, où la masse est saisie par la haine, et que Freud considère comme le triomphe spasmodique de la pulsion de mort. N'y aurait-il pas, à son sujet, à faire jouer une différence entre les représentations collectives, notamment religieuses ou mythiques, qui nourrissent les affrontements et qui manipulent l'idéologie guerrière d'une part, et, d'autre part, le jeu sourd et inaperçu, implacable et déterminant, d'une économique, qui déclenche la destruction chaque fois que les systèmes d'accumulation, de consommation et de compétition se trouvent en impasse ?*

*

L'amour de la haine : l'amour monstrueux que porte la haine ; l'amour que nous portons à notre propre haine ; l'amour que nous portons à la haine qui nous vise... et même, peut-être, l'amour que nous porte la haine elle-même.

« Viva la muerte ! », *parole inouïe et pourtant prononcée, mot d'ordre de cauchemar et pourtant le siècle n'a pas manqué d'y obéir.*

N. R. P.

Cet « argument » est l'avant-projet que nous adressons aux auteurs sollicités.

Entretien avec Claude Lanzmann

Les non-lieux de la mémoire

François Gantheret — Claude Lanzmann, vous êtes l'auteur de *Shoah*, qui est plus qu'un film, une œuvre — à laquelle vous avez consacré onze ans de travail —, un document essentiel au service de la mémoire. Il serait superflu de le présenter : il est connu et salué dans le monde entier.

Shoah nous a semblé important dans la perspective d'une réflexion psychanalytique sur « L'amour de la haine », et ceci, bien sûr, d'abord par son sujet : le génocide juif de 1941 à 1944. La plus terrible, la plus démentielle figure de la haine y règne en souveraine. Et notre propos est, précisément, de redonner son acuité à ce couple fondamental en psychanalyse : amour-haine, deux mots qui sans cesse tendent à s'affadir et à se banaliser.

La banalisation est sans doute défense : contre l'insoutenable d'une haine qui, bien au-delà d'un simple contraire de l'amour (lequel ne tend pas moins à s'affadir), apparaît, mise à nu, comme cette passion froide exigeant la destruction. C'est peut-être faute de pouvoir être vraiment pensé que ce scandale pour l'esprit — le *Viva la muerte* franquiste — resurgit périodiquement dans l'histoire des hommes.

Nous rabattons trop facilement la haine sur la

colère, par exemple : un mouvement impulsif qui vient troubler un temps la raison, un « affect », comme nous disons. Or la haine est bien plus fondamentale : elle pénètre profondément la raison, elle la met à son service. Et il semble qu'alors rien ne puisse l'arrêter. *Shoah* témoigne de cela. Après ses neuf heures de projection, je me suis aperçu que jusque-là, je ne savais pas vraiment ce qu'était le génocide. J'en avais bien sûr une « idée ». Mais la froide démence d'une entreprise impensable et pourtant concrètement réalisée : faire disparaître un peuple de la surface de la terre, le drainer systématiquement vers un lieu d'anéantissement programmé, je ne pouvais le penser vraiment, et *Shoah* m'y a affronté.

Ce n'est pas seulement par son thème que votre film peut intéresser la réflexion psychanalytique, mais aussi par sa facture. Vous y avez pris le parti de n'avoir recours qu'à des images et des paroles *actuelles*. Vous n'avez utilisé aucun document d'époque, et toute la force d'interpellation de votre film réside là. Or cela, nous le savons en psychanalyse, et Freud l'énonçait clairement : il n'y a pas de « mise à mort » des figures qui règnent dans l'inconscient — et ici une mise à mort doit répondre à une autre — qui puisse se faire *in effigie* ou *in absentia*.

Cohérent avec ce parti pris, et également familier à la psychanalyse, le *tempo* de *Shoah*. Un spectacle peut être rapide, voire instantané. Mais l'émergence de ce qui est enfoui demande temps et travail. Les neuf heures de projection seraient sans doute cinq fois trop longues s'il s'agissait d'un film au sens d'un objet de spectacle. Elles sont trop courtes pour le lent développement qu'opère une parole actuelle.

Et enfin le mode même des entretiens que vous y menez : l'intérêt porté aux détails, le refus des dérobades dans les généralités ou l'abstraction, la minutie d'un chemin qui va du singulier au singulier : refaire un trajet concret, qui va du wagon à la rampe de débarquement, au « corridor », aux lieux de leurre et de mort, mètre par mètre, geste par geste. Cette démarche-là, elle aussi, est celle de l'analyse.

Reconnaissez-vous votre projet dans ces quelques remarques ?

CLAUDE LANZMANN — D'abord, dans cette question d'un passage du singulier au singulier, certainement. Il m'arrive parfois, prenant un peu de recul, de me demander : à quoi ça sert ? Tout est su, le résultat final est connu : six millions ont été tués. Alors, pourquoi ces détails ? Il arrive de temps en temps que je ne comprenne pas ma démarche : qu'est-ce qui m'a poussé ? Quand j'arrivais sur ces non-lieux de la mémoire, que j'allais trouver un ancien cheminot de la gare de Sobibor, et que je lui demandais : « Montrez-moi. Montrez-moi où le camp commençait. » « Eh bien, disait-il, je vais vous montrer. » On faisait quelques pas et il me disait : « Voilà. Ici, il y avait une palissade, ici une autre. » Et je me vois, franchissant cette ligne et me disant : « Ici, je suis à l'intérieur du camp. » Et je faisais trois mètres en arrière : « Ici, je suis en dehors du camp. De ce côté, c'est la vie. De l'autre, la mort. » Et cette espèce d'urgence extrême que j'avais à revivre ça, à franchir cette ligne imaginaire, c'est une chose qui me demeure aujourd'hui encore à moi-même inconnue.

Alors, pourquoi ces détails ? Qu'apportent-ils de plus ? En fait je crois que c'est capital. C'est ça qui réactive les choses, qui les donne à voir, à éprouver, et tout le film, pour moi, c'est précisément le passage de l'abstrait au concret. C'est la démarche philosophique même, pour moi. Il y a des gens qui ont un refus profond du film, qui disent : « Pourquoi tout cela ? On n'apprend rien. » À quoi je réponds que, d'abord, ce n'est pas vrai, on apprend beaucoup de choses, il y a là un grand recueil de savoir, de choses nouvelles. Même les historiens, qui ne travaillent en général que sur des documents écrits y ont appris.

Mais ce n'est pas le vrai problème ; le vrai problème, c'est l'incarnation. Non pas transmettre des informations, mais incarner.

F. G. : Venons-en au fond : dans ce que vous avez porté là en images, comment est présente la haine, pour vous ?

C. L. : La haine de qui ? La mienne ?

F. G. : Cela, c'est une question que je comptais vous poser plus tard ! Mais dans le génocide, qui est le référent de tout le film, y a-t-il quelque chose que peut prendre en charge le mot de haine, ou cela dépasse-t-il ce mot ?

C. L. : Je ne sais pas si j'ai vraiment envie de parler de cela. Ce qui m'intéresse, c'est le film. Discuter sur le nazisme, on peut le faire depuis quarante ans, il n'y a pas besoin du film pour cela.

F. G. : Alors je vous pose la même question, mais concrètement, sur le film. Le geste des paysans polonais, geste qu'ils répètent devant vous, et par lequel, disent-ils, ils voulaient avertir les Juifs convoyés dans les wagons du sort qui les attendait : ce geste de la main qui tranche la gorge, d'une oreille à l'autre, comment l'avez-vous senti ? Pur geste d'avertissement, comme ils veulent le dire ? Ou, et même encore maintenant, dans l'actualité de sa répétition, geste de haine ?

C. L. : Je n'ai aucun doute : c'est un geste de sadisme pur, de haine. Ainsi : le conducteur de la locomotive, le premier qui fait ce geste. Je l'aime bien, il est différent des autres, j'ai de la sympathie pour lui parce que je crois qu'il porte une véritable blessure ouverte, qui ne guérit pas. Parmi tous les paysans polonais de Treblinka, c'est le seul qui avait un comportement humain. C'est un homme qui boit, depuis 1942 : il explique qu'on leur donnait de la vodka, pour faire ce travail. Il est retraité. La locomotive, je l'ai louée, mais c'est la même que celle qu'il conduisait alors, elles n'ont pas changé. Je lui ai dit : on va tourner une arrivée à Treblinka, tel que ça se passait.

Je ne lui ai pas donné d'autre indication. On a tourné, il a fait ça tout seul : on est arrivé à Treblinka, il regarde les wagons imaginaires — il n'y avait qu'un tender sur lequel était montée la caméra à poste fixe —, et soudain, il fait ce geste. C'est la première fois que je voyais cela. Il a un visage tragique quand il le fait, il tape avec sa main sur la tôle de la locomotive, c'est un geste de désespoir. Mais c'est le seul.

Les autres paysans, qui tous refaisaient ce geste, le gros paysan de Treblinka par exemple : ils étaient épouvantables. Ils éclatent de rire ! Ils disent tous que c'était un geste d'avertissement, mais ça n'avait aucun sens ! Des gens enfermés dans des wagons, dont ils savaient qu'ils allaient être gazés dans deux heures, et qui n'avaient aucun moyen de s'échapper. C'est un geste de joie ! Et aujourd'hui encore, quand ils le refont, c'est avec la même joie. C'est un geste de haine absolue.

F. G. : Mais une haine qu'ils dénient, qu'ils portent dans ce geste… J'aimerais maintenant que nous parlions de « l'enfant-chanteur » : ce rescapé, que vous avez ramené d'Israël dans ce village, où les Allemands l'utilisaient à l'entretien de leurs clapiers, qui parcourait la rivière en barque en chantant de vieilles chansons allemandes, ce qui lui a peut-être permis d'échapper au massacre. Il refait, à votre demande, les mêmes gestes, le même trajet en barque, il chante les mêmes chansons. Il porte sur son visage une sorte de masque, de fermeture souriante et figée. Il y a une densité, une lourdeur frappantes chez cet homme. Que se passe-t-il entre lui et les habitants du village, qui l'accueillent apparemment avec sympathie, qui ont un souvenir de lui ?

Vous poussez les choses à l'extrême, quand vous faites cette espèce de photo de famille, sur le parvis de l'église même où étaient stockés et embarqués les Juifs dans les camions à gaz. Sur cette scène pèse un climat terrifiant. Que se passe-t-il en lui ? Et chez les villageois ? Comédie ? À quel degré sont-ils dissimulateurs ? La haine est présente dans cette scène, mais de quelle façon ?

C. L. : La scène est double. Il y a une première partie : ils le voient, le retrouvent, le reconnaissent. Ils parlent de lui, une vieille dit qu'elle a demandé aux Allemands de laisser partir cet enfant. Il existe. Et la scène est soudain coupée par la procession qui sort de l'église. Après la procession, c'est complètement différent. Il n'existe plus. Il est au milieu d'eux, mais ils l'ont oublié. La procession a réactivé les vieux stéréotypes antisémites, la mort du Christ, etc. Et il n'existe plus. Ils ne le rencontrent pas. Et lui-même est absent à lui-même.

Il faut comprendre qui est cet homme : d'abord, il est demeuré l'enfant terrorisé qu'il était. Au milieu d'eux, il était prisonnier du groupe des Polonais. Il crevait de peur, il venait me trouver ensuite, pour me dire : je n'ai pas dit cela... Et il était prisonnier de moi aussi : je suis en face de lui, avec la caméra. C'est un homme d'une politesse extrême. Il joue son rôle. Il comprend tout ce qu'ils disent, et l'interprète ne traduit pas vraiment les paroles. Par exemple, ils disent : *Jitki*, les youpins ; elle traduit, en bonne catholique polonaise : *Jidi*, les Juifs. Il comprend tout, et qu'est-ce qu'il peut faire ? Exploser ? Il ne le fait pas.

C'est un film où personne ne rencontre personne, et cela implique toute sa structure. Les Juifs ne rencontrent pas les nazis, ni les Polonais, sauf là, mais il n'y a pas véritablement rencontre.

Dans la scène qui suit, où il est seul dans la clairière, il est complètement différent. Il ne sourit plus, son visage est tragique. J'ai monté sa voix « off » sur son propre visage : comme un monologue intérieur.

C'est vrai que mes questions sont provocatrices, dans la scène de l'église. Quand je demande s'il y avait autant de Juifs parqués dans l'église qu'aujourd'hui de chrétiens à la procession, on me répond : « Oui, à peu près. » Je demande alors combien il fallait de camions à gaz pour vider tout ça... pour vider la marchandise, selon les termes de l'époque. Ça fonctionne. C'est une scène de haine.

Ils mentent, tout le temps. Je demande pourquoi, à leur avis, toute cette histoire est arrivée aux Juifs. Ils disent : « Parce qu'ils étaient les plus riches. » Ils disent aussi : « On n'avait pas le droit de regarder du côté des Juifs, encore moins de leur parler. » Je leur demande : « Alors, quand ils passaient sur la route, comment les regardiez-vous, avec un coup d'œil oblique ? » « Oui », disent-ils. Et ils ajoutent que, parfois, quand ils pouvaient, ils leur jetaient de la nourriture, du pain, des concombres... Ce qu'ils ne disent pas, c'est que pour un verre d'eau, ils demandaient une bague ! Lui, le rescapé, me prenait à part ensuite, et il me disait : « Voilà comment les choses se passaient... »

F. G. : S'il était terrorisé, c'est bien qu'il porte en lui, toujours présente, la sensation de la haine qui lui est portée ; et c'est bien aussi qu'elle est toujours réelle et active, cette haine !

C. L. : Oui, la scène du parvis est une scène de haine totale, immobilisée dans les sourires.

F. G. : Haine totale, et intemporelle.

C. L. : Oui, ça je l'ai écrit. C'est tout le sens du film. Les choses se donnent à voir dans une sorte d'hallucinante intemporalité. — A-temporalité, plutôt.

F. G. : Il y a également une scène qui pour moi a été peu soutenable, tant j'y sentais de haine, et surtout dans la façon dont elle s'exprimait : lorsque, avec des sourires ou des rires demi-égrillards, les paysans polonais disent : « Il y avait quand même quelque chose de bien chez les Juifs, c'étaient leurs filles et leurs femmes, parce qu'elles étaient jolies. »

C. L. : Oui. Les femmes surtout disent cela.

F. G. : Que disent-elles ainsi ? Relent de jalousie ? Ou au contraire, du côté des femmes, quelque chose comme une solidarité qui ferait échec à la haine ?

C. L. : Il faut se poser, pour comprendre, une question primordiale. Qu'est-ce que cela veut dire, un petit village de 5 000 habitants, qui un beau matin de 1942 laisse partir la moitié de sa population ? Sachant qu'on va les gazer à vingt kilomètres de là. Et continuer à vivre, après ; à exister ; s'approprier les maisons...

Dans le village, j'ai montré les gens habitant ces maisons. Ils disent : « Les Juifs étaient riches, nous étions pauvres. Si leurs femmes étaient belles, c'est qu'elles n'avaient rien à faire, nous les servions. Nous habitions dans les cours, près des W.-C. » C'est du pur fantasme ! Le film joue sans cesse entre fantasme et réalité. Il y a un type qui dit : « Les Juifs n'étaient pas jolis, de toute façon, ils puaient. » Je lui demande : « Pourquoi est-ce qu'ils puaient ? » « Parce que c'étaient des tanneurs. » Les peaux, ça pue : donc les Juifs puent.

Alors, ce que je voulais dire : un village qui laisse partir à la mort la moitié de sa population. Je pense qu'on ne s'en tire pas, d'une histoire pareille ! Je crois qu'ils ont une mauvaise conscience épouvantable, et que ce soit ce qu'ils racontent là ou que ce soit le geste d'égorgement avec cette horrible rigolade... il faut que la haine demeure présente, pour nouer tout cela. Pour que ce qu'ils ont fait soit acceptable à leurs propres yeux. Il faut que la haine demeure, sinon ils ne peuvent pas durer, ils ne peuvent pas vivre. Si le conducteur de locomotive est différent des autres, c'est que lui ne peut plus vivre. C'est ce que je voulais dire en parlant de blessure. Cet homme m'a accueilli à bras ouverts. J'étais le premier homme qui revenait sur les lieux du crime et je lui donnais l'occasion de parler. Il n'avait jamais parlé de cela. Entre eux ils n'en parlent pas.

F. G. : Il faut que la haine demeure, disiez-vous, à propos des autres, sinon c'est invivable. On peut donc aimer sa haine, parce qu'elle protège. De quoi ? Si la haine ne durait pas, à quoi seraient-ils confrontés ?

C. L. : Il faut voir ce qu'était le Juif pour eux. Je reprends le cas de ce petit village : je ne dis pas qu'ils pouvaient faire beaucoup. Sans doute ils n'y pouvaient rien. Mais la question n'est pas là. Quand ils racontent, très calmement, qu'ils voyaient, au moment où on rassemblait les Juifs sur la place, qu'on prenait les petits enfants, qu'on les saisissaient par les chevilles et qu'on les envoyait se fracasser dans les camions... ils assistaient à cela ! Le Juif pour eux est autre, dans un double sens. Il est l'autre absolu, tellement étranger, tellement autre-que-l'homme qu'ils peuvent assister sans broncher à cette scène incroyable. Ça ne les émeut pas. Et en même temps c'est l'autre le plus familier. Ils parlent juif, ils allaient à l'école avec des Juifs quand ils étaient petits.

C'est pour moi un mystère. Vous avez à Varsovie un monument à la gloire des combattants du ghetto. Vous avez une grande avenue qui porte le nom du chef de la résistance. Et en même temps... J'ai vu des témoins, qui habitaient dans la partie aryenne. Ils se souviennent qu'au moment de l'insurrection du ghetto ils voyaient les flammes de l'incendie, tous les papiers consumés qui montaient dans le ciel et retombaient partout. Et autour, les manèges tournaient, il y avait des fêtes, les gens allaient à l'église... Imaginez que le Marais flambe à Paris et que tout reste paisible autour !

F. G. : La haine doit donc être maintenue, pour que ce soit un autre, non le même qu'on ait tué ?

C. L. : Absolument.

F. G. : Tout à l'heure, vous aviez anticipé une question que je voulais vous poser. Il y a dans vos entretiens, dans la manière dont vous les conduisez, quelque chose d'implacable. Vous ne laissez jamais vos interlocuteurs s'échapper. J'y ai fait allusion à propos de cette démarche « du singulier au singulier ». Vous ramenez au moment, au lieu, au geste. Par exemple, ce serveur de brasserie : vous le traquez. Il va derrière un pilier, vous le retrouvez ; il met ses lunettes... De même avec un groupe de paysans, dans le village. Vous les pressez de questions, ils tentent de s'en tirer avec une plaisanterie, un rire, une généralité : vous les en empêchez. Qu'est-ce qui soutient pour vous, en vous, à ce moment-là, votre intransigeance ?

C. L. : Vous savez, il faut un culot d'acier pour faire ce que j'ai fait. Les interviews de groupe, c'est très difficile, techniquement. Des gens sortaient du groupe, j'étais obligé de lancer ma voix. J'avais tout le monde contre moi, y compris ma propre équipe. J'étais dans une solitude incroyable. L'interprète ne voulait pas traduire ce qu'elle entendait. Il y avait des moments où sa haine de moi était si forte ! Elle était très étrange. Parfois elle gauchissait tout, mes questions, les réponses. Elle les adoucissait. À d'autres moments elle était coincée par la vérité, et elle explosait dans sa traduction d'une façon très brutale. Quand elle dit, par exemple : « Oui, les Polonais habitaient dans les cours, à côté des W.-C. » Je n'en revenais pas : telle qu'elle était, elle aurait dû supprimer ça dans sa traduction. En fait, mon questionnement têtu la rendait elle-même folle, et de temps en temps elle me jetait ça au visage, exactement ce qu'ils disaient, parce qu'elle n'en pouvait plus.

Mais il n'y avait pas qu'elle. Les cameramen aussi. Ils n'étaient pas Juifs, sauf un. C'étaient des types qui ne supportaient pas non plus qu'on parle de cela. J'ai failli me battre avec eux. Après l'interview du nazi de Treblinka, je suis reparti à Munich avec mon cameraman, dont le père avait été tué à Auschwitz. Il ne comprenait pas que je sois tellement gentil avec ce nazi, que j'avais invité à déjeuner, à qui j'ai offert un bon repas. Lui, il l'aurait tué. Moi, je ne voulais pas le tuer comme ça... Je me sentais très seul. Mais quelle était votre question ?

F. G. : Je peux la préciser, en me servant d'une de vos dernières phrases : « Je ne voulais pas le tuer comme ça. » Vous vouliez le tuer comment ?

C. L. : Je voulais le filmer. Qu'il parle. Le tuer avec la caméra.

F. G. : Est-ce qu'on peut mener ça sans haine ?

C. L. : Non. Mais la haine ne suffit pas. Ce qui est important, c'est la précision, les détails. Ce n'est pas un film idéaliste que j'ai fait. Pas de grandes questions, ni de réponses idéologiques ou métaphysiques. C'est un film de géographe, de topographe. La haine, elle est dans la précision. C'est cela que ne supportait pas l'équipe : « Mais pourquoi est-ce qu'il continue ? »

F. G. : Qu'est-ce que cela blessait chez eux ?

C. L. : Le « respect humain ». On ne pose pas ces questions. Ça ne se fait pas.

F. G. : Que veut dire « respect humain », quand on parle de wagons, de « marchandise » gazée ?

C. L. : Manquer de respect humain, c'est promettre à un nazi qu'on ne donnera pas son nom, alors qu'il est déjà donné. Et cela, je l'ai fait avec une absolue arrogance. Pour faire un film comme ça... Marcel Ophüls a fait un très bel article sur le film dans *American film*, il dit : on ne peut pas respecter les règles d'un joueur de cricket d'Eton quand on fait ça.

La haine ne suffit pas. J'étais halluciné quand j'ai tourné ce film. Quand je suis arrivé à Treblinka la première fois, je suis d'abord allé au camp. Il y avait plein de neige, on enfonçait jusqu'aux genoux. Il n'y a plus rien. Simplement ces pierres symboliques, dont la tête émergeait de la neige. J'ai vu ça, je n'étais pas particulièrement ému. Une sorte de grande nécropole silencieuse. Ensuite, j'ai découvert le village de Treblinka, la gare, et la pancarte sur laquelle est marqué TREBLINKA, et ça, ça a été un choc : l'acte même de la nomination. Entre le savoir théorique — j'en étais chargé comme une bombe ! — et la réalité des lieux, des noms... Il y avait une pérennité. C'est là que j'ai commencé à être halluciné. La gare est une gare de triage. Il y a des wagons. Ce sont les mêmes wagons.

J'ai tourné en toutes saisons. Je me souviens d'un tournage d'hiver, dur. La caméra gelait, on souffrait. J'ai filmé de l'intérieur d'un wagon, avec un « zoom » avant sur la pancarte TREBLINKA. Je ne sais pas si les Juifs voyaient les choses comme ça, quand ils attendaient, dans la gare, leur tour pour entrer dans le camp. Moi, je l'ai vu comme ça.

F. G. : En effet, pour le spectateur, c'est un acte très fort, cette confrontation avec la pancarte ; non pas un signe à la mémoire, tout le contraire : un panneau annonçant TREBLINKA, comme tous les autres panneaux. Que puisse être ainsi écrit quelque part ce nom. Je me suis dit ensuite que, sans doute, j'avais cru qu'on avait rayé ces noms-là. Mais non, on pouvait s'y heurter.

C. L. : Ils devraient être dé-nommés par l'horreur. Découvrir qu'ils demeurent nommés, c'est ce qui m'a jeté dans cette sorte d'état hallucinatoire. Sûrement il y a la haine qui est là, qui sous-tend tout cela. Est-ce elle qui est à la racine de l'hallucination ? Ou l'hallucination qui est un mode de la haine ?

Qu'est-ce qui me pousse à franchir la ligne imaginaire de l'enceinte du camp ? Il n'y a rien. C'est recréer à partir de rien. Faire un film sur le néant. Comment filmer la mort ?

F. G. : Pendant que vous partiez, je pensais à mon village natal. Comment pourrait-il s'appeler Treblinka ? Je ne peux pas l'imaginer. Et il me semblait, sans bien savoir pourquoi, qu'il y avait un lien direct entre cela et la nécessité dont vous parliez, de dire : « Bon ! Où était la vie ? Où était la mort ? Où passait la palissade ? » Délimiter. Topographier. Tracer la limite entre vie et mort.

C. L. : J'ai toujours été hanté par les derniers moments, les derniers instants qui précèdent la mort. Ou « la première fois », pour moi, c'est pareil. Je me pose tout le temps la question de la première fois. Je la pose au Polonais : est-ce qu'il se souvient du premier convoi de Juifs qu'il a vu arriver de Varsovie le 22 juillet 1942 ? Le premier choc des Juifs qui arrivent. Les trois premières heures à Treblinka. Le premier choc des nazis eux-mêmes: il faut bien qu'ils arrivent un jour là-dedans. Avec les Polonais, on était toujours dans la routine. Ils évacuaient toujours la question de la première fois. Sauf le type de la gare de Sobibor, qui parle du silence idéal, le silence qui leur a fait comprendre que tous ces Juifs qu'ils avaient vu arriver pour la première fois devaient avoir disparu. Mais son discours est tellement différent de celui de tous les autres que je n'ai pu le monter que deux heures plus tard dans le film, parce qu'il était trop hétérogène. Tous les autres étaient dans la routine.

Non, on ne peut pas avoir un village natal qui s'appelle Treblinka. Mais il y en a un, il y a des gosses qui y naissent. Ça, c'était une chose impossible. C'est l'origine de tout le film.

F. G. : Qu'est-ce qui vous hante ainsi dans « la première fois » ?

C. L. : Mais la première fois, c'est l'impensable! C'est le passage à l'acte: comment est-ce qu'on tue? J'ai assisté, participé à des séminaires d'historiens, et il y a quelque chose qui pour moi est un scandale intellectuel: la tentative de comprendre, historiquement, comme s'il y avait une sorte de genèse harmonieuse de la mort. On peut tenter de rendre compte du génocide par le chômage en Allemagne, la République de Weimar, la propagande antisémite, les caricatures du *Stürmer*, ou d'autres explications, psychanalytiques par exemple: l'image du Père chez Hitler, etc. Comme s'il y avait un engendrement possible de cela! Pour moi le meurtre, qu'il soit d'ailleurs individuel ou de masse, est un acte incompréhensible. Ces historiens, je me disais parfois qu'ils étaient en train de devenir fous, à vouloir comprendre. Il y a des moments où comprendre, c'est la folie même. Tous ces présupposés, toutes ces conditions qu'ils énumèrent sont vrais ; mais il y a un abîme : passer à l'acte, tuer. Toute idée d'engendrement de la mort est un rêve absurde de non-violent.

Je n'ai pas voulu de documents d'archives : pourquoi ? On aurait vu les masses fascistes fanatisées ; les jeunes têtes blondes aryennes faisant le salut hitlérien, etc. Mais, de cela au scandale absolu du meurtre de masse, comment faire le passage ? Les nazis ont joué depuis le début avec l'idée du meurtre de masse, ils voulaient tuer. Mais entre le vouloir-tuer et l'acte même, il y a un abîme.

F. G. : L'idée d'un engendrement logique, ou au moins déterminé, dissout cette discontinuité que vous appelez abîme, la gomme. Votre film lutte contre cela : la dissolution, qui est une fonction de la haine, dissolution des corps, des lieux, de la mémoire.

C. L. : Je le pense vraiment. Et il était très important pour moi, même si ce n'était pas « vrai », d'une certaine façon, que quelque chose demeure, n'ait pas été dissous, qu'il reste des traces physiques, sinon je n'aurais pas pu le faire. Je pense à plusieurs scènes. Par exemple, à la gare de Sobibor, je pose cette question : les bâtiments de la gare, les quais, sont-ils toujours les mêmes ? Exactement ceux de 1942 ? Et l'homme me répond : « Oui, rien n'a changé. » Ce n'est sûrement pas tout à fait vrai : les bâtiments ne sont sûrement pas exactement les mêmes, ils ont dû être repeints, restaurés. Mais les rails ? Je les lui montre, je lui demande : « Ce sont les mêmes ? » « Oui, me dit-il, absolument les mêmes. » J'avais au moins cela : une permanence du fer, de l'acier. J'avais besoin de m'y accrocher.

Oui, vous avez raison de dire que la haine, c'est la dissolution. Mais c'est aussi la permanence. Il faut que l'objet haï demeure vivant de quelque façon. La haine est active, elle demeure, elle dissout, mais elle doit aussi conserver pour continuer son office. Tout le temps dans le film il y a ce double jeu : il y a une défiguration des lieux. Le fameux château de Chelmno n'existe plus : c'est une sorte d'entrepôt. Ces lieux défigurés, c'est ce que j'appelle des non-lieux de la mémoire. Et en même temps, il faut tout de même que des traces demeurent. Il fallait que je m'hallucine, et que je pense que rien n'avait changé. J'étais conscient du changement, et en même temps il me fallait penser que le temps n'avait pas fait son œuvre.

Permanence chez moi ; permanence aussi chez les paysans polonais, parce que, on le disait tout à l'heure, la haine c'est la vie. Pour qu'ils puissent supporter d'être, de continuer à exister, il faut que le juif demeure présent, même s'il n'est plus. Pour voir cela, il suffit d'arriver, d'être le premier homme à revenir sur les lieux du crime. C'est pourquoi je dis parfois que le film, dans certaines de ses scènes, est une sorte de western : en revenant, on institue quelque chose, on appelle la parole, on ressuscite, littéralement.

F. G. : Vous venez de réemployer une expression qui m'avait déjà frappé à plusieurs reprises : vous « revenez » sur les lieux du crime... Vous avez parlé d'urgence à « revivre » cela. Comme si vous l'aviez déjà vécu, comme si vous étiez déjà venu là.

C. L. : Oui... Sûrement c'est vrai... On ne connaît que ce qu'on reconnaît...

F. G. : Qu'est-ce que vous reconnaissiez, reviviez là ?

C. L. : Je ne sais pas... Je ne sais pas... Ce n'est pas seulement moi qui revis ! Ce sont les personnages du film.

F. G. : Mais vous aussi.

C. L. : Oui. En même temps je n'ai jamais vécu cela ! J'avais besoin de passer par une certaine expérience mentale, qui n'a rien à voir avec ce qui a été vécu, et pourtant... J'ai eu besoin de souffrir en faisant ce film, une souffrance qui n'est pas celle de tourner par – 25° à Auschwitz. Une souffrance... J'avais le sentiment qu'en souffrant moi-même, une compassion passerait dans le film, permettrait peut-être aux spectateurs de passer, eux aussi, par une sorte de souffrance...

F. G. : Quelque chose qui n'a pas été vécu et doit pourtant être revécu.

C. L. : L'idée qui m'a toujours été la plus douloureuse, c'est que tous ces gens soient morts seuls. Bien sûr, ils étaient ensemble, en groupes. Mais les chambres à gaz, ce n'est pas réconciliateur. Il y avait là plein de gens qui ne s'aimaient pas : ni dans la vie ni dans le ghetto ; on leur faisait faire un voyage de un, deux, dix jours, dans des conditions épouvantables, qui ne faisaient qu'accroître les conflits, la haine qu'ils pouvaient se porter. Ils ne mouraient pas réconciliés !

Quand je dis qu'ils sont morts seuls, c'est par rapport à moi que la phrase a un sens. Une signification pour moi à la fois la plus profonde et la plus incompréhensible du film, c'est, d'une certaine façon… ressusciter ces gens, et les tuer une seconde fois, avec moi ; en les accompagnant.

F. G. : Il y a un Tchèque qui faisait partie des commandos spéciaux, et qui, voyant des gens de son village, de sa famille, pénétrer dans la chambre à gaz, a voulu y entrer avec eux. Les jeunes filles qui vont mourir et le savent l'en dissuadent.

C. L. : Oui. Elles lui disent : « À quoi ça sert ? Tu dois vivre pour témoigner. » C'est arrivé plusieurs fois d'ailleurs. Il dit : « C'étaient mes compatriotes. » C'est quelqu'un qui a tenu longtemps : il travaillait dans les chambres à gaz depuis 1942 et cela se passe en 1944. Il a tenu jusque-là, et quand il voit arriver les siens, il craque.

F. G. : Alors, quand vous parlez de réaccompagner dans la mort des gens qui sont morts seuls, n'est-ce pas, dans un temps second, le même mouvement que celui de ce jeune Tchèque ?

C. L. : Oui. Morts seuls, c'est : morts sans moi. Sans une conscience… peut-être une conscience de l'histoire, que je dois soutenir. C'est bien cela : je dois les accompagner, je dois être avec eux.

F. G. : Tout à l'heure, vous parliez de l'abîme : entre vouloir ou souhaiter la mort, et la donner. L'abîme est en nous tous ; lorsqu'il est franchi, qui le franchit ? Chacune des consciences ne peut penser ce franchissement, et cependant il est accompli. Qui est le sujet de cet acte ?

C. L. : J'ai l'impression que vous voulez m'entraîner vers la thèse de la bureaucratie. Je ne suis pas du tout d'accord. On peut toujours penser qu'on a été pris dans une chaîne ! Je suis résolument contre cette thèse de Hannah Arendt de la banalité du mal. Chacun de ces hommes, chacune de ces consciences savaient ce qu'ils faisaient, à quoi ils participaient : le garde de Treblinka, le bureaucrate des chemins de fer, l'administrateur du ghetto de Varsovie savaient.

F. G. : D'un savoir différent de celui des victimes ?

C. L. : Absolument. Ils savaient pertinemment. Je ne dis pas que M. Stier, assis dans son bureau de Cracovie à cinquante kilomètres de là, savait ce qui se passait à l'intérieur d'une chambre à gaz. Et Mme Michelson, qui est à Chelmno, et à qui je dis : « Vous avez vu ces camions à gaz ? » « Oui bien sûr, répond-elle, ils passaient toujours sous mes fenêtres. » Et elle ajoute cette absurdité extraordinaire : « Je n'ai jamais été dedans ! » Ils savaient très bien ce qui se passait, sans être des témoins oculaires directs. Ils étaient conscients. Les Juifs, la forme de leur savoir ou de leur non-savoir est tout à fait différente. Par exemple, cette anecdote que raconte Philippe Müller : le type du commando, qui a tenu le coup jusque-là, et qui reconnaît une femme de Bialystock, son pays. Il lui dit ce qui va leur arriver. Il sait ce que ça peut lui coûter, mais il le fait. Et la femme le croit, et elle se rue vers les autres femmes qui sont dans le vestiaire de la chambre à gaz, avec leurs enfants sur les épaules. Elle leur dit : « On va nous tuer, on va nous gazer. » Mais cette information est tellement impossible à recevoir, elles sont dans un tel piège qu'elles ne peuvent l'entendre, parce qu'elles savent au fond que c'est vrai ! Alors elle va vers les hommes et elle le leur dit. Et eux aussi repoussent cette information. Philippe Müller a cette phrase étonnante : « Non pas qu'ils ne l'aient pas cru, dit-il, il y avait déjà beaucoup de rumeurs qui avaient filtré, mais qui donc veut entendre cela ? »

Les nazis créaient, entretenaient ce doute, cette vacillation du savoir. Il y avait toujours chez eux, c'est ce qui les rend si haïssables, ce mélange de tromperie et de violence. Et plus on approchait de la chambre à gaz, moins il y avait de tromperie et plus il y avait de violence. Jusqu'à la violence nue quand la tromperie ne tenait plus. Ainsi l'extermination du camp des familles, qui savaient : c'est à coups de fouet qu'on les a fait entrer dans les chambres à gaz.

F. G. : Ainsi la violence peut être telle que la vérité qui pourtant est dite ne peut être entendue, et que celui qui la profère est tenu pour fou…

Pourriez-vous, pour terminer notre entretien, dire quelques mots de l'accueil fait au film, en France, en Europe et dans le reste du monde ? Est-ce que cela peut aussi nous apprendre quelque chose sur la haine et sa persistance ?

C. L. : C'est difficile d'en parler, parce que c'est à la fois identique et très différent selon les pays. Et parfois contradictoire dans le même pays. À Berlin, les salles étaient bondées, surtout de gens jeunes. Certains sortaient en larmes. D'autres allaient s'enfermer chez eux sans voir personne. Voici une lettre que j'ai reçue, d'un écrivain :

Cher Monsieur Lanzmann,

Votre film est le plus important que j'aie jamais vu. J'espère et je crois qu'il va très fortement changer ma vie et mon travail, et qu'il *puisse* cela est déjà la chose la plus importante. Ce mérite tient d'une part aux informations qu'il donne, à l'éclairage factuel qu'il porte sur la machinerie de mort, et d'autre part à l'horreur et au bouleversement. J'ai pour la première fois vraiment compris dans quelle mesure Auschwitz et l'extermination des Juifs *me* concernent. Auparavant je croyais l'avoir compris et me contentais de cela, d'être dégoûté des nazis, de me considérer moi-même libre de tout antisémitisme, de me compter parmi les bons Allemands qui sont naturellement anti-nazis et par conséquent non-coupables. Au sortir de votre film je reconnais que les choses ne sont pas aussi simples, et par-dessus tout combien je demeurais dans la fausseté dans ma vie, combien j'étais petit, combien je me débarrassais aisément de l'inhumanité, combien j'étais lâche et combien je refusais d'affronter cela en face pour être plus lâche encore. Et si, depuis ce jour, j'ai tellement dû pleurer, ce n'est pas seulement à cause des innocents torturés et assassinés, mais également mes larmes proviennent d'un sentiment de libération parce que j'ai vu votre film et parce que j'ai compris. Vous avez fait là quelque chose qui va demeurer important pour de nombreux siècles, et « important » n'est pas le mot juste... Votre film est tout simplement *ein Stück Rettung*, un morceau de sauvetage. Je vous écris cela un matin avec la tête claire et je vous dis ma reconnaissance du fond du cœur.

Et il ajoute en post-scriptum :

Je suis né en 1942. J'écris des romans.

J'ai reçu plusieurs lettres comme celle-ci quand j'étais à Berlin. Mais, en même temps, les chefs de la communauté juive, qui étaient invités à une réception en l'honneur du film, donnée par le Sénat de Berlin, ne sont pas venus, et ne se sont pas excusés.

Il y a des choses très contradictoires : j'ai reçu un appel d'un organisme culturel fédéral me demandant si je les autorisais à utiliser le film à des fins éducatives dans les écoles primaires. Un distributeur allemand veut le sortir après le passage à la télévision, ce qui ne se fait jamais. Toutes les chaînes allemandes ont décidé de le programmer à une bonne heure d'écoute, le soir à 20 h 15 et 21 h. La seule qui ait refusé est la chaîne bavaroise. Il y a eu une faible protestation. Alors ils ont décidé de le programmer, non en mars, mais en avril, et le dimanche matin à 10 h ! Ce qui est une façon de le montrer sans le montrer. Je veux m'y opposer, dans la mesure où je le peux.

En France le film est sorti il y a onze mois, et il y a eu trente quatre mille entrées à Paris, une douzaine de mille en province. Il est sorti dans des conditions épouvantables : un distributeur en faillite, pas d'argent pour la publicité... Il y a eu des articles excellents lors de la sortie, faits par des intellectuels. Les critiques de cinéma, à une ou deux exceptions près, n'ont pas considéré que c'était du cinéma, ils n'en ont pas parlé. Ma très grande déception, c'est que très peu de Juifs ont été voir ce film en France. À Strasbourg, j'ai vu des choses étonnantes : certains membres de la communauté juive ont assisté, un peu forcés, à la première officielle : on voyait de jeunes rabbins qui entraient à la sauvette, comme un homme va au bordel. Ils avaient honte d'être vus allant voir *Shoah*. Mais j'ai aussi des lettres magnifiques.

En Hollande, ça a été extraordinaire. Le film est passé à la télévision deux dimanches de suite, à 20 h 15. La vie du pays s'est arrêtée. Le film a été vu par deux millions de personnes. Le ministre de l'Éducation Nationale m'a appelé pour me demander, comme les Allemands, le film pour les programmes éducatifs.

En Pologne, il y a un grand remous. Les jeunes interrogent leurs parents, en discutent le soir, s'affrontent. *Shoah*, en Pologne, c'est l'affaire Dreyfus !

Aux États-Unis, ça a été inouï. On voit des rabbins qui retournent dans les salles de cinéma vides pour prier. Le film sort dans cent villes américaines. Il a été vu par les critiques de cinéma. Là-bas, l'holocauste, ils ont parlé de cela pendant quarante ans. C'est même une sorte d'instrument de *lobbying*... Mais c'est la première fois, disent-ils, que le vrai devient vrai. C'est cela, l'incarnation.

L'inceste de Judas

Essai sur la genèse de la haine antisémite au XIIe siècle

«Le roi ajouta: "Ainsi je vous dis que personne, à moins d'être un bon clerc ne doit disputer avec eux. Quant aux laïcs, lorsqu'ils les entendent médire de la loi chrétienne, ils ne doivent pas la défendre autrement que par l'épée, qu'ils doivent enfoncer dans le ventre de leur adversaire autant qu'elle peut entrer[1]."»

La haine parle ici, littéralement viscérale. Un souverain exclut, pousse au meurtre immédiat et forcené. Qui parle? Saint-Louis, roi de la mesure et de la prud'homie, «légifère» oralement sur les Juifs. Joinville l'écoute dévotement et note scrupuleusement. Le bréviaire médiéval de la haine, pour reprendre le titre de Léon Poliakov, eût fourni sans difficulté mille propos plus radicaux, mais la parole d'un roi aussi médian que Louis IX image l'antisémitisme qui naît en Occident au XIIIe siècle. Les historiens ont noté cette mutation de l'antijudaïsme chrétien, repérable à de nombreux et sinistres signes, sans toutefois l'expliquer, ou en l'expliquant par trop de raisons, ce qui revient au même; l'antisémitisme paraît arbitraire et abstrait (il fallait un bouc émissaire) ou bien inévitable et universel (les chrétiens ont toujours persécuté les Juifs). Pourtant,

Hannah Arendt, dans son grand livre sur l'antisémitisme contemporain[2], a montré avec éclat que la haine occidentale du Juif ne se saisit que dans des *configurations* historiques précises et renouvelées qui réemploient les *figures* déposées par les cycles antérieurs sur les parois de l'histoire. Décrivons d'abord ces parois médiévales.

La haine antisémite se distingue, au XIIIe siècle, de l'antijudaïsme religieux et social par une intériorisation de l'hostilité : le Juif impur risque de contaminer la communauté et met en péril ses femmes, ses enfants, ses biens et son salut ; dans l'imaginaire, cette crainte dégoûtée produit des récits, des rumeurs : les Juifs empoisonnent les puits, noient ou dévorent rituellement les enfants, complotent avec les ennemis de la Chrétienté ; dans la pratique, l'exclusion, l'expulsion et le massacre apparaissent comme des nécessités de salut public. La coexistence de ces traits, ou plutôt leur causalité circulaire et cumulative, définit l'antisémitisme médiéval, à partir de la fin du XIIe siècle.

Considérons, par exemple, le massacre de Blois[3] qui, en 1171, fut peut-être le premier pogrom antisémite : au printemps, une rumeur se répand sur les Juifs de Blois : ils ont noyé un jeune Chrétien ; le puissant comte de Blois, haï pour avoir une maîtresse juive jugée influente, prend la tête d'une persécution, avec l'approbation active du clergé de la ville ; plus de trente Juifs sont brûlés le 26 mai. Ce schéma (rumeur/consensus/massacre) se répète et s'amplifie aux XIIIe et XIVe siècles, en culminant dans les massacres de la Grande Peste de 1349, imputée à l'empoisonnement des puits par les Juifs, les lépreux et les sorciers[4]. À Blois, trois acteurs communient dans la même haine cimentée par la fabulation : un grand baron, l'Église et la populace.

Jusque-là, les violences (d'ailleurs rares), dépourvues de discours de légitimation, se limitaient à des flambées locales vite réprimées. Contrairement aux apparences, les massacres de Rhénanie, en 1095, lors du passage des cohortes populaires de la première croisade, ne relèvent pas de l'antisémitisme. Les autorités locales, confondues ici avec l'Église, s'opposent aux violences. Il s'agit, pour cette horde de la croisade populaire, de trouver un ennemi à mettre en pièces, avant d'atteindre le but lointain du combat. L'accusation de meurtre rituel n'apparaît qu'un demi-siècle plus tard, lors des pogroms de la seconde croisade, en 1146. Les autorités ecclésiastiques locales semblent s'en faire les complices et saint Bernard doit opposer son éloquence fougueuse à la marée qui commence à gonfler. Les violences populaires rapportées par les chroniqueurs au cours du Haut Moyen Âge, aveugles et muettes, s'inscrivent dans la logique sociale de persécution des minorités, sans que le bouc émissaire reçoive le stigmate de la fabulation. À cette violence sans discours et sans garants, s'oppose, en cycles déphasés, un discours religieux antijudaïque sans force matérielle ni mythification unifiante : l'Église, depuis les premiers Pères, lutte contre le judaïsme par l'argumentation théologique et par la pression sur les autorités laïques en faveur d'un statut juif strictement défini. Et même en ce cadre, les nuances sont infinies et il faut noter que l'attitude tolérante de Grégoire le Grand influencera longuement une bonne partie du clergé qui se souvient de l'interdiction canonique des conversions forcées. Le discours clérical, lorsqu'il se fait antijudaïque, prône la séparation plus que la ségrégation : entendons par là que l'Église refuse l'influence plus que le contact ou la contamination ; les décrets synodaux visent à empêcher les conversions au judaïsme en interdisant aux Juifs la possession d'esclaves chrétiens ou païens et en leur barrant l'accès aux fonctions publiques susceptibles de produire une influence[5]. Même Agobard et Amolon, ces archevêques forcenés de Lyon au IXe siècle, ne font que pousser à l'extrême cette exigence d'un statut séparé ; par ailleurs, ils subissent tous deux un net désaveu de la population et des souverains francs Louis le Pieux et Charles le Chauve. Les autorités civiles, jusqu'au XIIe siècle, ne s'en prirent presque jamais aux Juifs qui leur procuraient d'importants revenus et de nombreuses occasions d'extension commerciale ; les Carolingiens, de Charlemagne à Charles le Chauve, encouragèrent le développement des communautés juives et les utilisèrent parfois en colons de l'influence franque aux marches catalanes et saxonnes[6].

La seule exception, de taille, il est vrai, concerne l'Espagne wisigothique du VIIe siècle : l'Église et la monarchie, étroitement associées, produisirent une quantité considérable de mesures antijuives au cours des nombreux conciles de Tolède. Mais on peut suivre Bernard Bachrach quand il montre que ces mesures, peu efficaces, procèdent moins d'une haine spécifique que d'une politique de manipulation des groupes divers qui peuplaient l'Espagne : il s'agissait de briser les alliances tactiques entre les Wisigoths demeurés dans la foi arienne, les cités rebelles de la Septimanie et les Juifs ; cette alliance n'avait rien de fantasmatique, car les communautés juives de Catalogne, fort nombreuses, constituaient une réelle force politique et militaire dans la mosaïque espagnole. Les revirements brusques de la politique judaïque des Wisigoths au fil des usurpations confirment cette hypothèse ; et l'Église ne reprit jamais les décrets antijudaïques des conciles de Tolède, pourtant bien connus.

Les fils de l'antisémitisme ne se nouent donc pas au cours du premier millénaire de l'ère chrétienne, même si au regard rétrospectif de l'historien, la haine rôde, inquiète et affamée. Ainsi au IXe siècle, d'après les *Annales* de Saint-Bertin, écrites dans le milieu d'Hincmar, le grand archevêque de Reims dont les rêveries théocratiques visent aussi les Juifs, la rumeur du complot semble se dessiner : les Juifs ont livré Barcelone aux Musulmans, Bordeaux aux Vikings ; mais la fable tourne court : elle ne mythologise pas, elle ne précipite pas la figure existentielle et abstraite du traître absolu ; elle transpose, avec une mauvaise foi simple, la politique tortueuse de Charles le Chauve qui préfère livrer ces cités à des païens plutôt que de les abandonner à son rival et neveu Pépin II d'Aquitaine. Dans ces simples histoires de famille, Juifs et Chrétiens cousinent et l'histoire ne prend pas corps, ne prend pas au corps.

Résumons à gros traits cette préhistoire cavalière de l'antisémitisme à son stade antijudaïque. Dans la mosaïque ethnique et religieuse de l'Europe du premier millénaire, les Juifs constituent un groupe à l'identité marquée, à la cohérence certaine ; cette cohérence les désigne mais aussi les protège : tant que le droit demeure personnel, avant de se territorialiser progressivement au IXe siècle, la communauté juive relève du droit romain, avec un statut particulier pour les affaires internes en matière arbitrale. Or la loi romaine antique accordait à la seule religion juive le droit de ne pas honorer les dieux latins. Certes Justinien y inséra un statut juif restrictif, mais dans les nations germaniques qui dominèrent l'Europe du premier millénaire, les dispositions plus clémentes du code théodosien diffusé par le Bréviaire d'Alaric assurèrent une réelle protection juridique aux Juifs.

L'hostilité antijudaïque, en matière religieuse, procède d'un sentiment de la concurrence : dans une Europe où le christianisme ne s'implante que superficiellement, où l'hérésie arienne, plus strictement monothéiste, en somme plus voisine du judaïsme, occupe longtemps de fortes positions, cette concurrence existe bien. Elle joue d'autant plus qu'elle porte sur un héritage commun et sacré, celui de la parole divine de l'Ancien Testament ; en théologie pastorale, l'apport néotestamentaire constitue alors plus un embarras qu'une aide : si on expose inlassablement le dogme de la Trinité et de l'Incarnation dans les innombrables traités et disputes antijudaïques, c'est qu'on touche là une difficulté fondamentale de la christianisation ; avant de devenir la chance du christianisme au Moyen Âge central, la foi trinitaire, mal comprise, sans cesse contestée par les hérésies, retarde l'évangélisation des masses. Ne minimisons donc pas la réalité de cette concurrence par la vision anachronique d'une population juive, gardienne jalouse et exclusive de ses traditions. L'attraction israélite existait, comme en témoignent les nombreuses mises en garde épiscopales ou synodales contre la judaïsation, contre l'observation des rites et des rythmes juifs de la part des Chrétiens. Prenons-en comme ultime figure ce comte Renaud de Sens, qui, aux dires de Raoul Glaber[7], se prétendit roi des Juifs et menaça le fragile pouvoir de Robert le Pieux.

Cet état des relations judéo-chrétiennes rend tout à fait improbable le saut de la *concurrence* à la *rivalité* (entendue comme désir d'éliminer l'autre et non pas seulement de le surpasser), de l'altérité à l'exclusion, du voisinage à la ségrégation, de l'étonnement hostile et parfois amical à la fascination dégoûtée. Revenons rapidement au XIIIe siècle, afin de mieux mesurer cet écart.

Les persécutions, thématisées et consensuelles depuis le massacre de Blois en 1171, s'accompagnent d'expulsions durables qui se pratiquent à l'échelle d'une nation : en 1182, Philippe Auguste chasse les Juifs du domaine royal capétien (le fisc) ; en 1290, le roi d'Angleterre prend la même mesure pour tout son royaume, suivi par Philippe le Bel en 1306. La décision, levée en 1315, sera réitérée en 1394 sous Charles VI. Et qui ne connaît l'expulsion de 1492 en Espagne ? Le mouvement a donc un caractère universel ; les seules exceptions en Europe, constituées par l'Italie et la Pologne (le roi Casimir le Grand contribua ainsi à la constitution de la vaste communauté ashkénase issue de France et d'Allemagne), importeront à notre schéma d'explication. Entre les phases d'expulsion, sévit la ségrégation légale du Juif ; ne nous arrêtons pas à ce qui relève de la simple séparation, même si ces mesures permettent ensuite la ségrégation. Ainsi, la première mention d'un ghetto fermé se trouve dans une décision ambiguë de l'évêque Rudiger de Spire, en 1084, qui fait clôturer le quartier juif pour le protéger ; le concile d'Oviedo (1050), celui de Latran III (1179) interdisant l'emploi de domestiques chrétiens par les Juifs mettent en œuvre, aux frontières de l'antisémitisme, la vieille politique cléricale de protection contre l'influence et la concurrence juives. Une coupure radicale se perçoit dans les canons du concile de Latran IV (1215), dont l'influence fut immense au XIIIe siècle. Quatre canons concernent les juifs ; le 69e et le 70e réitèrent des injonctions anciennes (inaptitude des Juifs aux emplois publics, interdiction absolue de l'apostasie) ; le 67e exclut toute relation avec les Juifs usuriers avec un attendu qui dénote bien la perception d'un péril, constitutive de l'antisémitisme (« ils sont en passe d'épuiser à bref délai les richesses des Chrétiens»)[8]. Le canon 68 prescrit, pour la première fois dans l'histoire de l'Occident, «que les Juifs doivent se distinguer des Chrétiens par un habit spécial»; on sait la sinistre fortune de cette injonction. Et là encore, les attendus sont révélateurs: «Pour éviter que des unions aussi répréhensibles [mariages ou concubinages entre Juifs et Chrétiens] ne puissent à l'avenir invoquer l'excuse du vêtement... ces gens de l'un ou l'autre sexe se distingueront publiquement par l'habit des autres populations[8].» On trouve donc, dans ces canons, l'obsession antisémite du danger qui menace les biens et les femmes. Ainsi s'énonce la rivalité: le Juif tente de se mettre à la place du Chrétien dans son lit et dans sa demeure; cette substitution effraie d'autant plus qu'elle est sournoise: la marque distinctive implique la ressemblance, la possibilité de confusion. Voilà donc la duplicité du Juif: trompeur (duplice), il est le double maudit, l'homme en trop. Dès lors, son identité même doit disparaître, comme le signifient les autorités laïques en adoptant partout en Europe la formule de l'esclavage essentiel du Juif (*peculium, servus meus*), d'autant plus frappante qu'elle n'a guère d'implications pratiques. En 1223, le monarque français interdit aux Juifs l'emploi du sceau: or le sceau, répandu dans toutes les couches sociales, équivaut à notre carte d'identité; lui seul permet la signature de contrats et l'existence juridique. On donnera un dernier aspect de cette rivalité gémellaire qui structure les mentalités du XIIIe siècle: le rejet absolu de la croyance de l'autre, qui dit aussi, sur un autre mode, qu'il n'y a qu'une seule chambre dans la demeure du Père.

La longue histoire des controverses judéo-chrétiennes s'infléchit nettement au XIIIe siècle; que l'on lise le texte de la dernière vraie controverse du

Moyen Âge, à la fin du XIe siècle, entre Gilbert Crispin, abbé de Westminster, et un Juif de Mayence[9] : la dispute, sérieuse, intense, éclairée des premiers feux du rationalisme scolastique, se passe dans un réel respect de l'adversaire. Un siècle et demi plus tard, la dispute de Barcelone (1263) entre le grand docteur juif Nahmanide d'une part, ct, de l'autre, le Juif converti Paul Cristiani et le dominicain Raymond de Peñafort tourne au procès[10]. La relation pathétique de Nahmanide montre bien comment le piège se referme. Songeons aussi à l'aboutissement de la dispute de Paris (1240) sur le Talmud : plusieurs charretées de Talmuds sont brûlées publiquement. Cet intérêt pour le Talmud date du XIIIe siècle ; déjà, vers 1235, le Juif converti Guillaume de Bourges mettait sa science hébraïque au service de la controverse[11]. Il s'agit là encore d'arracher au Juif ce qui fait son identité.

Au XIIIe siècle donc, brutalement, le Juif est de trop : tout, législation, récits pratiques, conduit au point aveugle de la haine. Pourquoi ?

*

L'historien tend à décrire, toujours plus en détail, avec le vain espoir que la série, l'accumulation formeront cause, asymptotiquement. Mais les faits restent muets, ou ne renvoient qu'un simple écho. Suivons rapidement ces séries factuelles bien réelles, mais sans vertu causative :

— série religieuse : la controverse antijudaïque des théologiens répète les mêmes arguments depuis saint Jérôme ; même un exalté comme Joachim de Fiore[12], à la fin du XIIe siècle, n'infléchit guère ce propos. Les formes populaires ou consensuelles de religiosité, comme les Croisades, suscitent des persécutions dans leurs formes marginales (croisade populaire de 1096, mouvement des Pastoureaux, vers 1250); les consciences médiévales perçoivent la croisade comme départ, comme pénitence; l'ennemi lointain, mal identifié, changeant, ne cristallise pas la haine;

— série socio-politique: la communauté juive ne pouvait pas s'intégrer dans un monde féodal ou communal fondé sur le réseau des hommages et des fidélités. Pourtant Charlemagne et Louis le Pieux avaient pris grand soin de faire composer des serments de fidélité juifs, aussi contraignants que les professions chrétiennes. Au-delà de cette possibilité fragilement juridique, la fidélité, dans le monde féodo-vassalique, apparaît comme un horizon symbolique, non comme une réalité pratique; la défiance exprime l'antisémitisme, mais ne l'explique pas;

— série socio-économique: la question de l'usure juive paraît à tous déterminante; déjà Abélard, au XIIe siècle, connaissait cette explication; dans son *Dialogus inter philosophum, Judaeum et Christianum*, il attribue ce discours au Juif: « Nous ne pouvons posséder ni champs ni vignes ni aucune terre, puisque rien ne peut les garantir contre les attaques ouvertes ou cachées. Notre seule ressource est donc l'usure. Ce n'est qu'en pratiquant l'usure avec les non-Juifs que nous pouvons entretenir notre misérable vie. Et pourtant c'est à cause de cela que nous provoquons une haine amère chez ceux qui se considèrent comme gravement spoliés[13]. » On contestera non l'existence d'un tel enchaînement, mais sa portée. L'usure odieuse aux emprunteurs et à l'Église suscite l'hostilité, suggère la spoliation ou l'expulsion sporadique immanquablement suivie d'un nécessaire rappel, comme le montre l'histoire des autres groupes d'usuriers, Cahorsins, Lombards ou

Lucquois. La haine bavarde nous échappe encore. Elle nous échappe car elle se love au creux des mentalités qu'elle construit en les nourrissant de récits et de fantasmes.

La haine donc, rien que la haine, toute la haine. Il faut partir d'elle, y retourner, entrer dans son ordre, son univers et son discours. Mais où trouver ce discours obsessionnel et fuyant ? Elle parle par rumeurs et par grondements ; son énoncé emplit les chroniques, son énonciation se trouve toujours ailleurs dans le temps, dans l'espace, dans la société. Difficulté majeure : le Moyen Âge n'a produit aucune théorie antisémite. La fable antisémite semble se répandre sans auteur, dans la pure oralité. Pourtant, dans une culture scripturaire, un consensus durable ne peut se passer d'une élaboration symbolique, d'un texte, ou d'un ensemble textuel fondateur ; ce texte biaisé, indirect, on ne le trouvera pas dans la littérature spéculative ; la haute culture théologique ou juridique ignore la haine : saint Bernard, en 1146, désamorce énergiquement la campagne hystérique d'un ermite lors de la seconde croisade. En 1247, le pape Innocent IV adresse aux évêques de Rhénanie la bulle *Lacrimabilem Iudaeorum* pour affirmer avec force que la loi hébraïque ne prescrit nullement le partage rituel du cœur d'un enfant[14] ; en plein XIVe siècle antisémite, les juges de Manosque manifestent une durable et inflexible impartialité dans les procès qui mettent en cause des Juifs[15]. On ne lira pas non plus de texte antisémite dans la littérature profane, juchée sur les hauteurs courtoises ou héroïques, ou bien ramassée dans la joyeuseté du fabliau. Le mythe s'accommode mal de la distance spéculative ou ludique.

Où trouver alors une zone discursive où la

croyance se raconte sérieusement tout en s'affranchissant du contrôle des autorités et de la raison? Dans la légende religieuse qui s'élabore librement au cours du Moyen Âge central, sur le modèle hagiographique classique, mais en variation libre. Il s'agit d'une production abondante, souvent anonyme, généralement issue des milieux cléricaux ou monastiques; elle n'engage pas l'Église, car elle ne relève ni de la théologie ni de la liturgie; elle connaît une immense diffusion par le biais de la prédication. Songeons par exemple à la *Légende dorée* de Jacques de Voragine, écrite vers 1265[16]: ce légendier sans statut ni fonction officiels, chargé de centaines de récits qui mêlent les sources autorisées (Bible, patristique, hagiographie ancienne) et les sources apocryphes ou «populaires», se lit partout et dans tous les milieux; avec plus de mille manuscrits conservés, on a affaire au texte le plus répandu du Moyen Âge après la Bible.

Or on lit dans la *Légende dorée* un récit qui narre l'origine de la malédiction juive; il s'agit de la vie de Judas, insérée dans le chapitre sur saint Mathias qui lui succéda dans l'apostolat. Résumons: après avoir conçu de Ruben (issu de la tribu juive de Dan), Cyborée rêve qu'elle enfantera un fils souillé de vices qui causera la ruine du peuple juif; les parents, après la naissance de ce fils, s'en débarrassent en le plaçant dans un panier lancé à la mer. Il échoue sur une île dont la reine, sans enfant, adopte Judas. Ensuite cette reine met au monde un enfant que Judas persécute, puis tue, après avoir découvert qu'il n'était pas lui-même le fils naturel de la reine. Puis Judas fuit à Jérusalem et se met au service de Pilate. Or, un jour, ce dernier éprouve le désir violent de goûter des pommes qui poussent dans un jardin voisin; Judas y court, se heurte au propriétaire, sans savoir qu'il s'agit de Ruben son père et le tue. Pilate donne alors les biens et l'épouse de Ruben à son meurtrier. Après quelque temps, Judas découvre qu'il s'est uni à sa mère en l'entendant raconter ses malheurs. Pour expier, il se rend auprès de Jésus qui, après avoir entendu son récit, l'accueille au nombre des disciples puis des apôtres ; puis Judas trahit Jésus et se pend.

La légende applique à Judas le récit œdipien ; le fait importerait peu s'il ne s'agissait là que d'un exemple de l'industrieuse récupération, par Voragine, d'un matériau narratif antique bien connu. Mais ce détournement a une tout autre ampleur : cette version œdipienne de la vie de Judas, nullement inventée par Jacques de Voragine, naît dans la seconde moitié du XIIe siècle et se trouve dans une bonne cinquantaine de manuscrits du XIIe au XIVe siècle, nombre considérable pour une œuvre médiévale ; la vitalité de cette tradition narrative se manifeste aussi par les variations de ce corpus, où l'on peut distinguer trois ou quatre tissages de la même trame narrative[17]. Notons donc ce lien, posé par le récit, entre l'inceste originel et la malédiction des Juifs, et la concordance chronologique entre l'apparition de l'antisémitisme et l'invention de ce récit totalement étranger à la tradition évangélique et patristique (l'Évangile ne rapporte que la trahison et le suicide de Judas).

Mais il y a plus : à la même époque (fin XIIe siècle), se forge une autre légende incestueuse, celle du pape Grégoire, connue par une demi-douzaine de manuscrits, une version rimée du poète allemand Hartmann von Aue et popularisée, elle aussi, par un recueil narratif religieux au grand succès, les *Gesta Romanorum* (XIVe siècle ; 165 manuscrits)[18]. Là encore, l'invention est abrupte: le Moyen Âge connaissait bien la vie de Grégoire par les récits hagiographiques de Paul diacre et Jean diacre utilisés d'ailleurs par Jacques de Voragine, dans le chapitre consacré à Grégoire, situé précisément juste après la vie de Mathias et Judas. Résumons encore: le duc d'Aquitaine, en mourant, confie sa fille à son fils et successeur. Au bout de quelques mois, le jeune homme ne résiste plus au désir et couche avec sa sœur. Un enfant va naître. Rempli de honte, le jeune duc part expier en Orient, où il mourra; après l'accouchement, la mère confie l'enfant aux flots; le jeune Grégoire est recueilli par des pêcheurs et élevé au monastère voisin; mais, un jour, la femme du pêcheur, irritée des brutalités qu'il fait subir au fils naturel du couple, lui révèle sa naissance incestueuse, connue par les inscriptions anonymes qui avaient accompagné le jeune Grégoire dans sa dérive maritime. Grégoire décide alors de se faire chevalier pour secourir les opprimés; au cours de son errance, il apprend que la duchesse d'Aquitaine est attaquée par le duc de Bourgogne qui veut l'épouser contre son gré; Grégoire la protège efficacement et l'épouse. Mais Grégoire finit par apprendre le double inceste sororal et maternel. Pour expier, devenu moine, il se fait enchaîner pendant dix-sept ans à un rocher. Puis une révélation divine ordonne aux cardinaux romains de porter le saint ermite Grégoire sur le trône pontifical. Et au moment où on le trouve, le pêcheur qui avait jeté dans les flots, dix-sept ans plus tôt, la clef de la chaîne de Grégoire la découvre dans le ventre d'un poisson pris le jour même.

En tirant le fil incestueux des récits religieux du XIIe siècle, on dévide une immense pelote: une histoire analogue se lit de saint André en Europe orientale, de saint Alban, et un peu plus tard de saint Martin et saint Brice. L'inceste fonctionne alors comme un mythe d'origine : l'incestueux sans repentir engendre le Juif, l'incestueux repenti le bon Chrétien. Insistons sur cette centralité et cette originalité du thème ; Grégoire et Judas sont des figures de premier plan dans l'histoire religieuse ; d'autre part, ces récits nouveaux constituent, en masse, une part importante de la création légendaire, forcément limitée par l'ampleur et la force du matériau ancien et autorisé. Enfin, les auteurs ou les compilateurs savent fort bien qu'ils rapportent des versions nouvelles ; l'auteur anonyme d'une longue version rimée de la vie de Judas (début XIIIe siècle) déclare, dans son exorde : « Les anciens dits des Pères ont déjà déserté notre théâtre et de nouveaux leur succèdent[19]. » Jacques de Voragine commente ainsi ce qu'il vient de conter à loisir : « Jusqu'ici, il s'agit d'un récit de l'histoire apocryphe qui est laissé à l'appréciation du lecteur, bien qu'il soit plutôt à rejeter qu'à admettre. » De fait, cette version œdipienne de la vie de Judas ne passe jamais dans la littérature ecclésiale (prédication transcrite et imitable, théologie, histoire ecclésiastique, liturgie) ; on n'en trouve aucune figuration iconographique publique (vitraux, fresques, peintures).

Dans le système compliqué des registres de croyance au Moyen Âge, la légende apocryphe a un statut particulier : sans croire à son authenticité (assurée par l'autorité scripturaire-patristique, ou bien par le témoignage visuel), on la raconte hors-champ, comme une histoire significative, révélatrice, une histoire vraie *dans le fond* (c'est-à-dire : au-delà de la véridiction formelle ; à *tout* prendre ; dans le tréfonds)[20]. Judas métaphorise-t-il le Juif (comme dans un *exemplum*) ? Non, car la syntaxe qui unit le prototype au groupe est plus forte : le mythe associe Judas au Christ dont la présence liturgique scande la vie du Chrétien ; chaque Juif trahit le Christ au terme d'une passion incestueuse ; il est significatif qu'une version française de la vie de Judas, au XIIe siècle (version évangélique et non œdipienne, il est vrai), s'intitule *Passion* de Judas[21]. Chaque Juif recommence Judas, non par métaphore ni par filiation de responsabilité, mais par le mystère d'une présence réelle, On ne croit guère, au Moyen Âge, à la responsabilité collective de l'*acte* de Judas ; les théologiens les plus écoutés (Grégoire le Grand, Raban Maur, etc.), en affirmant que le pécheur chrétien livre chaque jour le Christ à ses bourreaux, assignent à la trahison une valeur morale et individuelle. La pérennité juive du mystère de Judas procède non de l'*acte* (qualifié/disqualifié par la conscience juridico-morale), mais de la *motivation* (cachée, donc soupçonnée ; encore plus réelle si elle est déniée). La rumeur dit : « On dévore un enfant » ou « On profane l'hostie » ; il s'agit là de célébrer la souillure de la Mère et le massacre du Père, comme ici, dans l'Eucharistie, on commémore le Fils sacrifié et la Mère virginale ; ainsi, au carrefour de la physique aristotélicienne et de l'invention du mythe de Judas naît au XIIe siècle l'idée d'une *nature* juive (le mot se lit chez Guibert de Nogent dont on reparlera). La rumeur, cette messe antisémite, réévoque le récit abject de la passion de Judas. Aux premières tentatives de liturgisation de la persécution, notée au début du XIe siècle sous le nom de colaphisation (gifles liturgiques données aux Juifs le Vendredi Saint), il manquait encore la puissance fondatrice du texte passionnel, dont l'articulation scande, encadre le fantasme incestueux (puissance structurale qui se lit dans la construction en 30 chapitres du *Livre des Guerres du Seigneur* de Guillaume de Bourges (vers 1235), explicitement indexée sur les trente deniers de la trahison de Judas).

Il reste à comprendre la puissance symbolique de l'inceste en ce milieu du XIIe siècle. Ici une concomitance massive, impressionnante apparaît. L'interdiction ecclésiale de l'inceste (au sens large, on le verra) se durcit et se précise à la fin du XIe siècle, dans le grand mouvement de la réforme grégorienne : déjà en 1059, le pape Nicolas II, proche d'Hildebrand, le futur Grégoire VII, convoque un concile qui fixe une législation sévère : celui qui aura pris femme dans son cousinage jusqu'au 17e degré sera forcé de s'en séparer par son évêque ; et le système de calcul des degrés de parenté se met en place avec une rigueur particulière : Pierre Damien, suivi par le pontificat, opte, dans son *De parentelae gradibus*, pour le système germano-canonique (contre le système romain), qui compte les degrés par génération et non par individu et augmente considérablement la zone d'interdiction matrimoniale.

Cette interdiction a une portée immense, dans un système culturel où l'Église détient le monopole de la production symbolique ; l'excommunication, l'interdit jeté sur un royaume ou sur un fief punissent les contrevenants ; de plus, la conscience de la faute est intériorisée par une prédication de plus en plus efficace, puissante et menaçante. Georges Duby, dans *Le Chevalier, la femme et le prêtre*[22], a bien montré le bouleversement des consciences et des pratiques qu'a provoqué cette politique de l'Église aux XIe et XIIe siècles. Toute rébellion attire la réprobation et le châtiment divins ; Suger, au milieu du XIIe siècle, décrit ainsi la chute du baron Thomas de Marle : « Peu après, pour que ce fût à la volonté divine que l'on attribuât la ruine des impies, Thomas de Marle perdit par l'annulation de son union et son château et son mariage que souillait une incestueuse consanguinité[23]. » Ce dernier témoignage désigne la portée sociale de la prohibition ecclésiale de l'inceste ; dans une société féodale où l'on ne survit qu'en arrondissant le domaine afin de trouver les hommes et les ressources nécessaires à la guerre, le mariage apparaît comme un instrument indispensable ; or les habitudes culturelles germaniques ou méditerranéennes, la transformation des charges précaires en fiefs héréditaires depuis le IXe siècle, la conscience du lignage privilégient le mariage entre cousins. Au début du second millénaire, l'affrontement entre l'Église et la société féodale engendre un traumatisme majeur qu'on pourrait décrire comme la perception d'un double lien, pour reprendre la célèbre notion définie par Gregory Bateson : il faut se marier (pour que le corps et la race survivent ; mais aussi parce que cela est bon ; le sacrement du mariage est instauré à peu près à cette époque) et il ne faut pas se marier (pour sauver son âme ; chaque projet suscite le danger de l'inceste). Le mystère de cette imposition symbolique par l'Église, qui retourne les valeurs de la société dont elle émane, a été élucidé avec une géniale simplicité par le grand anthropologue Jack Goody. Il montre que depuis le IVe siècle (moment de son institution publique), l'Église instaure graduellement un système d'interdictions sexuelles et familiales étranger aux pratiques sociales ambiantes comme au message évangélique[24] : rejet du mariage entre cousins (appelé inceste), du concubinage des laïcs et des clercs, de l'adoption, du lévirat (mariage avec la femme du frère sans enfant). Rien ne justifie ce système, si ce n'est que les pratiques interdites servent à assurer une transmission familiale de l'héritage : Jack Goody considère que dans une société monogamique, 20 % des couples sont stériles, 20 % n'engendrent que des filles ; la transmission directe à un héritier mâle fait donc défaut dans 40 % des cas (pourcentage aggravé aux périodes de forte mortalité infantile naturelle ou violente). Certaines sociétés privilégient donc le renforcement des liens familiaux naturels (mariage entre cousins, lévirat et polygamie chez les Juifs) ; d'autres favorisent la création de liens familiaux supplémentaires (adoption et concubinage chez les Romains) ; tout cela permet au lignage ou à la famille large une survie globale au-delà de la transmission directe. L'Église, en limitant ces voies parallèles de transmission, en faisant par ailleurs pression sur les testateurs, se constituait ainsi une immense réserve territoriale ; à la fin du premier millénaire, elle possédait à peu près un tiers de la surface cultivable en Europe... Mais, vers l'an mille, cette ascension prodigieuse de l'Église connaît un arrêt net : la résistance des laïcs se manifeste par la spoliation des terres ecclésiastiques, par une mainmise sur les bénéfices du clergé, par un refus des prohibitions familiales. À la fin du XIe siècle, l'Église, menacée dans sa puissance territoriale et sociale, réagit : enfin dotée d'un réseau clérical adéquat, solidement assise sur le trône monarchique de la papauté, elle augmente sa pression sur la société civile par la réforme grégorienne. Au même moment, la société laïque, au cœur de l'âge féodo-vassalique, éprouve le besoin vital de consolider ses lignages et de renforcer sa politique matrimoniale ; le thème généalogique devient capital[25]. La situation de double lien atteint alors son point critique.

Nous voici donc au cœur sombre de l'imaginaire du XIIe siècle : le Père monarchique déchu (voir dans les romans de Chrétien de Troyes la dérisoire figure des rois Marc ou Arthur), le Père lignager affaibli ou tôt anéanti par les luttes incessantes, manquent; la femme, riche de promesses douairières, mais intouchable si elle est proche, inaccessible si elle est lointaine, prend un relief confondant et n'offre sa sollicitude que comme mère ou comme Vierge mère de Dieu. Osera-t-on parler ici d'une névrose de groupe? Oui, si l'on s'autorise de la belle analyse de la *Névrose courtoise* par Henri Rey-Flaud[26], qui rend compte du *fin'amor* des troubadours et des romanciers du XIIe siècle; on la donnera comme variante de la véritable névrose virginale qui abîme les esprits du XIIe siècle dans la dévotion mariale la plus obsessionnelle. Mais pour approcher de ce qu'il faut peut-être appeler la psychose antisémite, on évoquera la figure justement célèbre de Guibert de Nogent[27].

Guibert écrit son autobiographie (la première du Moyen Âge), *De Vita sua*, vers 1116, en un moment où la tension incestueuse est à son comble avant que les fables ne détournent l'agressivité collective vers le groupe judaïque. On trouve d'ailleurs chez Guibert la première mention d'un «sabbat» hérétique qui annonce de très près la rumeur antisémite, dans ses composantes sexuelles et profanatoires; ce groupe rural d'hérétiques de la région de Soissons «rampe dans la clandestinité, dénoncée par ses perpétuels bruissements» (p. 429); ils nient l'incarnation; sournois, «ils se mêlent aux autres et reçoivent nos sacrements»; «on les voit, hommes et femmes, cohabiter sans aucune règle conjugale... on sait encore que des hommes couchent ensemble, que des femmes agissent de même». Ils se livrent à des orgies sexuelles dans des endroits souterrains;

quand une femme enfante, lors de ces réunions, ils se passent le bébé de main en main puis le jettent dans les flammes et « lorsqu'il se trouve réduit en cendres, ils fabriquent avec ces cendres un pain dont un morceau est distribué à chacun ; un hérétique ne vient presque jamais à résipiscence lorsqu'il a participé à cette espèce d'eucharistie » (p. 431). La haine a trouvé ici son mode d'énonciation et son discours, mais non son objet (les Juifs) ni son mythe fondateur (l'inceste de Judas). Et pourtant, Guibert hait les Juifs. Lorsqu'il évoque l'horrible comte Jean de Soissons, il note que sa mère s'aide des artifices d'un Juif pour empoisonner son frère et s'emparer de ses terres (incestueuse et meurtrière rivalité d'héritiers) ; Jean, son digne fils, « honore la fausse croyance des Juifs », fréquente l'Église la semaine sainte pour blasphémer et « regarder attentivement les jolies femmes qui [y] passent la nuit » (p. 427) ; il trompe sa femme avec une vieille maîtresse dans la maison d'un Juif. Ailleurs, le Juif s'associe à la sexualité du Diable : Guibert raconte ainsi qu'un moine eut recours à un médecin juif ; ils se font confiance : « leur intimité devint assez grande pour qu'ils eussent l'audace de se révéler mutuellement leurs secrets » (p. 203) ; le Juif, pour répondre à la curiosité du moine, s'entremet auprès du Diable qui exige de lui le sacrifice de « ce qu'il y a de plus délectable en l'homme » : « Quoi donc ? — Tu me feras une libation de ton sperme, après quoi tu en pourras savourer ce à quoi ont droit les sacrificateurs » (p. 203). Autour du sacrifice profanatoire du sperme ou du bébé, se met en place, encore confusément, le discours obsessionnel de l'antisémitisme. Notons que chez Guibert, le Juif est toujours associé à la sexualité interdite et à la profanation, mais non à l'usure, pourtant très présente dans ses récits de châtiments horribles. Le Juif bascule déjà dans le fantasme, loin de l'hostilité sociale consciente.

La personnalité de Guibert nous aide à mieux saisir la « psycho-classe » (notion chère à Lloyd de Mause)[28] antisémite. Guibert est issu d'un noble lignage de la région de Clermont (Oise). Son père, Évrard, meurt peu après sa naissance ; sa mère (jamais nommée dans le récit) se retire au couvent quand il a douze ans. Guibert vénère sa mère, sans cesse louée et associée à la Vierge : son texte s'ouvre sur une proclamation de sa propre misère morale et de la beauté physique de sa mère. Le père se situe du côté de la déchéance ; il n'a pu engendrer que par le péché : impuissant devant son épouse pendant sept ans, il ne peut l'approcher que lorsque sa famille, redoutant sans doute l'absence d'héritiers, pousse dans son lit une courtisane dont il a un enfant, avant d'engendrer plusieurs fils légitimes. La mère, devenue moniale, en garde une horreur profonde de la propriété (elle ne cesse de détourner Guibert de l'acquisition de bénéfices ecclésiastiques) et de la parenté. Au moment de sa mort, un moine, ancien maître de Guibert, déplore l'absence de ses fils (Guibert est à Nogent ; elle meurt au monastère de Fly) : « Mais elle, le foudroyant du regard, répondit : "Même s'ils habitaient comme autrefois le monastère voisin, Dieu m'est témoin que je ne souhaiterais voir assister à mon trépas ni eux ni personne de ma parenté. Il n'y a qu'un seul être que de toute mon ardeur intérieure j'attends ; ô combien je souhaite qu'Il soit seul à m'assister" » (p. 245). Guibert, devenu moine, se laisse d'abord tenter par l'ambition et il recherche un bénéfice ecclésiastique, poussé par ses parents (*cognati*), toujours présentés comme des bêtes et des brutes ; Judas prête sa figure odieuse à ses parents au zèle familial dangereux : sans aucun cynisme, Guibert répond à un de ses proches qui lui propose d'œuvrer pour l'obtention d'un bénéfice : « Ce que tu fais, fais-le vite » (paroles de Jésus à Judas le trahissant, dans Jean, XII, 27) (p. 161). Enfin, il sait retrouver la voie des deux mères (la sienne et celle de Jésus) ; la virginité maternelle vainc la promiscuité parentale et l'ambition terrestre. Ainsi s'annonce, avant sa formulation, le mythe antisémite.

Le texte de Guibert impressionne, car il montre le fantasme dans son bouillonnement naissant ; Guibert se vit comme un champ de bataille ; discret sur les déportements de sa sexualité, allusivement dénoncés, il se raconte en ambitieux et en traître (il trahit le roi, l'Église par sa faiblesse et se le reproche amèrement), mais son texte a toutes les audaces dans la dénonciation et la création verbale (souvent intraduisible). L'Autre est encore en lui, pas encore expulsé par le récit, comme ce bébé à double corps sur une unique paire de jambes dont il signale la naissance prodigieuse.

Pourtant au livre III de son récit, Guibert, par le biais de la chronique, met en scène, dans un cadre déjà éloigné du Sujet, un grand épisode de malédiction incestueuse et ambitieuse, lorsqu'il raconte la sanglante histoire de la commune de Laon (1111), où se dessine en creux la figure encore flottante de Judas. Cet épisode, depuis Augustin Thierry, a toujours passionné les historiens du mouvement communal français ; nous le lirons sous un tout autre angle.

Guibert commence ce récit par une évocation des mauvais évêques de Laon dont les crimes et les faiblesses préparent la catastrophe de la commune. Cette chronique sinistre, où les évêques sont des criminels, le pape et le roi des faibles, les barons des pillards et des ribauds, laisse Guibert tout seul dans le désert social, seul avec le souvenir de sa mère. Lisons. Adalbéron, le premier évêque cité, « riche de terres », trahit le roi « enfant innocent », « à l'instar de Judas, le jour même de la Cène du Seigneur » (p. 269) ; son successeur Hélinand cumule les épiscopats de Laon et de Reims et le pape le lui reproche en disant que « quiconque a une épouse ne peut en aucun cas en acquérir une autre » (p. 273). Ensuite vient Enguerran, parent et intime d'Enguerran de Boves, sire de Coucy, pivot du drame de la commune. Cet Enguerran de Boves ne se satisfait pas des femmes proches de lui, « légitimes ou courtisanes » (dans le prodigieux et significatif vocabulaire de Guibert : *debitas*, dues, et *usurarias*, d'usure ; l'usure n'est vraiment pas où on la croit ; Guibert nous protège de l'économisme) ; « malheureux dans ses choix matrimoniaux » (mais la traduction ne suffit pas : *sortiendis matrimoniis* renvoie à la fois au choix et au hasard ; Mathias a été tiré au sort — *sortitus* — après la trahison de Judas), Enguerran épouse illégalement (après répudiation et incestueusement) la femme de son cousin, une grande pécheresse ; il avait engendré le terrible Thomas de Marle, qui lui-même se maria trois fois et incestueusement ; Thomas, complice de la commune, ennemi mortel de son père, persécuteur de l'Église, grand brigand, est pour Guibert le sauvage absolu ; il s'étend complaisamment sur les tortures qu'il fait subir à ses ennemis, qu'il suspend lui-même par les testicules, qu'il empale de sa pique de la bouche à l'anus. Voilà où mène l'amour des cousines et de la terre : la haine en tous sens. Revenons à l'évêque Enguerran qui donnait « son absolution à cette diabolique union » (celle de son cousin Enguerran)

(p. 279); la mort proche ne retient pas l'évêque dans ses plaisirs ni ne le conduit à la confession et à la communion qu'il refuse; il ne retrouve force que pour embrasser son cousin de Boves. Le quatrième évêque de Laon évoqué par Guibert, anonymement, acquiert le siège par la simonie et meurt aussitôt; dans la cathédrale, son corps subit le sort de celui de Judas, selon les mots mêmes des *Actes des Apôtres* (I, 18): « À peine son cadavre y eut-il été déposé que, à ce qu'on me dit, il creva et un flot de liquide puant s'écoula jusqu'au milieu du chœur » (p. 283). Enfin, Gaudry, deux fois meurtrier, trahit lui aussi le roi le jour de la Cène du Seigneur et meurt percé de coups dans le tonneau où il s'est réfugié lors de la commune de Laon.

La haine de Guibert, féroce, relève certes de sa fureur contre les clercs; dans un monde où toutes les relations d'autorité ecclésiastique se désignent en termes de parenté, Guibert hait le père en chaque évêque; et nous avons trouvé ailleurs[29] une assimilation du problème de la succession ecclésiastique au meurtre du père; mais aussi dans ce scénario haineux, commence à s'inscrire la figure de Judas. Dans cette narration, se dit la double postulation de Guibert, écartelé entre la fascination de Thomas de Marle et la vénération de la Vierge-mère. Et la joie de Guibert écrivain (*dictaturiens*: brûlant du désir des mots — superbe emploi rarissime d'un mot que, hélas, et malgré son dernier commentateur, il n'a pas inventé puisqu'on le doit au polygraphe byzantin Priscien) s'adosse à l'exécration de Thomas, qui expulse l'Autre dans une haine constitutive.

On tue Thomas de Marle comme un loup, on extermine les hérétiques comme une vermine. La haine des mâles incestueux cherchait sa proie; elle la trouve chez les Juifs, par le biais de l'histoire de Judas.

Dans une société rendue homogène quant aux prescriptions sexuelles par l'encadrement doctrinal chrétien, la communauté juive représente la seule alternative, fascinante et répugnante, objet d'envie et de haine : ce groupe qui appuyé sur une autorité sacrée (Thomas de Marle ne théorise pas ; les hérétiques délirent et comprennent le latin à contresens) continue à pratiquer la polygamie (jusqu'au XIIIe siècle), le lévirat et le mariage entre cousins, tend aux Chrétiens le miroir abhorré de leur manque. Le mystère de la séparation, de la culture accroît la tension : que font-ils donc entre eux ? Les pires et les plus délicieuses saletés. L'oreille collée à l'épaisse porte juive, d'où ne sortent que de confuses jubilations, on construit alors le grand fantasme narratif antisémite ; on fabule. Relisons notre histoire de Judas : on y trouve un meurtre du père (Ruben tué à coups de pierre, comme Abel et à cause de pommes tentantes) et du Père (Jésus), une adoption suivie du meurtre du frère légitime et préféré de la mère, un inceste maternel en forme de quasi-lévirat ; joignons-y l'histoire de Pilate racontée par Voragine : enfant naturel de parents païens et concubins, il tue lui aussi son demi-frère avant de participer au meurtre du Seigneur en s'associant à l'incestueux. Tout ce scénario se saisit en contrepoint de celui de Jésus : voilà un fils qui recueille tout l'héritage paternel en se sacrifiant pour le Père, un fils dont la mère virginale écarte tout inceste. Lisons un dernier récit, juif, celui-là, et qui inverse les significations : dans les *Toledoth Yeshuh*[30], récits juifs de la vie de Jésus, Jésus l'imposteur est né de Marie et du voisin de son époux Joseph, Yoanan, qui l'engrosse en se faisant passer pour Joseph, une nuit de sabat, alors que Marie est impure (réglée) : le mythe juif, antérieur au mythe de Judas, donne à l'Autre son origine, non dans l'endogamie excessive, mais dans l'exogamie (adultère et violation des normes sexuelles de la communauté). La grande rivalité des jumeaux testamentaires se raconte fébrilement en ce début de millénaire.

La légende, travaillée en mythe paraliturgique (et l'inconscient a un fonctionnement liturgique), articule l'immense et dangereux amour de la mère, berce la terrible solitude du sujet féodal (*ego solus*, ne cesse de dire Guibert) dénudé par la loi ecclésiale. En ce XIIe siècle qui découvre la théologie de l'histoire[31], on invente l'économie historique du désir...

ALAIN BOUREAU

La haine publique

Paris 1652

À l'automne 1652 se termine la Fronde, l'une des crises politiques majeures de l'Ancien Régime français. Retour du roi dans sa capitale, retour à l'ordre. Une amnistie efface les fautes et la mémoire des fautes. Pierre Bourgeois, modeste marchand épinglier, ne veut pas de cette amnistie. Il tente une ultime démarche pour relancer les poursuites contre les meurtriers de son fils. Il refait pour les juges du parlement, une fois encore, le récit de ses malheurs.

L'histoire commence le 15 août 1652, fête de « l'Assomption Notre-Dame ». La compagnie de la milice bourgeoise du quartier de la Tonnellerie se retire dans son quartier, après avoir monté la garde aux portes Montmartre et Poissonnière. Près de Saint-Eustache, un jeune homme regarde défiler la troupe. Quelqu'un s'approche et lui demande s'il sait quelle est cette compagnie. Il répond que « c'est la compagnie des juifs qui revient de garde et retourne à leur synagogue ». Les soldats-bourgeois ont entendu. Le capitaine ordonne de faire halte et de s'emparer de l'insulteur. Une courte bagarre éclate. Le jeune homme est conduit chez le capitaine. On le bat, on le force à demander pardon à genoux, pendant qu'on crie sous les fenêtres « il le faut tuer parce qu'il a offensé tout notre corps». On ne le libère qu'à la nuit noire[1].

Le lendemain les uns et les autres portent plainte, mais devant deux juridictions différentes.

Dix jours plus tard, le 26 août à six heures du matin, le fils de l'épinglier est en pantoufles dans la rue : il se prépare à ouvrir la boutique. Arrivent des gens de la Tonnellerie qui se jettent sur lui, le frappent à coups de poing, de pied, d'épée, et «d'instruments non encore usités et qu'autres que des fripiers n'auraient pu inventer, qui sont peaux d'anguilles et lisières de drap entre lesquelles sont cousues dix balles de mousqueton». De fait, la Tonnellerie est le quartier des fripiers. Ces fripiers traînent à nouveau le jeune homme au domicile du capitaine qui fait rassembler toute sa compagnie. Pendant quatre heures, on le torture, «on lui tire et arrache la barbe et les cheveux, on le soufflette, on le perce et pique de poinçons et de grandes aiguilles, on lui presse du verjus en grappe dans les yeux et, pour l'accabler entièrement de douleur, ayant demandé un peu d'eau, à cause de la grande altération qu'il avait, on lui en présenta qui était corrompue».

Il ne s'agissait que d'une arrestation : le capitaine avait entre-temps obtenu de la juridiction municipale un décret de prise de corps contre l'insulteur public. On se proposait donc, ce 26 août, de l'enfermer dans les prisons de l'Hôtel de Ville. La compagnie de la milice insultée avait mission de l'y conduire. Mais le jeune homme ne peut plus marcher. On l'attache donc sur la chaise qui d'ordinaire sert à transporter les malades à l'Hôtel-Dieu. Le cortège s'engage dans une rue déserte, la rue des Déchargeurs. Là, des coups de feu éclatent, le fils de l'épinglier est tué : une balle a pénétré dans l'œil gauche et fait éclater la tête[2].

Qui sont les sujets de cette histoire ? Les hommes ou les noms ? La compagnie des fripiers de la Tonnellerie se fait traiter de Juifs par un jeune homme nommé Jean Bourgeois qui tient boutique aux Saints-Innocents, juste sous les murs du cimetière. Le jeune Bourgeois des Saints-Innocents.

*

Les mots « c'est la compagnie des juifs qui revient de garde et retourne à leur synagogue » ont été prononcés suffisamment fort pour se transformer d'aparté privé en altercation publique. La réaction des bourgeois de la Tonnellerie fut celle de citoyens dans l'exercice de la plus importante de leurs charges civiques. Les tribunaux prirent le relais. Puis ce fut l'imprimé qui acheva d'élargir le cercle de la publicité. Car l'affaire eut immédiatement une carrière éditoriale. En quelques jours parurent douze livrets, chambre d'écho où résonnent les invectives du 15 août, les coups de feu du 26, rameutant peu à peu l'antisémitisme latent.

Le fait divers fusionne finalement avec le mythe et la très longue durée. Les coups, les cheveux et la barbe arrachés, les soufflets, les blessures au poinçon, le verjus en grappe dans les yeux, l'eau corrompue tracent, de texte en texte, la piste qui mène au mot martyre. Le mot prononcé, la succession des tortures y trouve sa cohérence et sa logique. Dernière étape : le passage du martyre du jeune Bourgeois des Saints-Innocents au déicide juif :

Et ce pauvre corps dans sa peine
Étoit hors de force et d'haleine,
Lorsque ces démons infernaux
Non satisfaits de tous ces maux,

Pour accabler ce misérable,
Lui font faire amende honorable;
Et l'auroient enfin mis en Croix,
Ainsi que firent autrefois
Leurs auteurs, cette race immonde,
Jésus-Christ le sauveur du monde,
Sans la crainte du châtiment
Qui les retint dans ce moment[3].

« Nos seigneurs de la synagogue / Cette race orgueilleuse et rogue / Qui fit jadis mourir son Dieu / ... Aux yeux de sa dolente mère, / Et qui rient encore aujourd'huy / De ceux qui n'espèrent qu'en luy[4]. » La marque indélébile de ce crime inexpiable, transmise intacte de génération en génération depuis le jour où « tout le peuple répondit : Que son sang retombe sur nous et sur nos enfants », est dans ce rire. Pour les Juifs, le temps n'existe pas. Chaque année, ils accomplissent des crimes rituels qui répètent la Passion du Christ. La ruse, la trahison, les gains illicites et sordides leur permettent d'échapper au châtiment qu'ils méritent. Ruse serpentine que les peaux d'anguilles bourrées de plomb matérialisent. Plusieurs fois viennent les apostrophes « vipères, serpents ». Enfin, il ne fait pas de doute qu'il y a un véritable vampirisme juif. Ce sont « des tigres assoiffés de sang ». Ils apaisent cette soif avec des sacrifices humains. Ce sont des loups-garous. « Il ne faut pas s'étonner s'ils sont si cruels et s'ils n'ont point d'humanité, puisqu'ils ne sucent pas seulement le sang à la mammelle, mais en naissant ils en portent une poignée[5]. » Ici s'opère la jonction entre un antisémitisme catholique traditionnel et ces rumeurs qui montent de temps à autre d'un quartier ou d'un village et qui disent, par exemple, que des enfants ont été enlevés et assassinés pour permettre à de mystérieux personnages de se baigner dans leur sang.

Rien de tout cela n'est nouveau. L'affaire Bourgeois fournit l'occasion aux auteurs de ces textes de faire jouer ensemble les différents registres du répertoire des invectives antisémites. Et l'on voit même ressortir de leur boîte à malices des accusations colportées au temps des croisades : les Juifs d'Orléans ont donné au calife de Babylone le conseil de ruiner les lieux saints à Jérusalem. Tous les ans à Pâques les Juifs crucifient un chrétien, mais jamais au même endroit. Quand Philippe Auguste les a chassés de France, ils ont fait un pacte avec les lépreux pour empoisonner les sources du royaume. Il arrive même, faute d'objets, qu'ils retournent leur cruauté contre eux au cours de sanglants suicides collectifs. Enfin, après une première entreprise de grande envergure contre le christianisme, quand ils ont fomenté le schisme qui a séparé Constantinople de Rome, ils ont inventé « l'exécrable loi de Mahomet » : « nous sommes tous informés qu'il la composa par le moyen d'un juif qui lui en inspira le dessein avec Satan [...] et c'est assez dire que Mahomet était fils d'un idolâtre et d'une mère juive et que tous les mahométans sont circoncis, pour convaincre les juifs d'être les auteurs de leurs infernales sectes[6] ».

*

N'oublions pas que l'objet de cette haine est absent. Au milieu du XVIIe siècle, il n'y a plus de Juifs à Paris ; et cela depuis fort longtemps[7].

Les Parisiens le savent. Mais que sont-ils susceptibles de croire en septembre 1652 ? L'assimilation fripiers « juifs » dépasse, et de très loin, le cadre de l'affaire Bourgeois. Comme le dit Pierre Bourgeois lui-même dans sa seconde supplique au parlement, l'appellation de synagogue pour désigner les fripiers «est un brocard innocent qui est en usage et que la vanité de ce corps de métier provoque souvent à dire pour l'humilier». Sa troisième supplique, dans sa naïveté (?), pose encore mieux le problème. Il y affirme que son fils «n'a failli que pour avoir été malheureux en ce qu'il s'est trouvé seul dans Paris en un nombre infini de personnes de tous âges et de tous sexes auxquelles il arrive de désigner les fripiers par les termes de juifs et de synagogue». Et quelques lignes plus bas, cette démonstration involontairement limpide: «il n'y a que la nation et la compagnie de laquelle ledit défunt a parlé qui soient capables de l'action desdits accusés, par laquelle il semble qu'ils aient voulu faire voir que le défunt a eu raison de leur attribuer un nom et un titre qui est en abomination dans le christianisme».

L'insulte initiale a tiré la virulence de ses effets d'un entre-deux de la croyance. Entre croire et ne pas croire, ne pas vraiment croire et ne pas croire du tout, il y a un grand nombre d'intermédiaires. Le degré d'adhésion peut fluctuer, il restera toujours suffisamment de place aux mots pour manœuvrer.

La friperie est une activité de Juifs, les fripiers sont des fripiers, donc les fripiers sont des Juifs. Comme tout syllogisme, celui-ci, que je gauchis à peine, a le répondant des modes canoniques d'expression de la vérité. Il traverse l'ensemble de la société parisienne. Un certain Charles Fustel avait prétendu en 1651 accéder à l'échevinage. Il était alors receveur général des pauvres enfermés et présentait toutes les garanties de notabilité exigées des candidats à cette charge honorée. Mais dans sa jeunesse, il avait exercé le métier de fripier, ce qui lui vaut l'opposition scandalisée des Six Corps des marchands de Paris[8] exprimée en ces termes dans une lettre au prévôt des marchands : « Je vous laisse à penser si un homme de ce métier peut ni doit prétendre à la charge d'échevin et s'il y a un métier d'entre les mécaniques plus vil que celui de fripier comme étant le partage de la juiverie. »

Loret dans sa *Muse historique*, les « journaux » et « relations » de l'époque, et les mémorialistes qui font une place à l'affaire Bourgeois expriment le même point de vue à l'égard et des fripiers et des Juifs. Les deux caractérisations se trouvent ainsi prises dans un jeu de miroirs qui les constitue l'une par rapport à l'autre au fur et à mesure que monte le ton et que les invectives deviennent plus délirantes. La Fronde a-t-elle contribué à rendre les fripiers plus impopulaires encore ? On les a accusés d'être des profiteurs de guerre. En effet, les armées des deux camps vivaient pour l'essentiel de pillage. Elles écoulaient les produits de leurs larcins et de leurs crimes jusqu'au cœur de Paris. Les fripiers étaient donc pour elles de bons clients. Au mois de juin 1652, la troupe des pillards du duc de Lorraine a tenu un scandaleux marché quasi public. Fin août, elle est de retour sous les murs de Paris. Sa réputation est atroce. Sans avoir livré la moindre bataille, elle terrifie les Parisiens. Le thème des profiteurs de guerre est donc tout à fait apte à mobiliser les passions fomentées par la peur.

Messieurs les fripiers
Qui n'ont eu assez de greniers
Pour mettre les hardes volées
Par les soldats des trois armées[9].

Même si les fripiers n'ont bien évidemment pas été les seuls à profiter des troubles, leur assimilation traditionnelle aux Juifs a fait la différence et a pu les transformer en cible pour une propagande qui cherchait des occasions de rassembler. En face d'elle, la réalité n'a plus été d'aucun poids. Que le quartier de la Tonnellerie soit en plein déclin social, dans un état de vétusté et de relative dégradation, a bien plus servi le thème de la ruse et de la dissimulation que contribué à rendre nul celui de l'enrichissement illicite et trop rapide.

*

Quel est l'intérêt des uns d'aiguiser la haine des autres à l'égard d'un simulacre de Juifs ?

L'un des textes raconte que pendant le fatal transfert de Bourgeois à l'Hôtel de Ville, les fripiers criaient aux spectateurs de la scène que c'était un mazarin qui avait voulu égorger le duc de Beaufort. Indirectement, les fripiers étaient donc désignés comme frondeurs et, en même temps, traités de criminels. Comme en écho, la seconde supplique de Pierre Bourgeois affirme que la compagnie de la Tonnellerie a abusé de ses armes « en un temps auquel l'usage en devait être avec d'autant plus de discrétion et de circonspection de la part de bons et notables bourgeois de la ville qu'il y avait péril que l'exemple si manifeste d'une voie de fait d'une telle importance ne fût cause de quelque événement qui eût endommagé et affligé toute la ville entière ». Sur ce terrain directement politique, le fait divers rejoint aussi facilement le mythe. Il a besoin de lui pour accéder à ce sens politique. Un auteur fait déclarer à l'un des fripiers « juifs » : « et pour empêcher que Paris ne se ressouvienne de notre attentat, ne lui laissons pas les seules marques d'avoir été, suscitons mille séditions dans le cœur de ses habitants, afin de leur obliger à se détruire eux-mêmes ; et cela ne nous sera pas fort difficile puisqu'ils sont divisés entre eux[10]». Invraisemblable, bien sûr. Qui pourrait y croire ? Peu importe qu'on y croie. Le lire suffit pour être mis au contact d'une interprétation incroyable mais réconfortante et la consommer : les désordres qui durent depuis quatre ans sont mis au compte d'un bouc émissaire traditionnel et donc anodin. Comme d'habitude celui-ci remplit plusieurs fonctions. Il permet d'abord de répandre dans l'espace public parisien une histoire qui débarrasse la communauté citadine de tensions devenues peu à peu insurmontables. En 1652, à Paris, le Juif est parfait dans ce rôle. D'autant plus parfait qu'il n'existe pas. La violence de la polémique peut enfler sans entraîner de dangereux passages à l'acte. Ou, du moins, sans autre passage à l'acte qu'imaginaire. Ce qui est sans doute aussi efficace que les massacres qui suivaient parfois les mises en scène de la Passion, le Vendredi Saint, au cours des mystères médiévaux.

L'essentiel est de pouvoir faire glisser les oppositions, les divisions, les différences et les combats hors de la communauté des citoyens. L'histoire de la Fronde est d'abord l'histoire de la montée des tensions intracommunautaires. Le printemps 1652 a vu se dérouler des événements scandaleux. Des compagnies de la milice bourgeoise se sont battues entre elles. Des oppositions sociales se sont exprimées dans le quartier, dans la rue. La sédition est devenue endémique au cours des derniers mois. Le désordre politique en s'intensifiant a paru devenir porteur d'autres désordres plus essentiels. Et le 4 juillet a eu lieu l'événement inouï d'une assemblée de l'Hôtel de Ville prise d'assaut par la populace, de « bourgeois mandés » assassinés dans les rues ou mis à la rançon. Le bouc émissaire facilite le retour à l'ordre symbolique. Le désordre est expulsé de la communauté, désigné comme étranger. La chasse au traître, et à la trahison, peut parfois, dans des circonstances similaires, remplir cette fonction. Ainsi pendant la Ligue, quand le traître pouvait toujours finir par être assimilé au protestant. La Fronde parisienne n'arrive pas à se trouver de véritables traîtres parce qu'il n'y a pas de juste cause, de camp du bien ou du mal clairement défini, seulement un chaos qui tend, d'ailleurs, de plus en plus, à passer du camp gouvernemental au camp frondeur. Le bouc émissaire peut permettre à la fois la marginalisation de la division et la déculpabilisation de ceux qui y ont activement participé ou passivement cédé. Cette opération se réalise ici par de l'écriture imprimée. Elle ne s'accomplit pas dans la chair de la ville et de ses habitants. Ni même dans sa réalité sociale. Elle se donne à voir comme spectacle plus qu'elle ne se réalise comme expérience. Elle s'offre comme plaisir à prendre dans la lecture. C'est une catharsis légère, sans contrepartie douloureuse et sans risque, qui ne se paie qu'au prix des libelles.

*

Les imprimés que les colporteurs criaient par les rues ne doivent pas être considérés seulement à travers les effets de persuasion qu'ils produisent. Ils s'intègrent de surcroît à des stratégies qui les dépassent et dans lesquelles leur puissance de feu se trouve mobilisée. Les douze textes de l'affaire Bourgeois ne font pas exception.

Deux constatations s'imposent à qui les lit avec un peu d'attention.

À eux douze, ils mettent à contribution, en prose et en vers, à peu près toute la palette des modèles littéraires utilisés par les cinq mille mazarinades parues entre 1648 et 1652. Ce corpus restreint est donc, sur le plan formel, comme une réduction du corpus global des mazarinades, comme si un invisible coordinateur avait cherché à couvrir la totalité du champ de l'expression frondeuse afin d'en construire le microcosme le plus accompli.

La seconde constatation est plus troublante encore. Dans tous ces textes, et particulièrement dans ceux qui s'éloignent le plus du fait divers, les Juifs sont revêtus d'un certain nombre des attributs que les mazarinades avaient si souvent accordés à Mazarin lui-même. L'un de ces libelles se présente même comme la réplique de tant de textes en vers burlesques qui réclamaient la castration de Mazarin. On propose pareillement la castration des Juifs en reprenant presque textuellement une mazarinade de 1651 dont le cardinal était la malheureuse vedette, et dans laquelle on invitait les femmes de Paris à venir contempler les organes qui allaient être sacrifiés. Dans les deux cas, l'imprimé sert à exprimer la violence et, en même temps, à la tempérer. L'émasculation sur le papier répare la mutilation symbolique de la communauté coupée à vif dans son unité.

Ceci n'explique pas le passage d'un bouc émissaire à l'autre. Au cours des mois précédents, la propagande condéenne s'était employée à démontrer qu'il n'y avait pas seulement Mazarin — thème usé et politiquement dépassé — mais les *mazarins*, désignant par là les antifrondeurs, partisans du ministre ou non, et les frondeurs trop tièdes. L'appellation infamante pénétrait ainsi jusqu'au cœur de la Cité et contribuait à diviser les bourgeois. Mazarin perdait dans l'opération sa capacité de fonctionner comme responsable de tous les maux publics, au moment où réapparaissait dans la ville une propagande pro-gouvernementale, où l'offensive devenait mazarine.

Cette offensive, force est de constater que l'exploitation de l'affaire Bourgeois la sert. À moins même qu'elle n'en fasse partie. Le bouc émissaire de substitution sert à désinvestir le premier des attributs qui l'avaient constitué (vampirisme fiscal, corruption lubrique, profiteur étranger, etc.). C'est un contre-feu. Et, en outre, l'occasion pour certains imprimeurs intensément compromis dans les campagnes des frondeurs d'amorcer un retournement, un ralliement à l'autre camp, l'outrance nouvelle relativisant l'outrance passée et permettant de continuer à bien vendre.

Pendant plus de quatre ans, la polémique imprimée a submergé la ville. Aucune interdiction n'a réussi à faire cesser le travail des presses. Seule une nouvelle campagne a finalement pu réaliser ce tour de force : démazariniser les mazarinades. L'affaire Bourgeois participe donc à une entreprise de dépolitisation, mais pour cela elle utilise des armes spécifiquement polémiques. Entreprise de dépolitisation qui a évidemment une fonction hautement politique dans la perspective du retour à l'ordre de l'automne 1652.

*

La mort d'un épinglier, l'invective, les aléas du bouc émissaire sont autant de traces — et pour partie de traces de sang — laissées par la haine politique du temps de la Fronde. Haine dans le champ du politique : haine utile, produisant des effets, déplaçant des rapports de force. Haine utile pour les bourgeois de la Tonnellerie qui, à leur niveau, réalisent ce qu'on nommait alors un « coup d'État » : contre un seul, ils risquent une Saint-Barthélemy. Profitant de la liberté du temps, de la mobilisation des armes et du désordre ambiant, ils détruisent celui qui a, une nouvelle fois, outragé leur communauté par le rappel public du scandale qui l'habite[11]. Avertissement destiné à intimider les usagers « d'un brocard innocent ». Haine utile pour les imprimeurs. Haine utile pour les commanditaires des imprimés. Tous, à leur manière, popularisent ainsi la science des coups d'État dont Gabriel Naudé réservait l'usage au Prince. Il évoquait « ces actions hardies et extraordinaires que les Princes sont contraints d'exécuter aux affaires difficiles et comme désespérées contre le droit commun, sans garder mesme aucun ordre ni forme de justice, hazardant l'intérest du particulier pour le bien du public[12] ».

Dans l'imprimé, l'invective s'offre la relative sécurité des destructions purement symboliques. Ces effets d'écriture ne sont que des postulations. Mais, par-delà leur éventuel échec, ils marquent le statut symbolique que s'octroie, ou cherche à s'octroyer, celui qui les produit. Mise en avant d'une présentation de soi. Et mime du succès de l'opération montée dans le texte. Ainsi quand Mazarin est appelé fourbe, faquin, traître, sale rebut de l'Italie, étranger sujet du roi d'Espagne, infâme, honte de la France, cruel gorgé du sang de la veuve et de l'orphelin, avare insatiable, ennemi du repos de la France, lâche, ingrat, perfide, fils du fermier et de la bâtarde du moine Busselin, cela ne témoigne pas de l'opinion de l'auteur à l'égard du ministre, et encore moins de l'image de celui-ci dans l'opinion publique. Car il ne s'agit pas de qualifier Mazarin, mais, pour le texte, de s'autoqualifier comme anti-Mazarin. Et, en même temps, de démontrer que le *signore faquino* est déjà en partie liquidé symboliquement et politiquement, puisqu'on peut l'insulter, et de répandre impunément ces insultes dans l'espace de la ville.

Bien qu'il ne cherche pas à réaliser de « coup » politique, Pierre Jarrige, ex-jésuite devenu calviniste, puis ex-calviniste redevenu catholique, fait servir l'invective aux mêmes fins démonstratives. Après avoir profané le portrait des pères jésuites, il décrit le calvinisme comme « un égout général de tous les vices, une cloaque bourbeuse d'impiétés dont les puanteurs corrompent les esprits libertins et les exhalaisons pestilentes métamorphosent les hommes en pourceaux pour ne trouver plus de plaisir que dans l'infamie de leurs ordures [13] ».

Entre le converti reconverti et le chef politique qui écrit ou fait écrire des libelles, une différence essentielle apparaît pourtant. L'un se risque à corps perdu, l'autre expérimente la « science des grands ». Celle-ci, d'après Naudé, fait bon usage de la haine publique. Le grand acteur politique ne s'affirme comme tel qu'en manipulant la haine des autres. Quant à lui, il a appris de Charron « qu'au rebours du son des mots, le hayneur est patient et le hay agent [14] ». Il sait donc se prémunir stoïquement contre cette passion pour la faire servir à son pouvoir.

CHRISTIAN JOUHAUD

Document

Rêver sous Hitler

La journaliste berlinoise Charlotte Beradt recueillit entre 1933 et 1939 des rêves qu'elle s'était fait raconter ou que d'autres enquêteurs (clandestins) lui avaient rapportés. Elle prenait grand soin de camoufler son activité. Dans tous les récits notés par elle, les mots compromettants comme parti, Hitler ou arrestation étaient remplacés par des mots anodins (famille, oncle Hans ou grippe, en l'occurrence). Son enquête s'étendit à quelque trois cents personnes appartenant à des milieux populaires ou bourgeois, mais plus ou moins mal à l'aise dans le nouveau régime.

En 1939, lorsqu'elle émigra en Angleterre, elle réussit à emporter ses notes. Elle recouvra aussi celles qu'elle avait envoyées à des amis étrangers, lorsqu'elle résidait encore en Allemagne. Une sélection de ces rêves parut dans une revue américaine pendant la dernière guerre. Un choix plus large et commenté vit le jour beaucoup plus tard, en 1966, à Munich, et fut ensuite repris aux éditions Suhrkamp.

Charlotte Beradt exclut de son livre les rêves (nombreux, affirme-t-elle) que remplit la seule violence physique. De tels rêves lui paraissaient témoigner d'un état d'esprit qui peut s'exprimer en rêve dans des formes similaires sous n'importe quel régime. Elle exclut aussi les rêves dont la coloration érotique, s'appliquât-elle à Hitler, ne semblait renvoyer qu'à la libido du sujet. Mais, bien entendu, il est impossible de tracer des limites strictes en ces matières.

Les rêves qu'elle a retenus sont ceux qui jettent une lumière sur la machinerie terroriste du régime en train de s'installer et ses répercussions sur le psychisme individuel. Ils montrent que la vie privée, livrée au matraquage de la Propaganda, *ne s'en délivre même pas durant le sommeil, mais la combine en figures nouvelles, révélatrices de structures encore dissimulées. La dictature dicte la haine de certaines catégories sociales, dénonce des comportements déclarés antisociaux, et sa dictée obsédante s'inscrit au tréfonds des consciences. La terreur étend son empire jusque-là où l'individu pouvait se croire maître de lui-même.*

Terreur encore rampante, à bien des égards, en ces années d'avant la guerre. La conscience éveillée pouvait peut-être se rassurer. Le rêve, plus lucide, ignore ces illusions. Il pousse aux dernières conséquences la logique de la haine. Ici, bien avant « la solution finale », les opposants sont déjà livrés au feu, les suspects isolés et entourés de barbelés, les déviants confrontés à la menace de leur suppression physique. Surtout s'ils n'ont pas leurs papiers, *des papiers qui les certifient conformes. Ceux-ci ne deviennent pas seulement leur trésor ; ils constituent leur identité véritable.*

Dans le révélateur du rêve, l'individu retrouve son impuissance. L'« à quoi bon ? », le « c'est peine perdue » apparaissent à tout moment. La passivité du rêveur lui est crûment jetée à la figure. Pis encore : le voilà qui se transforme, se rallie, revêt l'uniforme abhorré. Cependant, il n'est jamais seul. Il ne doit pas oublier qu'il appartient à un groupe. Il doit donc se garder de rien faire qui puisse nuire à ce groupe. Pour cela le plus sûr est de parler en chœur.

Les objets, au contraire, font montre d'une étrange loquacité. Dans la rue, les poteaux indicateurs tiennent un langage déroutant. Un poêle se voit doué d'une voix humaine. Des microphones se découvrent jusque dans l'intimité familiale. Tous ces objets ne parlent à vrai dire qu'une langue. Ils répètent sans fin le martèlement du discours officiel. Rien ne semble pouvoir y mettre un terme, sinon l'arrestation du suspect. Et en effet, l'impitoyable logique du rêve ne manque jamais de conduire le rêveur à cet échec et mat.

On remarquera aussi la parenté de ces courtes scènes avec certaines situations imaginées par des auteurs contemporains : Kafka, bien sûr, alors disparu depuis plus de dix ans, mais aussi Orwell, Beckett, et tout ce que mettra en scène le « théâtre de l'absurde ». Un même rêve semble à l'œuvre ici, illustrant l'impuissance de l'individu et sa déshumanisation, inextricablement pétri de haine, de burlesque et d'angoisse.

Le livre de Charlotte Beradt comporte plus de quatre-vingts récits de rêves accompagnés de commentaires. Nous n'en reproduisons ici qu'une vingtaine, qui nous paraissent particulièrement significatifs : en eux la réalité du Reich millénaire révèle clairement ses traits de cauchemar.

C. H.

*

Un industriel social-démocrate, en 1933 :

Goebbels entre dans mon usine. Il fait ranger les ouvriers sur deux rangs, à gauche et à droite. Je dois me tenir entre eux et lever le bras pour le salut hitlérien. Il me faut une demi-heure, pour le porter, millimètre par millimètre, à la hauteur convenable. Goebbels assiste à mes efforts comme à un spectacle, sans exprimer ni approbation ni désapprobation. Quand le bras est enfin tendu comme il faut, il dit: «Je me moque de votre salut», se détourne et se dirige vers la porte. C'est ainsi que, dans ma propre entreprise, parmi mes propres salariés, je suis au pilori, le bras levé. C'est tout ce que je sais faire de mon corps, tandis que je fixe mon regard sur le pied bot de Goebbels, qui sort en boitant. Je demeure dans cette position jusqu'à mon réveil

Un médecin de quarante-cinq ans, en 1934, après un an de Troisième Reich:

Après mes consultations, vers neuf heures du soir, je veux m'étendre tranquillement sur un divan, avec un livre sur Matthias Grünewald. À ce moment, ma chambre, mon appartement n'ont tout à coup plus de murs. Je regarde partout, effrayé: aussi loin que le regard porte, les appartements n'ont plus de murs. J'entends un haut-parleur rugir: «Conformément au décret du 17 de ce mois relatif à la suppression des murs.»

Une femme sans profession, la trentaine, en 1933:

En remplacement des poteaux indicateurs qui sont interdits dans les rues, on a dressé à toutes les intersections un panneau qui porte en lettres blanches sur fond noir la liste de vingt mots que le peuple n'a pas le droit de prononcer. Le premier de ces mots est «Lord» (que la prudence, probablement, m'a fait rêver en anglais et non en allemand).

J'ai oublié les autres mots ; sans doute ne les ai-je même pas rêvés, à l'exception du dernier qui était « Je ».

La même, encore en 1933 :

Le laitier, le gazier, le porteur de journaux, le boulanger, le quincaillier font cercle autour de moi en me tendant des factures. Je suis très calme, jusqu'au moment où, pour mon plus grand effroi, je découvre parmi eux le ramoneur (ramoneur *Schornsteinfeger*, c'est ainsi que dans le langage secret de notre famille nous nommons les SS, à cause du double S de *Schornsteinfeger* et de leur uniforme noir). Ils m'entourent en formant une ronde ; ils me présentent leurs factures en levant le bras dans le salut hitlérien et crient en chœur : « La dette ne peut être mise en doute. »

Une femme dans la cinquantaine, professeur de mathématiques, en 1933 :

Il est interdit sous peine de mort d'écrire quoi que ce soit qui ait un rapport quelconque avec les mathématiques. Je m'enfuis dans un bar (de ma vie je ne suis entrée dans un tel lieu). Des ivrognes titubent, les barmaids sont à demi-nues, l'orchestre fait un vacarme assourdissant. Je tire de mon sac un papier très mince et, avec une encre invisible, j'y note quelques équations, dans une angoisse mortelle.

Une femme dans la quarantaine, sans profession :

Un SA se tient dans notre salon, devant le vieux poêle de faïence bleue, dans le coin où nous causons toujours le soir. Il ouvre la porte du poêle, qui se met à parler d'une voix nasillarde mais perçante : il répète tout ce que nous avons dit contre le gouvernement, chacune de nos plaisanteries. Seigneur, me dis-je, que va-t-il arriver, toutes mes petites phrases sur Goebbels, mais au même moment je me rends compte qu'une phrase de plus ou de moins ne change rien à l'affaire, qu'on sait absolument tout ce que nous avons pensé et dit dans l'intimité familiale. En même temps, il me revient à l'esprit que je n'ai jamais cru à la possibilité de microphones dissimulés, que j'en ai toujours ri, et au fond je n'y crois toujours pas. Même quand le SA m'attache une courroie autour du poignet — il utilise la laisse du chien — pour m'emmener avec lui, je crois qu'il plaisante, et m'écrie tout haut : « Mais ce n'est pas sérieux, ce n'est pas possible. »

Une femme de ménage, au cours de l'été 1933 :

Je rêve que dans mon rêve je m'exprime en russe par précaution (en réalité je ne sais pas cette langue, et je ne parle pas en dormant). Je parle russe pour que je ne me comprenne pas moi-même, et pour que personne ne me comprenne au cas où je dirais quelque chose de l'État. C'est en effet défendu et de tels propos doivent être rapportés à la police.

Un jeune homme, à la même époque :

Je rêve que je ne rêve plus que de carrés, de triangles, d'hexagones, dont les formes font plus ou moins songer à des biscuits de Noël, parce qu'il est interdit de rêver.

Un ophtalmologiste de quarante-cinq ans, en 1934 :

La SA garnit de fils de fer barbelés les fenêtres des hôpitaux. Je me suis juré de ne pas les laisser faire s'ils viennent dans mon service avec leurs barbelés. Cependant, quand cela se produit, je ne proteste pas ; dans un état de complète passivité j'assiste à la transformation d'une chambre de malade en niche de camp de concentration. Malgré cela on me congédie. Mais ensuite on me rappelle pour soigner Hitler ; je suis en effet le seul au monde à pouvoir le faire. J'ai honte de mon orgueil et me mets à pleurer.

Suite du rêve, la même nuit :

Je suis dans un camp de concentration, mais tous les détenus ont une vie très agréable ; on leur offre des dîners, des représentations théâtrales. Je me dis que ce qu'on raconte des camps est vraiment très exagéré. À ce moment, je me vois dans une glace : je suis le médecin du camp, je porte un uniforme, de longues bottes qui brillent comme des diamants. Je m'appuie contre les barbelés et me remets à pleurer.

Une secrétaire de trente ans, de père chrétien (décédé) et de mère juive, 1936:

Je dois fuir avec ma mère. Nous courons comme des folles. Elle n'en peut plus. Je la prends sur mes épaules et continue à fuir. Je fais des efforts inouïs avec mon fardeau. Après un long moment, je m'aperçois que je me tourmente pour une morte. Je suis envahie d'un affreux sentiment de soulagement.

Une étudiante de vingt et un ans qui a rompu avec son ami, un avocat juif, sous la pression des circonstances et de sa famille (1935):

Une très, très grande salle de classe, une sorte d'auditorium. Je suis assise sur le dernier banc, à gauche. Devant, sur une estrade, le directeur de l'école. Il ressemble à la fois à mon ancien proviseur et à Hitler: d'ailleurs il se nomme Diktierer. C'est le cours d'Instruction raciale.

Paul (ainsi s'appelait mon ami) se tient à côté de Diktierer mais en bas de l'estrade, le visage tourné vers la classe. Il sert d'objet à la démonstration. Diktierer lui passe sa baguette sur le visage comme sur une carte de géographie. Il demande quels sont les traits d'infériorité raciale qui apparaissent sur l'objet. Un vieux monsieur à l'air insignifiant, qui est assis à côté de moi, répond à ma place: « Mais le *Herr Doktor* est un homme tout à fait convenable. » Léger murmure d'approbation dans la classe. L'expression de Diktierer devient sarcastique, il dit: « Eh bien, ce *Herr Doktor* apparemment si convenable m'a fait part il y a peu de sa désapprobation d'une éventuelle annexion de l'Autriche. »

Je comprends qu'il s'agit de passer à l'action si je veux sauver Paul, dont j'aperçois toujours le visage mortellement pâle, à côté mais en dessous de Diktierer. Je me dresse à ma place, je me précipite entre les bancs jusqu'au milieu de la classe, où je m'écrie : « Je ne suis pas une opposante, mais ce n'est pas vrai, pas vrai. »

J'escompte un murmure d'approbation plus nourri que le précédent, mais on reste obstinément silencieux sur les bancs. Partout je ne vois que visages muets, sans expression. Diktierer montre un sourire sarcastique ; il a l'air inexorable. Je m'approche encore davantage de l'estrade et dis : « Tous, tous m'ont dit ce qu'ils pensaient. Paul a été injustement traité, c'est un homme à qui on ne peut rien reprocher. Et ceux-là, *votre* classe, ne sont pas non plus tous des héros », dis-je encore, contre mon intention car je voulais m'abstenir de toute critique.

À ce moment, une ombre de réflexion, d'humanité passe sur la face de Diktierer. Mais cela ne dure que quelques secondes, après quoi il reprend son air inexorable. La situation est dangereuse pour Paul, mais aussi pour moi, j'en suis bien consciente. En haut, j'aperçois le visage sardonique de Diktierer, au-dessous, la physionomie mortellement pâle de Paul et, à l'arrière-plan, la classe qui se tait.

Et voilà que dehors, devant la fenêtre, à côté de ce visage si saisissant de pâleur, une lumière bleue s'allume ; elle traverse lentement la fenêtre, se dirige vers lui, l'enveloppe, passe au-dessus de Diktierer et de sa classe, et m'enveloppe aussi. La classe, qui était devenue muette, en retrouve la voix. « Un miracle », murmure-t-elle, « un miracle », répète-t-elle, presque déjà comme une protestation. Diktierer paraît très embarrassé.

Un miracle, c'est aussi ce que je crois un instant.

Alors mon amie Eva me souffle dans l'oreille de sa voix pointue. « On n'y peut rien, cela dure un instant, après quoi la lumière s'éteint. C'est seulement cette tante rigolote qui nous invite à prendre le café. » (En réalité, la bonne avait allumé l'électricité derrière la porte vitrée, ce qui m'a réveillée.)

Une jeune fille de vingt-deux ans, que son nez fait passer pour juive quoiqu'elle ne le soit pas :

À l'Office de certification d'aryanité, je dépose une attestation concernant ma grand-mère, un papier que j'ai mis des mois à obtenir. Le fonctionnaire qui a l'air d'une statue de marbre et se tient assis derrière un mur, passe un bras par-dessus ce mur, prend mon certificat, le déchire en petits morceaux, qu'il brûle dans un fourneau incorporé dans le mur. « Et à présent, tu es toujours purement aryenne ? »

De la même :

Dans la mer Baltique, sur un bateau que la marée emporte. Personne ne sait vers quel lieu nous nous dirigeons. Je ne fais pas un pas sans la serviette géante qui contient mes papiers et que j'emporte partout avec moi. Subitement, les papiers ont disparu. Je m'écrie. « C'est l'essentiel, c'est ce que je possède de plus précieux. » En même temps, je me rends compte que mes papiers m'ont été enlevés ; la direction du bateau a tout fait, méthodiquement, pour s'en emparer. Je commence à chercher, mais en cachette, sans en avoir l'air.

Quelqu'un me souffle : « Mais ça n'a pas de sens, c'est impossible. » Subitement, j'aperçois mon chien, non pas vivant toutefois, réduit à deux dimensions, comme un fantôme. Donc lui aussi, tout ce qui me restait d'avant, du temps où j'étais heureuse, lui aussi on me l'a pris. Grande crise de larmes : pendant quatorze ans [1] je l'ai aimé, nourri, soigné. Quelqu'un me calme en me soufflant de ne pas faire de bruit, de ne pas me faire remarquer.

À ce moment l'effroi me réveille ; mais je me rendors et le rêve se poursuit. Sur le bateau, l'atmosphère devient toujours plus oppressante, on n'ose s'asseoir nulle part, on se demande à chaque pas : « Est-ce qu'ils sont contre moi ? Est-ce qu'ils m'ont à l'œil ? »

Je me trouve seule avec un bel officier ; il est blond, il appartient donc à la bonne variété humaine. Il s'approche de moi, avec embarras. Je le questionne sur la disparition de mes papiers. Son embarras ne fait que croître : il devient clair que je dois être fusillée. Je le supplie de m'épargner. Lui : « Exclu. » Je me mets à flirter avec lui désespérément, je l'embrasse. Lui : « Dommage, des lèvres si rouges. » Tout à coup je sais que je suis sur un bateau danois. Nous décidons que je nagerai jusqu'au littoral allemand, qui s'étend derrière nous. Donc je veux retourner en arrière, malgré tout.

Je me précipite dans l'eau, me cache dans des hangars en bois, qui apparaissent en nombre sous l'eau. Je vois passer des groupes de la jeunesse hitlérienne ; comme j'aimerais me joindre à eux !

Sur le rivage. Je reconnais avec un profond bonheur les uniformes des douaniers allemands. Mais j'aperçois ma famille, qu'on fait débarquer. Ma mère, ma grand-mère aussi, ma tante de même. « Mais où est mon oncle ? » Je pose la question. « Ils l'ont fusillé. Ils fusillent tous les *nez suspects*, ils débarquent uniquement les non-suspects. » Je pleure et appelle mon oncle. En même temps, je vois le père d'un ami d'enfance en train de lire une lettre d'adieu de son fils ; ce fils avait un grand nez.

Entre-temps, on débarque toujours des non-suspects, avec leurs bagages. On me rend mon linge, mes vêtements. Mais pas mes papiers, pas mon chien. « C'est juste », me dis-je, « je fais partie des fusillés ».

Une jeune fille de dix-neuf ans, très jolie, mais brune :

J'entre dans un magasin. Je regarde anxieusement la vendeuse, une blonde claire aux yeux bleus, et ne parviens pas à articuler un mot. Mais je remarque, pour mon soulagement, qu'elle a au moins des sourcils foncés. Alors j'ai le courage de dire : « J'aimerais une paire de bas. »

De la même :

Deux passeports sont posés sur une table. Je désire ardemment les posséder pour échapper à tout ce qui m'angoisse. Je les prends, mais pour les remettre à leur place après une lutte intérieure. Je me dis : « Je ne dois rien faire qui puisse se retourner contre mon groupe, parce que tous les bruns seront punis si l'un de nous fait quelque chose d'interdit. »

Je rêve aussi que je ne suis plus capable de parler toute seule, mais seulement en chœur, avec mon groupe.

Une jeune fille brune à qui on a appris qu'elle est de race «dinarique», donc inférieure à la race blonde:

Peu à peu les blonds nous interdisent tout, à nous autres dinariques. D'abord nous ne devions plus nous asseoir à côté d'eux. Puis nous n'avons plus eu le droit de sortir avec eux à la récréation. Le pire est que tout cela ne vient pas d'en haut, des professeurs, mais de nos camarades blonds, dont beaucoup portent l'insigne «non-dinarique». Enfin, pendant une récréation, tandis que nous sommes assis autour d'un réchaud à alcool, dans un grand sentiment d'abandon, et que nous préparons du riz et de la compote, les femmes de ménage — qui se conduisent bien mieux que nos camarades — répandent une rumeur: il faut s'attendre au pire. Sans le dire expressément, elles nous apprennent que les blonds vont nous zigouiller. Selon la rumeur, on va faire paraître une liste officielle comportant le nom de tous ceux qui appartiennent au «groupe des inférieurs», dans chaque classe. On nous communique aussi ce qui a déclenché cette action: nous avons eu l'audace d'envoyer une lettre aux autres, aux blonds supérieurs, au sujet d'un livre que nous leur avions prêté et redemandé. Cependant notre véritable crime n'est pas là: il vient de ce que nous, les bruns, avons osé écrire aux blonds. S'ensuit une fuite éperdue, où on me lapide.

Un étudiant dont le frère a été arrêté et qui a des ennuis avec les autorités:

Bal à tous les étages d'un grand immeuble, mais nous, le «groupe des suspects», nous sommes réunis dans un galetas sous le toit. Il y a là des artistes dégénérés, d'anciens socialistes, des parents de déportés ; nous portons nos habits de tous les jours, et nous moquons de ceux qui arrivent en bas, en frac et en uniforme. Je me glisse en cachette vers le bas et surprends ces mots. « Il y a des fils à haute tension dans tout l'immeuble, c'est pourquoi le feu a pris dans l'escalier qui conduit sous le toit. » Je crie dans la foule : « Il faut sauver les suspects ! » Haussements d'épaules : « Pourquoi les suspects ne brûleraient-ils pas ? »

Un avocat juif de Berlin, approchant la soixantaine :

Il y a deux bancs au Zoo : l'un vert, normal, l'autre jaune réservé aux Juifs[2] et entre les deux une corbeille à papier. Je m'assois sur la corbeille à papier et m'attache moi-même un écriteau autour du cou, comme en portent quelquefois les mendiants aveugles et comme doivent en porter aussi, par ordre des autorités, ceux qui se sont rendus coupables de « crimes raciaux ». Cet écriteau déclare : *En cas de besoin, je ferai place au papier.*

Une femme de condition bourgeoise :

Chaque nuit, sans me lasser, j'ôte la croix gammée du drapeau nazi. Cela me rend fière et heureuse. Mais chaque fois, le lendemain, la croix gammée a été recousue.

Traduit de l'allemand
et présenté par Cornélius Heim.

Pages extraites de Charlotte Beradt, *Das dritte Reich des Traums*, © Suhrkamp Verlag, Frankfurt am Main, 1981. Cet ouvrage paraîtra en 2002 aux Éditions Payot et Rivages sous le titre *Rêver sous le Troisième Reich*.

La haine en son principe

Le scénario est immuable : il est rentré à la maison, depuis quelques jours, et elle, la mère, est heureuse. Il est là, tout près, elle peut enfin dormir. Elle le voit peu : il dort, le matin, quand elle part au travail. Elle garnit le réfrigérateur, en imaginant, en espérant sa faim. Pourtant le soir, quand elle regarde, elle se désespère : il n'a touché qu'au lait, aux yaourts, aux crèmes sucrées qu'elle ne manque jamais d'acheter en abondance : s'il ne mange que ça…

Parfois il est levé. Elle le voit maigre, le teint terreux, la bouche mauvaise. Elle ne dit rien, elle ne veut pas perdre ce moment. Elle lui parle, elle voudrait bavarder avec lui, surtout garder le contact ; mais c'est plus fort qu'elle, elle interroge, elle dit qu'il faut qu'il se reprenne, et à mesure il se durcit, il s'éloigne. Quelques paroles dures, et il retourne dans sa chambre. Elle reste seule, tourmentée, elle se reproche de n'avoir pas su le prendre, une fois de plus.

Elle retarde le moment où elle ira dans la salle de bains. Elle sait qu'elle y trouvera des traces : un peu de sang dans le lavabo, un coton souillé dans la poubelle, parfois même une seringue. Des signes. À chaque fois elle veut croire qu'ils lui sont adressés : pourquoi ne les fait-il pas disparaître ? Elle sait que si elle lui en parle, il niera, sans souci de l'évidence ; il se fâchera, il l'enverra promener. Elle est sans ressources. Surtout qu'il ne reparte pas.

Il est ainsi : à proximité, et dans un autre monde. Une vitre incassable les sépare. Elle ne peut que tenter de protéger ce peu de choses qui s'amenuise, l'entrevoir, le nourrir, faire durer.

Il est rare que, dans l'analyse, nous ayons affaire à une toxicomanie grave. L'héroïne est une maîtresse qui fait le vide autour d'elle. Cela peut arriver cependant : un patient, qui avait entrepris une analyse plusieurs années auparavant, est revenu me trouver après une interruption de trois ans. Il avait dû partir à l'étranger, était devenu héroïnomane, et souhaitait que je l'aide à « décrocher ». La tentative a été un échec. Je me suis trouvé totalement démuni pour tenter de penser, de lier dans ma propre activité psychique ce à quoi j'assistais. J'emploie ce mot intentionnellement : j'étais convié à voir, dans un espace autre auquel je n'avais aucun accès, le spectacle d'une incompréhensible et intolérable destruction. À moi aussi, des signes étaient adressés, me semblait-il, des signes de détresse auxquels je ne pouvais répondre.

Inquiétude, colère, tentatives de comprendre, de saisir des représentations, des signifiants ténus, et lassitude devant la labilité, l'évanouissement de toute prise. Je ne parvenais pas à élaborer en termes de transfert ces affects auxquels j'étais réduit.

Mes essais d'interprétation portaient de plus en plus sur le comportement de mon patient : j'en suis ainsi venu à décréter que je ne le recevrais plus lorsqu'il viendrait à ses séances dans cet état semi-comateux qui suivait ses prises. Cela ressemblait de moins en moins à une analyse. Divan, face-à-face, repli sur une tentative de simple soutien, de maintenir le contact à tout prix... Un jour il n'est pas venu et je ne l'ai plus revu.

*

Ce n'est pas sur ce «cas» que je veux ici écrire; ni même à partir de lui. Les rapports entre travail réflexif, théorisation et clinique ne sont jamais de directe continuité, de détermination réciproque. Ils ne sont point dans cette relation que, naïvement, nous imaginons volontiers entre empirie et théorie dans les sciences exactes[1]. Entre le travail de pensée de l'analyste écoutant, s'ouvrant à entendre, et le travail de pensée de l'analyste théorisant, entre ces deux pratiques, il y a coupure des résonances; des «points de capiton», où les deux registres se rencontrent, collent un temps l'un à l'autre, et de vastes espaces où ils vont seuls leurs routes. L'élaboration freudienne le montre bien: il y a une nécessité interne à la métapsychologie, une vie propre qui ne se nourrit pas uniquement de la clinique, mais vient à sa rencontre, parfois même à son encontre. Affirmer cela m'est nécessaire pour situer ce qui suit, une tentative de ré-examen de certains concepts métapsychologiques, en particulier de l'étayage. Pour tenter de traduire cette relation paradoxale: je n'écoute pas avec la métapsychologie en tête, et pourtant je ne saurais écouter sans elle. Il me semble que je me livre au même travail psychique en essayant de penser la métapsychologie, et en tentant de penser ce qui se dit, chez le patient comme en moi-même, et pourtant ces deux temps ne se confondent pas.

L'hypothèse qui sera ici centrale et conductrice est celle d'une *haine essentielle*: qui s'adresse à toute discontinuité, et donc à tout objet dans la mesure où l'objet est, par son existence même, rupture de la continuité. D'une haine dont l'amour de l'objet est à la fois la négation et la tentative d'accomplissement. Qui fait de tout amour un meurtre différé. La toxicomanie vient là montrer que cette haine peut triompher, qu'elle peut prendre à rebours, de façon régrédiente, le cahoteux chemin de l'amour d'objet, et creuser dans la vie d'un sujet une sorte de gouffre, de tourbillon axial, hors-sens, entraînant peu à peu la périphérie dans sa spirale.

Alors, ce ne sont pas seulement les objets qui disparaissent, mais aussi toute autoréférence du sujet, fût-elle illusion moïque. Ce qui se passe alors, c'est un acte pur, qui n'a plus besoin d'un sujet, que celui-ci s'en réclame ou le renie. Peut-être l'essence même de *l'acte*? Les Chinois ont un proverbe, concernant l'alcoolisme : « Un homme prend un verre, le verre prend un verre, le verre prend l'homme. » C'est le temps intermédiaire, le plus étrange, que je désigne ici : entre la décision délibérée de consommer et l'état final d'esclavage, il y a ce moment où l'homme, ni sujet ni même objet de son objet, a disparu. Où s'opère un acte qui *l'occupe* si essentiellement que l'on ne peut même plus, cet homme, le nommer. Si ce temps-là désigne la figure féroce et in-humaine de l'acte en son dépouillement le plus cru, il n'est pas indifférent que ce soit dans la violence, la destruction qu'elle fasse sa *réelle* apparition.

Un poing part ; un couteau tue ; une seringue s'enfonce. Ce ne sont pas des lacunes de sens dans les gestes d'un sujet. Ce sont des « en-trop », non revendicables. Au-delà des ruses défensives, le réel de l'acte se donne parfois, non à entendre, mais à voir, sidérant, dans un prétoire : « Je ne sais plus ensuite...

j'ai entendu un coup de feu... je me suis aperçu que je tenais le revolver... »

Dans la toxicomanie grave, mortifère, il y a bien sûr un « avant » : la recherche du produit par tous les moyens. Déjà là, l'acte à venir conduit la marionnette, la fait chercher, voler pour se procurer l'argent nécessaire. Mais surtout, l'acte lui-même est une messe féroce que sert un officiant : les mains tremblantes, la poudre délayée et chauffée dans la cuillère, la seringue douteuse — mais qui se soucie de l'intégrité de l'officiant ? — le garrot, la veine cherchée dans un bras dévasté, l'aiguille qui force les tissus durcis, le pouce qui chasse le piston, le produit-maître qui envahit, éblouit... le prêtre de cette messe se laisse aller en arrière et se dissout dans l'extrême blancheur du « flash ».

« Il faut que je nourrisse *my modju* », ma guenon, disent en *slang* les héroïnomanes new-yorkais : cette bête que je ne vois pas, que je sens seulement, qui me mord la nuque pour exiger, de plus en plus souvent, sa satisfaction. Obscène figure du maître auquel le toxicomane est *ad-dictus*, « dit-à », terme romain qui désignait l'esclave et l'identifiait à l'acte de parole qui l'avait attribué.

Que peut dire la psychanalyse ?

*

Les tentatives psychanalytiques de prise en compte de la toxicomanie ne sont pas légion : on retiendra certains travaux de Karl Abraham, Sandor Ferenczi, Sandor Radò... Plus récemment, Herbert Rosenfeld en propose une approche relativement complète. Un certain nombre d'hypothèses sont avancées. Elles semblent effleurer le phénomène, sans véritable « prise » théorique sur sa spécificité. Rapidement évoquées, elles marquent, d'une part, la finalité défensive, de l'ordre des défenses secondaires par lesquelles le moi cherche à se protéger de l'émergence des rejetons du refoulé; la défense est ici fruste, « anesthésique »; il s'agit de « mesures pour s'étourdir », dit Freud; d'autre part la finalité substitutive, soit d'une activité masturbatoire, soit d'une activité orale.

Si ces notations semblent bien préciser certains éléments importants du fonctionnement toxicomaniaque, elles ne nous fournissent jamais une véritable proposition métapsychologique. Je me centrerai ici sur un aspect particulier, portant sur la question de l'*objet*, et dont je prendrai le départ dans un curieux « trébuchement » logique de Freud, touchant à cette question.

Dans le texte de 1912 intitulé « Sur le plus commun des rabaissements de la vie amoureuse », Freud s'interroge sur le peu d'aptitude à la satisfaction de la pulsion sexuelle. Son point de départ est le constat de la « faim d'excitation » qui caractérise la vie sexuelle, conséquence d'une systématique dévalorisation de ses objets. Peu d'aptitude, c'est peu dire, puisqu'il va jusqu'à affirmer que cette incapacité serait inscrite « dans la nature même de la pulsion ».

Le propos est renforcé par une comparaison: ce n'est pas dans l'ordre des pulsions organiques — entendons de l'autoconservation — que l'on trouverait une telle inaptitude! « [...] Vérifie-t-on aussi que la satisfaction d'une pulsion en général entraîne un abaissement aussi marqué de sa valeur psychique? Que l'on pense, par exemple, à la relation qui existe entre le buveur et le vin. N'est-il pas vrai que le vin offre toujours au buveur la même satisfaction toxique [...]? »

Voilà qui peut surprendre! Cette autoconservation apte à la satisfaction, et que Freud invoque pour l'opposer au sexuel, est-il logique d'en chercher l'exemple dans l'addiction à un toxique ? Il s'agit de boire sans doute, mais la soif de l'alcoolique est-elle de la nature de la soif telle qu'elle est invoquée pour désigner les nécessités autoconservatrices (la faim et la soif traditionnellement opposées par Freud, en accord avec la « conscience populaire », à l'amour) ? En quoi un toxique est-il autoconservateur des fonctions vitales ?

Cette curieuse référence a, dans ce texte, un ton de nostalgie. Ah, où est, face à cet enfer du sexuel, le paradis du simple besoin, qui trouve son objet et peut le chérir sans trahison et sans défaillance ? Depuis le sexuel, l'autoconservation apparaît comme un Éden perdu.

L'hypothèse est la suivante : dans le mouvement de sa recherche, Freud reproduit le cheminement et la dérive toxicomanes. Visant, pour l'opposer à la déception du sexuel, la tranquille relation qui règne dans le registre du besoin, il rencontre le toxique. Cette tentative d'un « désétayage », cherchant à retrouver l'originaire harmonie, aboutit *dans l'opération de pensée de Freud comme dans l'économie psychique du toxicomane*, dans le conceptuel comme dans le réel, au cul-de-sac du toxique.

Piera Aulagnier a bien marqué par le terme de « relation passionnelle »[2] cet aspect de désétayage qu'elle voit en œuvre dans la toxicomanie, dans le jeu et dans la passion amoureuse : « Une relation dans laquelle un objet est devenu pour le Je d'un autre source *exclusive* de tout plaisir, et a été par lui *déplacé dans le registre du besoin.* »

Resterait à comprendre pourquoi cette tentative de retour du sexuel au besoin, si cela a un sens, échoue dans l'impasse de la toxicomanie ; quelle extrême souffrance peut conduire à ce mode extrême, et fournir l'énorme énergie qui s'y dissipe ; et surtout pourquoi la destruction en est-elle, bien plus qu'une simple conséquence, une dimension essentielle ?

Il faut, pour tenter un début d'élaboration de ces questions, revenir à la problématique — mille fois rebattue et qui commence à lasser la réflexion analytique — de l'objet perdu. En effet la prise en considération de phénomènes de l'ordre de la toxicomanie impose la réouverture de questions qui avaient pu légitimement être laissées en jachère dans la réflexion métapsychologique.

À sa remarque concernant l'inaptitude *par nature* de la pulsion sexuelle à sa totale satisfaction, Freud adjoint une « explication » : l'objet sexuel n'est qu'un substitut de l'objet originaire qui a été perdu, il ne saurait donc pleinement suffire, il faut en chercher sans cesse d'autres. Ainsi s'explique la « faim d'excitation ». Voilà qui vient compléter le fameux « Trouver l'objet, c'est à proprement parler le retrouver » des *Trois Essais*, tout en y ajoutant une note d'inéluctable insatisfaction.

La réinterprétation nécessaire, proposée dans le *Vocabulaire*[3], reprise, et développée par Jean Laplanche[4] est connue et peut être énoncée rapidement : l'objet perdu est l'objet de l'autoconservation ; l'auto-érotisme n'est pas un temps premier, mais second et consécutif à cette perte. Il est le véritable moment de l'étayage, « rebroussement » sur le corps propre, passage de la succion au suçotement dans l'exemple archétypique de l'oralité. Il est aussi celui, dans ce rebroussement auto-excitatif même, de naissance du sexuel ; la sexualité proprement dite est, dans un troisième temps, retour vers le monde extérieur, quête de l'objet.

Mais cet objet n'est plus le même : celui de l'autoconservation était le lait ; le rebroussement auto-érotique a constitué le sein « dans la bouche de l'enfant ». C'est maintenant sur ce modèle, sur ce « leurre », que va se lancer une recherche qui ne saurait par conséquent jamais aboutir.

Cette réinterprétation est convaincante, et nous suffit pour comprendre ce qui fonde le désir et motive ses mésaventures. Mais lorsqu'il s'agit, non de la voie « progressive » du désir, mais d'un mode radicalement régrédient, d'une tentative de désétayage, il convient d'y regarder de plus près.

Ce qui, dans la conception de Laplanche, retient mon attention, c'est cette désignation du passage de l'objet du besoin, le lait, à l'objet sexuel, le sein, en termes de *contiguïté*, de glissement de l'un à l'autre. Le modèle ici utilisé est celui du *déplacement* : d'une représentation à l'autre, dans le glissement métonymique du processus primaire. Ce modèle qui s'impose dans le registre des représentations sexuelles est-il exportable, utilisable tel quel quand il s'agit de *l'origine* du sexuel ?

En reprenant l'exemple lait-sein, il ne me paraît pas évident que le lait soit objet au même titre que le sein. Le lait est *substance* plus qu'objet. Il n'y a pertinence que grammaticale, à les nommer tous deux objets : au titre de complément d'objet. Mais alors que le lait-substance ne se détache en rien d'un sujet, qu'il n'existe que pour nous qui en parlons, mais que pour l'enfant il n'est qu'une part non dissociable de son « être-repu », qu'il *est* cet être-repu même, le sein, lui, existe, commence à exister dans le moment auto-érotique avant d'être *ob-jactus* dans le monde extérieur.

Il y a en somme, à mon sens, non pas contiguïté d'un objet-lait à un objet-sein, mais *création* d'un objet qui succède à une substance.

Poser ainsi les termes de l'opération en exhausse l'aspect de *catastrophe* au sens logique. Ce qui naît à ce moment est une certaine frange de temporel, qui délimite un objet, l'inscrit dans la mémoire, le rend apte à une anticipation, une hallucination. Cette opération qui fait surgir la discontinuité de l'objet là où il n'y avait que la continuité du fonctionnel, voyons ce que nous pouvons en comprendre dans son temps d'avènement, l'auto-érotisme.

Ce que nous propose la théorie, c'est l'idée d'une satisfaction sexuelle — que Freud décrit comme un quasi-orgasme alimentaire — liée de très près à la fonction et empruntant très exactement ses modes propres de réalisation. « Mais *bientôt*, écrit Freud, le besoin de répéter la satisfaction sexuelle se séparera du besoin de nutrition[5]. » Et Laplanche commente : « *en un temps immédiatement ultérieur*, on assiste à une séparation de l'une et de l'autre[6] ». On passe du *Saugen* (succion) au *Ludeln oder Lutschen* (suçotement) : à l'auto-érotisme. Ajoutons enfin cette notation freudienne : l'objet, au temps premier de l'étayage, est d'abord extérieur au corps propre, il est dans le sein de la mère. « Cet objet n'a été qu'ultérieurement perdu, peut-être précisément au moment où l'enfant est devenu capable de former (*bilden*) une représentation d'ensemble (*Gesamtvorstellung*) de la personne à laquelle appartenait l'organe apportant la satisfaction[7]. »

Ce que je cherche à préciser se situe justement à ce point de passage d'un étayage initial à l'auto-érotisme, en tenant compte des deux propositions freudiennes : besoin de répéter la satisfaction sexuelle, s'émancipant du besoin alimentaire, et découverte de la mère comme représentation d'ensemble.

Dans le temps de l'étayage, la satisfaction est indissolublement apaisement de la tension du besoin alimentaire et excitation de la muqueuse et de la langue. C'est cette dernière qui cherche à se répéter, à s'émanciper. Lèvres et langue peuvent en effet trouver sur elles-mêmes, dans le suçotement, la même excitation.

Mais que signifie la liaison que propose Freud, avec la formation de l'image d'ensemble de la mère ? Je ne serai pas d'accord ici avec Jean Laplanche, commentant : l'objet partiel est perdu, au moment où se « profile », où commence à se constituer l'objet total. Car je ne pense pas, je le répète, qu'il y ait précisément objet, fût-il partiel, jusque-là. Il y a un organe adapté à un instinct préformé. La satisfaction « sexuelle » du temps de l'étayage, elle, est ordonnée à une intéroproprioception non dissociable : excitation de la muqueuse liée au flux du lait.

Constituer, façonner (*bilden*) la mère comme représentation d'ensemble, c'est *percevoir*, en son sens actif. C'est rassembler des morceaux de perception en une figure, la mère. Il y a là un moment de bascule : ce sein, qui jusque-là n'était pas objet pour le sujet-enfant (il l'était pour la mère), mais organe accordé au besoin, *devient objet*, et objet extérieur, appartenant à la mère.

Le procès est paradoxal (mais peut-il en être autrement quand il s'agit d'origine, de constitution ?). Le sein n'appartenait pas à l'enfant avant ce moment, il n'était tout simplement pas question d'appartenance. Mais qu'il apparaisse comme appartenant à la mère équivaut à une dépossession : dépossession de ce qu'on n'a jamais possédé. Si l'on prend en effet au sérieux l'affirmation freudienne, c'est bien au moment même de la formation d'une représentation d'ensemble de la mère qu'il y a perte, et dès lors rebroussement auto-érotique. C'est-à-dire : immédiate négation de cette extériorité.

Mais ce qui est, dans cette immédiate et constituante négation, introduit dans le sujet, c'est l'altérité niée. Langue et lèvres goûtent elles-mêmes, mais ce n'est plus le même (au sens « *gleich* »), l'indissocié. L'auto-érotisme installe l'« étranger du maternel »[8] dans le corps propre.

Le temps auto-érotique est inauguration d'un double versant : organe-objet et organe-moi. Une ligne de faille fissure le sujet, ligne de faille qui est un originaire et irréversible *partage interne*.

Cette catastrophe est créatrice : d'un proto-objet, premier objet partiel qui choit de la représentation de la mère à peine formée, pour se constituer comme organe-objet, et qui installe dans le corps l'étranger interne. Et d'un proto-moi, d'emblée endeuillé.

Comprendre les choses ainsi peut réduire une hésitation qui est sensible dans la réinterprétation de Laplanche, reconnaissant à la fois une jouissance sexuelle dans un temps « heureux » de l'étayage, et par ailleurs faisant résolument du rebroussement auto-érotique le point de naissance du sexuel. Il est nécessaire d'introduire là un « nouveau mouvement psychique », pour reprendre l'expression que Freud emploiera pour le temps ultérieur de passage de l'auto-érotisme au narcissisme. Et d'y voir le soubassement de cette intrusion, de cet import, de l'extérieur, de la sexualité.

Point de jonction, ici, avec la clinique : le temps final d'une analyse qui, tout entière, avait tourné autour de la perte orale, du sevrage. Et qui, malgré des actualisations fortes dans le transfert, des prises de conscience indéniables, n'échappait pas à la répétition. Jusqu'à l'advenue d'un cauchemar qui ajouta sa dimension essentielle à la perte orale, accompagnée de l'intensité insoutenable d'une angoisse primordiale : ce qui était perdu, ce n'était pas un objet retiré *de* la bouche, c'était l'ensemble de la cavité buccale qui se décollait, c'étaient les muqueuses, en bloc, qui se détachaient, laissant une horreur que la patiente ne put laisser entrevoir qu'en évoquant Rilke : la femme qui, au coin de la rue N.-D. des Champs, avait caché sa face dans ses mains et qui, lorsqu'elle releva la tête, avait laissé son visage collé à ses paumes[9]. Ici, la clinique vient confirmer la possible justesse de cette proposition d'une ligne de faille qu'installe, dans le corps propre, en chacun des organes, l'auto-érotisme.

Prendre les choses sous cet angle mène à réaffirmer : *il n'y a pas d'objet perdu* ; ou, plus exactement, penser la nostalgie de l'objet perdu (comme Freud dans la théorie), vivre la nostalgie de l'objet perdu (comme tout le monde et sans cesse), c'est penser et vivre *depuis* le sexuel, où il y a objet. C'est viser ce qui n'a jamais existé.

Freud l'écrit clairement : « Comme reste de ces phases d'organisation *fictives* [il vient de parler de l'étayage où fonction et sexualité se confondent], qui nous sont imposées par la pathologie, peut être compris le suçotement, dans lequel l'activité sexuelle séparée de l'activité alimentaire a échangé l'objet étranger contre un objet appartenant au corps propre[10]. »

C'est penser ce qui n'a jamais existé ; et c'est, si on prend la voie « régressive », si on ne se contente pas de le rêver, mais qu'on cherche effectivement à le retrouver *dans le réel*, ... tomber sur le toxique. Comme le toxicomane.

À la question évidemment et immédiatement consécutive, pourquoi le toxique ?, on ne peut que désigner sa spécificité et y chercher les raisons de sa convocation. Cette spécificité, c'est son caractère destructeur.

Mon hypothèse se précise donc comme suit : c'est une angoisse primordiale qui émerge, dans le temps auto-érotique, avec cette ligne de faille organe-objet/organe-moi. Un déchirement interne, le malheur originaire (où je verrais volontiers la raison première du retour vers l'extérieur, afin de faire passer la ligne de clivage entre moi et le monde). C'est à cette angoisse primordiale qu'est affronté et que tente de répondre le toxicomane, à la nécessité de la faire disparaître à tout prix, d'y porter le feu du toxique qui réunira d'un seul coup et pour un temps un corps déchiré.

La question clé de la toxicomanie pourrait être celle-ci : le toxique ne réussit que trop bien à jouer le rôle qui était dévolu... à la sexualité elle-même. Freud le répète : la sexualité est toxique, elle est une attaque du vital. Peut-être même isolera-t-on un jour la toxine sexuelle ?... Une telle affirmation est fréquente tout au long de l'œuvre. Retenons pour exemple cette lettre à Abraham, datée du 7 juin 1908[11] : celui-ci avait fait part à Freud de l'état de ses recherches sur le mythe de « l'origine du breuvage divin » dans les textes hindous anciens : philtre de *Soma* qui anime, qui « éveille le feu chez l'homme dans les deux sens de la chaleur et de l'amour ». Freud commente : « ... Le philtre de *Soma* contient certainement l'intuition la plus importante, à savoir que tous nos breuvages enivrants et nos alcooloïdes excitants ne sont que le substitut de la toxine unique, encore à rechercher, de la libido, que l'amour produit. »

Ce que la sexualité tente de résoudre, sans jamais y parvenir, mais dans une constante relance de sa recherche, parce que l'objet est fini, limité et suscite donc l'espoir de son achèvement dans un autre objet, le toxique-substance vient le concentrer en un moment unique d'embrasement. On pourrait ainsi formuler l'essentiel de ce qui se joue dans la toxicomanie : c'est parce que l'objet sexuel est fini, limité, qu'il relance l'espoir de la complétude sur un autre objet ; une substance, qui n'est pas finie, qui est dans l'ordre du continu, ne peut conduire l'insatisfaction que vers une « solution » quantitative : *encore plus*, et non pas : *autre chose*. La poursuite de la recherche sexuelle, sans cesse en quête de son extinction, ne l'obtenant jamais et se reconduisant à l'infini, ce qui est mouvement même d'Éros, le toxique l'immobilise en une seule fois, suffisamment convaincante pour que l'inéluctable échec consécutif n'amène pas à chercher une autre voie, mais à en renouveler à tout prix l'expérience.

Si l'auto-érotisme est ce moment où *se crée* un proto-objet sexuel — plutôt qu'il ne dérive par contiguïté d'un objet du besoin — le toxique apporterait à l'angoisse primordiale de ce moment de déchirement interne une « solution » trop radicale : une substance-objet, un faux objet qui ne joue que trop bien son rôle : ramener dans un « flash » la satiété qu'apportait la substance.

La « toxine sexuelle » brûle et déchire un corps souffrant de la sexualité en chacun de ses organes. Le toxique, pris au-dehors et mis dans le corps, vient brûler la souffrance : combler pour un temps, par une sorte de traitement du même par le même, la faille interne ; fût-ce au prix de la retrouver plus béante et plus douloureuse quand son effet s'évanouit. Ce « traitement du même par le même » est bien le propre du *Pharmakon* platonicien, remède *et* poison, remède aux souffrances du vivant empoisonné et poison ravivant la brûlure, se réclamant sans cesse pour se brûler lui-même[12]. Cercle fermé où se consume en s'amplifiant l'acte qui évacue le sujet à la périphérie de sa centrale cérémonie.

*

Tout au long de ce qui précède, je n'ai cessé d'écrire : avant, pendant, après... Avant, il y a le moment heureux de l'étayage. Mais *bientôt*, disait Freud, en *un temps immédiatement ultérieur*, commentait Laplanche, interviendra le rebroussement auto-érotique. Il faut revenir sur le temps et le réinterroger.

Nous disposons, à ce sujet, d'une proposition freudienne : dans le « Bloc-notes magique », et la même année 1925, dans la « *Verneinung* », Freud émet une hypothèse. L'inconscient va chercher, palper « comme avec des antennes » le monde extérieur. Ce qu'il cherche ? Un objet, dont il a une certaine mémoire. Il investit, dans ce but, le système Perception-Conscience, « déguste les excitations », puis retire son investissement. Dans la pulsation de ce mouvement de « palpation » se trouverait l'origine de la représentation du temps : imposé à la conscience par la palpitation de la recherche inconsciente.

Mais de quelle mémoire, qui ainsi anime et informe la quête, s'agit-il ? D'une trace, liée à l'expérience de satisfaction. Et qu'est-ce qu'une trace ? Nous croyons trop facilement, sans doute aidés par le désir, qu'une trace est un dépôt plein, un percept engrangé. Relisons l'« Esquisse » : les traces sont des *différences* de frayage ; relisons la *Traumdeutung* : ce sont des associations (par contiguïté, ressemblance...) : encore des *différences*. Et toute différence est une blessure qui cherche sa guérison, qui demande à se refermer : sur elle-même dans l'hallucination, sur et par un objet dans la quête sexuelle. Il y a deux autres « solutions » possibles : dans la création artistique[13], ou dans la toxicomanie.

Qu'est-ce donc que l'auto-érotisme, sinon l'incarnation de la trace, l'implantation dans l'organe de la différence, de sa douleur, et de la nécessité inépuisable de sa négation ?

L'auto-érotisme est originaire, il est le creuset où naît le temps, le rythme primordial de la palpitation dans laquelle cherche à s'épuiser la souffrance. Ce qui en naît, de l'idée d'un « avant », d'un bonheur de jadis qui doit être retrouvé, sort de cette source et la date, elle qui est origine de toute datation. « Fictives », écrivait Freud à propos des phases d'organisation d'un étayage harmonieux. Fictions en effet, produites par une déchirure, celle du sexuel, originaire.

La nécessité de détruire la discontinuité originaire, le « retard originaire », écrit Derrida[14], l'« exil originaire »[15], est, elle aussi, originaire. Elle est haine dissolvante, au cœur même de la recherche sexuelle. L'amour de l'objet ne vise qu'une chose : sa disparition comme objet, le retour à la continuité, qui est le rêve du vivant. Ainsi l'amour porte-t-il la haine comme son plus intime noyau. Ainsi se méfie-t-on de l'amour, obscurément, et les corps toujours résistent à être absorbés. L'amour ne peut passer que là où la légitime méfiance baisse un temps sa garde. Il ne se débrouille généralement pas trop mal.

FRANÇOIS GANTHERET

L'amour au travers de la haine

Le couple que forment l'amour et la haine ne répond pas à la représentation que l'on s'en fait communément. Amour et haine ne constituent pas une opposition binaire de contraires mais bien plutôt l'union de contradictoires. La haine c'est le non-amour, la négation de l'amour ; une négation qui ne doit être entendue ni comme annulation ni comme destruction, mais comme facteur de différenciation. Si l'amour peut cacher la haine, si la haine peut être une forme passionnelle de l'amour, l'échange ne se réduit cependant pas à un simple jeu de déguisement, une trompeuse apparence. En vérité il y a entre l'un et l'autre une parenté profonde : non seulement la haine précède l'amour mais sans doute n'y a-t-il amour que parce qu'il y a haine, aux origines mêmes du sujet. On discerne alors que ces deux sentiments constitutifs de l'être sont en constante tension de contradiction, unis par un lien dialectique, formant une dualité fonctionnelle sur laquelle se fonde toute relation intersubjective.

S'agissant de l'amour et de la haine, la vie amoureuse et particulièrement la vie érotique, par certaines de leurs singularités, illustrent bien la spécificité du processus en cause. C'est ainsi que le fantasme de fustigation se présente comme une figure privilégiée de l'amour de la haine. En lui se condensent deux ordres de signification. « Être battu » a tout d'abord pour sens : être rejeté, repoussé, humilié ; c'est un refus, mieux un *déni d'amour*. Mais c'est, dans le même temps, un fantasme érogène qui, en conduisant à la satisfaction orgastique, représente l'accomplissement du désir, la jouissance émanant de l'autre qui, en infligeant la souffrance, marque sa préférence. Il signifie donc, à la fois, l'amour et la haine indissolublement liés à l'intérieur de cette formation de l'inconscient.

Avec le fantasme de fustigation, en effet, nous avons affaire à une structure fantasmatique typique, à double polarité : d'une part il est rêverie diurne, d'autre part son organisation correspond à celle d'un fantasme originaire. La manière même dont il est formulé semble répondre à la nature propre du fantasme. Dans la présentation qu'en fait Freud en 1919, s'agissant de la fille, il énonce : « *ein Kind wird geschlagen* », « un enfant est battu », forme passive qui, en allemand comme dans la traduction française, rend bien compte de l'indétermination des différents éléments de la scène. Celle-ci est moins nette dans le fantasme masculin : « *von der Mutter geschlagen zu werden* », c'est-à-dire : *être battu par la mère,* où l'un des protagonistes est clairement désigné. On tend, pour cela, à privilégier la rêverie de la fille dans la mesure où elle est plus pure, plus typique, s'offrant ainsi comme modèle d'étude ; les raisons profondes nous en apparaîtront ultérieurement. Dans ce fantasme le sujet battu n'est pas la patiente, ce peut être une fille mais plus fréquemment un garçon, souvent même plusieurs garçons étrangers et inconnus. Le batteur, lui non plus, n'est pas identifié ; la seule précision que l'on puisse obtenir est qu'il ne s'agit jamais d'un enfant mais d'un adulte. Enfin, dernier élément de la scène : l'acte de battre ; on apprend qu'il s'agit le plus souvent d'une fessée, infligée au titre de punition mais comportant nécessairement cette condition : que les enfants châtiés ne subissent aucun dommage sérieux. Ainsi, le sujet producteur du fantasme n'est-il aucunement présent dans ce scénario ; tout au plus concède-t-il que vraisemblablement il regarde. Dans une de mes observations personnelles la rêverie était régulièrement exprimée sous la forme : « Il faut que le petit garçon soit puni », et la patiente se décrivait regardant, par le trou de la serrure, l'administration d'une fessée, tantôt par un homme, tantôt par une femme.

La structure d'un tel fantasme est, par ailleurs, proche de celle d'un fantasme originaire. En effet, comme l'ont souligné J. Laplanche et J.-B. Pontalis, même lorsque le sujet paraît présent dans la scène, sa position est indéterminée, il est partout et nulle part, aucune place précise ne peut lui être attribuée ; il est spectateur mais aussi bien acteur, il est le sujet battu comme le sujet batteur ; il est tout autant présent dans l'acte même de battre. La situation est donc totalement désubjectivée, « c'est un scénario pur, à entrées multiples [1] », où le sujet ne peut être repéré qu'à l'intérieur même de la syntaxe de la séquence représentée. La relation intersubjective, comme telle, a disparu, ne se réduisant plus qu'à un signe : *battre*, dont nous connaissons la double signification. Un tel fantasme nous permet donc un accès direct à la problématique qui nous retient.

Si nous sommes attentifs, nous le rencontrons plus fréquemment dans notre pratique analytique qu'il ne paraît de prime abord. C'est que, recouvert par la honte et la culpabilité, il est généralement confié avec beaucoup de difficulté. Incontestablement, il est toujours en rapport avec une organisation obsessionnelle de la personnalité qu'il est parfois nécessaire de mettre au jour lorsqu'elle se dissimule derrière une symptomatologie surajoutée. C'est ainsi que l'on rencontre régulièrement à la fois des traits de caractère sadique-anal et des traits obsessionnels, parfois des manifestations compulsives caractérisées. Ceci est surtout évident chez la femme ; chez l'homme, cette structure de personnalité est souvent plus discrète, masquée par des conduites masochistes et/ou une homosexualité qui dominent la scène clinique ; d'autres fois il s'agit d'une perversion typique. En y ajoutant, ce qui n'est pas rare, une discrète touche sensitive[2], on ne fait que compléter un tableau homogène, cohérent, organisé autour de l'analité et des formations réactionnelles qui ne font jamais défaut.

*

L'analyse que Freud nous propose du fantasme *un enfant est battu*, dans son écrit de 1919, a longtemps servi de modèle aux analystes. Sa décomposition en trois strates successives : rêverie diurne, souvenir infantile oublié puis remémoré, reconstruction du fantasme inconscient intermédiaire, est en effet une représentation privilégiée du travail analytique. Cependant l'interprétation à laquelle Freud aboutit, à savoir, schématiquement, que le fantasme est un résidu du complexe d'Œdipe, qu'il correspond chez le garçon comme chez la fille à une fixation incestueuse au père, nous apparaît maintenant insuffisante. Nous oublions trop que ce travail représentait pour lui, comme il l'indique par son sous-titre, « une contribution à la connaissance de la genèse des perversions sexuelles». L'analyse de ce fantasme érogène permettait à Freud, en effet, de faire un pas décisif dans sa compréhension des perversions, en montrant que celles-ci ne résultent pas simplement — comme il l'avait pensé jusqu'alors — de la fixation d'une pulsion partielle se maintenant indemne jusqu'à l'âge adulte. Une conception qui l'avait amené à considérer la névrose comme étant le négatif de la perversion ; refoulement ici, là absence de refoulement. Avec le fantasme de fustigation Freud démontre que la perversion n'échappe pas à la dialectique œdipienne, qu'elle en est un produit spécifique, au même titre que la névrose, mais avec des mécanismes différents. Tel est donc alors son objectif qui, momentanément du moins, limite son interprétation.

Mais ce n'est évidemment là ni la seule ni la plus importante raison qui rende compte de cette limite. S'il y a insuffisance d'interprétation, elle est à mettre en rapport avec le fait qu'à ce moment de l'élaboration freudienne, une référence théorique essentielle fait défaut. Elle concerne spécifiquement la différence des sexes, question abordée seulement *in fine*, de manière tangentielle, lorsque Freud discute la théorie de la bisexualité de Fliess d'une part et la théorie de la protestation virile d'Adler d'autre part. Il faudra, en effet, attendre l'introduction de la notion d'organisation génitale infantile, en 1923, et la reconnaissance de la prévalence du phallus dans les deux sexes, pour que soit pleinement établi le rôle du complexe de castration chez la fille comme chez le garçon. Freud avait déjà admis, il est vrai, aussi bien dans le *Léonard* en 1910, que, plus tard, dans les troisième et quatrième éditions des *Trois essais*, le rôle du complexe de castration dans la psychogenèse des déviations sexuelles, mais il n'avait pas encore décrit son articulation avec le complexe d'Œdipe, dans l'un et l'autre sexe. Ce n'est qu'après l'établissement de cette relation que Freud sera en mesure d'approfondir son interprétation du fantasme de fustigation.

Elle le sera tout d'abord, en 1924, dans « Le problème économique du masochisme » bien que, dans ce texte, la référence à ce fantasme ne soit que partielle, la fustigation n'étant qu'une des modalités des différents fantasmes masochistes. Ceux-ci, quelle qu'en soit la thématique, comportent toujours une représentation de la castration, soit sous forme positive par la position qu'occupe le sujet dans le scénario, soit sous forme négative dans le contenu même de ce dernier ; c'est ce qu'on observe régulièrement dans le « masochisme féminin » de l'homme. Parallèlement, un sentiment de culpabilité se manifeste par le besoin d'être puni par une puissance parentale, le père essentiellement, comme dans le fantasme : « être battu par le père », lequel s'apparente étroitement au désir d'avoir des rapports sexuels passifs avec lui. Freud voit là le sens caché du besoin inconscient de punition ; il est en rapport direct avec le complexe d'Œdipe, dont la modalité négative, dans le masochisme moral, est réactivée. Mais comme il note, par ailleurs, que le sentiment de culpabilité est en rapport avec la masturbation infantile, on comprend que la punition par le père résulte des désirs incestueux du jeune garçon pour la mère. Ainsi, peut-on reconnaître, en deçà de la position féminine passive à l'égard du père, une fixation amoureuse à la mère qui serait la véritable origine de la culpabilité. Dans cette perspective, le complexe d'Œdipe inversé qui, pour Freud, est caractéristique de la structure des fantasmes de fustigation chez le garçon, ne serait en fait qu'une formation secondaire, réactionnelle, masquant la modalité positive de ce complexe. Notons que dans ce texte de 1924, à aucun moment il n'est fait référence au fantasme féminin ; Freud le reprendra, l'année suivante, en ouvrant de nouvelles perspectives.

Dans « Quelques conséquences psychologiques de la différence anatomique entre les sexes », il aborde la question de la jalousie pour montrer que celle-ci résulte d'un déplacement ou d'un détournement de l'envie du pénis, dont il vient de faire la caractéristique de la phase phallique dans l'évolution de la sexualité féminine. Il écrit : « Avant de connaître encore cette dérivation de la jalousie, j'avais construit pour le fantasme onaniste si fréquent chez la petite fille : *un enfant est battu*, une première phase dans laquelle il a cette signification qu'un autre enfant, dont on est jaloux parce que c'est un rival, doit être battu. Ce fantasme semble être un vestige de la période phallique de la petite fille. La rigidité particulière qui m'a frappé dans la formule monotone : un enfant est battu, permet encore probablement une interprétation singulière. *L'enfant qui est alors battu-caressé peut n'être au fond rien d'autre que le clitoris*, si bien que cette déclaration, dans ce qu'elle a de plus profond, contient l'aveu de la masturbation qui, dès le début, dans la phase phallique, jusqu'à une époque tardive est attachée au contenu de cette formule[3]. » Ainsi, l'interprétation antérieure entièrement fondée sur la fixation incestueuse de la petite fille à son père et sur sa réaction de jalousie face à un rival qui la détrônait dans cet amour, se voit maintenant complétée par la mise en jeu du complexe de castration. L'envie du pénis devient en quelque sorte la pierre angulaire de cette construction, rendant compte à la fois du sentiment de rivalité et de l'activité masturbatoire, par un rapprochement saisissant entre l'enfant du fantasme et le clitoris de la petite fille.

Nous pouvons certainement enrichir encore cette interprétation en considérant que *le fantasme lui-même*, investi d'une très forte excitation sexuelle, devient *par sa forme et par son usage*, instrument de jouissance, tout comme le clitoris caressé (et « battu ») au cours de l'onanisme. Dans cette perspective, le fantasme, en tant que tel, se présenterait alors comme une formation *déniant* l'absence du pénis (absence non acceptée) ; il serait un substitut imaginé et imaginaire du pénis manquant et fortement désiré. Mais nous n'ignorons pas que la fille rend sa mère responsable d'être ainsi « mutilée » et que la jalousie qu'elle éprouve à l'égard d'un autre enfant ne se joue pas par rapport à l'affection du père mais bien par rapport à l'amour maternel ; « ce qui fournit dans les conditions normales de développement une motivation pour dénouer le lien à la mère », « Le fait que l'enfant préféré par la mère devient le premier objet du fantasme de battre, qui aboutit à la masturbation, cadre alors parfaitement avec cela », ajoute Freud[4]. Le fantasme représente, en effet, le réinvestissement ou le renforcement de la relation archaïque à la mère (celle que Freud nomme pré-œdipienne) dû au fait même que la fillette se voit menacée par un rival. Si bien qu'en dernier ressort l'enfant qui est battu n'est autre que la petite fille elle-même identifiée à l'objet du désir de la mère : le phallus. Ainsi la signification masturbatoire du fantasme s'applique-t-elle d'abord à la fille, mais plus fondamentalement encore à la mère et, dans ce dernier cas, *le clitoris battu-caressé est le clitoris maternel* avec lequel la fille est entièrement confondue, devenant l'instrument même de sa jouissance. Considéré de la sorte, le fantasme féminin de fustigation se présente à nous comme une *formation défensive* d'une grande complexité, empruntant aux différentes couches du développement psychosexuel de la femme, mais sa détermination la plus précoce est liée à l'identification de l'enfant au phallus maternel ; c'est à ce niveau que prend racine l'équivalence : être battue = être caressée = être aimée.

Dans un article de 1936 intitulé — « L'équation symbolique : fille = phallus[5] », Otto Fenichel a montré la fréquence et la polyvalence de ce type d'identification. Reprenant à son compte certaines conclusions d'un travail antérieur de Bertram Lewin[6] il souligne que cette identification se fait par la voie de l'introjection orale ; c'est, précise-t-il, une manière de restaurer l'omnipotence infantile menacée par la découverte de l'absence du pénis. On observe en effet généralement, dans ce cas, la cœxistence du fantasme de posséder un pénis et de celui d'en être un, par son corps en entier. La fille devient ainsi, dans la relation amoureuse avec l'homme (le père) la partie la plus précieuse de sa personne et celle qui est la plus vulnérable. Mais ce type d'identification au phallus *in toto* se rencontre aussi dans certaines problématiques masculines. C'est ainsi que Fenichel le met en évidence chez les clowns, les prodiges et les nains, comme étant le ressort essentiel d'une conduite où se lit la recherche d'une toute-puissance narcissique foncièrement menacée ; en raison de cette identification, ces personnages lui paraissent spécifiquement féminins. Le même processus est décrit comme étant à l'origine de certains fantasmes masochistes, essentiellement celui de « dépendance sexuelle complète », dans lequel le sujet est totalement soumis à son partenaire, le considérant comme indispensable et se considérant comme indispensable pour lui. Fenichel précise: « L'être dépendant ne représente pas seulement une partie vulnérable de celui dont il dépend mais aussi l'inverse, c'est-à-dire sa partie la plus importante; l'être puissant se trouvant maintenant et simultanément dans un état de dépendance (magique) à l'égard de celui qui dépend de lui[7]. »

On peut regretter que cette analyse de Fenichel, si stimulante par ailleurs, soit limitée, dès le départ, à l'identification de la fille au pénis du père et qu'il ne soit pas fait référence au phallus maternel, alors que c'est lui qui, le premier, est l'objet de l'incorporation orale. Souvenons-nous en effet que Freud, décrivant le masochisme érogène, articule le fantasme de fustigation par le père avec, d'une part, le fantasme de castration, et, d'autre part, « l'angoisse d'être dévoré par l'animal totémique (père) qui a sa source, dit-il, dans l'organisation orale primitive[8] ». De fait il y a équivalence entre ces différentes formes d'expression d'un même fantasme primordial, comme le met clairement en évidence d'ailleurs la rêverie érogène du *Gingerbreadman* décrite dans *Inhibition, symptôme et angoisse*. La modalité la plus archaïque du fantasme, celle qui s'exprime dans le registre oral, est le prototype des autres formes mais elle n'est encore, dans sa référence au père, qu'une formation substitutive. Freud en donne confirmation dans son texte: « Sur la sexualité féminine » (1931) lorsqu'il fait la remarque suivante: « Jusqu'ici je n'ai rencontré que chez les hommes l'angoisse d'être dévoré; elle est liée au père mais résulte probablement de la transformation de l'agression orale dirigée contre la mère. On veut dévorer la mère de laquelle on s'est nourri; le père ne peut être le motif d'un tel désir[9]. »

Ce qui est valable pour le garçon l'est tout autant pour la fille. On veut dévorer la mère nourricière, on veut incorporer oralement son pénis et ainsi devenir, dans sa personne tout entière, ce pénis convoité. L'identification du sujet au phallus maternel se présente bien comme étant au fondement même des fantasmes érogènes de dévoration et de fustigation. Fondés sur le sadisme oral, ils sont une forme d'expression privilégiée de l'amour primaire et de la haine intriqués, sur le mode le plus archaïque. L'analyse à laquelle nous venons de les soumettre nous conduit maintenant à poser le problème de l'origine et de la genèse de la haine, de la situer dans son rapport à l'amour.

*

Dans l'évolution de la vie psychique, l'amour et la haine n'apparaissent pas d'emblée sous leurs formes définitives ; ils ont des précurseurs qui jouent un rôle déterminant dans la différenciation du moi et de l'objet. En ces phases précoces du développement on ne saurait d'ailleurs, en toute rigueur, parler d'amour et de haine mais, ainsi que le fait Freud dans « Pulsions et destins des pulsions », des deux mouvements que sont : le haïr : *das Hassen* (et non *der Hass*) et l'aimer : *das Lieben* (et non *die Liebe*). « Si pour commencer nous définissons l'aimer comme la relation du moi à ses sources de plaisir[10] », « le sens originaire du haïr (quant à lui) désigne la relation au monde extérieur étranger qui apporte les excitations[11] ». Originairement, aimer correspond à incorporer dans le moi l'objet en tant qu'il est satisfaisant, donc source de plaisir. Haïr, ce prototype de la haine, est lié à l'augmentation des tensions internes, à l'insatisfaction, au déplaisir ;

haïr, c'est rejeter, expulser, mettre à distance, mais c'est aussi *constituer l'objet* en le différenciant du moi, c'est-à-dire participer à la première distinction dedans-dehors. Ainsi le sens originaire de haïr pourrait être rendu en termes de force centrifuge, séparatrice et différenciatrice, tandis que celui d'aimer correspondrait à une tendance motrice, centripète, du moi par rapport aux objets. Il en résulte que c'est l'objet lui-même qui est au principe de la haine, et que « les prototypes véritables de la relation de haine ne proviennent pas de la vie sexuelle mais de la lutte du moi pour sa conservation et son affirmation[12] ». Haïr est la forme primitive de réaction du moi lorsqu'il y a frustration (*Versagung*) de la satisfaction des pulsions d'autoconservation. Quant à la haine proprement dite, elle provient essentiellement de la frustration des pulsions libidinales ; elle est, en un stade ultérieur, une réaction du moi total face à l'objet en tant qu'il est source d'insatisfaction sexuelle. Mais cet objet n'est autre que l'objet total, c'est-à-dire la personne de la mère.

Ainsi la première expérience de haine peut-elle être située en ce temps logique dit du *refus maternel* où l'enfant découvre que le manque d'objet, qui le contraint à renoncer à l'essai de satisfaction par voie hallucinatoire, n'est que la traduction concrète de la position adoptée par la mère qui choisit de ne pas répondre à ce qui a, pour elle, valeur d'appel. Position par laquelle elle s'impose comme sujet désirant, refusant de cautionner l'identification de l'enfant à l'objet même de son désir, c'est-à-dire s'imposant par une frustration radicale des pulsions sexuelles qui se portent sur elle. C'est à ce refus (*Versagung*), auquel l'enfant se heurte, qu'il va réagir par la haine, laquelle vise précisément à supprimer cette source douloureuse de tension. Ainsi la haine, dans ce qu'elle a de plus spécifique, peut-elle être définie comme *mouvement d'annihilation de l'autre en tant que sujet désirant*, c'est-à-dire en tant qu'il est facteur fondamental d'insatisfaction. Cette force d'anéantissement cependant n'atteint pas directement son but, mais elle est à l'origine d'un double processus : processus de séparation et d'individuation qui aboutit à la constitution de l'Autre — si l'on peut dire — dans son altérité, processus de différenciation ayant pour résultat le dégagement du sujet comme tel et, dans le même mouvement, la naissance de la pensée et du langage. Nous serons amené à revenir sur ce rôle tenu par la haine dans la structuration de l'appareil psychique et à en expliciter les mécanismes.

*

Il est évident que le destin de la haine est directement dépendant de la position adoptée par la mère face à la réaction de l'enfant, il est donc fonction de la problématique qui est la sienne et de la place que cet enfant occupe dans l'ordre de son désir. C'est ce qui va nous permettre de comprendre la singularité du processus en jeu dans ces personnalités obsessionnelles chez lesquelles il nous est donné de repérer l'existence d'un fantasme de fustigation. Dans de telles organisations la mère semble avoir, à l'égard de son enfant, une position double et contradictoire. D'une part, elle apparaît comme cautionnant pleinement l'identification de celui-ci à l'objet de son désir, maintenant avec lui une relation étroite, exclusive, de caractère imaginaire. D'autre part, elle semble s'opposer de manière catégorique à tout investissement libidinal de la part de son enfant. Mais ce qui la caractérise davantage encore est l'intolérance qu'elle paraît manifester vis-à-vis de la haine que ce refus engendre, étant dans l'incapacité d'accepter la séparation qui, normalement, en découlerait. Fondamentalement la mère de l'obsessionnel est présentée comme une mère haineuse qui répond à la haine par la haine. Il ne faut pas entendre par là que la relation qui s'établit soit marquée par une agressivité manifeste. Ce qu'il nous est donné d'observer, de l'extérieur, est à l'opposé de cela. Cette mère est pleine de sollicitude, de dévouement voire d'abnégation à l'égard de son enfant, mais cette disponibilité totale et inconditionnelle semble avoir pour finalité d'entretenir et même de renforcer progressivement le caractère fusionnel de la relation qu'elle a avec lui. Relation dans laquelle il est totalement aliéné puisqu'elle ne lui permet aucune autonomie, aucune existence propre ; il n'est qu'un élément constitutif de l'univers maternel, un élément essentiel certes, mais sans véritable individualité.

C'est à ce niveau que nous pouvons mesurer les effets de cette haine qui sous-tend la position de la mère : nier son enfant dans la spécificité même de son désir. Il ne peut « être » que par elle, c'est-à-dire pleinement conforme à ce qu'elle attend de lui. Parler de cette haine de la mère en termes d'agressivité, on le voit, est non seulement insuffisant mais inadéquat. C'est en termes de destructivité sourde, profonde et inexorable que nous rendrons compte de ce qui s'opère ainsi dans le sujet car c'est lui qui, en fin de compte, est visé dans sa singularité, dans son altérité même.

Notre expérience analytique nous confronte souvent à un tel type de processus, encore que nous n'en soyons jamais directement témoins ; nous le déduisons plutôt des effets destructifs qui nous sont offerts régulièrement. La littérature romanesque nous fournit parfois, de cette relation, de saisissants tableaux.

Ainsi dans *L'héritier*, Claude Fessaguet dresse le portrait d'un homme jeune, vivant seul avec sa mère depuis ses premières années, totalement soumis à l'emprise de son désir, jouissant de la quiétude et de la douceur qu'elle lui a toujours procurées mais à la condition implicite qu'il renonce à aimer une autre femme et à être aimé d'elle[13]. Lorsque, malgré tout, cela se réalise, la destructivité maternelle se met lentement en marche, insidieusement, pour aboutir à la rupture de cet amour inacceptable. Il ne suffira cependant pas que son fils sacrifie pour elle ce noyau de vie ; l'atteinte portée au lien sacré qui les unissait est telle qu'elle a perdu sa véritable raison de vivre et, dès lors, s'abandonne à la mort. Dans notre perspective, l'intérêt de ce roman est double car à la destructivité de la mère, en tout point comparable à celle que nous avons décrite plus haut à propos de l'obsessionnel, s'adjoint un autre type d'assujettissement, exercé par un ami, devenu le complice de la mère dans cette subtile entreprise d'annihilation d'un homme à qui on refuse d'être. La dimension homosexuelle, bien que discrète, est là omniprésente — comme c'est si souvent le cas — ayant elle aussi, dans son registre propre, la même finalité, celle de nier le sujet dans son désir.

De tels exemples mettent en évidence que dans la problématique obsessionnelle — mais c'est aussi vrai dans la problématique perverse, bien que la modalité en soit différente — la haine qui sous-tend l'amour maternel a, paradoxalement, pour effet de renforcer le caractère exclusif, fusionnel de la relation avec l'enfant. Ce qui est visé c'est le maintien de l'unité primordiale que la mère entend faire perdurer, quelles qu'en soient les vicissitudes. Face à cette exigence, l'obsessionnel adopte une double position. D'une part, il tente de détruire l'Autre qui barre son existence, d'autre part, il met tout en œuvre pour maintenir l'Autre en tant qu'il est, dans le même temps, le seul garant de son désir. C'est à ces oscillations incessantes que nous sommes confrontés, les interprétant généralement comme une forme d'agressivité bien souvent angoissante. L'enfant, quant à lui, à l'intérieur d'une telle relation, se sent particulièrement démuni. Il trouve une issue commode dans une position de compromis en s'identifiant régressivement : à l'objet du désir de la mère, ainsi parvient-il à satisfaire son désir originaire de fusion mais c'est au prix d'une aliénation accrue dont il tentera, répétitivement, de se dégager sans avoir toujours les ressources nécessaires pour y parvenir. S'il réussit cependant à assurer en partie son autonomie de sujet, celle-ci restera généralement précaire, étant à la merci d'une nouvelle frustration qui le conduira à se replier sur les positions identificatoires antérieures qui le maintiennent en survie. Telles sont les conditions mêmes de constitution du fantasme de fustigation que nous allons tenter maintenant de cerner avec plus de précision encore, dans la perspective qui a été la nôtre jusqu'ici.

*

Dans l'histoire des patients qui présentent un tel fantasme, nous retrouvons régulièrement un problème de rivalité qui, suivant l'hypothèse même de Freud, peut être considéré comme le *primum movens* de cette problématique. La survenue d'un rival au cours des premières années de la vie détermine chez l'enfant un sentiment de dépossession d'une très grande intensité. La position de Freud, en 1919, était qu'un tel événement ne fait jamais défaut chez la fille, mais qu'il n'avait jamais pu être mis au jour chez le garçon. Je dois dire que mon expérience est différente et que dans trois cas très caractéristiques de fantasme de fustigation masculin, s'était constitué vers l'âge de trois, quatre ans un puissant sentiment de jalousie, pour l'un à l'égard d'un frère aîné paré de tous les prestiges, pour les deux autres à l'endroit d'un puîné. Dans chaque cas la rivalité se jouait électivernent par rapport à la mère, il y avait souffrance morale parce que l'enfant était convaincu d'être négligé par elle au profit de l'autre, le père n'intervenant qu'accessoirement dans la constitution du drame. Ainsi, cette prévalence du rôle de la mère est tout aussi vraie chez le garçon que chez la fille. En centrant toute son interprétation sur la relation incestueuse fille-père, Freud était très influencé par le schéma œdipien habituel, son objectif étant de l'appliquer à cette formation perverse. La clinique psychanalytique ne confirme pas cette hypothèse que Freud a d'ailleurs modifiée lui-même par la suite, comme nous avons pu le mettre en évidence. Derrière la fixation incestueuse au père qui ne manque pas, il est vrai, nous découvrons toujours la très grande prégnance de la relation « préœdipienne » à la mère qui s'impose comme étant, dans l'un et l'autre sexe, le facteur principal de détermination. La jalousie que l'enfant éprouve à l'égard d'un rival est motivée par le fait qu'il se sent détrôné dans l'amour de la mère ; tel est le sens profond de la frustration qu'il subit douloureusement. Cette réactivation du refus maternel sera évidemment suivie des mêmes effets, la frustration d'amour entraînant à nouveau une réaction de haine tournée d'abord vers le rival. Manifestation très commune dans la vie infantile, dont on connaît bien l'intensité qui peut aller jusqu'à des gestes de cruauté avérée. Mais dans le cas qui nous occupe la haine ne s'en tient pas là, elle se porte tout autant sur la mère elle-même considérée comme principale responsable de l'état de détresse affective vécu par cet enfant, avec une vulnérabilité beaucoup plus importante que ce qu'on observe habituellement. Ceci doit être apprécié en fonction des particularités de la relation précoce mère-enfant, telles que nous les avons précisées dans la constitution d'une problématique obsessionnelle. Ce lien archaïque rend compte aussi du fait que l'enfant est dans l'incapacité d'assumer la haine qu'il porte à sa mère, laquelle détermine en lui un sentiment très intense de culpabilité.

Il parvient cependant à évacuer partiellement cette culpabilité en retournant sur lui-même la haine primitivement adressée à la mère ; ainsi, la position qui était tout d'abord sadique, se transforme en position masochiste. L'enfant passe de l'activité à la passivité et se place à nouveau en état de dépendance complète à l'égard de la mère. Le but ultime de cette opération est de réinstaurer avec elle le lien étroit, exclusif, fusionnel qu'il a antérieurement connu ; c'est-à-dire de retrouver la continuité, mieux l'unité première. Il rétablit cette relation spéculaire grâce à la reprise de son identification à l'objet du désir de la mère, étant, nous l'avons vu, confondu avec le clitoris maternel érigé, participant pleinement à sa jouissance. Que l'enfant-pénis soit caressé et battu signifie bien le rétablissement de l'amour le plus archaïque, mais dans le même temps il est déni d'amour et abolition de l'enfant comme sujet désirant. Cependant l'enfant n'a pas reporté entièrement la haine sur lui-même, il la prête aussi à la mère, par le mécanisme de la projection. Ainsi, derrière le sujet qui bat, identifié par Freud comme étant, pour la fillette, une figure paternelle, c'est en fin de compte toujours de la mère qu'il s'agit. *L'enfant aime (désire) la haine qu'il lui attribue parce qu'elle est signe d'amour, de la même façon qu'il aime sa propre haine par laquelle il se fait objet entièrement soumis à son désir.* Cette identification phallique, aussi paradoxal que cela puisse paraître de prime abord, est un triomphe puisqu'elle entraîne le rétablissement de l'omnipotence infantile. Tel est sans doute le sens profond de la jouissance que procure le fantasme, une jouissance qui emprunte aux différents niveaux du développement psycho-sexuel puisqu'elle est, dans le même temps, jouissance génitale en rapport avec l'activité masturbatoire elle-même et jouissance sadique-anale liée à la soumission masochiste.

On peut voir ici la confirmation de ce que nous avancions plus haut concernant la place du sujet dans la structure du fantasme, à savoir qu'il est partout et nulle part ; il est aussi bien présent dans chacun des éléments du scénario que dans le signifiant phallique lui-même, autour duquel tout s'ordonne. Mais fondamentalement le sujet, en tant que tel, est absent parce que nié, aboli transitoirement dans l'éclair de la jouissance. La seule chose qui le représente dans son essentielle précarité, nous la trouvons dans le texte même de la rêverie ; c'est un *pur signe* : « être battu », en lequel se fondent et s'expriment ces deux contradictoires : « être aimé », « être haï ».

*

J'ai utilisé jusqu'à présent le fantasme féminin comme modèle de référence, me réservant d'approfondir ultérieurement le fantasme masculin. Celui-ci se révèle étonnamment proche de ce que nous avons décrit chez la femme, ce qui laisse supposer que l'homme s'y trouve en position féminine. C'est, en effet, ce que nous observons régulièrement, qui se traduit toujours par l'existence d'une homosexualité latente, souvent même patente. La dimension la plus constante et la plus significative est celle de la passivité. Passivité qui s'exprime tantôt à l'égard d'une femme représentée par la mère elle-même ou par un substitut de celle-ci, tantôt à l'égard d'un homme dont on a tout lieu de penser qu'il représente le père. Dans l'un des cas que j'ai pu suivre, les rêveries conscientes, qui étaient indispensables à l'obtention de l'orgasme par voie masturbatoire ou lors des rapports sexuels, mettaient presque toujours en scène le combat de deux femmes. Il s'est avéré très rapidement que cet homme était, dans tous les cas, identifié à la partenaire dominée, brimée, ligotée, humiliée et le plus souvent battue, mais comme s'il ne s'agissait que d'un jeu ne comportant aucune agressivité, aucune méchanceté; c'était le jeu de la soumission-domination. Dans d'autres fantasmes, plus rares, il était directement présent mais, là encore, pour être entièrement livré aux entreprises d'une femme qui le bousculait, le commandait, lui faisant subir ses fantaisies érotiques les plus osées. Dans son activité hétérosexuelle cet homme ne trouvait son plaisir qu'à laisser sa femme prendre toutes les initiatives — comme c'était aussi le cas dans la vie quotidienne — aimant se réfugier dans une totale passivité. L'homosexualité, bien que non directement exprimée dans le contenu manifeste des rêveries, était immédiatement perceptible dans toutes les relations qu'il entretenait avec les autres hommes où il s'arrangeait toujours pour être dominé, souvent humilié, parfois même bafoué. Dans la situation analytique, cette profonde passivité formait évidemment le trait le plus marquant de la relation transférentielle ; il y avait même souvent provocation à la domination par des passages à l'acte répétés qui nécessitaient l'intervention directe de l'analyste, en particulier lorsque ceux-ci menaçaient gravement la poursuite de la cure. J'ajouterai encore que cette homosexualité avait été réalisée à plusieurs reprises au cours de l'adolescence, dans des conditions particulières où le sujet se laissait séduire passivement par un garçon plus âgé ou plus expérimenté que lui. Enfin, on ne sera pas étonné d'apprendre, d'une part, que cette fantasmatique et cette conduite étaient sous-tendues par une organisation obsessionnelle de la personnalité où dominaient l'aboulie, les ruminations obsédantes et la culpabilité ; d'autre part que cet homme adulte était à l'égard de sa mère, depuis sa plus tendre enfance, dans une relation de dépendance complète, où c'était elle qui prenait à sa place toutes les décisions, même les plus banales, se substituant totalement à lui jusque dans sa vie la plus intime. C'était là son bonheur et son aliénation et c'est aussi ce qu'il avait tenté de reconstituer avec sa propre femme qui, d'abord rejetée par la mère, devint très rapidement sa complice, en fait son substitut. Le père, dans cet univers, bien qu'actif et faisant vivre son monde dans une grande aisance, n'avait pas son mot à dire sur ce qui se passait à la maison ; il ne disait rien, en effet, si ce n'est pour cautionner les décisions de sa femme comme elle lui demandait de le faire.

Avec cette observation nous sommes très proches du fantasme « être battu par la mère » ; cette formulation même n'y est pas présente mais les différentes mises en scène ne sont que des modalités de cette structure fantasmatique : être totalement confondu avec l'instrument de jouissance de la mère et, plus largement, être une partie précieuse de sa personne, être son orgueil et son triomphe, ce qu'il fut pendant toute son enfance en tant que petit prodige qui s'éteignit vers la fin dc l'adolescence en raison de ses aboulies. L'identification féminine de ce sujet doit être comprise non seulement comme conforme au vœu de la mère qui désirait une fille mais, plus fondamentalement, comme une modalité d'expression de l'équation symbolique : fille = phallus.

La seconde illustration clinique à laquelle je ferai référence, par sa singularité, pose d'intéressants problèmes. Cet homme qui était un homosexuel exclusif avait pour fantasme : « un père battant son fils » ; telle est la formule exacte par laquelle il le rapportait. Cette rêverie était à peu près le seul moyen dont il disposait pour lutter contre une impuissance sexuelle quasi permanente ; parfois il avait recours à des représentations fantasmatiques où il figurait lui-même comme étant battu ou humilié par un autre homme. Étant donné qu'il ne s'agissait jamais d'une femme, on voit que ce fantasme apporte la vérification *a contrario* de l'hypothèse freudienne selon laquelle, dans le fantasme : « être battu par la mère », l'homme évite l'homosexualité en inversant le sexe du batteur, compte tenu que le fantasme inconscient reconstruit serait : « mon père me bat, mon père m'aime ». Tout donnerait à penser que chez ce patient dont l'homosexualité est patente, il n'y a eu ni refoulement du fantasme de désir ni inversion du sexe du batteur ; tout au plus retiendrait-on la régression au stade sadique-anal qui explique la transformation du fantasme : « mon père m'aime » (au sens génital) en « mon père me bat ».

À l'évidence, cette rêverie traduit la position féminine passive à l'égard du père ; mais peut-on se limiter à cette interprétation et ne voir là — ainsi que

Freud le propose en 1919, pour le garçon comme pour la fille — que l'expression d'une fixation incestueuse au père, soit, en l'occurrence, la forme inversée du complexe d'Œdipe? Tout ce qui a pu être avancé jusqu'à présent nous incite à approfondir davantage notre interprétation; d'autres particularités de cette observation permettent de le faire. Il s'agissait, cette fois encore, d'une organisation obsessionnelle, sans symptômes caractérisés, mais avec une série de traits de personnalité correspondant à autant de formations réactionnelles contre un érotisme anal intense. Par ailleurs, l'identification du sujet au phallus, à laquelle on pouvait s'attendre, était dans ce cas particulièrement évidente, se traduisant au niveau du corps même, à certains moments déterminés, par des postures exprimant véritablement une érection globale de la personne. Nous avons ainsi le sentiment de retrouver la configuration que nous avons décrite jusqu'à présent. Mais comment concilier cette identification du sujet à l'objet du désir de la mère avec la fixation incestueuse au père? L'analyse des relations intersubjectives et des positions respectives des différents protagonistes, mettait en évidence une constellation familiale bien singulière.

Le père était, en fait, investi par la mère comme étant vraiment son objet phallique, brillant, valorisant mais, par ailleurs, «petit enfant» entièrement dépendant d'elle. Elle ne cessait d'en faire les louanges auprès de son fils et de le lui offrir comme modèle exclusif. Nous ne sommes pas là uniquement au niveau des conduites, des intentions conscientes, du processus secondaire. Le travail analytique a pu montrer, derrière des dénégations répétées, la tendance fondamentale à s'identifier au père *dans la position de soumission qui était la sienne* et que cette position identificatoire était, pour l'enfant, la meilleure façon qu'il avait de satisfaire le désir de la mère, d'être lui aussi son objet phallique. Bien qu'il y ait eu, comme on le suppose, entre le père et le fils, une rivalité foncière, ce n'est cependant pas celle-ci qui fut à l'origine du fantasme de fustigation, mais beaucoup plus la jalousie que le tout jeune garçon éprouva à l'égard d'un frère aîné lorsqu'il découvrit, dans des circonstances précises, qu'il était l'objet d'une admiration inconditionnelle de la part de la mère. C'était lui le rival le plus dangereux et il en fut ainsi durant de longues années, la rivalité avec le père étant, en quelque sorte, neutralisée par le fait que le sujet se mettait, à l'égard de celui-ci, en position de soumission (en position féminine passive, selon les termes de Freud), moyen très efficace d'éviter la vengeance paternelle tout en conservant la place privilégiée qu'il occupait dans la fantasmatique maternelle.

*

Tout au long de ce développement, j'ai insisté sur le fait que les fantasmes de fustigation se rencontrent presque toujours chez des personnalités obsessionnelles. C'est une constatation que j'ai été amené à faire régulièrement dans ma pratique, qui m'a donné à penser qu'il y a certainement là une articulation significative dont j'ai voulu rendre compte sur le plan identificatoire. Plaçons-nous maintenant dans une autre perspective afin de préciser la fonction de ce fantasme dans l'économie libidinale du sujet : en d'autres termes, le rôle qu'il peut tenir dans une problématique obsessionnelle. Freud déjà notait la fréquence avec laquelle celle-ci était présente, chez la femme notamment, moins souvent chez l'homme puisqu'il a mentionné « le cas plus rare du masochisme qui était troublé dans son action perverse par l'apparition de représentations obsessionnelles d'une force insupportable[14] ». Mais il semble bien que, du point de vue psychopathologique, il attachait davantage d'importance à la structure perverse de cette formation et à la spécificité de sa psychogenèse ; son sous-titre l'indique de manière explicite. Pour ma part, j'ai le sentiment que le fantasme de fustigation se situe *au point d'articulation de la problématique obsessionnelle d'une part et de la problématique perverse d'autre part,* et que c'est ainsi qu'il doit être considéré, dans tous les cas, quelle que soit la discrétion avec laquelle l'un ou l'autre pôle se manifeste.

En effet, même lorsque nous n'avons pas affaire à des « personnes qui devraient être désignées comme de véritables masochistes au sens de la perversion sexuelle[15] », comme c'est assez souvent le cas chez l'homme, nous pouvons considérer, en tout état de cause, que le fantasme de fustigation est toujours de nature perverse. Nous le déduisons du fait qu'il y a *fixation impérieuse à un fantasme indispensable pour accéder à la satisfaction orgastique,* ce qui me paraît être, au-delà de toutes les considérations psychopathologiques classiques plus ou moins normatives, « la condition nécessaire et suffisante » pour parler de formation perverse. Formation perverse et non perversion à proprement parler, dans la mesure même où il n'y a pas accès à la réalité, où il n'y a pas d'agir caractérisé en dehors de l'acte masturbatoire, qu'on ne saurait évidemment considérer comme une déviation sexuelle. La fonction du fantasme de fustigation, dans une organisation obsessionnelle, est de donner au sujet la possibilité de sortir, ne fût-ce que provisoirement, de l'état de pétrification intérieure dans lequel il se trouve. Figé, immobilisé, aliéné dans la relation fusionnelle qu'il entretient avec sa mère et qui lui interdit toute relation véritablement amoureuse avec une autre femme, il trouve, grâce au fantasme, une issue qui lui donne accès à la jouissance. C'est dire que par cette voie il se constitue une vie érotique certes, mais sans prise en considération de l'Autre — même s'il y a un ou une partenaire — sans encourir de danger puisque, de cette façon, il maintient, voire même renforce sa position identificatoire primaire. Par le fait d'être battu il retrouve l'omnipotence infantile, il est le phallus triomphant de la mère ; sa jouissance est participation à la jouissance maternelle. C'est pourquoi il aime cette haine qu'elle lui porte dans le fantasme qu'il a construit, car elle est le signe tangible de l'amour — destructeur — qu'elle a pour lui. Où l'on voit bien que la haine n'est pas le contraire de l'amour mais qu'elle traduit davantage un mode d'attachement d'un sujet à un autre sujet, étant désirée en tant que preuve détournée de la passion.

Le masochisme proprement dit, notamment les conduites perverses caractérisées, illustrent clairement cette problématique de l'amour et de la haine. À l'évidence, ce que le masochiste recherche, au travers des rituels les plus variés, c'est d'être objet entièrement et inconditionnellement soumis au désir de l'autre, de se plier à sa toute-puissance annihilante, d'être nié comme sujet et d'en tirer jouissance. Car c'est dans le moment même où il paraît aboli que le sujet assure son triomphe, devenant le dominateur de celui qui le soumet conformément au désir qui lui a été imposé, bien souvent à son insu. Cette relation très particulière, transposée dans un autre registre, permet de comprendre le plaisir si singulier que nous procure le clown avec ses pantalonnades : par son comportement et sa défroque ridicules, par les coups incessants qui lui sont administrés sans que jamais il les rende, il nous fait rire, semble-t-il, uniquement à ses dépens. Comme l'a bien fait ressortir Fenichel, il s'agit en fait d'une exhibition phallique réprimée et remplacée par une exhibition prégénitale allant de pair avec des fantasmes d'omnipotence. « Je suis petit, c'est vrai, vous riez. Mais en dépit de ma petite taille, je suis omnipotent. Si mon pénis est trop petit, alors je suis, par ma personne tout entière, un pénis qu'il vous faut tout de même respecter[16]. » À l'acmé de son exhibition le clown est triomphant, triomphe qu'il remporte sur nous qui lui sommes indispensables pour assurer sa victoire ; en fin de compte, aux dépens de qui le rire s'exerce-t-il ? L'effet comique ne dépend-il pas d'un renversement du ridicule lié à la détresse infantile réactualisée sous forme de caricature dont, peut-être, il vaut mieux rire que pleurer ?

Le caractère spéculaire de cette relation constamment réversible, que le masochisme illustre de façon si privilégiée, se retrouve dans bien d'autres problématiques et tout d'abord dans les perversions multiples où la dimension sadomasochiste n'est jamais absente. En disant que le fantasme de fustigation se situe au point d'articulation de la perversion d'une part et de la névrose obsessionnelle d'autre part, nous posons le problème de la parenté entre ces deux organisations. Une parenté qui ne se réduit pas à la simple coexistence de symptômes appartenant à l'une ou à l'autre catégorie, mais une parenté structurale profonde. L'investigation psychanalytique nous révèle, en effet, que nous sommes en présence de deux problématiques dont l'interférence ne doit pas être entendue comme une simple complémentarité mais comme le résultat d'une véritable intrication de deux processus morbides saisissables tant sur le plan psychogénétique que sur le plan métapsychologique. Tout se passe comme s'il existait un tronc commun à ces deux organisations, tronc commun à partir duquel chacune d'elles s'édifie, établissant ainsi sa spécificité.

Dans un travail antérieur[17] j'ai été amené à montrer le rôle déterminant de la séduction maternelle précoce dans l'une et l'autre problématiques selon des modalités très différentes mais qui, précisément, rendent compte de leurs particularités. Dans la même perspective, il me paraît intéressant de faire un rapprochement entre le fantasme de fustigation et la situation de séduction infantile. La convergence est évidente puisque, dans l'un et l'autre cas, l'enfant est l'objet sexuel de la mère, l'instrument privilégié de sa jouissance, d'une jouissance à laquelle il participe pleinement mais en la subissant passivement. On en vient alors à se demander si le fantasme « être battu » n'est pas purement et simplement un avatar du fantasme originaire de séduction.

S'il en est ainsi, on peut alors concevoir que le fantasme de fustigation est inhérent à toute relation érotique, sous des formes et à des degrés essentiellement variables bien sûr. On trouve dans Freud une indication qui pourrait aller dans ce sens lorsqu'il définit l'acte sexuel comme « une agression ayant pour dessein l'union la plus intime » et le met en parallèle avec l'acte de manger qui est « une destruction de l'objet avec comme but l'incorporation[18] » ; autre figure de la dialectique de l'amour et de la haine dont la finalité est le rétablissement de l'unité primordiale. Ce n'est rien d'autre que le jeu des deux catégories pulsionnelles se combinant pour coopérer à la réalisation d'un même but qui est celui des pulsions de vie, c'est-à-dire l'unification (*Vereinigung*) du sujet et de l'objet. Celle-ci n'est d'ailleurs rendue possible que par une réduction de l'objet, laquelle résulte de l'action de la pulsion de mort.

On ne saurait cependant réduire le rapport sexuel à cette seule combinatoire pulsionnelle qui ne correspond en fait qu'à un modèle de fonctionnement prototypique, demeurant toujours présent, mais comme toile de fond sur laquelle vient s'inscrire tout processus de différenciation. L'acte sexuel ne prend son plein sens que dans le champ de l'intersubjectivité, là les buts pulsionnels demeurent inchangés mais le désir s'accomplit selon de nouvelles modalités, en empruntant d'autres voies, en exécutant un détour qui permettra l'obtention de la satisfaction sous forme substitutive. Il ne s'agit plus de détruire l'objet pour se l'approprier mais, le reconnaissant comme Autre désirant, de s'emparer de son désir, c'est-à-dire d'obtenir de cet Autre une reconnaissance inconditionnelle. À cette exigence, le partenaire répond généralement par une exigence équivalente, ainsi se constitue cette relation de caractère dialectique qu'est la lutte pour la reconnaissance mutuelle qui caractérise le rapport amoureux.

Cette dialectique de l'amour et de la haine ne se limite cependant pas à la relation amoureuse, elle est le propre de toute relation intersubjective. Comment ne pas faire ici référence à la description hégélienne de la dialectique phénoménale de l'existence humaine. Selon Hegel, l'homme ne crée son humanité que grâce à l'action de la Négativité (*Negativität*) dont l'apparition est décrite dans le chapitre IV de *La phénoménologie de l'esprit* comme une Lutte à mort pour la Reconnaissance, ou plus exactement comme le Risque de la vie que cette lutte implique; la dialectique du Maître et de l'Esclave en est la figure privilégiée. Comme on le sait, le Désir de Reconnaissance qui provoque la lutte est le désir d'un désir et l'homme est prêt à mettre en jeu sa vie pour se constituer comme être indépendant et autonome.

Dans la perspective hégélienne, la Négativité devient, à proprement parler, une catégorie ontologique. L'homme se crée en se niant lui-même en tant que donné naturel, immédiat; il est Négativité incarnée. Mais il est aussi, en tant qu'Entendement, puissance absolue qui se manifeste par l'activité de la séparation, plus précisément en tant qu'*acte-de-séparer (das Scheiden)*, qui s'accomplit dans la pensée, dans la création du concept.

Cette «puissance prodigieuse du Négatif», ainsi que la désigne Hegel, mérite d'être mise en perspective avec la conception freudienne du rôle de *la négation* telle qu'elle apparaît dans son texte de 1925. La création du symbole de la négation est un «moment génétique» déterminant dans le processus de structuration de l'appareil psychique. En effet, «l'accomplissement de la fonction de jugement n'est rendu possible que du fait que la création préalable du symbole de la négation a permis à l'acte-de-penser (*das Denken*) un premier degré d'indépendance à l'égard des conséquences du refoulement et, par là même aussi, à l'égard de la contrainte du principe de plaisir[19]». Mais la constitution du symbole de la négation ainsi conçue comme étant au principe même de la naissance de la pensée et du jugement «fait partie de la pulsion de destruction» tandis que «l'affirmation (*Bejahung*) — en tant que substitut de l'unification — fait partie de l'Éros[20]». La négation, quant à elle, succède à l'expulsion qui, nous le savons, dans l'appareil psychique primitif, résulte de la haine qui est puissance de *séparation*, de mise à distance. C'est dire que la modalité première du jeu de l'amour et de la haine — du moins de ses prototypes « l'aimer » et « le haïr » — est bien constitutive de la distinction du dedans et du dehors, du sujet et de l'objet.

La haine nous était apparue jusqu'alors comme étant, sous sa forme la plus primitive, tendance foncière à l'annihilation de l'Autre en tant que sujet désirant ; l'analyse des fantasmes de fustigation a permis de donner corps à cette hypothèse et de l'illustrer cliniquement. Cependant, au-delà de ces formes d'expression régressives de la haine, de l'amour quêtant désespérément au travers de la haine, se profile maintenant une modalité toute différente de la haine qui résulte directement du jeu dialectique des contradictoires, ressort essentiel du processus de différenciation de la psyché. Dans la mesure où elle sous-tend l'*action négatrice* par laquelle le sujet construit son identité et forge son activité de pensée, la haine se voit reconnaître ainsi une portée quasi ontologique.

ROGER DOREY

La mort dépravée

On sait le destin d'Armand-Jean Le Bouthillier, seigneur de Rancé et abbé réformateur du monastère de Notre-Dame de la Trappe[1]. Né en 1626, ayant, à douze ans, publié un *Anacréon* grec dont il avait écrit le commentaire et les scolies, il devient abbé à vingt ans parce qu'il possédait en commende une abbaye, puis il est ordonné prêtre. Mais, et il n'y a là sans doute qu'un trait d'époque, la vie mondaine, les vêtements de gentilhomme, telle est sa dilection. Les amours violentes, les séductions quintessenciées — Mlle de Scudéry et sa géographie tendre règnent sur les salons —, telles sont ses passions. Il hante les ruelles et paraît à la Cour. Et puis, à trente-deux ans, c'est la conversion, énigmatique et sans appel. Le désert. Rancé se retire tout d'abord dans son château de Véretz :

Il croyait trouver dans la solitude des consolations qu'il ne trouvait dans aucune créature. La retraite ne fit qu'augmenter sa douleur ; une noire mélancolie prit la place de sa gaieté, les nuits lui étaient insupportables, il passait les jours à courir dans les bois, le long des rivières, sur les bords des étangs, appelant par son nom celle qui ne lui pouvait répondre, écrit Chateaubriand.

Bientôt, il se souvient qu'il est abbé de la Trappe, décide d'y remplir ses fonctions et d'y réformer profondément la vie monastique. Jeûnes, macérations de toute sorte, pénitences, humiliations volontaires, cilice et chairs rompues. Chateaubriand dira avec effroi : haine de la vie. Et Dom Pierre Le Nain, religieux et prieur de l'abbaye de la Trappe, parlera de Rancé comme du « parfait miroir de la pénitence ». Cette pénitence, cette règle qui fera de la Trappe un nom commun, n'est pas n'importe laquelle : vœu d'une mort au monde, ensevelissement du langage dans le silence, mortification de la parole réduite à la prière.

Mme A., elle, aimait parler, et c'est le cabinet de l'analyste — autre trait d'une autre époque — qu'elle choisit pour se réformer. Après avoir reçu une stricte éducation chrétienne, et souffert d'une mère distante, fréquemment éloignée par de probables accès de dépression, Mme A. était une femme extrêmement adaptée, qui travaillait dans une grande société informatique et avait mené une vie familiale en apparence heureuse. Argent, enfants, succès, rien ne lui manquait. C'était son mari qui n'allait pas, et c'est de lui qu'elle entendait me parler. Dépressif, ayant déjà fait plusieurs tentatives de suicide, il lui rendait la vie impossible en opposant à ses désirs de le quitter, comme à son habitude de le tromper systématiquement avec des hommes de rencontre « qui ne le valaient pas », de continuelles menaces de mettre fin à ses jours, pour de bon. Elle ne lui faisait d'ailleurs pas grâce du récit de ses adultères.

Ne voyant pas dans cette « demande » d'analyse autre chose qu'une prise à témoin dans le procès interminable (chantages, provocations, déchirements) d'un de ces couples indéfectiblement unis par des années de destruction mutuelle, je refusai d'engager un traitement que d'ailleurs elle n'envisageait pas sérieusement.

Trois ans plus tard, Mme A. me téléphona, voulant, me dit-elle, me parler de son mari. « Encore », pensai-je, acceptant cependant un entretien dont j'escomptais qu'il serait cette fois l'occasion pour Mme A. de me parler d'elle-même. Je ne comprenais pas alors que me parler de son mari était jusque-là sa seule façon de me parler d'elle. Après un silence, elle ajouta : « Il faut vous dire qu'il est mort. » Puis, un temps encore, et : « suicide ».

Elle vint, très grande dame en visite. Elle parla peu, adoptant d'emblée une position que je jugeai perverse : elle n'avait rien à dire, ne désirait ni n'attendait rien, mais cherchait à m'amener à me découvrir, presque comme si elle me disait : « Pourquoi m'avoir fait venir, que voulez-vous de moi ? » Elle me dit quelques mots de son mari, très calmement. Son suicide remontait à quelques mois. Elle me parlait sur un ton pour ainsi dire technique, sans émotion aucune, comme on rapporte un fait. Le visage était distant, par moments presque radieux, mais comme tourné vers autre chose que ce qu'elle disait. « Ça ne se passe pas comme ça devrait », pensai-je. Ni la séance, qu'elle déroulait comme s'il ne s'agissait pas d'elle et qu'elle ne restait que par courtoisie, ni ses réactions à la mort, au suicide, d'un homme avec qui elle avait vécu près de quinze ans, et qui l'avait tant tourmentée de ses vœux de mort. Elle ne disait même pas : « Est arrivé ce qui devait arriver », constatai-je, me demandant si quelque chose était arrivé dans cette mort, ou autour, qui faisait qu'elle n'était pas arrivée.

Je lui proposai de revenir. Appelons cela de la curiosité. Pourquoi le deuil ne se déroulait-il pas comme cela aurait dû : chagrin, souffrance, élaboration de cette souffrance, dépassement ? Il n'y avait pas de deuil, non plus que de réaction mélancolique, et je ne savais pas pourquoi. Il m'apparut alors qu'il ne fallait pas prendre les choses ainsi ; au lieu de me demander ce qui ne fonctionnait pas, je devrais chercher ce qui chez Mme A. fonctionnait « à la place ». Bien sûr, j'étais dans le piège que sa perversion m'avait tendu, celui du savoir, et j'occupais la seule place qu'elle m'avait désignée, celle d'un témoin muet de sa jouissance : c'était elle, depuis le début, le sujet supposé savoir. Elle ne s'y trompa point, et commença la série des quelques entretiens que nous eûmes par un « Que voulez-vous savoir ? » mondain et ennuyé. « Pourquoi venez-vous *maintenant* ? répondis-je. Cela fait des mois que votre mari s'est tué, pourquoi n'avez-vous souhaité m'en parler qu'aujourd'hui ? » C'était toujours ma question : qu'est-ce qui s'est passé depuis ce suicide ? Quoi, à la place du deuil ? Surprise et amusée, mais très à l'aise, elle m'exposa alors qu'elle avait connu immédiatement après la mort de son mari un homme très sadique ; il l'attachait en diverses postures, la fouettait, la battait. Puis un second, plus brutal, avait succédé, et dans les semaines qui avaient suivi, quelques autres étaient venus, outils interchangeables d'un même scénario : elle, liée et humiliée — parfois tenue en laisse, chienne se déplaçant à quatre pattes —, lui jouant les maîtres, bref, toute la « bêtise » répétitive du sado-masochisme.

Mme A. revint, reprit ses litanies. Je n'avais d'autre ressource, pour rompre avec la curiosité complice ou la fascination dégoûtée, que d'essayer de ne plus voir ces scènes complaisamment évoquées, et dont le face-à-face rendait au bout de deux ou trois séances le récit difficilement supportable, mais de les relier à la question de cette mort qui ne lui avait apparemment rien fait ou rien dit. Je croyais tenir ma réponse. Voilà ce qui était venu à la place du deuil : une exploration systématique de la perversion masochiste.

Je voulais penser tout cela. Je ne sus pourquoi, dans cette perplexité, Rancé me revint en mémoire. La conversion mystique de l'un, la perversion masochiste de l'autre — où l'on peut voir aussi une conversion : une quête de la vérité — m'apparaissaient comme des retours. Mais à quoi ? À qui ?

*

Dans le cas de Rancé, la conversion intrigue, qui coupe, y compris chronologiquement, la vie en deux. Du monde au clos, il y a plus qu'un retour à la religion qu'il n'aurait jamais dû quitter, et qu'un accomplissement des vertus chrétiennes. L'Église n'en demandait pas tant. Les témoignages et les explications achoppent ou se contredisent. L'hypothèse psychanalytique elle-même, d'une continuité économique du plaisir à la douleur, d'un masochisme érogène reste un peu courte. Qu'est devenu le goût de la chair des femmes dans le Rancé exténué d'exercices, torturant son corps d'homme ? Comment l'éloquence, le bien écrire, la passion des mots, le rapport d'un homme épris de langage à celles et à ceux que par lui il amenait à merci, ont-ils pu se perdre dans le silence cistercien ?

Plus utile serait l'approche métapsychologique en termes de deuil. Car il est un événement de la vie de Rancé sur lequel Chateaubriand ne s'est pas trompé, et qui a probablement causé sa fuite hors du monde : la mort de la duchesse de Montbazon, sa maîtresse.

Bien qu'elle ne parût pas ses trente-deux ans lorsqu'elle rencontra l'abbé (l'âge de Rancé lors de sa conversion), de quinze ans l'aînée de celui-ci, c'était une femme si belle qu'elle « défaisait toutes les autres au bal ». Cette brillance semble pourtant s'être parfois ternie d'aveux plus sourds, mélancoliques : « À trente ans on n'est bonne à rien, je veux qu'à cet âge on me jette dans la rivière. » La mort de Marie de Montbazon survint quelques mois après qu'elle eut failli disparaître, emportée au passage d'une rivière, justement. Rancé, un moment séparé d'elle, ne savait pas sa mort, lorsqu'il s'en revint sur ses terres.

Quant au duc, qui était l'ami de Le Bouthillier père, il avait, un jour qu'il présidait un assaut scolastique dans lequel l'abbé était rudement mené, donné à Rancé ce conseil : *contra verbosos verbis non dimices ultra*[2]. Bien plus tard, à la Trappe, cet avis donné sans intention devint la règle de la communauté : on ne parle pas. Ou du moins, pas pour parler.

La mort de la duchesse, Saint-Simon l'impute à la rougeole et affirme que l'abbé était auprès d'elle, qu'il ne la quitta point, et la vit recevoir les sacrements : « L'abbé Le Bouthillier, ajoute-t-il, s'en alla après à sa maison de Véretz, ce qui fut le commencement de sa séparation du monde. » Rancé, la chose est sûre, ne s'ensevelit à la Trappe qu'après la mort de Marie, dont on ignore la cause, peut-être un accident ou un suicide.

Mais un second élément vient fixer l'imagination et attiser la réflexion : les circonstances dans lesquelles Rancé aurait vu sa maîtresse morte, et lu son propre néant dans ses yeux désertés, transi par l'horreur de ce sourire tourné vers le dedans que semblent parfois avoir les morts. Voici, selon le récit de Larroque, comment il apprit la mort de Mme de Montbazon :

En montant tout droit à l'appartement de la duchesse où il lui était permis d'entrer à toute heure, au lieu des douceurs dont il croyait aller jouir, il y vit pour premier objet un cercueil qu'il jugea être celui de sa maîtresse en remarquant sa tête toute sanglante qui était par hasard tombée de dessous le drap dont on l'avait couverte avec beaucoup de négligence, et qu'on avait détachée du reste du corps, afin de gagner la longueur du col, et éviter ainsi de faire un nouveau cercueil qui fût plus long que celui dont on se servait.

La vie de Rancé, comme celle de Mme A., ont changé de cours devant ce qu'ils n'auraient pas dû voir : l'autre mort et mutilé par la mort. De cette image, l'un veut se défaire dans le silence, l'autre dans le récit. La réforme de Mme A. (venait-elle à moi comme à un confesseur qui lui remît ses péchés, ou à un directeur qui guidât sa vie ?) ne me convainquait pas plus que les rites de M. de la Trappe voulant rédimer son âme au prix de ses attachements. Leur deuil prit la forme étrange de l'absence de deuil. Pour que la mort n'ait pas eu lieu, ou pas comme ça, il leur fallut s'engager dans un farouche désaveu, une inextinguible mortification. Comment s'exerça-t-elle ? Sur quoi portait-il ?

La mortification est à la fois désaveu et déni, le désaveu prolongeant dans le savoir le déni qui concerne le voir. Quels sont les exercices de mortification ? Le même mot désigne le délice et le putride ; il évoque la chair et les chairs. Sous la passion de servir, qui un Dieu jaloux, qui un maître de douleur, Rancé et Mme A. se vouent certes à la passion de l'inutile, à la vanité de tout, mais de tout ce qui n'est pas la jouissance, et d'abord la jouissance de répéter la litanie des vanités renoncées et des attachements déclinés. La mortification est une passion bavarde et qui a besoin de prendre l'autre à témoin, de convaincre du vrai de la cause qu'elle soutient. Elle est, en dépit des apparences (misère et affliction), une édification.

Elle édifie le corps, lentement trempé ; l'âme surtout, bâtie douleur après douleur. Mme A. veut rectifier son être, lui donner une règle, et en dressant son corps, durcir et hausser son âme par la discipline consentie. Son masochisme pervers lui fait retrouver l'ascèse spirituelle de Rancé. Elle se convertit à la douleur physique comme lui au silence : avec délice.

Il est en effet un facteur qui vient renforcer l'issue perverse au deuil non accompli : la place que tient le corps dans la mortification. Les pratiques masochistes de Mme A. semblent avoir constitué pour elle un efficace antidépresseur. Le corps du dépressif est souvent effacé, inexistant ou irréel. Faire vivre à ce corps des tensions, lui infliger des accents, des ruptures, c'est, fût-ce sur un mode cruel et douloureux, lui rappeler qu'il existe, s'inscrit dans le temps (rythmes, attente entre les coups), dans l'espace (ici, puis là), et est sujet aux différences (plaisir-déplaisir, chaud-froid). Une fois, Mme A. décrivait son persécuteur comme glacial, « tout en suaire », dit-elle, sans s'apercevoir du lapsus. À cet égard, la mortification est une assurance : je suis bien vivant, puisque mon corps crie. Chaque coup dit au masochiste que son corps ne meurt pas. La force de cette compulsion au masochisme corporel tient à ce qu'elle satisfait à la fois à une sorte de demande d'amour régressive (on s'occupe de mon corps, même si c'est pour lui faire mal, on s'attache à moi, puisqu'on m'attache par des liens), et au masochisme primaire (n'être rien, retourner à l'inanimé d'une chose manipulable à merci).

Tous les éléments physiques de la mortification sont la matérialisation ou la métaphore des traits insupportés dans l'expérience de la mort de l'autre. Les macérations du saint dénient le pourrissement du cadavre ; les liens assujettissant le corps du masochiste attestent que ce corps-là ne peut bouger, glisser hors de la présence ; l'exposition des souffrances cache le corps invisible à jamais du disparu. La mortification fait reculer l'empire de la mort, lui soustrait des provinces en la faisant entrer dans la place. Une vie déjà morte ne saurait mourir. La mortification, certes, est une décomposition, du corps, « macéré », mais aussi, on le verra, des mots, désertés, enveloppes vides, pourrissantes. Le même mot désigne jusqu'au XIXe siècle les exercices religieux par lesquels on donne une sorte de mort au corps, et l'état, constaté par la médecine, des chairs gangrénées, ou celui du gibier putréfié. Mais c'est une décomposition lente, réglée, voulue, qui évite l'autre, l'inéluctable. À côté du déni, d'autres mécanismes de défense contribuent à renforcer le rituel de la mortification. La projection dans l'autre (les persécuteurs pour Mme A., la volonté divine pour Rancé), notamment des mauvaises parties du moi (ils veulent ma mort, moi, je n'ai pas voulu la sienne) aide à soulager le moi déjà trop engagé dans sa lutte contre la réalité, d'exigences intrapsychiques conflictuelles. De façon plus générale, la régression d'un moi différencié du corps à un moi corporel s'accompagne d'une projection d'états douloureux du moi sur les états successifs du corps (faim, froid, brûlures) et singulièrement sur la surface, l'enveloppe cutanée (flagellations, chairs flammées, dénudations sous le regard d'autrui).

Ainsi, la mortification, utilisation défensive de la mort contre la mort, protège contre l'angoisse de mort. La perversion masochiste fait l'économie d'un deuil et prémunit contre la perte de l'objet. La disparition de l'objet mort et haï, mort parce que haï et quitté, haï parce que mort et abandonnant, est conjurée par l'inscription dans le corps propre de cette haine et de cet abandon. Le corps déshabité est alors le fétiche déniant l'absence du mort, mais devant sans cesse être évoqué à la présence, et, par les coups et les humiliations, dire qu'il est bien là.

Le retournement sur soi qu'implique la mortification (c'est l'autre qu'en soi on humilie) s'accompagne d'une déshumanisation. Le corps, ou telle de ses parties, devient une sorte d'autofétiche inanimé qu'il s'agit d'utiliser par revanche. Il ne s'échappera pas comme le mort. Triomphe sur la mort subie comme perte par la mort approchée comme possession.

Que devient, dans ce désert aimé, dans cet écart et cet écartèlement, l'image de soi ? Rancé est radical : « le reclus n'est que pour être homme d'opprobre et d'abjection ». *Ego sum vermis et non homo*, ainsi Rancé élance-t-il voluptueusement sa coulpe. Retenons ici l'image : je suis vers, non ce que les vers dévorent, le corps abandonné à la terre. Un témoin, ami de Rancé, le Père Le Nain, nous le décrit ainsi :

> Qui l'aurait pu croire, si on ne l'avait vu de ses yeux ! cet homme, qui semblait ne vivre que de souffrances et de peines, comme s'il eût eu un corps de diamant et tout à fait insensible.

À nouveau, l'image parle : un corps de diamant, la plus dure des matières pour la plus corruptible des âmes. La plus froide, la plus tranchante, celle qui ne saurait pourrir, mourir. Quelque chose est montré, pour cacher autre chose. Les macérations de Rancé, les sévices de Mme A. sont apotropaïques, au double sens du mot : provoquant l'horreur et détournant de l'horreur, la suscitant chez l'autre pour l'écarter de soi. Mais peut-être n'est-ce pas la même horreur. La mort montrée, jouée et déjouée, surtout dans son visage violent, n'est pas l'horreur ultime, qui tient à la chair. Non tant à la chair rompue, marquée, brûlée, qu'à la chair se défaisant. S'il est quelque chose à quoi Mme A. et Rancé se refusent, de toute leur rhétorique de l'expiation désirée, ce n'est pas à la mort frôlée, c'est à la vieillesse. Mme A., âgée de trente-cinq ans, a la hantise du corps flétri. Elle fait plusieurs heures par jour ce qu'on appelle du *body building*, édification du corps destinée à conjurer les affaissements du temps, à retarder le lacis des rides, écriture où le corps devient le temps. Le temps qui de l'intérieur use, délite, broie cette image resplendissante que Mme A. préfère offrir à la souillure, à l'immobilisation pétrifiée, et délimiter à la pointe du coup qui s'abat. Quand il s'ensevelit, Rancé est jeune, au sommet de sa vigueur, brillant comme un métal, dit-on, et veut sans doute empêcher que cet éclat ne se ternisse aux yeux du monde. Abandonnons le monde avant qu'il ne nous quitte, avivons l'incarnat douloureux de la chair, avant qu'elle ne se corrompe d'elle-même.

La mortification n'est donc pas la procrastination de l'obsédé. Se mortifier n'est pas faire le mort, mais faire la mort. Elle est un acte, réfléchi, aux deux sens du terme : fuir la mort dans le mourir. Tentative de toute-puissance, sur le corps, le désir, le langage, elle est déni et défi. Son désaveu peut être analysé en quatre éléments : la culpabilité du survivant, la lutte contre la mélancolie, le clivage du sujet, l'abaissement du langage.

*

Comment expliquer d'abord qu'il n'y a pas eu travail de deuil, mais recours à une défense perverse ? Est déniée la mort, dont la reconnaissance forme le point de départ du travail du deuil, mais surtout la culpabilité éprouvée devant cette mort. Pour l'endeuillé, la mort de l'autre a eu lieu, et il ne peut pas ne pas le savoir. Ici au contraire, comme dans la mélancolie quoique sous des formes différentes, le mort n'est pas reconnu dans la réalité de sa mort, il est maintenu au-dedans du survivant, objet indéchiffrable du tourment mélancolique ou de la jouissance perverse. L'une des raisons qui expliquent que le travail du deuil soit ainsi évité ou bloqué concerne la haine qui attachait le sujet au mort. La satisfaction du sentiment de culpabilité inconscient est ici essentielle. Culpabilité affreuse dont l'aliment immédiat en cas de mort violente est le reproche de n'avoir su empêcher l'autre de mourir, et de mourir de son désir de mourir, mais dont le motif inconscient est le désir que l'autre meure. Faute d'un travail amenant à la conscience ce désir de meurtre envers le mort, un vœu de meurtre de soi vient animer la mortification. C'est exactement ce que font les chrétiens, ces survivants qui doivent, selon la formule d'un théologien, « porter la mortification de Jésus-Christ sur leur propre corps ». On ne peut reconnaître que le mort est bien mort qu'en admettant qu'on a souhaité le tuer. Mais lorsque ces vœux ont été trop forts, ou que la mort s'est accompagnée de circonstances culpabilisantes (accident, maladie transmise, suicide), ils ne peuvent parvenir à la conscience et demeurent refoulés, voire clivés. Rancé et Mme A. n'ont pu garder en vie l'aimé et s'accusent inconsciemment de ce qu'il soit mort parce qu'eux-mêmes le désiraient.

Culpabilité de Rancé, libertin avant l'heure? Serait-ce qu'après tant de noirceurs, il lui fallait cesser de regarder derrière lui les années profondes, et se détacher — comme la tête tranchée du corps qu'elle gouvernait — des passions d'autrefois? La mortification est d'abord expiation. « J'attends avec une humble patience l'heureux moment qui doit m'immoler pour toujours à la justice de Dieu », dit Rancé, qui parle de la Trappe comme « Royaume des expiations », « vallon consacré au repentir », « terre d'oubli ». Expier sous la haire, comme autrefois sous la soie exténué de plaisir on servait d'autres dieux, pleurer sa fragilité, que la jeunesse claironnait sous les armes d'une vie peu conforme. Rancé s'éloigne, s'enfonce, se quitte lui-même. Chateaubriand écrit;

> ... depuis la mort de madame de Montbazon, jamais le nom de cette femme, excepté dans son premier désespoir, n'était sorti de sa bouche. On sentait en lui une passion étouffée qui jetait sur ses moindres actions l'intérêt d'un combat inconnu.
>
> Ces souvenirs de la terre étaient une haine de la vie, devenue chez lui une véritable obsession.

Incontestablement, il y a sous ce masochisme moral et probablement aussi érogène, pour reprendre les catégories de Freud, une culpabilité bien cruelle. « Ma profession veut que je me regarde comme un vase brisé qui n'est bon qu'à être foulé aux pieds : et, dans la vérité, si les hommes me prennent par des endroits par où je ne suis pas tel qu'ils me croient, il y a en moi des iniquités qui ne sont *connues de personne* et sur lesquelles on ne me dit mot; de sorte que je ne puis ne pas croire que les injustices qui me viennent du monde ne soient des justices secrètes et véritables de la part de Dieu, et ne pas considérer en cela les hommes comme des exécuteurs de ses vengeances » ; ces mots de Rancé, je les verrais mieux encore prononcés par Mme A. enchaînée à l'inexpiable faute dont se repaît un surmoi tyrannique aux traits d'un exécuteur plein de haine.

Bien que tout, en apparence, sépare le farouche contempteur de la chair que fut Rancé de la voluptueuse Mme A. livrée à ses amants, pourtant, par-delà les siècles, la passion ordinaire de la femme rejoint la réforme mystique du religieux en une même folie.

Voici comment se tenait à la Trappe le *Chapitre des coulpes* :

> Le père abbé de la Trappe tient le chapitre des coulpes deux fois la semaine, le mercredy et le samedy, si ce n'est qu'il se rencontre quelques fautes considérables. Chacun toutefois ne laisse pas de s'accuser les autres jours, quand ils ont fait quelques fautes considérables, soit au Supérieur ou à ceux qui les auront remarquées, et son autre de les proclamer tous les jours après la lecture. On ne s'excuse jamais, soit que l'on ait commis la faute ou non, demeurant prosterné jusqu'à ce que le Supérieur les fasse lever et leur ait ordonné leur pénitence[3].

La scène de mortification ainsi décrite décalque sur le plan de la réalité externe des ressorts intrapsychiques. L'existence ou non d'une faute ne s'apprécie pas ailleurs que dans la réalité psychique, et aux yeux du sentiment de culpabilité inconscient. On notera à quel point la topique elle-même est transposée : moi-pénitent, ça-pécheur, surmoi-Supérieur.

Cependant, cette haine de vivre qui scandalise

Chateaubriand n'est pas la mort. Elle est passionnément, amoureusement caressée et fait dire à Rancé : « Véritablement je ne suis plus de ce monde » vingt-quatre ans avant de quitter cette terre et d'y abandonner sa dépouille. La mortification, cette mort apprivoisée, couvée au sein de la vie, cette haine de soi qui se proclame amour de l'autre, masque en fait son contraire : l'amour de soi et la haine de l'autre. Haine aimée, elle fuit aussi un amour haï, un amour déçu. Mme A. s'attachait indéfectiblement ses persécuteurs, non moins liés qu'elle aux entraves mises à ses membres, tandis que Rancé renonçant au monde sut aussi s'entourer par ce retrait d'une cour assidue et d'une dévotion qui valaient bien les incertitudes d'un succès à la ville. Se détournant du monde et s'enfermant à la Trappe, peut-être escomptait-il ce qui se produisit : que le monde vînt à lui. Prélats, grandes dames, princes, souverain, tous le visitèrent. L'autre, réduit à merci par la mortification dont on le prend à témoin, ne manquera plus, ne mourra plus. La mortification est donc avant tout évitement de la mort de l'autre.

Un facteur secondaire vient renforcer cet évitement. Avec le mort, meurt la haine qu'on avait pour lui, et dans certains couples pathologiques, le survivant, s'il risque d'être privé, non seulement de l'objet de sa haine, mais de sa haine elle-même, préfère contourner cette perte par le déni et le désaveu et maintenir, le plus souvent en lui (mélancolie), ou hors de lui (défense perverse), cet objet et cet affect.

*

En deuxième lieu la mortification apparaît comme moyen de lutter contre la mort interne, la dépression. « Si l'ennui vous attaque, conseillait Rancé à la

Supérieure de l'abbaye de Maubuisson, pensez que Jésus-Christ vous attend; toute votre course et sa durée ne vous paraîtront qu'une vapeur dans ce point auquel il faudra qu'elle finisse. »

La mortification est l'envers d'un deuil. Le deuil consiste à prendre acte de la mort qui a eu lieu en se détachant du mort, en se désenchantant du charme de sa mort. La mortification, c'est le désaveu de la mort à venir, en faisant de soi un mort, en n'accomplissant plus les gestes de la vie que comme si l'on n'avait pour cela qu'un corps mort, des pensées mortes, des mots morts. Manger avec les lèvres de la mort, dormir dans un linceul (« que vos corps sortent de vos lits comme de vos tombeaux »), parler une langue de cendre et d'ordure. D'ailleurs, Rancé craint d'être trop vivant pour parvenir à l'état de vivant mort : « Je ne puis comprendre que j'aie la hardiesse d'entreprendre une profession qui ne veut que des âmes détachées, et que, mes passions étant aussi vivantes en moi qu'elles sont, j'ose entrer dans un état d'une véritable mort. »

Mais dans cette tension, qui est aussi celle de Mme A., vers la chose inanimée, le sentiment d'être vivant, loin de se diluer, se concentre. La mortification est haine du désir, mais aussi amour de cette haine du désir. Car ne vivre plus que dans la vue et le désir de la mort, c'est être encore en vie, en proie au désir. La mortification conserve. Être rien, c'est encore quelque chose. C'est peut-être même être tout. Offerte à ses maîtres, Mme A. atteint le point qu'elle nomme « l'immense ». La mortification, c'est la mort donnant vie à la vie.

Le masochiste pervers joue à la mort. Non pas comme on joue à la poupée (*play*), en inventant le langage de sa passion, mais comme on joue aux échecs (*game*), à l'intérieur d'un langage réglant sans ambiguïté tous les déplacements licites. Dans le cas du *play*, Winnicott l'a montré, l'élaboration (représentations et affects) tourne autour d'un ou plusieurs objets transitionnels. Dans le *game*, qui n'admet pas de jeu avec le jeu, le code ne laisse place à aucun partage, aucun entre-deux (l'échiquier n'est pas un objet transitionnel). Entre l'un et l'autre, rien. Rien que la haine. Et parce qu'il n'y a rien entre eux, l'un est de trop. Pour le masochiste réactivant pathologiquement une mort par renversement de la situation réelle où c'est l'autre qui a tiré sa révérence, c'est lui-même qui désormais est de trop. Il va se fabriquer ou susciter un objet qui le haïsse comme il haïssait le mort, et le transforme en une chose mortifiée dans laquelle il rejoint la chose morte de l'autre, son cadavre.

Mme A. disait de ses expériences masochistes qu'elles constituaient une sorte d'« analyse » (elle était mathématicienne de formation) où toujours elle tendait vers une limite : l'infini de la souffrance. L'« autre », le partenaire, elle le savait bien, ne lui était rien : un « instrument ». « Le pauvre, disait-elle, il s'arrête toujours avant. » Ce n'est jamais elle qui interrompait la chaîne des enchaînements ; elle calmait les blessures sous les blessures. Chaque fois, l'autre avait eu peur. De quoi ? De la mort, bien sûr, d'une issue médico-légale à la passion volontaire de Mme A. Elle, non. Jamais d'autre peur que celle de voir l'autre faillir, et cette certitude que toujours quelque faiblesse retiendrait le geste fatal. Sans doute se croyait-elle, comme Rancé peut-être — attitude fort peu chrétienne, même si elle est présente chez beaucoup de mystiques —, plus forte que la mort, et capable d'en approcher indéfiniment la limite. Encore un coup, à peine plus fort que le précédent, ou simplement parce que venant après tous les autres, ct sa vie céderait comme une corde trop tendue. Mais ce coup ne venait jamais. Elle le savait ; elle était toujours la plus forte. L'autre n'était pas « à la hauteur ». Pour Mme A., seule la mort était à la hauteur, et la recherche asymptotique de sa possibilité réelle, où elle serait à son tour, comme son mari, tuée et châtrée, témoignait d'un désaveu de sa portée symbolique.

*

En troisième lieu, la mortification désavoue le clivage du sujet.

Il peut certes paraître surprenant de parler de désaveu à propos de vies où l'aveu et la représentation de l'aveu, la pénitence, tiennent tant de place. C'est que l'aveu n'est là que pour taire autre chose. Le désaveu porte sur le savoir que le sujet possède de sa propre souffrance, mais apparaît aussi dans son entretien ou son adresse à l'autre. Ce mécanisme, on le sait, est propre aux perversions. Le pervers désavoue l'autre en tant que différent de soi, mais aussi en tant qu'autre à lui-même, manquant, soumis à l'altérité radicale du désir.

Mme A. parlait, parlait. Mais elle ne me parlait ni d'elle ni véritablement à moi. Récitante d'un martyre dont elle s'était voulue l'exécuteur et le témoin en même temps que la victime, elle maintenait une infranchissable barrière entre elle et moi. Ce mur d'images (la fascination éloigne, empêche la pénétration analytique), j'y verrai volontiers après coup les traits que Chateaubriand dépeint de Rancé : « Jamais un aveu ; jamais il ne parle de ce qu'il a fait, de ses erreurs, de son repentir. Il arrive devant le public sans daigner lui apprendre ce qu'il est : la créature ne vaut pas la peine qu'on s'explique devant elle : il referme en lui-même son histoire, qui lui retombe sur le cœur [...]. Ne vous plaignez pas, vous êtes faits pour la croix, vous y êtes attachés, vous n'en descendrez pas ; allez à la mort. » Mme A., elle aussi, observait à sa manière la règle des reclus de la Trappe : « Être sans souvenir, sans mémoire, sans ressentiment. » « Crucifiée au monde » ; l'un de ses rituels était de se faire attacher bras en croix aux gonds d'une double porte. Posture blasphématoire que cette ancienne catholique fervente avait tout naturellement élue en raison de sa valeur parodique du symbole sacré. Son scénario resexualisait de façon perverse l'image de la Passion : les membres écartés du Christ, image qui peut-être fut, avec un déplacement vers le haut, sacralisée par les premiers chrétiens en raison même de sa portée sexuelle.

Cette « indifférence » (pas de place pour le lecteur des écrits de Rancé, pas de place pour l'analyste de Mme A.) signe une relation perverse. Le pervers n'a pas besoin d'un autre. D'un miroir, d'un outil, oui, mais pas d'un sujet. Non pas qu'il ne demande rien à l'autre : il lui demande de ne pas savoir qu'il ne sait pas. Mais le désaveu est d'abord interne. Jean Clavreul a montré « l'impossibilité pour le pervers de prendre la position de "celui qui ne sait pas", devant "un sujet supposé savoir", position qui est celle même de l'"aveu", c'est-à-dire position où l'on se reconnaît être l'"avoué" de celui qui sait sur l'objet de son propre désir ce qu'on ne peut savoir soi-même[4] ».

Au « fais comme si tu ne savais pas » dans lequel il veut enfermer le partenaire de son jeu[5], exact inverse du « fais comme si tu savais » de la demande de savoir du névrosé, répond sur le plan intrapsychique le faire comme si je ne savais pas ce qui anime mon aveu, la chose horrible en moi, la blessure, le manque, l'amour mort.

L'aveu désavoue d'abord parce qu'il sonne faux. Mensonge de la pénitence qui tient à l'écart la vraie peine ; s'agit-il de détruire le mal (au sens de souffrance, comme de manquement), ou bien de s'en rendre maître ? Même fausseté sous l'aveu : tant d'affectation à l'austérité, de complaisance dans les rigueurs, et ce seul affect vrai, sous-tendant les deux vies mortifiées : l'orgueil. Et pourtant, une même affection secrète mal éteinte couve sous la cendre grise des humiliations : la flamme de l'aimé mort.

Mais mensonge, fausseté et désaveu ne signifient pas que la conversion de Rancé, la perversion de Mme A. ne soient pas vraies. L'aveu n'est pas plus vrai que le désaveu. Tout ici n'est que récit destiné à édifier l'autre. (N'attendez pas le « cas véridique de Mme A. », pas plus que vous ne trouverez chez Chateaubriand la vie vraie d'Armand-Jean Le Bouthillier de Rancé.) Je n'ai d'ailleurs pas cherché à connaître d'après les travaux historiques récents et objectifs ce que fut la vie de Rancé, et ne connais que la *Vie de Rancé* de Chateaubriand, récit fictif édifiant littérairement les motifs de la conversion de l'abbé. De même, je n'assurerais pas que Mme A. ait réellement vécu ce qu'elle m'a confié. Peut-être son aveu ne fut-il destiné qu'à produire certains effets sur moi, comme une fiction qui ne tire sa vérité que de son adresse. La vérité du récit de Mme A. m'échappe. Je ne puis l'établir, mais il ne m'est pas impossible de l'inventer, sans chercher à démêler dans ces horreurs celles qui furent réellement infligées et celles qui n'apparaissaient que dans l'évocation qui m'en était destinée. Je ne puis rejoindre la vérité de Mme A. qu'à l'endroit où elle ne savait pas que ses dissimulations ou ses inventions la découvraient plus exactement : dans la passion mise à rapporter le récit de sa Passion. Je choisis de tenir ce récit pour vrai, exactement comme Chateaubriand préférait comme motif de l'ensevelissement la version de Larroque (la tête coupée) que récusaient pourtant les historiens et les religieux, parce qu'elle lui parlait de plus près.

Je veux croire à la vérité de ces récits parce qu'ils parlent de la mort, et mortellement. Si la vérité passe, comme je l'espère, entre les lignes faufilées de mensonge et d'imposture, cela tient au commerce de mes personnages avec l'horreur d'être vivant. Rien de vrai en eux que ce besoin de feindre la mort, de la jouer, aux deux sens du terme. Rien ne les dépeint mieux, dans cette comédie de la mortification, que les mots de Chateaubriand : « Se débattant douloureusement contre un chaos où le ciel et l'enfer, la haine et l'amour, l'indifférence et la passion se mêlent dans une confusion effroyable. »

On voit ici comme là, au lieu du travail du deuil (reconnaître que le mort est mort, prendre *le* mort en soi), la pécheresse et le dévôt prendre *la* mort en eux et feindre son masque.

Quels sont les mécanismes de défense ainsi activement mobilisés dans le registre de la « défense maniaque » ? Le désaveu, qui opère à la fois dans la psychose et la perversion. Réussi, il donne accès à la seconde ; insuffisant, il laisse le champ libre à la première (de même que c'est l'échec du refoulement qui débouche sur la névrose). Sur quoi porte-t-il dans les deux cas évoqués ? Sur la mort de l'objet, à la fois sur le fait (la représentation, l'idée) de cette mort, et sur les affects qui l'entourent (souffrance, culpabilité, joie). L'équivalent de la réalité déniée devra donc (comme l'équivalent de l'affect et de la représentation refoulés) fournir une représentation intellectuellement plausible (il n'y a ni hallucination ni délire) et une série d'affects supportables. La régression masochique satisfait à l'une et l'autre condition : je ne pleure pas le mort, je me fais mort (mortification au sens propre, côté représentation) et j'en retire par surcroît la douleur rédemptrice et l'héroïsme de qui souffre et meurt sans parler (côté affect).

Ce désaveu n'est jamais complètement réussi et doit être maintenu par de constants efforts (les gradations des tortures, les renforcements de la règle monastique), faute de quoi, l'effondrement psychotique menace sous la forme de la dépression (le désaveu fait place à l'introjection) ou de la paranoïa (il cède à la projection). Mais aussi longtemps qu'il est maintenu (jusqu'à la mort pour Rancé), le sujet est coupé de la réalité. À la fois dans son rapport intellectuel à ce qui s'est passé, et, pour autant qu'il veuille admettre que quelque chose s'est passé, dans l'accord entre ses affects et cette réalité. D'où la nécessité de matérialiser cette coupure en des lieux clos, hors du « monde », chambres d'hôtel où l'identité se dénoue, anonymat silencieux de la Trappe, et de répéter cet enfermement entre l'interne externalisé (les rituels de mortification) et le véritablement externe (la réalité sociale). D'où ce détachement mondain que laissait voir Mme A., par rapport à la réalité extérieure (la mort physique de l'objet), mais aussi, par entraînement, par rapport à la réalité psychique interne, dès lors clivée de la première : cette absence d'émotion, ce martyre accepté sans broncher. (Freud montre comment le déni de la réalité par le moi s'accompagne d'un clivage du moi lui-même.) Évoquant ses scènes sado-masochistes, Mme A. disait — « Je n'avais pas mal ; c'était comme si je me regardais recevoir des coups. »

Désert, désaffection, tout plutôt que la défection. Ce qui est à dénier, dans la mort du mort, c'est bien sa mort, mais en tant qu'elle est l'emblème de sa castration, de son défaut de pénis. Il n'est évidemment pas sans signification de considérer Rancé dessaisi de lui-même devant le corps décapité de sa bien-aimée. Quant à Mme A., acharnée à « châtrer », d'abord son mari, en le provoquant par le récit de ses aventures extra-conjugales, puis ses amants « jamais à la hauteur », elle était certainement captive, jusque dans ses extravagances héroïques et érotiques, d'une idéalisation d'elle-même comme femme incastrable. Ce qui est lié, battu, mis à mort par simulacre, c'est le phallus, ce phallus décomposé évoqué par le corps du mort, et que l'on voudrait ne pas avoir vu. Rancé se réduit à ce phallus de pierre, muet et immortel, sous les dehors d'une lente propédeutique au trépas et à la corruption. Mme A. mime le phallus attaché, humilié, mais rendu ainsi inséparable de celui qui l'humilie ou l'attache. L'un et l'autre incarnent ce phallus dont le manque et la mort sont désavoués. Indestructible, à l'abri de la souffrance comme du désir.

On oublie souvent que la vie éternelle promise au chrétien repenti est non seulement une victoire sur la mort, mais un affranchissement par rapport à la différence des sexes, car selon la parole de Matthieu (XII, 30) « dans la résurrection, les hommes ne prendront femme, ni les femmes mari : ils seront comme des anges dans le ciel ». Le scénario pervers est donc en dépit des apparences une désexualisation, le corps du masochiste étant aussi asexué que celui du mystique. Comme l'absence de pénis maternel, la mort n'a pas eu lieu. On sait, mais il ne faut pas savoir. Ni la mort de l'autre ni ce qu'elle dit de la nôtre. « Ça peut arriver », semblait dire Mme A. d'une issue mortelle de ses jeux, sans vraiment y croire. Elle cherchait l'homme sans angoisse, celui qui serait à l'abri de la castration et qui pourrait la tuer. Elle ne le trouva pas pour une raison simple ; c'est que pour l'homme aussi, lorsqu'il bat ou martyrise une femme, c'est le pénis maternel qu'il maltraite, et qu'aller jusqu'à la tuer le forcerait à apercevoir le défaut en elle, et en retour la mort de la chose détachable et fragile en lui-même.

*

En dernier lieu, la mortification est une façon de dépraver le langage. La mortification ainsi entendue est perverse, non seulement par la place centrale qu'y tient le désaveu, mais par la façon dont elle se joue de la Loi. Qui est mortifié ? Quoi ? L'autre mort, tué une seconde fois, pour de bon, en soi, à petit feu ? Ou bien soi comme autre, sujet marqué par le manque ? Dans le monde de la pénitence consentie, la loi, si sévères en soient les articles, n'est pas la Loi. Seule la loi du désir sous-tend le *game* masochiste des rencontres de Mme A., comme peut-être les chapitres de la discipline conventuelle de Rancé. Pas d'autre loi que celle que le mortifié s'inflige selon son désir, en sa forme la plus énigmatique : désir de tuer en lui le désir.

Faire entrer la mort au-dedans de soi (Rancé), entrer à chaque instant plus avant en elle (Mme A.), c'est d'une certaine façon célébrer la mort du langage. Le deuil normal ne libère de l'angoisse de mort et de la culpabilité de meurtre que dans la mesure où il est travail langagier. Il tente de parler du mort, de dire la mort. Peut-être ne parle-t-on jamais que *de cela*. De la mort, de celle des proches, de cela qui ne peut se dire : j'ai voulu ta mort. Le deuil, c'est la mort parlée (l'interminable), la mortification perverse, la mort tuée, ou tue (l'impossible). La perversion est autant, sinon plus, déni de la mort que de la différence des sexes. Mme A., de même qu'elle ne me parlait plus du mort —, ni, semble-t-il, à personne depuis qu'il était mort —, avait refusé de voir les préparatifs de l'enterrement et d'assister à la cérémonie. Cette mort jamais vue (Mme A.) ou vue dans un excès d'horreur (Rancé), l'un et l'autre en ont comme déchargé le mort. Il fallait que cela n'ait jamais eu lieu. Mais, comme les morts qu'on n'enterre pas, au-dedans de soi, mot après mot, ont la vie dure, ces mortifiés ont dû faire chaque jour l'expérience de leur propre mort, en faire la condition de leur vie. *Quotidie morior*, disait Bossuet qui ne voyait dans la dernière maladie qu'un « redoublement, et comme le dernier accès du mal que nous apportons au monde en naissant[6] ».

Ouvrons ici une parenthèse pour poser une question. La mortification telle qu'on vient de la décrire ne rejoint-elle pas certaine conception de la cure analytique, celle de Lacan, qui parle de « cadavérisation » de l'analyste, et évoque le *sicut palea* de saint Thomas[7] ? L'analyste peut-il n'être pas pervers ? N'obéit-il pas sans le savoir à l'injonction déjà citée du père de la Trappe : « Être sans souvenir, sans mémoire et sans ressentiment ? » Son « désêtre » est-il autre chose qu'une désubjectivation mortifiante. Dans ce cas, la mortification n'atteint-elle pas inévitablement le patient ? « L'art de l'analyste doit être de suspendre les certitudes du sujet, jusqu'à ce que s'en consument les derniers mirages[8] », écrivait Lacan. Les certitudes ? Lacan eût-il seulement dit : les croyances, que son mot d'ordre n'en serait guère plus recevable, pétri qu'il est des réminiscences de l'ascèse chrétienne. Mais aller jusqu'aux certitudes, celle d'être vivant, continu dans le temps et l'espace, distinct des choses inanimées, séparé des autres, les consumer d'un feu réducteur des impuretés de l'âme ? Programme tout rancéen, que l'on voit affleurer dans d'autres formulations de Lacan, telle celle-ci : « Si on forme des analystes, c'est pour qu'il y ait des sujets tels que chez eux le moi soit absent. Il n'y a jamais de sujet sans moi, un sujet pleinement réalisé, mais c'est bien ce qu'il faut viser à obtenir toujours du sujet en analyse[9]. » *Perinde ac cadaver,* la cure ?

En apparence, tout oppose Mme A. et l'abbé Le Bouthillier. Les siècles, les mœurs, le sexe, l'usage des mots surtout, qui dans le désert de la Trappe s'éteignent, comme si le langage ne se tenait plus que dans un nom imprononçable : Dieu ; tandis que Mme A. se livre au récitatif d'une passion, profus, brillant, fait pour charmer. Il ne parle plus et s'afflige dans un silence acéré ; elle ne fait que parler et se retrempe aux vagues de la parole séductrice. Pourtant, chez elle comme chez lui, une même dépravation. Ascètes, pénitents, continents, s'ils veulent donner mort au corps, c'est surtout le langage que l'un et l'autre veulent dépraver, abaisser, mettre à mal. Ils veulent le désexualiser, le purifier, par la prière ou l'offense, le faire sortir du plaisir comme du déplaisir, et l'amener à ne dire que la jouissance, la dépossession. Car il s'agit moins par la mortification de séparer l'âme du corps, que le sujet de son langage. Il n'est pas de passion plus cruelle que celle d'avoir à parler, dans le trouble, l'incertitude, la perte. Et cette souffrance inéluctable (échapper enfin à la nuit des mots qui disent ce qu'ils veulent et non ce que nous voulons qu'ils disent), la souffrance voulue vient la rédimer.

Mme A. s'enferme dans des liens, Rancé se cloître à la Trappe. L'un veut parler, l'autre aspire à se taire pour l'éternité, mais l'un comme l'autre veulent guérir de la parole, mortifier le langage au point de le réduire à un seul énoncé qui ne dit que la mort. Faire en sorte qu'il n'y ait plus de jeu dans le langage, c'est ce que tente de faire Mme A., en interposant métaphoriquement son corps comme support des enchaînements signifiants. Les mots de l'autre ne lui disent rien d'autre que : tu n'es rien. L'exposé de ses écarts, aussi sensé, assujetti à l'ordre d'un discours que ses membres à l'emprise des hommes, conjurait à la fois la dissociation de l'identité corporelle et la dispersion inévitable des significations. Son langage était comme frappé de mort, figé dans l'incommensurable ennui de ses récits. (Faut-il être fermé aux mots pour voir dans Sade, dans le fade ressassement des hauts faits — on croirait les actes des apôtres —, dans ce monomane des stéréotypes verbaux et syntaxiques, un grand écrivain !) Les exploits de Mme A. étaient rapportés avec la monotonie propre aux dévots. Langue grammaticalement fruste (il m'a fait... il m'a fait faire...) et d'un vocabulaire aussi limité que les orifices du corps. Entre les partenaires eux-mêmes, le langage était réduit à peu : des ordres, des insultes, des cris, un corps à corps sans phrases où les mots n'étaient plus des mots mais les instruments (comme les liens ou la ceinture) de la jouissance amère d'un fantasme au sens propre *idiot*.

Ce qui est mortifié finalement, c'est moins le corps, la chair meurtrie, livrée, domptée, ramenée à la viande, que le désir, l'activité psychique, le langage. Le désir de n'avoir plus de désir conduit le chrétien à n'être « jamais vivant sur la terre, parce qu'il y est toujours mortifié, et que la mortification est un essai, un apprentissage, un commencement de la mort », écrit Bossuet [10] qui venait souvent à la Trappe visiter Rancé.

La mortification a les effets d'un clivage. Elle opère, disent les religieux, la séparation de l'âme, son détachement du corps. Ce clivage reprend à l'intérieur des représentations et des affects du survivant le désaveu concernant le mort. Le mort est mort, comme le corps mortifié, mais l'idée de sa mort et les émotions qu'elle provoque en sont détachées dans l'âme. Ce détachement, nécessaire au survivant et qui s'opère normalement à travers le temps du deuil, fait place dans ces cas pathologiques à un clivage instantané.

Se plongeant dans la déréliction volontaire, le manque de tout, le non savoir absolu, les mortifiés visent en fait de façon perverse à éliminer le manque de quelque chose, de quelqu'un de *particulier*, le manque de l'autre et dans l'autre, et à éviter ce non savoir précis, aigu où les fit basculer la mort violente de l'aimé.

Il est un danger plus grand que la mort : la parole. La mort, plutôt que l'inconscient. Plutôt ne rien dire ou dire le rien que de ne pas savoir ce qu'on dit. Le langage, voilà ce avec quoi il ne faut pas jouer. Les règles du dévot comme l'immuable récit des fantasmes garantissent au moins cela : pas d'acte manqué, de lapsus. Ici s'explique peut-être la compétence de Mme A. en informatique où la procédure se subordonne le message et où le langage ne fait que dire vite et sans erreur ce qu'on veut lui faire dire.

La mortification est une désubjectivation consentie, tant pour celui qui se mortifie que pour son partenaire (car il y a toujours un autre à qui la mortification est dédiée, montrée). Le pervers se désubjective lui-même en s'affirmant comme non manquant. Sans mémoire, sans désir, pur signifiant ? C'est moins ce qu'il a fait, dit ou aimé, que veut tuer en lui celui qui se mortifie, que son être même : «je désire tellement d'être oublié, qu'on ne pense pas seulement que j'ai été», espère Rancé. Mais la mortification désubjective aussi l'autre: en le réduisant à un signifiant, il l'ôte à la vie. Ainsi, du style de Rancé (le style signe toujours un certain rapport au lecteur, à son désir), Chateaubriand nous dit qu'il est «sans printemps», qu'il s'y trouve «quelque chose d'inexplicable, qui serait horrible si ce n'était admirable». Cette horreur polie, au sens aussi de brillant, de glacé, je l'éprouvais cruellement dans mes entretiens de «spectateur anonyme» (Joyce McDougall) avec Mme A. Nécessaire à sa démonstration, j'étais sans mots, non par méthode, mais véritablement dépouillé de langage par l'effet de sa parole, presque désavoué dans ma condition d'être parlant.

Le langage était donc atteint aussi dans ma propre élaboration analytique. Je n'avais d'autre place que celle, muette, de l'enfant regardant les scènes primitives sadiques indéfiniment variées, indéfiniment les mêmes. Assez vite, mes ressources associatives s'épuisèrent et je ne pus maintenir un travail analytique que cet emploi mortifiant des mots était fait pour conjurer. Si la perversion ne s'analyse pas, ce n'est pas affaire de goût ou de morale, mais de structure, c'est-à-dire de rapport au langage: comment reconnaître que l'on est assujetti aux chaînes signifiantes si l'on n'utilise le langage que comme un moyen d'assujettissement de l'autre? Voulant extirper le dire «ce qui vient», Mme A. parvenait à réduire en moi l'attention flottante. Sans doute faudrait-il distinguer le pervers masochique demeurant en deçà du langage et le mystique parvenu au-delà des mots. Le «sentiment océanique» de l'un diffère de la perception de soi comme un point d'être porté à son extrême singularité que décrit l'autre. Mais l'une et l'autre jouissance ne peuvent se dire. Non par interdit ou censure, ni que les mots manquent, mais parce que parler sépare, et que l'extase mortifiante réalise avec le sein cette fusion préverbale qui donne au pervers comme à l'ascète le sentiment d'appartenir sans médiation à la vérité. Nul doute qu'au moment même où elle se fondait à l'ordure, Mme A. n'accédait à l'élation, au triomphe, tout comme Rancé rejoignant au désert la lumière du manque irrémissible.

Sur cet avilissement du langage dans les institutions de Rancé beaucoup serait à dire. Du reste, Larroque, dès 1685, dans *Les véritables motifs de la conversion de l'abbé de la Trappe*, en même temps qu'il donnait la version de la tête coupée, notait perfidement que Rancé, dans ses *Devoirs de la vie monastique*, n'avait pas vraiment renoncé aux mots. Par exemple, il y citait trop souvent et trop exactement Aristophane : « J'ai peine à croire qu'il se ressouvienne si exactement d'une lecture faite il y a plus de trente ans : ainsi, il y a plus d'apparence que c'est dans la retraite qu'il s'est diverti avec ce comique. » Mais quand Mabillon adresse une critique ferme de Rancé, de son mépris de l'étude, de sa haine des textes, et recommande au contraire aux moines, avec l'étude et l'érudition, l'amour de la langue, Rancé rétorque : « Quelle qualité pour un solitaire d'être poète ! » Bossuet pourtant, avec le discernement qu'on lui connaît, avait opposé l'état du solitaire à celui du cénobite. Rancé était trop épris de la langue de son siècle pour ne pas laisser après lui une œuvre magnifiquement écrite. La légende veut qu'ayant rassemblé ses discours et conférences à ses frères en solitude, Rancé se laissa entraîner par la prière d'un religieux malade qui le conjurait de réunir ces paroles en un opuscule. C'est sous ce titre des *Devoirs de la vie monastique*

que plusieurs copies en furent faites à la Trappe, et Bossuet, qui en reçut une, voulut le faire imprimer. Or Rancé, écrit Chateaubriand, avait jeté l'ouvrage au feu mais en avait retiré les cahiers à demi brûlés. « Par une de ces lâchetés communes aux auteurs, Rancé avait repris les débris de l'incendie et les avait retouchés... » Déjà, lors de sa vêture, il avait ordonné de brûler toute sa correspondance. Cet « éloignement des lettres » qu'éprouvait Rancé n'était que le mépris d'un objet longuement cherché. Rancé a beaucoup écrit, note durement Chateaubriand. Cet acharnement à faire taire en soi la langue, à consumer les mots, masque mal que Rancé, avant la Trappe, s'était surtout voulu lettré, homme de mots. Même reclus, il n'avait pas renoncé à la parole : il prêchait et confessait ses frères et « ses seules distractions » étaient les paroles qu'il recueillait des mourants sur leur lit de cendres.

Même désir de convaincre, par le récit de mortifications ou les œuvres de pénitence : l'important est de persuader le lecteur ou l'auditeur : il y a du prosélytisme dans la perversion qui veut convertir l'autre à sa jouissance. Même emportement, même rhétorique de l'exemple, avec au centre le goût de la parole. Mais si la parole flétrissant la chair, corrompant les amours, dissolvant les devoirs est la seule chose qui en elle-même ne flétrit pas, la seule chose en quoi croient Rancé et Mme A., c'est une parole où se célèbre la mort du langage, une parole dépravée. Car, pour reprendre à nouveau la devise rancéenne, être « sans souvenir, sans mémoire et sans ressentiment », n'est-ce pas d'abord être sans mots ?

Dans les deux cas, le récit de la mortification est lui-même une mortification. La *Vie de Rancé* fut d'ailleurs pour Chateaubriand aussi une mortification, imposée et composée pour obéir aux ordres de son directeur M. Seguin. Chateaubriand y édifia son dernier masque, non celui du bon chrétien, mais celui du grand écrivain qui descend dans sa tombe la main écrivante déjà transie par la main du temps. Mme A. attend du récit de ses pratiques perverses l'humiliation d'avoir à exposer devant un inconnu la culpabilité éprouvée depuis le suicide de son mari, masquée par celle liée à ses pratiques de fustigation. Certes, l'auditeur ou le lecteur est lui aussi le destinataire humilié de l'aveu ou du récit. Mais le fait de raconter et la manière de le faire procurent une revanche sur l'humiliation par le plaisir de dire. Les digressions de Chateaubriand (l'admirable page sur les lettres d'amour, ou sur la vieillesse, « voyageuse de nuit ») montrent que l'auteur a beau se mortifier, se préparer par son récit à la consolation de la mort, l'écrivain maintient et aiguise les armes de sa jouissance de plume ; Mme A. quant à elle, prétendant humblement vouloir se confier et être absoute, cherche avant tout à séduire son confident et confesseur (pas un instant elle ne différencie l'analyste de ces figures chrétiennes de la faute), à le réduire à une figure impuissante et ligotée, transie de jouissance.

Quelle mortification m'imposé-je en écrivant la mortification de Mme A. ? Que cherché-je à édifier ? Qui ? On me permettra de ne pas exposer ma réponse ici, et de poser la question de biais. Est-ce la mortification qui est édifiante ? Tout récit serait alors quelque chose qui revient de la mort, mais une mort feinte : l'écrivain fait le récit de sa mort au futur antérieur de la fiction. Ou bien est-ce l'édification qui est mortifiante ? Comme Chateaubriand s'ennuie à son histoire de dévot qui suscite sa répugnance, comme Mme A. m'efface, par l'édifiante histoire qu'elle prétend me conter !

J'envisageai donc de mettre un terme à ce qui n'avait duré que quelques entretiens. Je n'avais pas fait mon deuil de n'avoir pu engager avec elle une analyse et n'acceptais pas facilement la mise à mort de mes mots que réalisait le détournement pervers de la situation analytique. Me restait un pourquoi. Que s'était-il donc passé récemment qui l'avait amenée à reprendre contact pour me parler d'une mort dont finalement elle n'avait nullement parlé ? À nouveau, si elle n'attendait pas cette question, elle m'attendait bien là : celui-là, comme les autres, ne peut que poser des questions dont je suis la réponse. Elle apporta alors le récit d'une dernière « séance » avec un partenaire sadique, et ce fut sur ce récit que notre dernière séance s'acheva, après qu'elle eut constaté, sans comprendre et véritablement intriguée cette fois, qu'à la suite de cette ultime plongée dans le masochisme exténué, elle avait pratiquement cessé de s'y livrer. Ce jour-là, le maître, un homme âgé et particulièrement violent, avait dû, après une longue réclusion commune dans une chambre d'hôtel et une lente gradation de sévices, s'enfuir dans la salle de bains et s'y enfermer, sans doute débordé par l'approche du moment où le jeu de la mort signerait la mort du jeu. (Le mari de Mme A. avait été trouvé inanimé dans la salle de bains.) L'homme y était resté une journée entière. Mme A. lui avait parlé longtemps, de l'autre côté de la porte, énumérant de nouvelles tortures, attisant sa propre jouissance, énervant la tentative effrayée de maîtrise chez son bourreau. L'homme l'avait suppliée : « Je t'en prie, arrête, laisse-moi. » C'était à ce moment que les choses avaient « basculé », et peu à peu, Mme A. avait repris pied dans sa vie d'avant le suicide (dans son arrière-vie, ai-je envie de dire, comme Chateaubriand de Rancé), à partir du moment où l'homme, parlant d'outre-mort, de l'autre côté de la cloison, mort vivant comme son mari, cloîtré en elle, avait déclaré forfait.

Sans doute Mme A. avait-elle déjà expérimenté quelques pratiques masochistes légères à l'occasion avec un ou deux partenaires de rencontre dès avant la mort de son mari. Elle avait même éprouvé le besoin d'accompagner le récit qu'elle lui en faisait en montrant les marques des coups reçus. Peut-être continua-t-elle quelque temps après ce moment de deuil pathologique à se livrer parfois à des excès de cet ordre. Mais la force qui l'avait jetée dans la traversée de l'horreur ne l'avait jamais auparavant empoignée à ce point et jamais depuis. C'est que la culpabilité liée au suicide de son mari et à la part qu'y avaient peut-être prise les récits complaisamment rapportés venait renforcer une tendance au masochisme érogène déjà présente. Se faisant battre, c'est à la fois son mari qu'elle faisait frapper en elle, et elle-même qu'elle punissait pour lui avoir fait mal. Attachée par des liens, c'était le mort qu'elle ne voulait pas perdre, mais aussi elle-même qui ne pouvait plus l'abandonner à sa dépression et à sa mort. Peut-être la défaillance de l'autre homme et son incapacité à venir au bout de sa propre haine furent-elles pour Mme A. le signe irrécusable, indéniable du défaut en l'autre. L'homme, par l'aveu de sa limite, pouvait être reconnu comme mortel, cessant d'être le persécuteur tout-puissant dont elle s'était servie pour mettre au-dehors sa haine du mari mort, et la retourner contre elle-même.

La question qui demeure est de savoir comment Mme A. a pu éviter, une fois cette projection tarie, de verser dans la dépression ou la mélancolie. Car, si la dépression est une sorte d'évitement de la haine, d'anti-haine, une haine de la haine, inversement la haine, ou sa forme atténuée, le mépris de l'autre, est une protection efficace contre la dépression.

*

Mortification ou mortifications ? Toute conversion est-elle un désaveu ? Tout désaveu, une manœuvre perverse ? Rancé était-il pervers ? Cette dernière question n'aurait pas de sens et prendrait allégrement trois siècles de culture dans une rétrospection anachronique. Rancé fut mystique, et Mme A. perverse, parce que telles étaient les issues sociales que leur temps à l'un et à l'autre offrait à quelque chose qu'ils ont bien en commun : le deuil impossible retourné en mortification. Chaque époque donne au symptôme ou à l'histoire d'un sujet une sorte de légitimation qui les rend intelligibles, leur conférant un sens acceptable. À chacun sa réclusion, à chacun ses liens.

Peut-être Rancé aujourd'hui ne finirait-il pas ses jours à la Trappe, mais plus sordidement dans les bas-fonds, où la mort se farde et va jusqu'à se dire gaie, que les grandes villes offrent au désir irrépressible de n'être rien. Peut-être pas. Mme A., aux dernières nouvelles, vit une sorte de retraite mystique, et, si elle cherche toujours la limite, la nomme : Dieu. Sait-on ?

MICHEL SCHNEIDER

Ce frémissement d'un cœur à qui on fait mal

Aucun lecteur de la *Recherche du temps perdu* ne niera qu'il y a du mal dans le roman de Proust, depuis la scène vigoureuse de Montjouvain, où le héros surprend Mlle Vinteuil et son amie profanant la photo du musicien — « ce vieux singe » — dans leurs jeux érotiques, en passant par les tortures auxquelles Odette soumet Swann, et auxquelles Swann soumet Odette, par exemple quand il lui extorque l'aveu de ses aventures gomorrhéennes, etc., sans parler de la vie de l'auteur et rappeler la trop fameuse anecdote des rats que Proust aurait eu l'habitude de larder d'épingles à chapeau dans les maisons de passe [1]. Bazar hétéroclite d'allure incontestable. Et pourtant, un canapé déménagé dans un bordel, un père profané, ou une mère, un rongeur transpercé, cela ne suffit pas pour que le mal soit une catégorie proustienne, pour que la *Recherche* participe du mal, du Mal. Proust ne parle d'ailleurs que de « l'apparence du mal » à propos de la scène de Montjouvain [2].

Le mal n'est pas proustien, la méchanceté non plus, mais seulement l'adjectif et son contraire : méchant et gentil. « Moschant, genstil », refrain des lettres à Reynaldo Hahn. « Quel grand méchant vous faites ! » dit Albertine au héros qui refuse, au terme d'une bouderie, d'entrouvrir les lèvres où elle tente de glisser la langue[3]. « Voyons, ne fais pas la méchante. [...] Je t'ai promis le collier si tu étais gentille, mais du moment que tu me traites comme cela... », dit à Rachel Saint-Loup, excédé par les caprices de sa maîtresse[4]. Gentil et méchant : l'opposition est partout à l'œuvre dans la *Recherche*, à la différence de celle du bien et du mal. « Tu sais [...] ta pauvre grand-mère le disait : c'est curieux, il n'y a personne qui puisse être plus insupportable ou plus gentil que ce petit-là[5] », rappelle sa mère au héros après qu'il l'a rejointe au tout dernier moment dans le train qui déjà quittait la gare de Venise. Gentil ou méchant : mais des adjectifs, des qualités, des jugements, ne nous hâtons pas vers les substantifs, vers les idées hypostasiées, car Proust ne fait pas le saut[6].

La petite vieille

Dans la version du roman plus ou moins prête pour la publication au début de la guerre, avant la naissance d'Albertine, c'était au départ de Venise, tout juste après le jugement de la mère et de la grand-mère sur le héros — gentil et méchant —, c'était alors que prenaient place « Les intermittences du cœur », ou la prise de conscience par le héros de la mort de sa grand-mère un an seulement après cette mort. Le héros s'assoupissait dans le train et un rêve était suscité par le roulement :

> Ma grand-mère m'apparut. Elle suivait un chemin qui menait à une gare, marchant le plus vite qu'elle pouvait. On entendait siffler des trains qui partaient, elle courait presque. Elle avait crotté sa robe, presque

perdu une bottine, son chapeau était tout de travers et elle avait une éclaboussure de boue jusque sur son voile. Sa figure était congestionnée et elle avait si mauvaise mine que le cerne de ses yeux descendait presque jusqu'à sa bouche. Ses regards étaient indiciblement tristes, mais aussi pleins de colère, de rancune[7].

La grand-mère en petite vieille, trotteuse et crottée, déchaussée et souillée, abîmée, avilie, décoiffée, mais méchante, rancuneuse. Sinistre, hideuse image au principe des pages les plus émouvantes du roman, illustration remarquable de la proximité de l'horreur et de l'émotion : cette laide grand-mère à la fois souffrante et méchante, méchante parce que souffrante, parce que « lui apparaissait seulement l'égoïsme qui l'avait tuée ». La grand-mère prend sa revanche sur celui qui l'a blessée : « Elle monta les marches d'un wagon, trébucha, retomba, un employé brutalement la blessant peut-être — ah ! si j'avais pu savoir s'il ne lui avait pas fait mal — la poussa comme un paquet dans le wagon et referma la portière. »

Dans la version de l'après-guerre, l'image affreuse disparaît à la source de l'émotion. Elle disparaît du reste tardivement, puisqu'elle figurait encore dans le manuscrit de *Sodome et Gomorrhe*, non pas au début des « Intermittences » mais plus loin, au retour à Balbec après le premier dîner chez les Verdurin à la Raspelière. La méditation abstraite sur le sommeil, inspirée de Bergson, se substituera à la correction de la dactylographie.

La grand-mère humiliée, en petite vieille, est une image du rêve, séparée de la réflexion qui la réapproprie, une vision cruelle, de cette cruauté du rêve qui ne respecte pas les convenances. Or l'image est baudelairienne : les yeux, les yeux surtout, immenses, cernés, à la fois douloureux et justiciers, les yeux de la colère, les yeux des *Petites vieilles* :

> [...] *yeux perçants comme une vrille,*
> *Luisants comme ces trous où l'eau dort dans la nuit ;*
> [...]
> *Ces yeux sont des puits faits d'un million de larmes*[8].

Ou encore les yeux des pauvres : « Ces gens-là me sont insupportables avec leurs yeux ouverts comme des portes cochères ! Ne pourriez-vous pas prier le maître du café de les éloigner d'ici[9] ? » Petit poème en prose que le rêve de la grand-mère crottée, avec cette cruauté baudelairienne qui faisait que dans le *Contre Sainte-Beuve*, la mère n'aimait qu'à demi Baudelaire : pour l'autre demi elle le haïssait sans doute, comme le narrateur des *Yeux des pauvres* son amie : « Ah ! vous voulez savoir pourquoi je vous hais aujourd'hui[10]. » La mère n'aimait qu'à demi Baudelaire à cause des « choses cruelles sur sa famille » qu'on trouve dans ses lettres[11]. Au fils d'analyser cette cruauté baudelairienne, cruauté d'autant plus étonnante « que les souffrances qu'il raille, qu'il présente avec cette impassibilité, on sent qu'il les a ressenties jusqu'au fond de ses nerfs ». Les vers que Proust commente sont justement ceux des *Petites vieilles* : « il n'y a pas une de leurs souffrances qui lui échappe ». D'où la vérité du détail :

> *... flagellés par les bises iniques,*
> *Frémissant au fracas roulant des omnibus...,*
> *Se traînent, comme font les animaux blessés*[12].

Baudelaire, selon Proust, « des cœurs vraiment durs peuvent s'en délecter », parce que dans ses vers, les visions qui lui avaient « fait mal » sont rendues dans des tableaux « d'où toute expression de sensibilité est si absente » [13]. Voilà le mal : il tient à l'absence de pitié ou de compassion : « pouvoir supporter la douleur qu'une méchanceté provoque artificiellement ». Le mal est ainsi rapporté à la méchanceté, mais à une méchanceté que Proust juge aussitôt artificielle : il la refuse à Baudelaire pour l'imputer au spectateur, à l'hypocrite lecteur qui lit *Les Fleurs du Mal* sans l'émotion, la compassion qui fut d'abord celle du poète, au lecteur qui s'en tient à l'apparente insensibilité, la sublime impassibilité du vers.

Le violon frémit comme un cœur qu'on afflige [14].

Or l'image exige que Baudelaire ait ressenti la douleur au plus profond de son cœur. Parce qu'il l'a connue, il l'a dite dans un tableau sans pitié. Et le mal serait chez le lecteur qui ne retrouverait pas l'émotion initiale, qui ignorerait que l'art est sublimation de la vie, et qui, ne partageant pas l'émotion de Proust à la lecture de Baudelaire, en resterait au mal :

Oh ! ce frémissement d'un cœur à qui on fait mal [15].

Mais la mère du *Contre Sainte-Beuve* ne se laisse pas persuader :

L'autre, par son enfant Madone transpercée,
Toutes auraient pu faire un fleuve avec leurs pleurs [16].

Baudelaire n'aurait selon elle nullement compati avec la douleur de la mère. Elle ne supporte pas la fulgurante insensibilité d'un rêve où la tendresse s'abolit, où l'humanité s'oublie. Elle donne raison à la vengeance vertueuse de la mère du poète :

Elle-même prépare au fond de la Géhenne
Les bûchers consacrés aux crimes maternels[17].

Crimes maternels : crimes des mères, crimes contre les mères ? En tout cas absence de pitié. Tel est le mal baudelairien aux yeux de la mère du *Contre Sainte-Beuve* : *voir* la mère en petite vieille. Et si cela est le mal, il apparaît en effet bien souvent dans le roman de Proust, sous la forme d'une vision impitoyable, lors de la « Désolation au lever du soleil » par exemple, à la fin de *Sodome et Gomorrhe*, dans un passage symétrique des « Intermittences du cœur » qui ouvraient le second séjour à Balbec. Le héros vient d'apprendre qu'Albertine connaît Mlle Vinteuil, il a passé une nuit d'insomnie et de souffrance, il pleure : « Mais à ce moment, contre toute attente, la porte s'ouvrit et, le cœur battant, il me sembla voir ma grand-mère devant moi, comme en une de ces apparitions que j'avais déjà eues, mais seulement en dormant. Tout cela n'était-il donc qu'un rêve[18] ? » Il s'agit en effet de la mère en grand-mère, en petite vieille, et la référence au rêve est nette, qui jusque-là seul a incarné la cruauté baudelairienne de la femme abîmée :

Ses cheveux en désordre, où les mèches grises n'étaient point cachées et serpentaient autour de ses yeux inquiets, de ses joues vieillies, la robe de chambre même de ma grand-mère qu'elle portait, tout m'avait, pendant une seconde, empêché de la reconnaître et fait hésiter si je dormais ou si ma grand-mère était ressuscitée[19].

Dépeignée, comme la grand-mère du rêve, les mèches serpentines comme Méduse, la femme pétrifiante, les joues décrépites, ces joues qui sont le lieu par excellence de l'érotisme proustien — joues d'Odette par exemple, sur lesquelles Swann se jette : « l'œil égaré, les mâchoires tendues comme pour dévorer, il se précipitait sur cette vierge de Botticelli et se mettait à lui pincer les joues[20] » —, mais joues désormais indésirables, la robe de chambre enfin, celle même que portait la grand-mère au premier soir à Balbec, où elle déchaussa le héros.

Les mères profanées

Le mal proustien, si mal il y a, ne serait donc autre que le mal baudelairien analysé par Proust dans le *Contre Sainte-Beuve* : l'amour vu du dehors, à froid et comme insensiblement, comme par un tiers pas même voyeur[21]. Ainsi dans les lieux les mieux connus et les plus communs du mal proustien : les « mères profanées », depuis « La confession d'une jeune fille » dans *Les Plaisirs et les Jours* jusqu'aux « Sentiments filiaux d'un parricide » dans *Pastiches et Mélanges*.

La jeune fille de « La confession », après avoir un temps renoncé au plaisir, en retrouve le chemin un soir que l'homme qui l'avait pervertie vient dîner. Le plaisir et la douleur, la volupté et le mal paraissent inséparables : « Alors tandis que le plaisir me tenait de plus en plus, je sentais s'éveiller, au fond de mon cœur, une tristesse et une désolation infinies ; il me semblait que je faisais pleurer l'âme de ma mère, l'âme de mon ange gardien, l'âme de Dieu[22]. » Voilà un moment pleinement baudelairien chez Proust, du Baudelaire des *Fusées* : « Moi, je dis : la volupté unique et suprême de l'amour gît dans la certitude de faire le *mal*. — Et l'homme et la femme savent de naissance que dans le mal se trouve toute volupté[23]. » La solidarité de la volupté et du mal donne à tout plaisir le sens du blasphème que la jeune fille découvre dans le vocabulaire chrétien — âme, ange gardien, Dieu — à travers lequel seul peut se dire la jouissance comme proximité, coïncidence de l'extase et de l'horreur :

Je n'avais jamais pu lire sans des frémissements d'horreur le récit des tortures que des scélérats font subir à des animaux, à leur propre femme, à leurs enfants ; il m'apparaissait confusément maintenant que, dans tout acte voluptueux et coupable, il y a autant de férocité de la part du corps qui jouit, et qu'en nous autant de bonnes intentions, autant d'anges purs sont martyrisés et pleurent[24].

Phraséologie nettement décadente, relevant d'un baudelairisme vulgarisé et d'un satanisme de table d'hôte : on se croirait chez Péladan ou Rachilde parmi ces poncifs fin de siècle, jusqu'au dénouement grand-guignolesque. La jeune fille se surprend elle-même dans la glace, « transfigurée en bête », elle se souvient de sa mère et l'aperçoit aussitôt sur le balcon, la voit la voyant, découvrant la jouissance de sa fille : « je vis ma mère qui me regardait hébétée ». La mère tombe foudroyée, morte sur le coup, « la tête prise entre les deux barreaux du balcon ». Le mysticisme sera le dernier cri de ce mélodrame horrifiant où le mal affecte Dieu lui-même : « Dieu qui savait tout ne l'aurait pas voulu[25]. » Ou si mal il y a, si la jouissance de la fille passe par le meurtre de la mère, si le plaisir de la fille, ou du fils, est profanation de la mère, Dieu en porte la responsabilité, le mal est en Dieu.

Dans « Sentiments filiaux d'un parricide », article

paru dans *Le Figaro* en 1907, le contexte religieux et mystique, satanique et décadent, a presque tout à fait disparu pour évoquer le «crime maternel» d'Henri van Blarenberghe. Proust paraît même s'efforcer d'abord au ton enjoué d'un conte d'Edgar Poe, ou d'un poème en prose de Baudelaire tel que *Le Mauvais Vitrier*, c'est-à-dire à la perversité gratuite et gracieuse du *suave mari magno* de Lucrèce — plaisir à contempler depuis le port les flots agités qui mettent mes semblables en danger — ou plutôt à la jouissance ambiguë de ce «mélange à la fois de *suave mari magno* et de *memento quia pulvis*, eût dit Robert[26]», avec lequel les invités de la princesse de Guermantes observent Swann rongé par la maladie, composé de plaisir égoïste et de narcissisme blessé. L'écrivain l'éprouve à la lecture du journal, comme Mme Verdurin apprendra dans *Le Temps retrouvé* le naufrage du Lusitania et ses douze cents morts: «Tout en trempant le croissant dans le café au lait, et donnant des pichenettes à son journal pour qu'il pût se tenir grand ouvert sans qu'elle eût besoin de détourner son autre main des trempettes, elle disait: "Quelle horreur! Cela dépasse en horreur les plus affreuses tragédies[27]."» Mais la tragédie sublime lui rend son croissant d'autant plus délicieux à savourer et fait venir un air de satisfaction profonde sur son visage. Baudelaire, lui encore, avait signalé ce sentiment double et trouble: «Quand un homme se met au lit, presque tous ses amis ont un désir secret de le voir mourir», jugeait-il dans *Fusées*[28].

L'article de Proust sur le matricide de van Blarenberghe débute ainsi par «cet acte abominable et voluptueux qui s'appelle *lire le journal*[29]». Abominable et voluptueux: c'est le type de l'oxymoron baudelairien dans la volupté jointe au mal, sous prétexte que tous les malheurs du monde se trouvent dans le journal transmués en un « régal matinal », et « s'associent excellemment, d'une façon particulièrement excitante et tonique, à l'ingestion recommandée de quelques gorgées de café au lait », la boisson dont Proust s'est nourri pendant les dernières années de sa vie.

Mais la manière enjouée, gracieusement jubilatoire, ne subsiste pas à la nouvelle du « crime maternel ». La mythologie grecque, au lieu du vocabulaire chrétien, est convoquée pour parler de la folie, et ce refrain emprunté à Tolstoï est attribué à la mère agonisante : « Henri, qu'as-tu fait de moi ! qu'as-tu fait de moi[30] ! » En dépit des allusions à Ajax et Œdipe, c'est bien le caractère ordinaire de la haine mêlée à l'amour, la quotidienneté, la véritable banalité du crime qui fascinent Proust. « J'ai voulu montrer dans quelle pure, dans quelle religieuse atmosphère de beauté morale eut lieu cette explosion de folie et de sang qui l'éclabousse sans parvenir à la souiller[31]. » Œdipe certes, mais nous sommes tous des Œdipe, comme on disait ailleurs vers la même époque. L'homme si fin, qui écrivait à Proust des choses si délicates sur la mort de sa mère, c'est le même qui le lendemain tuait sa propre mère. L'amour de la mère comprend la haine de la mère, non seulement l'amour du fils pour la mère mais de façon infiniment plus troublante, comme dans le premier poème des *Fleurs du Mal*, *Bénédiction*, l'amour de la mère pour le fils. Elle hait et maudit en lui le poète :

Elle ravale ainsi l'écume de sa haine,
Et, ne comprenant pas les desseins éternels,
Elle-même prépare au fond de la Géhenne
Les bûchers consacrés aux crimes maternels[32].

La haine de la mère pour le fils, Proust y faisait allusion dans *Jean Santeuil* déjà, haine qui atténue, mitige, altère l'image de la mère tout aimante, toute souffrante de la *Recherche*: la *mater dolorosa* est aussi la Madone pleine de ressentiment de *Bénédiction*, une harpie; la mère blesse elle aussi le fils. Dans la mémoire du fils, saigne encore la plaie faite par la mère: « Car, écrit Proust, parfois la haine serpente au milieu du plus immense amour où elle semble comme perdue[33]. » Parfois? Ne faudrait-il pas dire: toujours? Et que la haine ne s'égare pas dans le plus grand amour, mais qu'elle y a sa place, accompagnement nécessaire de l'amour, si bien que Proust écrit un peu plus bas que les mots de tendresse que nous n'aurons pas dits à ceux que nous aimons demeureront toujours « la cruelle contrepartie des torts que leur tendresse s'est permis avec nous ». Amour et haine, torts et tendresse se révèlent encore inséparables dans la seule réciprocité pensable: « Je te hais autant que je t'aime! », écrivait Baudelaire *À celle qui est trop gaie*[34] Et ce qui commençait à la lecture du journal comme un conte de Poe s'achève comme un essai de Freud sans plus la moindre perversité: « "Qu'as-tu fait de moi! qu'as-tu fait de moi!" Si nous voulions y penser, il n'y a peut-être pas une mère vraiment aimante qui ne pourrait, à son dernier jour, souvent bien avant, adresser ce reproche à son fils[35]. »

Jean Santeuil, dans la vieillesse des parents de Jean, aboutissait à la même douloureuse observation: « Peu à peu, ce fils dont elle avait voulu former l'intelligence, les mœurs, la vie, avait insinué en elle son intelligence, ses mœurs, sa vie même et avait altéré celles de sa mère[36]. » La mère a été transformée par le fils, dénaturée par les vices du fils. « L'amour, écrit Proust, est notre grand initiateur, notre grand corrupteur. Il nous assimile, il nous aliène. Elle était devenue telle que son fils[37]. » C'est-à-dire mauvaise.

Il est écrit que le fils tuera la mère parce que la mère aimait le fils. À moins que la mère ne tue le fils. Tous les fils sont des matricides, et les « Sentiments filiaux d'un parricide » se terminaient sur la même image qu'à la fin de *Sodome*, la mère en petite vieille : « nous tuons tout ce qui nous aime par les soucis que nous lui donnons[38] ». Et « si nous savions voir dans un corps chéri le lent travail de destruction poursuivi par la douloureuse tendresse qui l'anime, voir les yeux flétris, les cheveux longtemps restés indomptablement noirs, ensuite vaincus comme le reste et blanchissants, les artères durcies, les reins bouchés[39] », alors nous nous tuerions sans plus attendre, au lieu de tuer, avant de tuer la mère comme Henri van Blarenberghe, dont l'œil pendit sur l'oreiller le temps qu'il mourût.

L'amour de la mère comprend la haine de la mère, aux deux sens de la préposition. Tout amour comprend la haine et s'achève par un meurtre. Voilà ce que disent *Les Plaisirs et les Jours*, *Jean Santeuil*. Mais la *Recherche* ? Sans doute lira-t-on dans *La Fugitive*, « rapprochant la mort de ma grand-mère et celle d'Albertine, il me semblait que ma vie était souillée d'un double assassinat[40] », mais le chapitre des « mères profanées » n'y est pas. Il est évoqué, aussitôt éludé : « Mais laissons ici ce qui mériterait un chapitre à part : les mères profanées[41]. » Le thème avait été rappelé par le côté *lady-like* de M. de Charlus, sa ressemblance à une femme, à sa mère : les fils « consomment dans leur visage la profanation de leur mère ». Invertis ou non, Charlus ou non, leur recherche du plaisir, par leur inhérente ressemblance maternelle, est en soi une profanation de la mère. Toutes les mères sont profanées, tous les fils sont profanateurs. La volupté proustienne paraît encore indissolublement liée au mal, au mal en tout cas fait à la mère sinon à l'autre, au mal dont je découvre la présence si je me retire du désir : dans un miroir, dans un rêve. Toute jouissance injurie la mère : la suggestion figurait plus nettement dans les ébauches du *Contre Sainte-Beuve* : « Le visage d'un fils qui vit, ostensoir où mettait toute sa foi une sublime mère morte, est comme une profanation de ce souvenir sacré », car, selon le même thème, « c'est avec le sourire de sa mère qu'il excite les filles à la débauche[42] ». Mais la *Recherche* ne développera pas cette amorce.

Dévotion baudelairienne

Le mal proustien, du moins jusqu'au *Contre Sainte-Beuve*, serait voisin du mal baudelairien : confusion de la volupté et du mal, déchirement entre l'horreur et l'extase, coexistence de l'amour et de la haine. « Il y a dans tout homme, à toute heure, écrivait Baudelaire dans *Mon cœur mis à nu*, deux postulations simultanées, l'une vers Dieu, l'autre vers Satan[43]. » Ou encore : « Tout enfant, j'ai senti dans mon cœur deux sentiments contradictoires, l'horreur de la vie et l'extase de la vie. C'est bien le fait d'un paresseux nerveux[44]. » Proust ne mentionne jamais les journaux intimes de Baudelaire, publiés d'abord en 1887 et réédités en 1908, ni les poèmes en prose. Il n'est pourtant pas contestable qu'il voit en Baudelaire le modèle de la « maladie de la volonté » à laquelle il attribue, dès « La confession d'une jeune fille », les traits de son caractère et de celui de ses héros, la « grande névrose littéraire » que

Brichot stigmatisera à la Raspelière[45]. Les arguments ne manquent pas, en faveur d'une parenté de Baudelaire et de Proust dans le mal.

Ainsi le scénario du mélodrame que Proust envisagea d'écrire en 1906, selon une lettre à Reynaldo Hahn :

> Un ménage s'adore, affection immense, sainte, pure (bien entendu pas chaste) du mari pour sa femme. Mais cet homme est sadique et en dehors de l'amour pour sa femme a des liaisons avec des putains où il trouve plaisir à salir ses propres bons sentiments. Et finalement le sadique ayant toujours besoin de plus fort il en arrive à salir sa femme en parlant à ces putains, à s'en faire dire du mal, et à en dire (il est écœuré cinq minutes après). Pendant qu'il parle ainsi une fois, sa femme entre dans la pièce sans qu'il l'entende, elle ne peut en croire ses oreilles et ses yeux, tombe. Puis elle quitte son mari. Il la supplie, rien n'y fait. Les putains veulent revenir mais le sadisme lui serait trop douloureux maintenant, et après une dernière tentative pour reconquérir sa femme qui ne lui répond même pas, il se tue[46].

Profanation et sensiblerie mêlées, le projet ne peut manquer de rappeler celui, tout aussi horrifiant, échafaudé par Baudelaire et pareillement avorté. Le titre aurait été « L'ivrogne » ou « La pente du mal », et Baudelaire rêvait de faire comprendre au public ce qu'est « une atrocité sans prétexte »[47]. Un homme aime sa femme et la tue tout en l'aimant, « il en veut surtout à sa femme de sa résignation, de sa douceur, de sa patience, de sa vertu ». Et sa mort lui arrache ce cri : « *Pauvre ange, elle a dû bien souffrir*[48] ! » Le scénario proustien, comme le scénario baudelairien, donne au mal, à la cruauté une dimension réflexive qui culmine dans le plaisir que l'assassin baudelairien prend à avouer son crime, ou dans le suicide du héros proustien. Selon le modèle de *L'Héautontimorouménos*,

> *Je suis la plaie et le couteau!*
> *Je suis le soufflet et la joue!*
> *Je suis les membres et la roue,*
> *Et la victime et le bourreau*[49].

Le bourreau de la femme aimée est aussi le bourreau de soi-même, assassin et victime, homicide et suicide. Dans une lettre de 1913, sept ans plus tard, Proust proposera pour la scène de Montjouvain un modèle qui était manifestement déjà celui de la pièce:

> L'idée de cette scène m'a été suggérée par différentes choses mais surtout par ceci: un homme de grande valeur et fort connu était l'amant d'une grue, quoiqu'il fût marié et père de famille. Or pour avoir le plaisir complet il fallait qu'il dise à cette grue: «le petit monstre» en parlant de son propre fils. Rentré chez lui il était d'ailleurs très bon père[50].

Mais le rapprochement des deux fantasmes mélodramatiques tient peut-être de l'anecdote. Plus important serait ceci: Proust paraît partager l'un des traits les plus saillants du mal baudelairien, la haine de la reproduction sexuée. Ainsi que Georges Blin l'a montré dans *Le Sadisme de Baudelaire*, l'identification baudelairienne de l'acte amoureux à la torture ou à la chirurgie repose sur une représentation de l'amour comme dépourvu de finalité, c'est-à-dire perçu hors de la génération en particulier[51]. Pour Baudelaire comme plus tard pour

Céline, entre la reproduction et la maladie tels Charybde et Scylla, il n'y a pas de place pour un amour qui ne participe pas au mal. Dès *La Fanfarlo*, Samuel Cramer, double du poète, « considérait la reproduction comme un vice de l'amour, la grossesse comme une maladie d'araignée. Il a écrit quelque part : Les anges sont hermaphrodites et stériles[52] ». La grossesse elle-même n'est pas autre chose qu'une maladie, et elle pèse comme une fatalité maléfique sur l'amour : « des horreurs et des monstruosités qui feraient avorter vos lectrices enceintes », écrira Baudelaire, avec jubilation, à propos de ses poèmes en prose et de sa volonté qu'ils répugnent[53].

Rien sans doute d'aussi franc chez Proust, mais la reproduction, la grossesse, la femme enceinte n'en sont pas moins les objets de sarcasmes réguliers dans la *Recherche*, à commencer par cette mauvaise blague de la duchesse de Guermantes sur le général de Monserfeuil, qui, battu aux élections, s'est encore consolé en faisant un enfant à sa femme : « C'est le seul *arrondissement* où le pauvre général n'a jamais échoué[54]. » Plus essentielle est la cruauté de Françoise envers la fille de cuisine que Swann comparait à la Charité de Giotto : « pauvre créature maladive, dans un état de grossesse déjà assez avancé[55] ». Reproduction et maladie sont identifiées en « la pauvre fille, engraissée par sa grossesse jusqu'à la figure, jusqu'aux joues qui tombaient droites et carrées[56] », où les joues ont justement subi la corruption. En la fille de cuisine, la Charité elle-même est bafouée, l'amour du prochain par amour pour Dieu, et la cruauté de Françoise participerait encore au mal chrétien.

Plusieurs remarques du narrateur sur la reproduction paraissent également de tonalité baudelairienne, dont deux comparaisons curieuses en quelques pages, lors de la révélation de l'homosexualité de M. de Charlus, ou, selon la doctrine de « la race maudite », de sa nature féminine, de la femme en lui.

La première comparaison est appelée par la sauvagerie des bruits entendus par le héros une fois Charlus et Jupien retirés dans la boutique. Le vacarme sidérant de la jouissance le conduit à interpréter, conformément à une remarque de Freud, l'acte sexuel comme une agression : « J'aurais pu croire qu'une personne en égorgeait une autre à côté de moi[57]. » Or le commentaire du narrateur, de même que la scène de Montjouvain devait déterminer sa conception du sadisme, comporte une leçon pour l'avenir : « J'en conclus plus tard qu'il y a une chose aussi bruyante que la souffrance, c'est le plaisir » — association devenue ordinaire de la souffrance et du plaisir, mais sous le seul rapport du bruit, soit pour quelqu'un qui n'est plus même dans la position de voyeur, qui engage une complicité, mais de pur auditeur, séparé, étranger, froid, comme dans la chirurgie baudelairienne et son abstraction du désir — « C'est le plaisir, poursuit Proust, surtout quand s'y ajoutent — à défaut de la peur d'avoir des enfants, ce qui ne pouvait être le cas ici, malgré l'exemple peu probant de la Légende dorée — des soucis immédiats de propreté. » Le bruit apparenterait d'autant plus le plaisir à la douleur que les partenaires seraient préoccupés par la crainte de faire un enfant ou par un autre souci hygiénique — de nouveau la reproduction ou la maladie, même s'il n'y a pas d'homme enceint dans *La Légende dorée*. Mais Proust songe peut-être à la papesse Jeanne. La crainte de faire un enfant, soit la séparation préméditée de l'acte sexuel et de la reproduction, la perte de la finalité génésique de l'acte sexuel, accroît son assimilation à la douleur. Ou encore : la préoccupation hygiénique dans l'acte homosexuel, de même que la préoccupation contraceptive dans l'acte hétérosexuel, met en évidence la férocité de l'amour. L'acte sexuel se conçoit comme une relation préventive, médicale avec l'autre corps : la chirurgie ou la torture. Même sans la maladie, la volupté passe par une médicalisation des corps.

Quelques pages plus bas, commentant la brutale et comme magique révélation qui vient de lui être faite, de la femme en Charlus, et son long aveuglement antérieur, le narrateur a encore recours à la comparaison de la grossesse et de l'inversion, comparaison présente dès la version de 1912 :

> Jusqu'ici je m'étais trouvé, en face de M. de Charlus, de la même façon qu'un homme distrait, lequel, devant une femme enceinte dont il n'a pas remarqué la taille alourdie, s'obstine, tandis qu'elle lui répète en souriant : « Oui, je suis un peu fatiguée en ce moment », à lui demander indiscrètement : « Qu'avez-vous donc ? » Mais que quelqu'un lui dise : « Elle est grosse », soudain il aperçoit le ventre et ne verra plus que lui[58].

Bizarre image : la femme en M. de Charlus comme la grossesse en la femme, l'enfant en la femme, et si l'on se souvient de la théorie proustienne de l'inversion comme tare nerveuse, congénitale, l'assimilation de la grossesse à la maladie se trouve encore confirmée.

Une dernière allusion à la reproduction fermera le cercle. Tout *Sodome et Gomorrhe*, ou du moins le second séjour à Balbec qui en compose la plus grande part, est construit sur le jeu conflictuel du désir et du deuil, du plaisir et de la mort : entre la grand-mère et Albertine comme entre les deux

« Intermittences du cœur » qui ouvrent et ferment le séjour : les rêves de la grand-mère et la découverte qu'Albertine connaît Mlle Vinteuil. La page où les deux côtés — deuil et désir, ou encore horreur de la vie et extase de la vie — se nouent pour énoncer le thème majeur du volume, se situe après les rêves de la grand-mère. Le héros lutte contre la résurgence du désir tandis qu'il observe la diminution de la tristesse : « Même au milieu d'un chagrin encore vif, écrit Proust, le désir physique renaît[59]. » Le deuil et le désir, comme le mal et la volupté, forment un alliage inévitable. Or l'exemple est celui-ci : « Ne voit-on pas, dans la chambre même où ils ont perdu un enfant, des époux, bientôt de nouveau entrelacés donner un frère au petit mort ? » Le rapprochement ne pourrait être plus fort, entre l'amour et la mort, le désir et le deuil, la reproduction et la morbidité. Mais hors de cette finalité, on l'a vu, dans l'hygiène ou la contraception, l'amour est chirurgie ou torture. À moins d'hermaphroditisme angélique, la stérilité s'identifie à la cruauté ou la férocité. Pour Proust comme pour Baudelaire, l'amour, s'il n'est maladie ou reproduction, est cruauté : tel serait le mal fatidique, si mal il y a.

Le sadisme comme esthétique du mélodrame

Mais y a-t-il un mal proustien ? Le vocabulaire du mal et de la volupté restait chrétien et mystique, dans *Les Plaisirs et les Jours* et dans *Jean Santeuil*. Le sadisme et le masochisme étaient apparents dans le mélodrame imaginé par Proust en 1906. Mais dans la *Recherche* ? En 1913, alors qu'il est en quête d'un éditeur pour *Du côté de chez Swann*, Proust défend la scène de Montjouvain auprès de Louis de

Robert qui lui sert d'intermédiaire : il fait alors valoir que l'épisode ne plaira pas aux sadiques, pas plus que les scènes pédérastiques aux pédérastes, et il avance cet argument : « Des gens qui recherchent la cruauté » — voilà comment Proust définit les sadiques — « leur dire : "Vous êtes des sensibles pervertis" rien ne peut leur être plus désagréable[60]. » De même que Proust diagnostiquera chez les pédérastes la maladie et la tare nerveuse, il entend le sadisme comme une sensibilité pervertie, tout le contraire de la sensibilité sublimée ou de l'impassibilité sublime par laquelle le *Contre Sainte-Beuve* défendait Baudelaire. Proust s'en tient cette fois aux catégories de la psychiatrie fin de siècle[61].

Cependant, dans les pages de *Sodome* où les termes de sadisme, perfidie, profanation reviennent incessamment à la bouche de Charlus afin de qualifier les Juifs, habitants de la rue des Blancs-Manteaux ou auditeurs de « L'enchantement du Vendredi-Saint »[62], ils sont des variantes du manuscrit afin d'éviter la répétition du terme primitif de perversité : les Juifs seraient les seuls vrais pervers de la *Recherche*, les pervers conséquents et sans sensiblerie, tel cet « étrange Juif » de la rue des Blancs-Manteaux, qui avait fait bouillir des hosties, après quoi, imagine Charlus, je pense qu'on le fit bouillir lui-même[63] ». Mais les Juifs mis à part, les Juifs vus par Charlus du moins, Proust ne croit pas au sadisme. De la scène vue à Montjouvain devait dépendre, ajoute le narrateur — et il s'agit aussi d'une addition tardive aux épreuves de *Swann* —, « bien après, l'idée que je me suis faite du sadisme[64] ». Or cette idée sera que le sadisme n'existe pas, qu'il n'est qu'un mot, l'illusion de celui qui assiste au spectacle de la cruauté et juge ce spectacle du dehors, nullement la vérité de celui qui exerce la cruauté. Ou encore, le mal comme tel n'existe pas aux yeux de Proust, il n'est jamais qu'une illusion théâtrale.

Mlle Vinteuil a certes torturé son père, mais en affectant une méchanceté qui n'était pas véritablement la sienne, en jouant un rôle sans doute contre nature, mais surtout contre sa propre nature : « Elle cherchait le plus loin qu'elle pouvait de sa vraie nature morale, à trouver le langage propre à la fille vicieuse qu'elle désirait d'être[65]. » Mlle Vinteuil et son amie ont blasphémé et profané le père dans une confusion des sentiments qui ne plaide nullement pour la réalité du mal, et « si M. Vinteuil avait pu assister à cette scène, il n'eût peut-être pas encore perdu sa foi dans le bon cœur de sa fille, et peut-être même n'eût-il pas eu en cela tout à fait tort[66] ». Proust conçoit le geste sadique comme appartenant à une « esthétique du mélodrame » et témoignant avant tout d'une foi dans les valeurs rituellement profanées : « Une sadique comme elle est l'artiste du mal, ce qu'une créature entièrement mauvaise ne pourrait être [...]. Les sadiques de l'espèce de Mlle Vinteuil sont des êtres si purement sentimentaux, si naturellement vertueux que même le plaisir sensuel leur paraît quelque chose de mauvais, le privilège des méchants[67]. » Mlle Vinteuil associe la volupté et le mal en des termes qui rappellent sans doute Sade, mais plus nettement Baudelaire, car de Sade à Baudelaire, ou de la vraie méchanceté à l'« apparence du mal » et à l'« esthétique du mélodrame », ainsi que chez Mlle Vinteuil, la perspective est renversée, passant de la perversité à la sensibilité pervertie comme justification du mal : « Ce n'est pas le mal qui lui donnait l'idée du plaisir, qui lui semblait agréable ; c'est le plaisir qui lui semblait malin. » Mlle Vinteuil ressemble encore à la jeune fille de « La confession », avec son sens chrétien de la culpabilité et du péché: «Elle finissait par trouver au plaisir quelque chose de diabolique, par l'identifier au Mal.» Exceptionnelle occurrence du Mal avec une majuscule dans la *Recherche*, selon une doctrine qui aura perdu de sa fermeté dans le roman de la guerre.

Dans *La Prisonnière*, après l'audition du septuor de Vinteuil chez les Verdurin, le narrateur formule l'idée adulte qu'il se fait désormais du sadisme et qu'il avait annoncée lors de l'épisode de Montjouvain, et il explique en effet la scène alors qualifiée de sadique par une perversion de l'amour, par un amour qui dans son excès se renverse en son contraire: «L'adoration pour son père était la condition même du sacrilège de sa fille[68]», conclut-il, après avoir estimé qu'à cause même de leur culte pour Vinteuil, «dans ces moments où l'on va à l'opposé de ses inclinations véritables, les deux jeunes filles avaient pu trouver un plaisir dément aux profanations qui ont été racontées». La profanation de l'objet aimé n'est au fond qu'une autre forme de l'amour, le signe ou la preuve de l'amour, et non pas l'incarnation du mal. Proust en vient ainsi à un constat qui réduit le sadisme à son ombre: «Mlle Vinteuil n'avait agi que par sadisme[69]», par quoi il entend que le sadisme, au sens, plus fidèle à Sade, du mal pour le mal, lui faisait précisément défaut: «Tout cela n'était que maladif, de la folie, et pas la vraie et joyeuse méchanceté qu'elle aurait voulue.» Voilà ce qui n'existe pas, à quoi Proust ne croit pas: la vraie et joyeuse méchanceté sadienne. Non sans équivoque, il appelle parfois sadisme cette méchanceté incroyable, parfois, comme ici, son absence et son affectation, mais l'ambiguïté elle-même témoigne de son scepticisme sur la réalité de la chose.

Chez Rachel, la désincarnation du mot et du mal

est tout aussi complète. Certes, l'actrice peut connaître des éclairs de sadisme, ou d'amour du mal pour le mal, ce que Proust appelle : « l'élan momentané d'une cruauté sadique qui n'était d'ailleurs nullement en rapport avec ses vrais sentiments d'affection pour Saint-Loup[70] », mais pas plus chez elle que chez Mlle Vinteuil le sadisme n'est accompli, entier. N'est-ce pas toutefois parce qu'elles n'en sont pas à la hauteur ? Et seul le narrateur, lui qui sait, qui les juge et réfute leur sadisme, s'il le voulait, s'il en avait envie… Mais après que Rachel, inconsciemment, sans vraie ni joyeuse méchanceté, a blessé une rivale en montant contre elle une cabale, le narrateur conclut : « Je m'efforçai de ne pas plus penser à cet incident qu'à la souffrance de ma grand-mère quand mon grand-oncle, pour la taquiner, faisait prendre du cognac à mon grand-père, l'idée de la méchanceté ayant pour moi quelque chose de trop douloureux[71]. » L'idée de la méchanceté : cela suppose encore que la méchanceté existe, qu'on agisse par méchanceté, mais le narrateur surenchérit aussitôt sur son refus de voir la souffrance — comme produit, signe de la méchanceté — en réfutant l'idée même de la méchanceté et en réduisant de nouveau le mal à une illusion dramatique : « Et pourtant […] la méchanceté n'a probablement pas dans l'âme du méchant cette pure et voluptueuse cruauté qui nous fait si mal à imaginer. […] Il faudrait le sadisme pour en extraire du plaisir, le méchant croit que c'est un méchant qu'il fait souffrir[72]. » Le narrateur réserve sans doute la possibilité du sadisme, le mal pour le mal affecté d'un conditionnel, mais Rachel ne le réalise pas, ni personne : elle est méchante, ou plus simplement encore elle fait mal, et c'est seulement auprès de l'observateur étranger que, de même que l'amour devenait chirurgie ou torture, le mal peut passer pour le produit du sadisme, l'objet d'une volupté froide et distante et non d'une sensibilité se trompant sur elle-même. Seul le héros aurait pu rendre Rachel sadique en lui montrant que sa méchanceté était gratuite, qu'elle se leurrait en la concevant comme une réplique à la méchanceté de sa victime, et que sa victime était innocente. Alors Rachel aurait pu prendre un véritable plaisir au mal. Mais, dit le narrateur, « il m'eût été trop pénible, en disant du bien de la victime, de faire ressembler aux satisfactions de la cruauté les sentiments qui animaient les bourreaux de cette débutante ». Le sadisme se réalise dans un spectacle et non dans un acte, dans la jouissance d'un spectacle de cruauté commis par des sensibles pervertis.

Reste Charlus. Comme Rachel, il connaît des moments de « sadique volupté », par exemple quand il compare Morel à un enfant de chœur[73], ou quand ce dernier lui raconte qu'il rêve de dépuceler la fille de Jupien avant de la plaquer[74], ou quand il fréquente les gigolos[75]. Alors, un être « vraiment médiumnique » se substitue fugitivement au « vrai M. de Charlus, plein de raffinement artistique, de sensibilité, de bonté[76] », mais il ne réalise pas davantage la vérité du sadisme, au sens d'une pureté dans le mal sinon au sens de la sensibilité pervertie, celui des psychiatres de la fin du XIXe siècle. « Un sadique, écrit Proust dans l'épisode de la maison de Jupien, a beau se croire avec un assassin, son âme pure, à lui sadique, n'est pas changée pour cela[77] » : le vrai sadique, le sadique pur, lui, ne tirerait aucun plaisir de la mise en scène de Jupien où les sévices comptent pour du beurre, car il y a « chez le sadique — si bon qu'il puisse être, bien plus, d'autant meilleur qu'il est — une soif de mal que les méchants agissant dans d'autres buts ne peuvent contenter[78] ». M. de Charlus, dans la mesure où il se contente des figurants de Jupien, n'est pas un vrai sadique, et si une fois encore Proust maintient, à titre d'hypothèse, un idéal du sadisme, il n'en rencontre, n'en imagine aucune incarnation. Le pur sadique, celui qui serait à la fois spectateur et acteur du mal, spectateur du mal qu'il infligerait comme acteur, celui-là n'existe pas dans la *Recherche*, où si les personnages se font mal, ils ne font pas le mal. Pas un seul d'entre eux n'accède à la perversité gratuite, à l'amour du mal, à la pure méchanceté sadienne. Et pourtant ce n'est plus — sinon peut-être dans la scène de Montjouvain dont le vocabulaire de la profanation rituelle rappelle encore *Les Plaisirs et les Jours* ou *Jean Santeuil* — qu'ils soient taraudés, à l'image de Baudelaire, par un sens de la faute et du péché originel. Le narrateur lui-même, si bien capable de juger l'échec des autres dans le mal, leur pusillanimité et leur aveuglement, n'est plus tel que le héros de *Jean Santeuil*, qui pervertissait sa mère.

Ni Dieu ni diable

« Je suppose que c'est cela que chanterait un pédéraste qui violerait un enfant de chœur[79] », écrit Proust à Robert de Montesquiou en 1912, d'une des *Romances sans paroles* de Fauré. Fantasme certes intéressant, mais il avait été suscité par une lettre piquante de Montesquiou à la suite de la parution d'un extrait de *Swann*, « Épines blanches, épines roses », dans *Le Figaro*. Le comte ironisait sur l'odeur des fleurs, « une odeur amère et douce d'amandes » : « J'ai cueilli vos jolies épines, écrivait-il ; mais vous n'avez pas parlé de l'odeur *sexuelle*... qui vous aurait permis d'*écourter* le *substantif*, tout en laissant les *adjectifs* subsister, et insister[80].» Odeur d'amandes ou d'amants? Proust, mis au défi, ne faisait que répliquer à cette pointe: «Quant au mélange de litanies et de foutre dont vous me parlez, l'expression la plus délicieuse que j'en connaisse» appartient au morceau de Fauré.

Le «mélange de litanies et de foutre», de sexualité et de religiosité n'a rien de proprement proustien. L'enfant de chœur violé par un amateur de Fauré, c'est une mise en scène imaginée pour le destinataire de la lettre, et le destinataire d'une lettre en est toujours pour une bonne part l'auteur. Le sens du sacré manque à la pensée de Proust, une pensée strictement athée. Or le mal baudelairien, le mal des *Fleurs du Mal*, trouve son origine dans une conception métaphysique de la nature. Il s'agit moins d'un mal moral ou d'une méchanceté sadienne que d'une participation au mal, compris de manière quasiment théologique. Le mal baudelairien dépend du péché originel qui rend la nature essentiellement mauvaise. Ce fondement naturel du mal, cette spontanéité humaine vers le mal, Georges Blin a montré ce que chez Baudelaire ils devaient à Sade, Maistre, Poe. «Cette force primitive, irrésistible, est la Perversité naturelle, qui fait que l'homme est sans cesse et à la fois homicide et suicide, assassin et bourreau», écrit Baudelaire dans ses *Notes nouvelles sur Edgar Poe*[81]. «Nous sommes tous nés marqués pour le mal!» Ou plus nettement à propos de Sade: «Il faut toujours en revenir à De Sade, c'est-à-dire à l'*Homme naturel*, pour expliquer le mal[82].» Baudelaire, dans l'«Éloge du maquillage», résume sa perception du mal dans une formule lapidaire: «Le crime, dont l'animal humain a puisé le goût dans le ventre de sa mère, est originellement naturel[83]», phrase exemplaire qui noue le mal et la nature, la femme et la reproduction.

Or, chez Proust, après *Les Plaisirs et les Jours*, de même que le mal en tant que tel ne se manifeste plus et que les personnages se font mal mais ne font pas le mal, la nature n'est pas entendue comme l'origine et le fondement de la cruauté et de la souffrance. Si l'hypothèse sadienne du mal pour le mal est formellement écartée, jugée invraisemblable sinon inconcevable, on ne trouve pas en revanche, sous la plume de Proust, de réfutation du rôle de la nature à l'origine de la cruauté, tel que le pense Baudelaire. Il n'empêche que la cruauté de la *Recherche* ne dépend nulle part de la nature. Lorsque Proust a recours à une expression aussi clairement inspirée de Poe que celle du « démon de la perversité », il veut évoquer, avec humour, les hauts et les bas de la vie mondaine de Mme de Surgis : « Un démon de perversité l'avait poussée, dédaignant la situation toute faite, à s'enfuir de la maison conjugale, à vivre de la façon la plus scandaleuse[84]. » La joie de descendre, constitutive de la nature humaine aux yeux de Poe ou de Baudelaire, Proust l'applique à l'échelle sociale ou tout simplement mondaine, donnant une portée générale aux aventures de Mme de Surgis, qui, après avoir péniblement reconquis sa position, prit de nouveau plaisir à déchoir : « allers et retours qui ne sont pas rares », commente le narrateur[85]. Voilà tout ce qu'il en est, chez Proust, ou ce qu'il reste, des « deux postulations simultanées, l'une vers Dieu, l'autre vers Satan », que Baudelaire percevait en tout homme, déterminant son « désir de monter en grade » et sa « joie de descendre »[86].

Ni Dieu ni diable chez Proust qui, lorsqu'il évoque — peu souvent — la nature autrement que comme nature individuelle, l'identifie au règne végétal. La nature qui préside, dans *Sodome et Gomorrhe I*, à la rencontre de Charlus et de Jupien puis à la doctrine de « la race maudite », est botanique, c'est celle des fleurs et de leur intelligence, selon Darwin et Maeterlinck : une nature qui n'est apparemment pas mauvaise, qui n'est en fait ni bonne ni mauvaise. C'est pourquoi il n'est pas fondé de lire la métaphore naturelle de l'inversion comme la naturalisation des amours homosexuelles au sens de leur justification : cela présuppose de penser encore la nature à travers le bien et le mal alors que Proust ne la place pas sous le coup du péché originel. Évoquant le « miracle de la nature » grâce auquel un inverti comme M. de Vaugoubert a pu dénicher, et épouser, une femme qui est en réalité un homme sous l'apparence d'une femme : « La nature, écrit Proust, par une ruse diabolique et bienfaisante, donne à la jeune fille l'aspect trompeur d'un homme[87]. » En l'occurrence il paraît s'agir plutôt de l'inverse, mais « ruse diabolique et bienfaisante » en tout cas, les deux à la fois ou dans l'indifférence, cela revient à se débarrasser franchement de la question du bien et du mal, du satanisme et de l'angélisme.

La nature proustienne n'est pas mauvaise. Cela suffit pour que la cruauté de la *Recherche du temps perdu* diffère essentiellement, en dépit de nombreuses affinités, de la cruauté des *Fleurs du Mal*. La cruauté proustienne ne se justifie jamais, au plan théologique et métaphysique, par la culpabilité de la nature, elle ne suppose pas le mal du péché originel. La nature proustienne n'est ni innocente ni coupable, et qu'elle ne soit pas coupable, en particulier de l'inversion, ne suffit pas pour qu'elle l'innocente : elle la médicalise comme l'amour et le corps.

Une érotique tragique

L'énigme demeure : qu'est-ce que la cruauté proustienne, cette cruauté assurément présente dans la *Recherche* mais non fondée sur un mal naturel ? Ni sadienne ni baudelairienne, elle n'est pas non plus celle que Georges Bataille découvrira dans le roman de Proust : « De même que l'horreur est la mesure de l'amour, la soif du Mal est la mesure du Bien », lit-on dans *La Littérature et le Mal*[88]. Or la seconde partie de la phrase est peu fidèle au monde proustien, où le Bien et le Mal n'ont pas la présence que Bataille leur impute.

La cruauté proustienne n'est ni métaphysique, ni théologique, ni morale d'ailleurs — mais érotique. Du mal baudelairien, elle conserve l'érotique, soit l'équation de l'amour et de la cruauté, la férocité de l'amour — mais elle ignore la question de l'origine, la transcendance. Baudelaire écrivait dans *Fusées* : « L'un des deux [amants] sera toujours plus calme ou moins possédé que l'autre. Celui-là, ou celle-là, c'est l'opérateur, ou le bourreau ; l'autre, c'est le sujet, la victime[89]. » Proust reprendra cette conception de l'amour — moins le dénouement qui lui donnait son sens chez Baudelaire : « Moi, je dis : la volupté unique et suprême de l'amour gît dans la certitude de faire le mal[90]. »

Mais qu'est-ce qu'une érotique sans métaphysique ? C'est une érotique tragique. Des *Femmes damnées* de Baudelaire, *Delphine et Hippolyte*, les vers que Proust retenait à la fin du siècle, qui servaient d'épigraphe à l'un des chapitres de « La confession d'une jeune fille », appartenaient à la fin du poème, où la jouissance des deux femmes, jouissance teintée de sadisme, débouchait sur une culpabilité à tonalité chrétienne :

Et le vent furibond de la concupiscence
Fait claquer votre chair ainsi qu'un vieux drapeau[91].

L'épigraphe du conte, empruntée à l'*Imitation de Jésus-Christ*, suggérait d'ailleurs une interprétation univoque des vers de Baudelaire :

Les désirs des sens nous entraînent çà et là, mais l'heure passée, que rapportez-vous ? des remords de conscience et de la dissipation d'esprit. On sort dans la joie et souvent on revient dans la tristesse, et les plaisirs du soir attristent le matin. Ainsi la joie des sens flatte d'abord, mais à la fin elle blesse et elle tue[92].

Plus tard en revanche, dans les années 1920 et en particulier lors de son article sur Baudelaire pour la *NRF*, ce sont des vers du début des *Femmes damnées* que Proust retient afin de souligner le classicisme de Baudelaire, sa parenté avec Racine :

Ses bras vaincus, jetés comme de vaines armes,
Tout servait, tout parait sa fragile beauté[93].

La cruauté proustienne, cruauté érotique et tragique, n'est autre que la cruauté racinienne, la cruauté tout juste découverte chez Racine, par exemple dans les superbes pages de Péguy sur les adolescentes raciniennes à l'innocence meurtrière. Albertine, inventée en 1914 et débarrassant le roman de tout ce qu'il y demeurait de la fin de siècle, est une héroïne racinienne, l'une de ces jeunes filles inconsciemment cruelles torturant Agamemnon ou Assuérus, et elle se substitue aux deux femmes baudelairiennes entre lesquelles allait et venait le désir du héros dans le roman de 1912 : la femme pure que l'homme désire pour la souiller, et la femme impure qu'il désire pour être souillé, ainsi que les oppose Georges Blin[94].

Cette cruauté érotique à laquelle l'amour s'identifie chez Proust, comme chez Baudelaire, trouve sa justification non pas dans le mal naturel, mais dans l'idée tragique que l'amour se fonde sur la haine ou l'horreur. Non seulement l'amour comporte sa part de haine — « Je te hais autant que je t'aime », écrivait Baudelaire, ou « l'horreur est la mesure de l'amour », disait Bataille de Proust, selon une formule qui convient mieux à Baudelaire —, mais l'horreur, le dégoût définissent l'amour proustien. L'amour de Swann à lui seul l'illustre déjà, depuis l'« indifférence » et même la « sorte de répulsion physique »[95] que Swann éprouve d'abord pour Odette, jusqu'au constat final : « Dire que j'ai gâché des années de ma vie, que j'ai voulu mourir, que j'ai eu mon plus grand amour, pour une femme qui ne me plaisait pas, qui n'était pas mon genre[96] ! » C'est la formule même de l'érotique tragique, donnant le dégoût, l'horreur et la répulsion comme fondement de l'amour.

Mais l'analyse de l'inversion, comme épreuve véridique de la condition humaine, est plus significative encore. L'inversion, selon la théorie esquissée dans *Sodome I*, suppose chez l'inverti de l'horreur pour l'inverti, un dégoût foncier, une haine et une rancune qui sont l'horizon de l'amour : horreur et haine qui ne paraissent pas relever d'un sens de la faute mais de la structure même du désir. Il appartient au désir proustien de s'incarner dans un objet qui par définition ne saurait le satisfaire — l'homme vrai pour M. de Charlus —, et qui, s'il venait à lui donner satisfaction, déchoirait *ipso facto* comme objet du désir, provoquant du coup le ressentiment. Faire horreur et faire mal représentent ainsi les deux faces inséparables du désir, dès lors que je désire ce qui par définition ne peut répondre à mon désir. L'inversion énonce la vérité tragique de l'amour, au rouet entre l'horreur et la douleur. *Sodome et Gomorrhe I* multiplie ainsi le vocabulaire de l'horreur afin de qualifier la relation de l'inverti avec l'être sur lequel se porte son désir, le fondement en étant que l'inverti voit dans l'inverti « une image déplaisante de lui-même »[97].

Le roman d'Albertine vérifiera le principe tragique de l'amour, déchiré entre l'horreur et la douleur, la souffrance et la cruauté. Dans *Sodome et Gomorrhe*, le héros demeure dans l'indifférence vis-à-vis de la jeune fille jusqu'à la scène de la danse « seins contre seins » avec Andrée, surprise au casino en compagnie du docteur Cottard : le désir est de nouveau saisi par un voyeur, comme à Montjouvain, et il est sur-le-champ médicalisé par la présence du docteur. Selon la rédaction du manuscrit, le héros réagissait ainsi à la scène :

> À partir de ce jour la vue d'Albertine ne cessa plus de me causer de la colère ; je n'eus pas seulement sous les yeux une nouvelle Albertine et qui m'était odieuse, [...] il suffisait qu'elle pût par plaisanterie de jeune fille avoir quelques attitudes équivoques avec Andrée pour que j'en ressentisse un dégoût profond. Je n'avais pas seulement sous les yeux une nouvelle Albertine, moi-même j'étais devenu un autre. J'avais cessé de lui vouloir du bien[98].

Tel est l'amour : cesser de vouloir du bien à l'autre, lui faire mal dans une succession de blessures fondées sur un moment de « dégoût profond », et bien qu'à Albertine et à Andrée — elles le redisent toutes deux — « rien ne fasse plus horreur » que les mœurs gomorrhéennes[99]. Mais le cycle de l'amour et de la haine est engagé, et au moment où le héros retrouvera de l'indifférence pour Albertine, la nouvelle qu'elle connaît Mlle Vinteuil le replongera dans l'horreur et l'amour, dans *La Prisonnière* et *La Fugitive*. C'est seulement avec l'amour que la haine disparaît, ou, ainsi que le narrateur l'énonce très platement quand il n'aime plus Gilberte : « dès qu'on n'aime plus on cesse de détester[100] ». Et une leçon identique se dégage de tous les amours de la *Recherche*, amours fondés sur la haine, le dégoût, l'horreur comme leur condition même : amours sans charité dans un monde sans Dieu.

Le mal était sans doute à l'œuvre — au sens de l'algolagnie romantique et décadente, au sens baudelairien, promu par la publication des journaux intimes en 1887 — dans *Les Plaisirs et les Jours*, dans *Jean Santeuil*, et même dans les cahiers du *Contre Sainte-Beuve*. Lorsque Françoise torturait la fille de cuisine surnommée par Swann la Charité, peut-être le geste témoignait-il encore d'une foi dans le mal, dans le péché originel comme justification naturelle de la cruauté. Mais une pensée du mal, de la nature, une métaphysique n'est plus au fondement de la cruauté dans la *Recherche* : on se fait mal, on ne fait pas le mal. L'invention d'Albertine l'illustre à merveille. C'est que le désir repose sur l'horreur, l'amour sur la haine. La structure du désir l'emporte sur toute ontologie ou mystique, et Dieu n'y est plus pour rien. Du mal baudelairien, du « sadisme de Baudelaire », la *Recherche* écarte l'origine transcendante. Une dernière conséquence l'illustrera : alors que toute pensée du mal suppose une aristocratie luttant contre la bêtise du monde, une écriture emportée par un désir de solitude, un vœu de déplaire — à faire avorter des lectrices enceintes, espérait Baudelaire —, rien de tel dans le roman de Proust. La cruauté, la haine n'y ont aucune portée sociale — ni la fraternité qui apparaît comme son envers dans certains poèmes en prose de Baudelaire. Le mal n'est pas proustien, seul le désir, le désir et l'horreur.

ANTOINE COMPAGNON

« *Pensées* »

De l'amour de la haine à la haine de l'amour

... L'amour cacherait la haine, la haine un amour fou... La haine n'exige-t-elle pas la présence et la permanence de son objet... ?

Argument de ce numéro

L'homme n'est qu'un nœud de relations.

Saint-Exupéry

Proposition

Je présenterai ici le matériel clinique des trois premières phases de la psychothérapie d'un jeune homme, pour montrer comment l'hyper-protectivité de la mère et les soins qu'elle prodigue dans la prime enfance et dans l'enfance viennent s'ajouter à une privation affective cumulative qui déforme les processus maturationnels — émergeant au moment adéquat — d'individuation, d'autonomie et l'établissement de ce que Winnicott appelle la prise de conscience du *Je suis* par l'enfant. Il s'agit là du noyau de son *self*, garant d'un développement sexuel sain, qui lui permettra de surmonter les vicissitudes que tout enfant connaît lors du stade œdipien « à la

Freud» (1905), avec l'angoisse de castration, le déplacement de l'objet primaire — la mère — sur la relation avec elle, qui peut inclure les autres. Cette privation affective cumulative, avec les alibis que représentent les soins excessifs et l'hyper-protection dispensés au nourrisson entraîne la formation d'un caractère plastique, d'un caractère «comme si»; c'est à partir de là que certains enfants s'efforcent d'acquérir autonomie et indépendance en exploitant, lors de la puberté et de l'adolescence, leur potentialité à une tendance antisociale qui, de façon latente, est présente chez tous. Cette manœuvre réussit rarement, ce qui explique pourquoi l'accablement de l'adolescent (Winnicott, 1971a) devient pathogène et traumatique, le conduisant à un retrait régressif de l'attachement à la mère primaire ou à ses substituts, ainsi que de sa dépendance à leur égard. L'acquisition progressive d'un statut adulte, d'une vie adulte, est alors paralysée. Et nous, analystes, devons faire face à l'effondrement qui frappe cette personne. Je décrirai en détail la façon dont je m'y suis pris, sans avoir la moindre intention d'enjoindre quiconque à m'imiter.

Pour moi, l'élément majeur d'un arrêt de ce type intervenant dans le développement, on le trouve dans les concepts d'amour de la haine et de haine de l'amour. Il convient de distinguer d'une part cet état expérimental, relationnel des expériences du soi, du masochisme et du sadisme issus des conflits entre le moi et le ça et, d'autre part, des structures mélangées du surmoi et de l'idéal du moi, qui engendrent respectivement honte et culpabilité. Nous devons nous montrer prudents quand nous inaugurons notre relation clinique avec un patient, afin que les catéchismes métapsychologiques mentionnés plus haut n'usent pas d'un droit de préemption, en démêlant progressivement ce qui a conduit à la maladie du patient (Main, 1957). Nul d'entre nous, bien entendu, n'échappe aux altérations d'une certaine naïveté clinique, contaminés que nous sommes par notre éducation ; nous avons appris à trouver un alibi dans les sophistications métapsychologiques. Ici, nous sommes confrontés à un paradoxe.

Le processus clinique analytique ritualisé ne saurait opérer sans masques. Pourtant, d'une manière ou d'une autre, il lui faudra aller au-delà. Tout analyste invente peu à peu ses propres masques et c'est lorsque nous empruntons ces masques aux autres que la stérilité s'installe, et dans notre travail, et dans notre pensée.

MOI, BENJAMIN ET SES «PENSÉES»

Première phase

Un psychiatre, le Dr X, m'avait écrit pour me demander de recevoir de toute urgence en consultation un jeune homme de vingt-deux ans. De la lecture de mes livres, il avait conclu que je ne tenais pas à ce qu'on m'envoie de longues notes détaillées, mais quelques faits, brièvement exposés qui me permettraient de décider si j'accorderais ou non un rendez-vous. Le Dr X disait que Benjamin (c'est ainsi que je l'appellerai) appartenait à une famille de la bourgeoisie moyenne, ses parents, avec qui il vivait, exerçaient une profession libérale. Quelque huit mois auparavant, il s'était effondré, et n'avait pu de ce fait continuer à travailler. Le médecin de famille qui suivait Benjamin depuis l'âge de onze ans, avait indiqué que, tout au long de sa puberté et de son adolescence, le garçon s'était montré actif, extraverti, manifestant de temps à autre de brusques changements d'humeur, passant d'une hyperactivité marquée d'excitation à un retrait soudain. Quelques jours de repos, des antidépresseurs lui permettaient alors de se reprendre. Après son effondrement, le médecin avait prescrit un repos complet et de l'Anafranil (90 mg par jour). Mais au bout d'un mois de traitement l'amélioration était minime. Benjamin paraissait encore plus anxieux et plus agité. Le médecin s'entretint avec la mère de Benjamin et, avec le consentement de celle-ci, se mit en quête d'un psychothérapeute. Il en trouva quatre successivement, mais régulièrement après quelques séances, le traitement se terminait par un échec, Benjamin se montrant incapable de parler de son « problème », bien qu'il en fît état chaque fois. Il était pleinement conscient de sa nature, de son contenu, il savait que c'était la cause de ses troubles psychiques depuis l'âge de onze ans ainsi que celle, huit mois auparavant, de son effondrement. Il essayait de toutes ses forces — mais en vain — il n'arrivait pas à dire ses « pensées » et chacun de ses thérapeutes lui avait reproché cette non-coopération obstinée. Le Dr X ajoutait qu'il convenait peut-être que je sache que chacun des thérapeutes, dont les écoles de pensée et la pratique différaient, lui avait écrit pour lui communiquer ce qu'il considérait comme le bon diagnostic, conseillant divers traitements selon leur mode de travail. Sur un point, ils étaient tous d'accord : le pronostic était très mauvais. Ni le médecin ni la mère ne partageaient cet avis, et les traitements s'arrêtaient. Puis, quelque onze ans plus tard, Benjamin, avait commencé à se rendre à l'église pour y méditer solitairement. Catholique romaine fervente, la mère vit là un signe de santé. Mais cela ne marcha pas non plus. Le garçon devenait de plus en plus apathique, replié sur lui-même. Il ne voyait personne, sinon sa fidèle petite amie, ses parents et son médecin. Ce fut à cette époque que le médecin de famille l'avait adressé au Dr X, qui trouva Benjamin agréable et coopérant, à une exception près : en effet, s'il mentionnait son « problème », il était incapable d'en dire le contenu. Il fut ponctuel à ses séances, mais au bout de deux mois, tous deux se rendirent compte qu'ils n'allaient nulle part. Or, le Dr X combinait souvent thérapie individuelle et thérapie de groupe, ce qui avait toujours bien marché depuis une vingtaine d'années. Il pensa que d'entendre d'autres personnes discuter de leurs problèmes les plus intimes inciterait peut-être Benjamin à parler du sien propre. Mais, malheureusement, ce fut désastreux et, après une séance de thérapie de groupe, Benjamin s'était complètement effondré. Il refusait de sortir de son lit, et de voir quiconque, sinon ses parents et son médecin, mais plus sa petite amie. Cette situation inquiéta sérieusement son entourage et, un dimanche matin, le médecin téléphona au Dr X pour lui dire que l'état du patient s'était dangereusement détérioré ; il le priait de bien vouloir se rendre immédiatement auprès de Benjamin, ce qu'il fit. Benjamin avait téléphoné au Dr X le lundi qui avait suivi la réunion de groupe du vendredi précédent pour lui dire qu'il ne pourrait pas s'y rendre cette semaine, parce qu'il était grippé. Benjamin était manipulateur, c'est vrai, mais le Dr X insista sur le fait qu'il mentait rarement. Quand il le vit, Benjamin raconta au Dr X, sans amertume, que la séance de thérapie de groupe avait intensifié son « problème » et provoqué son effondrement. Le Dr X fit venir les parents et le médecin, pour leur dire gentiment, mais fermement, qu'il ne pouvait rien faire de plus et que pourtant Benjamin avait terriblement besoin d'une aide thérapeutique. Le Dr X avait entendu parler d'un psychanalyste pakistanais, non-médecin, qui avait une grande expérience, particulièrement de ce genre de cas chez les jeunes. Si tous étaient d'accord, il m'écrirait pour demander une consultation. Il n'était pas sûr que j'aurais de la place mais, après la consultation, je pourrais lui donner un avis sur le traitement et sa conduite, et leur indiquer un psychothérapeute. Ils acceptèrent que le Dr X prît contact avec moi. Un nouveau problème, ajoutait-il, était intervenu, auquel il s'agissait de faire face de toute urgence. Les employeurs de Benjamin voulait savoir pendant combien de temps encore ils devaient lui garder sa place; ils avaient dit carrément que cette attente ne pouvait excéder trois mois. Le Dr X terminait sa lettre en disant qu'il ne pensait pas que le pronostic fût mauvais. Il croyait qu'en fournissant au patient le cadre et le traitement adéquats, il pourrait se remettre. La famille, ajoutait-il, était chaleureuse et coopérante; quant à la surveillance médicale, si j'acceptais de prendre Benjamin en psychothérapie, lui-même et le médecin s'en chargeraient si je le jugeais nécessaire. Le Dr X me donnait l'adresse de Benjamin et son numéro de téléphone. Il insistait encore sur l'urgence de la rencontre et me demandait de lui faire savoir ce que j'en pensais et ma décision.

Cliniquement, il est pour moi impératif, avant de recevoir le patient, de me faire une idée des chemins thérapeutiques qu'il a traversés. Il m'importe moins de savoir quelle est la maladie ou sa gravité. Si je connais son parcours, je peux alors arranger, ou tout au moins, tenter d'arranger «l'espace psychique» (Stoller, 1985) qui, j'imagine, pourrait s'avérer facilitant et nous convenir mutuellement. Plutôt impressionné par l'honnêteté et la franchise du Dr X, je demandai à ma secrétaire d'appeler Benjamin et de lui proposer un rendez-vous le lendemain matin. Il attendait l'appel, accepta de venir et arriva ponctuellement.

Ma secrétaire l'introduisit dans le cabinet de consultation. Je lui donnai quelques minutes pour lui permettre de s'orienter. Quand j'entrai dans la pièce, Benjamin se leva, me serra la main et me dit son nom. Je lui demandai comment il souhaitait que je l'appelle. Il répondit poliment: Benjamin, s'il vous plaît! Il ne me demanda pas comment il devait s'adresser à moi. J'observai une pause pour me ré-orienter moi-même par rapport à Benjamin. Le jeune homme de vingt-deux ans, dont je m'étais vaguement fait une idée, était très différent de celui qui se tenait devant moi. J'allai m'asseoir et lui-même prit un siège. Pendant que nous parlions, je notai soigneusement, mais discrètement, sa manière de s'habiller. Il commença par me demander si je connaissais le Dr X. Il s'arrêta puis, avec un sourire forcé, se corrigea lui-même: bien entendu, vous le connaissez, sinon comment auriez-vous pu savoir mon numéro de téléphone. Ce que je voulais vous demander, c'est ce qu'il vous a dit de moi.

Je tentai encore de me débarrasser des idées préconçues que j'avais eues sur lui pour être en mesure de le découvrir tel qu'il avait choisi de se présenter, physiquement et psychiquement. J'étais persuadé que chacun de nous avait, à sa manière, préparé le terrain de cette rencontre. Aussi éludai-je sa question pour avoir plus de temps pour l'observer. Je lui demandai de bien vouloir changer de siège, d'en prendre un plus proche de moi. Il dit: je suis désolé, et s'assit sur la chaise à côté de moi. Je notai dans ses «excuses» plus de honte que de culpabilité, comme s'il avait fait quelque chose d'inconvenant. Je le tranquillisai en lui disant qu'ainsi qu'il pouvait s'en rendre compte, ma voix était rauque et faible, qu'on l'entendait mal à une certaine distance. Il ne m'en demanda pas la raison. Quand il fut confortablement installé sur la seconde chaise, je lui dis brièvement que le Dr X m'avait écrit. Tout ce que je savais de lui, j'insistai sur ce point, je le tenais de cette lettre: il avait vingt-deux ans et s'était effondré huit mois auparavant; il avait vu quatre psychothérapeutes, et aucun des quatre n'avait réussi à lui faire dire ce qu'était son «problème». Il avait alors tâté de la méditation et comme cela n'avait abouti à rien, on l'avait envoyé au Dr X. Je ne lui cachai pas que celui-ci m'avait écrit très franchement qu'au cours des deux mois où il l'avait traité, il avait eu le sentiment qu'ils n'allaient nulle part. C'est alors qu'il avait changé de tactique et lui avait demandé de participer à des séances de groupe, etc.

Tout en lui parlant, je l'observais très attentivement et je me rendis compte qu'il l'avait remarqué. Ainsi, il *était* perceptif, mais il avait écouté sans que rien ne passât sur son visage. Je m'arrêtai un moment. Benjamin me dit que le Dr X était un homme cordial et franc mais que, sur deux points, il avait donné une appréciation inexacte de son comportement après son effondrement. Premièrement, il n'était jamais allé voir un spécialiste de son propre chef, poussé par un besoin personnel. C'était son médecin qui, avec l'accord de sa mère, l'avait envoyé chez les quatre thérapeutes et il y était allé.

Deuxièmement, on ne pouvait pas affirmer qu'ils n'avaient pas réussi à l'aider à parler de son «problème» et de ce qu'il était, mais qu'ils s'étaient tous montrés trop désireux de l'aider. Leurs efforts n'aboutissant à rien, ils s'étaient montrés accusateurs, impatients, et avaient suggéré diverses manières de faire face à son « problème », allant de l'hospitalisation dans un établissement psychiatrique au traitement à domicile par un travailleur social. Ni sa mère ni le médecin n'étaient d'accord avec ces suggestions. Ils avaient donc interrompu le traitement. Le Dr X était une exception. À ce stade, Benjamin paraissait plus effrayé qu'anxieux. Je changeai de sujet et lui demandai ce que le Dr X lui avait dit de moi. Il répéta littéralement le contenu de la lettre mais ajouta qu'il lui avait également dit, ainsi qu'à ses parents, que j'étais un aristocrate, célèbre autant par la qualité de mon travail que par ma façon de vivre et de m'habiller. Il fit une pause.

Je changeai de nouveau de sujet. J'étais décidé à ce que la conversation reste vivante entre nous, à ce qu'elle ne devienne pas trop sérieuse, afin d'établir le rythme dynamique de ce que Freud (1940) a appelé notre « tâche commune ». Comme je lui faisais remarquer que s'il avait mentionné ma façon de vivre et de m'habiller, il avait certainement constaté que j'avais moi aussi observé minutieusement la manière dont il s'habillait, il acquiesça et me demanda pourquoi. Je lui répondis qu'il le faisait de manière atypique pour un garçon vivant dans les années 80. Il dit : Comment ? Je répondis qu'il était trop soigné, qu'il avait adopté un style anglais plutôt classique, la plupart des jeunes gens de son âge, quand ils s'habillent bien, ont une touche d'exotisme dans leurs vêtements. Et, quand ils ont le style hippy, ils recherchent un certain débraillé, bien calculé, portent des vêtements bizarres et colorés. Les siens étaient trop soignés et ne permettaient pas de découvrir celui qui les habitait physiquement, en tant que personne. Ils étaient impersonnels, sombres de nuance. Je remarquai brusquement que son humeur avait changé, il s'agitait, semblait tracassé. Je le tranquillisai en lui posant une question facétieuse : aujourd'hui, il neige un peu, les routes sont mouillées, et pourtant vos chaussures sont sèches, reluisantes, alors que vos longs cheveux sont humides. Il sourit et dit : Le Dr X m'a raconté que, contrairement à la plupart de vos collègues, vous viviez dans un appartement luxueux, richement meublé. C'est pourquoi, avant de sonner, j'ai pris un kleenex pour essuyer mes chaussures. Ce petit récit l'avait détendu. Un silence embarrassé s'installa. Je le laissai un peu mijoter. Il demanda : que voudriez-vous savoir sur moi ? Je répondis : aujourd'hui, rien de votre « problème », mais si vous pouviez me parler un peu de votre famille, de votre vie familiale, me dire comment vous avez grandi, cela m'aiderait.

Il resta pensif. Je me carrai sur mon siège pour l'écouter. Il commença par dire que sa famille s'était toujours montrée très chaleureuse. Bien que de caractère très différent, ses parents ne se disputaient jamais. Sa mère, femme d'ordre, très religieuse, se consacrait à son travail. Quand il était petit, elle dirigeait un jardin d'enfants puis, après leur déménagement dans l'actuelle maison, elle retourna au Collège pour y suivre une formation, et maintenant elle est toujours occupée par les enfants. Son père, lui, est un homme pratique et prend bien les choses. Benjamin avait onze ans quand ils avaient déménagé. Son père avait trouvé une place très bien payée dans une entreprise, ce qui lui permit d'envoyer ses deux frères au Collège. Ses parents étaient très soucieux de l'éducation de leurs enfants et pourtant, ils n'imposèrent à aucun d'entre eux le choix de ses études. Son frère, de trois ans son aîné, avait très bien terminé sa scolarité et trouvé une situation intéressante dans la City. Il venait les voir tous les week-ends, mais ne restait pas. Benjamin avait un autre frère, de trois ans son cadet. C'était un garçon plutôt tranquille, très studieux. Il venait à la maison pendant les vacances mais lui non plus n'y restait pas longtemps, il voyageait beaucoup, en France et en Grèce, car il étudiait les langues de ces deux pays. Benjamin, lui, avait toujours été très différent de ses frères. Physiquement, il avait précocement grandi. Il était costaud et excellait dans la pratique des sports. Il avait réussi à l'école mais n'alla pas à l'université. Il ne l'avait jamais dit à personne auparavant, mais c'était parce que son «problème» avait commencé à le tourmenter à ce moment-là. Il avait dix-huit ans quand il avait trouvé dans une entreprise son premier emploi. Son «problème» avait commencé à l'âge de quinze ans. Jusqu'alors, il était extraverti, jouait au rugby, avait quantité d'amis, garçons et filles et, quand la famille avait déménagé, il avait pris l'habitude de rester dehors très tard, ce qui avait déconcerté sa mère, mais celle-ci n'était pas intervenue directement. Puis, à quinze ans, il eut de l'acné, ce qui entraîna un changement total. Il commença alors à se retirer de la vie sportive et sociale. Il *avait honte* de son acné. Ce fut à cette époque que s'instaura le «problème». Il ne pouvait m'en dire plus à ce sujet, sinon que ce problème consistait en «pensées» sexuelles très bizarres et macabres, qui n'avaient aucun rapport avec la réalité. Il ne les ressassait jamais. Elles se déclenchaient dans sa tête, mues par une sorte de perception et, une fois déclenchées, il n'arrivait pas à les contenir. Il s'arrêta et dit : Je vous en prie, ne m'en demandez pas plus sur mes «pensées», je vous en ai déjà dit beaucoup plus qu'à quiconque sur mon «problème». Il devint silencieux et je sentais qu'il attendait intensément une réponse de ma part. Je réfléchis profondément et lui dis : Je suis soulagé que vous ne m'en disiez pas plus aujourd'hui. Vous aurez tout le temps de me parler de vos pensées quand nous aurons établi un mode de relation mutuelle. Vous pourrez alors partager vos « pensées » et je vous connaîtrai suffisamment pour être en mesure de leur donner un sens et de vous aider. Si vous me racontez aujourd'hui tout ce que vous avez sur le cœur dans l'espoir de me plaire ou de m'obliger, nous n'irons nulle part. J'observai une pause. Il se pencha en avant et me demanda avec une certaine excitation : est-ce que cela signifie que vous allez me prendre en traitement ? Le Dr X n'en était vraiment pas sûr, il me l'a dit. Je répondis : J'ai arrêté de traiter des patients il y a une quinzaine d'années. Tout ce que je peux vous offrir, c'est de vous voir trois fois par semaine. Mes honoraires sont de tant par séance. Avez-vous les moyens de me payer ? Il répondit par l'affirmative. Le Dr X l'avait prévenu, ainsi que ses parents, que mes prix étaient élevés. Il avait le sentiment qu'il pourrait travailler avec moi. Il en avait besoin, non seulement pour sa santé psychique, mais pour pouvoir reprendre son travail le plus tôt possible, sinon il perdrait cette place qui était très bonne. Il travaillait dans cette compagnie (étrangère) depuis deux ans environ.

Je regardai ma montre et me rendis compte que nous étions ensemble depuis près de deux heures. Je lui dis : Eh bien, c'est tout pour aujourd'hui et je lui fixai l'heure de la prochaine séance qui devait avoir lieu le lendemain. Je dis : Je vais écrire une courte note au Dr X pour lui dire que je vous prends en psychothérapie. Vous pourrez en informer vous-même vos parents. Nous nous levâmes, nous serrâmes la main et il partit. Je me sentis brusquement épuisé. Il avait été évidemment beaucoup plus *exigeant* qu'il ne m'était apparu. Pour pouvoir m'y référer par la suite, je pris des notes, et posai le diagnostic de «pervers précoce manqué». J'ajoutai : d'après cette consultation, je ne peux me rendre compte si les «pensées» de Benjamin sont une variante de la perversion du moi ou une perversion sexuelle. Le jour suivant, je dictai des notes détaillées à ma secrétaire et terminai par une mise en garde à moi-même : garde la distance relationnelle, ne lui permets pas de devenir un espace confessionnel (Freud, 1940). Comme il avait été élevé dans la religion catholique romaine, il devait connaître tous les subterfuges qui permettent de tout raconter sans rien dire.

Si j'ai décrit cette première consultation si minutieusement, au risque de rendre sa lecture banale et superficielle, c'est pour montrer comment nous, analystes, inaugurons la relation clinique avec le patient en tant que personne, en indiquant à la fois le cours ultérieur des rencontres thérapeutiques et leur destin, si nous parvenons jusque-là.

L'expérience m'a appris que les analystes, en particulier les Anglais et les Américains, insistent beaucoup pour nous faire savoir comment ils en sont arrivés à déchiffrer le fantasme inconscient et sa signification, en partant des communications verbales manifestes du patient et de son comportement, au lieu de laisser le récit clinique parler pour lui-même. Comme exemples extrêmes, je citerai les écrits de Melanie Klein, d'Herbert Rosenfeld et d'Hannah Segal. Les histoires cliniques de Winnicott, en particulier le récit des consultations d'enfants, sont à la fois uniques et exceptionnelles à cet égard. Nos collègues français, quand ils évoquent, dans leurs écrits, leur travail clinique et leurs techniques, peuvent rendre plus authentique ce qu'ils font effectivement, mais c'est surtout un essai langagier de communiquer. Peut-être donnent-ils le meilleur d'eux-mêmes dans leurs écrits et leurs conceptualisations théoriques? Mon style est totalement différent car je n'ai aucune intention d'éclairer ou d'enseigner quiconque, mais bien de développer ma propre prise de conscience. Je travaille cliniquement en «partageant» mon expérience avec mes collègues et mes lecteurs, dont la plupart me sont inconnus et le resteront. Cette tentative de communiquer avec l'autre, invisible et non présent, me donne la liberté d'utiliser des clichés conceptuels, tirés de notre métapsychologie et d'employer un langage aussi proche que possible de son utilisation ordinaire. Pour moi, l'écriture analytique ne constitue pas une mystique herméneutique, mais relève d'un ordre très différent, comme une mutualité orale, ou une conversation partagée, qui est à la fois plus et moins qu'un discours. Aucun de nous ne pourra jamais renier ses débuts. J'ai été élevé dans une culture orale, sans écriture, d'où mon inclination vers une expérience partagée par le langage plutôt qu'au travers d'une écriture conceptuelle prédéterminée et méthodique.

J'ai précisé plus haut que j'avais dicté à ma secrétaire des notes très détaillées sur la consultation. Pour rendre mon style de travail clinique intelligible au lecteur, je dirai que je dicte ces notes ou que j'en prends, lors de la première consultation, en présence du patient, assis dans le bureau, et avec son accord. Je le fais pour deux raisons: 1) pour clarifier mon attention flottante, tout en écoutant le matériel du patient; 2) et/ou pour créer et établir une *distance* psychique entre moi et le patient. Je considère cette *distance psychique* comme un état de relation clinique qui diffère totalement de ce que Stoller (1985) dénomme «l'espace psychique». Je considère celui-ci comme l'aboutissement du travail clinique effectué avec le patient. Bien entendu, le moment précoce ou tardif auquel s'instaure cet espace psychique dépend de la nature et de la gravité de la maladie du patient, autant que du savoir-faire et de l'habileté de l'analyste.

Revenons à Benjamin. Après avoir débarrassé mon esprit de ce fatras de matériel, comme je me préparais à le recevoir pour la deuxième séance, diverses pensées me vinrent qui devaient guider *handling* et *holding*:

1. Je me suis demandé pourquoi j'avais accepté de le prendre en psychothérapie et lui avais fixé des séances pendant trois jours consécutifs, avant le week-end. Les seuls indices dont je disposais étaient que son état, ses «pensées» m'intéressaient. Peut-être aussi une certaine vanité, celle de pouvoir peut-être réussir là où d'autres avaient échoué? Par ailleurs, je pensais certainement qu'il méritait d'être aidé et que son cas pourrait m'enseigner quelque chose; je trouvais aussi que sa «misère» pour reprendre le mot de Freud (1940), en dépit de sa négativité manifeste, requérait une aide.

2. Contrairement à mes collègues, à l'exception du Dr X, je ne le considérais pas comme un patient malade et difficile. Son vécu récent de malade donnait, j'en avais le sentiment, une impression fausse de son potentiel de guérison et de sa faculté de devenir une personne, alors qu'il n'était pour l'instant, que le *fiston de sa mère*.

3. Je sentais aussi qu'il avait plus d'intuition et une meilleure connaissance de soi qu'on ne le pensait. L'une de ses remarques, au cours de la consultation, avait très vivement appelé mon attention : à propos de ses « pensées », il avait dit qu'elles lui faisaient honte et le terrorisaient. Il n'en retirait aucune joie, aucun plaisir, ce que je trouvais difficile à croire, puisqu'elles jouaient un si grand rôle dans sa vie et y occupaient une si grande place au moment présent. Il avait ajouté, ce qui m'avait profondément impressionné, que ressentir de la culpabilité et une douleur (psychique) c'était un soulagement qu'il ne pouvait trouver en lui. Ce qu'il éprouvait, à propos de ses pensées, c'était simplement de la honte.

4. Une autre raison pour laquelle je lui avais donné trois séances consécutives cette semaine-là fut, du moins je m'en étais persuadé, que s'il y avait un long intervalle, le petit moment de relation clinique auquel nous étions parvenus aurait pu être gâché si, au cours de cet intervalle, ses « pensées » avaient repris le dessus. L'analyse des enfants, plus que celle des adultes, m'en a appris long sur la longueur de l'intervalle entre les séances. Certains enfants doivent être vus deux fois par jour, car ils ne peuvent supporter le décalage dû à cet intervalle entre les séances.

5. En dernier lieu, j'étais fermement convaincu que les « pensées » de Benjamin avaient plus d'importance dans leur rôle autoprotecteur que dans toutes significations possibles de fantasmes pervers inconscients, et dans leur contenu macabre. J'avais le pressentiment que ses « pensées » mystérieuses créaient pour lui un *espace privé* sur lequel per-

sonne ne pouvait empiéter, espace qu'il n'avait pas réussi à trouver, ni à établir avec sa mère et ses frères.

6. Si le Dr X avait identifié deux effondrements, moi, à partir du récit de Benjamin, j'en avais dénombré quatre : les deux autres étant le renoncement aux études, le fait de ne plus retourner au collège et, plus tôt encore, à l'âge de onze ans quand il ne s'était pas «effondré, mais s'était évadé» comme d'une prison pour s'adonner à des hyperactivités provocantes et extraverties, par exemple en restant très tard le soir dehors avec ses amis, au grand désespoir de sa mère.

7. Par ailleurs, j'estimais que les «pensées» étaient pour lui le «corrélatif objectif» d'une tendance antisociale provenant d'une *privation affective cumulative* qui avait été enregistrée, mais non vécue comme telle, au cours de sa prime enfance. Elles — ses pensées — constituaient son idiome privé de délinquance. J'emprunte le concept de «corrélatif objectif» à l'essai de T.S. Eliot sur *Hamlet* (1919) où il écrit : «La seule manière d'exprimer l'émotion sous forme d'art est de trouver un "corrélatif objectif", en d'autres termes, un groupe d'objets, une situation, une chaîne d'émotions, qui seront le véhicule de cette émotion *particulière*, lorsque sont donnés les faits externes qui doivent se terminer dans l'expérience sensorielle, alors que l'émotion est immédiatement évoquée.» La tâche clinique qui nous incombait à tous deux était de découvrir progressivement cette «émotion» et de la construire à partir de la pléthore de ses «pensées».

Bien entendu j'étais plutôt fier et content que toutes ces idées me soient venues à l'esprit. Je ne me doutais pas que de les instiller à Benjamin serait un tout autre problème. Je m'attendais à ce qu'il se montrât docile. Nous verrons maintenant comment Benjamin a pu traiter avec moi. Le *dosage* de holding et de directivité, son évaluation, fut, pour moi, une tâche clinique fondamentale. Benjamin était quelqu'un qui pouvait aisément transférer sur moi la responsabilité d'une initiative personnelle, d'un but ou d'une action, dans la vie. J'étais bien déterminé à ce qu'il ne veuille pas devenir, et ne devienne pas, le *fiston de Khan* comme il avait été le *fiston de maman*. Par ailleurs, conquérir son autonomie sans acquérir un moi-Benjamin qui la ferait fructifier, cela n'aurait pas eu grand sens. Cette autonomie « comme-si » eût été du gaspillage et eût saboté sa vie personnelle et créative, ce que faisaient déjà ses « pensées ». Après tout, il avait bien précisé que ses « pensées » étaient « autonomes », c'est-à-dire qu'elles se déclenchaient sans que son désir, sa volonté y jouent un rôle quelconque.

Benjamin arriva chez moi, plus pâle encore et anémique que lors de la première consultation, avec une expression de panique et d'effroi. Il me demanda si je voulais qu'il s'allonge sur le divan. Je répondis par la négative. Je préférais qu'il s'assoie et qu'il parle. Mais si cela devenait pour lui trop gênant, il pourrait s'allonger. De toute manière, je n'avais aucune règle stricte à ce sujet. Il sourit et dit que maintenant, il se souvenait d'une autre chose que lui avait racontée sur moi le Dr X : que j'étais un franc-tireur parmi les analystes, raison pour laquelle, malgré ma notoriété, je n'étais pas très populaire auprès de mes collègues londoniens. Je laissai passer, observai une pause. Il restait immobile, mal à l'aise, cérémonieux, réajustant sa cravate. Je sentais qu'il luttait pour dire quelque chose, mais qu'il voulait n'en dire ni trop ni trop peu. Il finit par avouer que sur un point il avait, la dernière fois, caché quelque chose d'essentiel, quand il m'avait parlé de ses «pensées». Il en avait honte car je m'étais montré si franc avec lui. Je le taquinai: vous n'êtes pas ici dans un confessionnal catholique romain, et comme je vous l'ai dit de manière explicite, je déteste *l'intimité* d'un récit compulsif, immédiat, que fait un individu sur lui-même, qu'il s'agisse d'une connaissance ou d'un patient. Si c'est un trait de votre maladie que de ne pouvoir sauvegarder ce qui est privé, je dois, en ce qui me concerne, rester privé avec moi-même et garder ma *distance*. Cette remarque le plongea dans une certaine perplexité. Il se reprit pour préciser qu'il ne s'agissait pas ici de confession, mais de vœux. Il me demanda si je savais quelque chose des leçons de religion dispensées par l'école du dimanche catholique romaine, où sa mère l'avait envoyé à l'âge de six ans. Les prêtres enseignaient une foule de choses, en particulier comment respecter les *vœux* que l'on a faits, et comment faire des «vœux». C'est là un de leurs trucs les plus efficaces pour vous enlever toute spontanéité. Un vœu doit être respecté, dans la vie et dans le travail. Ils vous mettent dans la tête que l'on peut faire en sorte que ce vœu soit exaucé. Or, il avait fait un *vœu* avant de venir me voir, celui de me parler de ses «pensées» et de leur nature, mais non *pas* de leur contenu détaillé. Il ne m'avait pas dit qu'elles étaient cruelles, vengeresses, sales, obscènes, sadiques, sexuelles. Il ne m'en dirait rien de plus aujourd'hui. J'avais l'impression qu'il se montrait trop solennel et très «fiston en sucre». Aussi je le provoquai et lui demandai si c'était là tout ce qui l'avait tourmenté depuis la consultation: Essayez de me dire quelque chose de valable. Par exemple? me demanda-t-il. Je ripostai qu'une chose m'avait intrigué dans le récit qu'il m'avait fait au cours de la consultation. Il m'avait dit que, passionné de rugby, il avait été un excellent joueur. Oui, répondit-il hâtivement, mais il avait arrêté à cause de ses « pensées ». Faisant semblant d'être irrité, je lui dis : Au diable vos « pensées », faites en sorte que je puisse vous demander ce que *j'ai besoin* de savoir. J'avais délibérément évité le verbe vouloir, et je poursuivis : ce qui m'intriguait, c'était qu'il fût tellement maigre, de taille moyenne, et que sa tenue soit plutôt celle d'une adolescente un peu guindée. Je ne me moquais pas de lui, et le priais, par conséquent, de ne pas prendre mal ce que je lui disais. Je ne connaissais rien au rugby, mais j'avais eu comme patients trois très bons joueurs : deux d'entre eux mesurent 6 pieds 3 pouces et sont très musclés ; le troisième est trapu, de taille moyenne, mais tout en nerfs et en muscles. Il dit impatiemment : j'étais précisément comme le troisième quand j'avais quinze ans. Ce sont mes « pensées » qui *empiètent* sur tout ce que je fais, tout ce que je vois, tout ce que je dis, qui m'ont rendu si maigre, comme si c'était ce sentiment de honte qui me poussait à vouloir devenir invisible. L'utilisation du verbe *empiéter* et ce qu'il avait dit du fait de devenir invisible, ne me frappa pas seulement par l'intuition qu'elle révélait, mais me donna de l'espoir quant à l'avenir de sa psychothérapie et de sa vie.

Comme je me préparais pour notre troisième séance, la dernière avant un long week-end (trois jours), le lundi étant jour de vacances, il me fallut décider lequel, parmi la douzaine de demi-indices que j'avais glanés dans son récit et dans le cadre clinique, j'allais utiliser. Il fallait que ce soit un énoncé interprétatif, qu'il ne pourrait considérer comme une interprétation, et qui devait éclairer les fonctions ou la signification de ses « pensées ». Aussi, après qu'il eut utilisé le terme de « sale » pour qualifier ses pensées, je lui dis que c'était un euphémisme pour « merdique ». Il revint le mardi (sa quatrième séance), un air d'allégresse dans les yeux, comme s'il avait marqué un point sur quelqu'un. Il s'exprimait avec plus d'entrain que d'habitude, et avec précision, pour quelqu'un qui n'avait pas été à l'université. Il est vrai qu'il lisait beaucoup : des romans, des livres d'aventure, d'histoire. J'avais constaté qu'il arrivait toujours un livre à la main, comme s'il s'agissait d'un talisman contre quelque terreur imprévisible. Il me dit qu'en revenant chez lui, après la dernière séance, en sortant du métro, il avait remarqué pour la première fois un magasin où l'on vendait des animaux domestiques. Ce magasin existait depuis qu'ils avaient déménagé, mais jamais il n'y avait prêté attention. Ce jour-là, il avait vu dans la vitrine, un beau petit chien noir qui jouait avec une balle de squash. Il était entré pour demander si l'animal était à vendre. Le patron du magasin lui répondit que oui, en lui indiquant le prix, très élevé, mais c'était un terrier avec pedigree. Benjamin voulut l'acheter ; il sortit son chéquier pour le payer. Cependant, le patron hésita, lui demanda s'il vivait dans un appartement ou une maison avec jardin. Benjamin lui répondit qu'effectivement il habitait une maison avec un grand jardin. L'homme expliqua qu'il avait posé cette question parce que les terriers sont des chiens très actifs, dressés à l'origine pour chasser les animaux dans leur terrier. Ils sont très amusants, mais la vie en appartement ne favorise pas leur développement. Ce ne sont pas des chiens difficiles à dresser, et, généralement, ils sont propres, mais ils ont besoin d'exercice, de courir, sinon ils attrapent toutes sortes de maladies. Benjamin expliqua qu'il pouvait faire face à ces problèmes. Le propriétaire lui indiqua alors le nom et l'adresse d'un vétérinaire du quartier, qui lui dirait quelles étaient les piqûres à faire. Il vendit à Benjamin le chiot, la balle de squash et un bol. Il lui donna quelques indications pour le dressage. Quand il arriva chez lui, le chiot chaudement enveloppé sous son manteau, avec le bol et la balle, son père lisait dans le salon. La nouvelle acquisition de Benjamin l'amusa beaucoup, mais il se dépêcha d'ajouter: Eh bien, fils, comment vas-tu t'y prendre pour que ta mère l'accepte? Benjamin répondit qu'il garderait le chien dans sa chambre, bien que celle-ci fût minuscule, il le dresserait, lui donnerait à manger et le promènerait lui-même. Ils en parlaient encore quand sa mère arriva. Elle était décontenancée, ne sachant comment réagir, mais bientôt elle donna des conseils sur ce qu'il convenait de faire pour éduquer le chien, que la maison reste propre, sans odeur. Benjamin dit d'un ton sarcastique: tu vois, maman a déjà commencé à prendre en main l'éducation de Stew, c'était le nom qu'il avait donné au chien, qui m'apparut à la fois comme un nom adéquat et plein d'ironie à l'égard de son soi de substitution, me souvenant qu'en argot, ce mot signifie «état d'agitation». Jusqu'ici, je n'avais pas prononcé un seul mot. Il s'arrêta pour me demander s'il s'était montré par trop extravagant en dépensant tout cet argent, s'il avait bien fait. Je lui répondis simplement que s'il l'avait payé, il pouvait évidemment se l'offrir. Quant à ce qui était bien ou mal, tout ce que je pouvais lui dire, c'était qu'il s'agissait là de son premier acte positif allant dans le sens d'une *self-cure*. Je marquai un temps, et posément, je dis qu'il était temps pour lui de prendre la relève de l'hyperprotection que manifestait sa mère à son égard. C'est ce qu'il avait fait en *adop-*

tant (j'avais choisi ce verbe avec grand soin) Stew, en décidant de l'éduquer et de le surveiller. Je continuai sur ce thème; sans en être absolument certain, j'avais le sentiment qu'il allait corriger certains aspects et traits de la tactique déployée par sa mère pour le *holding* de sa famille, et sa directivité sur eux tous, et la maison. S'il avait exploité les méthodes de sa mère pour mener une vie douillette, il en avait aussi payé le prix en vivant cette existence étriquée.

Les espaces qu'il avait ouverts et les activités auxquelles il s'adonnait s'étaient progressivement refermés sur lui-même; il avait fini par une capitulation totale en se mettant entièrement sous la protection de sa mère. J'estimais que c'était là le but et la fonction primaire de ses *breakdowns*. Je poursuivis: vous n'avez mentionné que deux effondrements. J'insinuai que j'en percevais deux autres, survenus antérieurement. Par ailleurs, j'étais persuadé qu'il y en avait eu un cinquième, survenu beaucoup plus tôt, dans son enfance, et qui ne serait pas facile à décrypter. Il écoutait ce que je lui disais avec une impatience marquée de rigidité, comme si j'«empiétais» — pour reprendre ses propres termes relatifs à ses «pensées» — sur son espace psychique interne. C'était ma première tentative de donner quelque chose comme une interprétation. Hypersensible et hyperperceptif, il avait reçu le message. Ce qui était difficile, avec lui, c'était que chaque réponse était comme marquée d'un trop. Il se défendit en protestant, disant que s'il s'était récemment effondré, c'était parce qu'il avait écouté, dans le groupe thérapeutique du Dr X, une femme qui ne cessait de parler de sa vie sexuelle. Alors que les autres membres du groupe avaient protesté avec véhémence, disant qu'ils l'avaient déjà entendue raconter ces mêmes histoires à maintes reprises, sa réaction à lui avait été totalement différente. Ce récit avait déclenché ses « pensées ». Il avait eu envie de sortir en courant, mais il ne l'avait pas fait. En lieu et place, il s'était effondré en arrivant à la maison. Il se sentait « mauvais » et il n'y avait pas grand-chose à faire pour y remédier. J'avais relevé son utilisation de l'adjectif « mauvais » dans divers contextes, là où la plupart des gens eussent utilisé celui de « coupable ». Je le lui fis remarquer. Anxieux, il demanda : « M'en voulez-vous d'avoir acheté Stew ? » Je répliquai : Non, je suis plutôt content. Je me rendis alors compte combien il lui était difficile de considérer séparément ce que, moi, je ressentais et la manière dont sa mère répondait ou agissait. Il s'écria que c'était la première fois qu'il avait fait quelque chose sans consulter sa mère auparavant. Je réfutai son argument en lui montrant que sa bonhomie provocante, sa camaraderie quelque peu antisociale avec ses copains, quand il avait onze ans, et ses retours tardifs, le soir, qui avaient tellement déconcerté sa mère, tout cela représentait son premier geste allant dans le sens d'une vie personnelle autonome. C'était aussi le contraire d'un *breakdown*, à savoir un *break-out* (une évasion). Il avait connu un répit bénéfique pendant six ans ou presque, bien que cela se soit terminé par un effondrement qui s'était traduit par son retrait de la vie sociale et du sport, du rugby, en particulier. Mes paroles l'irritèrent et, de nouveau, il attribua tout ce qui s'était passé aux empiétements de ses « pensées », en ajoutant qu'il se demandait ce que cela avait à voir avec sa pauvre mère. Elle ne pouvait agir autrement, et son père la taquinait constamment à ce sujet. Elle ne se permet pas de souffler, elle est hypersoigneuse, hyperactive, hyperprotectrice, de manière constante. Maintenant que nous, ses fils, avons grandi, elle fait la même chose avec les enfants auxquels elle prodigue ses soins et son enseignement. Je rétorquai : Vous m'étonnez. Depuis quand êtes-vous devenu adulte ? Je terminai ainsi la séance par une remarque assez désagréable. Je n'avais nul désir de le dorloter, c'était un risque calculé que j'avais pris, au cours de cette séance, quand je m'étais appuyé sur le concept winnicottien de la «tendance antisociale». Les deux semaines qui suivirent furent plutôt insipides du point de vue clinique, bien qu'en dépit de sa position déterminée et sournoisement défensive, il fournît beaucoup de matériel sur sa vie : le souci excessif qu'il se faisait à cause de Stew, en particulier à propos de sa sécurité. C'était un animal très actif, joueur, difficile à maintenir dans l'espace d'une chambre et de la caisse de bois que Benjamin et Cathy avaient faite pour lui. Je laissai aller les choses. Il est rare que je fonctionne comme le *pace-maker* d'un patient, malgré ce que Green (1979) a écrit sur mon mode de travail. Je ne tolère pas facilement non plus une clinique stagnante. Peu m'importe dans quelle aire de la vie du patient les choses sont dynamiques et mutatives. Elles ne doivent pas nécessairement être telles dans l'espace clinique. Mais je reste très vigilant pour me faire une idée de la manière dont le patient se meut dans la vie (ce qui ne veut pas dire la manière dont il agit).

Pour revenir à la destinée de Benjamin, sur un point, je n'avais plus aucun doute, à savoir que sa mère dispensait assidûment ses soins, avec excès, tout en étant incapable de jouer, ou de témoigner d'une relation de réciprocité. Ces traits du caractère maternel avaient conduit Benjamin, dans son enfance, à l'amour de la haine — il attendait, sinon sollicitait, ces intrusions nuisibles qu'il appelait maintenant des «violations» de ses «pensées» (ce que Winnicott a, lui, nommé «empiètements», et qui, je crois, conduisent au traumatisme cumulatif ou à la privation affective cumulative). La notion que j'ai de la *privation affective cumulative*, je le dis ici pour la première fois, je la différencie nettement du concept de privation affective, tel qu'il a été défini et utilisé par Winnicott et Bowlby. Dans ce contexte, bien que j'anticipe ici sur ce qui a découlé de phases ultérieures du travail accompli avec Benjamin, je postulerai que l'amour de la haine chez un enfant provient de ses réponses à la haine (inconsciente) de sa mère pour lui qui est l'alibi des soins hyper-excessifs qu'elle lui prodigue, et de l'hyperprotection dont elle l'entoure. Mon hypothèse est que, lors de la puberté et de l'adolescence, la personne fait une tentative visant à rectifier ces attachements caractérisés par l'amour de la haine et à renverser l'équation amour de la haine pour en faire la haine de l'amour, également préjudiciable à la croissance et à la vie.

*

J'abrégerai mon récit clinique pour ne présenter que le matériel permettant de comprendre ce que j'entends, quand je postule que les «pensées» de Benjamin avaient la fonction de la haine de l'amour, qui était un gain pour son développement et sa maturation en tant que mouvement pour s'éloigner de l'amour de la haine résultant de sa relation à sa mère. Benjamin était arrivé pour sa dixième séance, un peu plus de trois semaines après le début de sa thérapie, tout tremblant et très effrayé. Pour une fois aussi, il était très en retard. Il me dit impétueusement, ce qui n'était pas son habitude, qu'il était en retard, parce qu'il y avait eu un terrible accident à la maison. Stew avait grandi très vite. Il était enjoué, très indiscipliné, gambadait dans toute la maison, malgré les efforts de Benjamin qui tentait de le garder dans sa chambre, et de le faire courir seulement dans le jardin où il déterrait les plantes, grignotait les fleurs, rien que pour s'amuser. Ce jour-là, comme Benjamin se préparait pour venir à sa séance, Stew s'était éclipsé de sa chambre, précipité dans le salon, et après avoir fait une petite mare, s'était installé devant un bon feu de cheminée. Benjamin fut consterné en voyant ce qu'il avait fait. Il essuya immédiatement la flaque, nettoya le tapis avec un détergent, mais il y avait une tache qui ne voulait pas partir. Il dit, extrêmement tendu et nerveux : maman sera à la maison avant mon retour. Dieu seul sait ce qu'elle sera capable de faire à ce pauvre Stew, car elle saura immédiatement que c'est lui le coupable. J'ai failli ne pas venir à ma séance aujourd'hui, puis j'ai pensé que vous pourriez me dire comment protéger Stew de la rage de maman. Je me tus un moment, et je lui dis : Vous savez, Benjamin, il est parfois très bénéfique de faire faire par quelqu'un d'autre — une personne ou un animal familier — quelque chose que l'on n'a jamais eu l'occasion, ou le loisir de faire soi-même. Il parut plutôt consterné et me dit sur un ton familier que je pouvais m'offrir le luxe de rester très calme et de plaisanter à propos de ce terrible accident parce que moi, je n'aurais pas à faire face à la colère de sa mère. Je me mis à rire. Il se détendit et ajouta : Eh bien, c'est papa et moi qui devront faire face à ce que maman pourra bien fabriquer. Elle aura vraisemblablement lessivé tout le tapis, qui est très grand. Donc, pas de TV ce soir. Papa sera obligé d'aller dans sa chambre pour lire et se reposer. Il travaille si dur et revenir à la maison pour trouver ça. Tout ça me donne le sentiment d'être mauvais. J'en restai là et le laissai partir de bonne heure.

Maman avait fait exactement ce qu'il avait prévu, au grand amusement de son père. Pendant les deux semaines qui suivirent, le matériel se rapporta presque exclusivement aux enfants qui souillent et à la manière dont sa mère, qui est capable de tolérer cette conduite chez d'autres enfants, s'y était prise pour s'assurer que ses propres enfants ne fassent pas de saletés. Au cours de cette période, de façon inattendue et pour la première fois, son frère aîné l'invita à passer le week-end chez lui, dans l'appartement qu'il occupait en ville et qu'il appelait sa « piaule », car il n'y avait qu'une grande pièce, une salle de bains et une kitchenette. Cathy fut ravie d'emmener Stew chez elle pendant ces trois jours, et maman estima que c'était une bonne chose pour Benjamin d'aller chez son frère. Il en resta quelque peu interloqué. Il y alla donc. Son frère avait mis un matelas par terre pour Benjamin. C'était la première fois depuis vingt-deux ans qu'il passait un long week-end (trois jours) loin de chez lui. Il fit là-bas un rêve dont il se souvint. Il rêvait toujours, dit-il, mais ne se souvenait jamais de rien. Je lançai que cela aide d'avoir quelqu'un à qui raconter son rêve. Il ignora ma remarque et poursuivit en me disant qu'il ne serait pas capable de me le raconter, parce que ses « pensées » avaient empiété sur ce rêve. Je le réassurai quelque peu : Benjamin, ne croyez-vous pas que c'est là un pas de plus vers la santé, vers le retour à la vie et au travail, que vous avez ajouté un nouvel espace psychique à votre expérience de soi, nommément l'espace du rêve (Pontalis, 1972) ? Désormais, les « pensées » ne surviendront plus exclusivement dans l'espace de votre tête, puisque maintenant l'espace du rêve est disponible.

Vous en éprouverez certainement un soulagement. Il persifla en disant : Je suis très intelligent, je peux venir à bout de tout. Toutefois, et comme «récompense», il proposa de me raconter son rêve : il était parti de chez son frère pour retourner chez lui et s'était précipité dans sa chambre pour voir ce que faisait Stew. Pas de Stew, il n'était nulle part, mais de la merde partout.

Il s'était réveillé, paniqué, terrorisé. Redoutant que Stew n'eût été blessé ou écrasé, il avait appelé Cathy pour savoir où était le chien. Elle lui avait répondu d'une voix endormie — c'était un dimanche, à cinq heures du matin ; Stew dormait à côté d'elle, très paisible, en pleine forme. Je restai silencieux. Il me demanda la signification du rêve. Je devrais la connaître, puisque je suis analyste. Je répondis que premièrement, il s'agissait à peine d'un rêve, car j'étais persuadé qu'il vivait dans la terreur que Stew fût écrasé dans la rue par une auto ou une moto ; c'est pourquoi il ne le laissait jamais sortir de la maison. Le jardin était un endroit sûr et les seuls dégâts, réservés aux fleurs et aux plantes de sa mère. Deuxièmement, lui dis-je, j'ai l'impression très nette que le contenu du rêve cache un souvenir *réel*, souvenir de quelque chose qui s'était passé dans son enfance ou dont on lui avait parlé. Benjamin fut très étonné et me rapporta alors l'histoire horrible que son frère aîné lui avait racontée quand il avait six ans. Il avait lu dans le journal local qu'un homme avait violé un garçon de cinq ans, ou plus jeune encore, lui avait coupé les organes génitaux, l'avait étranglé et lui avait entièrement enduit le corps de merde. Toute la ville avait été terrorisée par cette histoire, et la police recherchait encore le violeur-tueur (ses propres mots). Et, à la suite de ce récit, il était devenu hyperprotectif, comme maman, à l'égard de son jeune frère qui avait trois ans de moins que lui. Il allait lui-même le chercher à l'école. Maman l'amenait au jardin d'enfants, mais elle revenait tard. Pensif, il fit une pause. J'attendis ce qu'il avait d'autre à me dire. Ce qui est très étrange, dit-il, c'est qu'il ne lui était jamais venu à l'esprit qu'une chose aussi horrible aurait pu lui arriver, à lui. En effet, il traînait à l'extérieur de la maison, à la limite des terrains communaux, jusqu'à une heure tardive, même s'il faisait noir ; il attendait le retour de sa mère. Son père était à la maison avec son petit frère. À ce stade je choisis de donner une troisième interprétation de son rêve. M'appuyant sur le matériel de la séance au cours de laquelle il avait rapporté l'accident terrible survenu chez lui, je dis : Benjamin, en parlant des réactions possibles de votre mère devant le gâchis fait par Stew sur le tapis, vous avez exprimé votre crainte de la rage qu'elle ne manquerait pas de manifester. Je crois que vous pensiez et redoutiez plutôt qu'elle ne remplaçât les soins excessifs qu'elle prodiguait à Stew par un sentiment de haine, qui le tuerait. C'est là certainement une partie de l'expérience du rêve qui vous est restée inconnue (Khan, 1976). Votre coup de téléphone à Cathy pour lui demander des nouvelles de Stew, le fait que vous ayez fait ce rêve alors que vous et Stew étiez tous deux en sécurité, la haine de maman ne pouvant vous atteindre, me confirment ce que j'ai « lu » entre les lignes du texte du rêve.

Au cours des deux semaines qui suivirent le rêve, nous couvrîmes beaucoup de terrain, mais la plus grande partie de ce matériel ne se rapporte pas à mon argumentation, ni au thème de cet article. J'en arrive donc à la séance qui précéda l'interruption de treize jours des vacances de Noël. Benjamin vint à la fois soucieux et plein d'appréhension. Il avait reçu une lettre du directeur de sa compagnie, lui disant catégoriquement que s'il ne revenait pas travailler le 2 janvier, il lui faudrait donner sa démission. Il me demanda: Pensez-vous que je puisse retourner travailler? Sans hésiter, je lui répondis: je ne vois aucune raison de ne pas reprendre votre travail, à moins que vous n'ayez fait un vœu. Dans ce cas, ce serait impossible. Je reconnaissais le risque que cela comportait pour Stew et pour lui, pour différentes raisons. J'insistai sur le fait qu'à l'âge de onze ans, lorsque la famille avait déménagé, il avait pris le risque de rester tard dehors avec ses copains; cela avait été payant. Il était devenu fort physiquement, et bon en sport. Ce que je ne pouvais déceler, jusqu'à maintenant, c'était la raison de son acné si aiguë et, par la suite, de ses «pensées» invalidantes. Il me demanda: Ne croyez-vous pas aux maladies physiques? Je lui répondis que j'y croyais, mais jusqu'à un certain point. Mon expérience clinique m'a appris que pour une grande part, l'acné recèle des ingrédients psychiques et émotionnels, dans son étiologie. Dans son cas, quels étaient ces ingrédients, je ne le saurais que peu à peu. Ce qui importait actuellement, c'était de voir comment il pourrait passer ces treize jours de vacances de façon positive. Il me demanda si j'avais quelques suggestions à lui faire. Ses deux frères viendraient certainement à la maison et, sans nul doute, sa mère dénicherait un ou deux enfants dont elle prendrait soin, pour quelque raison. Donc la maison serait pleine. Je réfléchis attentivement et lui dit: Vous m'avez dit que votre frère aîné ne reste jamais chez vous, et que votre frère cadet ira certainement à l'étranger après le jour de Noël et le *Boxing Day*[1]. Pourquoi ne partiriez-vous pas avec Stew pour aller chez Cathy. Il dit: c'est une bonne idée, en particulier cette année, parce que ses parents vont à l'étranger et qu'elle vient passer Noël à la maison. S'il avait un problème quelconque, il pourrait m'atteindre, je serais disponible. Je mis fin à la séance en lui souhaitant un joyeux Noël, sans souci, et nous nous séparâmes.

Deuxième phase

Benjamin me téléphona le jour du Nouvel An pour me dire qu'il avait décidé de reprendre son travail le lendemain; il me demanda si je voulais bien changer l'heure de ses séances. Il travaillerait de 9 heures à 17 heures et pourrait venir chez moi en sortant. Je lui proposai de le recevoir à 19 heures les lundis, mercredis et vendredis. Il accepta cette proposition et arriva, ponctuel, à sa séance. Il avait le teint gris et paraissait épuisé, mais ni nerveux ni irrité. La journée s'était très bien passée. En attendant de venir chez moi, il était rentré chez lui après son travail pour voir comment allait Stew. Papa lui avait dit, comme vous pouvez l'imaginer: Eh bien, fils, ta mère s'est occupée de tout. La voisine, une femme âgée qui vit seule, a chaque jour quelqu'un chez elle qui entretient la maison, achète des provisions et prépare les repas. Ma mère lui a parlé et elle a déclaré qu'elle serait enchantée de garder Stew, pendant la journée, cinq fois par semaine. Benjamin ne croyait pas m'avoir dit qu'il habitait loin de chez moi, à une vingtaine de miles, et plus loin encore de son travail, dans la cité, à une trentaine de miles. Mais il y avait un métro direct de chez lui jusque chez moi et jusqu'à son travail. Ce jour-là, il avait quand même dû se lever à sept heures. Sa mère avait déjà préparé son petit déjeuner et de la nourriture pour Stew. Il avait avalé son petit déjeuner, passé une quinzaine de minutes avec Stew dans le jardin, puis s'était précipité pour attraper le métro direct de huit heures. C'est pourquoi il était épuisé. Comme Benjamin n'avait jamais, jusqu'à aujourd'hui, parlé de son travail ni des gens qui s'y trouvaient, je lui demandai comment cela se passait. Il répondit qu'il avait constaté avec surprise, que les gens étaient très heureux de son retour. Ils s'étaient montrés amicaux et le directeur l'avait envoyé chercher pour lui demander comment il allait, lui dire qu'il était content de le revoir et espérait qu'il continuerait à se bien porter.

Je marquai à nouveau une pause, car je n'étais pas tout à fait au clair, quant à la manière dont il convenait désormais d'orienter sa psychothérapie. Un changement assez soudain était intervenu dans son style de vie depuis notre rencontre. J'avais longuement réfléchi, depuis qu'il m'avait dit qu'il allait reprendre son travail : trois facteurs se détachèrent clairement à partir de ce que nous avions dit l'un et l'autre, de ce qui s'était passé chez lui, et chez moi.

1. Il y avait une dissociation nette et absolue entre ses souvenirs et ses activités jusqu'à l'âge de onze ans (quand la famille avait déménagé) et sa vie à partir de cette époque. À l'exception de l'histoire racontée par son frère quand il avait six ans, et le souci excessif qu'il manifestait à l'égard de son plus jeune frère, il ne se rappelait que très peu de choses de ces premières années. Par contre, il avait des souvenirs très vivants et précis de tout ce qui s'était passé à partir de l'âge de onze ans, même s'il ne pouvait en dire grand-chose. Ainsi la tâche clinique qui m'incombait, c'était de *construire* (Freud, 1937, 1940) les aspects dominants décisifs de l'expérience qu'il avait faite des soins maternels excessifs, et de la vie qui en avait résulté des années durant. J'avais

fait l'hypothèse, à partir des quelques bribes qu'il m'avait livrées, qu'il avait été un enfant très propre et docile. Qu'allais-je faire ? Demander à sa mère de la voir, parce que j'avais besoin de connaître sa relation avec lui pendant ces années, la vie qui avait été la sienne au jardin d'enfants, dont elle était directrice et que ses trois fils avaient fréquenté de trois à six ans, avant d'aller à l'école ? J'étais persuadé qu'à moins de savoir avec certitude ce qu'il en était, je ne parviendrais pas à aider Benjamin à garder son travail. Mais je n'avais pas envie de rencontrer sa mère, qui me piégerait instantanément dans sa toile d'araignée, tissée des soins qu'elle prodiguait à Benjamin et dans laquelle elle avait attrapé Stew.

2. Sans aucun doute, ou presque, bien qu'il n'eût pas fréquenté l'université, Benjamin était quelqu'un de très capable et de très efficace dans son travail. À l'époque, toutes les compagnies, y compris les institutions gouvernementales, renvoyaient du personnel, en raison de la monstrueuse inflation sévissant en Angleterre. En dépit de cette situation, la place de Benjamin avait été gardée jusqu'à son retour, pendant près d'une année environ. De plus, au cours des trois premiers mois, on lui avait versé la totalité de son salaire, puis la moitié. Parallèlement, la Compagnie avait payé, et continuerait de payer, la moitié des frais médicaux (dont la psychothérapie, chose rare en Angleterre). La seconde moitié des honoraires analytiques était réglée par les parents, dont la situation actuelle était plutôt prospère. Toutefois, il devait y avoir chez Benjamin certaine vertu, certaine qualité expliquant pourquoi il bénéficiait d'un traitement si privilégié de la part de ses employeurs. Ces qualités, quelles étaient-elles ? Je l'ignorais encore.

3. Mis à part la mention qu'il avait faite de ses rentrées tardives lors des soirées passées avec ses copains, dont aucun ne semblait être devenu l'un de ses intimes, quand il avait entre onze et quinze ans, il ne m'avait jamais parlé d'une relation quelconque dans son travail. Cathy était sa seule amie intime ; il l'avait vue constamment lors de ces deux dernières années. Le mérite en revenait à Cathy, qui avait le même âge que lui, appartenait à une famille riche, était indépendante. Elle avait sa propre voiture, ses parents étaient libéraux avec elle. J'ai qualifié la relation de Benjamin et de Cathy d'«amitié» ; je n'ai pas dit «amants», parce que, dans le peu de choses qu'il m'avait racontées de sa vie et de cette relation, il n'y avait guère de place pour l'amour ou la vie sexuelle. Il était profondément *attaché* à Cathy, la seule à pouvoir tenir tête à sa mère. Cathy avait des amies, donc quand elle n'était pas avec Benjamin, elle ne se trouvait pas seule. Elle était réellement amoureuse de lui, mais ne lui demandait rien. Il était malade, elle s'en rendait compte et l'acceptait comme tel. En résumé, c'était une fille très saine, pas compliquée ; elle était belle, Benjamin m'avait montré sa photo. Ses parents avaient, eux aussi, accepté Benjamin sans condition et les laissaient tous deux seuls à la maison, contrairement à la mère du garçon. Comme, bien entendu, aucune fille n'est un ange, il devait y avoir quelque chose chez Benjamin de si précieux que Cathy acceptait d'attendre le moment où il pourrait partager pleinement leur relation. Ce que c'était, je l'ignore, et je ne crois pas que Benjamin le savait. Il avait une étrange capacité, celle de vivre dans une ignorance transparente de lui-même, en dépit des violations obsédantes de ses «pensées» et des *insights* qu'il avait, quant à leur rôle dans sa vie et dans ses rela-

tions. Il savait comment souffrir lui-même, sans charger quiconque de cette souffrance. Cette qualité, je l'avais décelée et expérimentée dans notre relation clinique. Mais tout ceci ne me permettait pas d'avoir une intuition réelle de ce qui l'avait rendu si malade depuis sa prime enfance. Je redoutais qu'il n'utilisât son retour au travail comme un alibi opérationnel, lui permettant de se dérober à une confrontation authentique avec lui-même. Winnicott (1965) a écrit, avec une grande perspicacité et beaucoup d'intuition, des pages sur la dissociation intervenant entre le vrai et le faux *self* chez une personne. Personnellement, je fais beaucoup de réserves sur l'utilisation des adjectifs «vrai» et «faux» et, pendant les quelque vingt ans de sa vie où je fus son éditeur exclusif — c'était lui qui m'avait choisi —, aucun de nous ne fut en mesure de trouver un autre adjectif. Quant à moi, je préfère l'adjectif «authentique» à celui de «vrai», et celui de «réactif» à la place de «faux». Quant au concept de «*self*», on ne saurait en trouver meilleure critique, connaissance plus profonde et compréhensive que dans l'article de Pontalis, «Naissance et reconnaissance du *self*», où même dans le texte français, le mot «*self*» est utilisé en anglais, pour la bonne raison qu'il n'y a pas d'équivalent en français. De même, en traitant de la situation d'une personne comme Benjamin, on ne peut éviter d'utiliser le concept de «*self*». Y substituer le concept métapsychologique de l'«*ego*» reviendrait à court-circuiter notre travail, amputer notre pensée et notre vision. Ainsi, l'amour de la haine et la haine de l'amour ne sont pas les vicissitudes des expériences du moi et des fonctions de développement, mais des expériences en relation avec le *self* et qui en dérivent, depuis le tout commencement jusqu'au statut d'adulte qu'acquiert une personne. Même le concept d'«identité» d'Erikson est absent de l'éventail que recouvre le concept du *self*. Par ailleurs, Pontalis et Laplanche ne font pas de place au concept d'identité ni à son emploi. Et pourtant, nul traitement d'adolescent n'est viable sans l'exploitation clinique des expériences de la formation de l'identité. Avant de retourner à Benjamin, à nos rencontres cliniques, à notre relation, j'établirai une distinction qui explicitera les buts visés par mon récit. Pour moi, «l'amour de la haine» n'est pas du masochisme, tout comme «la haine de l'amour» n'est pas du sadisme. Les concepts de masochisme et de sadisme relèvent du jeu réciproque psychosexuel intervenant entre le ça et le moi, entre l'idéal du moi et le surmoi (Chasseguet-Smirgel) dans les processus de développement et de maturation d'un individu. Bien qu'ils soient profondément significatifs en eux-mêmes, ils ne constituent qu'une partie seulement de l'expérience totale de soi d'une personne.

Une fois que Benjamin eut repris son travail, la concentration et le mouvement du travail clinique et celui de la relation se dispersèrent, devinrent inégaux, oscillèrent pour devenir une sorte de bavardage sur sa vie en général, Cathy et ses parents en particulier, pendant cinq semaines à peu près. Cette attitude eût pu être considérée comme une résistance et une négativité agressive, car elle transformait le matériel clinique en lui imprimant son sens. Je partage l'avis de Bion (1977) quand il dit: «Je ne crois jamais à rien, à moins qu'il ne s'agisse d'un *non-sens*.» Benjamin avait ajouté deux espaces plus expérimentaux à ceux de la maison et du cadre analytique, à savoir l'espace du travail et d'un club sportif. Il y en avait un très bon dans sa région, loin de chez lui. Il en était devenu membre à l'âge de dix-huit ans, mais avait donné sa démission à vingt ans, quand ses « pensées » avaient commencé à s'immiscer dans toute chose spontanée ou agréable qu'il entreprenait, pour la rendre cruelle ou sadique, l'infestant d'idées sexuelles perverses, ce qui le conduisit à un accroissement intolérable du sentiment qu'il avait d'être « mauvais » (son terme) et au rétrécissement de sa vie qui en avait résulté. Il avait rencontré Cathy dans ce club sportif au cours des dernières semaines où il en faisait encore partie, ce qui n'est pas sans ironie. Quand il eut repris son travail, à la fin de la première semaine, il retourna au club avec Cathy pour renouveler son inscription. Même si cela devait être au prix du travail clinique accompli ensemble, j'étais content qu'il se fût ouvert à la vie, aux espaces du dehors, au lieu de se ronger dans « l'espace de sa tête » par ses « pensées ». J'avais eu l'impression, lors de la première consultation, et je l'ai dit plus haut, que Benjamin était un pervers précoce manqué. Chasseguet-Smirgel (1984), parlant des manières perverses de penser, dit joliment : « La pensée, qui est l'ennemi. » J'estime que ce type de pensée dérive plutôt du sentiment du mal conduisant à l'aliénation, que d'un sentiment de culpabilité (Menninger, 1973) et qu'il est intimement relié au développement précoce de l'idéal du moi plutôt qu'à un surmoi sévère (Khan, 1984). Bien que la relation clinique s'éparpillât, en raison de ses nouvelles activités, je conservai, vivants dans ma mémoire, dans mon *dossier privé*, des indices révélés et sous-entendus par son récit. Il est beaucoup plus difficile, autant que trompeur, de se souvenir dans quel contexte un patient ne vous a pas parlé de quelque chose, que de se remémorer les bribes de données parlées. En outre, j'étais personnellement convaincu qu'avec Benjamin, il était presque impossible d'obtenir du matériel provenant de souvenirs effectifs de l'enfance, ou d'un récit de sa mère, pour décrypter ce qui l'avait conduit à cette relation d'amour de la haine qu'il y avait entre *eux* deux. J'insiste sur *eux* et non sur *lui*, car il faut être deux pour danser le tango. En conséquence, le seul recours clinique qui restât était la construction. à savoir quelque chose de provisoire, soumis au changement, dérivant du potentiel symbolique de sa narration, par ailleurs hautement «mentalisée» (un mot de ma création inspiré par la clinique). Le psychique, le mental et l'imaginaire m'apparaissent qualitativement différents les uns des autres. L'obscénité dépravée d'*écriture* des récits de Sade témoigne d'une lacune à la fois dans les dimensions psychiques et imaginatives, d'où les ridicules séries de cruauté qui n'ont aucune corrélation objective dans la réalité. Cette remarque est vraie de tous les écrits pornographiques, allant de Sade aux lettres de «confession» publiées dans le magazine *Playboy* (Khan, 1972). C'est pourquoi il n'y a pas d'amour dans les récits de Sade traitant de relation sexuelle ou sensuelle, ou encore des actions qu'accomplissent ses personnages, mais seulement l'amour de la haine témoignée par la victime et la haine de l'amour par celui qui perpètre ces atrocités. L'exemple le plus parlant chez Sade est son roman: *Justine ou les infortunes de la vertu*. Justine, la victime, son vécu n'ayant en rien entamé ses vertus, reste ainsi dans un état perpétuel de grâce et d'innocence. Dans chaque épisode, elle cherche «protection» (ce qui correspond, en réalité, à une complicité non reconnue de sa part), et des soins excessifs, de ceux qui ne manqueront pas de la prendre sexuellement comme victime. C'est là son «amour de la haine».

J'avais constaté que Benjamin se sentait « mauvais » quand la portée, la respiration, l'amplitude et l'intensité de ses « pensées » s'accroissaient. Heureusement pour lui, il n'avait jamais trouvé de complice et Cathy, une fois entrée dans sa vie, devint « sa compagne » mais non une gardienne-complice. Les incidents et activités de ces cinq semaines révélèrent le caractère de sa relation à sa mère, à lui-même, et celle des autres envers lui et envers ceux pour qui il avait une sympathie. Ce fut ce qui m'aida à provoquer un changement mutatif dans notre mode de relation, cliniquement et autrement. Vers la fin de la seconde semaine, Cathy vint chez lui pour regarder *Lawrence d'Arabie* à la télévision. Pour une fois, lui, Cathy, Maman et Papa, tous regardaient ensemble le film. Maman ne pouvait rester tranquille plus de quelques minutes. Elle avait toujours quelque chose à faire, s'occupait de chacun et de tous, versait des boissons, servait du café, enlevait tasses et verres vides, offrait quelque chose à grignoter, etc. Impossible de s'absorber dans le spectacle du film. Papa et Benjamin ne disaient rien, mais Cathy n'en supporta pas davantage. Elle se leva, dit à Benjamin de venir chez elle pour aller regarder la télé dans sa chambre. Pour la première fois, Benjamin quitta la maison avec Cathy, sans rien demander à sa mère, sans la prier de l'excuser. Le film s'était terminé assez tard et, comme il neigeait, Benjamin passa la nuit chez Cathy dont les parents avaient les idées larges. Ils prirent ensemble leur petit déjeuner, puis se quittèrent pour aller travailler. Quand Benjamin eut fini de me raconter sa soirée, je ne sais pourquoi, je lui demandai de me décrire la maison de Cathy et la sienne. Il me dit brièvement que la maison de Cathy avait deux niveaux: un grand salon, une salle à manger, des toilettes au rez-de-chaussée et trois grandes chambres au premier, avec une seule salle de bains. Elle était meublée avec goût. La sienne était une grande maison à trois niveaux: au rez-de-chaussée, un très vaste salon et une grande cuisine avec une table pliante où l'on pouvait manger à six, mais il n'y avait pas de salle à manger. Il y avait, bien entendu, des toilettes. Au premier étage, la chambre de Papa, qui lui servait aussi de bureau, la chambre de sa mère où elle dormait et faisait tout le travail de correction qu'elle rapportait du jardin d'enfants et de l'école, une chambre d'amis et une salle de bains. Au troisième, trois chambres à coucher: la sienne, celle de son aîné et de son cadet, et également une salle de bains. Sa chambre était la plus petite, avec un lit à une place, un bureau, une chaise, une armoire avec un grand miroir et, maintenant, la caisse de Stew. À peine la place de bouger et, quand Cathy ou l'un de ses frères venaient dans la chambre, ils devaient s'asseoir ou s'allonger sur ce lit étroit. Maman les surveillait continuellement, sous prétexte de leur offrir du café ou de ramasser les tasses vides. Ils n'avaient aucune possibilité de se détendre, d'avoir une quelconque intimité, même au sens le plus ordinaire du terme. Je l'arrêtai là pour lui demander si les chambres de ses frères étaient plus grandes que la sienne. Il dit que oui. Celle de l'aîné était la plus grande, mais il ne l'occupait plus depuis quelques années; il y avait laissé des choses lui appartenant. Je lui dis sans ménagement qu'aussi longtemps qu'il n'aurait pas une chambre spacieuse, bien à lui, privée, il ne vivrait que comme un fugitif, quelques heures par jour, à son travail et à son club. Délibérément, je n'introduisis pas ici l'espace de Cathy, toujours disponible pour lui. Je continuai, avec une certaine énergie, lui disant que je ne pourrais plus faire grand-chose pour lui s'il ne changeait pas son espace de vie, s'il ne s'installait pas dans la chambre de son frère, avec le consentement de celui-ci, bien entendu. Son frère serait d'accord, dit-il, mais pas sa mère. Je lui dis catégoriquement qu'il fallait le lui demander et que si elle éludait la question ou refusait, il pourrait lui dire, à elle et à son père, que je lui avais demandé de s'installer dans une plus grande pièce, et qu'ils pourraient me contacter à ce sujet. Benjamin se montra très nerveux, essayant, dans un premier temps, de répondre à côté, de tergiverser. Il avança que la pièce devait être retapissée, etc. Je restai inflexible, lui précisant que plusieurs de mes jeunes clients, issus de familles très riches, avaient eux-mêmes retapissé leur propre chambre à coucher et leur bureau qui étaient ainsi devenus encore plus à eux. J'ajoutai : Maintenant, vous êtes robuste, vous faites de la musculation, donc vous pouvez très bien entreprendre ces travaux. Il arriva à la séance suivante, un peu penaud. À sa grande surprise, sa mère avait donné son accord, presque trop facilement. Elle lui avait prodigué des conseils pour acheter à un bon prix peinture, papier, pinceaux, etc. Avec elle aussi, il avait tergiversé, arguant que ni l'un ni l'autre n'avait le temps pendant la semaine, que le magasin de peinture était surpeuplé le samedi, qu'il ne supportait pas la foule. Il faudrait donc attendre jusqu'aux vacances de Pâques. À sa grande horreur, quand il rentra chez lui, sa mère avait mesuré les murs de la chambre, acheté un papier simple, très plaisant, et tout ce qu'il fallait pour entreprendre les travaux. Il me raconta la chose avec un sourire malicieux, parce que j'avais mis deux conditions pour qu'il réclame une plus grande chambre, la première étant qu'il l'aménage lui-même et la meuble avec son propre argent; la deuxième, que Stew, maintenant assez grand, vive dans une cabane, dans le jardin. Il pourrait y mettre un chauffage. Lorsqu'il avait parlé de ce projet à Cathy au téléphone, elle lui avait proposé de poser le papier avec lui lors du prochain week-end. J'avais maintenant noté la tactique de complicité et de manipulation adaptatives de la mère, la manière dont elle s'y prenait pour s'assurer de la passivité de son fils et de son attachement empreint de dépendance. Je m'apprêtai alors à observer le jeu auquel il allait jouer et à quelles ruses, à quelles excuses il recourrait pour éluder la difficulté consistant à terminer la chambre pour y emménager. J'étais sûr qu'il commencerait par faire très bien les choses mais que, pour les terminer, cela prendrait du temps, beaucoup de temps. Je disposerais ainsi d'amples données qui me permettraient de faire une construction, de déceler comment lui et sa mère avaient été d'intelligence, dès la petite enfance, et par la suite, au travers de cette complicité mutuelle dans le mode de relation que je caractériserai comme l'amour de la haine. L'amour et la haine qui étaient en lui et chez sa mère alternaient, selon des rôles variés, et avaient abouti au type de caractère qu'il avait développé, à la structure pathogène psychique de toutes les instances que nous avons nommées ça, moi, idéal du moi et surmoi.

Comme je l'ai dit, Benjamin avait senti que la première chose à faire, c'était d'habiter son corps (cf. Winnicott, 1972). La manière dont il s'y est pris pour y parvenir est très intéressante. Il est significatif de noter qu'il commença par s'adonner à des jeux solitaires (gymnastique, lever de poids, squash) avant d'être capable de jouer de nouveau en compétition

(Winnicott, 1971a). Au cours de cette période, son caractère cachottier, organisé et calculé, révéla trois traits, pour autant que je puisse le dire :

1. Il était privé, faisant ce qui lui plaisait, autant ou aussi peu qu'il le souhaitait et le pouvait. (Je différencie le « souhait » du « désir » tout comme je différencie « vouloir » et « avoir besoin de ».)

2. Comme il parlait du squash, il me demanda si j'en connaissais les règles. Je le remis à sa place, parce que j'avais eu le sentiment, au cours des dernières semaines, qu'il devenait un peu arrogant. Je répliquai donc, d'un air détaché, que je les connaissais bien, puisque j'avais eu pour maître et entraîneur Hashim Khan. Il n'ignorait pas qu'Hashim Khan avait été le plus grand joueur de squash pendant les années 60. Il poursuivit en disant qu'il ne jouait avec personne pour l'instant. Même pas avec Cathy qui jouait pourtant très bien pour une fille — je notai le qualificatif. Il s'exerçait à servir et faire des *drops*. De tous ses amis qui jouaient au squash, il avait été le meilleur. Curieux, comme tout cela lui revint rapidement, car c'est un jeu extrêmement rapide et fatigant, quinze minutes et c'est assez. Il n'avait pas beaucoup de temps libre, maintenant qu'il avait repris son travail. Je notai deux faits dans mon esprit : a) il avait une haute idée de ses performances ; b) il devait être mauvais perdant. Il fallait qu'il gagne le jeu. En jouant seul, il ne courait aucun risque. Nous constatons ici deux formes différentes d'agressivité. Dans le jeu et la pratique privée, il utilisait son agressivité pour devenir plus fort et se perfectionner. Jouer au squash contre un adversaire vivant, comporte une agressivité manifeste, qui peut atteindre la « haine » de l'opposant mis au défi et qu'il faut vaincre, pour garder intact son amour-propre. Ce n'est que lorsque le joueur

atteint un degré tel d'agressivité qu'il peut donner le meilleur de lui-même. Ainsi que le dit l'avant-projet de ce numéro: «La haine n'exige-t-elle pas la présence et la permanence de son objet?» Benjamin en avait «connaissance», mais en dehors de son acceptation explicite consciente.

3. Dans mon estimation clinique du matériel issu de ces semaines de détente sportive, j'avais un léger doute, celui que Benjamin redoutât réellement de *détruire* son objet (son adversaire) au cours du jeu, ce qui est très différent de vaincre ou d'être vaincu. Ces deux dernières manières de concevoir le jeu ne comportent pas l'intention de tuer et de détruire. Plusieurs fois, comme il racontait qu'il jouait avec Cathy au tric-trac, il remarqua avec tristesse que s'il perdait si souvent, c'était parce qu'il aimait mieux «tuer» (son mot pour «prendre») ses pions, que de jouer pour gagner. Il pouvait frapper la balle contre le mur du terrain de squash aussi fort, aussi méchamment qu'il le désirait, le souhaitait ou en éprouvait le besoin. Aucun mal n'en résulterait. Il ne pouvait pas tuer un mur mais, lui, du moins dans son fantasme, pouvait tuer son adversaire, et le jeu serait fini une fois pour toutes. À partir du matériel de la troisième phase, nous comprendrons que lorsqu'il put me faire confiance et me raconter le contenu de ses «*pensées*», sans redouter que ce simple récit puisse me tuer — telle est l'omnipotence léthale de l'amour de la haine et vice versa —, que les «pensées» étaient une sorte de bouclier de protection interne permettant de sauvegarder à la fois l'objet et son propre *self*, en les empêchant d'être tués et détruits. Interpersonnellement et intrapsychiquement, l'objet haï doit rester en vie. Ainsi toutes les cruautés macabres, les pratiques «merdiques», les desseins sadiques de ses «pensées» sexuelles

paraissaient absorber l'ampleur de la haine et de l'agressivité qui, dans la vie réelle, pouvaient mettre en danger lui-même et l'objet en même temps. Les « pensées » stimulaient son appétit de destruction de l'objet, tout en les protégeant lui et/ou elle. Chez les sportifs, parmi les exemples les plus dramatiques, les plus amusants et les plus exaspérants que j'aie observés, il y a celui de Mohammed Ali, le boxeur (« Je suis le plus grand », proclamait-il, et c'était vrai !) et, au tennis, celui de John Mc Enroe, qui, avec son génie indiscutable, sa capacité autant que son habileté à vaincre, se sent pourtant forcé, au-dedans de lui, de provoquer, de mettre au supplice, d'exaspérer ses adversaires au-delà du supportable, pour développer cette agressivité qui le rend pratiquement invulnérable. Au niveau collectif et national, ceux qui participent à ce sport mortel, le plus soigneusement organisé de tous, qu'est la guerre, les vaincus ne sont jamais complètement exterminés. Il est une évidence irréfutable, aujourd'hui, à savoir que, lors de la Seconde Guerre mondiale, Hitler, le fou, et ses complices fascistes, également fanatiques, qui allaient des généraux de l'armée du Reich aux chefs homicides de la Gestapo, auraient pu anéantir toute vie humaine en Europe, une fois convaincus que leur fin était venue, en recourant au gaz et aux bombes bactériologiques. Ils ne le firent pas. De même, les Américains humanitaires qui détruisirent, avec les bombes atomiques, Hiroshima et Nagasaki, épargnèrent Tokyo et l'Allemagne, sinon le jeu de la guerre eût été terminé à jamais. L'être humain est l'unique espèce qui a utilisé sa pensée la plus créative, son imagination, et ses connaissances (technologiques, en particulier) en vue de tuer et de détruire d'autres êtres humains, mais jamais en totalité. Après la Seconde Guerre mondiale, ses protagonistes les plus impitoyables, l'Allemagne et le Japon, sont aujourd'hui, quelque quarante ans plus tard, les nations les plus opulentes, économiquement et socialement. L'objet haï ne doit pas être tué ni totalement détruit. Telle est la condition humaine. Je ne me suis pas beaucoup étendu sur ce sujet avec Benjamin.

De la deuxième phase de sa psychothérapie, je choisirai un événement encore qui devait s'avérer d'une grande aide dans la suite du traitement. Le père de Cathy était directeur et propriétaire d'un groupe de compagnies organisant dans toute l'Europe des vols à tarif réduit. En hiver, les touristes, les jeunes en particulier, étaient attirés par le ski. Les parents de Cathy étaient des skieurs chevronnés, et leur fille avait appris à skier à l'âge de six ans, excellant dans ce sport comme dans tous ceux qu'elle pratiquait. Ainsi, en février, neuf semaines environ après que Benjamin eut recommencé de travailler et de s'amuser, le père de Cathy leur offrit à tous deux les billets et un séjour gratuit de dix jours dans une station autrichienne. Benjamin commença par se sentir terrifié et paniqué. Son raisonnement était le suivant : il n'avait jamais skié, ce serait parfaitement stupide de dépenser tant d'argent pour acheter des vêtements, et tout l'équipement de ski. Je savais très bien ce qui le minait et l'effrayait. C'était cette longue période de dix jours d'intimité garantie et de tête-à-tête avec Cathy. Maman ne serait pas là pour *intervenir* à tout moment, en déployant ses manœuvres hyperprotectrices. Ainsi l'alibi de Benjamin deviendrait inopérant : à savoir que c'était sa mère qui était une empêcheuse de danser en rond, intervenant tout le temps à la maison ou avec Cathy. J'adoptai une attitude très ferme et fus en cela soutenu par son père qui proposa de payer la moitié du voyage, des vêtements, etc. Quant à moi, je lui dis que je ne prendrais pas d'honoraires. Il tenta un autre subterfuge. Il n'avait repris son travail que depuis neuf semaines et partir maintenant pour des vacances de neige serait peut-être considéré comme un acte irresponsable de sa part et le directeur ne lui accorderait pas cette autorisation. Je lui suggérai de conclure un marché : si on l'autorisait à prendre maintenant ces dix jours de congé, il pourrait proposer de travailler pendant les vacances de Pâques et de la Pentecôte, époque où les employeurs sont toujours à court de personnel. Par ailleurs, je l'autorisai à utiliser mon nom et à préciser que je considérais indispensable, sur le plan thérapeutique, à ce stade du traitement, qu'il se lançât dans cette aventure. J'avais ajouté, sans me laisser démonter mais sans ostentation, que ce que j'estimais nécessaire de faire sur le plan clinique, guidé par mon jugement et mon expérience, personne, jusqu'ici, ne me l'avait jamais refusé. Il ricana : être titré, ça compte ! À sa grande déception, même sa mère réagit calmement et bien qu'elle ne cautionnât pas positivement cette entreprise, elle resta neutre et l'aida à préparer son départ. Je constatai qu'il n'avait pas peur de se faire mal, malgré son inexpérience, mais ce qui le préoccupait, c'était d'être dans le groupe des débutants, alors que Cathy s'en donnerait avec les adultes et les skieurs entraînés. Avoir honte jouait ici un grand rôle — interpersonnellement et intrapsychiquement. Je le rassurai en lui demandant si cela ne l'amusait pas d'être au « jardin d'enfants pour skieurs », d'apprendre quelque chose d'entièrement nouveau, en partant de zéro, de sa propre initiative et sans *demandes* latentes internes, ce qui dénotait les progrès qu'il avait faits. Ce dont on retire le plus de plaisir, c'est de ce que l'on apprend sans être ligoté par le souci des résultats et de la performance. Cathy et lui partirent, ensemble, tout contents, pour cette escapade.

Troisième phase

Benjamin m'avait écrit une carte de la montagne pour me dire combien Cathy et lui appréciaient le paysage complètement dénudé et enneigé et aussi combien il était amusant de skier. À mes yeux, cette carte était importante pour trois raisons : a) J'étais soulagé de constater qu'il m'avait gardé vivant, comme un *bon* objet interne ; b) qu'il était capable de recommencer à apprendre et de tenter de nouvelles expériences (le ski) ; c) qu'il ne s'était pas abandonné à ses «pensées», selon sa technique patente de clivage du moi en se distanciant de l'objet d'amour, dans le cas présent, Cathy, maîtrisant ainsi sa haine de l'amour. Le lecteur se demandera peut-être comment j'avais pu tirer ces conclusions d'une cinquantaine de mots écrits sur une carte. Le fait est que Benjamin était l'un de ces patients, que nous rencontrons rarement dans notre travail clinique, en raison de leur *négativité docile*, qui les fait juger inaptes à l'analyse et à «l'alliance de travail» (Freud, 1940). Souvent ces patients nous menacent, sans que nous ne nous en rendions compte, dans notre expérience du *self*. Seul, un Ferenczi (1933) était capable de prendre le risque que comporte la psychothérapie de patients de ce type. Le matériel livré par Benjamin lors de la dernière phase consistait, pour la plus grande partie, en souvenirs pris au hasard, inégaux, voilés et subliminaires. J'enregistrai cela avec précision, ce qui me permit d'orienter ma pensée dans une autre direction. Je ne considérai plus chez lui la privation affective cumulative remontant à sa prime enfance et à son enfance, comme seul résultat du comportement exogène et traumatique du caractère de sa mère. Même les nourrissons ne sont pas totalement démunis, ni les innocentes victimes d'un « mauvais » traitement externe, qu'il s'agisse de sévérité dans l'apprentissage de la propreté ou de l'absence de contact ou de chaleur avec la mère qui, à bien d'autres égards, est « suffisamment bonne ».

J'ai renoncé à considérer la séduction sexuelle et agressive de la petite enfance comme un acte manifestement cruel et fait intentionnellement par un adulte, ou une séduction inventée de façon détournée, quand j'ai écrit mon article sur le « traumatisme cumulatif » (Khan, 1963). Pourtant, je n'étais pas pleinement conscient de ma réfutation du rôle central attribué à la « théorie de la séduction », à la fois dans ses variantes — faits ou fantasmes —, dans l'étiologie des névroses, etc. J'utilise maintenant le terme de « séduction » en adoptant la définition anglo-américaine : « quelque chose qui attire (séduit, entraîne) ou est influencé par l'attraction ou le charme » (*Webster, Third Int. Dictionary*). « Attirance vers une action, caractère attrayant, qualité séductrice » (*Oxford English Dictionary*). Je considère la « séduction » comme la *substance nutritive primaire* dans tout mode de relations mère-nourrisson. Mutuelle, elle dégage, relâche, libère les processus de maturation et de développement chez le nourrisson et l'enfant, qui interviennent dans les structures endo-psychiques dont Freud a fait des instances.

*

Pour en terminer avec cet article, je ne citerai que les recherches et écrits des analystes qui, de manière créative, ont guidé mon travail avec Benjamin: à commencer par le concept du moi-corps de Paul Schilder (1935), en passant par Winnicott (1931, 1946, 1960, 1972), Spitz (1959, 1960), Smirnoff (1980), Anzieu (1974, 1975 et 1985) et Stoller (1985). «La séduction» n'est plus, dans mon évaluation clinique, une expérience qui se limite aux orifices du corps, au sein et au pénis, mais qui inclut la myriade d'expériences infinitésimales de l'ensemble du moi-corps, interne et externe du petit enfant. Ces expériences exogènes traumatiques proviennent des états d'âme, du caractère, de la manipulation de la mère, tout comme d'événements occasionnels: maladie physique, difformité (cf. Winnicott, 1970 — le récit le plus émouvant d'une consultation avec un enfant qui ne parlait pas anglais) et peuvent être décisives et déformer à la fois les processus de maturation et de développement: c'est là un risque inévitable auquel nous avons tous été confrontés et dont nous avons souffert. Il s'agirait soit de l'intensité grave d'un événement (ce à quoi je n'ajouterais pas entièrement foi) ou plus probablement d'un traumatisme cumulatif, de la séduction cumulative et de la privation affective cumulative qui jouent un rôle mutatif dans l'arrêt du développement ou dans sa maturation normale. Je mentionnerai encore deux concepts que j'emprunte à Jean Starobinski (1960), à savoir la mélancolie et l'*acedia*, «dégoût, indifférence, découragement qui s'emparent parfois de l'âme du moine à la recherche de Dieu» (*Le Grand Larousse*). Une citation de Montherlant pour l'expliquer: «... on dirait que nous avons l'un et l'autre l'*acedia* de personnes qui viennent de se retirer au couvent». Il ne serait pas extravagant de faire ici l'hypothèse que lorsque Benjamin s'écroula, à vingt ans, il avait, pour ainsi dire, fait de sa maison un « couvent » dont sa mère était la prêtresse. J'avais involontairement relevé chez Benjamin une certaine apathie différente de *l'indolence* des patients dépressifs. De même, son état d'âme, quand il ne pouvait le contrôler dans le cadre analytique, n'avait pas la qualité de la dépression, mais celle de la mélancolie. Starobinski (1960/1985) s'appuyant sur la vie des saints, des écrivains, des artistes, constate que « d'une part, le tempérament mélancolique prédispose à la contemplation et aux activités intellectuelles ; c'est d'abord un privilège, et non pas un mal ; d'autre part, le danger se lie intimement aux influences favorables et le contemplatif est exposé aux méfaits de *l'acedia* ». D'une certaine manière, cela pourrait s'appliquer à Benjamin.

Je pense aujourd'hui qu'il y avait eu complicité entre le bébé/enfant Benjamin et sa mère, complicité qui l'avait conduit à la division du soi (le clivage étant le concept métapsychologique qui l'exprime) et à la reddition à « l'amour de la haine » qui en avait résulté et s'était exprimé chez lui par la soumission, dans son enfance, et son comportement semblable à celui d'un robot, bien habillé ainsi que je l'avais remarqué, lors de la première consultation (Ferenczi, 1933, Winnicott, 1959).

Ce qui est véritablement diabolique, dans le tri clinique de ces données expérimentales, chez un patient adulte, c'est qu'on ne peut obliger ce dernier à se les remémorer avec les interprétations *ad hoc* qui nous convainquent, nous seuls, et que les patients n'acceptent, que trop reconnaissants, parce qu'ainsi se répète, dans l'ici et maintenant de la relation transférentielle, la complicité qu'ils ont vécue avec la mère, au cours de leur enfance, pendant une longue période et dont ils n'ont pris conscience que par hasard. Ainsi, l'outil clinique que nous utilisons dans ce contexte, c'est la *construction* (Freud, 1937). Nous avons ici posé les pieds sur un terrain traître.

J'évoquerai enfin quelque vingt-quatre semaines de travail clinique, la plus longue période, avant l'interruption de l'été, dont j'avais prévenu Benjamin au tout début de sa psychothérapie.

Lors de la séance qui avait précédé le départ de Benjamin pour le ski, j'avais remarqué sur son visage, par ailleurs tout lisse, un bouton. Je ne pus m'empêcher d'établir une relation entre l'acné qu'il avait eue à quinze ans et ce bouton qui apparaissait au moment de la première séparation d'avec sa mère, séparation de dix jours, moment où il allait partager sa chambre avec une amie. Benjamin revint à peine bronzé, malgré la neige et le soleil, d'abord parce qu'il avait la peau claire, ensuite parce que son visage était couvert de boutons. Pour faciliter la reprise de contact — il avait l'air si tendu — je lui dis avec bonne humeur : Pour l'amour du ciel, Benjamin, qu'avez-vous fait à votre peau ? Il était allé voir un médecin qui lui avait dit qu'il s'agissait d'une allergie provoquée par les plantes de serre qui se trouvaient dans sa chambre. On lui avait prescrit des comprimés et une pommade. Il me rassura en ajoutant : cela va bientôt passer.

Je n'allais pas le laisser devenir opaque, et suffisant. Je me moquai gentiment de lui : Bien entendu, Benjamin, ces boutons vont disparaître maintenant que vous êtes revenu, sain et sauf, vous abriter sous l'aile protectrice de maman. Il changea de sujet : Savez-vous ce qu'elle a fait pendant mon absence ? Elle a entièrement retapissé la chambre, acheté un nouveau lit, plus grand, et un fauteuil supplémentaire. Il ajouta, sarcastique : Maman doit certainement vous écouter. Je lui dis que ce qui était beaucoup plus important pour nous, pour notre travail, c'était la manière dont il s'y était pris pour la *laisser* terminer la chambre et la meubler. Il remua sur sa chaise, avec une certaine gêne, et changea de nouveau de sujet. Comment se faisait-il que dans le jumbo-jet, plein comme un œuf, où ils étaient empilés comme des sardines en boîte, il n'ait pas eu peur et ses « pensées » n'aient pas empiété sur lui. À la montagne, Cathy avait rapidement sympathisé avec tout le monde. Elle était bonne skieuse puisqu'elle pratiquait ce sport depuis l'âge de six ans, mais malgré cela, il ne s'était pas senti intimidé. En fait, il avait pris du plaisir à la compagnie de garçons beaucoup plus jeunes que lui dans la classe des débutants. Il rit et dit : nous autres, Anglais, nous nous comportons de façon toute différente à l'étranger. Les filles, Cathy y compris, ne portaient pas de soutien-gorge quand ils dînaient et dansaient tous le soir dans le grand hall. Il ajouta, ainsi qu'une note en bas de page, comme pour protéger son innocence : les filles font des plaisanteries aussi salaces que les garçons. Il ne pouvait s'associer à ces plaisanteries douteuses. Cathy l'avait constamment taquiné à ce sujet et lui racontait tous les jours une plaisanterie « sale » qu'elle avait entendue en faisant du ski.

Partant de là, nous évoquâmes le problème des enfants qui se masturbent seuls ou avec d'autres. Il intervint pour me signaler que non seulement sa mère ne les autorisait pas à avoir des animaux à la maison, car ils peuvent donner des allergies, mais qu'on ne leur permettait pas non plus de mettre leurs mains dans les poches de leurs pantalons, même quand il faisait froid. Je connaissais maintenant la tactique à laquelle Benjamin recourait toujours pour arrêter un sujet en train d'émerger par hasard, que j'avais choisi pour le commenter plus en détail : il me fournissait simplement une information supplémentaire, puis ne laissait plus rien échapper. Cette fois-ci, je ne le laissai pas faire ; je lui dis que je ne pouvais pas le savoir, mais qu'est-ce donc qui l'avait amené à se masturber quand il avait onze ans et plus ? Il n'aimait pas ce genre d'empiétement, par la conversation, sur son espace psychique. Nous luttâmes pendant les semaines qui suivirent. Le truc qu'il avait mis au point pour cesser de se masturber était de s'épuiser complètement en s'adonnant aux sports. Son corps n'était jamais détendu, «comme en jachère» (Khan, 1977). Il alimentait ainsi cet *espace potentiel* «à la Winnicott» (1971), à partir duquel peuvent s'instaurer fantasmes et expériences auto-érotiques agréables. Je le lui dis et continuai, les semaines suivantes, à lui montrer comment il avait distribué son agressivité intrapsychiquement et intrapersonnellement, d'abord en la tournant contre lui-même, en devenant un enfant soumis et passif, à l'abri de la sévérité de sa mère. C'est ainsi qu'il avait cultivé, pour emprunter le titre de ce numéro, l'amour de la haine. J'ai dit explicitement que, chez un parent, la sévérité masque souvent la haine. C'était la raison pour laquelle l'horrible histoire, racontée par son frère aîné, du viol sexuel et du meurtre d'un enfant l'avait tant obsédé. Il s'était plus identifié au «violeur» qu'au violé, ce qui expliquait son attitude hyperprotectrice à l'égard de son frère cadet. Pendant la puberté et l'adolescence, il avait déployé son agressivité au service d'un idéal du moi narcissique, afin de devenir fort et parfait ; de là provenait un sentiment de honte, et non de culpabilité, il se sentait «mauvais» à cause de ses

« pensées ». Il me raconta alors ce qui avait provoqué son premier effondrement. Étant resté endormi trop longtemps ce jour-là, il avait raté le métro de sept heures trente, rarement bondé. Il prit le second métro direct qui, lui, était plein de monde ; il dut rester debout. Soudain, il vit une jeune négresse qui allaitait son bébé, la poitrine complètement dénudée. Cette vision déclencha ses « pensées ». S'il avait pu arrêter le train, il l'aurait fait et serait sorti. Mais il avait dû souffrir jusqu'au bout, et pourtant il avait tenté de toutes ses forces de ne pas regarder, mais il fixait toujours le sein et le bébé qui tétait. Il ajouta de nouveau, comme en note : au diable, elle et le bébé, ils prenaient du bon temps pendant que ma tête me faisait souffrir le martyre avec ces « pensées » qui devenaient de plus en plus obscènes, cruelles, vicieuses, nocives. Elles ne recélaient pour lui aucun plaisir et il ne pouvait les arrêter. Enfin, il arriva au terminus mais, trop épuisé pour se rendre à son travail, il téléphona à son père, qui était au bureau, pour lui dire qu'il s'était brusquement senti très mal. Son père était venu le chercher, sans lui poser de questions. Il finit par dire : Vous connaissez la fin de l'histoire. Je répondis : Pas tout à fait, mais nous avons partagé assez de choses ensemble pour l'instant. Il ne restait plus que quatre semaines avant les grandes vacances et, pendant cette période, il ne pourrait me joindre, puisque j'allais dans mes terres au Pakistan. J'avais donc décidé, pendant ces quatre semaines de « consolider » l'initiative, qui venait de lui, allant dans le sens d'une vie active, positive, à la maison, au travail, et dans la vie sociale et aussi de raffermir sa confiance en moi et de stabiliser le travail que nous faisions ensemble. C'était encore un jeune homme très fragile, qui établissait de façon précaire son *Je suis* et son identité.

Nous ne disposons pas de moyen magique pour aboutir, cliniquement, à ce que l'on désire pour le patient, au-delà des capacités «disponibles» en lui, et dans l'être. Je me sentais confiant sur un point, à savoir qu'en dépit de sa grave maladie, il avait un potentiel inné élevé qui lui permettrait de grandir et la volonté nécessaire de mener cette tâche à bien.

Quand je rencontrai Benjamin, quatre mois plus tard, il avait l'air dispos, bien dans sa peau. Je fus réellement surpris de constater qu'il était parvenu à se maintenir, en accord avec lui-même, comme un jeune homme indépendant en plein développement, qui s'adonnait à diverses activités. Nous ne rencontrons guère, dans notre pratique, des patients comme Benjamin qui, s'ils sont très éprouvants et exigeants, nous permettent de développer notre savoir-faire et d'enrichir nos conceptions. Je me sens vraiment très reconnaissant de ce qu'il est parvenu à faire au cours de ces quatre mois, non seulement pour lui, mais pour nous deux, et aussi pour notre futur travail clinique. Maintenant, notre relation a changé, mais c'est là une autre histoire, que je raconterai une autre fois, quand j'en saurai davantage.

MASUD KHAN

Traduit de l'anglais par Claude Monod.

RÉFÉRENCES BIBLIOGRAPHIQUES

ANZIEU, D. (1974/1980), «Skin Ego», *in* Lebovici and Widlocher ed., 1980.

ANZIEU, D. (1975/1986), *L'auto-analyse de Freud et la découverte de la psychanalyse*, Paris, P.U.F.

ANZIEU, D. (1985), *Le moi-peau*, Paris, Dunod.

BION, W.R. (1967), *Second Thoughts. Selected Papers on Psycho-Analysis*, London, Heinemann.

BOWLBY, J. (1969), *Attachment and Loss*, Volume 1. « Attachment », London, Hogarth.

CHASSEGUET-SMIRGEL, J. (1975), *The Ego-Ideal : A Psychoanalytic Essay on the Malady of the Ideal*, London Free Associations Book, 1985.

CHASSEGUET-SMIRGEL, J. (1984), *Creativity and Perversions*, London, Free Association Books.

CLARK, R.W. (1980), *Freud, The Mind and the Cause*, London, Jonathan Cape and Weidenfeld Nicolson.

ELIOT, T.S. (1918), « Hamlet » in *Selected Essays*, London, Faber, 1932.

ERIKSON, E.H. (1950), *Childhood and Society*, New York, Norton.

ERIKSON, E.H. (1959) *Identity and the Life Cycle*, New York, Int. Un. Press.

FAIRBAIRN, W.R.D. (1944), « Endopsychic structure considered in terms of object-relationships » in *Fairbairn 1952*, p. 110-111.

FAIRBAIRN, W.R.D. (1952) *Psychoanalytic Studies of the Personality*, London, Tavistock, 1952.

FERENCZI, S. (1932/1933) « Confusion of tongues between adults and the child. The language of tenderness and of passion » in *Ferenczi 1955*.

FERENCZI, S. (1955), *Final contributions to the problems and methods of Psychoanalysis*, London, Hogarth.

FREUD, S. (1887/1985) *The complete letters of Sigmund Freud to Wilhem Fliess 1887-1904*. Translated and edited by J.-M. Masson. (The Belnap Press of Harvard Un. Press. Cambridge, Massachusetts and London, England.)

FREUD, S. (1905), *Three Essays on the Theory of Sexuality*. (*Standard Ed.* 7.)

FREUD, S. (1937), « Constructions in Psychoanalysis. » (*Standard Ed.* 23.)

FREUD, S. (1940), *An outline of Psychoanalysis*. (*Standard Ed.* 23).

FREUD, S. (1940a), « Splitting of the Ego in the Process of Defence. » (*Standard Ed. 23*).

GREEN, A. (1976), Préface à *Le soi caché* de M. Khan. (Paris, Gallimard.)

KHAN, M.M.R. (1963), «The concept of cumulative trauma» in *Khan 1974a*.

KHAN, M.M.R. (1972), «Pornography and the politics of rage and perversion», *in Khan 1979*.

KHAN, M.M.R., DAVIS, J., and DAVIS, M. (1974), «*The Beginnings and Fruition of the Self — An Essay on D. W. Winnicott*», in *Scientific Foundations of Paediatrics*. Edited by John. A. Davis and John Dobbing, London, Heinemann Medical Books 1981.

KHAN, M.M.R. (1974a), *The Privacy of the Self*, London, Hogarth.

KHAN, M.M.R. (1977), «On lying fallow» in *Khan 1983*.

KHAN, M.M.R. (1980), *Alienation in Perversions*, London, Hogarth.

KHAN, M.M.R. (1983), *Passion, solitude et folie*, Paris, Gallimard, 1985.

LAPLANCHE, J. and PONTALIS, J.-B. (1967/1973), *The Language of Psycho-Analysis*, London, Hogarth.

LEBOVICI, S., and WIDLOCHER (Editors) (1980), *Psychoanalysis in France*, New York, Int. Un. Press.

LITTLE, M.I. (1985), «Winnicott working in areas where Psychotic Anxieties predominate in a personal record». (*Free Associations* 3, *Free Associations Books London*).

MAIN, T.F. (1957), «The ailment». (*Brit. J. Med. Psychol.*, 30).

MANNONI, M. (1985), *Un savoir qui ne se sait pas. L'expérience analytique*, Paris, Denoël.

MASSON, J.-M. (1984), *Freud. The Assault on Truth. Freud's Suppression of the Seduction Theory*, London, Faber and Faber.

MENNINGER, K. (1973), *Whatever became of sin*, New York, Hawthorn Books.

PONTALIS, J.-B. (1972), «Between dream as object and the dream-text», in *Pontalis 1977/81*. London, Hogarth.

PONTALIS, J.-B. (1975), «The birth and recognition of self», in *Pontalis 1977/1981*. London, Hogarth.

PONTALIS, J.-B. (1977/1981), *Frontiers of Psychoanalysis: Between the Dream and Psychic Pain*, London, Hogarth.

SADE (1791), *Justine or good well chastised*. Traduit par S. Richard and A. Wainhouse (New York, Grove Press 1965).

SMIRNOFF, V. (1980), « The Fetishistic Transaction » in *Lebovici and Widlocher 1980*.

SPITZ, R.A. (1959), *The genetic field theory of Ego Formation. Its implications for Psychology*, New York, Int. Un. Press.

SPITZ, R.A. (1962), « Autoerotism re-examined, The role of early sexual behaviour in personality formation ». (*Psychoanal. Study Child.* 17.)

STAROBINSKI, J. (1960/1985), « Recettes éprouvées pour chasser la mélancolie ». *Nouvelle Revue de Psychanalyse*. nº 32.

STOLLER, R.J. (1985), *Observing the Erotic Imagination*, New Haven, Yale University Press.

WINNICOTT, D.W. (1931), *Clinical Notes on Disorders of Childhood*, London, Heinemann.

WINNICOTT, D.W. (1956), « The anti-social tendency » in *Winnicott, 1978*, London, Hogarth.

WINNICOTT, D.W. (1958/1978), *Through Paedatrics to Psycho-Analysis*. London, Hogarth, 1978.

WINNICOTT, D.W. (1960), « Ego Distortion in terms of true and false self », in *Winnicott 1965*, London, Hogarth.

WINNICOTT, D.W. (1960a), « The theory of the parent-infant relationship », in *Winnicott 1965*.

WINNICOTT, D.W. (1965), *The maturational processes and the facilitating environment*, London, Hogarth.

WINNICOTT, D.W. (1971), *Therapeutic consultations in child psychiatry*. London, Hogarth Press.

WINNICOTT, D.W. (1972), « Basis of self in body ». (*Int. J. Child Psychotherapy*. 1).

WINNICOTT, D.W. (1971a), *Playing and Reality*, London, Tavistock.

WINNICOTT, D.W. (1984), *Deprivation and Delinquency*, London, Tavistock.

De la haine à la guerre

Juste au printemps de cette année-là — alors qu'elle commence son analyse — Florence se ressent amoureuse de quelqu'un qu'elle connaît à peine. Survenue dans le mois qui précéda la première séance, la rencontre avec le jeune homme la fit douter du bien-fondé de sa démarche auprès de moi : l'état amoureux ne fait-il pas le même effet qu'un antidépresseur ou qu'un anxiolytique et l'analyse n'entraîne-t-elle pas le risque de quitter les bienfaits de cet état sans garantir pour autant la guérison des angoisses ? Mais la pensée de la coïncidence entre la rencontre et la date prévue pour la première séance n'avait pas échappé à Florence. Et une telle pensée l'avait d'autant plus incommodée qu'elle s'accompagnait de la découverte qu'en *détaillant* l'homme, rien de lui, sinon ses mains, ne l'attirait. Bien au contraire sa petite taille, son nez, son cou, sa moustache, son ventre de bébé... entraient dans l'inventaire négatif de ses traits comme récapitulés au service d'une seule phrase constamment reprononcée en elle : « Mais je l'aime. » Et cette phrase, à se répéter en silence, finissait elle-même par ne plus rien vouloir dire comme si elle n'était utile qu'à produire le vide capable de la rendre réceptive à l'impression amoureuse de l'instant.

La saga psychanalytique colporte l'histoire de ces transferts passionnels dont la seule évocation suscite aussitôt chez Florence la colère. Ne sont-ils pas la preuve par l'obscène de l'indigence humaine et de l'exploitation de celle-ci par le narcissisme des analystes ? À elle qui s'y connaît en scénarios, l'amour joué par des personnages viennois suffirait à jeter le discrédit sur toute la psychanalyse. Même si l'on tient pour plus subtile l'idée que les états amoureux cachent délicieusement une haine féroce qui gagne de la sorte à se protéger, rien ne dit que celle-ci serait plus vraie que l'amour. Aimer, haïr sont les expressions actives d'une sorte d'alternative abstraite. Ne suffit-il pas de se poser la question de savoir si l'on aime quelqu'un pour se retrouver dans l'empêchement d'y répondre ? Et les paroles humaines s'appauvrissent aussitôt lorsqu'elles dépendent d'une déclaration d'amour. Alors la haine — si rare à éprouver — est peut-être une réserve de perceptions des autres et de mots inconnus dont on ne connaît l'intelligence que lors des ruptures. C'est, du moins, ce que Florence a appris jusque-là de sa propre vie. Elle s'est souvent sentie aimée par des hommes qu'elle n'aimait pas. L'un d'eux est mort, il y a juste un an, et elle a pleuré. Elle n'aurait pas pleuré sur la perte de quelqu'un si elle l'avait aimé. Se sentir aimée par un homme permet de se retrouver amoureuse d'un autre que l'on n'aime pas. Il faut épargner la haine et la réserver à la vie sociale, à l'action quotidienne. Pour réussir. Si elle survient dans la vie privée d'un couple, l'amour qu'on lui porte ou l'amour fou qu'elle comporte épuise son inspiration. Alors tout l'embarras de faire usage des verbes « haïr » et « aimer » ne tient-il pas en cela qu'ils se veulent parlés de personne à personne, qu'ils se veulent adressés par quelqu'un à quelqu'un d'autre ? En se répétant qu'ils s'aiment, les amoureux savent bien que leurs mots ont des effets sur l'autre mais qu'ils ne signifient rien !

La jouissance de son état amoureux dispenserait Florence d'en connaître la source. Le printemps et ses lumières à Paris peuvent très bien produire cette sensualité acide de l'esprit qui fait voir les autres plus distinctement. La rencontre avec Laurent eut lieu lors d'un tournage où elle lui avait confié le rôle d'un loubard astucieux à réussir ses coups. Serait-ce le personnage de la fiction qui l'a touchée ? Après sa rupture avec Laurent, environ un an plus tard, Florence fera revivre dans son analyse le souvenir d'un frère cadet, mort lorsqu'il avait seize ans. Ce frère avait été haï par elle à sa naissance alors qu'elle avait cinq ans : cette mort pourrait avoir été responsable de l'oubli de la haine d'autrefois et des rêves d'angoisse qui lui étaient, encore récemment, très fréquents. La haine peut-elle être gelée par la mort qui paraît en accomplir le vœu ? Laurent sera rejeté comme pourrait l'être le nom caché dans le prénom. Ce nom aurait été son prénom si elle avait été un garçon. C'était celui du grand-père maternel, celui qui désignait l'objet inscindable de l'amour. Ce grand-père que Florence ne connut que par le souvenir de sa mère était psychanalyste. Au cours des premières séances, Florence ne manqua pas d'évoquer la villa italienne où avait exercé autrefois son grand-père : en conservant cette maison de son enfance, la mère avait pris soin de laisser intact le bureau de consultation devenu ainsi un espace pour la mémoire. Mais, à vrai dire, étrange espace que Florence voit tout à coup menacer de s'abattre sur celui de sa propre analyse — comme si elle réalisait alors s'être de tout temps heurtée à ce musée de la mémoire de sa mère consacré à Laurent son grand-père, au point de se demander si la mort de son frère n'était pas le résultat accidentel d'un meurtre psychique perpétré par sa mère sur son fils, dès sa naissance. Alors sa propre haine d'enfant pour son frère aurait-elle été une sorte de hurlement destiné à la fois à protéger celui-ci d'un danger de vivre et à l'extraire de la somnambulique mémoire de sa mère ? Dire que sa mère n'a jamais pu faire le deuil de son père est insuffisant : Florence imagine que son grand-père n'a, en quelque sorte, jamais existé. Peut-on haïr quelqu'un pour le sauver du néant ? C'est probable. L'enfant doit le savoir, puis il l'oublie. La haine est-elle la dernière réserve d'une mémoire qui ne doit jamais oublier ?

L'analyse devrait accroître les perceptions distinctes que procure l'état amoureux. Contrairement à ce que l'on prétend, l'état amoureux ne rend pas aveugle aux défauts de l'autre, il rend exigeant de tels défauts — pourvu que l'autre ne soit pas un objet d'amour. Florence se surprend alors à dire que, pour elle, être amoureuse, c'est faire à tout instant l'amour avec un corps livré à l'aveu de ses défauts. L'idéalisation du corps de l'autre par l'amour empêche la fête amoureuse qui se nourrit des stigmates de la haine. Du moins ne voit-on jamais mieux un autre que par les yeux de cette haine qui reste silencieuse au fond de soi. Décidément, la sexualité n'est pas du côté de l'amour.

Sur un divan, la règle de tout dire comporte certainement l'exception de ne pas prononcer les mots qui, entre amants, sont les véritables choses sexuelles. Si de tels mots étaient rapportés en séance, ils deviendraient schizophréniques. Au lit, la chose sexuelle de ces mots est leur action magique dont la perversion serait la science intime et hors normes. Le sexe est banalement pornographique s'il cesse d'être le lieu visionnaire de l'imagination de la haine. Le sexe est à la source langagière de la haine dans le moment où il retrouve sa théorie infantile. Et les mots que la haine dégorge soustraient les sexes à leur représentation anatomique. La chose sexuelle des mots est aussi peu représentable que le sexe dans le rêve. Les humains confondent violence et haine : ils méconnaissent la tendresse de la haine à cause de l'angoisse de leur propre violence. Dire tout ce qui vient à la pensée pendant la séance est de règle : la violence de cette règle si elle est formulée ainsi consisterait pour Florence à précipiter sa pensée dans l'exercice d'une fantaisie toute formelle de mise en pièces du corps de l'analyste. La règle entraîne un truquage et sa violence consiste dans une sorte d'assourdissement de la haine. Il ne resterait alors plus qu'à faire l'aveu à son analyste d'un « je vous aime » équivalent d'un « je vous hais » ou inversement. La situation psychanalytique ne ferait-elle que rendre immédiatement fausse la phrase de l'amour qui l'énonce à son destinataire, ce seul mérite ne serait pas mince. Comment se fait-il donc que le verbe « aimer » ait un tel pouvoir sur la syntaxe qu'il fasse aussitôt pivoter celle-ci sur l'allégation du persécuteur ? L'amour de transfert éclairerait à souhait la nature d'une négation portée par la déclaration de l'amour. Le fait d'être à deux pendant la séance est responsable de tous les excès de pensée qui sont destinés à défendre contre les effets de la présence. Il se peut alors que l'amour se précipite pour immobiliser l'analyste et réserver ainsi les chances de la haine.

Au début de son analyse, Florence paraissait attendre de sa propre parole qu'elle lui signifie la mesure de sa distance. À trente et un ans, elle ne vient pas ici pour raconter sa vie qui, somme toute, lui a jusqu'à présent fourni de multiples occasions de satisfaction. Ce qu'elle pouvait avoir à en raconter, elle le relata en se présentant lors du premier rendez-vous : une enfance et une adolescence à tous égards éveillées dont elle conserve d'assez agréables souvenirs, une disposition précoce et jamais démentie à l'indépendance, une ambition à réussir une vie professionnelle aujourd'hui partagée entre le journalisme et l'écriture de scénarios. La mort du frère mentionnée dès ce premier rendez-vous, infléchit, certes, le propos de Florence dans le sens d'une capacité de douter de la façon dont elle se présentait ; mais ce doute paraissait alors devoir être laissé à la charge d'une analyse qu'elle souhaitait entreprendre sans y être poussée par des symptômes majeurs. Les autres la voient impulsive, toujours impatiente des résultats pratiques, souvent excédée par « les excès de subjectivité » qui retardent inutilement l'efficacité. Pareille réputation de son image n'est pas faite pour lui déplaire et, sans s'y complaire, elle tient cette image pour le témoignage d'une estime qui lui est portée pour ce qu'elle *fait*. De telles indications brièvement notées ne sont pas sans comporter néanmoins une légère tonalité de tristesse — suffisamment en tout cas pour signifier à l'analyste que le négatif de l'image n'est pas dans ce qu'elle fait mais dans ce qu'elle dit. De sa vie sentimentale et sexuelle, pendant longtemps elle n'aura non plus rien à *raconter*. Pour l'avoir fait tant de fois, dans le passé, auprès des autres, elle sait que de la sorte on séduit aisément. Et d'ailleurs raconter en séance les liaisons ne porte-t-il pas à fausser délibérément la situation analytique ? Florence imagine que, malgré lui, l'analyste s'accoutume par le récit à se représenter *ce qui se passe* dans la vie de son patient au détriment de ce qui se parle. Rien n'est alors plus risqué qu'entraîner chez l'analyste une sympathie dont on le crédite par la suite pour agir comme sous son regard : il devient ainsi le témoin familier de la vie quotidienne, on lui parle en secret, on jauge les autres à sa stature idéale, on fait les choses à l'intérieur du récit qu'on lui destine. Non, l'analyse ne peut pas être cela — elle ne doit pas l'être. Laissons à ceux qui en ont besoin l'illusion psychothérapeutique de l'interlocuteur privilégié, destinataire de toutes les pensées. Telle qu'elle *veut* que soit son analyse en écartant à l'avance ce qu'elle ne doit pas devenir, Florence ne lui assigne pas un but mais elle en recherche la légalité — une légalité qui tienne au langage seul. Et, au moyen de remarques prenant valeur de propositions négatives, il s'agit pour elle, dans le premier rendez-vous puis au cours des premières séances, de découvrir le lieu physique de sa parole sans se sentir passivement soumise à une quelconque prescription du cadre. Si l'évidence de s'allonger sur le divan se soutenait pour elle de l'intuition d'une rupture se produisant — « à cause du corps » — dans la parole, à la lisière du silence que recouvre la parole, cette rupture lui fera dire d'abord qu'elle « sépare l'amour et la haine », puis qu'elle interdit à la parole d'aimer ce qu'elle convoque dans l'espoir de le rejeter. Alors cette rupture que les paroles de séance tentent constamment d'effacer telle une ligne sur le sable est une rupture en plein milieu de la haine, lorsque la parole trouve grâce auprès du langage et ne connaît celui-ci que comme un état d'insurrection ou encore un pouvoir de guerre. Passer de la haine à la guerre : ainsi pourrait se dire l'œuvre d'une analyse. La haine ne fait qu'éprouver le va-et-vient de l'objet qui ne peut être ni avalé ni craché : elle rend la parole élastique et elle l'entretient de la valeur affectée à l'objet. Mais elle lui évite la rupture. Et l'amour dont est faite l'élasticité de la haine a pour fonction de rendre celle-ci inapte à se rompre dans l'intérêt de la guerre. Ou bien — ce qui revient au même — l'amour, protecteur contre le danger d'une déflagration psychique que la haine risquerait de produire si elle cessait d'user l'objet, tient les parties ensemble et il cultive les totalités de synthèse au prix de l'objet approximatif. Toute invocation de l'amour est une concession à la confusion des langues et donc à la sottise des choses. C'est un relâchement de l'exactitude. Le seul mélange rendu imaginable de l'amour et de la haine est celui que la chimie affective produit dans l'état amoureux. Rappelons-le encore : l'état amoureux est une jouissance auto-érotique d'un objet externe rendu exact par la haine, c'est-à-dire dont la connaissance de ses défauts par le moi exclut qu'il se perde ou s'anéantisse sous son emprise. L'état amoureux est un état — comme on le dit d'un corps ou de la matière — que la haine rend apte aux perceptions les plus subtiles et les mieux acérées. Et de même, au moyen de cet état, la haine n'entretient pas la parole intérieure. L'économie d'une telle parole conviendrait à l'analyse dès lors que lui est ôté le motif de la plainte et des récits qu'elle entraîne inévitablement. Il vient à la pensée de Florence qu'elle est tombée amoureuse en commençant son analyse, précisément par la raison de ce hasard qui lui prescrit de n'avoir rien à raconter de ce qu'elle vit !

Les rêves seulement se racontent. Au début de son analyse, il s'agit de rêves angoissants à répétition, où elle est pourchassée par des hordes d'inconnus, finissant toujours par l'encercler, par l'immobiliser en haut d'une tour où elle s'est réfugiée, ou qui l'acculent au bord de paysages abrupts. Pour échapper, chaque fois, elle doit se précipiter dans le vide. C'est alors qu'elle se réveille. Si elle se voit ainsi harcelée par des hordes de haines inconnues, idéalement isolée par l'admiration que ces haines lui vouent, c'est son saut dans le vide qui, pour elle, fait image. Le réveil lui laisse certes le souvenir de ses rêves mais c'est l'image de son saut dans le vide qui l'impressionne. Au point qu'au fil des associations qu'entraîne un de ses rêves, elle se demande si le réveil n'est pas toujours pour elle une sorte de franchissement de l'image sous laquelle culmine la montée harcelante des excitations. L'ultime image du saut dans le vide participe certes encore de l'encerclement mais elle précipite au réveil et ainsi à l'angoisse qui démantèle toutes les images. Ce saut dans le vide, Florence le connaît bien lorsque étourdie par les images qui l'admirent il s'agit pour elle de «rompre abruptement». À cet instant-là, il faut, dit-elle, «aveugler la haine tellement visible dans les regards qui vous admirent». Car il existe une sorte de hauteur dressée par les regards alentour et où la pensée se figerait en s'étourdissant. Le corps sait cela d'expérience. L'admiration est désirable mais elle s'accompagne d'un surcroît mortel d'excitations internes sans voies de décharge. Le vide est la non-image du trop-plein. Et pour autant que l'on puisse prétendre que le trop-plein est l'effet d'un processus de nature toxique, quasi autotraumatique, il ne s'annule que par dissolution de la vie psychique, c'est-à-dire au moyen de son propre *envahissement*. L'admiration des autres pour soi est une stratégie de la haine radicale dont l'œuvre n'est pas de détruire mais d'encercler l'isolement dans l'impitoyable logique de l'amour narcissique. De nature toxicomaniaque cet amour est une passion de la dissolution et le vide en aspire l'image ultime. Dans le rêve de Florence — par le rêve — le vide s'inverse en image-acte du réveil. La haine devient comme voyante de l'amour qui la trompe dans le miroir des images. Au terme d'une séance où, avant de quitter, la parole cherchait le repos d'une lutte, Florence pensa que le saut dans le vide faisait que la guerre était cette rupture scindant la haine en deux — l'une toujours vaine à s'éprouver en se parlant, l'autre vigilante comme la mémoire du rêve.

Ne pas raconter afin de ne pas induire chez l'analyste la représentation familière de la vie. Mais c'est aussi courir le risque de ce silence contre silence que Florence a connu, enfant, en présence de son père qui finissait toujours par parler le premier pour lui signifier qu'il n'était pas dupe de ce qui se passait en elle. Alors il interprétait. De cette époque, elle garde le souvenir d'avoir été réellement menacée non par le silence de son père, ni non plus par cette épreuve de force entre eux (car dans cette épreuve un équilibre de forces s'instaure comme pour une paix armée), mais par la dégradation de l'image de son père au fur et à mesure que celui-ci parlait. Alternant la menace et la compréhension, les paroles de son père la faisaient le regarder avec pitié et ce sentiment de pitié la laissait ensuite dans l'angoisse assez terrifiante d'être trop en surplomb dans la vie, trop haute face aux adultes et trop seule du fait de leur propre lâcheté. Longtemps après, elle pense que les affrontements de silence avec son père étaient faits pour imaginer un père — se donner un père qui lui apprenne à voir les autres sans compromis et à les connaître crûment pour s'en défendre ou pour les attaquer. Un père devrait savoir cela : en toutes circonstances et de quoi qu'il s'agisse, en parlant à sa fille, lui apprendre l'art de la guerre. Toute parole de compréhension détourne le langage de ce à quoi il sert : voir comme on tire à l'arme, couper aux articulations, mettre en pièces... Ce n'est pas d'une éducation spartiate qu'aurait rêvé Florence mais ce qu'elle a dû apprendre seule est l'usage guerrier des mots, sans haine. Et la pitié éprouvée si souvent à l'égard de son père avant de renoncer vraiment à en attendre quoi que ce soit lui a fait craindre de ressentir de la haine à son encontre. D'où cette notation : « On dirait que la haine s'adresse à des images qui les suscite et dont elle se nourrit. Il me vient à l'idée que la haine éprouvée est un viol. Le viol est le contraire d'une pénétration non consentie. C'est le consentement qui rend passive sous l'image défigurée du violeur. Regarder faire sans pouvoir bouger, sans pouvoir échapper ni se défendre. La haine ressentie provoque cela. On dirait que les violeurs savent cela. Désarmer leurs victimes en suscitant chez elles un sentiment de haine pour leur propre apparence. »

Il est courant qu'au début d'une analyse les analysants fassent savoir à l'analyste de quelle façon ne devra pas être son silence. L'instauration de la situation analytique entraîne, en effet, le souvenir d'expériences qui donnent lieux et corps au silence. Au cours de ses premières séances, Florence m'a donc laissé entendre que mon silence pourrait provoquer le sien à s'y opposer et que cette épreuve de force lui est familière ; que toute intervention de ma part qui se présenterait à elle comme une interprétation des pensées me dégraderait du même coup ; que rien de ma part ne doit susciter en elle des sentiments d'amour ou de haine et que mon écoute sera évaluée à la moindre manifestation de ma parole; que si chacun occupe sa place et s'y tient, alors l'analyse lui apportera ce que son père négligea de lui apprendre; enfin qu'il faut bien être deux pour une analyse, pourvu que deux ne se confondent jamais à l'occasion de la parole et soient au contraire exigeants de la distinction. Si ses rêves d'angoisse l'ont décidée à entreprendre une analyse, c'est pour ce qu'elle en a raconté et tout autant pour ce qu'ils lui feront entendre dire. Car l'existence de ses rêves aussi bien que leur contenu sont de même nature que le violeur et il s'en faudrait en effet de peu pour qu'elle éprouve à l'égard de ce qu'on appelle «vie psychique» la même haine que l'image de son père menaçait de susciter en elle. Être-femelle est un idéal-instant de n'avoir aucune vie psychique. En somme: une sorte de revanche de la guerre contre l'amour de la haine.

PIERRE FÉDIDA

Les voix de la haine

Nous entendons des sons. Une infime partie d'entre eux nous parviennent sous la forme de voix. Certains d'entre nous entendent plus de voix et de sons que les autres : ils font ce que nous appelons des « hallucinations auditives ». Ces sons et ces voix peuvent être porteurs ou non d'un sens. Cela dépend de l'organisation interne de leurs éléments et de leur rapport à tout ce que nous avons l'habitude d'appeler leur contexte.

Mais aussi, et beaucoup plus souvent qu'on ne l'imagine, les sons ou les voix nous semblent être porteurs de sens, ou ne pas l'être, selon leur musicalité, leur intonation, leur rythme. Les acteurs le savent bien, d'après leurs exercices. Dites : « je t'aime », en faisant un exercice de concentration sur la haine que vous portez à votre allocutaire ; ou bien le contraire. Dans les deux cas ce qui sera entendu relèvera plutôt de la musicalité de la voix que de l'énoncé. Celui-ci semble bien fragile. La conversation courante dépend beaucoup plus de la musique des voix que de l'articulation des signifiants de l'énoncé.

Un « je t'aime » chuchoté à voix douce est autre chose que le même « je t'aime » prononcé d'une voix criarde. Un « je t'aime » prononcé à voix basse et lente pourra être menaçant ou porter un comble de promesses. Nous partageons cette expérience avec ceux qui hallucinent. Ce qui nous sépare d'eux, hormis leur extrême sensibilité à la musicalité de la voix, est d'un autre ordre, extrêmement difficile à cerner. L'appel à des concepts relevant d'innombrables définitions, comme ceux de grand ou de petit autre, ne peuvent pas vraiment nous venir en aide, du moins pour les enjeux où l'amour et la haine sont présents, si intenses y sont les paris. Dans l'hallucination comme hors d'elle, l'amour et la haine désorganisent, portent leurs effets de déliaison et de liaison, viennent bousculer la grammaire et la syntaxe des voix et des sons, leur musicalité intime. Dans ces domaines il nous reste simplement ce que Freud a appelé le « rapport à soi-même ».

Dans les hallucinations auditives le « rapport à soi-même » prend une forme singulière. J'en proposerai ici deux exemples : l'un tiré de la clinique, l'autre puisé dans la littérature analytique.

*

La première fois que je rencontre Jeanne, elle est accompagnée de sa mère. Jeanne ne parlera qu'à la fin de l'entretien et pour s'adresser à elle. C'est sa mère qui répondra aux questions, qui parlera même sans que des questions lui aient été posées, qui évitera soigneusement que je puisse m'adresser à Jeanne, qu'elle puisse m'entendre ou me répondre. À vrai dire, Jeanne collabore avec sa mère. Assise devant moi, elle regarde par-dessus mes épaules, derrière moi, parfois loin derrière moi.

Jeanne est belle, de la beauté des jeunes filles de Renoir, dont elle a les couleurs et les rondeurs. Elle en diffère par un regard mystique perdu dans une béatitude infinie. Derrière moi, j'imagine ce qu'elle voit: des arbres, des feuillages, quelques oiseaux, des pies noires éclairées par le soleil léger de ce début de printemps. Pas vraiment de quoi entrer en extase. C'est joyeux, c'est beau, mais ce n'est pas le merveilleux des mystiques romantiques allemands ou de Schreber. Au-delà du paysage, Jeanne est plongée dans d'autres merveilles.

Et la voix de sa mère doit lui arriver de bien loin, comme elle m'arrive à moi, avec des alternances d'autant plus violentes que rapides, cette voix nasillarde, tantôt basse tantôt aiguë, tantôt de confiance tantôt de mépris, sortant de ce corps gros et gras. Tout est graisse dans le corps de cette mère: son visage, son cou, ses épaules, ses bras, ses petits doigts, partout la graisse tremble au moindre de ses mouvements. Et elle raconte, inlassable: c'était la faute au père de Jeanne, qui buvait trop, qui a toujours trop bu, qui a tellement bu qu'aujourd'hui il ne sort plus de sa chambre. Oui, que voulez-vous, c'est elle qui lui amène sa provision quotidienne d'alcool, surtout depuis l'accident qui voilà bien quinze ans l'a handicapé au point que tout travail lui soit interdit, quinze ans, Jeanne en avait cinq.

Que voulez-vous, elle a dû partir habiter chez sa grand-mère, avant ils habitaient à trois dans une toute petite chambre et puis, une nouvelle grossesse annoncée, il fallait bien que Jeanne parte. Mais oui qu'elle allait la voir: au moins une fois l'an, à Noël. Elle toute seule, pas le mari. Elle et la petite sœur de Jeanne. Non, Jeanne ne pouvait pas s'ennuyer d'eux: d'ailleurs, c'est curieux, on dirait le destin. Elle aussi, la mère de Jeanne, avait été élevée par sa propre grand-mère. Et puis, vous savez quoi, sa grand-mère avait été élevée par son arrière-grand-mère. Non, arrière-grand-mère à elle, pas à sa grand-mère. Et ça ne l'avait pas ennuyée de ne jamais voir ses parents. Dans la famille ça a toujours été comme ça : les hommes étaient tous des ivrognes. Alors, il fallait bien que les femmes... Tous, peut-être pas : il y avait un grand-père ou un grand-oncle qui était dompteur au cirque. Celui-là a disparu. Vous auriez cru qu'il aurait été mangé par les tigres ou les lions ? Non. Il courait les jupons. D'ailleurs il n'y avait pas que lui. Le père de Jeanne aussi a essayé des choses avec sa fille, quand elle est venue habiter avec eux. De se faire toucher, vous savez, il donnait des bonbons à Jeanne pour qu'elle le touche. Et comment se procurait-il les bonbons ? Mais c'était elle-même qui les lui apportait pour voir s'il s'arrêterait de boire. Oui. C'était lorsque Jeanne allait vers ses quinze ans. La grand-mère et Jeanne sont venues habiter avec eux. Il fallait bien. La grand-mère était beaucoup trop âgée, à deux reprises des choses étaient arrivées à Jeanne. La grand-mère se plaignait. Jeanne commençait à prier à haute voix, à parler de toute une ménagerie, elle allait être violée par les chameaux et les tigres, disait-elle. Et puis, à la maison, il y a quelques jours, elle s'est mise à tout casser à table et à parler de Franck.

Ce débit aurait pu continuer indéfiniment. En entendant le nom de Franck, Jeanne frissonne, sa mère se tait, un ange passe. Jeanne sort de sa stupeur béate, se tourne vers sa mère et avec beaucoup de tendresse prend sa main entre les siennes. Ce geste est reçu par un regard qui oscille entre l'effroi et le mépris, tout en cherchant ma complicité dans la constatation de la folie. La douce question de Jeanne et la non moins douce réponse de sa mère retentissent, tonnerre parmi le chant des oiseaux dehors : « Dis, est-ce que tu m'aimes comme je t'aime ? »

— « Bien sûr, ma Jeanne, voyons. » Cette tendresse partagée, cela me saisit, recèle un puits de haine. J'interviens pour mettre fin à l'entretien, en signalant que Jeanne viendra me voir seule, que nous pourrons parler de Franck et de bien d'autres choses. Jeanne acquiesce. Sa mère est extrêmement troublée. Elle reste dans le bureau un peu plus que sa fille, juste le temps de me demander si, au cas où je ne pourrais rien pour sa Jeanne, il me serait au moins possible de lui trouver un endroit d'où elle ne puisse plus jamais sortir. « Un tombeau, par exemple », me dis-je, tout en demandant à la mère si elle connaît des endroits d'où il soit à jamais impossible de sortir, et obtenant comme réponse l'indication d'un lieu clos, aux murs très hauts. Je me dis que les tombeaux n'ont pas les murs si hauts que ça, après tout. Remarque dérisoire, mais qui trouvera, plus tard, sa résonance.

La psychothérapie de Jeanne fut longue et semée d'embûches. Comme il arrive parfois, chaque période était marquée par des thèmes délirants et/ou hallucinatoires particuliers, ceux-ci se présentant comme des chapitres d'un livre où, tissées autour d'un thème dominant, de nombreuses histoires viendraient se greffer. Il s'agissait donc de défaire patiemment chacun de ces petits nœuds avant de parvenir à leur noyau, qui tantôt disparaissait alors de lui-même, tantôt amenait à un autre chapitre et à d'autres thèmes, tantôt exigeait un travail particulier pour se dissoudre. Il serait impossible de faire ici le récit de cette psychothérapie. Je me restreindrai à trois moments particuliers, caractérisés par la combinaison d'hallucinations visuelles ou auditives et de thèmes délirants.

Le premier d'entre eux porte sur l'hallucination d'un cercueil entouré de cierges brûlants. Jeanne le regarde religieusement, priant à voix basse. Puis, elle s'inquiète, elle cherche mon regard, inquisitrice, pour enfin me demander, au début dans le recueillement, à la fin par des hurlements, ce que contient ce cercueil, s'il s'agit vraiment d'un mort ou pas. Mes premières réactions furent de croire à la télépathie et à la célèbre capacité des psychotiques à deviner des pensées ou des sentiments, car je me souvenais encore des idées qui m'étaient venues à la fin de notre première rencontre, en réponse aux questions de sa mère quant à son enfermement. Cette phase passée et les crises de Jeanne s'atténuant, peut-être à travers la réflexion née de mes craintes et de mes inquiétudes lorsqu'elle était saisie par ces états, nous avons pu commencer à nous parler, à comprendre, à remonter à l'origine de cette hallucination, origine après tout très simple, si l'on se situe dans l'histoire et dans le cadre familial surchargé de la patiente.

Le jour où Jeanne avait eu ses premières règles, se voyant ensanglantée à son réveil, elle courut prévenir sa grand-mère et l'interroger sur ce qui lui arrivait. Chemin faisant et dans sa hâte, elle était tombée, s'était heurté le front, ce qui lui avait causé un évanouissement et un sérieux hématome. Secourue et transportée chez des gens du village, Jeanne avait vu et entendu sa grand-mère arriver en criant qu'elle aurait pu mourir, c'était évident. Il y avait du sang sur ses vêtements. Du sang, certes, mais pas en conséquence de la chute. Cela suffit pour que Jeanne établisse une relation directe entre avoir ses règles et mourir, et imaginer que la mort était belle puisque autant de monde se pressait autour d'elle. Dans le cercueil il y avait Jeanne, morte de ses règles, et peut-être aussi la grand-mère, tuée par Jeanne pour n'avoir pas su comprendre et expliquer de quoi il s'agissait, perdue dans son affolement de perdre Jeanne. Ou encore peut-être moi, car j'avais eu peur de ses crises et de Jeanne elle-même, dans le cercueil thérapeutique. Ou sa mère, qui l'avait fait enfermer. Ou Franck, qui ne venait jamais la voir. Ou son père, mort d'avoir tant bu. Toutes ces hypothèses furent avancées, dites, retournées, avant que l'hallucination ne disparaisse, emportant avec elle le délire auquel elle donnait lieu.

Le deuxième passage porte sur le délire de viol par des fauves : ce qui fut appelé l'« hallucination de la ménagerie ». Quand ces thèmes se présentèrent, je fus moins surpris qu'auparavant, puisque j'en avais été prévenu et que je me sentais fier de la fin du chapitre précédent, ainsi que d'autres détails intermédiaires, ce qui très probablement me valut de ne pas être sensible aux fils d'une nouvelle trame qui commençait déjà à se tisser. La scène se déroule à peu près de manière invariable : à un moment de l'entretien Jeanne se bouche très fort les oreilles. Elle vient d'entendre le rugissement d'un lion, d'un tigre, d'un gorille ou alors de tous ces animaux ensemble. Elle court se cacher dans un coin du bureau. Elle se couvre le visage d'un bras, protégeant son sexe de l'autre, tout en disant, en ordonnant d'une voix très ferme : « Ne te laisse pas faire, Jeanne, ne te laisse pas faire. T'es plus forte qu'eux. Vas-y, vas-y. » À quoi font suite, sur un ton plaintif, des séries de « Ha, non ; ha, non. »

Tout ce que je peux dire à ce propos, toutes mes interventions lors du déclenchement des crises, rien n'y fait. Je peux rappeler le grand-père ou le grand-oncle dompteur au cirque et qui courait les jupons, ou bien Franck qui l'affirmait forte et l'encourageait, je peux proposer la surimpression de ces personnages, tout cela semble bien inutile. Jusqu'au jour où je crois entendre une prononciation différente de son prénom : « Djane », presque comme en anglais. J'attends l'intensification et la permanence de cette impression. Et puis, je lui en parle en associant ce Jane qu'est devenue Jeanne et sa ménagerie à la célèbre compagne de Tarzan. Elle s'y reconnaît et des souvenirs lui reviennent. Des vacances, une fois où son père était venu lui rendre visite quelques jours. Il la prenait sur ses genoux, lui donnait des bonbons, lui disait : « Moi, Tarzan, toi, Djane. » Rien ne s'était passé entre eux, mais c'est beaucoup plus tard, après d'autres scènes comme celle-là, d'après ce que la mère en disait, que tout avait débuté ; puisant dans ces diverses sources, l'hallucination et le délire avaient commencé à s'organiser. Elle avait tout raconté à Franck, un petit ami. Il avait ri, traité sa mère de folle. C'est lui qui lui avait dit de résister et qui le lui disait toujours, en elle maintenant. C'est lui qui à la fin de ses crises se levait et, d'un geste majestueux, renvoyait les fauves.

Ceux-ci disparurent donc, comme par enchantement, du simple fait de la prononciation d'un prénom. Qui était cette Jeanne ? Peut-être celle qui aurait voulu qu'on puisse la désirer, enfin. Peut-être celle qui aurait voulu être ravie à cette famille. Celle qui aurait pu désirer son père si sa mère ne lui avait tant bassiné les oreilles avec les convoitises de son père envers elle. Ou une Jeanne se souvenant de lectures infantiles, des rêves qu'elles apportaient, des jeux avec son père. Toutes à la fois, enfin. Mais, les fauves chassés, Franck apparaissait. Jeanne pouvait dialoguer avec lui pendant nos entretiens, pour savoir si elle devait répondre à une de mes questions ou accorder foi à une association établie par moi entre tel élément délirant et tel autre. Elle pouvait aussi diverger du point de vue de son ami, l'interroger sur ses motifs, les mettre en doute, lui exposer les miens et, jusqu'à ce que la voix de Franck devienne audible, m'exposer directement les siens. C'était bien Franck qui avait chassé les fauves. Ces dialogues étaient aussi riches et variés que la mimique et les grimaces qui l'accompagnaient, se terminant en général par la réitération de l'ordre de se taire donnée à Franck sans que celui-ci l'observe tout de suite. Lorsque Franck me parle directement je reconnais sa voix : elle est grave, parfois menaçante, quand il croit que je veux que Jeanne se débarrasse de lui. Jeanne a besoin de lui pour être courageuse.

Mais les personnages changent souvent sur cette scène et Franck finira par disparaître, laissant la place au « petit lutin rouge », qui tourmente Jeanne d'autres tentations, beaucoup plus charnelles. La lutte entre Franck et « le petit lutin rouge », médiatisée par Jeanne, qui devient effrayante, les griffes en l'air et le terrible regard de certains masques japonais lorsqu'elle incarne le lutin, fut longue, orageuse. Peut-être serait-il possible de dater le début de l'effacement de Franck du moment où, au cours d'une de leurs conversations, j'entends Jeanne lui demander, d'une voix très douce, en se caressant tendrement le bras : « Dis-moi, Franck, est-ce que tu m'aimes comme je t'aime ? »

De l'entendre reprendre cette question me lancera sur diverses pistes transférentielles ou contre-transférentielles, pistes qui, à leur tour, auront des conséquences thérapeutiques diverses, parfois très négatives. Il sera extrêmement difficile pour Jeanne de reconnaître le mélange d'amour et de haine que lui voue sa mère, qui ne peut aimer qu'une fille idéalisée et parfaite, qui ne peut que haïr une fille folle, qui pose des questions affolantes et, surtout, qui montre ce que les hommes devraient faire à certaines femmes : les gifler, tout casser. Il sera en vérité impossible pour Jeanne de reconnaître la haine qu'elle se voue à elle-même pour avoir un jour été menstruée et avoir, par là, amené sa grand-mère à s'effrayer de sa mort. Franck ne disparaîtra jamais entièrement. Si sa présence hallucinatoire s'efface, c'est qu'il est allé occuper une autre place dans le panthéon romantique de Jeanne, souvenir d'un beau jeune homme qui, le premier, avait parlé de la folie de sa mère, lui permettant ainsi de se reconnaître comme n'étant pas seule folle dans cette famille et de vivre désormais un amour plein de haine visant sa mère, ou mieux, la lignée matriarcale excluant les hommes. Ou bien visait-elle aussi les hommes ?

L'essentiel, néanmoins, me semble le mode particulier de relation entretenue par Jeanne avec elle-même et avec ses voix. Elle ne les entend pas seulement, elle se les approprie. Elles deviennent sa voix à elle, mais selon une modalité où la tonalité des voix, leur mélodie et leur rythme, bref, leur musicalité, après avoir été attentivement entendue, est répétée. Jeanne, devenant chacun de ses personnages, doit parler avec leur voix. Et Jeanne doit devenir ces personnages, car elle se hait, elle aime cette haine qu'elle se voue et elle induit la haine envers elle par cette question : « Est-ce que tu m'aimes comme je t'aime ? »

Il est possible d'imaginer l'enchaînement que la question engendre. D'abord, une autre question : « Mais comment m'aimes-tu ? que je puisse te répondre » — et la réponse qui viendra de Jeanne : « Je t'aime comme tu m'aimes. » Amenant à un comble d'exaspération qui dévoilerait l'enjeu de la question : « Je te hais, je t'aime de la haine que tu me voues par le simple fait que je ne suis pas toi et que je ne peux pas t'aimer comme tu m'aimes, ni toi m'aimer comme je t'aime. »

*

Si toute ébauche de véritable réponse à des questions portant sur l'amour et sur la haine induit des sentiments troubles et contradictoires, tant ces rapports sont difficiles à penser, nous sommes habitués à reconnaître quelques-unes de ces réponses. Freud, dans *Le cas Schreber* par exemple, nous apprend à reconnaître certaines articulations, essentiellement projectives, entre l'amour et la haine. Melanie Klein nous a familiarisés avec la déliaison de ces sentiments dans la position schizoparanoïde, leur liaison dans la position dépressive, et les oscillations entre ces deux modes. Et est-ce que nous traitons d'autre chose que de l'identification à l'adversaire plus fort ou à l'agresseur, telle que Ferenczi l'a indiquée, lorsque nous nous intéressons à l'amour de la haine ? Nous pourrions, en effet, voir dans le mécanisme décrit par Ferenczi une des expressions de l'amour de la haine, où le sujet formulerait : « J'aime la haine qu'il ou elle me voue pour me protéger d'être véritablement atteint par elle, fût-ce au prix de ma destruction ; je tiens plus à la croyance qu'on ne peut pas me haïr de la sorte qu'à l'établissement de mon moi » ; car pour Ferenczi, cet amour de la haine aboutit à une atteinte contre le moi, plutôt qu'à sa préservation, comme ce sera plus tard le cas pour Anna Freud, chez qui l'identification à l'agresseur devient simple mécanisme de défense. Cependant, les modalités d'expression de l'amour de la haine peuvent être plus larges. Une autre modalité par exemple serait : « J'aime la haine que je ressens, je tiens à elle comme à moi-même, je n'existe désormais que par cette haine, sans elle ce serait la frayeur du vide, mon complet anéantissement. »

« Ces malades aiment leur délire comme eux-mêmes. » Voilà ce que nous apprend Freud en janvier 1895, dans le *Manuscrit H* envoyé à Fliess. Dans bon nombre de cas, néanmoins, ce que le délire ou l'hallucination expriment c'est la haine que les personnages représentés vouent au sujet, des autoreproches aux automutilations, en passant par toutes les nuances persécutoires intermédiaires. À la remarque de Freud, on pourrait ajouter : ces malades aiment leur délire comme eux-mêmes, et ce qu'ils y aiment, c'est leur haine.

Il est possible de voir dans l'ensemble de ce texte une invitation à cet ajout : si Freud, en étudiant le rapport entre les névroses et les psychoses, sépare le contenu et l'affect dans les représentations, pour remarquer les cas où le sujet affirme le contraire de ce qu'il a repoussé, ce sur quoi il insistera pour confirmer ses thèses ce sont « les relations avec soi-même » entretenues par le sujet, en y mettant, lui, des guillemets. Par exemple : « ... de cette façon, les « "relations avec soi-même" tendent à démontrer l'exactitude de la projection ». Le délire ne serait qu'une forme parmi d'autres de « relation avec soi-même ».

Ces relations connaîtront bien des avatars dans le texte freudien. D'une manière générale, ce sont elles qui détermineront telle ou telle pathologie, plutôt que les formes particulières de relation avec autrui. Ainsi dans *Deuil et Mélancolie* : « Si l'on écoute patiemment les multiples plaintes portées par le mélancolique contre lui-même, on ne peut finalement se défendre de l'impression que les plus sévères d'entre elles s'appliquent souvent très mal à sa propre personne, tandis qu'avec des petites modifications elles peuvent être appliquées à une personne que le malade aime, a aimée, ou devait aimer... Ainsi on tient en main la clef du tableau clinique lorsqu'on reconnaît que les autoreproches sont des reproches contre un objet d'amour, qui sont renversés de celui-ci sur le moi propre. » Les reproches contre l'objet d'amour ne sont pas pathologiques en eux-mêmes, du moins en principe. C'est la « relation avec soi-même », le fait que ces reproches soient devenus des autoreproches, qui va les rendre pathologiques. S'il y avait une pathologie quelconque dans les reproches faits à l'objet d'amour, c'est qu'il aurait été choisi selon le type narcissique de choix d'objet, par le procédé de l'identification narcissique, où le sujet se met en relation avec autrui comme en « relation avec soi-même ». Ainsi, par exemple, le paranoïaque ne sera pas malade du fait d'être persécuté, mais plutôt du fait de *se sentir* persécuté. Nombreux sont ceux qui *constatent* le fait de leur persécution et prennent les mesures qui s'imposent pour se protéger, au lieu de rester attachés aux persécuteurs.

Il est possible de constater le mode de fonctionnement des autoreproches dans d'autres formes pathologiques. Dans la mélancolie, le sujet se les fait à lui-même, attaquant en lui ce qu'il aurait voulu attaquer chez autrui ou, ce qui revient au même, dans l'identification narcissique, ayant voulu attaquer chez autrui ce que préalablement il aurait déjà attaqué ou essayé d'attaquer en lui-même. Avant que Franck ne disparaisse et alors que le « petit lutin rouge » était déjà présent, Jeanne se giflait de sa main droite et d'une voix rauque se traitait de « salope » pour, tout de suite après, caresser de sa main gauche la joue frappée et expliquer à Franck que ce n'était pas sa faute, mais celle du « lutin », avec qui elle entamait alors une conversation houleuse pour l'enjoindre d'arrêter de la tenter. Ici, l'objet d'amour existait encore sous une forme clairement perceptible, même si c'était aussi sa mère que Jeanne visait dans son amour envers Franck. L'objet d'amour peut, cependant, se situer à la limite d'un complet évanouissement, ne conservant que sa voix. C'est peut-être le cas quand, à la place des autoreproches ou des attaques physiques contre soi-même, fortement teintées d'hystérie dans le cas de Jeanne, les voix existent par elles-mêmes, sans prendre corps.

*

Mon deuxième exemple porte sur *Le cas Schreber*[1]. Pour bien marquer qu'il nous sera impossible de connaître ce qu'il en est de la musicalité des voix qu'il entend, mais également pour souligner son importance, en écrivant à leur sujet, Schreber fait explicitement référence à la musique : le *Freischütz,* de Weber, le *Tannhäuser* et *Le Crépuscule des Dieux*, de Wagner, le *Messie,* de Haendel, le *Don Juan* et *La Flûte enchantée,* de Mozart, l'*Héroïque* et très probablement la *Neuvième,* de Beethoven. Chacune de ces œuvres est en rapport avec un moment particulier de son délire, ce n'est qu'à travers elles que Schreber peut évoquer l'image de ce qui lui importe alors, voire, comme dans le cas de *La Flûte enchantée,* montrer que les voix entendues sont celles des personnages de l'opéra. Nous pouvons, certes, écouter ces compositions pour mieux avoir idée de ce qu'y entendait Schreber, mais nous ne saurons jamais comment il les entendait. Pour nous, ces voix n'ont d'existence véritable que transcrites. Ce texte, néanmoins, peut être travaillé, ces voix peuvent être groupées, organisées, le plus souvent selon des critères fournis par Schreber lui-même. Par exemple, la question de ce qui apparaît comme « voix » dans les *Mémoires* reçoit une réponse très simple, donnée par Schreber : « ... *toutes les autres expressions qui dans ce travail sont mises entre guillemets*... » (S-12, note 6). La prise en considération de tout ce qui apparaît entre guillemets dans les *Mémoires* permet l'établissement de quelques lignes de partage entre les « voix ».

Schreber entend des énoncés complets qui s'adressent ou non à lui, qui portent ou non sur sa situation, des énoncés par rapport auxquels il peut être en position d'auditeur ou d'allocutaire. Un des traits les plus importants du rapport de Schreber à ses « voix » semble être justement sa lutte pour passer de la position d'auditeur à celle d'allocutaire, lutte qui alterne avec une ferme décision de se maintenir dans la position de simple auditeur.

Schreber entend aussi des énoncés incomplets par rapport auxquels sa position est également oscillante : parfois il se sent dans l'obligation de les compléter, mais tout aussi bien ils peuvent lui être parfaitement indifférents. Des cas se présentent où un énoncé est complet, mais Schreber se sent obligé d'y ajouter quelque chose, soit pour le rendre plus explicite, venant, d'une certaine manière, à l'aide des « voix », soit pour marquer qu'il en est devenu l'allocutaire, alors que les « voix » entendaient le laisser dans la position d'auditeur.

Des mots parviennent à Schreber, groupés ou non, associés ou non à d'autres mots, éparpillés, recomposés, mots qu'il n'a nullement l'intention d'utiliser pour former des énoncés. Schreber entend, enfin, des bruits, toutes sortes de sons, le vrombissement d'une machine à vapeur, un chuintement léger, pour ne rester, à la fin, qu'avec ses propres cris.

Toutes ces lignes de partage correspondent à la haine vouée par Schreber à sa propre capacité de penser, mais elles ne s'y réduisent pas : d'autres critères pour grouper les « voix », qui ne prendraient pas en considération l'organisation de leur énoncé et la position de Schreber par rapport à lui, mais leur localisation par exemple, montrent que cette haine ne portait pas exclusivement sur sa capacité de penser, mais aussi sur celle de ressentir, non seulement des affects, mais même de simples sensations.

Le critère de la localisation des « voix » montre trois axes principaux : les voix externes, les voix internes et les voix qui, malgré leur mise entre guillemets, sont revendiquées par Schreber comme sa propre voix à lui, où il se reconnaît comme parlant ou s'entendant parler en pensée. À l'intérieur de ce découpage d'autres lignes de force peuvent se dessiner : les voix externes ne viennent pas à Schreber de n'importe où, elles ne sont pas émises par n'importe qui à n'importe quel moment. C'est la voix de l'un de ses dieux, celles des âmes, celles des oiseaux, celles des petits hommes, autant de figures de son délire. « Voix » qui décrivent peu à peu une géographie céleste, la population de ces contrées, leurs mœurs. Les voix internes ne lui parviennent pas de n'importe quelle région de son corps : elles lui viennent de ses nerfs, de son estomac, de ses pieds, de sa tête et même de sa bouche sans qu'elles soient pour autant considérées comme sa voix à lui. Entre les « voix » externes et les « voix » internes, une étrange convergence se produit : la géographie céleste semble correspondre à l'anatomie imaginaire de son corps, une convergence se produit entre âmes et nerfs, entre oiseaux et petits hommes. Cette convergence pourrait être comprise à partir des similitudes entre un livre de Swedenborg[2] et le livre de Schreber, mais s'il est vrai que ce qui a été exclu à l'intérieur nous revient du dehors, la conclusion s'imposerait d'une convergence entre la représentation que Schreber se fait de la voûte céleste et celle de son estomac et de ses intestins, seuls de ses organes à disparaître complètement pendant une période de son délire (S-387).

Voici des exemples d'énoncés entendus par Schreber, par rapport auxquels il n'est qu'un auditeur : « Au nom du ciel ! Un homme à plusieurs têtes » (S-73), « L'idée d'écouter nous déplaît ! » ou « Il nous manque le sentiment » (S-183). Ce sont là des termes « exprès » — et l'auteur le souligne — au moyen desquels les voix avouent leur culpabilité et l'abandon d'une politique dont le but était d'essayer de le rendre fou ou de lui ôter la vie. Mais elles peuvent aussi essayer de l'intéresser à des choses qui ne le concernent pas — « Leipzig tient toujours ? » (S-72) —, témoigner d'une vague curiosité à son égard — « Il n'est donc pas encore éviré ? » (S-127) —, le menacer ou le protéger, sur un mode impératif, évocatif, soucieux, en tout cas, le plus souvent, sur un arrière-fond persécutif : « Pas le moindre mouvement » (S-141), « Et si je le faisais un peu plus petit ? » (S-149), « Ne pas penser à des parties précises du corps » (S-164). Les voix peuvent aussi s'adresser directement à Schreber. Il peut se constituer comme leur allocutaire : « N'oubliez pas que vous restez lié à la conception des âmes » (S-167), « Devant madame votre épouse... Vous n'avez pas honte ? », « Voilà-t-il pas un ex-président de chambre qui se fait enc... » (S-177). Aucun de ces énoncés n'exige la participation de Schreber pour être complet. Mais il se sent dans l'obligation de les compléter alors même qu'il n'en est que l'auditeur, engageant ainsi sa lutte pour en devenir l'allocutaire. C'est peut-être que, parfois, aimant son délire autant que lui-même, il peut le haïr tout aussi bien que lui-même.

Les voix dialoguent entre elles : — « À quoi donc est-ce que vous pensez là, à l'instant même ? » disent certaines. — « C'est à l'ordre de l'univers », répondent d'autres. Mais Schreber doit intervenir, en mettant entre parenthèses sa contribution : — « C'est à l'ordre de l'univers (que celui-là devrait) (penser) » (S-48). Peu à peu, de plus en plus, Schreber met sa voix à la place de celles qu'il entend, dans une relation avec elles très différente de celle de Jeanne, qui mettait des voix étrangères à la place de la sienne. Si les voix l'interrogent — « Pourquoi ne le dites-vous pas ? » —, elles profèrent un énoncé suffisant. Mais, en en faisant une énonciation, Schreber devient leur allocutaire et il doit ajouter : « Tout haut ? » La réponse lui vient toute seule, mais c'est déjà sa réponse à lui : « Sans doute parce que je suis idiot ou parce que j'ai peur de Monsieur M. » (S-130). Il en vient à intercaler sa voix parmi celles qu'il entend : « Tout non-sens », disent les voix et il ajoute « celui qui consiste à lire les pensées et à les falsifier », les voix poursuivent « s'annule » (S-181). Il est évident que tous les énoncés se suffisent à eux-mêmes, qu'ils sont complets. « Tout non-sens s'annule » n'a besoin d'aucune explication. Mais Schreber lutte pour maîtriser son délire, pour le dissoudre, et non pas pour l'intégrer, comme Jeanne. Il doit donc prendre la place des voix.

Les « voix » se faisant de moins en moins entendre, Schreber interviendra de plus en plus et il explicitera ses rapports avec elles. Si elles disent — « le sentiment nous manque » (énoncé suffisant), Schreber ajoute et souligne : « Ce sentiment, ce bon vouloir qu'en fait nous devrions avoir vis-à-vis de tout être humain, voire du pêcheur le plus abject, sous réserve de sa purification par les voies prévues par l'ordre de l'univers» (S-183). Parfois il suffit d'un seul mot pour que Schreber intervienne longuement. S'il entend une voix qu'il identifie comme étant celle des nerfs de sa femme s'adressant aux âmes par un «laissez-moi», il complète ce qu'ils disent, parlant à la place de sa femme (alors que, par exemple, c'était Franck qui venait parler à travers Jeanne). Schreber doit dire: «Vous, rayons, qui par votre pouvoir essayez de me tenir à distance, laissez-moi que je suive paisiblement la puissance d'attraction des nerfs de mon mari, je suis prête à disparaître dans le corps de mon mari» (S-122). Si les rayons ont un moment de doute quant aux considérations qu'ils peuvent se faire au sujet de leur propre situation et l'expriment par un: «Il nous manque maintenant...», Schreber leur coupe la parole «... la pensée principale. Nous, rayons, manquons de pensées» (S-218).

Il avait auparavant expliqué, il est vrai, la raison de la coupure des phrases et de son besoin d'intervenir. Si les voix entendues s'exprimaient de manière assertorique lorsqu'elles étaient complètes, peu à peu les mots sont venus se substituer aux sentiments. Il aurait suffi que les sentiments existent pour que les âmes puissent s'intégrer à lui (S-129). Schreber a donc ici une perception assez fine du fonctionnement psychique du psychotique, tel que l'avait souligné Freud. En somme, qu'est-ce qu'il nous décrit? Que les mots traités en tant que choses sont des mots fous, sont des voix hallucinées, qu'il suffit de leur apporter un peu de sentiments pour qu'ils s'intègrent à lui. S'il doit intervenir, en conséquence, c'est pour leur apporter des sentiments, des pensées étroitement liées à ces sentiments, pour pouvoir enfin parler, lui, transformant les hallucinations en délire et celui-ci en ses propres mots, vainqueurs enfin. C'est à ce « manque de sentiments », et pas seulement, comme on a pu le prétendre, à l'absence d'embrayeurs, que peut se rattacher l'arrêt des voix en un point particulier de leur discours. Nous reviendrons sur cette question.

Une autre possibilité serait de rapprocher l'arrêt des voix de certains phénomènes propres à l'aphasie. Sans reprendre les études de Freud ou de Jakobson, nous pouvons prendre appui sur les travaux de Katan[3], qui considère les mots prononcés par des voix hallucinées comme des mots liés à une situation de danger, et qui doivent s'arrêter là où la situation de danger réapparaît, de même que l'aphasie arrête la phrase quand survient le souvenir de la situation traumatique. Dans les deux cas, ces mots seraient hautement investis. En l'occurrence, il serait possible d'imaginer que les « voix » de Schreber s'arrêtaient là où il commençait à se révolter contre tout ce qui tendait à le maintenir dans une position de simple auditeur, alors qu'il se sentait directement concerné par ce qui se disait. Dans l'hallucination, le mot serait traité comme un fétiche, comme un objet, en dehors de tout processus et de toute grammaire possible. L'incapacité momentanée de Schreber de se servir de la grammaire ainsi que sa lutte pour se la réappropier pourraient, alors, être comprises selon certaines thèses de Bion[4] et de Katan[5].

Si Schreber n'avait pas été capable d'établir ces liaisons, de résoudre ses situations traumatiques, de maîtriser certains de ses sentiments, de reconnaître la provenance des voix qu'il entendait, leur énonciation aurait pu se dégrader. D'abord, elles pouvaient lui devenir entièrement étrangères — « Pourquoi alors ? », « Pourquoi parce que », « Pourquoi parce que je », « Ho ! oui ! », expressions devant lesquelles il ne ressentait exactement rien. Ensuite, les voix prononçaient des mots éparpillés, morcelés : « horloges du monde », « visionnaire », « parmi les fossiles », « mille tonnerres », « mille tonnerres et grêles », « pour faire place nette », « encapsulement », etc. Schreber indique aussi son rapport avec ces mots décousus : tout seuls, ils engendrent la « volupté d'âme », mais pendant une conversation, intégrés à une syntaxe, à une grammaire, ils engendrent des « miracles de maux de tête ou maux de dents » (S-335/336). Parmi ces mots perdus, il y en a un qui, pour Schreber, résume sa situation et son rapport avec l'univers : — « Le choix du mot "enc...age" n'est pas le fait d'un penchant qui me serait propre pour le langage ordurier, mais vient de ce qu'ayant été obligé d'entendre des milliers de fois le mot d'"enc..." et d'"enc...age", j'ai, par manière d'ellipse, retourné l'expression, pour en répercuter l'acception, en l'étendant à *toute* la situation exorbitante de l'ordre de l'univers qui s'est créé du fait de ces rayons eux-mêmes » (S-190). L'expression d'« enc...age extérieur » nous fait penser à l'existence d'un « enc...age intérieur », qui nous dirait quel rapport sévit entre Schreber et ses voix, et particulièrement leur articulation syntaxique et grammaticale.

Deux perspectives peuvent se dégager de ces exemples. D'une part, les « voix » entendues par Schreber l'avaient traumatisé à un point tel qu'il ne pouvait pas les supporter, l'amenant à détruire leur syntaxe et leur grammaire pour mieux se protéger, fût-ce au prix de ses sensations corporelles. Pour affirmer son existence, Schreber insiste sur ce point, il devait à tout instant se prononcer auprès de ceux dont les «voix» provenaient. Il ne supportait plus — paradoxalement pour le juge qu'il était — d'être dans la situation d'allocutaire, mais il exigeait maintenant d'être dans la situation d'auditeur, effaçant peut-être ainsi une situation infantile bien connue. D'autre part, la convergence entre la géographie céleste et l'anatomie imaginaire venait s'articuler autour du mot «enc... age». Mot capiton de toute une logique anale de Schreber dans sa «relation à soi-même».

Lorsque Schreber se réfère au fait que les «voix» sont souvent amputées de leur «chute grammaticalement significative», il explicite ce qu'il entend par là: à une voix qui lui dit: — «Espérer tout de même que la volupté puisse atteindre un niveau», il ajoute sa «chute grammaticale», beaucoup d'autres étant bien entendu possibles: «... un niveau tel que les rayons divins perdent tout *intérêt* à vouloir se dégager (de son corps); et espérer, moyennant quoi, qu'aboutisse automatiquement un dénouement du conflit compatible avec l'ordre de l'univers» (S-183). Dans ce cas, la «chute grammaticale» relève d'une relation entre les «voix» entendues par Schreber et ce qu'il ressent dans son corps.

Il reste un dernier cas, défini par Schreber, où ces «chutes» sont des «conjonctions établissant un lien de causalité ou tout autre relation circonstancielle» (S-226). Ce n'est que dans ce cas qu'il serait justifié de postuler des embrayeurs qui manqueraient aux «voix» de Schreber. Même là, cependant, si les embrayeurs devaient lui permettre de récupérer la syntaxe et la grammaire, celles-ci ne se situeraient pas tellement à l'intérieur des voix qu'il entendait, ni même entre ces «voix» et sa voix à lui, venue en supplément (nous avons vu que les unes et les autres pouvaient très bien se compléter ou n'avoir aucune relation entre elles pour être correctes et compréhensibles), mais surtout entre ce qu'il entendait comme « voix » et ce qu'il ressentait dans son corps, créant ainsi une syntaxe et une grammaire très intimes, propres à lui, lui permettant enfin de parler en son nom propre. Il y aboutira et il nous décrira les principaux moments de cette victoire.

Nous en avons déjà examiné quelques-uns. Schreber nous les décrira avec plus de précision. D'abord, les « voix intérieures » commencent à simplement chuchoter et, en même temps, les oiseaux se mettent à parler (S-309/312). Chacune de ces « voix » était en relation étroite avec un « miracle » dans son corps. Plus tard, il développera la « pensée musicale de ne penser à rien ». Il aboutira à séparer ses impressions de la réalité, même si cette relation est inversée : « ... tous les bruits parlent (convois ferroviaires, vrombissement des vapeurs, musiques, etc.). Contrairement au parler du soleil ou des oiseaux, ici il ne s'agit que d'une impression » (S-236). Cette « impression » lui avait déjà permis de s'attaquer aux « voix ». Elles n'étaient plus que chuchotées. Maintenant elles commenceront à se ralentir (S-223). Elles deviendront un simple chuintement, même si leur souvenir demeure, et Schreber nous en fait part (S-272). Finalement restera « un léger murmure, comparable au bruit que fait le sable en descendant dans le sablier » (S-463) ou à « la musique faite dans le sablier par le sable, lorsqu'il s'écoule » (S-311). Voici donc l'objet final de la haine de Schreber, ce sur quoi portait son amour fasciné au point que pendant longtemps il n'a pas pu le détacher de sa haine : l'écoulement du temps. Voici aussi ce que, finalement, les voix étaient venues représenter, sinon symboliser : le sable dans le sablier, image du temps.

*

En reprenant les grandes lignes nosographiques de Freud, il serait possible d'imaginer des positions particulières par rapport à la mort et au temps. L'obsessionnel, pur fidèle à la pulsion de mort, compterait chaque moment, chaque jour, chaque minute, dans l'assurance que la mort est déjà là, cultivant son arrivée, la guettant à l'horizon, voyant partout ses messagers, ceux-ci constituant ses symptômes. L'hystérique, mystique telle Jeanne, vivrait dans la certitude de son éternité ou, du moins, d'une quelconque éternité : de l'univers, de la nature, de l'amour, peu importe, l'essentiel étant la négation de la mort. Celle-ci se lovera, donc, dans son symptôme qui protégera du temps qui passe, de l'irrémédiable succession des jours et des nuits. Le mélancolique en fera autant, mais en anticipant sur la mort : elle est, pour lui, éternelle. Mais le paranoïaque garderait une position double envers le temps qui passe, qui s'écoule dans le sablier, sable sous le poids duquel il s'écroule. Il aime ce temps, chacun de ses moments, il veut le retenir pour que jamais il ne disparaisse. Mais aussi il le hait, d'une haine marquée par son absolue impuissance à l'empêcher de s'écouler et de l'ensevelir. Et, finalement, il en vient à aimer sa haine même de chaque instant fugace.

Si le temps est symbolisé par la voix, comme l'indique longuement Daniel Charles dans un très beau travail[6], Écho prime sur Narcisse, c'est elle qui tient le rôle principal dans leur rencontre et nous nous serions trompés à chercher les avatars du narcissisme chez les psychotiques. Une bonne partie d'entre eux nous le montrent : s'ils sont psychotiques, c'est de beaucoup trop entendre, c'est de se renfermer avec Écho, avec leurs voix, dans sa grotte. Roland Barthes décrit une modalité particulière de rapport aux voix: « Rien de plus déchirant qu'une voix aimée et fatiguée: voix exténuée, raréfiée, exsangue, pourrait-on dire, voix tout au bout du monde, qui va s'engloutir très loin dans des eaux froides: elle est *sur le point* de disparaître, comme l'être fatigué est *sur le point de mourir*[7]. » Quelle est la position de chacun, telle que la psychanalyse nous l'a apprise, envers celui qui est sur le point de disparaître, sinon le mélange d'amour et de haine dont il a été question auparavant et où, parfois, la seule manière pour l'amour de s'imposer à la haine serait justement de porter sur elle, de se vouer entièrement à elle ? Nous haïrions celui qui s'en va, nous gardant de l'aimer vu l'imminence de son départ. Et nous-mêmes, lors de nos départs, ne gardons-nous pas plutôt le souvenir d'une image, d'une couleur, que celui d'une parole, de sa tonalité ?

Jeanne était sur le point de mourir, avait imaginé sa grand-mère, et avec une telle force que cette idée a laissé sa petite-fille transie. Jeanne est demeurée sur le point de mourir, entendant au loin sa voix fatiguée de reprendre celle des autres, exténuée de répéter à l'infini la question qu'elle aurait entendue: « Est-ce que tu m'aimes comme je t'aime ? » Schreber, lui aussi, était sur le point de mourir, se sentant défaillant sous le regard de sa femme, de ses premiers médecins, comme longtemps avant devant le regard de ses parents. Et il entendait peut-être, au loin, sa voix répondre avec des paroles qui n'étaient pas vraiment les siennes, d'autant que les questions lui parvenaient de très loin, de gens déjà morts, de son père mort, de sa femme morte dans son délire, de sa mère morte dans son oscillation entre un trop de présence et un trop d'absence. De ces personnages importants pour lui, à la question « Est-ce que vous m'aimez comme je vous aime ? », il n'aurait jamais eu comme réponse qu'un : « Aime-toi comme nous t'aimons. » Schreber cherchait d'autres manières d'aimer ou de s'aimer. Il les a partiellement trouvées dans son amour envers le droit, d'abord, la littérature, la poésie et, surtout, la musique, ensuite. Ses « voix » ont pu disparaître. Il a pu, *contre sa femme*, qui lui aurait répondu « Aime-toi fou, comme tu es », obtenir sa sortie de l'asile. Il ne lui resta de sa folie que ses crises de hurlement : « l'ultime refuge de la garantie du droit d'être maître chez soi » (S-222, note 96).

Le cri est une des premières manifestations de la haine, de la demande envers l'être aimé, quand toute autre forme de demande d'amour a été exclue. Un cri réussi place son auteur dans une position égale ou supérieure à celle de ses auditeurs ou allocutaires. Il traverse les portes fermées et les murs. Il atteint des distances incommensurables, mais aussi il peut ne pas réussir à les réduire. Alors il devient cri douloureux, cri de rage, moyen puissant pour attaquer un monde et le détruire. Le cri devient paradoxal : il fait mal, blesse celui qui crie, écorche sa gorge, il le suffoque, épuise ses forces. Quand toute expression de désir est inefficace et que l'indifférence est la loi, ou bien lorsque la retaliation vengeresse s'instaure contre la tendre demande d'amour, que reste-t-il d'autre sinon aimer cette haine qui, seule, véhicule de l'attachement ? C'était peut-être le cas pour Jeanne comme pour Schreber.

*

À la question « Est-ce que tu m'aimes comme je t'aime ? », la réponse impérative pourrait être, à l'orée des choix, un hurlement. Expression finale de l'amour de la haine.

L. E. PRADO DE OLIVEIRA

La scène de ménage

Tout être humain fait l'expérience de la scène de ménage, en tant qu'observateur quand il est enfant (celui-ci vit non pas une scène originaire d'union des parents mais une scène de destruction de leur couple), en tant que participant agissant ou subissant à l'âge adulte. Cette expérience, exceptionnelle dans certains couples, s'installe à titre d'habitude chez d'autres. Cela peut devenir une passion, comme le jeu, la drogue ou l'idéologie. « Passion » convient aux deux sens du terme : la scène de ménage humilie, avilit et fait souffrir (elle est faite pour cela) ; en même temps, elle fait monter le potentiel du couple vers un paroxysme qui l'apparente à certains rituels religieux et qui introduit les partenaires, à travers des sentiments d'épouvante et de grandeur, à la dimension maudite du sacré. Dans ce cérémonial du sacrifice, chacun des deux acteurs tend à être alternativement, ou mieux encore symétriquement, prêtre et victime d'une relation privée.

Pourquoi la psychanalyse, à qui rien de ce qui manifeste l'inconscient n'est étranger, n'a-t-elle guère jusqu'à présent tourné ses investigations vers ce sujet ? Pour qu'un thème soit déclaré psychanalytique, il faut d'abord que le fondateur et maître l'ait abordé. Or rien dans l'œuvre de Freud ne fournit un indice : la scène de ménage est le grand absent de la *Psychopathologie de la vie quotidienne*. Rien non plus de ce qu'il a laissé apparaître de sa vie conjugale n'en fournit un exemple. Les biographes ont certes noté des disputes avec des amis rivaux de même sexe — Fliess, Jung — allant parfois jusqu'à l'évanouissement. Des mouvements d'humeur envers la fiancée, oui. Mais la grande scène entre conjoints semble être restée inconnue de Freud. Il est vrai que c'est par l'auto-analyse des rêves, des actes manqués, des traits d'esprit qu'il a trouvé la voie d'accès à la connaissance de l'inconscient. Une scène de ménage ne s'auto-analyse pas. La seule scène que j'arrive à imaginer de sa part répondrait à une initiative inimaginable de Martha : « Sigi, arrête de t'auto-analyser en pensant à toutes ces hystériques et occupe-toi davantage de moi. »

Par ailleurs, la scène de ménage serait si contraire à l'image de neutralité bienveillante, d'attention également flottante, de maîtrise du contre-transfert requises du psychanalyste dans sa pratique qu'une telle scène, survenant dans sa vie privée, serait inavouable. Un psychanalyste doit être exempt ou guéri des folies passionnelles qui risqueraient de déborder de sa vie dans son métier. Image idéale que nuance l'expérience. À trop se conduire en analyste, avec son conjoint et ses enfants, le praticien finit par provoquer paradoxalement la scène de ménage qu'il pensait exorciser : inviter à tout dire peut, dans un foyer, être explosif ; l'abstinence répétée de réactions affectives personnelles est ressentie comme rejetante par l'entourage ; l'interprétation en famille devient volontiers sauvage.

La scène de ménage s'auto-entretient, se nourrit, et s'exacerbe d'interprétations jetées à la figure, de silences entendus comme méprisants, d'une escalade verbale qui finit par prendre une forme de délire à deux. Elle représente la caricature ou la perversion d'une séance de psychanalyse. La scène de ménage s'avère structurée par une parole dont la fonction latente est de communiquer de l'incompréhension (alors que sa fonction manifeste est de communiquer sur l'incompréhension), et dont le but est de rendre l'autre coupable de la mésentente. Ce type de scène reflète un organisateur logique paradoxal du couple qui me semble être le suivant : « on s'entend pour ne pas s'entendre », ou encore : « on crie pour ne pas s'entendre ». Structure langagière particulière qui s'accompagne de la libération d'une quantité considérable d'affects.

L'illusion qui s'exprime dans le dénouement de nombreux contes d'enfants : « ils se marièrent, furent heureux et eurent beaucoup d'enfants », cette illusion de bonheur complet et d'harmonie constante, parce qu'elle est un moment nécessaire à l'instauration de tout couple, fait écran à une connaissance rationnelle des processus et des enjeux de la scène de ménage. Dans le meilleur des cas, la scène terminée, les partenaires se réconcilient. Après avoir fait la haine, ils font l'amour pour rétablir l'illusion fondatrice, et se dépêchent d'oublier la scène ; souvent même, ils décident ensemble de procéder à un tel oubli. Et l'on sait bien quel risque prend celui qui s'aventure à rappeler le souvenir d'une scène passée, le risque d'en réveiller la charge affective, de la rendre présente et de déclencher une nouvelle scène. L'après-coup ouvre les vannes au déjà-là.

Le modèle du rêve permet de mieux comprendre les enjeux psychiques de la scène de ménage (d'autant que les scènes les plus dramatiques se produisent généralement la nuit). Il existe des circonstances déclenchantes, analogues aux restes diurnes : que la cause manifeste paraisse importante (par exemple la découverte ou l'aveu d'une infidélité sexuelle, d'une liaison amoureuse) ou anodine (une fois de plus, tu ne nettoies pas le lavabo après avoir fait ta toilette ; tu fais du bruit en mangeant ; tu m'as parlé sur un ton méprisant ; tu occupes toute la place au lit, etc.), ce reste diurne sert de point d'accrochage, voire de prétexte à des chaînes d'associations verbales traduisant un contenu psychique latent. Ces pensées latentes de la scène de ménage relèvent de deux catégories ; si ce sont, comme dans le rêve, des désirs inaccomplis la veille, ces désirs ne sont pas vécus comme refoulés mais comme interdits, réprimés, refusés par le partenaire ; si ce sont des états, mal figurables en rêve, de vacillation des frontières du Moi et du Soi et de perte de certains repères fondamentaux, la scène de ménage est un appel au secours latent adressé au partenaire sous couvert d'un discours manifeste exprimant reproches, ressentiment, rancune. La scène de ménage est alors l'équivalent éveillé d'un cauchemar dont chaque partenaire serait partie prenante.

*

Pourquoi vit-on en couple ? Si je laisse de côté des motifs qui concernent moins la perspective psychanalytique — mettre en commun des ressources et des projets, partager la vie quotidienne, s'assurer des relations sexuelles régulières, conserver la société, l'espèce à laquelle on appartient en la reproduisant —, si je laisse également de côté le problème du heurt et de la complémentarité de deux névroses, la raison originaire semble être la peur de la solitude, le besoin archaïque d'un étayage des fonctions psychiques sur un objet primordial, la nécessité de parer l'angoisse d'un retour à l'état de détresse lors des frustrations, des échecs, des stress de l'existence. L'objet primordial est celui qui a jadis protégé de cette détresse. L'énamoration apporte la révélation, au sens quasi religieux du terme, que cette personne-ci est une réincarnation de l'objet primordial. Dans l'état d'exaltation amoureuse, qui est généralement l'état fondateur du couple, du moins dans la culture occidentale, s'instaure la double croyance que le partenaire est l'objet qui compte par-dessus tout pour moi et qu'il a lui-même le désir d'être cet objet primordial pour quelqu'un, moi en l'occurrence — comme la mère a voulu l'être autrefois pour son tout-petit qui, de son côté, la mettait en place d'être cet objet.

Cette croyance symétrique constitue une illusion, duelle ou gémellaire, à ajouter à la liste établie par Freud et Winnicott des illusions nécessaires à la vie psychique et à la condition humaine : cette nouvelle illusion, I. Berenstein et J. Puget[1] la décrivent en effet sur le modèle de Narcisse fasciné par l'image de sa sœur jumelle reflétée par la surface de l'eau : les amoureux en effet s'imaginent volontiers être deux jumeaux de sexe différent, passer le meilleur de leurs jours à se contempler mutuellement, former une unité duelle et atteindre ainsi, par la complétude, au bonheur. Dans son premier texte de psychanalyse individuelle, consacré au thème des jumeaux imaginaires, Bion, en 1950, à partir de trois cas, met en évidence les deux fonctions que l'enfant fait jouer à son jumeau fictif ou réel : nier une réalité différente de soi-même ; maintenir un contrôle absolu du Moi sur l'objet. Pour ma part, je préfère me représenter les deux amoureux imaginairement reliés par le fantasme d'une peau commune, reduplication de la peau commune à la mère et à l'enfant : n'éprouvent-ils pas le besoin, en se touchant, en se serrant, en s'accolant sans cesse, d'avoir un même morceau de surface cutanée en partage ? Cette interface, en position de diamètre intérieur de leur couple, est une surface d'inscription des signes, un organe de communication directe, sans médiation, censé procurer à chacun la connaissance immédiate des pensées, des impressions, des affects de l'autre. Par ailleurs, le couple d'amoureux s'enferme à l'intérieur d'une bulle, cherchant à fonctionner en système fermé, en huis clos, coupé le plus possible des exigences, des intrusions de la réalité extérieure. Il s'agit là d'un type d'enveloppe psychique différent de la surface d'inscription, d'une enveloppe pare-excitation globale, totale et, à mon sens, double afin qu'elle soit plus résistante : les amoureux la constituent avec les peaux imaginaires de leurs mères respectives (ou de leurs tenant lieu) qu'ils ont emportées avec eux en se séparant de celles-ci.

De cette topographie psychique de l'espace imaginaire du couple amoureux découlent un certain nombre de propriétés dont l'observation la plus courante confirme l'existence :

— chacun a un besoin constant de la présence physique de l'autre, ou, à défaut, de ses lettres, de ses coups de téléphone ;
— chacun a le désir de se rendre totalement disponible pour l'autre et déplore les contraintes sociales et professionnelles qui limitent cette disponibilité ;
— chacun demande à l'autre de donner sens à sa vie ;
— chacun sollicite l'autre d'exercer à sa place les fonctions psychiques défaillantes chez lui, par exemple, qu'il soit sa mémoire, son jugement, sa volonté ; qu'il

soit aussi le dépositaire tranquille de ses plaintes, de ses colères, de ses angoisses ;

— chacun attend que l'autre anticipe ses désirs, ses malaises, qu'il les devine sans qu'on ait à les lui formuler et qu'il prenne l'initiative de combler ces désirs, de guérir ces malaises ;

— chacun veut que l'autre lui donne des signes de son amour, signes toujours à répéter, et dont une bonne partie consiste en des preuves de similitude (si tu m'aimes vraiment, tu dois penser comme moi, réagir comme moi, sentir les mêmes choses que moi) ;

— l'histoire individuelle de chacun est ré-élaborée en fonction du temps du couple, auquel toutes les autres temporalités sont subordonnées ;

— le clivage pulsionnel concentre la quasi-totalité de l'investissement libidinal de chacun sur leur couple et projette l'agressivité dans la réalité extérieure.

Cette énumération, que je ne prétends pas exhaustive, fournit *a contrario* un inventaire à peu près complet des reproches, en jeu dans une scène de ménage (chacun des contenus types ci-dessous comportant d'innombrables variantes) :

— tu n'es jamais là ;

— tu m'empêches de disposer de toi à ma guise ;

— tu me fais perdre tout sens à la vie ;

— tu ne supportes pas que j'aie besoin de toi ; ou, inversement, tu prends trop de place ;

— tu ne me comprends pas, tu ne sais pas me deviner ; tu ne me parles pas de toi, tu ne me parles pas de moi ;

— tu es différent de moi ;

— tu as encore oublié ma fête ou mon anniversaire ;

— tu ne me protèges plus du monde extérieur ni des autres.

Les sept premiers types de reproches concernent le mauvais fonctionnement de la surface d'inscription commune aux deux partenaires. Le dernier reproche se rapporte au mauvais fonctionnement de l'enveloppe pare-excitation globale.

La désillusion est une seconde étape que doit franchir tout couple. Quatre destins peuvent se développer à partir d'elle.

L'autre est rendu responsable de la désillusion, entraînée par les deux grands changements survenant dans l'économie pulsionnelle du couple : c'est de la faute de l'autre si l'émerveillement amoureux réciproque et originaire a disparu ; c'est de la faute de l'autre qui ne veut pas ou qui ne peut pas tout partager de sa vie psychique si la violence fait retour à l'intérieur du couple. La scène de ménage amorce alors un processus de rupture : tout se dire — tous les griefs, toutes les déceptions, toute la haine — est généralement l'indice d'un couple qui se désagrège. Chacun reconnaît alors plus ou moins vite, plus ou moins volontiers, avoir commis une erreur dans le choix du partenaire. Le système clos du couple n'est toutefois pas ouvert ; il est seulement quitté, avec le risque de recommencer avec un nouveau partenaire, à l'intérieur d'une même prison dorée, la même séquence adoration-déception-ressentiment-séparation, mais aussi avec la chance de choisir un partenaire qui aide à construire un couple moins fermé, moins illusoire.

Un second destin consiste à revivre la fascination amoureuse à l'égard d'une tierce personne tout en essayant de maintenir, avec la stabilité du couple premier, la constance de l'objet primordial. Un des deux partenaires prend un amant (ou une maîtresse). Il recouvre l'illusion amoureuse et, ouvrant une brèche dans un système gémellaire devenu étouffant, il va prendre l'air ailleurs. Mais ou bien cette liaison requiert la clandestinité, avec les avantages et les complications qui s'ensuivent ; ou bien, sous l'action du fantasme de peau commune, la liberté sexuelle est symétriquement accordée à la compagne ou au compagnon afin de maintenir leur similitude, en même temps qu'est imposée l'obligation de transparence mutuelle, afin que la communication intracouple demeure la plus complète possible. L'objet primordial reste la compagne ou le compagnon originaire ; la tierce personne est considérée comme un objet plus ou moins annexe, plus ou moins éphémère. L'expérience montre que ce système est modérément stable : il suffit qu'un des trois ou quatre partenaires impliqués dans la situation s'estime trompé, voire trompeur — Simone de Beauvoir disait « floué » — pour que se défasse soit le couple originaire, soit la liaison supplétive. L'angoisse de la perte de l'objet primordial est facilement ravivée et elle peut intensifier la jalousie amoureuse en la portant à un degré insupportable. Par exemple, il arrive qu'une jeune femme, mariée avant d'avoir accédé à la maturité sexuelle, et frigide avec son époux, découvre avec un amant un plaisir qu'elle transfère ensuite dans la relation conjugale. Celle-ci passe alors d'une problématique narcissique à une problématique plus œdipienne qui fait accéder les deux conjoints, avec la jouissance partagée, à la jalousie partagée.

Un troisième destin permet au couple de perdurer en transformant son espace imaginaire, en réorganisant ses rapports internes et avec l'extérieur, en devenant un système relativement ouvert, en substituant au motif originaire de conserver l'illusion gémellaire un motif moins conservateur, plus régulateur, plus évolutif : constituer un cadre ferme et souple favorisant le plus grand développement personnel de chacun compatible avec le plus grand développement personnel possible de l'autre. L'idéalisation cède la place à l'identification introjective ; la passion à la tendresse ; le désir d'expériences nouvelles au charme de répéter l'expérience connue. Les différences de goûts, de caractères, d'investissements dans la vie sont reconnues, sinon acceptées. Le couple entraide chacun des membres à effectuer les renoncements nécessaires, à goûter aux plaisirs possibles et compatibles, à expérimenter une certaine créativité. L'ambivalence entre partenaires est admise une fois la désillusion et la défusion accomplies, ce qui rend plus rares, moins brutales, moins nocives les scènes de ménage. Une partie de la libido, libérée de sa captation par le couple, se porte constructivement sur le monde extérieur. Chacun supporte chez l'autre une part de vie indépendante à l'extérieur et une part secrète de vie intérieure. Les qualités de l'un qui manquent à l'autre sont appréciées comme atténuant l'inachèvement fondamental de chacun. Un pare-excitation commun subsiste mais il présente des orifices assurant des échanges du couple avec le monde. La peau commune intracouple subsiste également, mais allégée ; elle n'est plus exclusive ; chaque partenaire se dote au sein du couple d'un Moi-peau singulier.

Quatrième destin : la scène de ménage s'instaure comme mode habituel de relations intracouple. Le couple n'envisage pas de se séparer (du moins pas autrement qu'en paroles). Le « huis clos » exacerbe l'hostilité (« l'enfer, c'est les autres »), laquelle est détournée du monde extérieur et retournée sur le couple. La haine devient le sentiment partagé qui soude paradoxalement l'unité dyadique. L'amour de l'autre est remplacé par l'amour de cette haine. Plusieurs facteurs entrent là en jeu. Un facteur économique général : l'amour est préférable à la haine, mais, à défaut d'amour, la haine apparaît préférable à l'indifférence. Un facteur spécifique de complémentarité névrotique entre les partenaires. Ce facteur est bien connu, je n'y insiste pas. L'approche psychanalytique du couple a jusqu'ici eu trop tendance à s'en contenter : la scène de ménage prend une coloration particulière, en effet, dans le couple d'une hystérique et d'un obsessionnel, dans le couple sado-masochiste, dans celui d'un pervers et d'une personnalité schizoïde, d'une femme à forte revendication phallique et d'un garçon marqué par l'immaturité affective, etc.

Comme le lecteur s'en est, je l'espère, aperçu, je me place essentiellement du point de vue de la topographie psychique, car je suis persuadé de la précession de la topique sur l'économique. Tout processus se produit dans un cadre. Le déroulement des processus psychiques varie selon la configuration des enveloppes psychiques qui l'encadrent. Qu'en est-il du couple amateur de haine ? L'enveloppe pare-excitation à double paroi reste globale et rigide mais sa face interne devient plus importante que sa face externe : non seulement elle empêche les partenaires de se séparer, mais elle maintient à l'intérieur l'excitation endogène sans que celle-ci puisse trouver une voie de décharge dans la réalité extérieure. Souvent d'ailleurs celle-ci, par contrecoup, se trouve maniée moins agressivement et de façon plus réaliste, plus maîtrisée. La peau commune imaginaire située à l'interface des deux appareils psychiques subsiste intacte. Elle sert, je l'ai dit, de surface d'inscription aux contenus psychiques semblables et réciproques chez les partenaires. Mais, cette fois, ce n'est plus l'exaltation amoureuse, c'est l'excitation haineuse qui est ressentie, devinée, échangée, renvoyée en miroir. La similitude des sentiments compte plus que leur nature négative. Les partenaires restent, dans la haine, égaux et semblables, donc uns et unis. De plus, comme Micheline Enriquez l'a noté à propos de l'enveloppe de souffrance en reprenant une idée de Piera Aulagnier, la souffrance, physique et morale, rend le sentiment d'existence à un Moi menacé par l'étrangeté, le retrait, la dépersonnalisation[2]. Il en va de même du couple : la souffrance mutuellement infligée lui permet de continuer à se sentir couple plutôt que rien. D'où l'attachement à cette souffrance qui vient redoubler de l'intérieur l'enveloppe pare-excitation commune. La haine occupe, dans l'espace imaginaire du couple, une position de noyau alors que l'écorce est faite de souffrance. Ainsi est maintenu un quantum d'excitation interne qui oblige chaque partenaire à sortir de son indifférence envers l'autre.

Du couple amoureux au couple haineux, seuls changent les contenus pulsionnels. Le contenant psychique est, pour l'essentiel, conservé dans sa structure. Aussi le contenant continue-t-il d'être aimé, pendant que les contenus sont de plus en plus haïs. La menace du retour à l'état de détresse originaire constitue un horizon fascinant et terrifiant. L'idéalisation de l'objet d'amour s'inverse en persécution. La scène de ménage, comme le font remarquer Berenstein et Puget, prend une forme de délire paranoïaque. Ce que je compléterai en reprenant le parallèle avec le rêve. L'illusion amoureuse originaire est un rêve éveillé d'accomplissement à deux de tous les désirs. La vie de couple centrée sur la scène de ménage correspond à un rêve d'angoisse éveillé et partagé, au rappel volontaire et provocateur de la détresse pour se venger de l'objet qui n'en protège plus suffisamment, au cauchemar d'être replongé par l'autre dans cette détresse.

La scène de ménage peut s'achever sur de la vaisselle cassée, voire sur des coups. Mais le couple éprouve le sentiment obscur de sortir ainsi d'une règle du jeu implicite ; la scène de ménage doit être verbale. À Narcisse, indifférent à l'amour des nymphes, et se suffisant de contempler son double dans l'eau, Écho répond, reproche vivant, par une voix répétitive, obstinée, dépourvue d'une parole propre. L'illusion amoureuse est narcissique et visuelle. La haine de couple est verbale, d'un discours fait seulement de bruit et d'échos, soliloque à deux et non dialogue, renvoi à l'autre de ses propos, déformés, raccourcis, rabâchés. Ce discours comporte la négation du temps (« tu ne m'as *jamais* compris », « une fois de plus, tu es *toujours* le même », « il aurait fallu que tel événement ne nous soit pas arrivé »). Un incident particulier est érigé en intention générale (« tu le fais *exprès* »). Les différences soulèvent un acte d'accusation et l'impossible est demandé (« si tu m'aimais vraiment, tu ferais autrement »). L'illusion de toute-puissance est réaffirmée à la fois sur soi-même et sur l'autre (« ce n'est pas à moi de changer, c'est à toi »). L'autre est immobilisé dans le filet des reproches tissés autour de lui. Il ne peut s'échapper, sortir du système, conquérir son indépendance : il fait tellement plaisir à l'autre ainsi, au besoin d'emprise de l'autre. De plus, il est retenu par l'espoir, inaltéré malgré les démentis répétés apportés par les faits, d'être un jour, comme l'a décrit Searles, le thérapeute complet et parfait qui soignera le défaut fondamental incurable, la blessure narcissique primaire, l'inachèvement inévitable de la compagne ou du compagnon, tout comme l'enfant a rêvé de guérir sa mère de tous les maux.

La scène de ménage, dans ce qu'elle a de trivial et d'avilissant, pourrait apparaître comme une brusque régression psychotique partagée, à la limite de rendre fou l'autre ou soi-même. Mais elle n'est pas que cela. Notons d'abord qu'elle se développe aussi sur une autre dimension, celle du grandiose, dans la mesure où elle fait vivre aux deux concélébrants l'expérience quasi religieuse du mal. Non, le bonheur n'existe pas sur cette terre. La scène de ménage piétine l'aspiration humaine à celui-ci. Elle la dénonce comme un leurre amer. Toi qui as détruit en moi la croyance en un bonheur possible avec toi, ne crois pas que je vais te permettre d'être heureux, je te fais une vie d'enfer, je te rends le mal pour le mal, je n'aime plus qu'une seule chose, te faire, nous faire du mal. Ce n'est pas un dieu bon qui a créé le monde et l'espèce humaine, c'est un démiurge indifférent, un génie malin : la scène de ménage émerge sur un fond de religiosité gnostique.

Notons ensuite le thème du sacrifice : le partenaire est traité en victime émissaire. La scène de ménage à la fois le désigne comme coupable et lui inflige le châtiment. Elle requiert de lui l'aveu de ses fautes, la reconnaissance du crime de lèse-couple, aveu, reconnaissance qui, loin de mettre fin à la scène, la relancent et l'exacerbent. Le sacrifice est toujours inachevé. Sauf accident (crime passionnel, drame de la rupture), la mise à mort du partenaire n'est pas consommée ; il est conservé, amoindri dans sa résistance, conditionné à la scène, pour que celle-ci puisse se rejouer. La scène de ménage ne s'instaure pas seulement en rituel, elle imite, avec la rage du désespoir, l'inachèvement foncier de la création de l'univers et du destin humain.

Notons enfin l'inverse d'un trait que les historiens des religions ont relevé, notamment dans la mythologie grecque. Le héros est celui qui, marqué au départ d'un signe maléfique, réussit, en triomphant de certaines épreuves, à devenir un être bénéfique. C'est le contraire dans la scène de ménage. Le partenaire est vu comme un anti-héros dérisoire, car, marqué au départ d'un signe qu'on croyait bénéfique, il se révèle en fait maléfique. La scène de ménage est une des cérémonies relevant des religions du mal.

*

Un même couple peut passer successivement par plusieurs de ces destins, voire par tous. Une même personne peut, avec un partenaire à chaque fois différent, connaître un destin de couple différent ou répétitivement le même. Le fantasme d'une symétrie spéculaire par rapport à une peau commune peut en effet s'articuler de plusieurs façons avec cet autre fantasme d'une enveloppe psychique unique pour deux chairs. Ces deux fantasmes sont des héritiers des structures de contenant acquises par le tout-petit au cours de ses expériences avec l'environnement maternant. Là où ces structures manquent à se constituer, là où dans la vie elles viennent à faire défaut, l'appareil psychique se sent menacé par une gamme d'états qui va, selon les cas et les circonstances, du sentiment d'impotence devant l'existence à l'angoisse de l'abandon, voire à une terreur innommable.

DIDIER ANZIEU

À corps et à cris

Parent maltraitant — enfant meurtri

« C'est grâce aux coups de mon père que je suis devenu quelqu'un de bien. » Cette phrase, banale par sa fréquence dans la vie quotidienne, est significative du fonctionnement du parent maltraitant qui la prononçait. Elle dénonce l'intériorisation d'une image parentale justifiant l'utilisation de la violence comme moyen éducatif : les coups infligés par le père étaient la preuve de son amour puisqu'il avait forcé le fils à atteindre l'idéal d'homme qui était le sien. « Qui aime bien, châtie bien » : l'affect agressif est nié et transformé en son contraire ; le mauvais parent est devenu un parent aimant. La violence réelle d'un tel comportement ne sera reconnue que si elle laisse sur le corps de l'enfant des traces qui deviennent insupportables pour les autres.

C'est une autre image que montrait une mère maltraitante à l'éducatrice qui lui proposait des loisirs pour ses enfants : « Ils n'auront pas ce que je n'ai pas eu. » Elle aussi s'identifiait à sa propre mère, tout en affirmant les privations qui lui avaient été imposées. Ne pouvant pas dépasser les sentiments de jalousie déclenchés par l'intervention de l'éducatrice auprès de ses enfants, elle avait recours à l'image de sa mère pour les justifier. Faute de pouvoir la transformer en « bonne mère », elle la gardait « mauvaise mère », ce qui pour elle était sans doute plus supportable que de la perdre. Ici la violence dit son nom, mais elle porte toujours le sceau de ce qui reste de la relation au propre parent.

Dans les deux cas, les enfants furent retirés aux parents en raison de la gravité des coups pour le premier et de l'importance des carences pour le deuxième. Pour des raisons apparemment opposées, ni l'un ni l'autre ne semblaient capables de prendre en considération la réalité de l'enfant en tant qu'être différent et sujet à part entière, avec ses limites et ses droits. Pour l'un comme pour l'autre, ce qui primait était d'être et de faire avec ses enfants comme son propre parent avec lui-même. L'enfant semblait n'être là que dans ce but. La relation parent-enfant est non seulement le lieu où le symptôme se manifeste, mais aussi l'endroit où il trouve à la fois ses origines pulsionnelles, l'objet et le but du désir qui l'anime.

Dans un certain nombre de cas, tout se passe comme si, à l'arrivée d'un enfant, tout un pan oublié de l'histoire du parent reprenait place dans la vie actuelle, annulant le temps écoulé entre les deux. Nous regrouperions ces cas sous le qualificatif de relation parent-enfant à « prédominance narcissique ».

L'enfant est alors vécu comme un double narcissique par lequel le parent retrouve ce qu'il a vécu dans sa propre enfance. L'enfant n'existe pas pour lui-même, sa réalité voire sa souffrance ne comptent que parce qu'elles rendent actuel le passé. Il est l'enfant que le parent a été et il doit se prêter à jouer le rôle que l'histoire du parent a écrite pour lui. Enfant et parent deviennent alors les acteurs d'un drame ancien qui, pour être joué, exigera l'adaptation de la réalité présente aux fantasmes reproduisant le passé. Le parent aime son enfant de l'amour qu'il porte à l'enfant que lui-même a été. C'est ainsi que l'enfant se voit imposer la première condition de son existence. Avec lui comme double, le parent sera en mesure de reproduire son passé aussi bien en tant qu'enfant qu'en tant que parent.

Si cet enfant devant lui éveille le désir de ce qu'il n'a pas reçu, il est là aussi pour lui reprocher ce qu'il n'a pas donné. « Dis-moi que tu m'aimes » demandait avec insistance une mère à sa fille, sans que celle-ci comprenne pourquoi ce jour-là une telle question prenait autant d'importance. Faute d'une réponse immédiate la scène se termina dans les coups et le rejet. La mère ne comprenait pas non plus tout à fait ce qui lui arrivait. Dans l'après-midi elle avait raconté à son thérapeute comment à l'adolescence elle avait dévoilé à sa mère, pendant une hospitalisation de celle-ci, une liaison de son père; la mère abandonna le foyer et ne revit plus la patiente! Cette dernière ne retourna plus voir son thérapeute parce que «ces entretiens la bouleversaient». Quelque temps plus tard, elle frappa de nouveau la fillette à tel point qu'elle fut hospitalisée; le mari abandonna le foyer avec celle-ci!

Par un vécu qui annule le temps et confond les personnes, le parent revendique *hic et nunc* de son enfant ce qui lui a été refusé par son parent. Tantôt victime, tantôt bourreau, l'enfant est là pour donner au parent la possibilité de retrouver la relation avec son propre parent. «Tu ne m'as jamais aimé», disait un petit garçon placé pour mauvais traitements. En l'écoutant, la mère fondait en larmes et «pleurait sur son enfance malheureuse à elle!» où, ses parents étant décédés, elle fut élevée avec sévérité par ses oncles.

Dans un scénario où l'enfant maltraité a un rôle de double, le parent maltraitant construit une scène dans laquelle il est à la fois l'enfant qu'il a été et le parent qui l'a maltraité. Cette situation qu'il reproduit renouvelle une demande qui ne pourra pas être satisfaite, ou mieux qui ne doit pas être satisfaite. Car c'est bien cette insatisfaction qui lui permet de réactualiser son passé. Le jeu fantasmatique n'étant pas suffisant, c'est une « représentation nature » qui devient nécessaire pour assurer la continuité avec le passé.

La relation entre parent et enfant sur ce modèle est donc « nécessaire » pour que le parent retrouve son objet premier mais elle exclut dans son fonctionnement toute considération de l'objet actuel en tant qu'objet « autre » (sujet).

C'est ainsi que nous comprenons des comportements particuliers du parent maltraitant, considérés souvent par les intervenants comme des constructions délirantes, mais qui, à notre avis, ne justifient pas le recours à la notion de délire. « Voyez comment déjà toute petite elle était mauvaise ! », disait une mère évoquant le souvenir de sa fille de dix mois jouant à laisser tomber la cuillère de sa chaise haute. À des moments particuliers comme celui de la prise de nourriture ou des soins de propreté, le parent maltraitant accuse l'enfant d'une intentionnalité malveillante quand il ne répond pas à son attente.

Que penser d'une telle attente lorsqu'elle est, par exemple, une exigence vis-à-vis d'un bébé de six mois de manger proprement avec une cuillère ou de ne pas salir ses couches ? Une telle interprétation par la mère du comportement de son enfant peut-elle être qualifiée de délirante ? Pour nous, cela fait partie de l'ensemble de la représentation que l'enfant (dans une telle situation) réveille chez le parent. La répétition matérielle de la scène ou du geste fait réapparaître un moment privilégié, dont le retour se fait sans réélaboration fantasmatique. Le passé devient présent sans la dimension du « souvenir » : les anciens personnages cachent les personnes actuelles qui n'ont plus la valeur que la perception présente devrait leur donner.

L'objet choisi pour jouer ce rôle n'est pas indifférent, il est spécifique : il doit être « son propre enfant ». *Enfant* qui renvoie le parent à son enfance, mais enfant à soi, qui le renvoie à sa personne, pour rendre possible la répétition du geste, lien à son propre parent.

Dans ce contexte l'acte d'agression du parent illustre son fonctionnement mental. Si l'agression physique agit la pulsion, elle le fait sans le travail d'élaboration du fantasme que la présence de l'objet évoque (en la personne de l'enfant). Par son arrivée, l'enfant devient source d'excitation et fait intrusion dans un espace intérieur insuffisamment protégé. Cette intrusion devient une menace qui mobilise toutes les capacités autodéfensives du parent. Celui-ci a recours à l'objet extérieur afin d'éviter l'implication de toute une partie de l'appareil psychique qui s'avère incapable de prendre en charge le travail d'élaboration nécessaire pour faire face à l'excitation.

Avec la mise en acte de la pulsion, le fantasme est comme renvoyé à la réalité dont il est issu et il est donc limité dans sa fonction psychique : il ne permet pas de tisser un lien entre l'objet actuel et l'objet ancien, de créer une distance sans rupture entre le passé et le présent ; il y a au contraire annulation spatio-temporelle entre les deux qui se trouvent réunis comme deux pôles aimantés. Il n'y a plus de temps et donc pas d'histoire (pendant laquelle le fantasme aurait pris sa place) ; de même, la distance étant abolie, il n'y a plus de séparation, voire plus d'altérité. Tout le rôle du fantasme dans le fonctionnement psychique est ainsi annulé et avec lui la capacité d'attente qu'il rend possible par rapport aux exigences pulsionnelles. L'acte de mauvais traitement sur l'enfant se fait dans une sorte de collusion de l'objet externe avec l'objet interne. L'enfant maltraité est à la fois source d'excitation et objet de décharge pulsionnelle. Le parent maltraitant frappe « comme il a été frappé ».

Il fait penser, en effet et malgré sa position de force, au petit enfant dont l'excitation ne s'arrête que par les coups ; il est dans le désarroi de l'enfant dont la colère ne trouve de limites que dans l'intervention brutale du parent qui frappe. Victime lui-même d'un « objet extérieur » qui rendait nécessaire l'agression violente pour arrêter l'excitation, il est maintenant incapable de trouver une autre issue. N'ayant pas pu constituer un système interne de défense efficace contre l'excitation dans sa relation au propre parent, il établit avec son enfant un fonctionnement qui a recours aux mêmes procédés. C'est en effet aux défaillances de la fonction maternelle de pare-excitation que fait penser ce fonctionnement.

Démuni de défenses dans son monde intérieur, le parent maltraitant est menacé par tout objet apte à déclencher une excitation dans le domaine que sa propre relation au parent ne lui a pas permis de structurer. Une fois amorcé, le mouvement ne pourra se poursuivre que dans une spirale aussi dangereuse pour l'enfant que pour lui-même. Le parent maltraitant se trouve dans un enchaînement paradoxal où ce qu'il fait pour arrêter l'excitation est en

Le choix de l'autre parent n'est donc pas de protéger l'enfant et d'aider le parent maltraitant, mais s'énonce ainsi : sauver l'un et abandonner l'autre. La dialectique que le parent maltraitant manie est celle du « ou pour moi ou contre moi », car c'est une atteinte à sa personne que de retirer l'enfant à son emprise.

Nous sommes ici devant une relation archaïque où le lien à l'enfant assure la continuité de l'objet intérieur. Elle témoigne des défaillances internes que ce lien vient compenser (et décompenser). En réalité, quand le conjoint reste « en dehors » de cette relation, c'est bien parce qu'il perçoit et craint la fragilité du parent.

Mais jusqu'à quel point cette inhibition du conjoint à intervenir pour protéger l'enfant en raison de la fragilité du parent maltraitant ne le renvoie-t-elle pas à sa relation à ses propres parents ? N'est-ce pas la crainte d'agresser sa propre mère — c'est bien dans une relation de type maternel qu'il devrait interférer — qu'il rencontre dans la relation au parent maltraitant ?

Mme N. est hospitalisée par son mari pour crises de violence pendant lesquelles elle a des idées compulsives d'étrangler sa petite fille de deux ans. Un soir, au cours d'une permission, les deux parents fatigués de la journée n'arrivent pas à faire face aux difficultés d'endormissement de l'enfant. La mère, hors d'elle, crie : « Tue-la ! » Le père, « sans savoir à qui porter secours », corrige la fillette et la jette brusquement dans son lit. Quelques minutes plus tard la mère part de la maison avec la fillette dans les bras « pour la protéger du père ». Celui-ci les retrouvera en train de traverser les rues au milieu des voitures qui les évitaient de justesse !

Protéger qui par rapport à qui ? « Ou pour elle et

contre moi, ou pour moi et contre elle »... Derrière le jeu hystérique (mais dangereux), il y a bien le désarroi profond d'une mère pour qui les pleurs de l'enfant deviennent, en ce qu'ils évoquent, une menace pour son être. Derrière la perplexité de ce père (obsessionnel) en face d'un choix qu'il prend au pied de la lettre, il y a bien la détresse du petit enfant qui doit à tout prix protéger la mère de ses désirs de mort qui pourraient la détruire.

Ainsi la complicité, quand elle ne se joue pas sur le registre pervers de la jouissance dans la maîtrise de l'autre, se joue dans la crainte d'une menace meurtrière pour le parent. Dans tous les cas la complicité des parents jouera contre l'enfant.

*

« Quand ma fille est gaie, je suis heureuse dans mon propre corps ; quand elle pleure, je ne la supporte pas. C'est comme si j'étais son même corps à elle. » Pour cette mère la relation à sa fille prenait la tonalité affective exprimée corporellement par son enfant. L'affect s'inversait pour la mère comme les rires de son enfant se changeaient en pleurs.

Dans la relation de maltraitance « de type narcissique », le corps de l'enfant prend une place particulière. Investi massivement dans sa matérialité, sa présence et son expression entraînent une excitation où l'intensité du mouvement pulsionnel ne peut pas s'amortir par la distance du travail fantasmatique. Si le corps convoque le fantasme, la violence de l'excitation le bloque dans sa fonction d'intermédiaire. L'affect revient alors sur la perception corporelle comme son seul recours pour s'exprimer. Le moi, ne pouvant pas faire appel à un objet interne capable de négocier l'excitation éveillée par l'objet externe, revient sur celui-ci sans pouvoir pour autant se situer par rapport à lui de façon adaptée. C'est bien de « corps à corps » qu'il s'agit.

Le corps de son enfant semble révéler, chez le parent maltraitant, une difficulté particulière à distinguer le dedans et le dehors, le soi et le non-soi, le corps propre et celui de l'autre. Son agression ne s'adresse pas à un corps étranger, mais à celui qui fait en quelque sorte partie du sien, contre lui-même. Ni tout à fait autre, ni tout à fait soi-même, le corps de son enfant reste comme un sas où la rencontre est possible mais dangereuse car elle se fait entre deux pôles dont le rapprochement ne peut être que violent.

Le corps de l'enfant est victime et agresseur à la fois. Il colle au parent par ses besoins, ses exigences, sa dépendance. Il le renvoie ainsi à son propre corps qui a vécu ces mêmes expériences, il en est la prolongation, investi dans ce qu'il représente de positif et de négatif, de satisfaction et de frustration. Il est un corps qui par son épaisseur désigne le creux insupportable de ses limites et de ses manques. Il est un corps sexualisé avant même d'être sexué, excitant par sa seule présence, immatériel dans sa matérialité, incassable dans sa fragilité. Comme le disait une jeune mère dont l'enfant avait été hospitalisé pour des fractures multiples : « Je ne savais pas qu'un enfant peut se casser. »

« Quand mes enfants font une bêtise je les bats avec le manche du martinet, mais quand ils sont sages je les bats avec la lanière », disait une autre mère, pour qui toute occasion était bonne à faire passer la haine qu'éveillait en elle la sexualité de ses enfants.

Dans les cas « à caractères pervers », le corps de l'enfant est un corps sexué, objet et sujet de désir ; un corps docile ou opposant, mais qui doit rester toujours au service du parent ; un corps rival, ennemi, objet de haine, moyen de vengeance... C'est un corps qui renvoie le parent maltraitant à la sexualité de son propre couple parental et renouvelle ses désirs, ses insatisfactions, son impuissance, ses conflits. Si le parent agresse le corps de l'enfant, c'est bien qu'il vise en lui « d'autres amours ».

« Quand j'étais enfant, disait une jeune mère, mon père me câlinait, me coiffait... À partir d'un certain âge, il n'avait plus le droit de me toucher sauf pour me punir. Il pouvait être violent et j'en garde encore des traces. Mais, je les aime, ces cicatrices. Je comprends les parents qui frappent leurs enfants. Je trouve que c'est bien ! »

Malgré des points communs, nous sommes loin ici de l'élaboration fantasmatique que Freud analyse dans « Un enfant est battu ». Dans ce texte, le patient « interprète » la relation par les coups du parent sur un frère rival. Refoulement, retournement de but, déplacement, régression pulsionnelle vont jouer dans une élaboration fantasmatique qui permettra au sujet de structurer ses capacités relationnelles et de maîtriser le quantum d'excitation par un processus psychique.

Chez le parent maltraitant — et ceci même dans les cas de relation « à caractère pervers » — la place de l'élaboration psychique apparaît beaucoup plus restreinte. Ici le sujet a besoin de l'objet extérieur dans ses caractéristiques particulières, dans sa corporalité pour pouvoir se confronter à l'excitation éveillée. Cette excitation le ramène, presque sans médiation, à la situation corporelle originaire. C'est par le corps et dans le corps que l'enfant est battu. C'est le corps qui est d'abord visé pour l'immobiliser, le rendre inerte, à l'image de ce fonctionnement mental où le fantasme semble figé.

À ce propos, il nous semble significatif que les cris issus de ce corps soient aussi souvent tenus pour responsables des tensions insupportables des parents. Les cris, qui dans leur « primarité » semblent dépourvus de fantasme ; pas de mots, pas d'articulation... Quelles représentations peuvent-ils évoquer ?

Entre la matérialité du corps et l'immatérialité de la pensée, les cris occupent un espace indéfinissable. Entre la perception physique et l'image mentale, entre la pensée et les mots, les cris condensent dans leur unidimensionnalité les uns et les autres sans pour autant pouvoir les désigner. Sans distance possible, sans élaboration, ils représentent l'intrusion inévitable de l'enfant dans l'être du parent.

« Quand mon enfant crie, je ne peux pas supporter le mal qu'il me fait... Je dois partir sinon je l'étranglerais... J'ai alors envie de me tuer avec lui pour ne pas le laisser seul... »

Violence en eux-mêmes, les cris attirent la violence ; signes d'impuissance chez l'enfant, ils rendent impuissant le parent. Ce n'est que le recours à la tentative mégalomaniaque de la maîtrise absolue qui semble pouvoir soulager la tension insupportable. Les mauvais traitements sont alors un acte d'autodéfense que rend nécessaire un quantum d'excitation intolérable. Faire taire les cris, les étouffer à leur source devient la seule issue possible.

Le corps et les cris qui renvoient le parent au cœur de ses propres identifications, qui cachent et révèlent à la fois les affects et les représentations liés à elles. Le corps et les cris appelés à prendre la place du fantasme et à agir ce qui ne peut être traité autrement. Le corps et les cris qui donnent la piste menant aux identifications premières car ils sont des représentants « non distincts » des pulsions qu'ils éveillent. Les corps et les cris qui indiquent aussi le modèle sur lequel ces identifications se forment et fonctionnent.

*

Nous nous trouvons donc devant un fonctionnement psychique dont les traits caractéristiques seraient :

— Un choix particulier de l'objet : un enfant à soi, avec la nécessité parfois d'un âge et d'un sexe précis. Ce choix fait davantage penser à la notion de « substitut » qu'à celle de « déplacement » ; l'efficacité du refoulement étant particulièrement limitée, l'objet-substitut investi reste sans véritable écart avec l'objet originel et l'investissement pulsionnel ne comporte pas l'allégement escompté dans le mécanisme du déplacement.

— Un rétrécissement du travail d'élaboration psychique, le fantasme restant figé, soumis à des clivages importants, sans pouvoir « décoller » et restant tributaire d'une situation de réalité précise.

— Un quantum d'excitation qui dépasse les possibilités de maîtrise du moi par un processus psychique. L'importance du Ça est d'autant plus grande qu'il ne trouve d'autres limites qu'un surmoi archaïque.

— L'importance du sadisme qui apparaît toujours envahissant dans la relation à l'objet.

— La nécessité de la présence physique de l'objet, l'enfant, qui doit être remplacé en cas de séparation pour éviter la perte de soi ou un mouvement dépressif. La continuité de l'objet interne ne semble assurée que par la présence de l'objet externe.

Ces traits mettent en relief un fonctionnement psychique qui se réalise sans médiation, se confond avec le comportement de violence. Le parent fait comme il pense, il pense comme il fait.

Le parent maltraitant a parfois été l'objet dans son enfance de ce même type de comportement. C'est ainsi qu'il a vécu sa relation au propre parent. On pourrait croire à une reproduction fidèle du type de relation qu'il a connue, même si elle ne s'est pas manifestée, dans beaucoup de cas, sur le même mode.

En fait, nous sommes devant un comportement qui traduit presque à la lettre le fonctionnement mental du propre parent. La dynamique et l'économie des scènes de maltraitance sont en effet bien semblables à celles qui priment dans le fonctionnement psychique de celui-ci. Ce qui peut apparaître alors comme une reproduction du « même comportement » est plus exactement le résultat d'une identification à une situation manifestant le fonctionnement du parent : c'est ce fonctionnement qui, par le biais de ce qui est agi et de la façon de l'agir, fait l'objet de l'identification. La réalité des mauvais traitements renforce et fixe des mécanismes qui sont tout d'abord psychiques.

Cela fait penser, bien sûr, à la notion d'identification à l'agresseur, telle qu'elle a été proposée par Ferenczi, avec sa dimension passionnelle, et avant que Anna Freud et Spitz ne la réduisent quelque peu en la ramenant à un statut de mécanisme de défense du moi. Ce mécanisme fait sans doute partie du processus par lequel l'enfant maltraité devient souvent à l'âge adulte un parent maltraitant. Néanmoins les traits particuliers de la personnalité du parent maltraitant nous font penser que cette explication n'est pas suffisante.

Pour nous l'identification de ce type de parent se comprend, d'une part, par rapport au fonctionnement mental de son propre parent, et, d'autre part, par rapport à une situation dans laquelle « le parent est en train de maltraiter son enfant ».

La relation de maltraitance se présente comme une relation duelle dans laquelle seuls deux personnages sont nécessaires : le parent et l'enfant. L'autre parent, quand il existe, est renvoyé à un rôle secondaire de voyeur et de témoin sans droit à interférer. C'est cette situation que le parent maltraitant a intériorisée, car c'est en elle qu'il a pu nouer le lien à son propre parent et c'est par elle qu'il peut le conserver. Faite de violence, cette scène primitive présidera à la relation de maltraitance qu'il nouera à son tour avec son enfant.

Le parent maltraitant est l'enfant d'un parent qui ne l'a pas investi en tant qu'objet. Une véritable relation objectale, en effet, laisse à l'objet l'espace de sa propre fonction d'objet, suppose d'emblée une distance qui n'a pas existé entre le parent maltraitant et son propre parent. L'objet existe pour lui-même, le demande, et cela ne peut être supporté par ce parent dans une relation de tendresse. Ce serait déjà à ce niveau de la relation parent-enfant que la haine, dans ce qu'elle véhicule de la pulsion sadique, trouverait une justification supplémentaire pour prendre sous son égide et à son compte la relation à l'objet.

Nous trouvons alors, d'une part, que le type d'investissement du parent pousse l'enfant à renoncer à une identification libidinale à sa personne qui irait à l'encontre de son fonctionnement ; pour pouvoir le faire, il faudrait dépasser le rejet foncier dont il est l'objet. L'enfant se voit obligé de protéger le parent d'un type de relation qu'il ne supporterait pas. D'autre part, s'identifier à la situation plus qu'à la personne du parent représente pour l'enfant une sorte de compromis entre une rupture totale de la relation — qui correspondrait au rejet du parent — et un lien trop proche qui correspondrait à son désir.

Ce qui est alors investi est « la situation qui

l'attache au parent». Cet investissement comporte l'avantage d'un danger moindre de perdre l'objet, car la situation n'est plus de l'initiative du parent, elle peut être inaugurée et rétablie par l'enfant. L'investissement s'éloigne d'un objet qui peut disparaître pour se fixer sur une entité détachée du parent, la situation de mauvais traitements, même si celle-ci aura besoin d'un «enfant» pour pouvoir se reproduire. Le gain économique de cet investissement non seulement concerne le quantum d'excitation, en protégeant de la violence dans un rapprochement insupportable, mais diminue aussi les risques de perte de l'objet (qui exposerait à la perte de soi), car il devient un «objet-substitut, objet-fonctionnel, objet remplaçable», dans la scène primitive à conserver.

L'objet-parent disparaissant derrière la situation, c'est celle-ci qui devient «objet». L'investissement se fera alors sur ce que cette situation de maltraitance véhicule: la haine de l'objet et en même temps la nécessité de le garder pour en assurer la continuité.

Nous sommes là dans ce qui fait peut-être une différence importante entre l'exercice du «droit de tuer son enfant», en termes de la *patria potestas* du Droit romain, et les mauvais traitements à l'enfant qui sont meurtriers pour la victime mais ne visent pas la destruction totale de l'objet. Le parent maltraitant, en effet, a besoin de l'enfant pour vivre la relation qui le garantit de la continuité de son objet interne. Paradoxalement la «mise à mort» de l'enfant (mais non sa mort réelle) n'a pas d'autre sens pour lui que celui de conserver le lien qu'il représente.

Dans un sens, l'enfant maltraité est investi parce qu'il permet au parent de retrouver la haine que son propre parent lui portait. N'est-ce pas une façon de comprendre le cas de cet enfant — dont les journaux nous ont raconté l'histoire — qui fut maintenu enfermé pendant des années dans un placard ? L'enfant est privé de vie avec les autres, « tué », mais conservé vivant parce que nécessaire pour satisfaire la haine du parent.

Objet lui-même d'une relation faite de haine et inductrice de haine, ce parent trouve sa cohésion intérieure, non pas en s'appuyant sur un objet aimant, mais sur la situation qui l'unissait à lui et dont il a fait son support et son modèle.

L'effort de retrait, par rapport à la personne du parent, qui mène à investir libidinalement et à s'identifier à son fonctionnement relationnel, peut hypothétiquement se poursuivre vers un investissement de l'affect prédominant dans cette relation : la haine. Ainsi pourrait s'opérer le passage d'une relation d'amour par la haine à une relation fondée sur l'amour de la haine.

ALBERT CRIVILLÉ

Un homme torturé : Tito de Alencar

Je m'autorise à parler psychanalytiquement de la torture pour avoir, en tant que jeune psychiatre, accueilli à l'hôpital Tito de Alencar. Cet intellectuel, doublement engagé, religieusement comme dominicain, et politiquement comme leader d'un des mouvements de libération nationale qui ont surgi au Brésil après le coup d'État de 1964, a été arrêté en 1969 à la suite de l'assassinat du leader communiste Marighela. Ce meurtre fut l'œuvre secrète du commissaire Fleury et des escadrons de la mort. Il avait dans l'esprit de ses auteurs un double objectif : liquider Marighela et compromettre définitivement les religieux engagés dans la lutte révolutionnaire. Au cours d'une incarcération de plusieurs mois, Tito de Alencar fut soumis à des interrogatoires policiers et à des tortures, par ce même commissaire Fleury. De cette expérience de la torture qui le laissa définitivement brisé, nous possédons un double témoignage : d'une part, les écrits qu'il eut le courage de rédiger en prison (qui ont été publiés dans un recueil qui lui a été consacré : *Alors les pierres crieront*), et d'autre part, la restitution de cette expérience, telle qu'il l'a transmise à travers un état mélancolique et délirant présenté dans les mois précédant sa mort.

Peut-être parce que, par son origine, il appartenait à la classe moyenne, traditionnellement favorable au régime politique en place, mais aussi parce qu'il était religieux, il semble que Fleury et ses tortionnaires se soient acharnés sur Tito de Alencar avec une particulière cruauté. Pour y échapper, il eut recours, au sein même de la prison, à une tentative de suicide, en se sectionnant l'artère du bras et il n'en échappa que grâce à la vigilance de ses bourreaux, qui redoutaient d'être compromis par ce geste. Tito évoque dans ses écrits la phrase qu'il entendit dans son demi-coma : « Docteur, celui-là il faut absolument le sauver, sinon on est perdus[1]. » C'est d'ailleurs grâce à ce suicide que l'Église d'abord, puis d'autres instances sociales, furent alertées sur les pratiques tortionnaires dans les prisons brésiliennes. Car, comme nous le verrons plus en détail, l'une des conditions de la pratique de la torture est de pouvoir bénéficier d'une clandestinité de fait.

Grâce à des circonstances exceptionnelles — l'enlèvement de l'ambassadeur de Suisse par des révolutionnaires brésiliens puis sa libération en échange d'un certain nombre de prisonniers politiques — Tito de Alencar put quitter sa prison en 1970, et fut aussitôt expulsé. Après de brefs séjours au Chili et en Italie, il fut accueilli en France.

Mais cette liberté réelle n'a fait que dramatiser l'aliénation intérieure à laquelle l'expérience de la torture l'avait définitivement contraint. En effet, dès les premiers temps, Tito ne put entreprendre, que pour les abandonner très vite, des études, une psychothérapie et même une psychanalyse. C'était pendant son long séjour à Paris, aux dires de ses amis, un homme complètement aboulique, ressassant interminablement un questionnement politique, religieux, doutant profondément de lui, convaincu d'avoir trahi aussi bien la cause dominicaine que la cause révolutionnaire. Il passait de longues heures à écrire, comme pour tenter de reconstruire une vérité intérieure, et il est certain que c'est en ce point bien précis que la torture avait eu raison de lui.

En face de ce désespoir, ses supérieurs religieux eurent l'idée de le confier à une autre communauté dominicaine, particulièrement chaleureuse, celle d'Éveux, dans ce beau couvent construit par Le Corbusier, au milieu des monts du Lyonnais. Après un temps où Tito trouva manifestement un mieux-être, éclatèrent bruyamment et dramatiquement les manifestations délirantes qui n'allaient pas le quitter jusqu'à son suicide quelques mois plus tard. Cela commença par des fugues inexpliquées, de plus en plus fréquentes, et de plus en plus longues. Inexpliquées jusqu'à ce que l'un de ses Frères, plus proche, en découvrît la raison : Fleury parlait à Tito et lui donnait ordre — de ne pas rentrer, de ne pas se coucher, de ne pas manger... Celui-ci était de plus en plus replié sur lui-même, de plus en plus mutique, de plus en plus triste. À la suite d'une de ces fugues, il fut conduit à l'hôpital.

Ce fut une scène tragique que celle à laquelle nous avons alors assisté : un homme comme traqué, se livrant à nous comme à des bourreaux. Lorsqu'une chambre lui fut attribuée, il se précipita face au mur, les bras levés, comme pour être exécuté. Puis, lorsqu'on lui donna un médicament pour l'apaiser, il le prit comme le poison qui allait l'achever. Scène dramatique parce qu'y était reconstituée intégralement, littéralement, la situation même de la torture, situation qu'alors nous n'avions pas les moyens de comprendre, mais que peu à peu, grâce à la coopération avec ses Frères dominicains, avec ses amis, nous pûmes mettre au jour.

Nous eûmes rapidement la conviction que nous n'étions pas en face d'une pathologie psychiatrique habituelle, ni d'un point de vue sémiologique, ni même sur un plan que j'appellerai éthique. Les symptômes présentés par ce patient, s'ils avaient pu être ceux d'une mélancolie habituelle, s'inscrivaient en effet dans un contexte d'exhibition très particulier. J'ai parlé de « scène » car le tableau clinique comportait une dimension très intentionnellement théâtrale ; malgré le mutisme quasi total de cet homme, malgré la force de sa croyance délirante que nous fussions des bourreaux, nous pressentions aussi que sa conscience n'avait pas vraiment basculé dans une conviction délirante, et que c'était plus un témoignage qu'une pathologie que le patient nous exposait. L'intensité de la souffrance psychique — plus que de la douleur morale — allait dans le même sens.

Je saisis maintenant que le pari que nous prîmes à ce moment-là — l'équipe soignante et les Frères dominicains — de considérer cet état moins comme une pathologie que comme un témoignage, allait dans le sens de l'intention de Tito de Alencar d'exprimer par ce « délire » (ou peut-être par cette exhibition hystérique, mais peu importe...) les sortes de sévices qu'il avait subis pendant sa torture, beaucoup mieux et beaucoup plus précisément que ce qu'il pouvait en écrire. Nous touchons ici à la limite du langage, qui ne peut rendre compte que de ce qui n'échappe pas à la conscience, tandis que son délire transmettait tout ce qui avait pu s'échanger inconsciemment entre la victime et son bourreau. Mais aussi, ce pari voulait protéger Tito d'une déchéance visée par le tortionnaire. Le projet du tortionnaire était bien de « rendre fou » sa victime, mais dans un après-coup lointain, dans un temps où la relation de cause à effet avec la torture ne serait plus évidente. La folie ainsi installée ne dénoncerait plus qu'une constitution maladive du sujet, génératrice aussi, pourquoi pas ? de ses erreurs de lutte et d'engagement politique. Un diagnostic psychiatrique de folie aurait définitivement diffamé Tito de Alencar.

Malgré plusieurs rémissions où les symptômes disparurent, où sa relation avec autrui s'améliora, rien ne changea véritablement en Tito de cette tendance à revivre, et à faire revivre, compulsivement, la situation de la torture, comme témoignant par là de la force et de la qualité particulière — disons tout de suite érotique — du lien qui s'était noué indélébilement et malgré lui à ses tortionnaires. Ses relations avec les Frères de sa communauté, apparemment simples et chaleureuses, s'émaillaient de crises interprétatives où Tito les soupçonnait d'être les complices de Fleury. D'une manière permanente, quoique la plupart du temps souterraine, la survivance en lui de la situation de la torture suivait son cours.

C'est probablement pour échapper encore à la torture que Tito de Alencar se suicida, alors qu'il était apparemment mieux, et qu'il avait accepté l'idée de s'inscrire socialement en prenant un travail dans la banlieue lyonnaise. On ne peut éviter de voir dans ce suicide réussi la reprise de son geste manqué dans les prisons de São Paulo, geste dont il avait été dépossédé par ses bourreaux, comme de la dernière liberté à laquelle l'homme peut prétendre. Et on se sent autorisé à faire parler les circonstances de son suicide, puisqu'il s'est pendu, au sommet d'un peuplier, dans une décharge publique : ainsi l'oiseau migrateur se fait prendre dans les fils électriques... Poétisons-nous les faits, en réaction justement à ce mouvement de dépoétisation que la torture réalise dans l'être ? Si le langage lui-même est impuissant à rendre compte des événements, cela entraîne sa disqualification comme moyen d'expression poétique, d'où la recherche de moyens substitutifs, comme la pathologie, aussi bien le délire que le suicide.

Et dans ce suicide, et sa scène particulière, n'entend-on pas son malheur d'exilé, son déracinement, son pays bien sûr d'où il avait été expulsé, mais aussi le déracinement beaucoup plus profond que la torture avait provoqué par rapport à lui-même, à son identité, à ses idéaux...

*

Le suicide de Tito de Alencar dévoile clairement la nature destructrice de la torture. Parmi les sens qui peuvent être dégagés de ce suicide — comme de la tentative précédente — il y a cette volonté de dramatiser qu'il était mort, en un certain sens, disons spirituellement, pendant l'épreuve de la torture, qu'il n'était plus, depuis, qu'un survivant.

Certainement la torture ne comporte pas toujours un aboutissement aussi destructeur, et en particulier des compagnons de Tito, également torturés, n'en ont pas essuyé les mêmes conséquences. Le cas de Tito nous amène à nous interroger sur ce qui a rendu pour lui cette expérience aussi meurtrière. Si nous confrontons ce que nous avons pu observer de son délire et des vicissitudes de sa survie aux témoignages écrits qu'il a laissés, il nous faut admettre soit que l'effet psychologique qui accompagne toute torture physique a été particulièrement vif dans son cas, soit qu'à côté des sévices purement physiques, Tito a subi une forme particulière de torture psychologique. Ceci est d'autant plus probable que, par son statut social de prêtre et d'intellectuel, Tito de

Alencar représentait pour ses bourreaux, et en particulier pour le commissaire Fleury, un symbole. Symbole d'une alliance nouvelle de la foi et de la révolution, s'opposant à l'alliance traditionnelle de l'Église et de l'État, et qu'il fallait absolument disqualifier pour en éviter la propagation. Cette alliance, par son ambiguïté, par sa nouveauté, représentait une déviance, pouvant trouver une issue positive, et dont il fallait absolument démontrer la négativité. L'ambiguïté de l'alliance sera le lieu précis où le tortionnaire agira, et agira psychologiquement, par un double mouvement de disqualification de la dialectique qui s'y joue, et de dégagement de l'incohérence qui y est aussi présente.

Dans le témoignage qu'a rédigé en prison Tito de Alencar au cours de l'année 1970, on trouve une description très littérale des faits subis. Son premier contact avec la torture est le « perchoir à perroquet », torture qui consiste à faire agenouiller le prisonnier nu, à lui passer une barre de fer dans le pli des genoux, à lui attacher par-derrière les poignets aux talons, puis à le suspendre ainsi tête en bas. « Ainsi suspendu, nu, j'ai reçu des décharges électriques en courant continu sur les tendons des pieds et sur la tête. Les tortionnaires étaient six. Ils m'ont appliqué le "téléphone" (frapper en même temps les deux oreilles du creux des mains pour faire éclater les tympans) et ils m'ont adressé des injures[2]. »

On reconnaît ici, de la part des tortionnaires, la recherche d'un effet de sommation des différentes sources d'excitation : physiques, électriques, sonores et aussi verbales, et la nudité apporte avec elle une excitation très directement sexuelle. Mais on retrouvera cette sommation d'une autre façon. En effet, les tortionnaires n'hésitent pas à cumuler les sévices sur les différentes parties du corps. « Ils ont lancé des décharges électriques dans mes mains, dans mes pieds, dans mes oreilles et dans ma tête. À chaque décharge tout mon corps se mettait à trembler comme s'il allait se décomposer[3]. » Il s'agit par ces sommations, plus que de brutalité, d'obtenir une mutation psychique du sujet. Mais si nous pouvons, nous, décrypter cette situation ainsi, Tito, lui, ne pouvait percevoir la sommation qui était en jeu, ni l'intention qui y présidait. Le témoignage ultérieur du délire est beaucoup plus authentique que le témoignage écrit qui nous montre que Tito ne pouvait avoir conscience que d'une partie de la situation ; il se produit dès le début de la torture une dissociation très nette entre la conscience immédiate des faits, et une intériorisation plus inconsciente où ne joue plus la différence entre sévices subis et sévices désirés. « Il m'était impossible de savoir quelle partie du corps me faisait le plus mal. J'avais l'impression d'être écrasé de partout. Mon esprit n'était plus coordonné, je n'avais plus que le désir de perdre les sens[4]. »

La sommation vise en effet à engager, à l'insu de la victime, son désir, et à appeler par là même une complicité. Car, par la souffrance, le corps est sollicité érotiquement jusqu'au point où une auto-excitation interne est capable de prendre le relais, de façon quasi autonome, de l'excitation extérieure. Confusion et culpabilité viendront comme conséquences d'une certaine dissolution des catégories de l'intérieur et de l'extérieur : ce n'est pas le tortionnaire qui lui fait perdre les sens, c'est lui qui en éprouve le désir. On retrouve, bien sûr, le désir à l'œuvre, de façon caricaturale, dans la reconstruction délirante de la torture.

Une étape de plus dans la mutation psychique secrète de la victime se repère dans l'événement suivant que rapporte Tito : Il est pris en main par un nouveau tortionnaire, le capitaine Albernaz. « Quand je viens à l'opération-prisonnier, dit-il, je laisse le cœur à la maison. J'ai horreur des curés... Tu connais Untel et Untel ? (il cite les noms de deux prisonniers politiques sauvagement torturés par lui), tu vas avoir droit au même traitement : décharges électriques toute la journée. À chacun de tes NON, tu recevras une décharge plus importante. Il y avait trois militaires dans la salle. L'un d'eux a crié : "Je veux des noms d'hommes et d'organisations clandestines." Quand j'ai répondu : "Je ne sais pas", j'ai reçu une décharge électrique tellement forte, celle du secteur branché directement, que j'ai perdu le contrôle de mes fonctions physiologiques[5]. »

On a du mal à se dégager du pathétique de cette situation, et de la sidération où elle laisse le lecteur. Et on mesure la déchéance où est amené le verbe dans cette expérience, aussi bien à la tendance où nous sommes de rester sans voix devant ce récit, qu'au fait que le tortionnaire ne semble pas attendre d'autre réponse que justement des NON. Le désespoir dans la torture passe par la déchéance du langage. Il y a en effet quelque chose de scélérat dans cette stratégie qui use, dans le but apparent de faire parler, d'une contrainte qui châtre organiquement le sujet de ses moyens d'expression, au point que le lecteur est soumis à la conviction, dans ce passage, que la torture n'est pas utilisée comme une méthode d'interrogatoire policier, mais qu'elle a bien un objectif autonome, qui est celui d'une compromission.

En effet, les décharges électriques visent ici justement à amener la victime à se souiller. Toujours dans son récit, Tito fait allusion à plusieurs personnes présentes aux côtés du tortionnaire : une multitude de regards, donc, qui concourent, par le voyeurisme, à érotiser le relâchement des sphincters et les affects multiples que le sujet en éprouve. Nous insistions sur l'exhibitionnisme présent dans son délire, et on peut voir dans cet exhibitionnisme délirant la reprise d'un affect éprouvé dans la torture, et que Tito n'avait pas les moyens, dans son écrit, de maîtriser.

L'horreur continue pour lui : « Il (le tortionnaire) s'est lancé dans des attaques morales : Quels curés ont des amantes ? Pourquoi l'Église ne vous a-t-elle pas tous expulsés ? Qui sont les curés terroristes ? Il a dit que l'Église était corrompue, qu'elle se livrait à des malversations financières, que le Vatican était le propriétaire des plus grandes entreprises du monde. À toutes mes réponses négatives, ils me donnaient des décharges, des coups de poing, des coups de pied, et des coups de bâton dans la poitrine. À un moment donné, le capitaine Albernaz m'a commandé d'ouvrir la bouche pour recevoir "l'hostie sacrée". Il a introduit un fil électrique. Je suis resté la bouche enflée, sans pouvoir parler convenablement. Ils gueulaient contre l'Église. Ils criaient que les curés sont des homosexuels parce qu'ils ne se marient pas... Ils ont arrêté la séance à quatorze heures » (notons qu'elle avait commencé à huit heures du matin)[6].

La densité pathétique du récit provient de la hâte avec laquelle il a été écrit, comme dans une lutte contre l'oubli, contre le refoulement bienfaisant à court terme, mais qui l'aliénera ultérieurement, à devoir le remémorer par le biais du délire.

Tito, comme on l'a dit, n'a jamais pu réhabiter son identité de religieux, et une grande partie de ses écrits exprimera la recherche douloureuse d'une nouvelle spiritualité, impossible pour autant qu'il ne l'envisageait que dans la réconciliation d'idéaux contradictoires : Freud et Marx, Marx et le Christ, etc.

Dans ce dernier fragment du récit, on saisit mieux par quel processus la torture réussit la mutation psychologique du sujet. Il consiste dans la destruction des autoreprésentations idéalisantes valorisées du soi. Plus précisément ici, ce qui est spécifiquement contesté c'est la représentation la plus spirituelle, la plus spéculaire aussi, celle de prêtre. Destruction suivie de l'imposition d'une nouvelle identité, en négatif de la précédente : « Tu es un faux prêtre », en contradiction : « L'Église est corrompue », et dans le sens d'une déchéance : « Les curés sont des homosexuels. »

Telle que Tito sait l'évoquer, la procédure tortionnaire semble se développer comme un drame, dont la scène parodique de la communion serait l'acmé. Avec une malignité stratégique que seule peut inspirer une relation très passionnelle, le maniement par le tortionnaire du symbolisme religieux vise à discréditer, à tourner en dérision un secteur de l'identité de la victime, celui dont on peut dire qu'il est le lieu de toutes les sublimations et de toutes les transcendances. Il est ainsi discrédité parce qu'il est ramené à une gestuelle presque pornographique, dans ce contexte d'excitation corporelle, après tant d'heures de sévices.

On imagine que c'est à ce moment précis que Tito de Alencar a perdu toute possibilité de se reconnaître comme le prêtre qu'il était. La raison pour laquelle il a dû adhérer à cette parodie est en rapport avec la ruse qui consiste, non pas à dénoncer *ex abrupto* la religion, mais à en faire ressortir le soubassement pulsionnel, à partir de quoi la sublimation religieuse a pu se développer. En effet, le tortionnaire ne fait que basculer l'identité de son versant solaire, sublimatoire, vers un versant ombreux pulsionnel. La torture se révèle comme une opération de désublimation.

C'est aussi une entreprise de dépoétisation. Car si nous prêtons attention, dans ce fragment de récit, à l'importance des mots qui y sont exprimés par les bourreaux, on remarque plusieurs points. Comme probablement à d'autres moments, le bourreau ne cesse d'insulter la victime, mais, notons-le, d'une façon relativement synchronique aux sévices physiques. Comme si chaque interjection était lancée et introduite dans le sujet dans le sillage d'un traumatisme physique. Ce langage, en effet, dit des choses dont il n'est pas possible de parer à la fausseté, puisqu'il contient malgré tout sa part de vérité. Et c'est sur l'ambiguïté du vrai et du faux qu'il joue : sur le mot homosexuel par exemple, vrai d'une vérité qui, latente, concerne tout être humain, vrai aussi d'une vérité de fait, dans la situation de l'être Tito subissant passivement une parodie de fellation dans un contexte d'exhibitionnisme-voyeurisme. En réalité, non seulement le langage s'introduit dans le sillage du sévice corporel, mais, bien plus, il l'accompagne et vient lui donner un sens qu'à lui seul il ne pourrait avoir. Le langage ici joue comme un verdict, mieux, comme une interprétation sauvage, qui vient stigmatiser de façon absolument irréversible la résonance affective que les sévices cherchent à provoquer chez le sujet.

On peut dire qu'avec l'insulte, le bourreau parfait sa stratégie et clôt l'expérience. Le langage jouerait ainsi un rôle analogue aux regards des multiples personnes assistant à la scène. Car comment Tito pourra-t-il jamais repenser ce moment de l'expérience, où nu, humilié, contraint, il est battu, passivement violé, autrement que par le verdict des voix et des regards : « Tu es un homosexuel », « Tu te livres et tu t'exposes comme une femme » ?

Cette parole qui dit en même temps le vrai et le faux, qui s'impose de l'extérieur et trouve à l'intérieur sa résonance, ne pourra plus faire l'objet d'une élaboration spontanée. Déchue de son statut sémantique, elle a subi une dépoétisation qui l'a réduite à être un corps étranger, une chose, qui habitera durablement le sujet, et que nous retrouverons au travail, à nouveau, lors des phases les moins souterraines de son délire, lorsque la voix du tortionnaire lui dictera chaque acte de sa vie.

Il n'y a aucun doute que Tito de Alencar est mort au cours de ses tortures. Au risque du pathos, je suis enclin à affirmer cette proposition dans la mesure où ce qu'était Tito, le religieux, le combattant, mais aussi l'homme inscrit dans une histoire privée, familiale, le fils, le frère, n'a plus été. Tito est devenu quelqu'un d'autre, ce que son tortionnaire aurait voulu qu'il soit. C'est en ce sens-là que l'on peut dire qu'il était un survivant, dont il nous était peut-être impossible, à nous qui n'avions pas traversé ces épreuves, de comprendre ce qui de lui survivait.

Tout se passait comme si la torture avait substitué un homme nouveau à l'homme ancien qu'il était, ce qui ne fait que reprendre l'esprit de la torture où le tortionnaire focalise son regard sur un seul angle, l'être en tant que victime, en méconnaissant absolument la réalité existentielle du sujet. Nous fûmes ainsi très frappés de voir que lorsqu'une de ses sœurs fit un long et coûteux voyage du Brésil en France pour l'aider, il la reconnut à peine, n'accepta aucune familiarité avec elle, resta imperméable à toutes ses tentatives pour faire revivre leur passé.

Il était le nouveau personnage créé par Fleury, et c'est bien ce à quoi la torture tendait. Car on remarquera qu'il y a dans la manière dont le bourreau manie les sévices physiques et dans celle dont il manie l'insulte verbale une étroite parenté. Il s'agit dans les deux cas moins de blesser de l'extérieur que d'entraîner un mouvement interne d'autodestruction et un mouvement d'autocritique qui doivent continuer à agir pour leur propre compte. C'est ce que Tito de Alencar démontrait dans son délire lorsqu'il s'imposait toutes les privations que l'on connaît, mais aussi dans cette activité ressassante, incessante, d'autoreproches. Son cas pourrait être considéré comme une torture réussie, à savoir qu'il est possible que l'idéal du tortionnaire soit de mettre en route ce qui, dans la personne humaine, est disponible pour une autotorture (ainsi qu'on le rencontre couramment dans la pathologie) : autodévalorisation, autocritique, autopunition. C'est peut-être de cette finesse psychologique que se vantait Albernaz dans ce que Tito l'entendit dire : « Nous savons faire les choses sans laisser de traces. S'il survit, il n'oubliera plus jamais le prix de son audace[7]. »

*

À un moment bien précis, Tito a eu le sentiment d'avoir trahi, en donnant des noms. Il s'en accusera justement très longtemps, de façon mélancolique, bien que tous les témoignages aillent à l'encontre de cette conviction : il n'aurait livré aucun nom sous la torture. On voit là, dans cette auto-accusation, un moyen commode, immédiat, de rationaliser sa culpabilité, mais aussi, sur cette faute classique du torturé, il paraît déplacer un sentiment beaucoup plus obscur et expansif de la trahison. Dans les écrits, ce sentiment de trahison prend la forme d'une inquiétude naissante pour le sort de ses Frères dominicains. « Dans ma cellule je n'arrivais pas à m'endormir. La douleur augmentait de plus en plus. J'avais l'impression que ma tête était trois fois plus grosse que mon corps. Il fallait en finir une fois pour toutes. Je sentais que je ne pourrais pas supporter plus longtemps une telle souffrance. J'étais angoissé à l'idée que mes Frères dominicains puissent subir la même chose. »

Le désir de mourir reste relativement indissociable de ce sentiment de trahison, qui représente l'essence même de l'autotorture, tout comme il est le but suprême de la torture, puisque c'est le groupe auquel il appartient que le bourreau cherche à atteindre à travers sa victime. Or, il se trouve qu'au même moment, une campagne de presse est engagée publiquement contre le groupe des dominicains. On releva ainsi dans le journal *O Globo* les propos suivants : « Ils (les dominicains) ont trahi la foi en passant au communisme, puis trahi le communisme en livrant Marighela. Ce sont de nouveaux Judas[8]. » On est frappé de ce que les mêmes accusations diffamantes, les mêmes calomnies circulent ici, dans le siècle, et là, dans l'espace clos, clandestin, inter-individuel de la torture. On se sent autorisé à considérer que c'est la même guerre qu'un certain groupe idéologique livre contre un autre, ici et là. D'où vient que la torture pourrait se comprendre comme une sorte de microcosme de la guerre plus générale, officielle, une guerre en « laboratoire », où les obstacles, les échecs que le pouvoir rencontre dans la réalité seraient comme magiquement éliminés. Un microcosme où le pouvoir se donne l'illusion que la réalité est conforme à son désir : la torture serait un champ d'utopie. En écrasant physiquement et spirituellement Tito de Alencar, le tortionnaire, et le groupe dont il est le représentant, ne visaient peut-être à rien d'autre qu'à se conforter dans la croyance qu'ils pourraient venir à bout, sans difficulté, d'une opposition d'idées qui menaçait sa propre conviction. De la cruauté des sévices, la recherche de cette illusion de victoire rend beaucoup mieux compte qu'une prétendue recherche d'informations, puisque, comme on l'a vu, ces sévices mettaient la plupart du temps Tito dans l'incapacité de parler.

Tito, personne bien réelle, n'est cependant torturé qu'en effigie du groupe dominicain dont il est le symbole. Il y a dans la torture un fond d'exorcisme qui demeure pris dans le non-dit, dans le non-su, de part et d'autre, mais qui apporte sa propre confusion au mystère de l'expérience. Freud, dans *Totem et Tabou,* explique: « Un des procédés magiques dont on se sert le plus communément pour nuire à un ennemi consiste à fabriquer son effigie avec des matériaux quelconques. On peut encore démontrer que tel ou tel objet représentera son image. Tout ce qu'on inflige à cette effigie frappe également le modèle haï. Il suffit de léser une partie quelconque de celle-là pour que la partie correspondante du corps de celui-ci devienne malade[9]. » Le matériau quelconque est ici l'être Tito de Alencar, et l'objet représentant l'image, son corps.

Retenons cette hypothèse de la torture comme pratique exorciste, en tant qu'elle nous permet de suivre la déchéance de la parole et du langage telle qu'elle a lieu dans la torture, jusqu'à aboutir à cette forme sémiotique particulière qu'est l'aveu. C'est en effet dans une savante progression que Tito de Alencar sera dépouillé de sa parole d'homme, pour autant que la clandestinité et l'illégalité de la torture destituent toute référence éthique. Dépouillé ensuite de sa parole de sujet, dans la mesure où l'emprise sexuelle à laquelle va tendre le bourreau amène la victime à s'identifier à un corps érogène qui ne parle que d'excitation et de compulsion à la répétition. Et enfin, avec cette étape que l'image d'effigie permet de figurer, on comprend que la parole appelée par le tortionnaire soit non pas la parole de Tito de Alencar, sur Tito de Alencar, mais celle du représentant d'un certain groupe sur le groupe en question. C'est donc une parole qui, loin d'être au service d'une quelconque vérité, n'a d'autre raison d'être que de répondre à une certaine attente, bien précise, du tortionnaire. Cette attente serait évidemment la livraison de noms, la preuve d'une compromission, d'une faute, d'une trahison, peu importe. Car, quoi que ce soit que dise ou ne dise pas la victime, c'est une parole que le bourreau entendra comme il l'attendait : voilà l'aveu.

Tout parle pour le tortionnaire, comme tout concourt à prouver à la victime qu'elle a parlé, car l'aveu ne correspond jamais à un quelconque énoncé, mais à une certaine forme de déchéance du langage, où le signe verbal ne s'interprète que par le désir de celui qui l'entend.

La forclusion du tiers social, le libre développement de la toute-puissance du désir du bourreau, désignent assez le caractère fou, psychotique, de cette situation de torture, que la déchéance du verbe vient cristalliser. Il y a un siècle déjà, un auteur comme Jules Michelet en avait saisi la dimension délirante : « Une sorcière avoue avoir tiré du cimetière le corps d'un enfant mort récemment, pour user de ce corps dans ses compositions magiques. Son mari dit : "Allez au cimetière. L'enfant y est." On le déterre, on le retrouve justement dans sa bière. Mais le juge décide, contre le témoignage de ses yeux, que c'est une "apparence", une illusion du Diable. Il préfère l'aveu de la femme au fait lui-même. Elle est brûlée[10]. »

Cette déchéance de la parole, Tito la dénoncera ultérieurement, dans le long mutisme que nous avons pu observer, tout comme dans l'automatisme mental, où une voix qui n'était plus la sienne parlait au-dedans de lui-même.

*

La pratique tortionnaire est folle, et, face à cette folie passionnelle, la dénonciation et la lutte politique doivent se faire, au même degré, passionnelles et impitoyables. Mais elle est aussi folle au sens psychiatrique du terme. Sans que cela contamine en rien la lutte politique, nous nous devons de le dégager parce que cette folie situationnelle exerce à elle seule un effet psychique destructeur sur la victime; mais aussi il y a un intérêt anthropologique à comprendre ce fait tout de même mystérieux que des hommes civilisés puissent endosser la responsabilité d'une telle pratique.

Pierre Vidal-Naquet[11], à propos des tortures pratiquées en Algérie avant l'indépendance, nous convainc de l'idée que la torture n'a été possible que parce que des hommes politiques ont manqué gravement à leur fonction de contrôle des institutions et ont autorisé un vide juridique qui seul a permis l'installation de pratiques tortionnaires. Abandonné par le juriste, dispensé, non sans complaisance, de la loi, le militaire devient tortionnaire et, si l'on peut dire, il devient aussi fou, s'autorisant d'une conduite exorciste et magique qui lui tient lieu de pensée.

Seule en effet une folie, ou disons un affolement, permet de comprendre la cruauté extraordinaire déployée dans ces situations, l'acharnement sadique qui attache littéralement le bourreau à sa victime et dont le récit de Tito de Alencar donne une description d'un poignant réalisme et d'une grande finesse psychologique. En effet, c'est d'une certaine figure du tortionnaire, ahurissante d'inhumanité, que nous entretient sans cesse ce texte.

On imagine la révélation que constitue pour la victime cette rencontre avec le visage de l'homme que dévoile brutalement, sardoniquement, le tortionnaire : Tito aura à se débattre avec cette image, à la fois à s'y reconnaître en tant qu'homme, et à s'en dégager dans une contre-identification souvent proche de l'angélisme.

Nous avons fait allusion, dans l'histoire de Tito de Alencar, à l'exhibitionnisme un peu hystérique qu'il affichait. Dans son indifférence à autrui, n'était pas absente une certaine arrogance, sinon même la conviction secrète d'être un héros, d'avoir traversé une épreuve que nul autre n'avait connue, d'être en quelque sorte un initié. À côté de ce qui relevait du sentiment de déchéance, une pathologie du « Soi grandiose » présidait à son isolement. Celle-ci avait peut-être trouvé sa justification dans l'étrangeté de l'expérience que, dans la confusion où il était, il a élaborée en initiation sacrificielle dont il aurait été le seul et unique dépositaire, à l'égal du Christ auquel il lui est arrivé à plusieurs reprises de se comparer.

À notre tour, n'avons-nous pas été fascinés par l'expérience qu'il a vécue, pour autant qu'on y retrouve cette rencontre inouïe de l'homme, dans sa cruauté virtuelle, dont la civilisation nous protège et nous sépare. Je vois, quant à moi, dans la multitude des écrits que cette vie a suscités, une volonté de retransmettre — non sans l'idée d'une possible rédemption — cette révélation, dans un mouvement quasiment angélique. Mais ces actes de parole ont tout de même une fonction autonome : délivrer la parole de Tito de la subversion que lui aurait infligée la torture.

C'est toujours à l'occasion de causes religieuses, spirituelles, idéologiques, que la torture s'est développée. Il ne faut pas méconnaître que dans ce contexte d'idéalité — et de prédisposition magique que l'idéal lui-même sous-tend — la torture est d'autant plus tentante qu'il lui est attribué une efficacité qui ne relève pas de l'objectivité, mais du pouvoir d'annulation qu'elle sait mettre en œuvre. Les procès de sorcellerie, l'Inquisition, les dragonnades, les génocides récents, qui visaient à détruire comme représentant du mal ce qui était de l'ordre de la différence, convoquaient à cette fin la torture.

JEAN-CLAUDE ROLLAND

La mort donnée

Gilles est un homme de quarante-six ans, qui me fut adressé, il y a plusieurs années, à la suite d'une hospitalisation dans un service de psychiatrie. Il y avait été admis pour un état anxieux très accentué avec des troubles somatiques variés (précordialgies, accès de sueurs, de tremblements, céphalées violentes), des sentiments dépressifs liés à une situation socioprofessionnelle très précaire : incapable de garder un emploi à cause de ses troubles, son absentéisme était tel qu'il avait fini par n'avoir plus aucune activité professionnelle, et n'était pratiquement plus couvert par la Sécurité sociale. Il avait une pension du ministère des Anciens Combattants, mais son taux ne pouvait en fait constituer une ressource suffisante.

Il s'agissait d'une névrose traumatique de guerre évoluant *depuis vingt-deux ans*, ayant débuté lors de la guerre d'Algérie, lorsque Gilles servait dans une unité de commando. Il avait quitté celle-ci après avoir été réformé.

Il nous avait été adressé pour entreprendre un traitement psychothérapique. D'emblée, je fus frappé par le caractère d'extrême actualité des troubles qu'il relatait. Cet homme de grande taille, avec son visage mince, son allure d'employé tranquille, parla uniquement, pendant le premier entretien, de ses troubles. Il se présentait comme étant au bord du désespoir : il avait entrepris plusieurs traitements qui s'étaient tous soldés par des échecs et se sentait littéralement abandonné à son sort par les psychiatres qui lui disaient ne plus rien pouvoir faire pour lui.

Il avait parfois des idées suicidaires. Il émanait de lui une demande affective intense, et je me sentis très vite l'objet d'une revendication ambivalente : à la fois idéalisé comme le bon thérapeute qui pouvait le comprendre, mais aussi assigné par lui à cette place, de façon assez possessive. De mon côté, j'étais intéressé par sa symptomatologie, concerné narcissiquement (je venais après les échecs des autres), et enfin sollicité par mon intérêt pour les névroses de guerre : il m'offrait la possibilité d'aller plus avant, d'explorer une terre peu connue, celle où Freud avait, en partie, dégagé le concept de pulsion de mort.

Gilles était assailli, depuis vingt-deux ans donc, par des cauchemars où il revivait les scènes de guerre telles qu'il les avaient traversées : « *C'est réel* disait-il, *exactement* réel, j'y suis... » En fait, il ne s'agissait pas de rêves mais de souvenirs hallucinatoires. Ces cauchemars, comme du reste le récit de ses autres troubles, il les déposait, les donnait comme un tas de matière informe.

Les cauchemars étaient assez stéréotypés. C'était très souvent des scènes où il se trouvait avec ses anciens compagnons d'armes : ils étaient attaqués, ou, à l'inverse, c'étaient eux qui tuaient des rebelles. Quelquefois l'agresseur n'était pas désigné : « On veut me tuer, m'assassiner, je me sauve, je me réveille », « on partait avec tous les blindés, en accrochage...

toujours tout pareil». En même temps, Gilles, dans le cauchemar, se sentait quelquefois «bien» de se retrouver avec les autres : c'était l'étrangeté et le harcèlement de l'onirisme qui le réveillaient, plus que son contenu. «Et même, disait-il, dans les cauchemars, je retrouvais plaisir à tuer... comme à cette époque.»

En effet, il explique que, rapidement après son arrivée en Algérie, il se sentait plein de fureur guerrière contre les rebelles: ceux-ci, haïs pour leurs exactions et les meurtres d'Européens, la pratique, dans certains cas, de mutilations castratrices rituelles sur les cadavres, étaient pour lui des êtres fondamentalement mauvais. Il disait alors tirer avec une sorte de plaisir, au cours de nombreuses opérations, où le groupe en entier se soutenait et communiait dans l'accomplissement d'une vengeance. Gilles était, parmi eux, un des plus «gonflés», un acharné, très courageux dans les accrochages ; mais parfois il ne pouvait se contrôler et en faisait trop... c'est-à-dire que l'anéantissement de l'ennemi était devenu pour lui un soulagement, et il éprouvait, quand il tirait avec son arme, une sorte de sentiment de triomphe et de jouissance. Il avait la tentation d'achever des rebelles blessés, et, plusieurs fois, il fut menacé de sanctions pour gestes de brutalité. Dans son récit revenait souvent le terme militaire de «nettoyer»: les rebelles étaient réduits à des objets partiels, sans vie propre, au-delà même des menaces agressive et castratrice qu'ils recelaient.

Il retrouvait, à son insu, de la jouissance à me raconter ses faits de guerre et cela contrastait avec son accablement habituel. Il exhibait visiblement, peut-être aussi pour me fasciner, cette période de sa vie, et aucune culpabilité, aucune gêne ne transparaissait chez lui. Sa guerre s'est poursuivie dans ces péripéties sanglantes, mais, petit à petit, l'ennemi qui était pour lui *le radicalement autre*, le rebelle maghrébin, devint beaucoup plus difficile à cerner. C'était en effet l'époque des mouvements insurrectionnels dans la ville. Européens civils et même militaires, rebelles à leur tour, devenaient des ennemis potentiels : contrôles, perquisitions, fusillades, batailles de rues, assassinats feutrés, quelqu'un pouvait, à côté de soi, s'effondrer, un poignard planté dans le dos... Tout cela formait la toile de fond d'une histoire devenue folle. Gilles participa, en raison de ses affectations, à cet immense drame, alternativement exécuteur et menacé d'être exécuté.

Finalement, un jour, après une phase d'épuisement physique — ses nuits étaient souvent consacrées à des perquisitions et des contrôles de toutes sortes —, il s'écroula : « À moitié paralysé, les bras étendus devant lui (comme pour étreindre quelqu'un), il ne pouvait plus rien faire, plus parler. » Hospitalisé, puis rapatrié en France, les symptômes cèdent, mais, par contre, il éprouve une vive peur : il se croit poursuivi par des « Arabes » pour être poignardé par-derrière, se retourne sans cesse dans la rue. Il ne pense qu'à fuir, ne veut plus voir les siens, ne reconnaît plus personne. En quelques semaines, les troubles régressèrent, mais pour faire place au tableau actuel, qui s'aggrava progressivement sur le plan de ses conséquences sociales et professionnelles.

Il se trouvait notamment dans une situation de dépendance à l'égard de sa femme qui travaille et représente une image très stable, même si elle fut très longtemps absente de son discours durant la psychothérapie, comme l'étaient également ses deux enfants. Il présentait aussi une fatigabilité, un ralentissement général de toute activité, intellectuelle, manuelle et relationnelle. Ses cauchemars répétitifs, apparus très vite après la phase persécutive, l'épuisaient et lui interdisaient tout repos réparateur. Il se sentait « différent » des autres et incapable de tenir sa place de chef de famille.

Pour lui, tout était dû aux événements de guerre, et il tenait à considérer sa vie, antérieurement à ceux-ci, comme parfaitement normale ; il disait n'avoir jamais connu de difficultés psychologiques. Malgré l'ambiguïté de sa demande initiale (aide matérielle indirecte, pension, traitement), je décidai de lui proposer une psychothérapie, que je pressentais difficile — compte tenu de l'importance des bénéfices secondaires que Gilles tirait depuis vingt-deux ans de sa situation d'invalide reconnu, compte tenu aussi du registre narcissique où se situaient essentiellement les conflits et, enfin, d'une relation déjà structurée, dans une sorte de pré-transfert, paraissant difficile à mobiliser ; il se réfugia dans un giron accueillant, et inconditionnel, pour son avidité orale intense.

Je pensais que malgré tout cela, il me serait peut-être possible de l'aider ; de plus je sentais en lui quelque chose de « psychiquement vivant », qui justifiait largement l'entreprise, dans la mesure où lui-même éprouverait un désir de changement et accepterait une suffisante « alliance thérapeutique » ; enfin, il était très difficile, dans la situation où se trouvait Gilles, de l'adresser à un collègue.

Le traitement s'engagea : le matériel des séances était très stéréotypé, constitué du récit des cauchemars et des rêves que Gilles apportait assez régulièrement ; il avait sans doute décelé mon intérêt initial pour l'« objet-rêve », qui d'ailleurs a certainement aidé à constituer un certain canal de communication entre nous. Mais le patient était à la fois inclus dans la situation (et son environnement) de façon étroitement dépendante, et très éloigné, clôturé qu'il était dans son angoisse, réabsorbant surtout ses possibilités d'investissement en lui-même. Il faisait part de ses crises d'angoisse, avec tout leur cortège somatique, et racontait souvent, dans le détail, ses tribulations avec les administrations (la Sécurité sociale et le ministère des Anciens Combattants). Il existait des variations assez nettes de son état, rythmées par des circonstances précises. C'est ainsi qu'une phase d'accalmie se produisit après une altercation avec un médecin expert, qui lui avait signifié son refus d'augmenter sa pension et son scepticisme sur la réalité des troubles ; il développa alors des sentiments intensément agressifs et même des fantasmes de meurtre. Dans le même temps, ses troubles s'amendèrent au point qu'il envisagea de retravailler.

En revanche, tout contact social ou familial trop prolongé, les stimulations extérieures (le bruit par exemple), les échéances administratives, le conduisaient parfois à des états de quasi-panique : tremblant, bégayant, il sursautait au moindre bruit. Ces moments étaient précédés de l'accentuation de l'activité onirique et cela sous deux modalités qui m'apparurent différentes.

En effet, à côté des cauchemars à thème de guerre, avec leur caractère de réalité quasi hallucinatoire, qui faisaient dire à Gilles : « Tiens, cette nuit, j'étais en opération, en embuscade... », et qui l'exténuaient dans leur intrusion répétitive, il y avait une autre sorte de cauchemars qui se distinguaient des précédents par leur absence de lien avec la guerre, par leur très intense charge anxieuse, et leur caractère de répétition des *mêmes* scénarios alors que (pour reprendre une distinction proposée par Michel de M'Uzan[1]) les autres cauchemars répétaient l'*identique*.

Il y avait trois thèmes essentiels :

— le patient se trouvait encerclé par de l'eau qui montait et allait l'engloutir, malgré ses tentatives pour fuir, ou bien encore devant un fleuve infranchissable ;

— il était en avion, ou sur un lieu très élevé et il tombait ;

— plus rarement, il se trouvait dans des situations où il était en voiture : il circule toujours et n'arrive jamais nulle part, il se perd, se trouve bloqué sans pouvoir avancer ou reculer.

Il n'associait pratiquement jamais sur ses cauchemars sinon pour évoquer certains restes diurnes. En attendant, j'en étais réduit à des recoupements hypothétiques avec son passé. De celui-ci, je savais très peu de chose, comme il arrive parfois avec ces patients, qui offrent une véritable résistance à l'évocation d'une enfance idéalisée ou désespérément banale et « normale ».

Il est l'aîné (depuis le décès d'un frère, en bas âge, deux ans avant sa naissance) d'une fratrie de cinq ; sa mère est simplement dépeinte comme autoritaire, sévère, prenant les décisions importantes à la maison, mais malgré tout assez accessible. De son père, il ne me rapporte que des traits d'une grande banalité. Ses parents le confièrent, dès sa naissance, aux grands-parents maternels qui habitaient à quelques kilomètres. Cet arrangement, qui dura dix ans, était motivé, au début, par les obligations professionnelles des parents, puis par la captivité du père durant la guerre 39-45. « Ma mère ne pouvait pas s'occuper de moi. » À l'âge de deux ans, après une chute, il aurait souffert d'un traumatisme oculaire.

Gilles fut en contact, à plusieurs reprises, avec les avions : la première fois à huit ans, où il aurait échappé à un mitraillage par un avion allié qui avait pris pour cible un camion près duquel il jouait. Il en éprouva une grande peur, puis un intense intérêt pour l'aviation et le désir de devenir aviateur (son jouet préféré était un gros avion en fer). Ensuite, à dix-huit ans il s'engagea dans l'aviation.

Au début du traitement, il m'avait raconté son enfance de garçon très calme, s'occupant tout seul, pouvant rester des heures sans bouger, mais aimant les jeux guerriers ; et puis ensuite, sa recherche difficile et obstinée d'un statut socioprofessionnel satisfaisant : recalé au CEP et malgré un bon niveau qu'il voulut prouver en étant reçu ensuite à deux examens « blancs », il dut commencer un apprentissage de mécanique. Peu après, ses parents s'opposèrent à son départ en stage de perfectionnement dans la capitale, et il se soumit « sans leur en vouloir ». C'est alors qu'il songea à s'engager dans l'aviation, mais déçu par des perspectives de carrière de « rampant », il se porta volontaire pour une unité militaire « très opérationnelle », où il effectua un début de carrière normale jusqu'à ses séjours en Afrique du Nord.

Dans les phases où les circonstances extérieures le sollicitaient trop, les deux types de cauchemars décrits ci-dessus s'intensifiaient et apparaissait alors une séquence régulière comprenant :

— des céphalées permanentes et très difficilement supportables. À côté d'une sensation de tension, de tête qui va exploser, Gilles répétait souvent : qu'il y a « un décrochement dans sa tête comme si on lui bloquait... qu'il a des *trous*, que ça se *coupe* dans la tête... » ;

— dans le même temps, c'était toutes les opérations intellectuelles qui se trouvaient gravement entravées : il se sentait *coupé* de sa mémoire, de ses gestes, incapable de conduire ses pensées de façon normale : « je suis *devant* le néant, pas du tout normal, vide », disait-il ;

— enfin, dans les moments d'acmé de tous ses troubles, apparaissait un sentiment diffus d'hostilité de l'ambiance : « J'ai tout contre moi... toute la société... je sens qu'on me laisse à l'écart. » Il eut parfois l'impression qu'on voulait le tuer, et, une nuit, il s'est levé pour vérifier que sa maison n'avait pas été plastiquée. À quoi s'ajoutait une intensification de la quérulence à l'égard des administrations et du sentiment d'abandon.

Une poussée de ce genre entraîna une réhospitalisation et un traitement neuroleptique, qui amena une amélioration considérable, mais temporaire, de la symptomatologie.

Sa participation, sa ponctualité aux séances restaient égales, malgré l'évolution apparemment peu encourageante du traitement pendant deux ans. Nous nous heurtions au caractère « démoniaque » de la compulsion de répétition, et le patient semblait enlisé dans une situation régressive, encore accentuée par l'institutionnalisation de son statut de pensionné. Son désir de changement serait-il suffisant pour aider à équilibrer les forces d'inertie et de clivage qui l'habitaient ? Je me sentais quelquefois bloqué, paralysé dans mon fonctionnement psychique en l'écoutant, avec parfois la crainte d'avoir sous-évalué la dimension psychotique : la névrose traumatique ne jouait-elle pas un rôle d'écran, de défense, vis-à-vis d'une irruption paranoïde potentielle ?

Par la suite, les poussées persécutoires s'espacèrent et, avec des changements de ses rêves, sembla se dessiner une amélioration.

Tout d'abord, les cauchemars devinrent plus impersonnels. Par exemple : « Un obus ennemi tombe au milieu de la cour ronde du camp. » Les rêves d'engloutissement par l'eau et de chute se raréfient et à la place surgissent des figures multiples et menaçantes : « J'étais envahi de serpents autour de moi, qui voulaient me *mordre*, me détruire, je courais, ils s'acharnaient après moi » ; « des civils me poursuivaient avec des bombes »...

Enfin, les cauchemars disparurent pour faire place à une série de rêves très courts, mais qui présentaient un agencement à la fois plus élaboré et un contenu moins massivement effrayant : menace d'agression « dans une cave, venant d'un homme armé d'un marteau, mais [qu'il] *voit à temps* » ; confrontation avec « un homme armé d'un fusil qui [lui] interdisait de rester là » ; « encerclement par des Arabes qui *ne cherchaient pas* à lui faire du mal, mais qui [l']empêchaient de *bouger* » ; « survol par des avions bizarres (carrés, grillagés) qui passaient à basse altitude, [le] rasaient » ; contemplation du haut d'une falaise, d'une ville très loin en dessous ; enfin, apparition pour la première fois d'une *image féminine* : « Je me bagarrais avec ma femme. » Ce rêve faisait suite à un entretien où il avait conseillé à celle-ci de prendre du repos, car elle était très fatiguée.

Dans sa vie quotidienne, il devint progressivement plus actif : il reprit goût au bricolage, il effectua des démarches pragmatiques pour trouver du travail. Ses nuits étaient encore agitées, mais il ne se souvenait pas de ses rêves : irritable, supportant mal les petites difficultés, il n'est plus débordé par les déchaînements clastiques d'autrefois. Dans la psychothérapie, il est plus présent, plus vivant, et donne l'impression qu'il reprend une certaine maîtrise sur son existence.

Je pense que cette amélioration, qui était encore très précaire à cette époque, était due d'une part à la moindre part de ses bénéfices secondaires, et d'autre part, à la stabilité et au caractère « réparateur » de la situation thérapeutique dans son ensemble. J'étais, dès le début, disponible à son discours et à ses affects, et il trouvait là une sorte de contenant et de soutien : Gilles savait que je ne le laisserais pas « tomber ».

*

En 1926, Freud écrivait qu'il « est extrêmement regrettable que nous ne disposions d'aucune analyse utilisable de névrose traumatique, et cela, non pas en raison de la contradiction qu'elle pourrait apporter à l'importance étiologique accordée à la sexualité, car cette contradiction a été depuis longtemps supprimée par l'introduction de la notion de narcissisme, mais au contraire parce que l'absence de ces analyses nous a fait manquer l'occasion inestimable d'*éclairer de manière décisive* la relation entre angoisse et formation de *symptôme*[2] ».

Depuis, s'il y a eu des traitements analytiques de névroses traumatiques, irons-nous jusqu'à affirmer qu'ils ont contribué à « éclairer de manière décisive » la relation de l'angoisse au symptôme, quand il s'agit, comme ici, de l'angoisse de mort et de néantisation ? Le fragment d'observation rapporté ne se situe évidemment pas dans le cadre de la cure analytique proprement dite, et les remarques suivantes, dont le lecteur mesurera le caractère très partiel, si elles tentent d'approcher « l'impensable » de ce patient, ne se tissent pas dans une relation transférentielle *stricto sensu*. Toutefois, je pense, pour avoir observé quelques névroses traumatiques de guerre, que celles-ci, pour des raisons multiples, ne constituent que très exceptionnellement des indications de cure analytique. Il s'agit alors, dans ces cas, de névroses de guerre où se sont développées des élaborations symptomatique phobique ou hystérique, et qui témoignent d'une relative consistance des identifications primaires.

Les cas cliniques de névroses de guerre que j'ai rencontrés m'ont souvent ramené aux réflexions de Freud pour plusieurs raisons : à côté de l'importance historique de cette « entité » dans son œuvre, il y avait aussi le sentiment que le jeu des *conflits* intra- ou inter-systémiques, avec les oppositions principielles, une dialectique des représentations, des fantasmes et des pulsions, ne suffisait pas à éclairer le problème.

Je crois aussi, pour paraphraser Freud à propos du rêve, qu'on ne s'étonne jamais assez qu'il s'agisse toujours, dans les névroses traumatiques, de la problématique de la mort. Comme l'a souligné J.-B. Pontalis, nous sommes « vécus par la mort », avant de vivre (ou de mourir) notre sexualité[3]. Avec Gilles, c'est l'horreur de la *mort donnée, ordonnée,* et enfin sa *propre mort sociale,* où il s'abandonne des années durant. À cette oscillation, doit être reconnue une place essentielle.

Enfin, l'importance de l'intérêt témoigné par le mouvement psychanalytique pour la genèse même du narcissisme, la constitution de l'appareil psychique et sa capacité « de penser les pensées » me semblent fournir à la modalité traumatique de ce que nous hésitons souvent à appeler « névrose » des perspectives théorico-cliniques plus larges. C'est alors qu'une possibilité d'intelligibilité du processus thérapeutique se dessinerait.

Dès le début de l'étude psychanalytique des

névroses traumatiques de guerre, avec Ferenczi (dans le texte d'une conférence tenue en 1916[4]), apparaissent deux axes principaux de recherche : le premier, qui reste le plus important jusque dans les années 50, met l'accent sur la régression, le narcissisme et les mécanismes de défense contre l'angoisse qui permettent de relier ces états aux autres *névroses* ; le second apparaît dans deux très courts passages et concerne les phénomènes de répétition. Ferenczi dit que ces névroses « cherchent à maîtriser par cette expérience consciente ultérieure, l'expérience primitive, à l'origine inconsciente et incompréhensible[5] ».

Par la suite les contributions de Freud, Ferenczi, Abraham, Simmel, Jones, au 5e Congrès international de Psychanalyse à Budapest en 1918, insistent davantage sur la dimension narcissique, avec, d'une part, l'effondrement de l'illusion d'immortalité et, d'autre part, les exigences conflictuelles liées à la guerre : devoir de *mourir* et aussi de *tuer*. Dans sa lettre à Ernest Jones du 18-2-1919, Freud attribue la fragilité du moi aux modifications de l'idéal du moi : l'idéal guerrier a supplanté l'ancien, mais s'avère finalement lui-même vaincu : le sujet se trouve devant l'évidence de la possibilité de sa mort ; c'est ainsi que le pare-excitation est débordé, non préparé par l'angoisse : « La libido narcissique se manifeste alors sous la forme de l'angoisse avec tous ses signes. » Freud ajoute même : « Tel est le mécanisme de tous les cas de refoulement primaire ; à la base de chaque cas de névrose de transfert se découvre une névrose traumatique[6]. »

Ainsi donc, l'économique est ici directement relié par Freud à l'impuissance du nouvel idéal guerrier à dénier ou à maîtriser la proximité de la mort. La mort donnée n'est que le prélude à son retour catastrophique dans le moi. L'illusion narcissique d'immortalité prépare l'effroi.

« La névrose de guerre présente donc un cas de conflit intérieur en dedans du moi, assez analogue au mécanisme de la mélancolie[7] », écrit Freud.

Mais c'est dans *Au-delà du principe de plaisir* qu'apparaît, avec l'étude de la répétition, la métaphore de la vésicule vivante, puis le développement de la nouvelle théorie des pulsions, la reprise du thème de la *maîtrise* de l'excitation : « Les rêves répétitifs des névroses traumatiques se mettent à la disposition d'une autre tâche qui doit être accomplie avant que la domination du principe de plaisir puisse commencer. Ces rêves ont pour but la maîtrise rétroactive de l'excitation sous développement d'angoisse, cette angoisse dont *l'omission* a été la cause de la névrose traumatique. »

Par la suite, Freud, dans sa seconde théorie de l'angoisse, affirme « qu'il n'y a rien dans l'inconscient qui puisse donner un contenu à notre concept de destruction de la vie ». Et qu'« il s'en tient fermement à l'idée que l'angoisse de mort doit être conçue comme *analogon* de l'angoisse de castration[8] ». Donc, dans les névroses traumatiques, ce n'est plus la séquence abandon par le surmoi protecteur, angoisse-signal et angoisse de castration qui intervient, mais celle-ci : condition économique entraînant la rupture du pare-excitation externe ; transformation des quantités d'excitation en angoisse non « pas seulement affect qui signale un danger, mais à titre de manifestation nouvelle ».

Finalement trois problèmes se dessinent : la genèse de la fragilité du moi et du pare-excitation (conflit du moi préalable) ; la qualification de la situation traumatisante : menace pour la libido narcissique, réveil de l'angoisse de castration ; la transformation des

« quantités d'excitation » en angoisse (qui trouve un début de thématique en 1920).

Ces lignes de force ont été par la suite développées et approfondies à partir d'études cliniques : citons Fenichel, en particulier, qui mentionne le traumatisme comme « tentation sado-masochique », Grinker et Spiegel avec les fantasmes homosexuels inconscients. Par ailleurs, de nombreux analystes (notamment kleiniens, comme Fornari) abordèrent la dimension collective des phénomènes de guerre, suivant en cela des indications déjà présentes chez Freud et Abraham [9].

*

Au nom de quoi, au nom de qui, est-ce qu'on tue ou se prépare à mourir ? La psychanalyse a contribué à nous révéler que nous mourons, survivons, ou tuons, toujours pour autre chose que les nécessités biologiques et idéologiques. Il arrive que ce soit au vif, ou plutôt au « mort » de notre appareil psychique, comme le dit J.-B. Pontalis [10], que l'analysant nous touche ; et c'est là, bien sûr, que Gilles me donnait rendez-vous... avec ma propre analyse où certains événements de la même guerre avaient pris pour moi sens, sur le fond du non-sens, ou du « trop » de sens.

Au nom de la patrie ? c'est-à-dire de la Mère fantasmatique du groupe ? au nom de la Loi ? que Gilles *représentait* par son uniforme et ses fonctions ? au nom des idéaux (« l'homme », les valeurs « éternelles de l'Occident chrétien », la révolution) ? Mon patient n'était pas habité par tout cela. En fait, il combattait, parce que, tout simplement, et comme il l'avait toujours fait depuis son enfance, il obéissait sans se rebeller aux ordres supérieurs ; et comme des milliers d'autres, il participait de cette façon à « l'élaboration paranoïaque du deuil » (Fornari) qu'effectuaient douloureusement bien des Français à cette époque.

Mais surtout, et c'est là qu'il se distinguait des autres, il combattait aussi en *son propre nom* : il avait un compte personnel à régler. Mais avec qui, avec quoi ? Il n'est guère possible de le dégager dans le fragment initial de la psychothérapie qui est rapporté ici : avec son père, quasi inconnu que sa mère lui a *présenté*, à son retour de captivité, en lui disant simplement : « C'est ton père » ? Avec son frère mort deux ans auparavant ? ou encore son frère cadet de *deux ans* ? C'est ainsi qu'il m'a dit un jour qu'il avait été placé chez ses grands-parents à l'âge de *deux ans* (et non dès sa naissance, comme il l'avait déclaré tout au début). Avec le lieu du deuil de sa mère, cette mère lointaine, sévère, qui l'a laissé en dépôt à ses propres parents ? N'est-ce pas un compte à régler avec lui-même, dans une sorte de suicide, d'assouvissement de la culpabilité projetée ?

Je pensais alors à la réponse d'Archibald Rapaport, le héros de Pierre Goldman, au rabbin qui lui demande : « Pourquoi ces meurtres ? — J'étais las d'être innocent, dit Archibald. — La vie est sacrée, dit le rabbin. — La mort aussi, dit Archibald[11]... »

Tout cela, du moins dans la phase initiale de la thérapie, n'a pas pris corps dans ma relation avec Gilles ; mais ce qui, par contre, était bien là, exhibé littéralement par lui, peut-être pour me fasciner et faire écran avec le parricide, transgression majeure, c'était le triomphe narcissique sur l'autre. L'ennemi, au début, était présenté parfois comme le castrateur, celui qui viole la femme européenne, mais à la façon d'une rationalisation, d'une justification intériorisant les stéréotypes fantasmatiques ambiants. Gilles prenait son plaisir dans le combat, parce qu'il anéantissait, parce qu'il « nettoyait » tout.

Ces fêtes de la mort scellaient pour lui une affirmation pure du soi grandiose, une exclusion, un anéantissement de la différence (beaucoup plus que sa négation), par la suppression pure et simple de l'autre. La mort donnée était plus que la destruction de sa *vie*, elle était aussi *écrasement*, destruction de son enveloppe corporelle.

La mise en acte, dans la sadisation du combat, était facilitée par la précarité de l'élaboration surmoïque et par la régression vécue dans le groupe, dans lequel le nouveau « surmoi » guerrier s'étayait. Mais par la suite devait survenir le *retournement* des positions, et cela dans le double contexte de la réalité événementielle : *l'autre* était de plus en plus *le même* (l'Européen, le militaire insurgés). Le danger de mort n'était plus localisable : « On ne savait plus d'où ça tirait, sur quoi tirer », disait Gilles. C'était une ambiance de fin du monde avec le surmenage physique, la peur (un de ses chefs avait été assassiné d'une balle dans la tête ; il avait failli être fusillé avec des camarades par des Européens insurgés). C'est alors que se produisit *l'effraction traumatique*, le bouleversement de ses espaces psychiques : fuite et identification au mort dans la rigidité et le coma hystérique, projection persécutrice, installation à l'intérieur de lui de ce *double* dans les cauchemars répétitifs où il est *réellement* un autre lui-même (le Moi guerrier d'avant).

Pour Gilles et les autres, la réalité était un cauchemar : mais pourquoi, vivant ce cauchemar, est-ce le cauchemar qui s'est mis à le vivre, lui, ou peut-être, à le laisser vivre ?

Je suis tenté, pour répondre à cette question, de recourir à un ensemble de concepts qui convergent finalement tous, malgré la marque originale de leurs auteurs, vers l'approfondissement de l'intuition freudienne de 1920 : c'est-à-dire la barrière protectrice, le pare-excitation ; ainsi Masud Khan, s'inspirant de Winnicott, avec son concept de traumatisme cumulatif, lié à la défaillance de la mère en tant que barrière protectrice. Les conséquences de cette défaillance rendent compte à la fois de la difficulté pour le sujet de contenir ses pulsions, d'établir des différenciations de l'appareil psychique et de limiter les clivages. Je n'insisterai pas davantage sur cet aspect du problème, sinon pour souligner les conséquences sur le plan technique : l'analyste, devant ces états, doit apporter certaines fonctions de la barrière protectrice maternelle. C'est ce que cherchait le patient dans ses demandes, parfois violentes, d'être protégé, dans l'extériorisation spectaculaire de ses affects, et aussi en me *déposant* ses cauchemars.

Quand les empiétements de l'extérieur sont trop forts, les différenciations structurales s'effacent, les clivages et les projections surviennent, effondrant littéralement l'enveloppe du moi : ainsi les céphalées représentaient ici le signal de l'effraction, et leur acmé accompagnait le sentiment persécutif diffus.

Mais c'est aussi la capacité de rêver qui était entravée chez Gilles : ainsi une partie des cauchemars apparaît nettement comme hallucinatoire. Et nous avons l'exemple de la genèse d'une hallucinose du souvenir au sens de Bion, avec toute son ambiguïté : Gilles était partagé entre le plaisir de tuer et la peur d'être tué. L'angoisse ne venait pas tant de l'intérieur du cauchemar, que de son irruption même [12].

Le second type de cauchemars nous fait déjà entrer dans quelque chose de plus élaboré. Tout se passe comme si ces deux modalités encadraient symboliquement l'élément absolument forclos, innommable : d'un côté le passé qui est *présenté* (et non représenté), de l'autre les représentations diverses de l'angoisse de morcellement et d'anéantissement. C'est plus tard qu'apparaîtront pour Gilles la référence dans le rêve à une loi, un interdit, une relation à l'autre non destructrice, et l'image d'une femme.

Ce matériel semble donc rendre compte du double aspect de la répétition : répétition de l'identique avec son « retour au zéro », et maîtrise progressive, *liaison* dans l'avènement d'un agencement représentatif.

Le problème de la répétition est souvent évoqué par les psychanalystes sous la forme suivante : quelle est la *fonction*, la *finalité* de la compulsion de répétition (restitution, répétition *au service* de...) ? Aux prises avec la compulsion de répétition de ce patient, je pensais qu'elle n'était pas tant une *fonction*, avec une connotation téléologique plus ou moins implicite, qu'un principe, un mode d'être. Qu'est-ce qui est « au service » de quoi, dans ces états ? La compulsion de répétition semblait, dans ce cas, au moins autant une *pesanteur* qu'une poussée, ou une pulsion, vers la « psychisation » du souvenir ; et les contenus psychiques répétés, davantage des acteurs en attente d'auteur. C'est lorsqu'un certain « intérieur » a pu se reconstituer, qu'il a pu, dans le *même mouvement*, réinstaurer la prédominance de la liaison[13].

Je trouvais dans ce que me donnait Gilles les figures de la mort que J.-B. Pontalis dénonçait comme risquant d'occulter l'essentiel : « Le processus de déliaison, mais aussi bien de clôture[14] », éternel retour dans une circularité idéale. C'est ce processus qui rendait compte de toutes ses coupures, de ses clivages.

Comme l'indique Guy Rosolato à propos de la tragédie : « Le désaveu de la mort exige la mise en action d'un appareil imposant pour tenter d'effacer ce qu'elle peut avoir d'insoutenable comme abolition définitive », il y a une « perspective de la mort », une mort antérieure, un premier meurtre, et une succession de morts, parmi lesquels s'inscrira la victime désignée pour le sacrifice[15].

Nous trouvons chez Gilles une autre figure tragique : celle du *double*, dont j'ai évoqué tout à l'heure le contexte événementiel ; le double est là, dans le cauchemar, et c'est son inquiétante étrangeté qui le pousse à la fuite dans le réveil ou aux tentatives d'expulsions projectives. On sait la relation du double avec la mort, et la présence onirique hallucinante d'un soi-même si *vivant*, si *réel*, si *ressemblant*, qu'elle en est « ironique », s'apparente à celle des statues des musées de cire. Il est tentant d'évoquer ici le sort d'un héros guerrier célèbre, dans l'*Iliade* (chap. XXIII, 71 et suiv.) : « Ensevelis-moi au plus vite, dit l'ombre de Patrocle à Achille, afin que je passe les portes de l'Hadès. Des âmes sont là qui m'écartent, m'éloignent, ombres des défunts. Elles m'interdisent de franchir le fleuve et de les rejoindre. »

Celui qui n'était pas enterré selon les rites, pour les anciens Grecs, était voué à errer à jamais entre le monde des vivants et celui des morts, sur les berges du Styx, sort abominable entre tous. Rencontre du mythe et de l'inconscient ?... dans les cauchemars de Gilles revenaient très souvent les thèmes du fleuve, de l'eau infranchissable ; ainsi que celui du voyage sans fin.

Mais finalement, quel fut pour lui le lieu de l'effraction, ou bien encore, qu'est-ce qu'il n'a pas pu ensevelir ? La réponse ne peut évidemment pas être apportée ici par la clinique. Les thèmes des rêves évoquaient des images maternelles annihilantes (l'eau), l'inclusion mortifère (être bloqué, ne plus pouvoir bouger) ou phalliques (la meute de serpents). Cependant, il n'est possible ici que d'évoquer une hypothèse qui se situe par rapport à l'origine de l'angoisse en psychanalyse. En effet, il n'apparaît pas certain que l'angoisse de castration représente la matrice de toute angoisse. Les psychotiques et les structures narcissiques nous confrontent avec des angoisses de morcellement, de néantisation... L'affect, le lieu psychique et la représentation s'articulent pour nous de façon plus familière, quoique toujours singulière, là où la pulsion sexuelle exerce sa maîtrise et ordonne les différences ; mais il n'en va plus de même dans le champ des névroses narcissiques et des psychoses, et, comme Freud l'indiquait, à l'approche du noyau traumatique de toute névrose.

Je n'ai pas abordé ici, dans cette phase initiale du traitement, les aspects régressifs de la sexualité de Gilles, sa relation sadique orale et anale aux objets. De même je n'ai pas développé en raison du matériel rapporté, le déroulement du procès œdipien. Privilégiant ce qu'il donnait jusqu'ici à entendre dans ce dialogue poursuivi pendant environ deux ans et demi, dont la fonction, en partie défensive, fit place dans les années suivantes à d'autres modalités topiques, économiques et dynamiques. Se pose aussi toute la question du statut de la culpabilité chez lui, qui mériterait un autre développement. Mais je serais enclin ici, pour revenir à la problématique centrale, à situer l'angoisse de mort et l'angoisse de castration dans leur intersection, *inter-sexion*, qui m'évoque la douleur insupportable du fantasme de l'enfant mort, de l'enfant merveilleux à tuer, dont Serge Leclaire a su nous parler de façon saisissante[16]. C'est peut-être cette douleur *atopique* entre Gilles et sa mère qui est à jamais forclose. Articulation aussi avec la psychologie du groupe, la fantasmatique de la guerre : on honore les enfants morts pour la patrie, les parents « donnant » leurs fils... Nous pourrions multiplier ces expressions qui évoquent les mythes sacrificiels depuis Abraham jusqu'aux périodiques cérémonies militaires et laïques autour des monuments aux morts.

CLAUDE BARROIS

Le « médecin dévoué » dans la psychothérapie et la psychanalyse *

Les malades psychiatriques, particulièrement les schizophrènes, vous font douter de vos capacités d'amour et vous donnent le sentiment que votre dévouement ne signifie rien, ou pire, qu'il est malintentionné. Ainsi, par exemple, lorsque je voyais une femme hébéphrène, que je soignais depuis dix ans, déambulant dans l'enclos de l'hôpital, l'air vague, tout échevelée, l'expression sombre et morne de quelqu'un qui n'est pas aimé, il me semblait qu'elle était une sorte de monument ambulant attestant ma cruauté et ma négligence. J'avais beau ne pas oublier que j'avais été soumis à quelque chose comme deux mille séances au cours desquelles elle m'avait injurié, ignoré, sexuellement provoqué, lancé des appels muets ou quasiment inintelligibles qui déchiraient le cœur mais auxquels on ne pouvait répondre, je n'en continuais pas moins de sursauter chaque fois que je la voyais. C'était comme si les portes de l'enfer méthodiste de mon enfance s'ou-

* Cet article, dont le titre anglais est « The "Dedicated Physician" in the Field of Psychotherapy and Psychoanalysis », est extrait du recueil de H. Searles, *Countertransference and Related Subjects*, partiellement traduit en français sous le titre *Le contre-transfert*, Gallimard, 1981.

vraient toutes grandes pour s'emparer de mon âme qui se révélait par elle si peu chrétienne.

Un ou deux ans auparavant, l'une des rares fois où elle avait suffisamment sa tête pour qu'on l'estime capable de m'accompagner jusqu'à mon bureau à trente mètres de là, je la vis, totalement impuissante et désemparée, confuse, tandis qu'une femme de service visiblement bienveillante, douce, aimante qui, je m'en aperçus par la suite, infantilisait activement tous les patients, lui mettait ses chaussures. À ce spectacle, j'éprouvai du remords de n'avoir aucune envie de faire ces gestes, de ne ressentir pour elle en cet instant que haine, impatience et mépris.

J'ai raconté au fil de mes articles comment j'avais découvert, avec un sentiment mêlé de soulagement et d'abattement, que les patients schizophrènes ne sont pas seulement capables de supporter toutes sortes de sentiments intenses que l'on peut exprimer : ils arrivent aussi à en tirer un bénéfice thérapeutique. Mais ce qui s'est passé durant ma dernière année à Chestnut Lodge m'a montré que j'avais sous-estimé jusqu'au bout ces capacités-là des patients. J'annonçai, un an à l'avance, mon intention de quitter la Lodge ; ce préavis était exigé par mon contrat qui, de son côté, tenait naturellement compte des nécessités cliniques et de personnel. Comme il ne me semblait pas possible de continuer à travailler après mon départ avec plus de deux des six patients que j'avais, je me trouvais confronté maintenant à cette question terriblement difficile : parmi ces six patients avec lesquels j'avais intensément travaillé pendant des années, lesquels allais-je garder ? Avec l'un, j'avais travaillé presque six ans ; avec quatre autres, entre dix et onze ans ; avec la dernière, treize ans et demi.

Mon ambivalence à l'égard de ces personnes, comme la leur à mon égard, bien sûr, ne connaissait pas de limites. J'avais la plus grande envie de me débarrasser d'eux tous, et, pourtant, une angoisse presque insupportable à l'idée de perdre l'un d'eux. Un extrait de mon dernier compte rendu de cas effectué à la Lodge juste avant mon départ donnera une idée de ce que je découvrais sur la force que possèdent ces gens :

La plus grande leçon que j'ai tirée de mon travail avec les patients schizophrènes lors de cette dernière année a été de constater leur capacité de résistance [...]. Je peux dire que pendant cette dernière année, j'ai infligé, j'ai même asséné à ces six patients tous les sarcasmes, toute la dureté, tout le mépris, en règle générale tout le ressentiment et l'injure dont je suis capable ; et ils ont bien survécu, très bien ; j'ai eu simplement l'impression que j'avais joué dans leur camp — que je m'étais simplement qualifié pour jouer en finale. Quand je commence ça avec Edna, elle se met aussitôt en position d'attaque ; elle peut tout supporter de moi et continuer encore.

Je me dis aussi que le travail est sacrément difficile et que nous ne pouvons pas le faire si nous nous refusons certains éléments de notre artillerie. Nous ne pouvons pas le faire avec une main liée derrière le dos. C'est une chose que je n'oublierai pas et je continuerai de m'en servir avec les patients.

Ce que j'ai appris pendant toutes ces années par mes collègues que j'ai supervisés ou qui m'ont consulté pour leur travail avec des schizophrènes m'a montré de même avec quelle dureté, quelle ténacité, quelle virtuosité sadique les patients tendent à forcer les thérapeutes à jouer le rôle toujours séduisant du médecin dévoué qui soigne le patient supposé plus faible. C'est un phénomène typique

que, dans la mesure où l'on est tenu de jouer le rôle traditionnel du médecin, on se sente totalement responsable du cours de la maladie du patient, et qu'on ne puisse se permettre d'éprouver à son égard d'autre sentiment qu'un dévouement bienveillant, attentif, patient et efficace. L'interne en psychiatrie, notamment, qui a quitté depuis assez peu de temps l'école de médecine et l'internat général où prévaut cette idée du médecin dévoué, est souvent tout à fait inconscient d'éprouver de la haine ou même de la colère envers le patient qui l'ignore, ou l'intimide ou le fustige quotidiennement ; il ne se rend pas compte que c'est précisément ce dévouement avant tout qui fait de lui la proie du sadisme du patient. Il y a maintenant bien des années qu'un jeune schizophrène m'a révélé le plaisir sadique qu'il prenait à voir se succéder auprès de lui des thérapeutes dévoués qui se tapaient la tête contre le mur de son indifférence, et cela je ne l'ai jamais oublié.

En règle générale, si la maladie du patient cause plus de souffrance au thérapeute qu'au patient, c'est que quelque chose ne va pas. Mais ce n'est pas du tout facile, techniquement, d'arriver à être plus à l'aise que le patient. Avec beaucoup de schizophrènes, on a tendance à se sentir comme un papillon qu'on a épinglé vivant et qui se tortille dans sa boîte de collection ; on ne dispose d'aucun moyen efficace d'ébranler l'invulnérable patient. Plus que tout autre chose, c'est cette attente que nous avons par rapport à nous-même qui nous paralyse ainsi et qui tend à bloquer ou à rompre la relation thérapeutique. Le patient paranoïde qui se comporte avec nous de manière abominable ne peut s'empêcher de se demander quelles arrière-pensées nous font désirer à ce point de le *garder en thérapie* ; au lieu de prendre conscience de notre colère et de notre envie d'être débarrassé de lui, nous mettons en acte notre désir refoulé de le rejeter en lui témoignant un dévouement omnipotent, dévorant, vampirique qui, on le comprend, l'effraye et lui fait fuir le traitement. Et le patient suicidaire, en nous voyant si incapables de discerner les sentiments meurtriers qu'il éveille en nous par ses menaces de suicide, génératrices de culpabilité et d'angoisse, se sent de plus en plus étranglé (au point peut-être de se suicider) par ce thérapeute qui, dans une formation réactionnelle contre son désir inconscient toujours plus fort de tuer le patient, s'agite autour de lui de façon de plus en plus «protectrice», au nom de son souci omnipotent de médecin. C'est donc le médecin, précisément celui qui a le plus à cœur de *maintenir en vie le patient*, qui tend le plus fortement à pousser celui-ci, inconsciemment, vers ce qui semble le seul acte autonome qu'il lui reste, le suicide.

Fonctionner selon cet esprit de dévouement — la norme pour les médecins d'autres spécialités — représente ici, dans la pratique de la psychothérapie et de la psychanalyse, une défense inconsciente du thérapeute qui lui évite de voir clairement beaucoup d'aspects essentiels de lui-même et du patient.

Parmi les aspects du patient que ce dévouement tend à lui masquer, j'ai déjà mentionné le sadisme. Le thérapeute ne s'aperçoit pas de la satisfaction sadique que son dévouement angoissé, tourmenté et vain procure au patient. Comme le confiait un schizophrène chronique à son thérapeute, «le plaisir que j'ai à vous torturer est la raison principale pour laquelle je reste dans cet hôpital». C'est ce même thérapeute qui m'avait raconté que pendant des mois, il n'avait jamais su au moment où il pénétrait dans la chambre de cet homme, chez les malades agités, s'il allait recevoir un coup ou un baiser.

Le thérapeute dévoué ne voit pas non plus à quel point le patient est ambivalent par rapport au changement, fût-il en « mieux ». Il ne voit pas que son patient n'a atteint l'équilibre actuel qu'après des années de pensées et d'efforts, qu'après avoir exercé le meilleur jugement dont il est capable. Pour le patient, le changement peut signifier le retour à un état de pré-équilibre intolérable, et sa soumission aux valeurs et à la personnalité du thérapeute, lui n'ayant plus ni autonomie ni individualité. Il trouve déplaisante la présomption du thérapeute qui s'imagine que le plus vif désir du misérable patient est d'être sauvé, et qui croit, chose tout aussi humiliante, que l'aide apportée l'est à sens unique, n'allant que du thérapeute au patient.

Il y a une douzaine d'années de cela, je suis parvenu à une conviction : c'est une folie de chercher à sauver le patient du dragon de la schizophrénie ; le patient est tout à la fois la jeune fille entre les griffes du dragon et le dragon lui-même. Ce dragon, c'est la résistance qu'oppose le patient à sa « guérison » — une résistance qui se traduit par une hostilité tenace, sauvage, aux efforts du thérapeute.

Cette résistance provient de ce que, depuis sa plus tendre enfance, la raison d'être du patient a été de fonctionner en thérapeute vis-à-vis du parent, d'abord, dont l'intégration n'était pas complète et que l'enfant a été appelé à compléter, dans une symbiose pathologique et anormalement prolongée. Il se livrait à cette activité thérapeutique, petit enfant, pour les raisons les plus altruistes — il vivait pour compléter sa mère (ou son père) —, mais également dans son propre intérêt : il aurait ainsi un parent total auquel il pourrait s'identifier, permettant alors sa propre maturation. Mais ce dévouement thérapeutique a échoué et, plus douloureux encore, il n'a pas même été reconnu par le parent en question qui sans cesse le blessait, le dénigrait, le rejetait. Maintenant qu'il est devenu un adulte schizophrène en traitement, il se venge sur ce rival, ce thérapeute «officiel» qui est le sien; c'est-à-dire qu'il fait naître chez lui les mêmes sentiments que ceux que lui ont fait éprouver sa mère ou son père: l'angoisse, l'inutilité, la nullité ou la malveillance. Le patient ne sera réceptif à la thérapie que lorsque le thérapeute percevra et répondra à l'effort véritablement thérapeutique du patient en sa faveur, et autrefois en faveur de ses parents. Entre autres sentiments qui ont marqué ma dernière année à Chestnut Lodge, j'ai éprouvé le chagrin de voir que certains de mes patients avaient refusé de s'identifier suffisamment aux aspects sains de ma personnalité, le chagrin aussi de n'avoir pas réussi à les y aider. Je crois bien que ce chagrin est du même genre que celui, refoulé, du patient qui n'a pas réussi dans son enfance à sauver le parent malade en l'encourageant à s'identifier aux aspects sains de l'enfant en développement.

Nous, les thérapeutes, avons tendance à nous effrayer de voir combien nos patients sont soucieux de nous aider, à cause, en partie, des distorsions transférentielles très importantes qui recouvrent leur effort thérapeutique. Je veux dire, par exemple, que le patient ne nous voit pas simplement comme quelqu'un d'un peu déprimé aujourd'hui, mais comme son père profondément désespéré prêt à se suicider; ou bien, pour lui, nous ne sommes pas simplement un peu écervelé aujourd'hui, mais nous sommes sa mère folle et fragmentée au-delà de tout espoir.

Les objectifs thérapeutiques des patients, et les techniques pour y parvenir, sont variés. Certains de mes patients, par exemple, m'ont tiré de périodes de retrait et de dépression en se présentant comme ayant eux-mêmes un besoin si urgent d'être sauvés que je devais forcément me secouer, sortir de moi-même et briser les chaînes de ma dépression pour pouvoir les aider. D'autres, en se montrant furieusement et outrageusement indisciplinés, ont fini par «faire de moi un homme» — c'est-à-dire qu'en me contraignant à me conduire avec sévérité, ils m'ont fait devenir le genre d'homme qu'ils n'avaient pas réussi à obtenir de leur chiffe molle de père.

Leurs techniques thérapeutiques sont, extérieurement, si brutales que l'intention thérapeutique n'est visible que dans le résultat. L'un de mes malades, un hébéphrène apathique et délabré, tira le plus grand profit thérapeutique de la fréquentation d'un autre patient, nouveau venu dans le pavillon mais qui, comme lui, avait passé plusieurs années dans des hôpitaux psychiatriques. Plusieurs fois par jour, ce compagnon donnait subitement à mon patient un vigoureux coup de pied au derrière. D'après ce que je pus voir, c'était la première fois depuis des années qu'un autre patient lui manifestait un réel intérêt, et ce traitement eut pour résultat de le faire émerger sensiblement de son état d'apathie et de désespoir.

*

En ce qui concerne les aspects essentiels de lui-même, par rapport au patient, contre lesquels le thérapeute se défend inconsciemment avec son dévouement de médecin, j'en ai déjà évoqué certains. Le thérapeute ne se rend pas compte du plaisir qu'il prend à tourmenter le patient avec ce dévouement qui, aux yeux de ce dernier, n'est pas mérité car il se sent plein de haine et incapable de donner quoi que ce soit de valable à quelqu'un. Le thérapeute n'a pas non plus conscience du mépris qui s'exprime dans son dévouement. Je demandais un jour à une collègue qui me parlait de son travail avec une femme profondément régressée (travail qu'elle accomplissait du reste avec beaucoup de dévouement et d'amour maternel) à quel degré de développement elle estimait le moi de sa patiente. Elle me répondit, comme une évidence, qu'elle n'avait pas de moi. Ce dédain inconscient du patient — de sa force et de sa capacité à tendre la main, de lui-même, pour recevoir l'aide du thérapeute sans qu'il soit nécessaire de pousser sans cesse cette aide vers lui — un tel comportement me semble révéler de la part du thérapeute un grand mépris de soi. Si, en effet, il a la conviction qu'il est un individu valable qui a quelque chose d'utile à donner — c'est-à-dire quelque chose que le patient, cet autre être humain, aura des chances de discerner, admirer et désirer —, il n'aura pas besoin d'essayer indéfiniment, anxieusement de persuader le patient d'accepter son aide.

De plus, le thérapeute « dévoué », qui se sent si fortement soumis à cette contrainte de guérir le patient, oublie qu'avec son dévouement, il exerce une contrainte tout aussi forte sur le patient. Un exemple pris dans ma propre pratique illustrera cette observation. Une femme schizophrène paranoïde que je traite depuis des années s'est mise depuis quelques mois à avoir très souvent les larmes aux yeux en racontant longuement et en détail sa vie présente et passée en des termes qui font penser qu'elle est pleine de chagrin ; cependant, jamais elle n'éclate franchement en sanglots. À la fin d'une séance de ce genre, j'ai fini par lui dire, mi-coupable, mi-exaspéré, ce que je ressentais après une séance comme celle-ci : « Vous me donnez toujours l'impression que je suis coupable de ne pas avoir dit ou fait quelque chose qui vous permettrait de pleurer. » À ma surprise, elle me répondit instantanément une chose qui, manifestement, lui trottait dans la tête depuis pas mal de temps aussi : « Et *vous*, vous me faites toujours sentir coupable de ne pas pleurer. »

Lorsqu'on supervise le travail d'autres thérapeutes, on a la possibilité d'aborder ces phénomènes avec plus d'objectivité et, bien sûr, avec moins de blessures narcissiques profondes pour soi-même. On peut, en particulier, sentir clairement tout ce qu'exige sadiquement de lui-même, jour après jour, le thérapeute qui se voue ainsi, jusqu'à la torture, à la tâche de guérir son patient. Un de ces thérapeutes, déprimé et souffrant chroniquement de son travail avec son patient, et cependant chroniquement « dévoué » à celui-ci, me répétait, semaine après semaine, ce que lui disait le patient : « Qu'est-ce que je fais ? Qu'est-ce qu'il faut que je fasse ? » Le thérapeute lui-même, à son tour, me transmettait cette interrogation épuisante et vaine en me demandant implicitement, tout au long de chaque séance de contrôle : « Docteur, qu'est-ce que je peux faire pour soulager mes souffrances entre les mains de ce patient qui me torture ? »

Jouer le rôle du « médecin dévoué » dans notre relation avec le patient nous permet non seulement de mettre en acte notre sadisme à son égard, mais aussi d'exprimer notre volonté inconsciente de maintenir le *statu quo* — de maintenir l'immaturité de fonctionnement du moi du patient afin d'assurer notre ravitaillement, cette nourriture qu'il nous apporte et qui est si précieuse pour nous malgré notre refus de l'admettre. Pour sortir de l'impasse, il faut donc que le thérapeute prenne conscience non seulement de son sadisme et d'autres sentiments négatifs éprouvés vis-à-vis du patient, mais aussi du fait qu'il aime intensément ce que celui-ci apporte.

Autrement dit, un dévouement thérapeutique très contraignant dénote une volonté inconsciente de préserver et de maintenir, au profit de l'économie psychique propre du thérapeute, le niveau actuel de fonctionnement du moi du patient, névrotique ou psychotique. Cette volonté s'explique par les diverses satisfactions narcissiques et infantiles que le thérapeute reçoit du patient, lequel représente à un certain niveau une mère transférentielle qui le nourrit ; elle s'explique aussi par le fait que la maladie du patient permet au thérapeute de ne pas voir clairement sa propre maladie.

Inconsciemment, le thérapeute est donc enclin à maintenir le patient en état d'infantilisation et à empêcher l'individuation et la maturation qu'au niveau conscient il cherche précisément à obtenir. Pour ma part, comme je l'ai dit, j'ai tendance à me plonger, sur ce mode «dévoué», dans l'effort pour sauver le patient «fragile» afin d'éviter de voir qu'il est plus fort, ou potentiellement plus fort, que moi. Pour donner un exemple, une femme hébéphrène, qui, avec un moi fonctionnant à un niveau extrêmement bas, m'a fourni beaucoup d'informations fascinantes sur l'identité subjective «préhumaine» du schizophrène[1], a fini par me dire un jour, sur un ton de vigoureuse protestation : «Je ne peux pas continuer d'être mal éternellement !» De temps en temps, au fil des années, j'avais été frappé par les brusques bonds en avant réalisés par cette femme dans le domaine du fonctionnement du moi, et chaque fois j'avais constaté que le sentiment subit de mon inaptitude l'emportait sur le plaisir de noter ce nouveau développement. La gravité de sa maladie m'avait désespéré, mais maintenant que je voyais ma patiente tout épanouie physiquement, je me sentais vieux et fatigué. Et je me rappelais tristement à ce moment-là qu'elle était plus grande que moi. Elle montrait en même temps dans ces occasions une sorte de savoir-faire et d'aisance, aussi bien dans nos rapports que dans le domaine culturel, qui résultaient d'une éducation beaucoup plus « avantageuse », d'un point de vue socioculturel, que la mienne. Bref, je sentais qu'au total, c'était une personne bien plus considérable que moi. Alors, comme si elle se rendait compte immédiatement que je ne pouvais pas encore le supporter, elle revenait bien vite à son comportement d'hébéphrène profondément fragmenté, « désespérément malade », et moi je me retrouvais à nouveau dans la position confortable du Christ bon et patient qui tente de soigner l'oiseau blessé.

Plus embarrassant encore à admettre, mes sentiments à l'égard d'une autre femme, schizophrène depuis longtemps, ont oscillé pendant des mois, souvent d'une séance à l'autre, entre deux positions : tantôt je la voyais comme une malade mentale désespérément confuse, incurable, qui passerait sûrement le restant de ses jours en hôpital psychiatrique, tantôt je la considérais comme une femme fondamentalement saine, merveilleusement chaleureuse, intelligente, spirituelle, pour qui j'étais prêt à renoncer à tout et à tous, mais qui — je m'en rendais compte chaque fois avec angoisse — ne pourrait en fait jamais m'appartenir. Je dois dire ici en passant qu'il est tout à fait évident qu'entre autres besoins, le thérapeute «dévoué» satisfait ses besoins masochistes.

Si l'on examine de plus près la psychodynamique à l'œuvre chez le thérapeute «médecin dévoué» qui, inconsciemment, cherche à maintenir le *statu quo*, on s'aperçoit qu'à un niveau inconscient il a de lui-même ainsi que du patient des images clivées: l'une est idéalisée, l'autre «diabolisée». On découvre aussi qu'inconsciemment mais obstinément il cherche à maintenir clivées ces images et à empêcher qu'elles ne se fondent, avec le levain de la réalité, dans une image réaliste de lui-même et du patient vus comme deux êtres humains dont chacun possède des forces et des limites, dont chacun est capable à la fois de haïr et d'aimer.

Comme il s'efforce inconsciemment de conserver ces images clivées, le thérapeute refoule tout ce qui compose son image de soi «diabolique» — sa haine, son rejet, son insensibilité subjectivement non humaine, ainsi de suite — et il projette tout cela sur le patient. En même temps qu'il exerce une contrainte intense, bien qu'involontaire, sur le patient pour que celui-ci retrouve la santé et lui permette ainsi, à lui le thérapeute, de réaliser son image de soi idéalisée — celle de l'être omnipotent qui guérit, qui est tout amour —, inconsciemment il tient à bonne distance, ou il pousse plus profondément dans l'autisme, ce patient qui incarne les aspects diaboliques, inacceptables et donc vigoureusement projetés de son image de soi. Ainsi, de ce point de vue, le dévouement du thérapeute devient un effort angoissé, profondément ambivalent pour rapprocher et à la fois tenir éloignées les composantes projetées de son soi.

En allant plus loin dans cette direction, on voit bien comment le retrait progressif du patient va dans le sens du rejet inconscient du thérapeute. Consciemment, celui-ci cherche en effet à établir un contact avec le patient et à l'aider à le rejoindre dans le « monde réel » ; mais inconsciemment, il veut être débarrassé de ce patient décevant, effrayant, insatisfaisant sous d'autres rapports — ce patient qui est effectivement ainsi, et qui l'est d'autant plus qu'à ce moment-là le thérapeute a une image de lui diabolique, malgré l'espoir inconscient auquel il s'accroche par ailleurs de le voir coïncider un jour avec une image idéale. En d'autres termes, le thérapeute tente consciemment d'aider le patient à se matérialiser alors qu'inconsciemment il veut qu'il disparaisse. Si le patient devient capable d'exprimer de l'amour, l'image diabolique de lui-même que le thérapeute avait projetée sur lui lui revient ; le thérapeute peut alors se percevoir comme extraordinairement mauvais ; il devient celui qui, par malveillance, empêche la totale libération du patient, supposé extraordinairement bon. Ce qui rend cette situation si difficile dans une thérapie, ce n'est pas tant que le thérapeute soit profondément névrosé ; c'est surtout le fait que le schizophrène chronique apporte au maintien de ces processus de clivage une intensité, une ténacité dont la part du thérapeute n'est qu'un assez petit échantillon. C'est la reconnaissance progressive de son contre-transfert — de la part qu'il prend à créer l'impasse — qui permettra au thérapeute de modifier la relation thérapeutique ; c'est pourquoi j'insiste sur ce qui vient de lui dans ces difficultés.

Le patient se sent donc à la fois idéalisé et « diabolisé » par nous, et il y a un fossé infranchissable entre ces deux créatures que nous lui demandons d'être vis-à-vis de nous. Tout en le contraignant involontairement à incarner l'image diabolisée que nous avons de lui, nous attendons inconsciemment de lui qu'il donne un sens à notre vie, qu'il nous procure une raison d'être et qu'il incarne notre image de soi idéalisée. J'insiste sur ce point : il n'y a aucun mal à considérer consciemment le patient comme quelqu'un de hautement important et significatif pour soi. Que nous ayons consciemment ce type de rapport avec lui ne peut que renforcer son estime de soi et l'aider à devenir un être complet. Ce qui est pernicieux, c'est de refouler à la fois l'image idéalisée et l'image «diabolisée» que nous avons de lui, de nous les cacher toutes deux à nous-même, tout en les mettant en acte en employant avec lui le comportement traditionnel du médecin-dévoué-traitant-son-patient, comportement qui est de mise en médecine générale, mais qui fige et renforce le mur entre patient et thérapeute en psychothérapie et en psychanalyse.

Paradoxalement, le patient en retrait est susceptible de s'identifier au thérapeute qui, consciemment, tente de toutes ses forces, et même désespérément, de l'aider à sortir de son retrait, mais dont les sentiments sont en réalité en retrait de ses attitudes conscientes vis-à-vis du patient. Autrement dit, il se peut qu'en recherchant la solitude de la chambre d'isolement, le patient s'identifie aux aspects du thérapeute qui sont isolés, mis à l'écart et qui n'entrent pas dans les modes d'approche et de relation conscients du thérapeute avec lui. Nous avons là une des variantes de ce que j'ai appelé dans un précédent article[2] l'identification délirante du patient à son thérapeute ; il s'agit généralement de cas où les aspects les plus tenaces, les plus résistants de la folie du patient se révèlent fondés sur ses identifications exagérées et déformées avec des éléments réels mais inconscients de la personnalité et du mode de fonctionnement du thérapeute dans la relation.

*

En ce qui concerne maintenant les phénomènes qui marquent la résolution de ces difficultés liées au « dévouement du médecin » — phénomènes dont j'ai déjà donné un aperçu —, je distingue les deux cas : celui dans lequel on travaille avec un schizophrène, celui dans lequel on a affaire à un déprimé ; mais, bien entendu, beaucoup de patients présentent à un degré sensible ces deux variétés de psychopathologie.

Quoi qu'il en soit, en découvrant peu à peu toute la gamme de ses sentiments à l'égard du patient, le thérapeute finit par voir en lui un être réel et séparé, affligé d'une maladie qui, elle aussi, fait partie du monde extérieur au thérapeute et qui n'est pas le produit de sa haine et de ses exigences infantiles omnipotentes jusqu'ici refoulées.

Comme nous nous libérons de notre « dévouement » compulsif et devenons capable d'envisager le patient et notre relation avec lui avec une nouvelle objectivité, nous ne considérons plus que l'intérêt sincère et dévoué à son égard constitue une *donnée* de la situation, et nous pouvons alors remarquer des fluctuations dans cet intérêt, fluctuations souvent suscitées par lui et d'une grande importance transférentielle. Ainsi ai-je observé chez un certain nombre de mes patients qu'au moment précis où nous commençons à travailler ensemble d'une manière étroite et constructrice, le patient va faire quelque chose (une annulation inconsidérée, impersonnelle, de la séance à la dernière minute, par exemple) qui refroidira mon intérêt pour lui. Cette façon d'agir me révèle sa crainte d'une proximité avec moi, sa crainte d'un intérêt soutenu et profond de ma part à son égard ; je n'aurais pas perçu cette crainte si j'avais continué de me considérer comme entièrement responsable du maintien de mon intérêt pour lui — si j'avais continué à me sentir coupable chaque fois que je me désintéressais de lui et que je ne me souciais guère qu'il choisît ou non de poursuivre notre travail. Ce n'est là qu'un exemple de la manière dont le « dévouement » compulsif, « médical » d'un thérapeute peut entraver, disons, l'objectivité librement flottante qui constitue un ingrédient si nécessaire au bon fonctionnement de l'analyste.

Tandis que l'étau du dévouement compulsif se desserre, nous nous mettons à prendre conscience du fait que nous apprécions vivement, d'un point de vue esthétique, cette maladie que nous nous étions senti jusqu'ici la responsabilité coupable et désespérée de guérir. Il y a plusieurs années de cela, il m'a bien fallu voir les choses en face et admettre qu'apparemment, je trouvais les aspects schizophréniques de mes patients beaucoup plus fascinants que leurs côtés plus conventionnels et normaux. Cette découverte me troubla d'abord profondément car elle semblait signifier que je m'appliquais davantage à provoquer et à maintenir une grave et étrange maladie qu'à promouvoir la santé de mes patients. Mais ensuite je commençai à comprendre que cette préférence de ma part n'était peut-être pas aussi anormale après tout. Reprenant ce que je disais plus haut à propos du patient schizophrène qui n'est pas seulement la jeune fille dans les griffes du dragon mais également le dragon lui-même, je poserai la question au lecteur : lequel des deux trouve-t-il le plus fascinant ? La jeune fille un peu pâle et conventionnelle, ou le dragon exotique et haut en couleur[3] ?

Je me suis senti bien rassuré en découvrant, avec le temps, que cette appréciation esthétique était une forme d'intérêt scientifique qui, contrairement à mon dévouement thérapeutique si angoissé d'autrefois, me permettait d'être réellement utile au patient. Par exemple, pendant des années, j'ai éprouvé le besoin urgent et désespéré d'alléger la confusion indescriptible d'une de mes patientes schizophrènes, et c'est avec un sentiment de culpabilité allant jusqu'au dégoût de moi-même que j'ai commencé à me rendre compte qu'en fait j'étais fasciné par la nature tellement vivante, compliquée, originale de sa confusion. Tout d'abord, mon intérêt pour cette chose me parut malpropre, pervers, indigne d'un médecin ; mais peu à peu, j'en vins à penser que je me trouvais là en présence d'une véritable création artistique qui était après tout, je le vois clairement aujourd'hui, le produit des plus hautes formes de l'intelligence et de l'originalité créatrice de ma patiente. Quant à elle, tout me porte à croire qu'elle trouvait beaucoup plus utile que j'étudie ses verbalisations confuses en les appréciant, sans angoisse ni culpabilité, plutôt que de tenter désespérément d'y couper court d'une manière quelconque.

En même temps que cet intérêt esthético-scientifique, on finit par éprouver à mesure qu'on se libère de sa culpabilité omnipotente vis-à-vis du patient et de sa maladie d'autres satisfactions proches qui sont de l'ordre de l'humour et du jeu — tous ingrédients nécessaires à la phase de plaisir mutuel dans la symbiose thérapeutique que j'ai décrite à plusieurs reprises. Je l'ai souvent observé, le fait que nous partagions avec lui ces moments d'humour et de jeu est extrêmement bon pour le patient. Quand je suis capable de laisser tomber mon dévouement et mon sérieux mortel et de m'amuser de la folie du patient, lui peut se mettre à rire, avec amour et chaleur, des faiblesses délicieusement folles de sa mère, de cette mère qu'il s'était jusqu'alors désespérément efforcé de guérir à un niveau introjecté, dans sa folie si tragique. Lorsqu'on travaille avec le patient dans cette nouvelle perspective, on est très proche de lui, on lui montre ouvertement combien on l'aime et l'on prend plaisir à sa compagnie. Ses symptômes qui auparavant vous rendaient fou deviennent simplement maintenant une musique de fond dans une atmosphère de contentement.

En prenant conscience de toutes les gratifications que lui procure la maladie, comme elle en procure au patient, le thérapeute se libère du sentiment coupable et omnipotent qu'*il lui faut guérir* le patient. Maintenant, celui-ci est vraiment confronté en permanence, séance après séance, et non pas seulement à un moment crucial particulier, à un choix : veut-il rester accroché aux gratifications de la maladie, ou bien acceptera-t-il l'assistance, que lui offre *aussi* le thérapeute, qui lui permettra de devenir un adulte normal ? Il devient maintenant capable d'éprouver ce que ce patient disait à son thérapeute :

> C'est comme si je voyais un moi plus net à l'intérieur de moi. Je peux voir un grand avenir, et que j'ai un espoir... Avant, c'était comme si mon père, ma mère et moi nous ne faisions qu'un seul bloc, et c'était malsain. S'ils veulent rester malades et tordus, c'est leur affaire, leur choix ; mais ce n'est pas le mien. Je sens que je peux sortir de leur maladie, et je suis fichtrement pas obligé de rester dedans.

*

Je voudrais pour conclure mentionner brièvement trois points. Premièrement, il semble impossible — et dans le cas contraire, ce serait peut-être antithérapeutique — qu'un thérapeute éprouve au début de son travail avec un patient quel qu'il soit, et maintienne durant toute la durée du traitement, un sentiment réaliste de dévouement — par réaliste, j'entends un sentiment de dévouement qui ne serait pas fondé sur l'omnipotence. Ce serait contraire à la clinique de supposer qu'il existe en matière de dévouement une attitude plus thérapeutique que les autres que le thérapeute devrait adopter au début du traitement et maintenir jusqu'au bout ; s'il en existe une, c'est celle qui consiste à faire tout son possible pour devenir conscient de toutes les pensées, de tous les sentiments qui montent à la surface au cours du traitement, aussi bien en lui-même que chez le patient. Il semble qu'on ne puisse guère éviter le tourment de se sentir responsable de chacun de ses patients, qu'on ne puisse s'empêcher de refouler son sadisme et de le projeter sur lui, d'avoir une image clivée de soi et du patient ; tout ce que j'ai énuméré, il semble qu'on ne puisse y échapper. Il est même possible qu'il faille s'empêtrer de cette façon dans la maladie du patient pendant un certain temps pour qu'opère le processus thérapeutique. Dans ce cas, les considérations précédentes faciliteront peut-être cette traversée et nous aideront à acquérir une expérience plus réaliste de nous-même et de notre relation avec le patient. Autrement dit, ces réflexions peuvent nous aider, me semble-t-il, à prévenir, ou du moins à abréger, ces impasses sournoisement sadomasochistes qui sont pour nous tous des expériences cliniques familières.

Deuxièmement, nous constatons que le dévouement thérapeutique qui caractérise ces situations bloquées est authentiquement « altruiste » (*selfless*)[4] mais il l'est d'une manière qui, à la longue, est précisément antithérapeutique. Je veux dire par là que le thérapeute projette sur le patient tant d'éléments inconscients de lui-même qu'il est, au sens propre, « altruistement » (*selflessly*) noyé dans le narcissisme du patient. En ce sens, le thérapeute tire une satisfaction inconsciente du fait qu'il fonctionne sans se sentir la responsabilité d'avoir un soi (*self*) ; ainsi, paradoxalement, parce qu'il fonctionne sur ce mode « dévoué et altruiste » (*selflessly*), il fait porter au patient tout le poids de la responsabilité de la relation. Ce genre de dévouement, qui, sur le moment, renforce le monde du soi narcissique du patient, doit inévitablement se révéler un jour un mensonge. La perte de cette illusion, c'est-à-dire la découverte que le thérapeute est en fin de compte un être séparé ayant un soi bien à lui et un intérêt propre, après qu'on a laissé si longtemps le patient penser différemment, cette découverte répète l'expérience amère que le patient a vécue dans son enfance ; comme le disait cette femme schizophrène, « les gens ne s'intéressent qu'à eux-mêmes ». Un autre schizophrène borderline traduisait ainsi cette expérience : « Faire croire à vos enfants pendant vingt ans que vous les aimez et que vous les voulez — c'est ce qui me rend amer, je crois ; Maman a *fait semblant* de me faire passer en premier, et c'était simplement un petit jeu qu'elle jouait. Ça n'était pas vrai — elle s'intéresse plus à elle-même, à sa névrose. »

L'individu paranoïde est particulièrement disposé à croire que si le thérapeute se montre entièrement dévoué à son bien-être (celui du patient), cela signifie qu'il est décidé à le saboter et à le détruire. Ceci semble s'expliquer par ce que le patient a vécu dans son enfance : les parents maintenaient une attitude de dévouement total à son égard, dans une formation réactionnelle contre des sentiments plus menaçants et largement inconscients — à savoir leur hostilité envers lui, leur désir d'être débarrassés de lui. Il aura donc de bonnes raisons de se montrer soupçonneux si, dès le début du traitement, nous nous efforçons d'oublier notre intérêt personnel au profit de son seul « bien-être ».

Troisièmement, j'ai écrit ailleurs[5] que la symbiose thérapeutique impliquait de la part du thérapeute et du patient un certain renoncement à soi et qu'elle constituait l'aspect le plus essentiel du traitement. Mais il s'agit là de tout autre chose que le renoncement à soi du « médecin dévoué » dont je parle ici. Alors que le second est une défense contre la haine ou tout autre sentiment « négatif », le premier, cette espèce de fusion entre le thérapeute et le patient, ne peut survenir qu'une fois que toutes les autres émotions quelles qu'elles soient, de la part de l'un ou de l'autre des participants, ont suffisamment perdu de leur caractère menaçant pour qu'il ne soit plus nécessaire de se défendre contre elles par le maintien d'un « soi », d'une structure qui, dans le contexte des processus à l'œuvre à ce stade du traitement, ne serait qu'un obstacle aux processus thérapeutiques. Ceux-ci devront suivre leur cours jusqu'au moment où ils apporteront au patient et au thérapeute des modèles d'individuation nouveaux et plus profonds, des modèles qui sont encore imprévisibles, mais d'autant plus excitants et stimulants.

HAROLD SEARLES

Traduit de l'anglais par Brigitte Bost

L'amour de la guerre ou la confiscation

Lettres sur la « désolation » du Palatinat (septembre 1688-août 1689)

La plus intense, la plus profonde et la dernière des grandes dévastations militaires de la période moderne (XVIe-XVIIIe siècle) a de quoi surprendre dans les débuts d'un conflit que Louis XIV voulait limiter à la défensive : alors que les dévastations précédentes avaient été le fruit d'initiatives locales de chefs de guerre embarrassés par le paiement de leurs troupes, ou de représailles contre des armées retranchées sur leur propre territoire, la ruine du Palatinat et de ses abords a été menée de façon raisonnée, calculée et soigneusement contrôlée, au même titre que tous les actes de la guerre, par un échange serré de correspondance entre le Roi et son ministre, Louvois, restés à Versailles, et le personnel militaire et civil agissant sur un théâtre d'opérations presque vide de forces adverses. Il faut donc tenter de chercher la signification de cette opération de destruction systématique qui ressemble tant aux effets de la haine tels que Furetière les décrit dans son Dictionnaire :

> ... Passion de l'âme qui nous porte à vouloir du mal à nostre prochain, et a luy en procurer quand nous le pouvons... (1690).

La guerre avait d'abord commencé comme un grand rituel de la magnificence, annoncé par le Roi dans le Manifeste publié à destination des Cours européennes le 24 septembre :

... Le Roy a décidé de porter ses Armes sur le Rhin... et d'attaquer les places impériales...

On sera sensible à ce que cette métonymie, « ses Armes », mise pour armées, déploie de sens : la force matérielle, certes, et la force symbolique rattachée à cette science ancienne et noble de l'héraldique : frapper les murs ou les portes d'une ville de ses armes revient à la soumettre irrésistiblement à sa puissance. Vers le Rhin, avait donc convergé depuis début septembre la procession des 4 000 chariots portant nourriture, munitions et même des pièces d'or et d'argent nécessaires au paiement des troupes et des travaux, profusion dans cette économie de manque qui est celle de l'Ancien Régime. En même temps, avançaient près de 50 000 soldats et 15 000 cavaliers, sinon dans le bon ordre impossible à tenir, du moins dans l'abondance du nombre. Et les opérations de siège avaient commencé autour des petites places de la rive gauche du Rhin et surtout autour de la forteresse impériale de Philippsbourg, sur la rive droite au sud de Heidelberg, dans un déroulement inéluctable et connu de tous que seule une hypothétique armée de secours pourrait interrompre : investissement, les troupes défilent et installent leur campement, puis travaux géométriques de creusement des tranchées pour permettre à l'artillerie de tirer. Les destructions que cette dernière opère ne visent pas les hommes mais les choses : elles sont utilitaires, détruire les batteries adverses, « faire taire le canon », et signalétiques : la démolition et la prise d'un bastion avancé, l'ouverture d'une brèche dans le mur de la ville assiégée indiquent au gouverneur qu'il est temps de négocier la capitulation, les trompettes des assiégeants l'y appellent, il y répond en faisant battre la chamade[1]. Il obtient ainsi « les honneurs de la guerre » : lui et sa garnison en armes sortent de la ville, saluent et sont salués par les vainqueurs et s'en vont rejoindre les troupes de leur souverain ; la population civile n'est pas soumise au pillage. Raffinement supplémentaire : à Philippsbourg, où le Roi avait envoyé le Dauphin pour le représenter et apprendre son métier de futur maître de la guerre, le gouverneur comte de Stahremberg fit son compliment au Prince :

Il luy a dit que dans le malheur où il estoit d'avoir perdu à l'Empereur la plus importante place de l'Empire, ce luy estoit une espece de consolation de l'avoir remise a un aussy grand Prince que luy, fils du plus grand Roy du monde (Maréchal de Duras à Louvois, 1-XI).

Après les grands massacres de la guerre de Trente Ans, cette guerre cérémonielle, réglée, est une pratique commune à tous les souverains d'Europe comme à toutes les noblesses qui les servent : ils y économisent leurs forces, ils y montrent tour à tour leur pouvoir de domination, et leur élégance dans l'adversité.

Or pendant cette même période de fin septembre à mi-novembre où toutes les places et châteaux fortifiés des deux rives du Rhin, de la Moselle à l'exception de Coblence, au pays de Bade, tombent de gré ou de force aux mains du roi de France, est mise au point l'opération conjuguée de levée de contributions et de destruction qui devait durer jusqu'au mois d'août 1689 et recevoir le nom général de « désolation ».

L'exigence d'une contribution des pays conquis à l'entretien des conquérants n'a aucun caractère exceptionnel ou exhorbitant : elle est de nécessité étatique, aucun roi fût-il le maître d'un royaume aussi riche, peuplé et obéissant que la France des années 1680, ne peut faire face longtemps aux dépenses d'armées si nombreuses. Au cours des siècles, ce droit du conquérant a été rationalisé, moralisé : la contribution est présentée comme le rachat des ravages que les armées pourraient commettre. Ce qui est important, ce sont les implications stratégiques et politiques que la contribution révèle au-delà de l'urgence financière : elle exprime le caractère total de la domination qu'entraîne la conquête, en même temps, elle permet de le réaliser.

La prise des places fortes n'assure qu'une domination du regard : entre ces points, aussi serrés soient-ils, s'étend le vide du plat pays. Réquisitions en nature (fourrage et avoine pour les chevaux), prélèvement en argent sont les marques nécessaires de la présence royale posées sur ce vide. Mais cette présence accomplit la confiscation des droits de tous ceux qui exercent localement partie ou totalité de la souveraineté, petits seigneurs ou princes, tous en sont dépossédés :

Les officiers maires et habitans de la seigneurie de... sont advertis d'envoyer le present mandement receu, quelqu'un de leur part pour convenir et traiter avec nous en cette ville des contributions a quoy ils sont taxez pour la subsistance des troupes du Roy... et apporteront avec eux une somme considérable d'argent, avec le nombre des dits officiers, maires et habitans, a faute de quoy ils seront contraints par execution militaire.

Cette lettre modèle envoyée par les intendants dès le début d'octobre montre tous les aspects de la confiscation : prise de possession du personnel administratif, des connaissances que nous appellerions statistiques et qui commencent à être ressenties comme nécessaires à l'exercice du pouvoir ; mainmise aussi sur la justice puisque l'exécution vient tout droit de son vocabulaire et de ses châtiments, le feu, auquel les pires rebelles sont promis. Si la conquête donne ce droit à tous les conquérants, elle n'en introduit pas moins « le désordre et la confusion » dans le monde monarchique : « désordre et confusion » dont parlait Louis XIV dans son Manifeste en présentant comme une menace ce deuxième visage de la guerre tout à l'opposé du premier où la règle créait l'harmonie et qu'il a décidé d'étendre, au-delà des territoires conquis, dans les profondeurs du Saint-Empire.

Puisqu'il est difficile d'accéder aux mobiles d'un roi dont les ancêtres ont imposé de haute lutte de ne rendre compte qu'à Dieu, il faut d'abord se rabattre sur les lettres échangées entre Louvois et son plus proche conseiller, Chamlay : le 3 octobre, ce dernier répond aux questions que le ministre lui adressait le 27 septembre : à la fin d'un long raisonnement stratégique, il dresse une liste de points à partir desquels le drainage de la contribution pourra s'effectuer :

... Je soumets cependant ma proposition a vostre censure, et je n'abonde pas dans mon sens, mais je suis persuadé qu'elle est bonne, et hors le poste d'Hailbron qui serait un peu plus avancé que les autres, et qui compense ce deffaut par la bonté de ses murailles et par l'avantage de tirer beaucoup d'argent et faire crier l'Allemagne, tous les autres postes sont en estat en cas de necessité pressante de se jetter dans 4 ou 5 heures dans vos places du Rhin[2].

Ainsi, au détour de la troisième page, en incidente au milieu de cette discussion épistolaire qui fourmille de détails topographiques, s'exprime un lien entre la contribution et la souffrance infligée à l'ennemi, lien qui apparaît comme évident, nécessaire et bénéfique au service du Roi : *faire crier l'Allemagne,* premier indice depuis le début de la guerre, de ce que Furetière définissait comme les effets de la haine.

Louvois, le 19 octobre, réprouvant les délais de paiement accordés au marquis de Bade-Durlach, donne une réalité plus concrète et plus matérielle à cet indice :

Ostez-vous de l'Esprit que vous n'ayez rien a mesnager avec les Allemands, ny par amitié ny par moderation, bien du canon et bien des places dans leur pais, les reduiront plus que toute autre chose, et il n'y a de bon party à prendre que ceux que vous procureront ces avantages-la.

Puis, passant directement au cas de l'Électeur de Trêves qui s'obstine à refuser l'entrée de sa ville de Coblence aux troupes françaises, il ajoute :

... En ce cas, Sa Majesté jouira de son pais, et sa ville et son palais seront bien bruslés.

La veille, mais il faut tenir compte des 4 jours de délais nécessaires au cavalier porteur du courrier, Chamlay s'était exprimé dans les mêmes termes en insistant sur l'utilité d'occuper Heilbronn :

Si donc vous ne voulez pas la garder..., vous pourrez en jouir pendant deux mois, avant l'arrivée des Impériaux, et lors qu'ils seront à portée de vous, la razer, la brusler, et la rendre par conséquent pour toujours inutile à l'Empereur.

Jouir et détruire : on serait ainsi arrivé devant une expression parfaite de l'amour de la haine, une fois la guerre débarrassée de ses bonnes manières. Et de fait, exactement 9 jours plus tard, Chamlay, après avoir rendu compte de l'organisation des raids qui vont sillonner la Souabe, la Franconnie et le Wurtemberg pour lever la contribution, en vient sans transition, comme naturellement, à exposer un plan de destruction systématique : dans un premier temps, il en donne les raisons stratégiques et diplomatiques :

... porter l'Empereur, par une necessité absolue, de ceder au temps et à la force, et d'accepter les propositions de paix que le Roy a faites dans son Manifeste de declaration de guerre...

puis, proposant une série de 11 villes riveraines ou proches du Rhin, du sud du confluent de la Moselle jusqu'à la hauteur de Strasbourg, il a sur Mannheim cette belle expression :

... J'oserai mesme avancer une chose qui ne sera peut-estre pas de vostre goust, qui est que dès le lendemain de la prise de Mannheim, je mettrois les couteaux dedans et ferois passer la charrue dessus. Cette place ne vous est bonne a rien.

Enfin, ramassant ses arguments :

Pour conclusion de tous ces raisonnements, bons ou mauvais, tandis que vous n'estes pas inquietez, et que vous estes les maistres, ruinez, demolissez et mettez-vous en estat d'estre absolument maistres du Rhin, en sorte que le pais des Electeurs du Rhin, quand la guerre recommencera, devienne la première proie de vos troupes... Par cette disposition, vous engagerez ces Princes, par une necessite indispensable, à devenir tributaires du Roy...

Jouir, détruire : on devra cependant prendre garde au langage du XVIIe siècle : la jouissance a ici le sens qu'elle a gardé en droit civil, c'est la pleine possession. Certes, la pleine possession procure sans nul doute le plaisir, mais le plaisir du roi signifie l'accomplissement de sa volonté absolue, et dès lors, l'objet sur lequel s'abat cette volonté n'a pas forcément d'existence propre, il peut n'être qu'un support, pour ne pas dire un prétexte[3]. D'ailleurs, Chamlay étendait ses projets de destruction aux fortifications de 5 ou 6 villes du nord de la France dont Arras et Cambrai, considérées comme inutiles et coûteuses elles aussi en garnison, et l'on doit se souvenir que jusqu'au milieu du XVIIIe siècle, une ville privée de ses murs est une ville privée de son identité. La coterie de courtisans qui haïssait Louvois et chuchotait que les dévastations dans l'Empire était sa revanche sur l'échec des travaux de détournement de l'Eure vers l'aqueduc de Maintenon entrepris quelque temps auparavant, oubliait que pour construire Versailles, il avait fallu faire disparaître 3 villages et raser la butte de Montbauron qui empêchait le château de s'imposer à la vue : il est du pouvoir des rois de détruire et de transformer ainsi les paysages.

Cependant, le 27 octobre, on ignorait encore si les

propositions de paix contenues dans le Manifeste ne seraient pas acceptées : Chamlay, dans sa lettre, se montrait pourtant convaincu que la guerre reprendrait tôt ou tard avec l'Empire, ce qui suppose bien la conscience d'un ennemi permanent, d'un objet de haine.

Avant d'aller plus loin dans cette exploration, il faut remarquer le caractère exceptionnel de la correspondance Louvois-Chamlay : ce qu'ils expriment, ils sont seuls à le faire. Vauban apprécie en connaisseur les défenses adverses, et le maréchal de Boufflers, chargé du bombardement de représailles sur Coblence, ne montre rien d'autre que son désir d'obéissance :

> ... je crois qu'autant qu'on peut engager (tous ces messieurs les Électeurs et autres) par la douceur et de bons traitemens a meriter la protection et les bonnes graces du Roy, et a faire generallement tout ce qui peut dependre d'eux pour ses interests et son service c'est le mieux, mais quand ils ne se conduiront pas comme ils doivent, personne au monde n'executera plus ponctuellement que moy les ordres de severité et de rigueur que j'auray a leur esgard (À Louvois, 5-X).

Enfin, lorsqu'en mai 1689 les troupes de l'Empire commencent à se montrer sur le Rhin et qu'à la lente et coûteuse déconstruction des murailles pierre à pierre succède le recours généralisé à l'incendie, le maréchal de Duras fait part de ses scrupules :

> Depuis ma lettre escrite la douleur de detruire des villes aussy considerables que Worms et Spire m'a porté de representer a Sa Majesté le mauvais effet qu'une pareille desolation pourrait faire dans le monde pour

sa reputation et pour sa gloire... Je ne puis disconvenir que de la maniere dont ces villes sont scituées... ces establissemens pourraient nous faire beaucoup de mal... et c'est dans cet esprit que je vous l'ay mandé, mais comme ces dispositions entrainent indispensablement la ruine de ces villes, qui est un party fort fascheux et qui donne a toute l'Europe des impressions d'aversion terrible, je ne puis me dispenser de les representer au Roy, et ces remontrances ne retarderont en rien l'execution de ses ordres (À Louvois, 21-V).

On s'arrêtera d'abord sur le terme de *désolation* utilisé dans toutes ces lettres : le vocabulaire militaire offrait bien d'autres possibilités : le « dégast » couramment employé au Moyen Âge et encore pendant la guerre de Trente Ans, la « dévastation », la « ruine ». *Désolation* a bien plus de résonance : il pose d'abord la conséquence, l'affliction, la douleur sans remède, avant de remonter aux actes qui en sont la cause ; il a pour lui ce mystérieux rayonnement de la Parole divine que lui donnent 21 occurrences dans l'Ancien Testament (et 47 du verbe « désoler »), et pour ces hommes nourris de rhétorique au collège, à l'église, à la Cour, au théâtre, l'Écriture Sainte est une référence toujours présente.

On notera ensuite l'opposition que Duras établit entre la gloire du roi et la haine que la désolation fait naître : mais, incapable de prononcer le mot, il corrige insidieusement la faiblesse d'« aversion » par l'adjectif « terrible » qui avait alors un sens très fort.

Seul, le marquis de Feuquières, chargé des raids entre le Danube et le Main, fait part de son contentement :

Ce que je puis vous dire Monseigneur, c'est qu'apparemment cette course icy fait voir a toute l'Allemagne que la puissance du Roy est formidable et que Sa Majesté a les bras bien longs... Je croy que je seray encore 12 jours dehors, il n'a guere rien qui ressemble plus aux courses des Tartares pour le chemin que celle-cy puisqu'a mon retour j'auray fait 150 lieues en un mois et faict regulièrement tout le tour des deux cercles de Franconie, et de Souabe, en deça du Danube (À Louvois, 4-XII).

Mais à lire toutes ses lettres, on voit bien qu'au-delà de l'accomplissement de la volonté royale, lui plaisent les grandes chevauchées dans les chemins enneigés et inconnus : exception parmi les autres officiers, il s'ennuyait dans les lenteurs et la monotonie de la guerre de siège.

Reste à savoir si Louis XIV aimait à se reconnaître en roi des Tartares. Rien d'impertinent dans cette curiosité, au contraire : le dictionnaire que Furetière devait faire paraître prudemment à Amsterdam l'année suivante ne disait-il pas : « ... il n'appartient qu'aux Barbares, aux Sauvages et aux Auteurs d'avoir des Haines immortelles ! » Mais il est préférable de poser la question sous une forme plus générale.

*

Dans les relations que le Roi entretient avec les souverains, ses semblables, y a-t-il place, et quelle place pour l'amour de la Haine ?

La réponse ne peut être simple : car la guerre est aussi la forme étatique du duel, et toute la littérature consacrée à celui-ci aux XVIe et XVIIe siècles dans tous les pays d'Europe, en exclut toute affectivité pour en faire un acte de justice, d'honneur et de gloire. Ainsi Louis XIV l'entendait-il, exactement dans les mêmes termes, en confiant à Frémonville, son envoyé à Vienne, en 1671 : « Plus j'auray d'affaires, plus j'auray de gloire. » Or, dans le même temps, il décrivait ainsi à l'intention de l'éducation du Dauphin les relations entre la France et l'Espagne :

L'état des deux Couronnes... est tel aujourd'hui et depuis longtemps dans le monde, qu'on ne peut élever l'une sans abaisser l'autre. Cela fait entre elles une jalousie, qui leur est si j'osais dire, essentielle, et une espèce d'inimitié permanente que les traités peuvent couvrir, mais qu'ils n'éteignent jamais, parce que le fondement en demeure toujours, et que l'une d'elles travaillant contre l'autre, ne croit pas tant nuire à autrui, que se maintenir et se conserver soi-même, devoir si naturel qu'il emporte facilement tous les autres.

Dans ce texte fondamental puisqu'il devait servir à former l'héritier du trône, le Roi dessinait le visage de la haine « enracinée... nourrie » (Dictionnaire de l'Académie, 1694), qui naît « naturellement » entre rivaux (Furetière citant *Polyeucte*), et dont l'importance ne tient pas tant à la destruction de l'autre qu'à la conscience de soi qu'elle aide à construire et entretient. Mais on devra se demander aussi pourquoi il lui coûtait tant, « si j'osais dire », d'avouer la nécessité de cette haine que d'ailleurs, il ne nomme pas, lui non plus. Question sur laquelle on reviendra.

La guerre qui commence en 1688 peut-elle entrer dans le cadre d'une rivalité « essentielle » ? À la fin des années 60, le roi de France n'exprimait que mépris à l'égard de l'Empire : toujours à l'intention du Dauphin, il disait :

... à leur faire justice, on doit regarder (les empereurs d'aujourd'hui) seulement comme les chefs et les capitaines-généraux d'une République d'Allemagne... qui n'est ni si grande ni si puissante qu'elle doive prétendre à aucune supériorité sur les nations voisines... Et je ne vois pas mon fils, par quelle raison des rois de France, rois héréditaires, et qui peuvent se vanter qu'il y a aujourd'hui dans le monde, sans exception, ni meilleure maison que la leur, ni puissance plus grande, ni autorité si absolue, seraient inférieurs à ces princes électifs.

Ainsi, d'un côté, l'Empereur était ravalé au rang d'un Stadhouder des Provinces-Unies : il y avait là le legs de longues années où la France n'avait cessé d'intervenir dans l'Empire, entrenant des clientèles dans la multitude des petits princes. Mais de l'autre, il existait bien une rivalité symbolique, très ancienne : le titre d'Empereur avait plus d'éclat que celui de roi. Pendant près de vingt ans, cette rivalité a été niée : Léopold Ier a même été un temps associé à un projet de partage des domaines espagnols ; Louis XIV a continué de verser des subsides à ses clients, il a même complété son territoire aux dépens de l'Empire en annexant sans guerre déclarée Luxembourg et Montbéliard (1680), Strasbourg (1681). Cette négation l'a même entretenu dans la cécité la plus complète au moins jusque 1686 : il a ignoré le retentissement des victoires impériales sur les Turcs, à l'est, comme le ressentiment que provoquaient ses propres annexions à l'ouest. Il a fallu que la succession du Palatinat échoue au beau-père de l'Empereur et que le nouvel Électeur de Cologne ne soit pas son candidat pour qu'il prenne conscience des limites désormais imposées à sa liberté d'action dans l'Empire. La décision qu'il prend alors d'ouvrir une guerre doit lui permettre de rétablir un rapport de force favorable, elle n'en est pas moins ambiguë en vertu de la vieille rivalité symbolique, et en ce sens, le compliment de Stahremberg au Dauphin n'était peut-être pas aussi platement élégant que le maréchal de Duras semblait le croire, puisqu'il nommait l'Empire et l'Empereur avant « le plus grand Roy du monde »...

Pour autant cependant qu'on puisse lire en filigrane à travers la correspondance de la guerre, le Roi ne dit pas, il donne des ordres, il ne manifeste son contentement que quand ces ordres sont exécutés, sa colère quand ils ne le sont pas.

« Plus j'auray d'affaires, plus j'auray de gloire » : cette notion de gloire pourrait bien nous conduire vers l'interprétation de cet indicible.

Au sens le plus visuel, la gloire est un rayonnement immense, irrésistible dont la source cachée est l'origine divine du pouvoir royal et dont le corps du roi, ses gestes et ses actes sont enveloppés. Ainsi, gloire et majesté se confondent, encore que la majesté royale ait le sens plus concret de pouvoir suprême, absolu. La conséquence en est cette sorte d'aveuglement qui construit des relations inégalitaires jusqu'à l'exclusion aussi bien entre le roi et ses sujets qu'entre lui et ses semblables. En haut, l'amour de soi, ce « narcissisme du Prince » qui se contemple dans les statues des parcs, comme le faisait remarquer J. Starobinski, ou mieux encore dans le nouveau programme iconographique du Versailles des années 80 au moment de l'installation définitive : au centre de la galerie des Glaces, ce miroir : « Le roi gouverne par lui-même. » Le roi se contemple gouvernant, et réciproquement, il gouverne en se contemplant. Bossuet en avait déjà donné la préfiguration et le sens lorsqu'il avait la charge de parfaire l'éducation du Dauphin :

> Considérez le prince dans son cabinet. De là partent les ordres qui font aller de concert les magistrats et les capitaines, les citoyens et soldats, les provinces et les armées par mer et par terre. C'est l'image de Dieu, qui assit sur son trône fait aller toute la nature.
> La politique tirée des propres paroles de l'Écriture Sainte. (Rédigé entre 1676 et 1679.)

Si la guerre est bien un champ d'action privilégié, on sait que Dieu protège ou punit, mais qu'il ne hait pas. Éblouis, les autres, semblables ou sujets, n'ont de choix qu'entre l'admiration au mieux, au pire, la peur ou l'effroi. Ce sont bien des spectateurs, des supports de gloire.

Cet imaginaire de l'absolutisme arrivé à sa maturité est le résultat de siècles de luttes à l'extérieur comme à l'intérieur du royaume, luttes pour la matérialité du pouvoir, luttes pour la domination symbolique qui en est inséparable, luttes le plus souvent sanglantes. Entre toutes les confiscations que l'absolutisme a opérées à son profit, deux sont essentielles : l'une concerne l'ensemble de ses sujets chez qui était en train de se construire une conscience nationale ; l'autre s'est faite au détriment de la noblesse, c'est la confiscation de la figure du héros. Dans l'oraison funèbre du dernier d'entre eux à avoir fait ombrage au Roi, Bossuet venait justement d'en tracer le portrait type.

> Montrons dans un prince admiré de tout l'univers ce qui fait les héros, ce qui porte la gloire du monde jusqu'au comble : valeur, magnanimité, bonté naturelle, voilà pour le cœur ; vivacité, pénétration, grandeur et

sublimité de génie, voilà pour l'esprit ne serait qu'illusion si la piété n'y était jointe.

Oraison funèbre du prince de Condé (mars 1687).

Débarrassé par la vieillesse et la mort du prince de Condé, le Roi restait seul porteur de cette figure, mélange de stoïcisme et de Contre-Réforme, celui qui sait se dominer soi-même, vaincre ses passions, préférer la clémence à la vengeance.

Désormais seul garant d'un monde harmonieux, ordonné, « policé », « châtié » jusque dans sa langue : tout le contraire du monde des Tartares. Garant et prisonnier, lui aussi tenu au silence.

Mais les ordres qu'il donne sont exécutés, aux confins de son univers, par cette masse informe, instable, tirée des peuples par définition infantiles, les soldats.

La contribution leur avait interdit le pillage, la destruction des villes les y jette :

... j'ay fait payer (les troupes) sur le pied de la campagne du dit jour, 20e de may, sans que l'on ayt ouy parler d'aucun desordre jusqu'au jour ou les villes de Spire, Worms et Oppenheim ont esté bruslées, les Cavaliers, les Gendarmes et les Dragons qui ont travaillé a la destruction desdites villes ont tant bu du vin que cela leur a fait faire mille desordres, les autres voisins sont venus, et tous ont cru que le pais estoit au pillage, ce qui leur a fait prendre chevaux et vaches dans les villages voisins... j'ay fait rendre les chevaux et payer les vaches, ces troupes et surtout les grenadiers ont fait un gros butin dans la ville de Worms ayant trouvé en démolissant les maisons quantité de meubles, nipes, habits, jusqu'a de l'argent monnayé qui estoit caché... le desordre a esté jusqu'a un tel exces, qu'il n'estoit pas seur aux voituriers de marcher sur les chemins. (L'intendant de la Fonds à Louvois, 10-VI).

Bien plus, la grande exécution militaire, le feu lui-même, échappe au commandement souverain :

> Les soldats sont si accoustumez a l'incendie qu'il est difficile de reprimer ce libertinage... D'ailleurs vous sçavez qu'il est difficile d'empescher les soldats de mettre le feu lorsqu'ils entrent pour razer une ville... (Maréchal de Duras à Louvois, 19-VIII).

La haine confisquée, la haine indicible, lui échapperait-elle aussi pour devenir le bien des soldats ? Il est difficile d'en trouver témoignage, et aussi de le croire : à ces soldats « infantiles », dont beaucoup sont étrangers, les officiers ne demandent que de l'obéissance et de la « gaieté », ce n'est sûrement pas à eux que le Roi de France peut demander de partager son idéal de gloire. Au reste, gueux déracinés, trop contents d'une paie et d'une nourriture régulières, les soldats seraient aussi bien mendiants, voleurs, assassins à l'occasion. Et les actes qu'ils commettent n'ont pas de sens reconnu, si ce n'est le pire : introduire « la confusion et le désordre » dans les armées du Roi. D'autant que, gavés de nourritures inhabituelles, ils tombent malades, ou bien, chargés d'un butin désormais invendable sur place, ils quittent les régions dévastées et disparaissent.

La guerre absolutiste, même dans cette expérience extrême de la désolation du Palatinat, ne paraît pas le lieu où se déploie l'amour de la haine : il y est au contraire nié, masqué par l'amour de la gloire.

« Mon enfant, vous allez être un grand roi ; ne m'imitez pas dans le goût que j'ai eu pour les bâtiments ni dans celui que j'ai eu pour la guerre» (Louis XIV au futur Louis XV). Cette association, construction-destruction, faite par un roi mourant qui va enfin rendre ses comptes à Dieu, ne traduit pas un conseil d'économie, elle est un dernier regard rétrospectif sur les obligations de la dépense, dont l'équivalent sémantique est alors très précisément la magnificence, matérialisation de la gloire.

Si l'on pense aux guerres de la fin du XVIIIe au XXe siècle, on pourrait dire que la haine y montre son pouvoir de construction d'un idéal transcendant : à la Révolution, à la Nation, à la Race, elle montre l'adversaire et en exige la destruction totale : l'Europe des aristocrates et des tyrans, l'Ennemi héréditaire, les sous-hommes contaminateurs.

À relire cependant quelques textes de théoriciens militaires, héritiers des Lumières, comme Clausewitz, admirateurs éperdus de la force virile, comme Moltke, et même à l'autre bout de notre monde et de notre temps, Sun Tzu, témoin d'une société sans théologie, je ne vois pas qu'ils comptent la haine parmi les forces spirituelles nécessaires à la conduite de la guerre. Je me souviens aussi de Bonaparte, reprenant en main l'armée qu'il va mener en Italie : «Soldats, vous êtes nus et mal nourris, je vous emmène dans les plaines les plus fertiles du monde.» Un an plus tôt, les soldats de l'an II faisaient la guerre des Peuples contre les Rois.

Et je me demande si la guerre, forme de relations entre États, système compliqué de calculs, de prévisions, de maniement d'hommes et de matériel dans un espace difficile à maîtriser, n'entretient pas le plus souvent, pour ne pas dire toujours, un rapport contradictoire avec la haine. Non sans raison d'ailleurs : quand, en 1944-1945, dans le Reich encerclé, les trains de déportés ont priorité sur les convois militaires, la gestion de la haine paralyse la gestion de la guerre.

MICHÈLE FOGEL

SOURCES ET RÉFÉRENCES BIBLIOGRAPHIQUES

La Correspondance de la Guerre est conservée au Service Historique de l'Armée de Terre, Vincennes.

Louis XIV, *Mémoires*, éd. J. Longnon, Paris, 1965.
C. Rousset, *Louvois*, Paris, 1864, 4 vols.
A. Corvisier, *Louvois*, Paris, 1983.
C. Boutant, *L'Europe au grand tournant des années 1680, La succession palatine*, Paris, 1985.
Ph. Romain, « Le travail des hommes de la paix au XVIIe siècle : le cas des relations entre Louis XIV et Léopold Ier, *Histoire, Économie, Société*, 1986, no 2.
F. Billacois, *Le duel dans la société française (XVIe-XVIIe), Essai de psychosociologie historique*, Paris, 1986.
G. Sabatier, « Versailles, un imaginaire politique », Actes du colloque *Culture et idéologie dans la genèse de l'État moderne*, Rome, 1985.

[illegible]

[illegible] les ordres de [illegible] qui [illegible]
[illegible]
[illegible] de la [illegible]

[illegible]

[illegible]

[illegible]

[illegible]

[illegible]

[illegible]

[illegible] et [illegible]

[illegible]

[illegible]

[illegible]

La haine illégitime

Ce n'est pas une des nouvelles les plus connues de Joseph Conrad. C'est aussi, apparemment, par son ton alerte, par la linéarité du récit, une des moins « conradiennes ». Elle dit avec entrain la férocité. Maupassant eût pu sinon l'écrire — le trait en est trop subtil —, du moins en rapporter l'anecdote pour illustrer, dans la sagesse repue qui s'installe après dîner, la folie des hommes. Lumineuse, sans détours et sans ombre, elle nous porte pourtant au cœur des ténèbres de la haine, là où celle-ci est persistante, implacable, là où elle se nourrit d'elle-même et devient le seul objet d'une passion sans mesure. Elle s'appelle *Le Duel*.

Deux officiers de cavalerie de l'armée napoléonienne se battent en duel. Une fois, dix fois, qu'importe. C'est toujours le *même* duel. Il n'a lieu que pendant les courts moments de trêve, seule la guerre interrompt sa répétition. C'est que la guerre, sous l'Empire, est elle-même non un affrontement entre nations — elles n'existent pas encore — mais un combat singulier entre Napoléon et l'Europe entière (cela nous est dit dès les premières lignes du récit). Voilà toute l'histoire.

Deux officiers, deux frères d'armes, également

valeureux et de grade égal. Que l'un, promu, soit doté d'un grade supérieur à celui de l'autre, il n'y aura pas longtemps à attendre — Napoléon et la mort sont pressés — pour que l'équilibre soit rétabli et, avec lui, la possibilité de reprendre le duel. Car c'est une règle et elle est respectée : un officier ne peut pas se battre, sans risquer le Conseil de guerre, avec un officier placé plus bas que lui dans la hiérarchie militaire. Frères d'armes donc, tout au long, et, parfois, frères en souffrance : on les voit, pendant la retraite de Russie, alors qu'ils ont perdu toute forme humaine, se prêter mutuellement assistance (ce sont les plus belles pages du récit). Semblables dans la victoire et la défaite, la gloire et la détresse, le lieutenant Féraud et le lieutenant d'Hubert, le capitaine.... le commandant..., le général Féraud et le général d'Hubert. Semblable le duel, à quelques variantes près qui en portent toujours plus loin la fureur — du combat à l'épée dans un jardin clos à l'affrontement à cheval, sabre au clair, dans un champ ouvert —, ce duel qui les oppose et les unit, fortifiant toujours plus leur « lien intime ». Si ce qui suscite l'amour et nous en tient captifs, c'est l'autre et, dans l'autre, le plus étranger, ce qui cimente la haine, et la rend plus durable, plus tenace que l'amour, c'est le semblable.

Certes Conrad indique et même souligne les différences entre les deux hommes. Féraud est un Gascon, il est noir de poil ; d'Hubert un homme du Nord, il est blond ; le premier est un sabreur de vocation, le second est raisonnable et bien élevé ; Féraud n'a pas de famille, il est pauvre, d'Hubert écrit à ses parents, à sa jeune sœur dans leur riche et belle maison de Provence. C'est Féraud, incontestablement, le passionné, le fou, le paranoïaque qui provoque le premier duel. Mais c'est d'Hubert qui, sans le vouloir, en est à l'origine : alors officier d'ordonnance d'un général — ce qui est déjà, aux yeux sombres de Féraud, signe d'avilissement et de pleutrerie —, il vient annoncer à son camarade qu'il est mis aux arrêts de rigueur et, humiliation supplémentaire, il l'arrache pour cela au salon et aux grâces d'une dame. Éternelle question entre frères ennemis, entre nations belligérantes, entre amants qui s'affrontent : « Qui a commencé ? » Là est le génie du duel quand il s'éloigne, comme c'est le cas ici, de sa forme canonique : reconnaître l'offense sans décider de l'offensé ou plutôt en instituant aussitôt réciprocité et équivalence entre les partenaires. Le vaincu est en droit d'exiger réparation. Chacun se trouve alternativement être l'offensé de l'autre. En bonne logique, Conrad ne s'y est pas trompé, le duel est alors sans fin. Il est, dans son essence, voué à la répétition. La mort d'un des combattants serait son échec. Nos héros ne font pas pourtant semblant de se battre. Tout au contraire : plus le récit avance, plus d'acharnement ils mettent à se ruer l'un vers l'autre, avec une violence insensée. Ils rêvent de se pourfendre mais, justement, ils en rêvent. Leur haine a besoin d'un objet bien réel, d'un être bien vivant. Si l'amour s'entretient de l'absence, il faut à la haine la permanence. Rien mieux qu'elle, dans sa déraison raisonnante, ne donne la certitude d'exister. Nos amours, avec leur objet improbable, sont fragiles. La haine ne l'est jamais, toute assurée, elle, de sa cible.

Ne forçons pas pourtant trop la symétrie entre les deux hommes. Il est bien vrai qu'on perçoit plus de haine, plus de passion, dans le regard, dans les paroles, dans l'âme de Féraud. D'Hubert est le *bon* dans l'affaire, il s'engage dans cet affrontement sans merci à son corps défendant, c'est le cas de le dire. Mais cela aussi est un des traits de la haine : il est rare, il est même exclu, qu'on la reconnaisse comme émanant de soi. Le «je hais», quand il ose s'énoncer, s'affirmer sans masque, se place toujours en réponse : c'est l'objet qui est foncièrement *haïssable*, c'est lui et lui seul qui suscite ma haine, alors que ce n'est pas parce que l'objet est *aimable* que je me tourne vers lui. Si la haine peut être aveugle, c'est qu'elle s'aveugle sur son mouvement premier, elle est projective en son principe, elle exige que je n'aie rien de commun avec celui que j'exècre et pourtant je l'exècre parce qu'il m'est presque pareil. Presque, pas tout à fait.

Sait-on comment le «bon» d'Hubert parviendra à se délivrer de son persécuteur, de l'intraitable Féraud ? Par une astuce diabolique. Le duel, cette fois, a lieu dans un bois. Les adversaires (comme le mot convient mal !) ont convenu d'aller à la rencontre l'un de l'autre sans se voir. Chacun a deux balles dans son pistolet. Féraud est meilleur tireur, d'Hubert le sait ; oui, mais d'Hubert se déplace plus habilement, il peut surgir de n'importe où, Féraud le sait. Féraud tire un premier coup qui n'atteint pas d'Hubert. Celui-ci se cache derrière un rocher, s'étend à même le sol, sur le dos, ce à quoi jamais le fier Féraud n'eût consenti. Dans cette position, qui le rend invisible, il peut lui, à l'aide d'un petit miroir, contrôler les allées et venues de Féraud à sa recherche. D'Hubert qui a été pendant près de quinze ans pris comme dans un miroir par la haine que lui vouait Féraud, qui s'est vu contraint de répliquer à ses assauts, dépossédé de lui-même et presque de sa vie, voici qu'il le capte à son tour, par la vertu de ce petit miroir. Après quoi, il l'aura à sa merci mais à sa manière, qui n'est pas celle de Féraud. Nous verrons comment.

*

Bien que rien ne nous soit caché, ce récit est une énigme. Est-ce seulement l'art du conteur qui lui assure sa puissance? *Le Duel* n'est-il qu'un fait divers, étrange, singulier comme tous les faits divers? L'époque napoléonienne n'a-t-elle fourni à Conrad qu'un décor? Je ne le crois pas.

«Cet homme-là n'a jamais aimé l'Empereur», voilà ce que Féraud dira de d'Hubert. Accusation terrible à l'égard d'un homme qui fut de toutes les batailles. Pourtant Féraud, cette fois, vise juste: cet homme a servi vaillamment l'Empereur mais il ne l'a jamais *vraiment* aimé!

Comme on s'empresse de donner raison aux soupçons les moins fondés! Comme on s'emploie activement à confirmer la conviction de l'autre! D'Hubert passera sans dommage de l'Empire à la Restauration, il sera même appelé à un nouveau commandement; il épousera une jeune fille de famille royaliste, il aura un fils, il gérera ses biens. Le temps de l'usurpateur est révolu, celui de la légitimité revient. Apparemment tout rentre dans l'ordre. Le duel est fini.

On a parlé du dénouement heureux du récit. Heureux, seulement si l'on considère qu'il marque le triomphe du «bon» sur le «méchant», de la sagesse sur la folie ou du Roi restauré sur l'Empereur déchu. Mais dénouement ironique et amer. Pour Conrad, peut-être, sans doute plus ombrageux, intransigeant, comme Féraud, qu'habile et souple, comme d'Hubert. (Mais le duel était aussi en Conrad, à la fois homme de passion et de droit.) Dénouement amer pour Féraud, à coup sûr. J'ai dit que du dernier duel, dans le petit bois, d'Hubert, par intelligence, par ruse, mais ruse qui ne contrevient pas aux règles du jeu, était sorti vainqueur — ce qui n'est rien car l'affaire alors pouvait, devait reprendre — mais vainqueur une fois pour toutes. Et là est une des autres trouvailles de l'intrigue imaginée par Conrad (elle ne figurait pas dans le compte rendu du journal où il a trouvé l'anecdote). D'Hubert qui, au contraire de Féraud, n'a tiré aucune de ses deux balles et qui tient son adversaire à sa portée devient le maître absolu : il garde le droit, pour l'éternité et quand bon lui semblera, d'user seul de son arme. Il n'usera pas de ce droit et renverra Féraud dans son exil au fond de la province. Ainsi Féraud est-il vaincu par le code même auquel il a, des années durant, soumis d'Hubert et d'Hubert, en se délivrant du duel, cst délivré de lui. Féraud, symboliquement mort, mais maintenu vivant, est mis hors d'état de nuire comme Napoléon à Sainte-Hélène. Il n'est pas sûr que la haine veuille tuer car elle risquerait alors de s'éteindre. Ce qu'elle veut d'abord, c'est immobiliser et mieux encore : contraindre l'autre à vouloir cette immobilité, celle d'une proie captive, qui signe sa déchéance.

Que disent de Féraud les royalistes, les restaurateurs ? Qu'il n'y avait rien à en tirer, qu'il « aimait trop l'Autre (l'Autre c'était l'homme de Sainte Hélène) ». Ils donnent aussi raison à l'accusation portée naguère par Féraud contre son compagnon d'armes : « Il n'a jamais aimé Napoléon. » Des deux côtés, c'est dit en passant, lâché comme un secret, avec l'accent de l'évidence : la conviction d'avoir révélé le *défaut* ou l'*excès* d'amour. À l'extrême du duel, l'aveu : avoue que tu ne l'aimais pas, avoue que tu l'aimais trop. *Vraiment*.

*

Alors une histoire d'amour, cette histoire de haine ? Bien sûr. D'Hubert l'admettrait, lui qui reconnaît

« sentir en lui une tendresse irraisonnée pour son éternel adversaire », lui qui intervient en 1814 auprès du Ministre (Fouché, celui qui a su servir tous les régimes, caricature odieuse de l'honnête d'Hubert) pour éviter à Féraud d'être fusillé, lui qui, incognito, versera de l'argent à son « frère » banni. Mais ce n'est pas l'amour secret que se portent les deux soldats qui fait le ressort de leur haine, c'est l'Autre (avec un grand A...) plus que l'autre. L'acharnement absurde que manifestent les deux hommes — leur duel sans fin est devenu légendaire dans l'armée, personne n'ose plus leur demander quelle en fut la première occasion, comme s'ils devaient sacrifier à un rituel sacré, comme s'ils célébraient à leur manière la vérité de la guerre —, cet acharnement, s'il ne tenait, tout compte fait, qu'en ceci ? Féraud, que j'imaginerais volontiers bâtard, bien que ce ne soit pas dit, est un hors-la-loi, sa haine, comme toute haine sans doute, est foncièrement illégitime ; d'Hubert, en cette époque troublée où la France ne cesse de changer de maître, ne sait que pactiser avec la loi et il n'est pas trop regardant sur ce qui la représente. Avec la Restauration, nous l'avons vu, il fait un beau mariage. Les champs de bataille dévastés cèdent la place à des jardins de fleurs et de fruits, les marches forcées à la promenade. Tout en boitillant du fait de ses blessures, il savoure une orange. Comme les plaisirs de la vie doivent lui paraître fades au regard de la mélancolie, de l'affreuse solitude que connaît son ombre bafouée, son double réprouvé qui n'a plus rien à savourer, lui, que sa haine, une haine qui n'a plus désormais d'autre objet présent que lui-même.

Se pourrait-il que la haine, la haine tenace, celle qui ne cède devant rien et que rien n'assouvit, ait plus d'une figure ? Que celle que nous tenons pour fratricide soit une passion récente, née de la Révolution et de son échec à faire, selon son idéal proclamé, du peuple un *souverain* ? De la Révolution, c'est-à-dire d'un régicide. Le roi est mort, vive le Peuple ! Le transfert de légitimité pouvait-il s'opérer sans perte ? Un monarque de droit divin n'a pas à poser la question de sa légitimité, ce n'est pas lui qui la fonde. Dieu s'est-il jamais demandé si son existence était légitime ?

Ce n'est pas tout. De même que tous les hommes sont égaux devant Dieu, tous les sujets sont égaux face au monarque. L'inégalité sociale, flagrante sous l'Ancien Régime, n'atteint pas cette égalité si l'on peut dire « ontologique » des sujets ; celle-ci entraîne l'égalité dans l'amour qu'ils sont censés porter au Roi. Avec l'« usurpateur », tout change : les égaux sont nécessairement rivaux ; chacun doit en effet rivaliser pour donner des preuves de son amour. La légitimité de ce souverain-là n'a d'autre garant que l'amour de ceux qui se dévouent, corps et âme, à sa cause. Et chacun croit, veut aimer mieux que son semblable.

Je ne crois pas, en faisant ainsi allusion à ce problème immense, m'éloigner tout à fait du récit qui nous occupe, ni de la psychanalyse (qu'on relise *Totem et Tabou*...), ni de Conrad (« Conrad et la question du père », un livre qu'on peut souhaiter). Car ce à quoi *Le Duel* nous confronte, c'est à une haine qui ignore ses motifs et les ignorera toujours davantage, les deux complices allant jusqu'à faire croire, pour donner le change et fournir un motif acceptable, qu'il s'agit entre eux d'une « affaire de femme ». Mais c'est aussi à une haine qui, à défaut de se trouver une loi, se donne des règles strictes auxquelles on ne saurait déroger. Quand on a perdu la Loi, pas question de perdre l'honneur.

La haine est obscure, elle ignore ce qui l'anime et a besoin de l'ignorer pour se perpétuer. La haine est illégitime et elle le sait. C'est même la seule chose qu'elle sache d'elle. C'est pourquoi inlassablement elle veut se fonder en droit. Nos tribunaux sont payés pour ça et l'histoire politique qui, même dans les rares périodes où elle revêt des apparences policées, demeure une affaire de haine, nous le fait payer.

J.-B. PONTALIS

The Dual, a military tale est paru en 1908 dans un recueil intitulé *A Set of Six*. Conrad en a commencé la rédaction lors d'un séjour à Montpellier, à la suite, dit-on, de conversations avec un officier d'artillerie rencontré dans un café. Il a aussi tiré parti des souvenirs de membres de sa famille qui avaient combattu dans les régiments polonais des armées napoléoniennes. À son éditeur, il confie : « Ma première intention était d'intituler ce conte *Les Maîtres de l'Europe* mais j'ai écarté ce titre comme trop prétentieux. J'ai essayé consciencieusement d'y mettre autant d'atmosphère napoléonienne que le sujet pouvait en comporter. »

En attendant la parution dans la Pléiade du volume III des Œuvres de Joseph Conrad où ce récit figure, on peut le lire, traduit par Philippe Neel, dans un recueil de nouvelles qui porte le titre de la première d'entre elles : *Gaspar Ruiz* (Gallimard).

La haine est d'abord [illegible] ignore ce qui l'entoure et [illegible] nom de l'Histoire [illegible] permettre. La haine est [illegible]. C'est [illegible] la seule chose qu'elle [illegible]. C'est pourquoi [illegible] mais [illegible] [illegible] [illegible] [illegible] sont [illegible] [illegible] politique [illegible] même dans [illegible] [illegible] [illegible] [illegible] [illegible]

[illegible]

[illegible] 1962 [illegible] [illegible] [illegible] [illegible] [illegible] [illegible] [illegible]

Un témoignage
En analyse avec Winnicott

Introduction

Ou la psychanalyse n'est rien, ou elle est dynamique, concernée par les pulsions humaines et les angoisses qui vont avec : une activité humaine, révolutionnaire à ses débuts, et pas toujours paisible dans son évolution.

Les changements, les nouvelles idées portant sur la théorie ou la technique ont suscité une angoisse profonde et ont souvent provoqué des scissions comme celle qui, très tôt, vit Jung, Adler, Stekel et d'autres se détacher de Freud. Plus tard, au sein de la Société britannique de psychanalyse, les travaux de Melanie Klein provoquèrent les mêmes polémiques, la même réaction d'angoisse, la même tendance à s'en défendre par le déni et le même renforcement des résistances que par le passé.

Freud a découvert que, lorsque les angoisses étaient en rapport avec la situation œdipienne — castration, perte d'une partie du corps, perte d'un objet ou perte de l'estime de soi —, une névrose de transfert, que l'on pouvait guérir, se développait pendant l'analyse. Mais que, lorsque les angoisses concernaient plutôt l'existence, la survie, l'identité (névroses narcissiques et psychoses), la névrose de transfert n'apparaissait pas et la psychanalyse (dans sa forme classique) demeurait sans effet (Freud, 1913).

Avec le temps, moins de personnes durent être traitées pour maladie névrotique et davantage pour des angoisses de type psychotique bien moins facilement curables, même si ces patients n'étaient pas nécessairement totalement invalidés ou hospitalisés ; ceci entraîna des changements tant dans les modes de la pensée psychanalytique que dans sa technique. Winnicott, en poursuivant ce qu'il avait appris de Melanie Klein et en appliquant ce que lui avait enseigné une longue pratique avec des nourrissons, des enfants et leurs parents, réussit à guérir de nombreux patients dont les angoisses étaient de type psychotique. Et ses travaux, à leur tour, parce qu'ils montrent un visage de la psychanalyse plus humain que celui montré habituellement, ont suscité angoisse et polémique. Il y a un réel intérêt pour ses travaux, un réel désir de les connaître et de les comprendre. Il y a cependant aussi des critiques — tant amicales qu'hostiles, et souvent mal informées — et une curiosité et un voyeurisme francs.

On connaît bien aujourd'hui le travail qu'a accompli Winnicott avec les enfants. Il écrivait systématiquement et parlait librement de son travail et nombreux sont ceux qui ont pu le voir en action à Paddington Green ou dans l'une de ses autres cliniques. Il utilisait la « technique standard » (1962) pour traiter les psychonévroses chez les adultes, il analysait donc la névrose de transfert et étudiait le complexe d'Œdipe et le développement du surmoi.

Mais le traitement des adultes devait se faire sous le sceau du secret. Certains de ses patients en effet étaient des collègues ou des analystes en formation, certains étaient des gens très en vue ou connus. C'est pourquoi il nous a laissé relativement peu d'informations et il me semble qu'une bonne partie du matériel clinique tel qu'il l'a décrit, un peu en *oratio obliqua*, paraît obscur et difficile — « le patient a indiqué... et j'ai interprété que... » — au lieu d'un énoncé direct — « Il dit... et je dis... » Il y a, éparpillés dans ses écrits, quelques petits morceaux de matériel clinique (1947-1971) qui décrivent et expliquent tout ce dont traite cet article, mais il n'y a aucun compte rendu complet de l'analyse d'un patient. Aussi serait-il difficile à quiconque ayant seulement lu ses écrits sans avoir jamais eu l'occasion d'en discuter avec lui d'avoir une image réaliste de ce qu'il a vraiment dit ou fait.

C'est en faisant le récit de ma propre analyse avec lui que je peux le mieux montrer son travail, en fournissant un matériel clinique que je suis peut-être seule à détenir et qui a toujours été reconnu comme étant essentiel au développement et à la compréhension de la théorie et de la métapsychologie. (Freud utilisait le matériel qu'il trouvait dans l'analyse de ses propres rêves.)

Les travaux de Winnicott ont pour base certains principes clairement posés une fois pour toutes. Ils sont estampillés par : l'importance accordée non seulement à l'être humain lui-même mais à son environnement le plus précoce, l'empathie (comprendre la communication non verbale et le langage du corps, ce qui va bien au-delà de la simple reconnaissance d'un mouvement inconscient, d'une posture, etc.) et l'expérience de réciprocité, un comportement stable mais pas rigide ; la possibilité de « régression à la dépendance » (1954) ; le « soutien » (*holding* 1963f&g) et le jeu (1971b).

Ce que j'entreprends ici est bien plus difficile que

tout ce que j'ai jamais essayé de faire, car, dès le départ, je sais que je ne puis espérer rendre justice à mon sujet. De plus, je sais que je ne puis éviter de susciter chez certains lecteurs, en particulier chez ceux qui adhèrent étroitement à la théorie et à la pratique classiques, une angoisse considérable alors que d'autres — collègues, anciens analysants et non-analystes — ceux qui m'ont encouragée à écrire ceci, y seront favorables.

En dehors des limitations de temps et d'espace, les mécanismes inconscients produisent toutes sortes de distorsions, y compris des falsifications par la mémoire. Aussi dois-je tenir compte autant de mon désir de clarifier les choses — et de me débarrasser des idées fausses et des malentendus — que de mon narcissisme et de mon exhibitionnisme, de mes inhibitions et de mes réticences.

J'ai longuement pensé à tout cela et, par peur d'un échec cuisant, je voulais ajourner cette tentative, mais finalement, j'ai décidé de ne pas me laisser arrêter par les risques éventuels et de faire de mon mieux au lieu de gâcher quelque chose de vraiment précieux.

Pour faire ce récit, je dois, en plus de ma propre histoire, relater celle de ma famille et les traitements suivis avec deux autres thérapeutes dont l'un était jungien et l'autre était Ella Sharpe, aujourd'hui disparue. Je raconte ce que j'ai vécu avec eux, en étant aussi objective que possible mais en ayant, inévitablement, une position que certains n'aimeront sans doute pas ou condamneront. (Ibsen écrivait dans une lettre à Björnson (1865) : « Si je ne pouvais être moi-même dans ce que j'écris, mon œuvre ne serait alors qu'un tissu de mensonges et une farce » et c'est bien ce que je ressens.) C'est un récit avec des êtres humains, hommes et femmes, avec leurs activités, leurs situations, leurs relations d'êtres humains. Et puisque les hommes et les femmes sont aptes à faire des choses, bien ou mal, à se conduire bizarrement, à commettre des erreurs, à ressentir et à exprimer d'une façon ou d'une autre une gamme étendue d'émotions, et même à être « fou par vent de nord, nord-ouest » (*Hamlet*, II, II), on va voir ici à la fois les côtés blancs et les côtés noirs de ceux dont il va être question. J'espère qu'on les *verra* tous les deux car l'un sans l'autre ne veut rien dire. (« On fera en sorte que le [lecteur]... non pas comprenne s'il le veut, mais comprenne qu'il le veuille ou non. » — Quintilien, *Institutio Oratoria*) Cela vaut la peine de mentionner ici qu'en dépit des difficultés, qu'en dépit des limites de l'être humain, Winnicott et moi avons été fort satisfaits du résultat auquel nous avons abouti, un résultat pour lequel je lui suis profondément reconnaissante

J'essaie, autant que possible, de présenter le matériel dans l'ordre chronologique ; il se divise en trois parties, une partie par analyste, chacun étant très différent des deux autres. Je ne peux, dans chaque cas, que relater une *impression* générale de ce qui s'est passé, en dehors de quelques événements marquants, car je n'ai pratiquement rien consigné.

MON EXPÉRIENCE D'ANALYSANTE

I. Psychothérapie avec le Dr X., 1936-1938.

En 1936, on persuada une amie qui vivait avec moi de faire une psychothérapie. Elle s'était effondrée en 1933 à la suite de ce qu'elle avait pris pour les avances homosexuelles d'une collègue. Pendant trois ans, j'avais dû subir ses longues crises de larmes, ses bouderies, ses accusations et ses menaces de suicide que je prenais très au sérieux. Il lui arrivait de partir comme une furie, de conduire comme une folle sur l'autoroute, de se cacher pendant des heures pour ne revenir que tard dans la nuit alors que j'avais renoncé à la retrouver. Et je devais, en même temps, en tant que médecin généraliste, me consacrer à une nombreuse clientèle. Dès qu'elle commença son traitement, je compris que, moi aussi, j'avais besoin d'être suivie, et je me mis à la recherche d'un thérapeute.

En dépit du fait que pendant les trois premières semaines de divan j'étais tellement paralysée par la peur que je ne pouvais ni parler ni faire le moindre mouvement, le Dr X. ne m'a jamais considérée que comme modérément névrosée. Il se rendait compte de la tension qui m'envahissait sans prétendre la comprendre et il finissait par me calmer en me massant doucement le ventre. Il me traitait en être humain rationnel et insinuait que je pouvais être une femme attirante — ce que je n'avais jamais cru possible, tout en me sachant malgré tout hétérosexuelle. Il m'encouragea à faire une formation de psychothérapeute à la Tavistock Clinic et m'invita aux réunions de la section médicale de la Société britannique de psychologie.

Tout ce que fit le Dr X. ne me fut pas toujours d'un grand secours mais c'est grâce à lui que je pus me libérer de cette relation où, à la fois, mon amie s'accrochait à moi et me dominait, et établir avec elle une relation différente, cela en grande partie parce qu'il avait souligné le fait qu'elle avait le droit de se suicider si elle le désirait, que ce serait terminé et que, en fait, je ne pouvais pas l'en empêcher. Plusieurs symptômes mineurs, la plupart somatiques, disparurent au cours de ce traitement.

Je me rappelle peu de choses des deux ans avec lui (trois séances par semaine). Un jour, il remarqua : « Vous avez toujours l'air de penser aux autres et de vous excuser d'exister, comme si vous n'aviez pas le droit d'exister. » C'était effectivement ce que je pensais mais il m'expliqua que j'*avais* le droit d'exister puisque je n'en étais pas responsable. Je lui dis que, même dans mes souvenirs les plus anciens (à l'âge de deux ans), j'étais manifestement un « obstacle » et une « source d'ennuis » : à l'époque, ma sœur Ruth, ma mère et moi avions la coqueluche toutes les trois. J'étais dans un lit d'enfant, dans un coin de la pièce, et elles partageaient le même lit. Je toussais et vomissais, ma mère se leva pour me soutenir et elles commencèrent à tousser toutes les deux « comme si c'était moi qui les avais fait tousser ». Une autre fois encore, mon père était arrivé, pressé de déjeuner, mais en voyant le sol jonché de couches, de pots et de jouets, il s'était mis en colère et avait dit : « Ne peux-tu *empêcher* cette enfant d'être malade ? »

À la dernière séance avant l'interruption de Noël, le Dr X. me présenta ses vœux, mais ajouta : « Pour l'amour du Ciel, *soyez vous-même.* » (Ne soyez pas cette enfant en train de vomir ?) Je répondis : « Je ne sais pas comment être moi-même, je ne sais pas ce qu'est *moi-même.* » Il fit, en société, la connaissance de mes parents et mon père et lui s'entendaient bien. Ma mère le vit une fois en consultation et il dit ensuite qu'il « ne pouvait pas la supporter » mais sans s'étendre davantage. Le traitement se termina progressivement, sans difficulté, lui m'assurant que je n'avais plus besoin d'analyse mais seulement d'une synthèse et que je serais probablement capable de la faire toute seule. Et une amitié bénigne entre collègues, puisque désormais je n'étais plus une patiente, s'ensuivit.

Il connaissait Ella Sharpe personnellement et il m'adressa à elle avec une recommandation amicale. J'allai la voir chez elle en 1938. Le Dr X. avait été lui-même en analyse, très brièvement, avec un membre de la Société britannique de psychanalyse «pour savoir ce que l'on ressent quand on est un analysant».

II. Ella Freeman Sharpe, 1940-1947.

Lorsque j'allai voir Ella Sharpe, sur la recommandation du Dr X., j'eus une expérience terrifiante en elle-même et par ses implications. Je la «vis» dans une espèce de brouillard gris, comme une araignée dans la toile qu'étaient ses cheveux. Je savais alors que c'était une hallucination — une araignée «de l'esprit» (*Macbeth*, II, I). Je lui dis que le Dr X. estimait que je «n'avais plus besoin d'analyse», seulement d'une synthèse, et, prise de panique, je m'enfuis littéralement *en courant*. Pourtant, en même temps, j'étais étrangement attirée par elle et je sentais que je la reverrais un jour.

Vers la fin de l'année 1940, je m'aperçus que j'étais éprise de l'un de mes patients et décidai d'interrompre son traitement. Le Dr X. n'était pas libre et je vins trouver, extrêmement angoissée, Mlle Sharpe puisqu'elle était le seul psychanalyste que je connaissais.

J'étais gravement perturbée. Une psychanalyse représentait pour moi une annihilation totale et j'étais tiraillée entre la peur et un profond désir. Elle avait une place disponible; elle commença tout de suite et ma peur devint aussitôt intolérable.

Pendant la première séance, je demeurai étendue sur le divan, rigide, de nouveau incapable de parler ou de faire le moindre mouvement. Puis, comme elle gardait le silence, je me mis à hurler : « Ce n'est pas vrai, ce n'est pas *possible* », tout en me rappelant la vision quasi hallucinatoire que j'avais eue d'elle précédemment et ma fuite. J'avais l'impression de faire un cauchemar. À la fin de l'heure, elle dit : « Venez vous asseoir ici et parlons. » Elle interpréta ma peur comme étant une « angoisse de castration » liée au fait que je l'avais rencontrée par l'intermédiaire du Dr X., ce qui était bien sûr la chose évidente, puisque le problème que je lui avais soumis était manifestement œdipien. Mais ce qui n'expliquait pas l'*intensité* de ma panique, bien plus grande que n'importe quelle terreur mortelle ou n'importe quelle crainte de la mort. Pour elle, la terreur mortelle signifiait crainte du (classique) surmoi, pour lequel « bon » a pour corollaire non sexuel et « mauvais » sexuel.

Ma peur — « une telle épouvante que seuls les enfants peuvent l'éprouver » (*Jane Eyre,* chap. 3) — c'était la peur de la destruction absolue, que mon corps soit démembré, de devenir irrémédiablement folle, d'être anéantie, d'être abandonnée et oubliée par le monde entier comme si je n'avais jamais existé — « rejeté au plus profond des ténèbres » (Mathieu, XXII, 13).

Ella Sharpe explique clairement dans ses articles sur la technique de la psychanalyse (Sharpe, 1930) sa façon de travailler qui repose sur l'idée que le champ de la psychanalyse c'est la sexualité infantile sous toutes ses formes, c'est-à-dire tout ce qui a trait au complexe d'Œdipe et aux fantasmes parentaux refoulés et qui ne resurgira que *via* la névrose de transfert. Il ne faut pas laisser les patients utiliser la réalité comme une défense contre ces fantasmes ;

l'intégrité de l'analyste consiste à exiger autant de lui-même que de ses patients ; c'est en donnant aux autres le droit d'exister que l'on justifie l'existence.

Dans cette première séance (voir Sharpe, 1943), ma terreur, terreur d'une annihilation totale et inéluctable, provenait, non pas d'une névrose de transfert, mais, comme je ne le compris que beaucoup plus tard, d'une psychose de transfert dont l'origine remontait à ma petite enfance et aux expériences que j'avais vécues alors.

L'image d'ensemble de mon analyse avec Mlle Sharpe, c'est celle d'une lutte constante entre nous : elle qui s'obstinait à interpréter ce que je disais en termes de conflit intrapsychique lié à la sexualité infantile ; et moi qui essayais de lui faire comprendre que mes problèmes réels étaient liés aux notions d'existence et d'identité : je ne savais pas ce que « moi-même » était ; la sexualité (même si on en a conscience) ne pouvait qu'être hors de propos et sans signification aucune tant que l'on n'était pas assuré de sa propre existence, de sa survie et de son identité.

Freud a clairement fait la distinction (1913) entre, d'une part, les névroses narcissiques (mélancolie) et les psychoses (schizophrénie et paranoïa) et, d'autre part, les névroses sexuelles (psychonévroses) ; dans les premières ce qui est en jeu ce sont seulement les tendances du moi, la survie et l'identité, et dans ce cas la névrose de transfert ne peut pas se développer. (La psychose de transfert n'était pas encore reconnue à l'époque.) Freud (1917) découvrit aussi qu'il n'y avait là pas d'ambivalence mais seulement une hostilité bien enracinée, ce qui rendait une analyse impossible.

Il était évident que je faisais un transfert sur Ella Sharpe, un *certain* transfert, supposé être une névrose de transfert, ce qu'il était en partie. Mon hostilité envers elle s'était irrémédiablement enracinée parce qu'elle avait été incapable de voir la vraie nature de mes angoisses. Mais il y avait ambivalence, les éléments positifs étaient déclenchés par le comportement différent qu'elle adoptait avec moi dès que je n'étais plus sur le divan — comme elle le décrit (1930) — et qu'elle me traitait en « invitée ». Elle devenait alors très gentille et chaleureuse, amicale et généreuse, reproduisant la situation clivée indiquée par Freud (1913). Ce qui me faisait retrouver exactement l'ambivalence et la confusion dont j'avais fait l'expérience avec ma mère, de telle sorte que dans mes aires psychotiques, Mlle Sharpe devenait *identique* à ma mère (Little, 1959), qui n'avait pas été capable de fournir un environnement où l'on était en sécurité ; le but de Mlle Sharpe, c'était de fournir un environnement où l'on se sentait en sécurité même si l'on était *sexuel* ou *hostile*. J'*étais* hostile et méfiante mais je ne me sentais pas en sécurité ; je devins complaisante et dépendante comme je l'avais été avec ma mère depuis ma toute petite enfance. Et mes rêves de lutte, de confusion et de morcellement furent alors interprétés comme étant des fantasmes de coït violent et des désirs refoulés d'avoir des relations sexuelles avec mon père et de détruire ma mère.

Environ six semaines après le début de mon analyse, je lui dis que je voulais faire une analyse didactique et devenir analyste. Elle m'encouragea à poser ma candidature et, après quelques entretiens avec le Dr Edward Glover (alors président de la Société britannique de psychanalyse) et le Dr Payne (secrétaire du Comité de formation), je fus acceptée. Elle continua à m'encourager, me complimentant sur mon travail et mes autres activités.

Mais nous continuions toujours notre lutte. Une fois je dis combien je voulais «être quelqu'un», c'est-à-dire une vraie personne et non pas la personne, ou la non-personne, que j'avais l'impression d'être. Ce qui fut interprété comme le désir que j'avais de prendre la place de ma mère, d'*être* ma mère corporellement, dans ses relations sexuelles et sa capacité de reproduction. En fait, j'étais vraiment terrorisée à l'idée de m'apercevoir que je n'étais qu'une «pâle copie bon marché» de ma mère ou d'elle-même (ce qui revenait au même) mais je n'arrivais pas à le lui faire comprendre pas plus que je n'arrivais à lui faire comprendre que c'était vraiment ce qui risquait d'arriver. Dès que je parlais de mes parents, ce que je disais était, pour elle, de l'ordre du fantasme et toute allusion à la réalité une défense contre le fantasme. Aussi étais-je doublement prisonnière de «la toile d'araignée», c'est *moi* qui étais folle, pas ma mère, c'est *elle* qui «savait», comme ma mère qui avait toujours été celle qui savait, pas moi; tandis que le fait que je me rendais compte de ma psychose et de celle de ma mère était un fantasme et exclu en tant que tel. J'étais de nouveau dans le monde confus du «Pays des Merveilles» et d'«À travers le Miroir» de mon enfance où simultanément «j'imaginais des choses» et «je n'avais aucune imagination», où je ne pouvais *que* savoir ce que je voyais et savais, et où «je ne savais rien».

Sur le divan, il fallait toujours faire abstraction de la réalité et donc s'abstenir de faire des remarques sur son âge, sa santé et sur sa maladie cardiaque en particulier. Non seulement j'avais la «prérogative» de dire tout ce qui me passait par la tête, mais j'y étais obligée par la «règle analytique»; je parlais donc des signes, cyanose et paresthésie des doigts, qui ne pouvaient pas m'avoir échappé et qui témoignaient d'une maladie cardiaque de longue date. Elle ne répondait pas, je comprenais donc que c'était un sujet secret et défendu et que, lorsque je faisais des « remarques personnelles », j'étais automatiquement « impolie ». Alors que j'étais beaucoup plus jeune qu'elle et en bonne santé, je n'avais pas le droit de l'aider et il me fallait rester plantée là, inutile, pendant qu'elle, qui risquait une crise cardiaque, déménageait un divan très lourd d'un bout à l'autre d'une longue pièce, et cela à chaque séance. (Ma mère disait toujours que j'étais « une chiffe molle », que j'allais toujours au plus facile. « Tu t'imagines que *tu* serais utile dans une expédition dans l'Arctique ? » et elle citait « Dans son aveuglement » de Milton.)

En novembre 1945, mes parents tombèrent malades tous les deux ; mon père délirait et c'était un malade difficile. On diagnostiqua un « accident cérébrovasculaire » et on dut l'hospitaliser dans un hôpital psychiatrique. Il n'y avait pas d'autre solution à l'époque. Il mourut cinq jours plus tard d'une broncho-pneumonie ; d'après l'autopsie, il n'y avait aucune lésion cérébrale. Sa maladie et sa mort furent à l'origine d'une crise majeure dans ma famille. Ruth, qui avait d'abord refusé de partager sa chambre avec moi, me demanda de m'en aller. Ma mère, qui ne pouvait se rendre à l'enterrement, exigea qu'il n'y ait pas de fleurs. Seul un de mes frères et moi y assistâmes et ce fut sinistre. (Plus tard, ma mère montra les sentiments possessifs et l'hostilité inconsciente qu'elle avait pour mon père en ne laissant le journal de l'école où il avait enseigné pendant trente ans publier qu'un simple faire-part nécrologique.)

Je devais lire la communication qui me permettrait de devenir membre titulaire de la Société britannique de psychanalyse une semaine après l'enterrement. Date que je voulais reporter, mais Mlle Sharpe insista pour que je n'en fasse rien. Partagée entre la détresse que j'éprouvais et mon transfert psychotique, j'étais incapable de lui tenir tête, mais je sentis qu'elle interférait massivement avec mon travail de deuil. Je fis mon exposé et pris plaisir à la discussion. Elle était contente de mon succès et elle me fit ses condoléances simplement mais avec une sincérité évidente, et rien de plus ne fut dit ni sur mon deuil ni sur la crise qui avait eu lieu dans ma famille. L'analyse se poursuivit comme si rien ne s'était passé. Le fait que j'avais présenté ma communication à contrecœur fut interprété comme la culpabilité et l'envie que j'avais de sa propre capacité à écrire et présenter des articles, transfert de la culpabilité et de l'envie que j'avais pour les relations sexuelles de mes parents et leur créativité, et aussi comme la peur du châtiment si j'avais l'audace d'imposer ma volonté ou de la défier d'une façon ou d'une autre. Je ne pouvais nier l'envie, mais je pensais que c'était relativement peu important à ce moment-là (j'en ai fait un récit déguisé dans mon article intitulé « Contre-transfert et réponse du patient au contre-transfert », 1950).

En avril 1947, nous décidâmes d'un commun accord de finir après l'été. « Ce n'est pas la peine d'analyser pour le plaisir d'analyser », dit-elle. Mais en mai, pendant les fêtes de la Pentecôte, elle mourut brusquement.

J'étais allée à Amsterdam assister au premier congrès d'après guerre des psychanalystes européens et j'y avais pris beaucoup de plaisir. Je m'étais fait de nouvelles relations et de nouveaux amis, et pour la première fois, je m'étais rendu compte qu'un homme s'intéressait à moi. Quelques jours auparavant, j'avais dit « au revoir » à Mlle Sharpe, c'était le jour de mon anniversaire (qui était aussi celui de mon père) et elle m'avait fait « tous ses vœux ». À mon retour, j'appris sa mort.

Ainsi se répétait le traumatisme causé par la mort de mon père, quelque temps auparavant, traumatisme jamais élaboré, la réalité ayant été complètement déniée à ce moment ; c'était déjà une répétition d'un traumatisme encore antérieur, la mort d'une tante que j'avais adorée. Mlle Sharpe, de la même façon, avait empêché mon travail de deuil en l'interprétant comme un transfert de son prochain départ en vacances, ce qui m'avait paru être aussi illogique que la plupart des « explications » de ma mère.

J'allai voir le Dr Payne et pendant une heure, sur le divan, je divaguai et sanglotai sans retenue. À la fin de la séance, elle s'écria d'un ton fort surpris : « Mais vous êtes très malade ! » Je répliquai : « C'est ce que j'ai répété à Mlle Sharpe pendant ces six dernières années. » Je savais qu'on n'avait jamais touché à mes vrais problèmes ; au lieu de l'empathie il y avait eu « confusion des langues » (Ferenczi). Me sentant plus que jamais une non-personne, et ne sachant pas plus qu'avant ce que « moi-même » était, j'étais une fois de plus confrontée à mon angoisse psychotique et submergée par la rage, la culpabilité, l'impuissance, et le désespoir. Le Dr Payne m'adressa à Marion Milner qui m'a aidée en suivant les grandes lignes de l'analyse et généreusement soutenue et supportée pendant à peu près un an ; mais la situation était difficile car nous avions été étudiantes en même temps. C'est alors que D. W. eut une place libre et me prit en charge.

Pendant ce temps, ma vieille amie et gouvernante

dut prendre sa retraite. Je déménageai, ce qui était important pour moi car je séparai distinctement mon domicile de mon cabinet de consultation et je vécus seule pour la première fois. Je m'embarquai aussi pour la première fois dans une relation sexuelle avec un homme, ce qui m'avait été impossible jusque-là.

III. D. W. W., 1949-1955, 1957.

Et c'est ainsi que, treize ans après avoir demandé une aide psychiatrique pour la première fois, et à l'âge de quarante-huit ans, je vins trouver D. W. Je suis incapable de faire un récit aussi clair, cohérent ou détaillé que je le voudrais de ce que j'ai vécu avec lui. Je ne peux évoquer qu'une partie de ce qui s'est passé.

Je l'avais déjà rencontré. J'assistais à ma première réunion scientifique organisée par la Société britannique de psychanalyse, dans le bruit des bombes qui tombaient toutes les quelques minutes, et des gens qui se jetaient par terre en entendant le fracas. Au beau milieu de la discussion, quelqu'un, qui, je l'appris plus tard, était D. W., se leva, dit: «J'aimerais attirer votre attention sur le fait que nous sommes en plein raid aérien» et se rassit. Personne ne releva la remarque et la réunion se poursuivit comme avant. Je l'entendis prendre la parole ou présenter des communications dans d'autres réunions. Puis, en 1945, à la fin de la soirée où j'avais lu ma propre communication, intitulée «Le vagabond: quelques notes sur un patient paranoïaque», D. W., qui n'avait pas pris part à la discussion, vint me trouver et me demanda si je voulais prendre un enfant en traitement. J'étais ravie qu'il m'ait demandé ça à moi mais, à regret, je dis: «Non.» Je venais de finir une analyse avec un enfant avec l'intention de me former à l'analyse d'enfants, formation que je n'ai jamais achevée. Cette analyse avait provoqué en moi une angoisse énorme et je n'étais pas contente de la façon dont j'y avais mis fin. J'étais en pleine ébullition à cause de ça, à cause de la mort de mon père et de tout ce qui s'était passé autour, et je ne pouvais envisager, à ce moment précis, de m'occuper d'un enfant, mais j'en laissais la possibilité ouverte pour l'avenir. Quand j'entendis D. W. lire ses articles «La réparation en fonction de la défense maternelle organisée contre la dépression» (1948) et «Souvenirs de Naissance, Traumatisme de Naissance et Angoisse» (1949), je sentis que c'était quelqu'un qui pourrait vraiment m'aider.

L'entretien préliminaire que j'eus avec lui fut court, quinze minutes peut-être. Il ne chercha pas un instant à faire une anamnèse stricte, mais se fiant à son intuition, il comprit progressivement ce qui me perturbait et «les besoins de mon cœur» (George Eliot, *Mill on the Floss*). Je pris le prétexte de ma liaison pour ne pas poursuivre plus loin l'analyse. Ce qu'il accepta, mais dit que pour le moment il me gardait mes heures au cas où j'aurais envie de continuer. Je ne mis pas très longtemps avant de revenir le voir car je trouvais la relation sexuelle une affaire difficile.

La première séance produisit une répétition de la terreur. J'étais couchée, roulée en boule, complètement cachée sous la couverture, incapable de faire un mouvement ou de dire un mot. D. W. garda le silence jusqu'à la fin de la séance puis se contenta de dire: «Je ne *sais* pas, mais j'ai l'impression que, pour une raison que j'ignore, vous me tenez à l'écart. » Le fait qu'il pouvait reconnaître qu'il ne savait pas et accepter une contradiction éventuelle me soulagea. Je me rendis compte, beaucoup plus tard, qu'en fait, je m'étais barricadée du monde extérieur en me faisant aussi petite, aussi effacée que possible ; je me cachais dans le ventre maternel mais, même là, je n'étais pas en sécurité.

Pendant l'une de mes premières séances avec D. W., je me sentis complètement désespérée, persuadée que je n'arriverais jamais à lui faire comprendre quoi que ce soit. J'arpentai la pièce en essayant de trouver un moyen. J'envisageai de me jeter par la fenêtre mais je savais qu'il m'en empêcherait. Puis je pensai à jeter tous ses livres dehors mais finalement je m'attaquai à un grand vase de lilas blancs que je brisai et piétinai. Il sortit de la pièce à la vitesse de l'éclair mais revint juste avant la fin de la séance. Il me trouva en train de tout nettoyer et dit : « J'aurais dû m'attendre à ce que vous le fassiez (nettoyer ? ou briser ?), mais plus tard. » Le jour suivant, le vase et les lilas étaient remplacés par leur réplique exacte et, quelques jours après, il m'expliqua que j'avais détruit quelque chose à quoi il tenait beaucoup. Ni l'un ni l'autre n'y avons plus jamais fait allusion, ce qui me semble bizarre maintenant, mais je pense que si ça s'était passé plus tard, il aurait probablement réagi différemment. Mais en l'occurrence, j'avais le sentiment que mon geste avait été tout aussi inutile que les luttes que j'avais eues avec Mlle Sharpe ou avec ma mère et j'oubliai cet épisode jusqu'à très récemment. Bien des années plus tard, longtemps après que l'analyse eut été terminée, alors que je lui demandais son avis au sujet d'un patient extrêmement perturbé qui sciemment et régulièrement s'efforçait de me faire du mal, je mentionnai que je lui avais fait du mal.

Il me dit que c'était vrai mais que cela avait été « utile ».

Quelques semaines après, pendant toute une séance, je fus saisie de spasmes de terreur. À plusieurs reprises, je sentis la tension monter dans tout mon corps, atteindre son acmé et tomber pour revenir encore quelques secondes plus tard. Je lui attrapai les mains et m'y accrochai jusqu'à la fin des spasmes. À la fin, il dit qu'il pensait que j'avais revécu ma naissance ; pendant quelques minutes il me tint la tête, disant que juste après sa naissance, un bébé pouvait avoir mal à la tête, la sentir lourde pendant un moment. Tout semblait concorder car il s'agissait bien de la naissance d'une relation déclenchée par mon mouvement spontané et le fait qu'il l'avait accepté (Little et Flarsheim, 1972). Je n'eus plus jamais de tels spasmes et je n'eus que rarement une telle peur.

Il se rendit vite compte que rien ne se passait pendant la première moitié de chaque séance. J'étais incapable de parler avant d'avoir trouvé un état de « stabilité », avant d'être sûre de ne pas être questionnée sur ce que je pensais ou toute autre question qui pour moi était déstabilisante. C'était comme si j'avais besoin de faire rentrer en moi le silence et le calme qu'il apportait. C'était un tel contraste avec l'environnement perturbant de mon enfance, l'état de ma mère, toujours en proie à l'angoisse, et l'hostilité générale à laquelle j'essayais toujours d'échapper pour trouver la paix. Dès lors il prolongea la durée de la séance qui passa d'une heure à une heure et demie, sans changer ses honoraires, et ce presque jusqu'à la fin de mon analyse.

Je crois qu'il convient de parler ici des deux concepts qui ont été les plus mal compris : « soutien » (*holding*) et « régression à la dépendance ». D. W. se servait du mot *holding* à la fois métaphoriquement, et *littéralement*. Métaphoriquement, il « tenait la situation en main » en apportant son soutien, en gardant le contact à tous les niveaux avec tout ce qui se passait, chez et autour du patient, et dans la relation qu'il avait avec lui. Littéralement, il gardait mes deux mains serrées entre les siennes pendant de longues heures, presque comme un cordon ombilical, tandis que moi j'étais allongée, souvent cachée sous la couverture, silencieuse, inerte, renfermée, paniquée, enragée, ou en larmes, endormie et quelquefois rêvant. Il lui arrivait, parfois, de somnoler, de s'endormir et de se réveiller en sursaut, ce à quoi je réagissais avec colère, terrifiée, comme si j'avais été battue. Lui-même a décrit ce genre de séances (1970). Il a dû s'ennuyer ferme, il a dû être épuisé pendant ces heures-là, il a même dû avoir mal aux mains. Il nous arrivait d'en parler après.

Le « soutien », toujours lié à la conduite de la cure (*management*), signifiait assumer toute la responsabilité, donner au patient toute la force du moi qu'il ne pouvait trouver en lui-même, et la retirer au fur et à mesure que le patient était en mesure de la puiser en lui-même. Autrement dit, D. W. assurait « l'environnement facilitant » (1965) où l'on est en sécurité. Ce n'est que rarement que *holding* signifiait littéralement restreindre ou maîtriser. Il était compatissant mais d'une invariable fermeté, parfois au point d'être brutal s'il pensait que c'était nécessaire au bien de son patient. Il était prêt à tout s'il le fallait — à part un corps à corps — pour « interdire » une action. Et c'était remarquablement efficace car, même si on pouvait l'enfreindre, cette interdiction ne pouvait pas passer inaperçue, d'abord parce qu'elle avait été faite verbalement et ensuite parce que dans le contexte du transfert délirant (Little,

1957) elle devenait pour le patient sa propre interdiction qui pouvait ensuite se greffer à un élément de santé mentale (Little, 1959). Ça fonctionnait aux deux niveaux conscient et inconscient. Il lui fallait parfois déléguer cette activité de maintien, confier un patient dépendant à quelqu'un d'autre quand lui-même avait besoin de repos ou de vacances, mais il gardait toujours rigoureusement le contact.

Une fois, alors qu'il était en vacances, il s'arrangea, sans que je le sache, pour qu'une de mes amies m'invite à la rejoindre en Suisse, où elle était avec deux autres amies. Plus tard, alors qu'il craignait que je ne me suicide en son absence, il me fit hospitaliser (j'y reviendrai).

À une époque, j'étais capable de me précipiter hors de la pièce comme une furie et de m'en aller en conduisant dangereusement. Il gardait mes clés de voiture jusqu'à la fin de la séance et puis me laissait me reposer toute seule tranquillement, jusqu'à ce que je me sente en sécurité. Il attachait beaucoup d'importance au besoin de «revenir» d'une régression profonde à la vie ordinaire, car «régression à la dépendance» signifie régression à la dépendance comme facteur vital — régression jusqu'au stade infantile, voire même quelquefois jusqu'à la vie prénatale. Il avait bâti tout ça, bien entendu, sur la connaissance approfondie et la compréhension qu'il avait des enfants de tous âges et de leurs parents et parce qu'il reconnaissait qu'on peut avoir besoin d'un soutien et que quelqu'un soit là pour assumer les responsabilités. Sa capacité toujours croissante à l'empathie, à être en contact avec le ça, le moi et le surmoi, chez des gens de toutes sortes et de tous âges, y compris lui-même, sa compréhension du langage corporel sous toutes ses formes, était une dimension essentielle chez lui. Il ne se défendait pas contre ses propres sentiments mais au contraire en acceptait toute la gamme, et à l'occasion les laissait s'exprimer. Il était capable, sans sentimentalité, d'éprouver des sentiments à propos d'un patient, avec lui et pour lui, il pouvait entrer dans son expérience et la partager de telle façon que l'émotion qui avait dû être réprimée soit libérée.

Je lui parlai d'une perte que je me rappelai avoir éprouvée toute petite. Je m'étais fait une amie, A., à l'école ; c'était elle qui m'avait choisie pour être son amie. Elle m'avait donné libre accès à sa maison, sa chambre, sa Nanny et ses jouets. Un jour, après les vacances, elle n'était pas chez elle. Et après, pendant de nombreux jours, elle fut « malade » et puis « morte ». J'avais été « méchante » et « égoïste » de ne pas lui avoir écrit. Je « ne l'aimais sûrement pas » ou « j'aurais écrit ». Il versa des larmes — pour moi — et je pus pleurer comme je ne l'avais jamais fait auparavant et enfin faire mon travail de deuil.

« Pourquoi pleurez-vous toujours silencieusement ? » me demanda-t-il. Je répondis que c'était quelque chose que j'avais appris très tôt. Une fois, alors que je pleurais à cause d'une rage de dents, à la fin d'une longue journée qui avait été fatigante pour tout le monde, on me dit : « Il faut que tu t'arrêtes de pleurer, chérie, tu embêtes tout le monde », et le matin suivant, comme mon abcès avait percé pendant la nuit et que je ne souffrais plus : « Tu vois bien que tout ça, c'était des histoires pour rien. » Et souvent : « Courage, chérie, tu seras morte bientôt. »

Ça le mettait très en colère. « Votre mère, vraiment je la *hais* », dit-il. Il fut « choqué » quand je lui racontai comment, jusqu'à l'âge de dix ans et plus, j'avais dû me « reposer » tous les après-midi dans la pénombre, sans jouet ni livre, et il eut honte de ce que j'avais rongé la bougie qui était près de mon lit jusqu'à ce que j'aie pu lui sculpter une taille et recueillir les petits fragments de cire pour les mâchonner, les pincer et les modeler.

Pour moi, D. W. était essentiellement une personne véridique, qui attachait de l'importance aux « bonnes manières ». C'était quelqu'un qui respectait chaque individu, patient ou collègue, tout en étant capable de faire ouvertement ses critiques. Exiger des « associations » ou infliger une « interprétation » aurait fait partie des « mauvaises manières » et aurait été d'ailleurs parfaitement inutile. Il était aussi honnête qu'on peut l'être, faisait cas des observations et répondait honnêtement aux questions, à moins qu'il ne faille protéger quelqu'un, auquel cas il tenait à ce que l'on *sache* quand sa réponse n'était pas tout à fait vraie et pourquoi. Il répondait aux questions directement et au premier degré, ce n'est qu'après qu'il se demandait (seul, ou souvent avec le patient) pourquoi la question avait été posée. Pourquoi à ce moment-là ? Et quelle angoisse inconsciente y avait-il derrière ? C'était moi qui travaillais à mon propre rythme, c'était lui qui s'y adaptait. S'il lui arriva d'exercer une pression, c'était parce que les circonstances — imprévues et externes — l'exigeaient. Ceci était très important pour moi. C'est ce qui me permettait d'être moi-même, alors qu'auparavant, tour à tour poussée puis retenue, je fonctionnais avec un rythme et des revirements qui n'étaient pas les miens. Le moment fixé pour une régression totale ne dépendait pas que de moi seule mais était tributaire, dans une large mesure, de sa disponibilité par rapport à ses autres patients. Il parlait des patients qui avaient dû quelquefois « faire la queue » avant d'entrer dans cette phase, l'un attendant que l'autre en soit sorti et n'ait plus autant besoin de lui, D. W. Mais ce moment dépendait de moi dans la mesure où il ne se produirait que lorsque moi j'y serais prête.

Il faisait très peu d'interprétations et ne les faisait que lorsque leur contenu affleurait au seuil de mon conscient. À ce moment-là, bien sûr, l'interprétation sonnait juste. Il n'était pas « infaillible » mais il exprimait souvent des suggestions ou des suppositions : « Je pense que peut-être... », « Je me demande si... » ou : « On dirait que... » Comme ça, je pouvais goûter ou sentir ses mots et j'étais libre ensuite de les rejeter ou de les accepter. Les interprétations n'étaient pas faites dans le registre de la fonction symbolique, à laquelle je n'avais d'ailleurs pas accès.

Un jour, sa secrétaire me dit qu'il était souffrant et qu'il serait un peu en retard à ma séance. Il arriva, il était *gris* et il avait l'air très malade et il dit qu'il avait une laryngite. Je lui dis : « Vous n'avez pas une laryngite mais une angine de poitrine. *Rentrez chez vous*. » Il répéta que c'était bien une laryngite mais il ne put continuer. Dans la soirée, il me téléphona et me dit « Vous aviez raison, c'*est* une angine de poitrine. » Ce qui voulait dire qu'il y aurait une longue interruption, ce qui était très douloureux pour moi, mais au moins j'*avais le droit* de connaître la vérité : *je* pouvais avoir raison et je pouvais faire confiance à mes propres perceptions. C'était un tournant et il le savait.

Il avait dit de moi un peu plus tôt : « Oui, vous *êtes* malade, mais il y a aussi en vous plein de santé mentale. » J'eus aussitôt une réaction d'angoisse et il ajouta : « Mais ça c'est pour plus tard, l'important, pour l'instant, c'est la maladie », ayant compris que j'avais peur qu'il ne dénie ma maladie ou ne la perde de vue. Plus tard, il me décrivit comme « une personne souffrant de sclérose en plaques, dont le cerveau serait atteint ». C'était une image très ressemblante de mon état *borderline* et de mon transfert sur lui (Little, 1964) puisque dans la sclérose en plaques, les lésions sont disséminées et qu'une atteinte cérébrale produit des troubles mentaux «parcellisés» et il y avait, je le savais, des «parcelles» de maladie et de santé. Parcelles qui reflétaient aussi l'état de ma mère d'après ce qu'il disait d'elle. «Votre mère est imprévisible, chaotique et c'est le chaos qu'elle crée autour d'elle» (voir Winnicott, 1961). «Elle est comme un diable qui sort de sa boîte mais elle, sa boîte, c'est partout.» C'était bien ce qui avait été l'environnement de ma petite enfance et je n'avais jamais été capable de m'en détacher en dépit du fait que mon père, lui, était stable, digne de confiance, bien qu'affecté par son chaos à elle. Plus tard, D. W. observa que je n'aurais probablement jamais été malade si un substitut maternel stable s'était occupé de moi à la place de ma mère. (Je devrais peut-être préciser ici que, malgré mes problèmes, je ne donnais pas l'impression d'être «anormale», j'étais allée à l'école normalement, j'avais réussi mes examens, j'avais même obtenu plusieurs bourses, j'avais réussi comme médecin généraliste, et j'étais une psychanalyste formée et qualifiée. De plus, en dehors de trois périodes de huit semaines chacune, plus mes vacances, j'avais continué à exercer la psychanalyse pendant toute la durée de mon analyse avec D. W.)

Il me faut dire quelques mots sur ma famille, sinon il est difficile de comprendre ou de croire une grande partie de ce que je dis. Je m'étonne du peu que j'en ai dit, en fait, *verbalement* à D. W. et pourtant sa remarque sur ma mère fut comme une révélation (et non pas comme une interprétation analytique). Il me devenait possible et permis de comprendre la majeure partie de ce que je savais déjà, de ce que j'avais observé, ou de ce que l'on m'avait dit. Ma mère eut une enfance *horrible*, en Australie, avec un père alcoolique et instable et une mère affectueuse mais dominatrice, qui se mêlait de tout, qui était imprévisible et que mon grand-père trompait. Deux frères aînés, dont l'un que ma mère adorait, qui tous les deux la taquinaient, la câlinaient, lui faisaient peur, la tyrannisaient. Un frère plus jeune qu'elle, aveugle de naissance, et c'est elle, à l'âge de cinq ans, qui fut chargée d'en prendre soin, à la naissance d'un autre enfant. Et, à proximité, il y avait le monde des bagnards, où mon grand-père recrutait sa main-d'œuvre, les Aborigènes cannibales, et le *Bush* où, des nombreux enfants qui s'y perdaient, bien peu étaient retrouvés. Il fallait que ma mère soit courageuse, amusante et maligne. Son père aussi la taquinait, la câlinait, la tyrannisait, et pour finir il la déshérita ainsi que son fils aveugle. Elle avait appris à danser pour lui et à renverser « accidentellement » la bouteille de cognac, elle avait aussi appris à défendre sa mère quand ses parents se disputaient. Ce n'est pas ici le lieu pour raconter tous les détails que je connais, mais, peu avant sa mort, elle me dit qu'elle « n'avait pu vivre qu'en transformant tout en jeu » (voir Searles). Ce qui est étonnant, c'est qu'elle ait simplement *pu* vivre et se marier avec mon père et qu'ils aient pu être aussi dévoués l'un à l'autre. Cette dévotion n'a jamais fait aucun doute même s'ils se taquinaient mutuellement et taquinaient leurs enfants avec un certain sadisme. Son idée de la sexualité c'était « une obligation désagréable qu'une femme devait à son mari », l'accouchement était une pure horreur et, pour s'en protéger, elle rendait sa grossesse invisible en capitonnant tout son corps et elle évitait de penser à cet accouchement (qui lui serait obligatoirement fatal) aussi longtemps que possible. Avoir peur était « lâche » et « méprisable ». Mon père n'était en aucune façon un être insignifiant. C'était un mathématicien qui avait renoncé à la perspective d'une carrière universitaire pour devenir maître d'école à la place et pouvoir payer ses frais de scolarité (impayés par son père qui avait fait faillite). Il était équilibré, chaleureux et sociable mais il voyait toutes ses relations et ses activités extérieures (navigation de plaisance et golf) systématiquement éliminées par ma mère ; n'était toléré que ce qu'il pouvait faire seul ou en famille et il devint irritable et soupe au lait. Il était scrupuleux, inhibé et timide avec les femmes et réservé avec ses enfants. On ne connaissait qu'une femme avec qui il ait jamais parlé et c'était ma mère : un coup de foudre qui devait durer toute leur vie, et il ne pouvait que rarement lui tenir tête.

Il n'est donc pas étonnant que tous leurs enfants aient été plus ou moins gravement perturbés. Ma mère exprimait la crainte qu'elle avait de nous voir tous « mal tourner ». Ma sœur Ruth, intellectuellement brillante, développa un surmoi féroce, un courage moral et une capacité d'endurance considérable. Elle devint une légende vivante et une sainte ; hélas pour elle, « cette vie ne vaudrait pas la peine d'être vécue s'il n'y en avait pas une meilleure dans l'au-delà ». Ma jeune sœur, Cecily, tomba malade juste après que mes parents aient émigré en Australie (toujours la Terre Promise) en 1934 et mourut (à l'âge de vingt-huit ans) peu de temps avant d'y arriver. (Ils n'y restèrent que quatre ans). Mes deux frères — jumeaux monozygotes — qui avaient dix ans de moins que moi, qui étaient nés prématurément après une grossesse à haut risque chez une mère âgée de quarante-deux ans et qui avait déjà trois enfants — sont tous les deux vivants et ont eu leur lot de difficultés.

Pour Ruth, j'étais « l'irritation en personne » et j'avais dû la menacer dans sa suprématie car le bébé et l'enfant maladif que j'avais été demandait et recevait beaucoup d'attention, probablement à cause d'une hernie hiatale et d'un problème cœliaque (tous deux congénitaux) dont j'ai souffert toute ma vie mais qui ne furent diagnostiqués que lorsque j'eus largement dépassé les soixante ans. (Avant cela mes plaintes étaient, bien entendu, des « histoires », les produits de mon « imagination » et plus tard « psychogènes » mais de toute façon quelquc chose que « j'aurais dû maîtriser ».)

Ma mère faisait de son mieux pour être une bonne épouse et une bonne mère et elle y réussissait parfois, mais son angoisse la rendait compulsivement fouineuse, possessive, elle se mêlait sans cesse des affaires des autres. C'était une femme d'une grande intelligence, douée, chaleureuse, affectueuse, mais d'une façon totalement désordonnée, ayant été tragiquement abîmée. Une seule chose était prévisible, c'est qu'elle serait imprévisible ; il fallait vivre avec et trouver le moyen de faire avec. Le seul jeu possible — avec des jouets, des ballons, des mots, etc. — devait être son jeu à elle ; souvent c'était bien, mais je ne pouvais pas avoir un jeu qui soit le mien sans qu'elle ne l'arrête net ou qu'elle ne le reprenne en main. La spontanéité, « idée, impulsion, action... qui ne font qu'un ensemble, si l'on sait quoi en faire » (Sacks), était tuée dans l'œuf. Sa propre mère, le tyran bienveillant, n'était jamais très loin et pas toujours tellement bienveillante. Mon oncle aveugle était presque la seule personne à qui je pouvais jamais parler. C'était un érudit, qui aimait la lecture et la musique et un homme très indépendant. Quand il se maria, je perdis tout contact avec lui et je devins profondément déprimée et physiquement malade.

Pendant mon analyse avec D. W., je passai par trois épisodes de sérieuse dépression pendant lesquels je ne pus pas travailler. Je m'étais rendu compte depuis longtemps que tous les trois mois environ j'avais des crises de dépression d'une dizaine de jours qui ne correspondaient à aucune perte connue récente et que je n'avais jamais comprises. Il y avait eu deux dépressions invalidantes à la suite de pertes connues. Au début de mon analyse, après une crise sévère de gastro-entérite (en fait, une manifestation de ma maladie cœliaque, ce que j'appris par la suite), je me sentais très malade, physiquement épuisée et profondément déprimée. J'étais incapable d'aller à mes séances. C'est D. W. qui vint chez moi — cinq, six et quelquefois sept jours par semaine, quatre-vingt-dix minutes chaque fois, pendant environ trois mois. Durant la plus grande partie de ces séances, j'étais simplement allongée, pleurant, tandis qu'il me tenait. Il ne faisait aucune pression sur moi, il écoutait mes plaintes et montrait qu'il reconnaissait ma détresse et était capable de l'endurer avec moi. En même temps que je me remettais physiquement, la dépression diminua graduellement et je pus recommencer à travailler.

Pour lui, « psyché et soma ne pouvaient être séparés, ils étaient le corps et l'esprit qui au fond sont des aspects interdépendants de la même réalité » (Van der Post). Il se préoccupait toujours de mon état physique. Il gardait à portée de la main un stéthoscope, un sphygmomanomètre et un thermomètre et il s'en servait. Il me conseillait d'aller voir mon généraliste ou un spécialiste si besoin était, mais il se fiait tout autant à ce que je lui disais de ma santé. Une fois, j'avais une légère bronchite, il me demanda si je ne devrais pas voir mon généraliste mais je lui répondis : « Je ne suis pas malade, je suis malheureuse. » Et ça lui suffit.

Toute l'époque entre l'automne 1950 et le printemps 1952 fut particulièrement douloureuse pour moi. J'étais revenue de mes vacances d'été et j'avais un rendez-vous avec D. W. mais j'appris qu'il avait eu une deuxième attaque, moins sévère que la première, ce qui signifiait néanmoins encore une longue interruption. Puis on me proposa d'être l'adjointe du secrétaire administratif à la fois à la Société britannique de psychanalyse et à l'Institut de psychanalyse. Après avoir assisté à trois réunions, je compris que je ne voulais pas continuer mais mon prédécesseur mourut et l'on exerça de telles pressions sur moi pour que j'accepte le poste que je ne pus pas refuser. Ceci se passait au moment où l'on décidait et organisait de quitter Gloucester Place pour Mansfield House. J'étais de loin le membre le plus jeune du conseil de direction dont D. W., secrétaire du Comité de formation, faisait partie. J'étais en désaccord avec pratiquement tout ce qui était décidé, et j'en arrivais à détester mon travail et tout ce qui s'y rapportait. J'essayais de faire comprendre qu'il fallait un secrétaire *expérimenté* à ce poste. Je me sentais coupable, puérile et incompétente, je voulais donner ma démission et de nouveau, je tombai malade. J'éprouvai un immense soulagement quand on me remplaça enfin, en 1952. Pourtant, je me sentais toujours coupable et dépressive mais je le fus plus encore quand je compris qu'il n'était plus question que je participe à l'élaboration du programme de formation comme j'y avais été invitée à l'époque du décès de Mlle Sharpe. (En fait, D. W. m'apprit qu'il était intervenu dans ce sens parce que j'étais

« trop malade »). De plus, en 1951, à la suite de la parution de mon article « Contre-transfert et réponse du patient au contre-transfert », j'avais été invitée à Topeka en tant qu'analyste didacticienne mais j'avais dû refuser, étant trop absorbée par ma propre analyse.

J'étais donc malheureuse à cause de tout cela et, en même temps, j'étais extrêmement angoissée pour D. W. qui était lui-même très dépressif depuis sa crise cardiaque. C'était comme dans mon enfance, l'année où, à l'école, j'avais des ennuis dus à une erreur sur mon âge, et où simultanément, à la maison, j'étais angoissée à cause de la grossesse de ma mère. Je ne crois pas que nous parlions du tout de sa dépression mais j'en étais consciente (comme avec Mlle Sharpe) parce qu'il avait changé physiquement et que tout analysant est sensible à ce qui se passe chez son analyste. J'avais toujours peur qu'il n'ait une troisième attaque et ne meure, ce qui aurait été fatal pour moi. Un jour, à l'heure de ma séance, j'attendais qu'on me dise qu'il était prêt à me recevoir. J'allai plusieurs fois demander à la réceptionniste : « Il n'est toujours pas là ? » Finalement, après trois quarts d'heure, je suis entrée dans son cabinet, m'attendant à le trouver malade ou mort et je le trouvai endormi sur le divan : il n'avait pas entendu la sonnerie ! Ainsi, j'étais sauvée et, cette fois encore, on m'avait laissée connaître et suivre mon impulsion. Mais ma dépression continuait et, au moment où je fus le plus bas, je ne pouvais pas m'endormir avant d'avoir téléphoné à D. W. et je laissais sonner jusqu'à ce qu'il réponde.

J'appris ultérieurement qu'il était angoissé par la rupture éventuelle de son premier mariage — une décision qu'il ne prenait pas à la légère — ce qui avait provoqué sa crise cardiaque et sa dépression.

Finalement il me parla de son divorce et de son prochain remariage, de peur que je ne l'apprenne par quelqu'un d'autre ou par la presse. Ce fut d'autant plus dur pour moi que ma propre liaison était en train de se dissoudre. J'étais très jalouse et tout un matériel œdipien put être élaboré qui, cependant, resta comme un morceau isolé qu'il faudrait rattacher au reste plus tard.

Mes séances se déroulèrent comme avant sauf que désormais c'était à son nouveau domicile. Il me semblait que mon analyse ne se terminerait jamais et je lui en voulais de mes échecs. C'est à ce moment-là, pendant l'été (1952), que pour la première fois j'*explosai* contre ma mère, contre l'un de ses discours absurdes aussi « habile » que contradictoire. Je lui dis exactement ce que je ressentais : qu'elle était méchante et ridicule, qu'elle aurait mieux fait de ne pas se marier et de ne pas avoir d'enfants et d'autres choses de la même veine sans me soucier de l'effet que cela aurait sur elle.

D. W. fit le commentaire suivant : « Vous vous le deviez depuis longtemps. » C'était une assertion de moi-même importante et spontanée qu'il m'avait été impossible de faire jusque-là et que je n'ai jamais regrettée bien que je n'aie revu ma mère que deux ans plus tard alors qu'elle était mourante.

Les vacances arrivèrent, les siennes et les miennes. Je me rendis tout au Nord de l'Écosse, dans une région sauvage où je faisais de longues marches toute seule. Ma mère m'écrivit pour me faire part de l'une de ses exigences insensées ; mon « explosion » était ignorée, rendue inutile et elle réaffirmait son emprise sur moi. J'*escaladai* rageusement un sentier perdu de montagne, raide et glissant, dans une brume épaisse. Le jour suivant, toujours dans la même rage, je glissai sur de l'herbe mouillée à l'extérieur de mon hôtel et je me cassai la cheville (si c'était arrivé la veille, j'aurais probablement passé la nuit dans la montagne avant d'être retrouvée). On m'emmena à l'hôpital et on me soigna ; ma jambe, sur une attelle en gouttière dans un plâtre léger, était maintenue en l'air. En réponse à la carte postale que j'envoyai à D. W. pour le prévenir de mon accident, je reçus un télégramme et une lettre.

Le médecin directeur de l'hôpital m'aida beaucoup. Il me parla de la dépression qui survient après une immobilisation brutale, ce dont il avait fait l'expérience ayant eu lui-même la polio dans sa jeunesse. Après une quinzaine de jours, je commençais à pouvoir me déplacer. Mais rentrer chez moi n'était pas simple. Ma voiture et toutes mes affaires se trouvaient à quatre-vingt-dix kilomètres dans une direction et mon domicile à neuf cents kilomètres dans l'autre. Heureusement, je m'étais fait deux amies à l'hôtel qui vinrent à ma rescousse. L'une me fit expédier ma voiture, l'autre m'invita à rester chez elle, ce qui était sur ma route, le temps d'arranger mon voyage et le transport de ma voiture. Quand j'arrivai chez moi, le plâtre ne tenait plus et dut être remplacé. Le nouveau plâtre était lourd, peu maniable avec un appui mal placé sous le talon, de sorte que, une fois de plus, ma liberté de mouvement était restreinte et que j'avais du mal à marcher.

Quand je revis D. W., six semaines plus tard, tant de choses s'étaient passées que mes pensées étaient confuses et que j'avais perdu de vue ce qui avait déclenché l'accident et je ne lui en ai jamais parlé. Il supposa que l'accident faisait totalement partie du transfert (cf. la réaction de Mlle Sharpe à mon deuil) et que c'était aussi une tentative de suicide sérieuse. J'aurais pu protester mais mon immobilisation récente avait réactivé ma dépression et je suppose qu'inconsciemment je me sentais coupable de mon attaque verbale contre ma mère, de mon refus d'obtempérer à sa demande et que j'avais retourné contre moi l'attaque physique que j'avais certainement voulu faire contre elle.

Je m'aperçois que je n'ai aucun souvenir du contenu du travail accompli dans mon analyse durant l'année qui suivit, aussi je pense que j'ai dû projeter la confusion, etc. et que D. W. a dû la prendre en charge (Searles); sinon il est difficile de comprendre ce qui a suivi et, en particulier, pourquoi l'hospitalisation et la régression qui s'étaient déjà produites, puisqu'elles étaient des conséquences directes de l'accident, n'ont pas été utilisées aussi pleinement qu'elles auraient pu l'être. Ce que je comprends maintenant c'est que quelque chose *devait* être cassé — pour me libérer de l'emprise de ma mère et pour enfin détruire le cycle de la répétition. Deux souvenirs d'enfance ont leur place ici. Dans le premier, elle m'agrippe les poignets en disant d'un ton autoritaire « Tu *dois te* maîtriser ! » alors qu'en fait c'était *elle* qui *me* maîtrisait. Dans le second, j'ai une pneumonie — élément d'une « dépression » précoce (j'avais cinq ans) — survenue à la suite de changements soudains et drastiques dont un déménagement dans une nouvelle maison où mon père avait la responsabilité des pensionnaires de l'école ; en l'espace d'une nuit, il y eut dix-neuf garçons auxquels je n'avais pas le droit de parler. En même temps, on me changea de jardin d'enfants. Je n'avais pas aimé le premier mais je détestais le second où un garçon plus âgé et plus grand que moi s'employait à me faire enrager. (L'année d'avant, c'était Cecily qui avait fait son apparition en l'espace d'une nuit, et on m'avait déménagée dans la chambre de Ruth et c'était elle qui s'employait à me faire enrager et à me faire peur.)

Dans le nouveau jardin d'enfants la notion d'identité sexuelle était confuse. Dans une comptine, « Les oiseaux dans le nid », le « papa-oiseau » était un petit garçon aux longs cheveux blonds bouclés comme les miens, vêtu d'une longue robe et dont le nez coulait en permanence (involontairement). Mais c'était un « garçon », et moi une « fille », donc je n'aurais pas pu être le « papa-oiseau ». (Les hommes et les petits garçons ont les cheveux courts et portent des pantalons ; les femmes et les petites filles ont les cheveux longs et portent des jupes, m'avait-on dit.)

C'est là que je tombai brusquement malade (j'avais une forte fièvre et je délirais), que l'on m'installa dans la chambre de ma mère et que mon père alla s'installer ailleurs. Je ne me rappelle pas si c'était vraiment le contenu de mon délire mais je crois qu'il y était question de la liberté d'être moi-même et d'identité sexuelle. D'après le récit de ma mère, je m'accrochais à elle nuit et jour et je ne la lâchais pas une seconde. Ce que D. W. comprit, c'est qu'« elle ne voulait pas vous laisser mourir » — ce qui était vrai (et que je compris plus tard) — mais à ce moment-là, je dis qu'« elle ne voulait pas me laisser le *choix* de vivre ou de mourir ». Il *fallait* que je vive, pour elle.

Aussi, quand elle réaffirma son emprise sur moi après mon « explosion », il fallait que quelque chose casse et ce fut ma propre cheville.

J'avais de nouveau un fil à la patte à mon retour d'Écosse. La confusion dans laquelle j'étais à ce moment-là était une répétition du délire dans lequel j'avais été incapable de distinguer ma mère de moi-même et où littéralement je ne savais pas qui « moi-même » était. Être dans cet état de confusion signifiait que je ne pouvais pas expliquer à D. W. ce qui se passait ou ce qui s'était passé pour en arriver là, pas plus que je n'avais été capable de faire comprendre à ma mère dans quel état de confusion j'avais été (ou d'arrêter de vomir). Je n'avais alors été capable que de tomber malade et de menacer de mourir, et il ne réalisa pas que j'avais déjà inconsciemment fait mon choix, en tombant là où j'étais tombée.

Aussi, à l'approche des vacances d'été, D. W. me dit qu'il voulait que je me fasse hospitaliser volontairement « pour être sûr que je ne me suiciderais pas ». Je me jetai sur lui, complètement déchaînée, je crois que je l'ai frappé mais je n'en suis pas certaine. Il m'attrapa par les poignets et me maintint comme ça et ne fut pas blessé. Finalement, je donnai mon accord à condition qu'il fasse le nécessaire pour qu'on ne me fasse pas d'électrochocs, qu'on me donne une chambre privée, que je sois libre de partir quand je le voudrais (faire mon propre choix) et qu'il m'y emmène et m'en ramène lui-même. Ce qu'il promit et fit. Il précisa aussi qu'il serait en contact avec l'hôpital.

Nous partîmes le lendemain du jour où finit le Congrès international de Londres (1953). Sur le quai de la gare, il s'aperçut que je m'agrippais au bord de son imperméable, terrifiée. Il me prit par le bras et quand nous fûmes arrivés, il me dit : « Vous êtes courageuse » et ajouta quelque chose sur « la créativité innée » que je ne compris pas et que je ne me rappelle pas mais qui, je m'en rendis compte plus tard, avait été important car en rapport avec la spontanéité.

Il était navré que le chef de service soit parti en vacances sans l'avoir prévenu. Son remplaçant était un homme dur, hostile à l'analyse et pas trop content qu'on lui donne une liste considérable d'instructions et l'interdiction formelle de pratiquer des électrochocs. Au début, après que D. W. m'eut laissée, je m'étais sentie protégée mais, après quelques jours, je me sentis désespérée et abandonnée, j'étais dans un état de confusion et légèrement désorientée (j'ai pris des notes chaque jour pendant ces cinq semaines, que j'ai gardées). Pendant dix jours, je ne voulus pas sortir de ma chambre, pleurant, effrayée, mais à ma grande surprise, je me mis à écrire des poèmes.

Puis, un matin, je demandai et on me le promit, qu'on me laisse seule et qu'on ne me dérange pas. L'une après l'autre, pas moins de huit personnes firent leur entrée, et au moment où la huitième, une femme de salle, était agenouillée près de mon lit, je lui bottai le derrière. Immédiatement le remplaçant du chef de service arriva. J'avais l'impression qu'il me menaçait, il y avait « d'autres façons de soigner les maladies mentales que l'analyse » et qui parfois étaient nécessaires. Je lui rappelai l'interdiction de pratiquer des électrochocs. Quand le soir tomba, je fulminai de colère. Je flanquai le plateau de mon dîner par terre, j'envoyai valser la lampe de chevet et tout ce qui était à ma portée dans une orgie de destruction. On s'empressa de m'enfermer pour la nuit, et toute la nuit je fus paranoïaque et vis des « diables » au lieu des infirmières qui venaient. Mais j'étais restée agrippée à deux objets qui se révélèrent plus tard être des « objets transitionnels » (1951) : un mouchoir que D. W. m'avait donné, et une écharpe de laine douce et bleue qui m'avait plu et que j'avais achetée. Le matin, on me mit dans une chambre ouverte mais dans une section verrouillée et la sœur affectée à ce service vint me voir. Plus tard, on me baigna, on me nourrit et on s'occupa de moi comme d'un nouveau-né et je restai, apaisée, dans cette chambre pendant le reste du séjour.

Dans mes séances avec D. W., il y avait toujours un « signe » de maternage ; il m'ouvrait toujours la porte lui-même, chaque séance se terminait toujours avec du café et des biscuits, il veillait à ce que j'aie chaud et à ce que je me sente bien, il fournissait les mouchoirs en papier, etc. Mais ici il y avait totale « régression à la dépendance », un accroissement de ce qu'il m'avait donné ; il gardait en permanence le contact avec l'hôpital et il m'envoyait des cartes postales pour que je sache où il était.

L'hôpital veillait à tout avec une interférence minimale et n'exigeait rien de moi. Je passais mon temps à dormir, écrire et peindre, quelquefois sur les murs de ma chambre. En fait, je jouais. J'errais dans le jardin et je vagabondais dans les rues ; s'il pleuvait, un infirmier venait me chercher avec un parapluie et un imperméable. Quand j'avais des ampoules aux pieds, la sœur les pansait et me disait : « Vous auriez dû téléphoner pour qu'on vienne vous chercher en voiture. » Il y avait peut-être de la détresse ou de l'agitation autour de moi mais mon environnement continuait à *exister*, à me soutenir, à veiller sur moi, toujours calme et apparemment impassible. (Rien n'aurait pu être plus différent de l'environnement qui avait été le mien dans mon enfance. Je me souviens d'un jour en 1944 alors que Ruth et moi rendions visite à nos parents ; nous ne passâmes pas plus de cinq minutes assis tous les quatre ensemble car il y avait toujours quelque chose à faire ou à aller chercher. La situation n'avait certainement pas été aussi pénible antérieurement mais à l'époque je n'aurais pas non plus été aussi capable de m'en accommoder que je l'étais à ce moment-là.)

Quelque chose avait encore été cassé mais ce

n'était pas *moi* et j'étais dans ce qui était devenu ma vraie « nursery » et où j'étais *en sécurité* même si je ne me maîtrisais pas. Les limites en étaient lointaines et élastiques. Psychiquement, c'était une extension du cabinet de D. W., là, où auparavant, j'avais cassé son vase. Je pouvais maintenant *moi-même* voir clairement que je faisais mon choix entre la vie et la mort (« Être... ou... ne pas être », *Hamlet*, III, I, prononcé selon le tempo que suggère Winnicott, 1971b). En me mettant à l'hôpital, il répétait la réaction qu'il avait eue quand j'avais cassé son vase mais cette fois-ci le contact n'était pas rompu comme il l'avait été lorsqu'il m'avait laissée seule avec les dégâts que j'avais commis. Ce n'est que beaucoup plus tard que je me rendis compte que *ces* dégâts-*là* étaient une création car destruction et création sont inséparables — on ne peut pas peindre un tableau sans détruire la toile blanche et les tubes de peinture (et il y a de l'ambivalence dans tout), « car il n'y a rien qui ne vive sans que quelque chose ne meure et rien qui ne meure sans que quelque chose ne vive » (Thompson), et « il n'y a pas d'amour sans destruction » (Winnicott, 1963b).

Bien qu'il y ait eu des quantités de choses que je n'aimais pas à l'hôpital, dans l'ensemble je trouvais que c'était agréable, douillet et même drôle parfois. Un jour, j'avais peint la mer et tout d'un coup j'ajoutai la tête d'un monstre énorme, avec des yeux qui lançaient des flammes et des mâchoires féroces, en train d'émerger. On accrocha ma peinture au mur et le thérapeute chargé des activités manuelles, qui me tournait le dos, était en train de la contempler. Je dis : « Joli morceau d'art schizophrénique, hein ? » Il sortit de la pièce d'un trait et franchit tout le couloir à la même allure et la sœur arriva en riant sous cape : « Qu'avez-vous fait à ce pauvre Mr. Y. ? dit-elle. Il avait l'air d'avoir le diable à ses trousses ! » Et l'on rit toutes les deux, non de lui, mais de ma peinture. La spontanéité était non seulement restaurée mais bien accueillie.

Mais je ne pouvais pas accepter de vivre ainsi longtemps. L'idée qu'il m'avait fallu être là augmentait ma dépression et, un jour, en voyant un bout de corde dans le jardin, je me remis à penser au suicide. Tout d'un coup je réalisai que ce ne serait pas vraiment une solution mais seulement une victoire du monde fou contre lequel j'avais lutté toute ma vie et auquel je m'étais trop souvent soumise (Winnicott, 1963b) et un acte réellement fou. Je ne l'ai plus jamais envisagé et je revins de ma régression à la vie ordinaire (1954a).

Je recommençai à travailler quinze jours environ après être revenue chez moi. Mon analyse commençait à s'acheminer vers sa fin. Il y avait beaucoup à dire à D. W. sur le séjour à l'hôpital, élaborant ce que j'y avais vécu, parlant du contenu de mes peintures et de mes poèmes, racontant mes jeux et mes fantasmes à la manière d'un enfant qui les raconte à sa mère. Je passais toujours la moitié de mes nuits à peindre des tableaux insensés et à écrire des poèmes mélancoliques. Winnicott les regardait et les commentait. Il ne portait aucune critique, aucun jugement, mais il disait ce qu'il *ressentait* et il me fallut un bon moment avant de comprendre que le fait qu'il n'aimait pas un tableau ne signifiait nullement que je devais le détruire. Il avait de la valeur simplement parce que c'était une création et cela autant pour lui que pour moi.

Au cours de cette phase de terminaison, D. W. me donna une interprétation particulièrement importante qui eut la même qualité de « révélation » que l'observation qu'il avait faite précédemment à propos de ma mère et de son « chaos ». Il me dit que la crainte d'annihilation que je ressentais si fort était en partie celle d'une annihilation qui s'était déjà produite : *j'avais été* annihilée psychiquement, mais, en fait, j'avais survécu corporellement et j'étais en train maintenant de revivre cette expérience de mon passé. Ce n'est qu'après un certain temps que je fus capable d'assimiler cela et de l'utiliser (Winnicott, 1968). Même maintenant j'ai tendance à l'oublier mais, dès que je m'en souviens, mon angoisse diminue. (« La crainte est seulement un souvenir au futur » — Élisabeth Ayton, *Jour Huit* ; et « La survie est la sœur jumelle de l'annihilation » — Churchill. Discours de 1941.)

C'était vrai que j'avais été annihilée avant même d'exister. Je n'étais pas une personne à part entière mais seulement l'appendice de quelqu'un d'autre : on me présentait « C'est ma fille » ; on me connaissait comme « la sœur de Ruth » ; ou comme l'une des trois Margaret de l'école. Mon deuxième prénom était tout aussi inutile : « C'est toujours I.I.I. (I, initiale d'Isabelle, veut dire aussi "Je"), c'est toujours Je. Je. Je. », me dit-on et pour essayer de me débarrasser de cet égocentrisme, j'ai supprimé cette initiale et n'ai recommencé à l'utiliser que récemment et cela pour me distinguer d'une autre psychiatre qui porte le même nom !

À ce moment, le caractère des séances avait beaucoup changé car tant de douleur et de souffrance avaient été élucidées que le jeu, l'espace de créativité (1971a), pouvait s'instaurer et la relation, qui était née des années auparavant, pouvait se développer. Il y a des analystes qui croient, apparemment, que chaque séance *doit* être douloureuse mais, si D. W. était absolument conscient que l'analyse ne peut marcher qu'avec quelqu'un qui souffre réellement, il croyait à la valeur d'une relation qui peut apporter aussi encouragement et plaisir. Une grande partie de ce jeu grâce auquel je mûrissais maintenant psychiquement aurait pu ressembler à celui que jouait ma mère : avec des blagues, des histoires et des absurdités (je lui demandai, une fois, pourquoi il avait choisi d'entrer dans la Marine plutôt que dans l'armée de Terre ou l'armée de l'Air : « l'uniforme allait mieux avec mes yeux bleus » !), quelques ragots, quelques informations et quelques sérieuses discussions sur l'analyse. À la différence près que rien de cela n'était utilisé comme défense contre l'angoisse, comme bouclier contre la colère ou l'excitation, ou pour m'infliger de la souffrance et du chagrin et me faire rire en même temps. Rien de tout cela ne m'était imposé, je prenais ou je laissais si *je* le voulais. Être *humain* était la chose primordiale et le jeu était une partie essentielle de la vie à n'importe quel âge.

Il arrivait que D. W. me laisse entrevoir ce qu'une analyse comme la mienne exigeait de lui, exigences qu'il était disposé à satisfaire sans mettre comme condition que l'analyse devait réussir ; il devait supporter l'angoisse, la culpabilité, la douleur et la souffrance, l'incertitude et la faiblesse, l'*impuissance*, il devait supporter l'insupportable. Il n'y avait aucune défense contre le paradoxe ou l'ambivalence, que ce soient ceux du patient ou les siens. Il me parla d'une patiente qui pendant des mois avait menacé de se suicider, assez sérieusement pour qu'il ait voulu la faire hospitaliser. Elle se suicida et il eut le sentiment que ça avait été un geste inutile qui avait eu lieu pour de mauvaises raisons, parce que l'on n'avait pas respecté ses instructions. Il avait traversé une longue période d'angoisse et de culpabilité à cause de cette patiente, parce qu'elle le faisait souffrir (1947). Il avait alors eu envie de lui crier : « Décidez-vous, pour l'amour de Dieu et *faites*-le. » Quand ça se produisit, il ressentit une culpabilité nouvelle et un sentiment d'impuissance (il aurait dû être capable d'empêcher ce suicide) et de la fureur contre tous ceux qui avaient négligé ses instructions et enfin un sentiment intense de perte pour quelqu'un dont il s'était tant soucié et en qui il avait tant investi.

Malgré tout, il expliquait clairement qu'il n'était pas question qu'il se sacrifie, lui, totalement. S'il ne s'accordait pas à lui-même suffisamment d'importance, s'il ne satisfaisait pas ses propres besoins, corporels et émotionnels, il ne pourrait être utile à personne, y compris lui-même. D'où l'importance de son mariage, de ses vacances, de la musique, de ses amis, etc. Je commençais à m'apercevoir des changements qui s'opéraient en lui, mûrissement et développement, modifications dans sa façon de travailler, des choses imperceptibles qui ne se voyaient qu'après avoir eu lieu. Je dis, une fois, que je regrettais de ne pas être venue le voir plus tôt, il répondit qu'il n'aurait pas pu faire mon analyse plus tôt.

Le fait qu'il me laissait partager quelque chose de cela me donnait un sentiment de sécurité ; cela augmentait le sentiment que j'avais de ma propre valeur à mes yeux et donc aux yeux des autres et, par conséquent, ma capacité à m'estimer moi-même se consolidait. Je pris conscience que le D. W. que je connaissais était différent du D. W. que tout le monde connaissait même si d'autres que moi connaissaient certains des mêmes aspects aussi. Je « créais » une image de lui qui m'était propre et cela parce que j'étais différente des autres même si peut-être nous *avions l'air* d'être tous semblables ; ce qui laissait aux autres leurs propres valeurs et leur propre réalité. Mais, surtout, D. W. devint pour moi une vraie personne vivante avec qui j'avais une relation qui était née des années plus tôt et qui n'était plus désormais basée seulement sur le transfert.

Je nouais d'autres relations avec des collègues et des amis. Au début de l'année 1954, ma mère mourut ; je ne l'avais pas revue, ni Ruth non plus, depuis mon « explosion », et pour la première fois une certaine forme de relation devenait possible. J'éprouvais du plaisir et de la satisfaction dans mon travail et dans d'autres domaines, en particulier quand je peignais et quand je jardinais, ce qui me semblait être mon seul lien positif avec ma mère.

Nous commençâmes à diminuer la longueur et la fréquence des séances et j'insistai pour augmenter leur prix ; pendant l'été 1955 j'acceptai de terminer. Une fois encore j'eus une liaison et qui rata car c'était de nouveau une situation œdipienne. Je recherchai de l'aide auprès de D. W. et il me vit encore une fois par semaine pendant dix-huit mois, puis il m'annonça clairement qu'il était temps que je prenne mes responsabilités et assume ma vie toute seule — « Soyez vous-même » mais ce devait être pour *moi* désormais et non pour lui.

APRÈS-COUP, 1957-1984.

Terminer ne fut pas trop difficile, je gardais avec D. W. une relation amicale et tranquille bien que je n'aie jamais fait partie de ses intimes. Je savais que je pouvais le voir ou lui téléphoner de temps en temps et, quand l'occasion se présentait, il m'invitait à me joindre à un petit groupe réuni pour discuter de ses travaux les plus récents.

Je n'étais plus désormais une non-personne

puisque mon identité était reconnue par D. W. et par d'autres. Je pratiquais en tant qu'analyste didacticienne et il m'envoyait des patients — et, parmi eux, certains qu'il affectionnait spécialement — adultes comme adolescents (au sujet desquels nous n'étions pas toujours d'accord) en consultation ou en analyse. J'étais aussi reconnue en tant que peintre : j'exposais régulièrement mes toiles et j'en vendais parfois. Je pouvais *être* et *faire* sans culpabilité, sans angoisse et sans réactions paranoïaques injustifiées. Comme le disait un de mes vieux amis, « je ne semblais pas être la même personne » qu'avant l'analyse. (« Il semblait qu'être connu c'est placer sa vie et sa continuité sous la garde des autres » — Power.)

J'ai avancé depuis dans mon auto-analyse (Little, 1964-1978), j'ai encore récemment retravaillé sur une grande partie de ce dont j'avais fait l'expérience, évaluant la *valeur* de ma régression, voyant plus clairement qu'il s'agissait d'un défi, en particulier la période de mon hospitalisation dont le but était de déterminer qui, de la maladie et de la santé, présentes toutes les deux, serait la plus forte.

J'ai connu le succès et l'échec, le plaisir et la souffrance à la fois dans ma vie professionnelle et dans ma vie privée et je trouve que la vie vaut la peine d'être vécue alors que j'en doutais auparavant. Je me suis énormément enrichie, en tant que femme, grâce à une relation avec un homme ouvert à toutes sortes d'intérêts, courageux et loyal, extrêmement gai, et dont je pleure la disparition.

Comme chaque fois qu'on a affaire à une personnalité hors du commun, il n'est que trop facile d'idéaliser D. W. ou de le dénigrer, d'en faire un être « charismatique » ou une figure de culte mais cela revient à le *déshumaniser*, à s'accrocher à un fantasme, à une idée fausse. Quant à moi, je garde, bien entendu, mon ambivalence et mon angoisse car aucune analyse ne permet jamais de s'en défaire ou n'est jamais assez complète pour cela. Il y a toujours une partie de moi qui éprouve de la colère (1963d), colère inévitable (et précieuse) par rapport aux erreurs qu'il a faites ou aux choses à côté desquelles il est passé ou qu'il n'a pas comprises, mais qui étaient nécessaires en tout cas pour que je puisse grandir et mûrir (1963g) ; la perfection n'aurait servi à rien. (Il ne pouvait pas me donner tout ce que le *nourrisson* en moi voulait.) Le sentiment qui prévaut est celui d'une gratitude profonde et durable envers D. W. qui m'a donné la capacité de trouver et de libérer mon « vrai self » (1960b), ma spontanéité, ma créativité et ma capacité à jouer ; il a restauré ma santé mentale sans me laisser « seulement saine d'esprit » (1971b). Je suis en contact avec l'enfant qui est en moi, qui veut jouer, qui veut utiliser ce qu'on lui a donné et s'irrite si on lui impose d'écrire une gentille lettre de « remerciement » tandis que mon moi le plus mûr s'efforce d'exprimer les remerciements sincères que j'ai envie de faire en faisant le récit de son travail avec moi. (« Je ne sais pas si ça me plaît mais c'est ce que je voulais dire », ainsi que le disait Vaughan Williams de sa *Quatrième Symphonie*.)

Conclusion

Dans mon introduction, j'ai fait part de l'intérêt et des critiques suscités par l'œuvre de D. W. J'espère que le récit que j'ai fait de ses années de travail avec moi rendront ses écrits plus compréhensibles pour ceux qui n'ont pu que les lire sans en discuter avec lui. Mais je crois que ce témoignage serait incomplet sans une référence au professeur qu'il fut aussi. Je n'ai moi-même jamais eu affaire à lui quand il tenait ce rôle « officiel » bien que j'aie beaucoup appris avec lui tout au long de mon analyse (je lui dois ça aussi). Je ne crois pas qu'un analyste, quel qu'il soit, puisse toujours être totalement conscient de ce qu'il fait et du pourquoi *à ce moment-là* (« Comment puis-je savoir ce que je pense avant de voir ce que je dis ? » — Graham Wallas, *L'art de la pensée*), et je ne pense pas que D. W. l'ait été non plus — il n'avait pas peur de réagir ou d'être spontané mais il expliquait souvent ce qu'il disait ou faisait, quelquefois au moment même, quelquefois dans une séance ultérieure. Il révisait son travail constamment en auto-analyse et il était toujours prêt à reconnaître et à corriger ses erreurs ou une omission quand le matériel du patient en montrait le besoin.

Ce qui suit m'a été raconté. Ses séminaires et ses supervisions étaient des événements plein d'animation et d'amitié même lorsqu'il était en désaccord avec les idées et les méthodes d'autres participants ; ça se passait sans cérémonie mais souvent avec des tasses de café et des biscuits au gingembre en renfort. « Il vous enseignait à associer librement *en analyste* sur tout le matériel du patient. Quand vous lui en aviez parlé, il avait l'habitude de s'asseoir plus en arrière, de fermer les yeux et se mettait à parler, à murmurer pour lui-même, apparemment associant librement à propos du patient, de ce que vous aviez dit — sans critiquer, sans demander "Pourquoi avez-vous dit cela ?" mais vous faisant part de ses associations » (Ralph Layland, communication personnelle). Il illustrait ce qu'il disait de ses propres travaux, la discussion était libre ; il ne faisait pas un « discours » (considéré comme « mauvaises manières ») et il encourageait ses étudiants ou ses collègues à trouver leur façon personnelle de travailler, et non pas à imiter la sienne, car ses méthodes reflétaient sa personnalité et en étaient inséparables.

Bien que sa façon de travailler fût très différente de celle de Melanie Klein, il reconnaissait totalement la dette qu'il avait envers elle et, comme je l'ai dit précédemment, il utilisait une « technique standard » (c'est-à-dire la propre méthode de Freud, l'interprétation du transfert en particulier en termes du refoulement œdipien et d'activité du surmoi) dans les cas de psychonévroses. Mais, contrairement à Freud qui pensait que les névroses narcissiques et les psychonévroses ne relevaient pas de l'analyse, D. W. considérait que n'importe quel type de maladie pouvait bénéficier de l'analyse mais pas tous les patients selon le degré de leur maladie et leur histoire.

Je suis sûre que cette technique, qui lui était très personnelle, n'aurait pas pu être enseignée de façon dogmatique. Ce qui fut primordial pour moi, c'est d'en avoir eu une expérience directe et que quelque chose en ait été absorbé inconsciemment sans verbalisation. Mais en dehors de ce qu'il a écrit sur ses travaux, quelque chose du sentiment et du sens qui en émane peut sûrement être appris par les étudiants qui sont en analyse ou sous supervision avec des analystes qui eux-mêmes en ont une compréhension autre que seulement intellectuelle.

La dédicace de l'un de ses livres publié peu avant sa mort est caractéristique : « À mes patients qui ont payé pour m'instruire. » L'importance d'apprendre de nos patients comme une mère apprend de son nourrisson était la pierre angulaire de son œuvre car ceux qui savent, ce sont eux, pas nous.

MARGARET I. LITTLE

Traduit de l'anglais par Colette Seiler.

RÉFÉRENCES BIBLIOGRAPHIQUES

S. FERENCZI, « Confusion of Tongues Between Children and Adults » (1933), in *Final Contributions to the Problems and Methods of Psychoanalysis*, Hogarth, 1955, pp. 156-167.

S. FREUD, « On Beginning the Treatment » (Further Recommendations on the Technique of Psychoanalysis, I) (1913), *Standard Edition*, vol. 12, pp. 121-144.

S. FREUD, *Introductory Lectures on Psychoanalysis, pt. 3* (*1917*), *Standard Edition*, vol. 16.

M. I. LITTLE, « The Wanderer : Notes on a Paranoid Patient » (1945), in *Transference Neurosis and Transference Psychosis* : *Toward Basic Unity*, New York, Jason Aronson, 1980, pp. 3-31.

M. I. LITTLE, « Counter Transference and the Patient's Response to it » (1950), *IJPA* 32 (1951) and *ibid.*, pp. 33-50.

M. I. LITTLE, « On Delusional Transference » (1957), *IJPA* 39 (1958), and *ibid.*, pp. 81-91.

M. I. LITTLE, « On Basic Unity » (1959), *IJPA* 41 (1960), and *ibid.*, pp. 109-125.

M. I. LITTLE, « Transference in Borderline States » (1964), *IJPA* 46 (1965), and *ibid.*, pp. 136-153.

M. I. LITTLE, « Transference/Countertransference in Post-Therapeutic Self Analysis » (1964/1978), *ibid.*, pp. 247-263.

M. I. LITTLE and A. FLARSHEIM, « Toward Mental Health : Early Mothering Care » (1972), *in* P. Giovacchini (ed.), *Tactics and Techniques in Psychoanalytic Therapy*, New York, Science House, 1972, and *ibid.*, pp. 167-181.

R. POWER, *The Hungry Grass*, Bodley Head, 1969, quoting an unknown source.

O. SACKS, *A Leg to Stand on*, Duckworth, 1985.

H. F. SEARLES, « The Effort to Drive the Other Person Crazy — an Element in the Aetiology and Psychotherapy of Schizophrenia », *British Journal of Medical Psychology* 32 (1959) and *Collected Papers on Schizophrenia and Related Subjects*, Hogarth, 1965, pp. 254-283.

E. F. Sharpe, « The Technique of Psychoanalysis » (1930), in *Collected Papers*, Hogarth, 1950, pp. 9-106.

E. F. Sharpe, « Cautionary Tales » (1943), *ibid.*, pp. 170-180.

F. Thompson, « Ode to the Setting Sun », in *Collected Poetry*, Burns, Oates and Washbourne, 1924.

L. van der Post, *Yet Being Someone Other*, Hogarth, 1982 ; Harmondsworth, Penguin, 1984.

D. W. Winnicott, « Hate in the Countertransference » (1947), *IJPA* 30 (1949), and *Collected Papers. Through Paediatrics to Psychoanalysis*, Tavistock, 1958 ; Hogarth, 1975 (as *Through Paediatrics to Psychoanalysis*), pp. 194-203.

D. W. Winnicott, « Reparation in Respect of Mother's Organized Defence Against Depression » (1948), *ibid.*, pp. 91-96.

D. W. Winnicott, « Birth Memories, Birth Trauma, and Anxiety » (1949), *ibid.*, pp. 174-193.

D. W. Winnicott, « Transitional Objects and Transitional Phenomena » (1951), *IJPA* 34 (1951) and *ibid.*, pp. 229-242.

D. W. Winnicott, « Mind and Its Relation to Psyche-Soma » (1949-1953), *British Journal of Medical Psychology* 27 (1954) and *ibid.*, pp. 243-254.

D. W. Winnicott, « Withdrawal and Regression » (1954a), *Revue Française de Psychanalyse* 19 (1955) ; *Psyche* nº 10 (1956-1957) ; *ibid.*, pp. 255-261.

D. W. Winnicott, « Metapsychological and Clinical Aspects of Regression Within the Psychoanalytic Set-Up » (1954b), *IJPA* 36 (1955) and *ibid.*, pp. 278-294.

D. W. Winnicott, « Clinical Varieties of Transference », *IJPA* 37 (1956) and *ibid.*, pp. 295-299.

D. W. Winnicott, « The Theory of the Parent-Child Relationship » (1960a), *IJPA* 41 (1961) 585-595, and in *The Maturational Processes and the Facilitating Environment*, Hogarth, 1965, pp. 37-55.

D. W. Winnicott, « Ego Distortion in Terms of True and False Self » (1960b), *ibid.*, pp. 140-152.

D. W. Winnicott, « The Effects of Psychotic Parents on the Emotional Development of the Child », *British Journal of Psychiatric Social Work* 6 (1961) 14-20.

D. W. Winnicott, «The Aims of Psychoanalytical Treatment» (1962), in *The Maturational Processes and the Facilitating Environment*, Hogarth, 1965, pp. 166-170.

D. W. Winnicott, «The Development of the Capacity for Concern», *Bulletin of the Menninger Clinic* 27 (1963a) 167-176, and *ibid.*, pp. 73-82.

D. W. Winnicott, «Morals and Education» (1963b), *ibid.*, pp. 93-105, and under the title, «The young Child at Home and at School», in W. Niblett (ed.), *Moral Education in a Changing Society*, Faber, 1963.

D. W. Winnicott, «Communicating and Not Communicating» (1963c), in *The Maturational Processes and the Facilitating Environment*, Hogarth, 1965, pp. 179-192.

D. W. Winnicott, «Psychotherapy of Character Disorders» (1963d), *ibid.*, pp. 203-216.

D. W. Winnicott, «The Mentally Ill in Your Case Load», in *New Thinking for Changing Needs*, Association of Social Workers, 1963e, and *ibid.*, pp. 217-229.

D. W. Winnicott, «Psychiatric Disorder in Terms of Infantile Maturational Processes» (1963f), in *The Maturational Processes and the Facilitating Environment*, Hogarth, 1965, pp. 230-241.

D. W. Winnicott, «Dependence in Infant-Care, in Child-Care, and in the Psychoanalytical Setting», *IJPA* 44 (1963g) 339-344, and *ibid.*, pp. 249-259.

D. W. Winnicott, *The Maturational Processes and the Facilitating Environment: Studies in the Theory of Emotional Development*, Hogarth, 1965.

D. W. Winnicott, «The Use of an Object and Relating Through Identifications» (1968), in *Playing and Reality*, Tavistock, 1971, pp. 101-111.

D. W. Winnicott, «The Mother-Infant Experience of Mutuality», *in* J. Anthony and T. Benedek (eds.), *Parenthood*, New York, Little, Brown and Company, 1970, pp. 245-256.

D. W. Winnicott, «Creativity and Its Origins» (1971a), in *Playing and Reality*, pp. 76-100.

D. W. Winnicott, *Playing and Reality*, Tavistock, 1971b, Harmondsworth, Penguin, 1974.

D. W. Winnicott, «Fragment of an Analysis», annotated by

A. Flarsheim, *in* P. Giovacchini (ed.), *Tactics and Techniques in Psychoanalytic Therapy*, New York, Science House, 1972.

Parmi les travaux indiqués en référence, traduits en français :

S. Ferenczi dans *O. C.*, *Psychanalyse IV*, Payot, 1982.
H. Searles dans *L'effort pour rendre l'autre fou*, Gallimard, 1977.

Ainsi que la plupart des travaux cités de Winnicott dans :

De la pédiatrie à la psychanalyse, Payot, 1969.
Processus de maturation chez l'enfant, Payot, 1970.
Fragment d'une analyse, Payot, 1975.
Jeu et réalité, Gallimard, 1975.

*

Nous remercions vivement l'auteur ainsi que Mark Paterson d'avoir bien voulu nous autoriser à reproduire ce texte d'abord paru en anglais in *Free Associations*, 3, Londres, 1985, sous le titre « Winnicott working in areas where Psychotic Anxieties predominate. A Personal Record ».

NOTES

L'inceste de Judas

1. Jean de Joinville, *Histoire de Saint-Louis...*, éd. Natalis de Wailly, Paris, 1867, n°s 52-53.

2. Hannah Arendt, *Sur l'antisémitisme*, Paris, 1973 (trad. de la première partie de *The Origins of Totalitarism*, 1951).

3. Voir Robert Chazan, *Medieval Jewry in Northern France. A political and social history*, Baltimore/Londres, 1973.

4. Voir Carlo Ginzburg, « Présomptions sur le sabbat », dans *Annales, ESC*, 1984, 2, p. 341-351.

5. Voir Bernhard Blumenkranz, *Juifs et chrétiens dans le monde occidental, 430-1096*, Paris, 1960 (ainsi que toute l'œuvre de cet auteur).

6. Voir Bernard Bachrach, *Early Medieval Jewish Policy in Western Europe*, Minneapolis, 1977.

7. Raoul Glaber, *Les cinq livres de ses histoires (900-1944)*, éd. M. Prou, Paris, 1886, p. 69.

8. Textes édités et traduits par Raymonde Foreville, *Latran I, II, III et Latran IV* (*Histoire des conciles œcuméniques*, t. IV), Paris, 1965, p. 378-382.

9. Gilbert Crispin, *Disputatio Iudei et Christiani*, éd. B. Blumenkranz, Utrecht/Anvers, 1956.

10. Nahmanide (Rabbi Moïse ben Nahman), *La dispute de Barcelone*, trad. É. Smilevitch et L. Ferrier, Lagrasse, 1984.

11. Guillaume de Bourges, *Livre des guerres du Seigneur et deux homélies*, éd. et trad. de G. Dahan, Paris, 1981.

12. Joachim de Fiore, *Adversus Judeos*, éd. Arsenio Frugoni, Rome, 1957.

13. Dans *Patrologie Latine*, tome 178, col. 1618.

14. Texte signalé par André Vauchez, dans « *Antisemitismo e*

canonizzazione popolare: San Werner o Vernier», dans S. Boesch Gajano et L. Sebastiani, éd., *Culto dei santi, istituzioni e classi sociali in età preindustriale*, L'Aquila, Rome, 1984, p. 506.

15. Voir J. Schatzmiller, *Recherches sur la communauté juive de Manosque au Moyen Âge, 1241-1329*, Paris/La Haye, 1973, et M. Kriegel, *Les Juifs à la fin du Moyen Âge dans l'Europe méditerranéenne*, Paris, 1979.

16. Le texte est accessible en traduction, *La Légende dorée*, Paris, 1967 (épisode de Judas : tome I, p. 214-216). Je me permets de renvoyer à mon étude *La Légende dorée. Le système narratif de Jacques de Voragine († 1298)*, préface de J. Le Goff, Paris, 1984.

17. Textes publiés par P. F. Baum, «*The medieval Legend of Judas Iscariot*», *Publications of the Modern Language Association*, 31 (1916), p. 481-623, et par P. Lehmann, «*Judas Ischarioth in der latein. Legendeüberlieferung des Mittelsalters*», *Studi Medievali*, 2 (1929), p. 289-346.

18. Voir V. Mertens, *Gregorius eremita : eine Lebensform des Adels bei Hartmann von Aue in ihrer Problematik und ihrer Wandlung in der Rezeption*, Zurich/Munich, 1978.

19. Texte publié par P. Lehmann, art. cit., p. 322.

20. Sur les registres différenciés de la croyance dans la légende, voir mon article, « La papesse Jeanne. Formes et fonctions d'une légende au Moyen Âge », *Comptes rendus de l'Académie des Inscriptions et Belles-Lettres*, 1984, p. 446-464.

21. *De passione Judas*, éd. par N. Iseley, Chapell Hill, 1941.

22. Paris, 1981.

23. Suger, *Vie de Louis VI le Gros*, éd. H. Waquet, Paris, 1964. Au XIIe siècle (chez Suger, Guibert, Orderic Vital, Anselme de Liège, etc., un château illégal est dit « adultérin »).

24. Jack Goody, *The Development of the Family and Marriage in Europe*, Cambridge, 1983.

25. Il faut ici évoquer le livre important de Pierre Legendre, *L'inestimable objet de la transmission*, Paris, 1985.

26. Paris, 1983.

27. Guibert de Nogent, *Autobiographie*, éd. E. R. Labande, Paris, 1981 (bibliographie abondante ; sur Guibert et ses rêves, il faut ajouter l'article récent de J. C. Schmitt, « Rêver au XIIe siècle », dans T. Gregory éd., *I Sogni nel Medioevo*, Rome, 1985).

28. Voir Lloyd de Mause, *Les fondations de la psycho-histoire*, trad. S. Wilder et J. M. Bizière, Paris, 1986.

29. Voir ma communication « La geste épiscopale de Jacques de Voragine, de la légende de San Siro à la Chronique de Gênes » au colloque «*Jacopo di Voragine*», à Varazze. À paraître en 1986.

30. Textes traduits et présentés par J.-P. Osier, *L'Évangile du Ghetto. Ou comment les Juifs se racontaient Jésus*, Paris, 1984.

31. Voir M. D. Chenu, «Conscience de l'histoire et théologie» dans *La Théologie au XIIe siècle,* Paris, 1976, p. 63- 89.

La haine publique

1. Pour l'analyse détaillée de cette affaire et les références bibliographiques et archivistiques, je me permets de renvoyer à mon livre *Mazarinades. La Fronde des mots,* Paris, Aubier, 1985, p. 41-62.

2. Il y a bien sûr deux versions de cette mort. Le capitaine prétend que sa troupe a été attaquée par des parents et amis du jeune homme et que celui-ci a été tué par accident. Son père, au contraire, affirme qu'il s'agit d'un crime délibéré et prémédité.

3. *La fureur des Juifs dédiée à Messieurs de la Synagogue. En vers burlesques. Par Claude Veyras,* sans lieu ni date, 7 pages, Bibliothèque Mazarine, M. 10142.

4. *Ibid.*, p. 5.

5. *L'assemblée des fripiers en la maison d'un officier de leur compagnie, pour adviser aux moyens de remédier à la cruauté de leur grand crime...,* À Paris, MDCLII, 7 pages, Bibl. Maz., M. 12503.

6. *L'examen de la vie des Juifs, de leur religion, commerce et trafic dans leur synagogue,* À Paris chez François Preuveray, rue Saint-Jacques, au croissant d'argent, proche la porte, MDCLII, avec approbation et permission, 8 pages, Bibl. Maz., M. 12913.

7. Bernhard Blumenkranz, *Histoire des Juifs en France,* tome 1, p. 250.

8. Les Six-Corps rassemblaient les plus prestigieuses et les plus huppées des corporations marchandes. Elles avaient commencé de s'imposer au XVe siècle. Au moment de la Fronde, il s'agissait des orfèvres, des épiciers, des merciers, des pelletiers, des drapiers et des bonnetiers. La lettre de Ch. Fustel se trouve à la Bibliothèque Nationale, Morel de Thoisy 172, f° 473.

9. *Le jugement criminel rendu contre la synagogue des fripiers, portant que ceux de leur nombre qui se trouveront circoncis (qui est la marque de la juiverie) seront chastrés ric à ric, afin que la race en demeure à jamais esteinte dans Paris,* sans lieu ni date, 7 pages, Bibl. Maz., M. 11094.

10. *L'assemblée des fripiers..., op. cit,* p. 5.

11. Les dépositions du capitaine de la compagnie, Claude Amand, conservées aux Archives nationales, et le factum qu'il a rédigé sont, à cet égard, significatifs.

12. Gabriel Naudé, *Considérations politiques sur les coups d'État,* 1re édition Rome, 1639, chapitre II.

13. *Rétractation du Père Pierre Jarrige de la Compagnie de Jésus de sa double apostasie par la miséricorde de Dieu,* Anvers, 1650.

14. Pierre Charron, *De la Sagesse*, 1re édition Bordeaux, 1601, livre premier, chapitre XXVII.

Rêver sous Hitler

1. L'auteur observe que ces quatorze ans font écho aux « quatorze ans d'humiliation et de honte » (1919-1933) que l'avènement de Hitler venait effacer.
2. De tels bancs ont existé à une certaine époque.

La haine en son principe

1. Naïvement, car toute réflexion approfondie en ce domaine montre l'illusion d'une telle conception. Ceci se débattait déjà au début du siècle. Cf. R. Poincaré, *La science et l'hypothèse*, Flammarion, 1902.
2. Piera Aulagnier, *Destins du plaisir*, PUF, 1979, p. 174.
3. J. Laplanche et J.-B. Pontalis, *Vocabulaire de la psychanalyse*, articles « étayage » et « auto-érotisme ».
4. J. Laplanche, *Vie et mort en psychanalyse*, Flammarion, chap. I : « L'ordre vital et la genèse de la sexualité. »
5. *Trois Essais...*, *G. W.*, V, 82 ; fr. 74-75. Souligné par moi.
6. *Vie et mort...*, p. 33. Souligné par moi.
7. *Trois Essais...*, *G. W.*, V, 123 ; fr. 132.
8. La formule est employée par Michèle Tran Vankhai, à propos de la traduction : « Traduction terminée, traduction interminable. Le maternel de l'étranger », in *Psychanalyse à l'Université*, 9,35, juin 1984.
9. R. M. Rilke, *Les cahiers de Malte Laurids Brigge*, in *Œuvres*, 1, Seuil, p. 551.
10. *Trois Essais...*, *G. W.*, V, p. 98 ; fr. p. 96. Souligné par moi.
11. *Correspondance Freud-Abraham*, Gallimard, pp. 47-48.
12. À propos du *Pharmakon* et de son essentielle ambiguïté dans le *Phèdre*, il faut bien sûr se reporter au texte de Derrida, « La pharmacie de Platon », repris in *La dissémination*, Le Seuil. Sylvie Le Poulichet a fait reposer une thèse toute récente portant sur « Une clinique psychanalytique des toxicomanies. Les narcoses du désir » sur le *Pharmakon* platonicien.
13. J'ai traité de cet aspect dans *Incertitude d'Éros*, Gallimard, 1984, notamment dans le chapitre intitulé « Le toxique et le fragment ».
14. J. Derrida, « Freud et la scène de l'écriture », repris in *L'écriture et la différence*, Le Seuil, Points.

15. Je propose ce terme, en référence à la formulation de Freud, concernant l'écart entre le subjectif et l'objectif, entre la représentation et la perception : *Entfremdung*, le « rendre étranger », la distanciation brechtienne, l'Exil.

L'amour au travers de la haine

1. J. Laplanche et J.-B. Pontalis, *Fantasme originaire, fantasmes des origines, origines du fantasme*, Hachette, Textes du XXe siècle, Paris, 1985, pp. 62-63.
2. J'évoque, ici, la personnalité sensitive, telle que l'a décrite Kretschmer : personnalité caractérisée par l'hypersensibilité, la susceptibilité, les tendances interprétatives, autant de traits qui font de ces sujets des « écorchés vifs ».
3. « Quelques conséquences psychologiques de la différence anatomique entre les sexes », in *La vie sexuelle*, PUF, Paris, 1969, p. 128 ; *G. W.*, XIV, pp. 25-26.
4. *Ibid.*, p. 129 ; *G. W.*, p. 26.
5. O. Fenichel, « The symbolic equation : girl = phallus », *Psychoanalytic Quarterly*, vol. 18, 1949, pp. 303-324.
6. B. D. Lewin, « The body as phallus », *Psychoanalytic Quarterly*, vol. 2, 1933, pp. 24-47.
7. *Op. cit.*, p. 323.
8. « Le problème économique du masochisme », in *Névrose, psychose et perversion*, PUF, Paris, 1973, p. 292 ; *G. W.*, XIII, p. 377.
9. « Sur la sexualité féminine », in *La vie sexuelle*, PUF, Paris, 1969, p. 150 ; *G. W.*, XIV, p. 531.
10. « Pulsions et destins des pulsions », in *Métapsychologie*, Gallimard, Paris, p. 37 ; *G. W.*, X, p. 227.
11. *Ibid.*, p. 39 ; *G. W.*, p. 228.
12. *Ibid.*, p. 41 ; *G. W.*, p. 230.
13. Claude Fessaguet, *L'héritier*, Gallimard, « coll. Le Chemin », Paris, 1985.
14. « Un enfant est battu », p. 236 ; *G. W.*, XII, p. 218.
15. *Ibid.*, p. 236 ; *G. W.*, XII, p. 217.
16. *Op. cit.*, p. 316.
17. « La relation d'emprise », *N.R.P.*, nº 24, p. 117-139.
18. *Abrégé de psychanalyse*, PUF, Paris, 1964, p. 8 ; *G. W.*, XVII, p. 71.
19. *G. W.*, XIV, p. 15.
20. *Ibid.*, p. 15.

La mort dépravée

1. Seul l'essentiel de sa vie sera ici évoqué ; après Saint-Simon et Chateaubriand, comment oser une *Vie de Rancé* ?

2. Pour combattre ceux qui parlent trop, n'utilise pas les paroles.

3. Légende d'une gravure chez N. Bonnart (s.d.), Bibl. nat., cabinet des Estampes.

4. J. Clavreul, « Le couple pervers », in *Le désir et la perversion*, collectif, Le Seuil, 1967, p. 111.

5. On aura reconnu la formule que Proust prête à sa mère à qui il veut exposer sa « méthode ». « Fais comme si je ne le savais pas », répond-elle ; formule qui pourrait bien être emblématique de la relation perverse. Les mères de pervers sont le plus souvent supposées non savoir, et, singulièrement la mère de l'homosexuel, l'homosexualité de son fils. Plus généralement, celui qui fait comme s'il ne savait pas empêtre l'autre dans une partie (« pile, je gagne, face, tu perds ») que Freud rapproche, pour en rejeter avec effarement la proximité, de la cure analytique. Mais cela est une autre question, à propos de laquelle je me bornerai à indiquer que si l'on n'analyse pas la perversion, la perversion pourrait bien « analyser » certains fonctionnements analytiques.

6. Bossuet, *Oraison funèbre de Marie-Thérèse d'Autriche*.

7. Cf. J. Lacan, « Proposition du 9 octobre 1967 ».

8. J. Lacan, *Écrits*, Le Seuil, p. 251.

9. J. Lacan, *Le Séminaire*, II, Le Seuil p. 287.

10. Bossuet, *Oraison funèbre de Marie-Thérèse d'Autriche*.

Ce frémissement d'un cœur à qui on fait mal

1. George Painter, *Marcel Proust*, trad. fr., Mercure de France, 1966, t. II, p. 335.

2. *RTP*, t. I, p. 163. L'œuvre de Proust est citée d'après l'édition de la « Bibliothèque de la Pléiade », chez Gallimard : *À la recherche du temps perdu*, 1954, 3 vol. (*RTP*) ; *Jean Santeuil*, précédé de *Les Plaisirs et les Jours*, 1971 (*JS*) ; *Contre Sainte-Beuve*, précédé de *Pastiches et Mélanges* et suivi de *Essais et Articles*, 1971 (*CSB*).

3. *RTP*, t. II, p. 835.

4. *RTP*, t. II, p. 178.

5. *RTP*, t. III, p. 655.

6. Sur Proust et le mal, voir surtout le livre déjà ancien d'Henri Massis, *Le Drame de Marcel Proust*, Grasset, 1937.

7. Cahier 50 (Bibliothèque nationale, n.a.fr. 16690), folio 19 recto.

8. *Les Petites Vieilles*, v. 17-18 et v. 33. L'œuvre de Baudelaire est citée d'après l'édition de la « Bibliothèque de la Pléiade », *Œuvres complètes*, 1975-1976, 2 vol., *OC*.

9. *Les Yeux des pauvres*, *Le Spleen de Paris*, *OC*, t. I, p. 319.

10. *OC*, t. I, p. 317.

11. *CSB*, p. 250.

12. *Les Petites Vieilles*, v. 9-11. *CSB*, p. 250.

13. *CSB*, p. 251.

14. *Harmonie du soir*, v. 9.

15. *CSB*, p. 251.

16. *Les Petites Vieilles*, v. 47-48.

17. *Bénédiction*, v. 19-20.

18. *RTP*, t. II, p. 1128.

19. *RTP*, t. II, p. 1129.

20. *RTP*, t. I, p. 238.

21. Voir les deux beaux livres de Georges Blin, *Baudelaire*, Gallimard, 1939, et *Le Sadisme de Baudelaire*, José Corti, 1948. Sur Proust et Baudelaire, voir surtout René Galand, « Proust et Baudelaire », *PMLA, 65, 1950*, pp. 1011-1034, et René de Chantal, *Marcel Proust critique littéraire*, Montréal, Les Presses de l'Université, 1967, 2 vol., en particulier t. II, pp. 438-458.

22. *JS*, p. 95.

23. *OC*, t. I, p. 652.

24. *JS*, p. 95.

25. *CSB*, p. 96.

26. *RTP*, t. II, p. 690.

27. *RTP*, t. III, pp. 772-773.

28. *OC*, t. I, p. 652. La réflexion est d'Emerson.

29. *CSB*, p. 154.

30. *CSB*, p. 156.

31. *CSB*, p. 157.

32. *Bénédiction*, v. 17-20.

33. *JS*, p. 689.

34. V. 16.

35. *CSB*, p. 158.

36. *JS*, p. 871.

37. *JS*, p. 874.

38. *CSB*, p. 158.

39. *CSB*, p. 159.

40. *RTP*, t. III, p. 496.

41. *RTP*, t. II, p. 908.

42. *CSB*, éd. Bernard de Fallois, Gallimard, 1954, p. 282.

43. *OC*, t. I, p. 682.

44. *OC*, t. I, p. 703.
45. *RTP*, t. II, p. 956.
46. *Corr.*, t. VI, p. 216. La correspondance de Proust est citée d'après l'édition de Philip Kolb, 1880-1914, 13 vol. parus, Plon, 1970-1985.
47. *OC*, t. I, p. 632.
48. *OC*, t. I, p. 633.
49. V. 21-24.
50. *Corr.*, t. XII, p. 238.
51. P. 16.
52. *OC*, t. I, p. 577.
53. Lettre à Louis Marcelin de 1865, *Correspondance*, Gallimard, « Bibliothèque de la Pléiade », 1973, 2 vol., t. II, p. 465.
54. *RTP*, t. II, p. 512.
55. *RTP*, t. I, p. 80.
56. *RTP*, t. I, p. 81.
57. *RTP*, t. II, p. 609.
58. *RTP*, t. II, p. 613.
59. *RTP*, t. II, p. 783.
60. *Corr.*, t. XII, p. 238.
61. Voir Philippe Roger, « Au nom de Sade », *Obliques*, 12-13, *Sade*, pp. 23-27. L'auteur conclut de la variété des sens que Proust donne aux mots de sadisme et sadique, à un dépassement des définitions de Krafft-Ebing vers un polymorphisme moderne. Mais Proust identifie souvent et volontiers sadisme et sensibilité pervertie : cette acception large, incluant masochisme, fétichisme, etc., paraît conforme à la médecine du tournant du siècle.
62. *RTP*, t. II, pp. 1105-1106.
63. *RTP*, t. II, pp. 1106-1107.
64. *RTP*, t. I, p. 159.
65. *RTP*, t. I, P. 161.
66. *RTP*, t. I, p. 163.
67. *RTP*, t. I, p. 164.
68. *RTP*, t. III, p. 261.
69. *RTP*, t. III, p. 262.
70. *RTP*, t. II, p. 179.
71. *RTP*, t. II, p. 173.
72. *RTP*, t. II, pp. 173-174.
73. *RTP*, t. II, p. 965.
74. *RTP*, t. II, p. 1009.
75. *RTP*, t. III, p. 825.
76. *RTP*, t. II, p. 1009.
77. *RTP*, t. III, pp. 824-825.
78. *RTP*, t. III, p. 827.
79. *Corr.*, t. XI, p. 79.

80. *Corr.*, t. XI, p. 66.
81. *OC*, t. II, p. 323. Claude Pichois lit : « marquis pour le mal ».
82. *OC*, t. I, p. 595.
83. *OC*, t. II, p. 715.
84. *RTP*, t. II, p. 706.
85. *RTP*, t. II, p. 707.
86. *Mon cœur mis à nu*, *OC*, t. I, pp. 682-683.
87. *RTP*, t. II, p. 646.
88. Gallimard, « Idées », p. 163. Bataille reprend un article paru dans *Critique*, 7, décembre 1946, pp. 601-611, sous le titre « Marcel Proust et la mère profanée ».
89. *OC*, t. I, p. 651.
90. *OC*, t. I, P. 652.
91. V. 99-100.
92. *JS*, p. 85.
93. V. 11-12. *CSB*, p. 609 et p. 627.
94. *Le Sadisme de Baudelaire*, p. 38.
95. *RTP*, t. I, p. 195.
96. *RTP*, t. I, p. 382.
97. *RTP*, t. II, p. 920.
98. *RTP*, t. II, p. 803, variante inédite, lignes 23 à 28.
99. *RTP*, t. II, p. 802 et p. 833.
100. *RTP*, t. II, p. 714, variante inédite.

« *Pensées* »

1. En Grande-Bretagne, le lendemain de Noël, jour férié.

Les voix de la haine

1. Daniel Paul Schreber, *Mémoires d'un névropathe*, Seuil, Paris, 1975. Pour les références à ce livre, comme il est devenu d'usage dans la littérature internationale, la lettre *S* sera suivie du chiffre qui indique la page de l'édition originale, en marge de l'édition française et anglaise.
2. Emmanuel Swedenborg, *Le Ciel et ses merveilles et l'Enfer d'après ce qui a été entendu et vu*, Cercle Swedenborg, Paris, 1973.
3. M. Katan, « *The link between Freud's works on aphasia, fetishism and construction in analysis* », *IJPA*, 1969, nº 4, pp. 547-553.
4. W.R. Bion, « Attaques contre les liens », *Nouvelle Revue de Psychanalyse*, nº 25, Gallimard, Paris, 1982, repris in *Réflexion faite*, PUF, 1983.

5. M. Katan, «*A Contribution to the Understanding of the Schizophrenich Speech*», *IJPA*, 1959, vol. 40, nos 5/6, pp. 308-315.
6. Daniel Charles, *Le temps de la voix*, Éditions Universitaires, Jean-Pierre Delarge, Paris, 1978.
7. Roland Barthes, *Fragments d'un discours amoureux*, Seuil, Paris, 1977, p. 131.

La scène de ménage

1. «De l'engagement amoureux au reproche», in A. Eiguer et coll., *La thérapie psychanalytique du couple*, Dunod, 1984. Je dois à ce texte plusieurs des idées développées dans le présent article.
2. Cf. Micheline Enriquez, *Aux carrefours de la haine*, éd. de l'Épi, 1984.

Un homme torturé : Tito de Alencar

1. *Alors les pierres crieront*, p. 59, Éd. Cana, 1980.
2. *Ibid.*, p. 52.
3. *Ibid.*, p. 52.
4. *Ibid.*, p. 54.
5. *Ibid.*, p. 55.
6. *Ibid.*, pp. 55-56.
7. *Ibid*, p. 57.
8. *Ibid*, p. 12.
9. *Totem et Tabou*, Pet. Bibl. Payot, p. 94.
10. J. Michelet, *La Sorcière*, Garnier-Flammarion, 1966, p. 162.
11. P. Vidal-Naquet, *La Torture dans la République*, Maspero, 1972, pp. 101 à 114.

La mort donnée

1. In *Revue Française de Psychanalyse*, 1970, XXXIV, 3, p. 441.
2. Sigmund Freud, *Inhibition, symptôme et angoisse*, PUF, pp. 52-53.
3. J.-B. Pontalis, *Entre le rêve et la douleur*, Gallimard, 1977, p. 243.
4. S. Ferenczi, *Œuvres complètes*, Payot, 1970, t. II, pp. 238-252.
5. *Ibid.*, p. 251.
6. In Ernest Jones, *La vie et l'œuvre de Sigmund Freud*, PUF, 1971, t. II, pp. 269-271.
7. Sigmund Freud, *Essais de psychanalyse*, Payot, 1981, p. 74.

8. Sigmund Freud, *Inhibition, symptôme et angoisse*, PUF, 1973, p. 53.

9. Cf. notre travail, « Action du traumatisme, traumatisme en action, action sur le traumatisme », paru dans la *NRP*, n° 31, 1985, pp. 239-257, où nous avons tenté de développer plus précisément certains aspects théoriques du traumatisme psychique.

10. J.-B. Pontalis, *op. cit.*, p. 225.

11. Pierre Goldman, *L'ordinaire mésaventure d'Archibald Rapaport*, Julliard, 1977.

11. Cf. notre travail : « Les rêves et cauchemars de guerre : une voie d'approche clinique et étiopathogénique des névroses traumatiques » où sont développées davantage certaines modalités oniriques des névroses de guerre. *Annales médico-psychologiques*, Masson, Paris, n° 2, 1984, pp. 222-229.

13. Cf. mon article déjà cité, in *NRP*, n° 31.

14. J.-B. Pontalis, *op. cit.*, p. 250.

15. G. Rosolato, *Essais sur le symbolique*, Gallimard, 1969, p. 184.

16. S. Leclaire, *On tue un enfant*, Le Seuil, 1975.

Le « médecin dévoué »

1. Cf. mon livre *L'environnement non humain* (1960), trad. fr. Gallimard, « Connaissance de l'inconscient », 1986.

2. Cf. « La psychose de transfert dans la psychothérapie de la schizophrénie chronique » (1963), in *L'effort pour rendre l'autre fou*, Gallimard, 1977.

3. Un second coup d'œil, ou même un premier coup d'œil au tableau de P. Uccello nous montre que dans sa manière de rendre la légende de saint Georges et le Dragon, le peintre a mis une touche d'ironie : le dragon est ici l'animal familier que la dame tient en laisse. Je me réfère ici à cette peinture malgré — plutôt qu'à cause de — cet aspect. Je ne pense nullement que la schizophrénie soit d'une façon quelconque sous le contrôle conscient du patient comme un animal tenu en laisse. Les peintures vivantes montrant saint Georges, le Dragon et la jeune fille sont moins faciles à trouver que je ne le croyais.

4. *Selfless* signifie littéralement « dépourvu de soi ». (*N.d.T.*)

5. Cf. « À propos de la symbiose thérapeutique », in *Le contre-transfert*, Gallimard, 1981.

L'amour de la guerre ou la confiscation

1. Ce qui ne veut pas dire que dans la guerre de siège on ne meurt pas : à Philippsbourg, les assiégés perdent 300 tués ou blessés sur environ 2 000 hommes ; les assiégeants, 400 morts et 500 blessés sur environ 40 000.

2. Heilbronn, sur le cours moyen du Neckar.

3. Toutes les décisions royales qui ne doivent pas passer par l'enregistrement dans les Cours souveraines, se terminent par : « Car tel est nostre plaisir », formule rendue célèbre par les emprisonnements sans procès.

DANS LA COLLECTION FOLIO / ESSAIS

135 Jean-Jacques Rousseau : *Essai sur l'origine des langues (où il est parlé de la mélodie et de l'imitation musicale).*
136 Jean Paulhan : *La peinture cubiste.*
137 Friedrich Nietzsche : *L'Antéchrist* suivi de *Ecce Homo.*
138 Gilles Cohen-Tannoudji et Michel Spiro : *La matière-espace-temps (La logique des particules élémentaires).*
139 Marcel Roncayolo : *La ville et ses territoires.*
140 Friedrich Nietzsche : *La philosophie à l'époque tragique des Grecs* suivi de *Sur l'avenir de nos établissements d'enseignement.*
141 Simone Weil : *L'enracinement (Prélude à une déclaration des devoirs envers l'être humain).*
142 John Stuart Mill : *De la liberté.*
143 Jacques Réda : *L'improviste (Une lecture du jazz).*
144 Hegel : *Leçons sur l'histoire de la philosophie I.*
145 Emmanuel Kant : *Critique de la raison pure.*
146 Michel de Certeau : *L'invention du quotidien I. Arts de faire.*
147 Jean Paulhan : *Les fleurs de Tarbes ou la Terreur dans les lettres.*
148 Georges Bataille : *La littérature et le mal.*
149 Edward Sapir : *Linguistique.*
150 Alain : *Éléments de philosophie.*
151 Hegel : *Leçons sur l'histoire de la philosophie II.*
152 Collectif : *Les écoles présocratiques* (Édition établie par Jean-Paul Dumont).
153 D. H. Kahnweiler : *Juan Gris : Sa vie, son œuvre, ses écrits.*
154 André Pichot : *La naissance de la science (1. Mésopotamie, Égypte).*
155 André Pichot : *La naissance de la science (2. Grèce présocratique).*
156 Julia Kristeva : *Étrangers à nous-mêmes.*

157 Niels Bohr : *Physique atomique et connaissance humaine.*
158 Descartes : *Discours de la méthode* suivi de *La Dioptrique.*
159 Max Brod : *Franz Kafka (Souvenirs et documents).*
160 Trinh Xuan Thuan : *La mélodie secrète (Et l'homme créa l'univers).*
161 Isabelle Stengers, Judith Schlanger : *Les concepts scientifiques (Invention et pouvoir).*
162 Jean Dubuffet : *L'homme du commun à l'ouvrage.*
163 Eugène Ionesco : *Notes et contre-notes.*
164 Mircea Eliade : *La nostalgie des origines (Méthodologie et histoire des religions).*
165 Philippe Sollers : *Improvisations.*
166 Ernst Jünger : *Approches, drogues et ivresse.*
167 Severo Sarduy : *Barroco.*
168 Wassily Kandinsky : *Point et ligne sur plan.*
169 Friedrich Nietzsche : *Le cas Wagner* suivi de *Nietzsche contre Wagner.*
170 Gilles Lipovetsky : *L'empire de l'éphémère (La mode et son destin dans les sociétés modernes).*
171 Louis Hjelmslev : *Le langage* suivi de *Degrés linguistiques (Une introduction).*
172 Jean Servier : *Histoire de l'utopie.*
173 Pierre Cabanne : *Le siècle de Picasso (1. La naissance du cubisme, 1881-1912).*
174 Pierre Cabanne : *Le siècle de Picasso (2. L'époque des métamorphoses, 1912-1937).*
175 Marguerite Yourcenar : *Le Temps, ce grand sculpteur.*
176 Élie Faure : *Histoire de l'art (L'Esprit des formes I).*
177 Élie Faure : *Histoire de l'art (L'Esprit des formes II).*
178 J.M.G. Le Clézio : *Le rêve mexicain ou La pensée interrompue.*
179 Collectif : *Introduction aux sciences cognitives.*
180 Oscar Wilde : *De Profundis* suivi de *Lettres sur la prison.*
181 Sigmund Freud : *Le délire et les rêves dans la* Gradiva *de W. Jensen* précédé de *Gradiva fantaisie pompéienne* par Wilhelm Jensen.

182 George Steiner : *Les Antigones.*
183 Charles Baudelaire : *Critique d'art* suivi de *Critique musicale.*
184 Roger Caillois : *Les jeux et les hommes (Le masque et le vertige).*
185 Pierre Cabanne : *Le siècle de Picasso (3. Guernica et la guerre, 1937-1955).*
186 Pierre Cabanne : *Le siècle de Picasso (4. La gloire et la solitude, 1955-1973).*
187 Georges Rouault : *Sur l'art et sur la vie.*
188 Michel Leiris : *Brisées.*
189 Bernard Pingaud : *Les anneaux du manège (Écriture et littérature).*
190 Ludwig Wittgenstein : *Leçons et conversations* suivies de *Conférence sur l'Éthique.*
191 Friedrich Nietzsche : *Considérations inactuelles, I et II.*
192 Jean-Paul Sartre : *Un théâtre de situations.*
193 Primo Levi : *Le métier des autres (Notes pour une redéfinition de la culture).*
194 André Breton : *Point du jour.*
195 Paul Valéry : *Introduction à la méthode de Léonard de Vinci.*
196 Mircea Eliade : *Initiation, rites, sociétés secrètes (Naissances mystiques. Essai sur quelques types d'initiation).*
197 Alain Finkielkraut : *La mémoire vaine (Du crime contre l'humanité).*
198 Jorge Luis Borges : *Enquêtes* suivi de Georges Charbonnier, *Entretiens avec Jorge Luis Borges.*
199 Michel Serres : *Le Tiers-Instruit.*
200 Michel Leiris : *Zébrage.*
201 Sigmund Freud : *Le mot d'esprit et sa relation à l'inconscient.*
202 Sainte-Beuve : *Pour la critique.*
203 Yves Bonnefoy : *L'improbable et autres essais* suivi de *Un rêve fait à Mantoue.*
204 Hubert Dreyfus et Paul Rabinow : *Michel Foucault (Un parcours philosophique).*
205 Michel Foucault : *Raymond Roussel.*

206 Friedrich Nietzsche : *Considérations inactuelles, III et IV.*
207 Claude Roy : *L'art à la source (1. Arts premiers, arts sauvages).*
208 Claude Roy : *L'art à la source (2. Arts baroques, arts classiques, arts fantastiques).*
209 Julien Benda : *Discours à la nation européenne.*
210 Alain Gheerbrant : *Orénoque-Amazone (1948-1950).*
211 Eugène Ionesco : *Journal en miettes.*
212 J.M.G. Le Clézio : *L'extase matérielle.*
213 François Gros : *Regard sur la biologie contemporaine.*
214 Paul Claudel : *Réflexions sur la poésie.*
215 Marcelin Pleynet : *Henri Matisse.*
216 Jeanne Hersch : *L'étonnement philosophique (Une histoire de la philosophie).*
217 Jean Starobinski : *Montaigne en mouvement.*
218 Sous la direction de Raymond Klibansky et Davis Pears : *La philosophie en Europe.*
219 Sigmund Freud : *L'homme Moïse et la religion monothéiste.*
220 Clément Rosset : *Le réel et son double.*
221 Guillaume Apollinaire : *Chroniques d'art 1902-1918.*
222 Jeanne Favret-Saada et Josée Contreras : *Corps pour corps.*
223 Jean-Paul Sartre : *Critiques littéraires (Situations, I).*
224 George Steiner : *La mort de la tragédie.*
225 Georges Banu : *L'acteur qui ne revient pas.*
226 Annie Le Brun : *Soudain un bloc d'abîme, Sade.*
227 Geneviève Rodis-Lewis : *Épicure et son école.*
228 Platon : *La République.*
229 Carlos Castaneda : *Histoires de pouvoir.*
230 Albert Memmi : *La dépendance.*
231 Charles Fourier : *Vers la liberté en amour.*
232 Charles Péguy : *Notre jeunesse* précédé de *De la raison.*
233 Jean-Jacques Rousseau : *Du contrat social* précédé de *Discours sur l'économie politique, Du contrat social (première version)* et suivi de *Fragments politiques.*
234 Henri Meschonnic : *Modernité Modernité.*
235 Spinoza : *L'Éthique.*

236 Marcel Proust : *Essais et articles.*
237 Jean Giraudoux : *Littérature.*
238 Michel de Certeau, Luce Giard, Pierre Mayol : *L'invention du quotidien 2. Habiter, cuisiner.*
239 Collectif : *Écrire la « parole de nuit » (La nouvelle littérature antillaise).*
240 Spinoza : *Traité de l'autorité politique.*
241 Aristote : *Histoire des animaux.*
242 Spinoza : *Traité des autorités théologique et politique.*
243 Henri Mendras : *La Seconde Révolution française 1965-1984.*
244 Karl Marx : *Philosophie.*
245 Maurice Blanchot : *De Kafka à Kafka.*
246 Mircea Eliade : *Techniques du Yoga.*
247 Raymond Queneau : *Bâtons, chiffres et lettres.*
248 Sade : *Journal inédit (1807, 1808, 1814).*
249 Ernst Jünger : *Le mur du Temps.*
250 René Guénon : *La crise du monde moderne.*
251 Jean Toussaint Desanti : *Introduction à la phénoménologie.*
252 Jean-Marie Donegani et Marc Sadoun : *La démocratie imparfaite (Essai sur le parti politique).*
253 Pierre Cabanne : *André Derain.*
254 Antoni Tàpies : *La pratique de l'art.*
255 George Steiner : *Réelles présences (Les arts du sens).*
256 Roland Omnès : *Philosophie de la science contemporaine.*
257 Marc Dachy : *Dada et les dadaïsmes.*
258 Michel Tournier : *Le vol du vampire.*
259 Benedetto Croce : *Histoire de l'Europe au* XIXe *siècle.*
260 Nicolas Malebranche : *Conversations chrétiennes* suivi de *Entretiens sur la métaphysique, sur la religion et sur la mort.*
261 Régis Debray : *Vie et mort de l'image.*
262 Alain : *Mars ou La guerre jugée (1921).*
263 Alice Becker-Ho : *Les Princes du Jargon.*
264 Hegel : *Morceaux choisis.*
265 Spinoza : *Traité de la réforme de l'entendement.*
266 Gaëtan Picon : *Lecture de Proust.*

267 Bruno Latour : *La science en action.*
268 Denis Hollier : *Le Collège de Sociologie 1937-1939.*
269 Jean Giono : *Le poids du ciel.*
270 Mircea Eliade : *Méphistophélès et l'androgyne.*
271 Ananda K. Coomaraswamy : *Hindouisme et Bouddhisme.*
272 Yves Bonnefoy : *La Vérité de parole* et autres essais.
274 Georges Bernanos : *La liberté, pour quoi faire ?*
275 Montesquieu : *De l'Esprit des lois, I.*
276 Montesquieu : *De l'Esprit des lois, II.*
277 Sous la direction de Denis Kambouchner : *Notions de philosophie, I.*
278 Sous la direction de Denis Kambouchner : *Notions de philosophie, II.*
279 Sous la direction de Denis Kambouchner : *Notions de philosophie, III.*
280 Pierre Hadot : *Qu'est-ce que la philosophie antique ?*
281 Jean-Jacques Rousseau : *Émile ou De l'éducation.*
282 Jean Bastaire : *Péguy tel qu'on l'ignore.*
283 Pascal Engel : *Philosophie et psychologie.*
284 Jean-Paul Sartre : *L'existentialisme est un humanisme.*
285 Jean Prévost : *La création chez Stendhal.*
286 Carlos Castaneda : *Le second anneau de pouvoir.*
287 André Breton : *Les Vases communicants.*
288 Jean-Noël Schifano : *Désir d'Italie.*
289 Francis Bacon : *Entretiens avec Michel Archimbaud.*
290 Roger Caillois : *Babel* précédé de *Vocabulaire esthétique.*
291 C. G. Jung : *Un mythe moderne.*
292 Paul Valéry : *Tel quel.*
293 Jorge Luis Borges et Alicia Jurado : *Qu'est-ce que le bouddhisme ?*
294 Witold Gombrowicz : *Testament.*
295 Gaëtan Picon : *1863. Naissance de la peinture moderne.*
296 Thomas Pavel : *L'art de l'éloignement (Essai sur l'imagination classique).*
297 Stendhal : *Histoire de la peinture en Italie.*
298 André Malraux : *La politique, la culture.*

299 Gérard Mairet : *Le principe de souveraineté (Histoires et fondements du pouvoir moderne).*
300 André Malraux : *Le Musée Imaginaire.*
301 Jean-Marc Lévy-Leblond : *La pierre de touche (La science à l'épreuve...).*
302 Pierre Hadot : *Plotin ou la simplicité du regard.*
303 Marc Jimenez : *Qu'est-ce que l'esthétique ?*
304 Jean-Jacques Rousseau : *Discours sur les sciences et les arts.*
305 Albert Camus : *Actuelles (Écrits politiques).*
306 Miguel de Unamuno : *Le sentiment tragique de la vie.*
307 Benjamin Constant : *Écrits politiques.*
308 Platon : *Les Lois.*
309 Fernand Léger : *Fonctions de la peinture.*
310 Carlos Castaneda : *Le don de l'Aigle.*
311 Bertrand Vergely : *La souffrance.*
312 Régis Debray : *L'État séducteur.*
313 Édouard Glissant : *Le discours antillais.*
315 Françoise Dolto : *Les étapes majeures de l'enfance.*
316 Simone Weil : *Réflexions sur les causes de la liberté et de l'oppression sociale.*
317 Bruno Bettelheim : *La Forteresse vide.*
318 Sigmund Freud : *La question de l'analyse profane.*
319 Raymond Aron : *Marxismes imaginaires (D'une sainte famille à l'autre).*
320 Antonin Artaud : *Messages révolutionnaires.*
322 Paul Klee : *Théorie de l'art moderne.*
323 Paul Valéry : *Degas Danse Dessin.*
324 Carlos Castaneda : *Le feu du dedans.*
325 Georges Bernanos : *Français, si vous saviez...*
326 Édouard Glissant : *Faulkner, Mississippi.*
327 Paul Valéry : *Variété I et II* .
328 Paul Bénichou : *Selon Mallarmé.*
329 Alain : *Entretiens au bord de la mer (Recherche de l'entendement).*
330 Sous la direction d'Henri-Charles Puech : *Histoire des religions I*.*
331 Sous la direction d'Henri-Charles Puech : *Histoire des religions I**.*

332 Sous la direction d'Henri-Charles Puech : *Histoire des religions II**.
333 Sous la direction d'Henri-Charles Puech : *Histoire des religions II***.
334 Sous la direction d'Henri-Charles Puech : *Histoire des religions III**.
335 Sous la direction d'Henri-Charles Puech : *Histoire des religions III***.
336 Didier Anzieu : *Beckett.*
337 Sous la direction de Brice Parain : *Histoire de la philosophie I, vol. 1.*
338 Sous la direction de Brice Parain : *Histoire de la philosophie I, vol. 2.*
339 Sous la direction d'Yvon Belaval : *Histoire de la philosophie II, vol. 1.*
340 Sous la direction d'Yvon Belaval : *Histoire de la philosophie II, vol. 2.*
341 Sous la direction d'Yvon Belaval : *Histoire de la philosophie III, vol. 1.*
342 Sous la direction d'Yvon Belaval : *Histoire de la philosophie III, vol. 2.*
343 Rémi Brague : *Europe, la voie romaine.*
344 Julien Offroy de La Mettrie : *L'Homme-Machine.*
345 Yves Bonnefoy : *Le nuage rouge.*
346 Carlos Castaneda : *La force du silence (Nouvelles leçons de don Juan).*
347 Platon : *Gorgias* suivi de *Ménon.*
348 Danilo Martuccelli : *Sociologies de la modernité (L'itinéraire du XXe siècle).*
349 Robert Castel : *Les métamorphoses de la question sociale (Une chronique du salariat).*
350 Gabriel Marcel : *Essai de philosophie concrète.*
351 J.-B. Pontalis : *Perdre de vue.*
352 Patrick Chamoiseau, Raphaël Confiant : *Lettres créoles.*
353 Annie Cohen-Solal : *Sartre 1905-1980.*
354 Pierre Guenancia : *Lire Descartes.*
355 Julia Kristeva : *Le temps sensible (Proust et l'expérience littéraire).*

357 Claude Lefort : Les formes de l'histoire (Essais d'anthropologie politique).
358 Collectif : Narcisses.
359 Collectif : Bisexualité et différence des sexes.
360 [illegible] : [illegible] [illegible].
361 Gilles Lipovetsky : L'ère du vide (Essais sur l'individualisme contemporain).
362 [illegible] : [illegible] [illegible].
363 Wolfgang Köhler : Psychologie de la forme (Introduction à de nouveaux concepts en psychologie).
364 Maurice Merleau-Ponty : Les aventures de la dialectique.
365 Eugenio d'Ors : Du Baroque.
366 Trinh Xuan Thuan : La mélodie secrète (Et l'homme créa l'univers).
367 Jean [illegible] : [illegible].
368 Françoise Dolto : [illegible].
369 Collectif : Un siècle de philosophie 1900-2000.
370 Collectif : [illegible] (Esprit [illegible]).
371 [illegible] : [illegible].
372 Walter Benjamin : Œuvres I.
373 Walter Benjamin : Œuvres II.
374 Walter Benjamin : Œuvres III.
375 Thomas Hobbes : Léviathan ou Matière, forme et puissance de l'État chrétien et civil.
376 Martin Luther : Du serf arbitre.
377 Régis Debray : Cours de médiologie générale.
378 Collectif : L'enfant.
379 Schmuel Trigano : Le récit de la disparue (Essai sur l'identité juive).
380 Collectif : Quelle philosophie pour le XXIe siècle ?
381 Maurice Merleau-Ponty : Signes.
382 Collectif : L'amour de la haine.
383 Collectif : L'espace du rêve.

Composition Interligne.
Impression Bussière Camedan Imprimeries
à Saint-Amand (Cher), le 2 mars 2001.
Dépôt légal : mars 2001.
Numéro d'imprimeur : 011175/1.

ISBN 2-07-041784-0./Imprimé en France.

98865